연초 도매상 3

The Sot-Weed Factor

The Sot-Weed Factor
by John Barth

세계문학전집 141

연초 도매상 3

The Sot-Weed Factor

존 바스

이운경 옮김

민음사

차례

3부 몰든을 되찾다

1부 중대한 내기

2부 몰든으로 가다

3부

몰든을 되찾다

1 시인이 더 이상 잃을 것이 없는 남자와 마주치고 위험에 처하다

쿠크포인트와 케임브리지 부두 사이의 꽁꽁 언 24킬로미터 길을 달리는 내내, 에브니저는 온몸을 후들후들 떨었다. 단지 바람 때문만은 아니었다. 그렇다고 습관적인 경련의 순간마다, 그리고 그가 이따금 예술이라는 기본적인 가치와 독립이라는 부수적인 가치를 긍정하게 되는 그런 갑작스러운 순간들 사이에 왔다 가는 단순한 자기 혐오 때문도 아니었다. 그를 동요시킨 주된 요인은 조안이 따라올지도 모른다는 두려움, 혹은 최근에 맺은 노역 계약을 위반한 도망자라는 사실이 발각되어 몰든으로 다시 체포되어 갈지도 모른다는 두려움이었다. 그가 카운티 중심지에 도착한 것은 아직 동트기 전이었다. 여관과 법정은 어두웠다. 하지만 작은 만 입구에는 필그림호가 희미하게 보였다. 배의 좌현과 돛대 꼭대기의 랜턴에는 불이 켜져 있었고, 부두뿐 아니라 배의 갑판 주위에도 사람들이 조류의 방향 전환에 맞추어 배를 정비하기 위해 램프 불빛을 조명 삼아 일하고 있었다. 달은 거의 기울어져 있었고, 샛별을 제외한 모든 별은 모습을 감춘 지 오래였다. 그 옛날 베들레헴을 비추던 별처럼 샛별이 자신을 운명의 요람으로 안내하며 런던의 자오선에 매달려 있다고 상상하니, 에브니저는 즐거워졌다.

그는 생각했다. "헨리 벌링검이 시비를 걸 만한 비유로군." 그는 말을 밧줄로 매 두고, 초조한 태도로 부두로 향했다. "나도 내가 동방박사인지, 나사로인지, 아니면 돌아온 탕아인지 모르겠어."

그가 하역 인부들 사이를 얼마 걸어가지 못했을 때, 누군가가 뒤에서 그의 어깨 위에 가볍게 손을 얹으며 물었다. "계관시인 나리, 그렇게 빨리 쿠크포인트를 떠나시려고?"

에브니저는 그를 잡은 사람을 마주하기 위해 몸을 휙 돌렸다. 눈앞의 남자는 어렴풋이 낯이 익은 듯했지만, 자기에게 적의를 품은 사람인지 아닌지는 확실히 단정하기 어려웠다. 다듬지 않아 텁수룩해진 턱수염에 가발도 쓰지 않고, 뼈만 앙상하게 남은 데다 더럽고 남루한 차림을 한 그 늙은 남자는, 근처에서 밧줄을 감고 있던 사람이었다.

에브니저가 물었다. "당신 누구요?"

그 남자는 상당히 놀란 듯했다. 그러고는 도저히 믿을 수 없다는 듯이 외쳤다. "세상에! 나를 알아보지도 못하는군?"

에브니저는 불안한 얼굴로 그를 유심히 바라보았다. 기적에 가까울 정도로 변신하지 않고서는, 벌링검이나 메키보이, 소터, 스미스, 혹은 앤드루 쿠크는 아니었고, 차림새나 하는 일로 보아 카운티 보안관도 아닐 성싶었다.

"모르겠소, 그리고 어째서 당신이 내게 말을 거는지도 알수가 없군."

"아, 자, 두려워하지 마시오, 쿠크 씨. 나는 당신이 어디로 가려는 것인지, 혹은 항해를 할 것인지 말 것인지에는 관심이 없소. 설사 내가 관심을 갖는다 해도 당신에겐 별 상관도 없을 거요. 봐서 알겠지만 나는 그저 선창의 부랑자일 뿐이오. 물론 당신을 막을 수노 없시."

에브니저가 말했다. "그렇다면 제발 나를 놔주시오. 나는 당장 필그림호로 가는 배편을 물색해야 하오."

"정말이오?" 그 하역 인부가 이가 듬성듬성한 입을 벌리며 미소를 짓더니 시인의 팔을 꽉 쥐었다. "쿠크 부인께서도 당신과 함께 항해하시는 거요, 아니면 일이 바빠 몰든에 붙들려 있는 거요?"

에브니저가 위협적인 목소리로 말했다. "팔을 치우고 더 이상 주제넘게 굴지 마시오. 그렇지 않으면 주인에게 알려 당신을 해고시킬 테니!" 그는 화난 목소리로 경고했지만, 솔직히 자신이 체포될까 봐 겁이 났다. 이미 하역 인부의 뒤에서는 한 신사가 약간의 거리를 두고 그들을 관심 있게 지켜보고 있었다.

하역 인부가 냉랭하게 대꾸했다. "당신이 내게 손해를 입히기 위해 할 수 있는 일은 더 이상 없을 거요. 내가 지금 받는 임금으로는 해고라는 말이 협박이 안 되거든. 게다가 난 이미 몰락할 대로 몰락한 사람이라 더 이상 가라앉을 데도 없지. 나를 아무것도 잃을 것이 없는 사람이라고 불러도 될 거요. 난 이미 모든 것을 잃었으니까.”

에브니저가 입을 열었다. “그건 유감이오. 하지만 어째서……”

“얼마 전까지만 해도 내가 신사였다는 걸 알아 두시오, 시인 나리. 말과 개를 기르고 있었고, 가발과 양복 조끼를 갖춰 입고, 나의 감독하에 광대한 연초 밭도 가지고 있었지. 하지만 지금은 말이오, 선생. 당신 덕분에 힘든 일을 하고, 번 것이 없을 때는 배를 쫄쫄 굶으며 자야 하는 데다, 몸에는 누더기를 걸치고 기생충, 동상, 물집 외에는 수확할 게 아무것도 없는 신세가 되어 버렸지.”

에브니저는 믿을 수 없다는 듯 얼굴을 찌푸렸다. “나 때문에?” 갑자기 그는 자신을 붙잡고 있는 사람을 알아보았고, 충격으로 머릿속이 멍해졌다. “내 아버지의 감독관이었던 스퍼던스군!”

“바로 그렇소. 당신의 아버지에게 기만당하고, 당신의 사악한 친구인 팀 미첼의 음모에 빠졌으며, 바로 당신에 의해 파멸당한!”

에브니저가 다급히 외쳤다. “아뇨, 아뇨! 당신이 모르는 사실이 있소!” 뒤에서 관심 있게 지켜보던 신사가 가까이 다가오는 것을 보며 그는 불안감에 휩싸였다. “당신이 몰락하게 된 것은 내가 가련할 정도로 순진했던 탓이오!”

하역 인부가 고집했다. “뭘 모르는 것은 내가 아니라 당신이야. 당신이 아무것도 모르는 채 몰든을 넘겨 버린 건 나도 알고 있어. 그리고 당신과 마찬가지로, 팀 미첼이 팀 미첼이 아니며, 또한 수잔 워렌이 수잔 워렌이 아니라는 사실도 알고 있소. 게다가 미첼 선장은 과거 몇 년 전까지 사악하고 부도덕한 악당이었지만, 최근에 당신의 친구 팀의 영향력 아래 놓여 있다는 것도 알고 있소! 포주들의 우두머리는 바로 팀 미첼이오. 그가 누구이고 누구를 위해 일하고 있든지 간에 말이오. 뉴욕에서 캐롤라이나에 이르기까지 아편 무역을 감독하는 사람도 바로 그요. 무슈 카스틴과 네이키드 인디언들과 함께 음모를 꾸미고 있는 자도 바로 그 사람이지. 당신 아버지 및 다른 사람들과 계약을 맺어 그들의 영지를 매음굴과 아편굴로 바꿔 놓은 것도 바로 그의 짓이야. 이제 언초 시장은 망했고, 정직한 감독관에겐 고통밖에 남은 것이 없소!" 그는 에브니저의 다른 팔도 잡더니 칸막이 벽 쪽으로 밀어붙였다. "당신처럼 똥인지 된장인지 구분하지 못하는 멍청이에 의해 망하지 않았다 해도, 그는 그의 비뚤어진 주인에 의해 해고당했을 거요. 만약 그가 그 비리를 공개하면, 그의 모든 이웃들은 자신들의 오락거리가 감소될까 봐 모두 하나가 되어 그를 공격할 거요. 그리고 만약 그가 감히 당신의 이름 없는 친구를 노리고 문제를 일으킨다면……."

신사가 다가오며 외쳤다. "칸막이 벽을 조심하시오, 선생!" 그리고 허리춤에서 단검을 꺼냈다.

에브니저는 위험을 눈앞에 두고 헐떡이며 말했다. "피할 수가 없어요! 이 남자가……."

낯선 이가 명령했다. "그를 놔줘!"

스퍼던스가 험악한 눈초리로 단검을 응시했다. "나는 더 이상 잃을 게 없어, 빌어먹을! 이 비열한 녀석과 그의 악마 같은 한패들이……."

낯선 이가 단검의 평평한 부분으로 그의 얼굴을 강타했다. 그리고 그가 몸을 일으키기도 전에 그 끝을 그의 목에 겨눴다.

낯선 이가 말했다. "그에 관해선 더는 한마디도 하지 마. 지금이든 나중에든, 그랬다간 그것이 이 세상에서 당신이 하는 마지막 말이 될 거야." 그가 주위에 모여든 하역 인부들에게 말했다. "이 미친 녀석이 메릴랜드의 계관시인인 쿠크 씨를 공격했소! 이 사람이 당신들의 친구라면 얼른 데려가시오. 보안관을 불러 체포하게 만들기 전에."

이미 십중팔구 자신의 신분이 노출된 것이 분명했음에도, 에브니저는 자신의 이름이 공개적으로 불려지자 걱정이 앞섰다. 하지만 하역 인부들은 낯선 이의 태도에 상당히 두려움을 느끼는 것 같았다. 그들 가운데 두 명이 다친 스퍼던스를 끌고 여관으로 데려갔다. 그리고 다른 한 사람이 두 신사들을 나룻배로 필그림호까지 데려다 주겠다고 자청했다.

에브니저가 말했다. "당신은 저의 목숨을 구했습니다, 선생!"

낯선 이가 대답했다. "오히려 내가 영광이오, 쿠크 씨." 그는 작고, 거무스레하고, 균형 잡힌 탄탄한 몸을 가진 사람으로, 시인보다는 다소 나이가 들어 보였다. 그는 자연스러운 회색 머리를 하고 있었고, 같은 색깔의 턱수염을 기르고 있었다. 디자인은 단순했지만 그의 외투, 장화, 그리고 바지의 옷감은 꽤 고급스러워 보였다.

그가 말했다. "저쪽에 필그림호의 소형 보트가 있소. 나는 톨벗의 니콜라스 로우요. 세인트메리즈로 가는 길이죠."

하지만 그가 자신을 소개할 때, 마침 옆을 지나가던 한 하역 인부의 랜턴이 그의 얼굴을 비췄다. 에브니저가 그 반짝이는 눈과 상한 이를 알아보고 숨을 훅 들이마셨다.

"헨리!"

벌링검이 반복해서 말했다. "내 이름은 니콜라스요. 톨벗 카운티의 니콜라스 로우. 혼자서 여행하시는 거요? 나는 당신이 결혼한 길로 알고 있는데."

에브니저가 얼굴을 붉혔다. "시, 시간이 있을 때 설명할게요, 헨리. 하지만 당신이 스퍼던스를 진 것은 분명 나를 위해서가 아니었겠죠!"

벌링검이 말했다. "그 외에 다른 이유가 있을 리 없지. '친구가 곤궁한 처지에 있는 것은 볼 수 있어도 피 흘리는 건 볼 수 없거든.' 그리고 괜찮다면 나를 니콜라스라고 부르게. 니콜라스가 내 이름이니까."

"그가 당신에 대해 한 말들, 그리고 아버지에 대해 한 말이 사실인가요?"

"모두 허튼소리야."

하지만 에브니저는 고개를 저었다. "그가 거짓말할 이유가 없잖아요? 말했듯이, 그는 더 이상 잃을 게 없는 사람인데."

벌링검이 대답했다. "잃을 것이 없다는 이유만으로 그의 말을 모두 믿을 순 없지. 만약 그 사실로 인해 그가 얻을 것이 있다면 말일세."

벌링검이 스퍼던스를 공격한 일을 생각하면서 에브니저는 신랄하게 덧붙였다. "하지만 그는 잃은 것은 많은 반면 얻을 것은 없죠."

"하지만 이해득실의 전망을 모두 똑같이 제거해 봐. 자네의 증인이 큰돛대의 돛에 진실을 가지고 있다 해도, 그의 방향타는 변덕이고 그의 배를 밀어 주는 바람은 우연이야."

에브니저가 물었다. "당신은 내게 어떤 사람도 믿지 말라고 말하는 것 같군요? 그 냉소주의에는 어떤 목적이 있는 것 같은데요!"

벌링검이 어깨를 으쓱하며 말했다. "성자가 냉소주의라고 부르는 것을 보통 사람들은 분별이라고 부르지. 사실, 모든 사람들에겐 분명 신뢰할 만한 부분이 있어. 하지만 똑같은 면에서 그런 건 아냐. 선장에게 내 목숨은 맡겨도 되지만, 내 아내는 맡길 수 없는 것처럼 말일세. 나는 벤 스퍼던스의 의도는 믿지만, 정보는 믿지 않아. 오직 바보들, 어린아이들, 그리고 불쌍한 조안 토스트처럼 사랑에 눈먼 사람들이나 한 남자에게 모든 것을 맡기지."

에브니저의 얼굴이 화끈거렸다. "나의 치부를 알고 있군요!"

벌링검이 어깨를 으쓱했다. "천사가 아니라는 것은 인간이라면 누구나 부끄러워해야 할 일이야, 그렇지 않나? 자네가 인간이고, 조안 토스트가 내가 말한 의미에서 바보라는 걸 제외하면 내가 아는 게 달리 뭐가 있겠나?"

시인이 울며 말했다. "나는 또한 바보이기도 하죠! 이 여러 달 동안 당신의 행동을 보고도 내 눈에 비늘을 씌우고, 당신의 고백과 다른 사람들이 알려 준 무시무시한 말들을 듣고도 내 귀를 틀어막고 내 이성을 마비시켜 버려, 당신의 가장 터무니없는 비겁함도 정당화시킨 것이 당신에 대한 나의 사랑이 아니고 뭐겠어요?"

벌링검이 경멸하는 어조로 말했다. "자네는 그 얼간이 감독관을 믿는군. 그렇다면 낚싯바늘뿐 아니라 목줄도 함께 삼켜야 하는 것 아닌가? 쿠드와 제이콥 라이슬러를 연결해 주고, 모든 혁명의 시위를 당긴 사람이 나라고 말하는 사람들의 말도 믿어야지? 또한 나를 교황이나 루이왕, 혹은 제임스 2세, 혹은 윌리엄 펜, 혹은 악마의 제1 심복으로 만드는 사람들의 말도 믿어야 하고, 안 그래?"

에브니저가 대답했다. "나는 이제 그 누구도 믿지 않아요. 볼티모어가 선의 본질 그 자체이고, 쿠드가 악의 순수한 결정체라는 것 외엔 세상에서 아무것도 믿지 않는다고요."

그의 가정교사가 말했다. "그렇다면 자네의 환상을 완벽하게 깨뜨려 주어야 하겠군그래. 하지만 지금은 우선 배에 타자구. 우리를 놔두고 배가 떠나 버리기 전에 말이야." 그는 필그림호의 소형 보트 쪽으로 걸어가기 시작했다. 하지만 에브니저는 뒤에서 늑장을 부렸다. "이리 와. 무엇이 자네를 그렇게 붙잡아 두고 있는 건가?"

에브니저가 눈을 가리며 말했다. "부끄러움과 두려움이에요. 나를 앞으로 나아가도록 재촉하는 바로 그것!"

"그 둘은 모두 위대한 사업의 관리인들이자, 사람들이 반드시 함께 살아가야 하는 것들이야."

에브니저가 말했다. "아뇨. 이 이야기가 내 결심의 날개를 잘랐어요. 나는 영국으로 도망칠 수 없어요."

"나 역시 자네가 영국으로 도망치도록 내버려 두지 않을 작정일세. 자네는 나와 함께 세인트메리즈로 가야 해. 긴급한 용건이 있어."

에브니저가 고개를 저으며 대답했다. "당신의 용건이 무엇이건, 그것이 옳건 그르건, 나는 손을 떼겠어요."

벌링검이 미소를 지으며 말했다. "자네의 누이 안나에게서도? 내가 세인트메리즈 시티에서 만나려는 사람이 바로 그녀인데?"

"안나가 메릴랜드에 있다고요! 이건 또 무슨 터무니없는 소식이에요?"

"지금은 얘기할 시간이 없어." 벌링검이 웃으며 에브니저의 팔을 잡고 그들을 기다리고 있는 보트 쪽으로 이끌었다. "저기 필그림호가 곧 출항할 준비를 하고 있는 거 보이지? 조류가 바뀌기 시작했어."

시인은 전임 가정교사의 익숙하고 강력한 주술에 좀 더 오래 저항해 보려 했다. 하지만 안나의 소식(비록 그것이 완전히 거짓일 가능성을 고려하지 않은 건 아니었지만)은 무시하기에는 너무도 놀랍고도 귀가 솔깃한 소식이었다. 그들이 만 입구를 보트로 건너는 동안, 그는 누이에게 생각이 미칠 때마다 언제나 그랬듯 멍하니 손가락으로 반지를 더듬었다. 그리고 은반지 대신 물고기 뼈가 느껴졌을 때, 잠시 충격과도 같은 후회에 빠져들었다.

그는 궁금해졌다. "조안은 지금쯤 무얼 하고 있을까?" 그리고는 벌링검으로부터 쓸데없는 호기심을 불러일으키지 않기 위해 물고기 뼈 반지를 빼서 주머니에 집어넣었다.

장부 책 외엔 다른 짐이 없었으므로 에브니저가 '필그림'의 승객으로서 서명하고 승선하는 데는 몇 분도 걸리지 않았다. 태양의 테두리가 평평한 수평선에서 조금씩 올라오기 시작했을 무렵, 배는 왼쪽 뱃전 쪽으로 케슬헤이븐 포인트를 떠나 체서피크의 트인 바다를 향해 나아갔다. 에브니저는 몸을 녹이기 위해, 또한 쿠그포인트를 다시 보는 것이 괴로워 밑으로 내려가자고 우겼다. 그리고 벌링검에게 안나에 관한 소식을 당장 일러 달라고 고집했다.

그가 피곤에 지친 목소리로 말했다. "당신이 케임브리지 술집에서 내게 말했던 것에 비추어 볼 때, 그녀는 나보다 조안 토스트에 더욱 가까워요.[1] 하지만 그 애가 정말로 바다를 건넜다면, 조안과 마찬가지로 정숙한 이유 때문은 아닐 것 같군요. 안나에 대해 무엇을 알고 있죠, 헨리?"

벌링검이 말했다. "그보다 이야기를 시작하기 전에, 자넨 이제부터 나를 니콜라스 로우라고 불러야 해. 자네의 친구이자 가정교사인 벌링검은 이제 더 이상 존재하지 않아. 그는 제 손으로 자신을 소멸시켰다고."

에브니저가 지겹다는 듯 손사래를 쳤다. "아뇨, 헨리. 당신의 가장과 음모는 이제 넌더리가 나요. 그리고 당신이 어떻게

---

1) 순결한 몸이 아니라는 의미다.

혹은 어째서 가장하는지에 대해서도 관심 없고요."

그의 친구가 고집했다. "이번 경우는 달라. 닉 로우는 맹세 코 나의 합법적인 이름이야. 자네를 몰든으로 배웅하는 것 외에 내가 애초에 도싯에 온 이유가 무엇이었는지 기억하나? 그건 바로 존 스미스의 『비밀 역사』 일부를 보유하고 있는 윌리엄 스미스를 찾기 위해서였어."

"저런, 마치 십 년은 지난 일처럼 느껴지는군요! 그래, 당신의 친구 통 수선공에게서 그 문서를 얻어 읽어 보니, 거기에 당신 이름이 니콜라스 로우라고 쓰여 있던가요?"

벌링검이 웃었다. "자, 자. 그보다 다소 복잡해. 나는 아직 그 일지를 손에 넣지 못했어. 하지만 내가 그것이 스미스의 손에 있다는 것을 알았을 때, 마치 단순한 호기심에서인 것처럼 그에게 물었지. 존 스미스의 『비밀 역사』 마지막 부분에서 헨리 벌링검에게 무슨 일이 일어났으며, 특히 그의 후사에 대한 언급이 있더냐고 말일세. 그의 대답은, 자신이 기억하는 한도 내에선 벌링검에게 아무 일도 일어나지 않았다는 거였어. 존 스미스는 그럭저럭 그 야만인 정부의 처녀막을 찢어 놓았고, 두 사람 모두 얼마 후 제임스타운으로 돌아왔다는군."

에브니저가 얼굴을 찌푸렸다. "처녀막이라니, 뭐예요? 내가 읽은 마지막은 당신이 그 예수회 교도에게서 훔친 것인데, 거기서는 그들이 잡히는 걸로 끝나잖아요."

벌링검이 대답했다. "그게 바로 유감스러운 일이야. 알고 보니 그 통 수선공이 가지고 있던 건 스미스의 역사가 아니라 포카혼타스와 스미스의 모험에 관한 헨리 벌링검 경의 「개인 일기」 일부분이었던 거야. 자네가 플리머스로 가는 마차 안에서 읽은 것이 바로 그 처음 반이지. 자네는 이 소식이 시사하는 이중의 중요성을 알겠나?"

"당신의 탐색이 성과가 없었음을 의미한다는 건 알겠네요. 거세하겠다고 협박할 만한 스미스 씨들이 메릴랜드에 더 있지 않은 한 말이에요."

벌렁검이 웃었다. "자네는 자네가 지금 한 말이 얼마나 타당성을 가지고 있는지 꿈에도 모를 거야! 그래, 자네 말도 맞아. 내가 알고 있는 한, 스미스의 역사는 우리가 지난번에 읽었던 곳에서 끝나. 나머지는 소실됐거나 아예 쓰이지 않았던 거지. 그리고 헨리 경의 이름은 그 기록들에는 더 이상 나타나지 않아. 나는 이것을 알고, 내 탐색이 실패했다고 생각했지. 그리고 내 정체를 증명하겠다는 희망을 버리고, 차라리 밖에서 하나를 창조하겠다고 결심했지. 그래서 나는 몇 년 전 내가 톰 파운드의 해적들 손에서 구해 준 적이 있는 톨벗의 헨리 로우 대령을 찾아갔다네. 내가 누구인지 설명한 후, 그에게 이번에는 나를 아들로 삼아 내 목숨을 구해 달라고 설득했지. 닉 로우는 그렇게 해서 탄생한 거야. 무(無)에서 산고도 없이 말일세."

에브니저가 말했다. "솔직히 나는 당신이 왜 그렇게까지 해야 하는지 이해가 가지 않는군요. 그리고 그것이 어떻게 당신의 목숨을 구했는지는 더더욱 모르겠고요. 하지만 하늘은 알고 있죠. 당신이 그렇듯 이해할 수 없는 행동을 하는 것이 처음은 아니라는걸."

"만약 자네가 그것을 이해할 수 없다고 생각한다면, 그 통 수선공이 가지고 있던 것이 스미스의 이야기가 아니라 헨리 경의 「개인 일기」였다는 사실을 다시 반추해 보게. 자네는 내가 어떻게 그 일기의 첫 번째 반을 얻게 되었는지 기억하나? 바로 내가 영국에서 쿠드의 밀사 벤 리코드로부터 쿠드의 편지들을 훔쳐 냈을 때였어! 그 「개인 일기」는 존 쿠드가 가지고 있던 것이지 볼티모어가 가지고 있던 게 아니란 말일세!"

벌링검의 사정에 대해 커다란 관심을 보이는 것이 썩 내키지는 않았지만, 에브니저는 이렇듯 새롭게 밝혀지는 이야기에 호기심을 감출 수가 없었다.

벌링검의 이야기는 계속되었다. "처음 벤 스퍼던스의 이야기를 들은 후, 쿠드가 그 문서들을 빌 스미스에게 맡겼다 해도 그리 놀랄 만한 일은 아니라는 생각이 들었어. 왜냐하면 스미스는 미첼 선장이 동부 해안에 심어 둔 심복이었으니까. 하지만 곰곰이 생각해 볼수록, 점점 더 이상하게 느껴지는 거야. 만약 통 수선공이 쿠드의 일당이라면 어째서 그의 이름이 내가 볼티모어에게서 얻은 목록 안에 포함되어 있는 거지? 그리고 볼티모어뿐 아니라 쿠드 역시 자기가 갖고 있던 문서들을 스미스라는 성을 가진 남자들에게 맡겼다는 이 놀라운 우연을 어떻게 설명할 수 있지? 자네의 결혼식 후 며칠이 지나고 나서, 내가 우연히 그 문제를 케임브리지의 선술집에서 스퍼던스에게 언급한 후에야 비로소 나는 알게 되었어. 쿠드는 애초에 그 문서들을 스미스에게 준 적이 없었다는 사실을 말일세. 원래 벤 스퍼던스가 갖고 있던 것을 통 수선공이 오래전에 훔쳐 갔던 거야. 스퍼던스는 쿠드의 심복이야. 빌 스미스는 이

전리품 덕분에 볼티모어의 심복이 된 거고. 사실 바로 이 대성공을 계기로 볼티모어는 자신의 소중한 의회 일지를 반(우리가 가정하듯 세 부분이 아니라)으로 나눠, 스미스라는 이름을 가진 다른 두 명의 친구들에게 맡기기로 결심하게 된 걸세. 그는 그러한 극적인 행동을 하는 성향이 있었어. 그리고 그 때문에 비싼 대가를 치르게 된 거지."

에브니저가 믿을 수 없다는 듯이 물었다. "그렇다면 스미스가 볼티모어의 사람이고, 스퍼던스가 쿠드의 사람이라는 건가요? 어떻게 그럴 수 있죠? 한 사람은 그렇듯 철서한 악한이고, 다른 사람은 비록 성깔은 있지만 정직한 사람인데? 그리고 어떻게 볼티모어의 대리인이 미쳴 선장, 그러니까 쿠드를 위해 창녀와 아편을 거래할 수 있죠? 쳇, 아무래도 내 생각엔 이 이야기의 날실은 사실이 아닌 편의주의고, 씨실은 핑계인 것 같군요. 그리고 당신은 그것을 나의 예전 버릇인 잘 믿는 성격이라는 베틀 위에서 음모의 베틀북을 가지고 짠 거고요! 간단히 말해, 이건 나 같은 사람조차도 온전하게 걸려 있지 않다는 걸 알아볼 수 있는 그런 옷감으로 짜낸 허술한 거짓말이에요. 모순이라는 천이라고요."

벌링검도 시인했다. "만약 지금까지 우리가 기준으로 삼아왔던 가정들로 접근하자면 정말 그래. 하지만 지금 우리는 한때 내가 바르셀로나에서 알고 지내던 스웨덴인 해양 탐험가와 같은 처지에 있어. 그는 별을 보고 경도를 계산하는 영리한 방법을 우연히 생각해 냈지. 그리고 모든 방면에서 보기 드물게 정확했어. 한 가지를 제외하면 말일세. 말하자면 그는 죽는 날까지 안타레스[2]가 전갈자리에 있고, 아크투르스[3]가 목동자리에 있는지, 아니면 그 반대인지를 기억할 수가 없었어. 결국 그는 아크투르스로부터 관측한 방위각을 가지고 안타레스를 기준으로 경도를 계산했던 거야. 그리고 자신의 배를 굿윈 모래펄 속에 처박고 말았지! 쉽게 말해, 나는 미첼이 단순한 이익 이상의 어떤 사악한 동기를 가진 강력한 외부의 도움을 받고 있다는 것을 알고 있었어. 그 사업이 사악한 것이기 때문에 처음부터 쿠드가 그 배후라고 가정했지. 그런데 이 스퍼딘스와 빌 스미스의 문제에 와서야 다른 가능성이 떠올랐던 거야."

심신이 지쳐 바닥에 꾸부정하게 앉아 있던 에브니저는 그 말에 정색을 하고 몸을 곧추세웠다. "당신은 분명 볼티모어의 사업이 미첼의 사업에 연루되어 있다고 말할 참이군요!"

벌링검이 냉정하게 고개를 끄덕였다. "그저 연루만 되어 있는 정도가 아냐, 에벤. 그는 심장이자 두뇌이고 손이야! 그의 계획은 바로 아메리카의 영국인들은 아편으로, 그리고 우호적인 야만인들은 매독으로 진을 빼놓는 거라네. 그렇게 해서 곧 몇몇 정부들이 프랑스인들과 무슈 카스틴이 이끄는 네이키드 인디언들의 손에 떨어지도록 말일세. 교황은 만약 일이 그렇게 되면 모든 식민지들을 하나의 커다란 로마주의 관할구역으로 통합시키겠다고 다짐했어. 그리고 볼티모어는 봉사의 대가로 살아 있는 동안에는 아메리카의 황제로서 왕위에 오르

---

2) 전갈자리의 주성.
3) 목동자리의 주성.

고, 죽은 뒤엔 가톨릭 성인의 반열에 오르게 될 거라는 언질을 주었지!"

에브니저가 믿을 수 없다는 표정으로 외쳤다. "하지만 그건 말도 안 돼요!"

벌링검이 어깨를 으쓱하며 말했다. "나는 볼티모어가 미첼의 배후에 있다는 걸 확신해. 그리고 이러한 시각으로 바라보면, 이 주의 역사 전체는 전혀 다른 국면을 띠게 돼. 사실은 윌리엄 클레이본이 펜 및 펜달 총독이나 그 나머지들과 함께 영웅이었고, 처음부터 볼티모어가 악당이었는지 누가 알겠나? 내가 쿠드에 대해 아는 것이라곤 그가 메릴랜드에 있는 모든 정부에 대항했다는 기야. 그들 모두 어쩌면 볼티모어 자신처럼 타락했고, 쿠드는 마치 밀턴의 사탄처럼 우리의 비난보다는 동정을 받아야 할 사람일지도 모른다는 생각을 한 번도 해본 적 없나?"

에브니저는 손바닥으로 이마를 누르며 몸을 떨었다. "상상만 해도 현기증이 나네요!"

"결국 부족한 건 사실들이 아냐. 나는 지난 사 년 동안 볼티모어의 주요 음모가였어. 그리고 살루스티우스[4]가 카틸리나[5]에 대해 알았던 것 이상으로 많은 사실들에 대해 비밀스럽게

---

4) 가이우스 살루스티누스 크리스푸스(Gaius Sallustinus Crispus, 기원전 86~기원전 34년): 고대 로마의 역사가이자 정치가. 『카틸리나의 전쟁』으로 유명하다.
5) 루키우스 세르기우스 카틸리나(Lucius Sergius catilina, 기원전 108~기원전 62년). 고대 로마 공화정 말기의 정치가. 여러 차례 콘술에 입후보하였다 낙선한 후, 국가 전복의 음모를 꾸미다 발각되어, 정부군과 싸우다 죽었다.

관여했지. 일을 어렵게 만드는 것은 심지어 그러한 사실들을 마주하고 있을 때조차도 그것들이 모호해 보인다는 거야. 현명한 사람이 으레 그렇듯이, 좋은 행위도 나쁜 의도를 가지고 행해질 수 있다는 것을 자네가 인정한다면 말일세. 그리고 자네가 만약 옳은 것과 그른 것을 구분하는 것이 마치 바람이 불어오는 쪽과 불어 가는 쪽을 구분하는 것과 같다는 것을 깨닫는다면 그것은 삼중으로 모호해져. 바람의 방향은 배가 서 있는 지점, 위도, 상황, 그리고 시간에 따라 달라지니까. 간단히 말해, 역사는 아프리카의 황야에 존재하는 샘과 같은 거야. 그곳에서는 아주 다양한 짐승들이 나란히 마시면서 똑같은 양분을 얻을 수 있지."

에브니저가 물었다. "하지만 이것은 그 사실들이 판단을 내리는 데 있어선 아무런 도움이 되지 않는다고 말하는 것밖엔 안 되잖아요. 그것은 지난 가을 케임브리지에서 내가 나의 재산을 희생한 대가로 확인한 바로 그러한 견해 아닌가요?"

벌링검이 대답했다. "전혀 그렇지 않아. 법정의 판사는 그의 판결을 받는 지역 구민들이 그를 위해 만들어 준 법복과 가발로 자신의 가치관을 입고, 배심원들의 임무는 바로 사실들을 바탕으로 판단하는 것이니까. 그 외에도, 그들은 소송 당사자들을 직접 대면하여 그들의 증언을 들음으로써 그 성격을 판단할 수 있어. 그런데 존 쿠드가 비록 악명을 날리고 있긴 하지만, 나는 그와 직접 대면해 보았다는 사람을 한 번도 만난 적이 없어. 그리고 볼티모어 경의 명성과 영향력, 그리고 그가 내게 준 대단한 신뢰에도 불구하고, 나 역시 그를 직접 본 적이 없다네. 자네와 마찬가지로 말일세."

"어떻게 그럴 수 있죠?"

벌링검은 자신과 영주와의 모든 대화가 심부름꾼을 통해서
이루어졌다고 대답했다. 볼티모어 경은 병을 핑계로 방에 틀
어박혀 있었다는 것이다.

그가 말했다. "지금도 볼티모어를 두 눈으로 직접 볼 방법
이 없지. 하지만 최근에 나는 스스로 엄숙한 맹세를 했네. 만
약 가톨릭 신부이자, 영국 국교회의 목사이자, 보안관이자,
서상이자, 대령이자, 상군이었던, 그리고 하늘만이 그밖에 또
무엇이었는지 알고 있는 이 존 쿠드라는 사람이 정말로 이
세상에 존재한다면 그를 직접 만나 그가 추구하는 대의가
무엇인지 기필코 알아내겠다고 말일세! 내가 세인트메리즈
시티로 가는 것은 바로 안나를 만나는 한편 그를 찾아내기
위해서야."

누이의 이름이 언급되자 메릴랜드의 정치에 대한 모든 상념
들이 시인의 마음속에서 사라졌다. 그리고 그는 어째서 그녀
와 앤드루가 그들이 계획했던 것보다 훨씬 더 빨리 메릴랜드
를 방문했는지 다시 한번 다그쳐 물었다.

벌링검이 대답했다. 일단 내가 자네에게 그들이 함께 여행
하지 않았다는 걸 말해 주었으니, 자네 아버지의 목적은 분명
하지 않겠는가. 그가 온 것은 그녀를 찾아내기 위해서이고, 어
쩌면 미첼과 협상을 하기 위해서이기도 할 거야. 내가 그를 마
지막으로 보았을 때, 그는 메릴랜드에는 자신의 재산이 이제
더 이상 존재하지 않는다는 사실을 까맣게 모르고 있더군. 하

지만 어쩌면 지금쯤 그 소식을 들었을지도 모르지."

"그렇다면 아버지가 미첼과 결탁했다는 스퍼딘스의 비난은 사실이군요!"

"내가 아는 한에서는 아직 아냐. 하지만 곧 사실이 되겠지. 전쟁과 해외시장의 부족, 불순한 일기, 선박과 재해에 견딜 수 있는 작물의 부족, 해충, 땅벌레, 빈대, 동상, 그리고 바다와 해적들의 위협 등, 연초 경작자들은 요즘 뼈아픈 곤경에 처해 있어. 어떤 이들은 소유한 토지의 반을 팔아 나머지 반의 손해를 메웠고, 어떤 이들은 경작하느라 수고할 가치가 없는 다른 작물로 종목을 바꿨으며, 또 어떤 이들은 토양의 기운이 아직 다하지 않은 펜실베이니아로 이주했어. 그리고 또 다른 이들은 이러한 대안들이 모두 마음에 들지 않아, 경작을 하기보다는 좀 더 이익이 되는 분야로 직종을 바꿨지. 여러 가지 정황으로 볼 때 앤드루는 항해하기 전에 볼티모어 경을 만나 이 문제에 관해 상의한 게 분명해. 그렇지 않았다면, 그가 피스카타웨이에서 곧장 미첼 선장의 집으로 올 이유가 없었을 테니까. 조안과 나는 이틀 전에 그곳에서 그를 봤어. 우리가 함께 달아난 것은 바로 그때야. 그녀는 자네에게 그의 존재에 대해 경고하기 위해서였고, 나는 헨리 로우 대령과 거래를 한 뒤 너희 둘을 여기서 만나기 위해서였지. 나는 미첼 선장과 더 이상 함께 머무를 수가 없었어. 나의 탐색이 성과가 없다는 것을 깨달았기 때문이기도 하지만, 진짜 팀 미첼이 메릴랜드로 오는 중이라는 소문을 들었기 때문이야. 게다가 우리가 옥스퍼드 근방에서 방문했던 그 예수회 목사 토머스 스미스가 내가 자기를 함부로 대했다고 볼티모어에게 불평하는 바람에 모든 면에서 나는 요주의 인물이 되고 말았지."

에브니저가 외쳤다. "하지만 빌어먹을! 내 누이는 어떻게 된 거죠? 그 애는 지금 어디 있고, 왜 메릴랜드로 온 거죠?"

벌링검이 말했다. "자네도 나만큼 그 이유를 잘 알고 있지 않나."

에브니저가 신음하듯 내뱉었다. "그 애는 당신을 사랑하니까요! 아, 정말이지, 만약 옛날이었다면 내가 그 소식을 듣고 얼마나 기뻐했을까요! 하지만 당신이 육욕의 화신이라는 걸 알고 있는 지금은, 하데스가 페르세포네를 납치해서 신부로 삼았을 때 어머니 데메테르의 심정이 어땠을지 충분히 짐작이 가요. 그리고 화가 나요. 런던 역참에서 그녀가 나의 순결을 칭찬하고, 자기 역시 나와 마찬가지로 순결을 지키겠다고 말하면서 은반지로 우리의 순결한 맹세를 확인했던 걸 생각하면 정말 속이 따끔거릴 정도로 화가 난다고요! 그 모든 것이 교활하고 잔인한 기만이었다니. 당신은 이미 오래전 여름 별장에서 그 애의 순결을 더럽혔고, 런던에서는 나의 등 뒤에서 그 애와 재미를 봤어요. 심지어 내가 떠나는 바로 그날에도, 내가 벤 브래그와의 용건을 마치기 전에 당신들 둘은 모든 사람들이 보는 앞에서 부끄러운 줄도 모르고 서로를 애무하며 정답게 사랑을 속삭였죠. 위선이야! 내게 순결을 맹세하면서 그 애는 얼마나 음탕한 즐거움을 느꼈을까요. 맹세를 하는 와중에도 그 애는 여전히 자기 몸에 닿은 당신의 손길을 느끼고, 당신의 침대 위에서 마지막으로 한 번 더 뒹굴었으면 하고 간절히 바랐겠지! 그 마지막 작별인사를 하면서 내가 왜 어색한 기분이 들었는지 이제는 분명히 알 것 같아요. 그리고 그 반지를 끼워 주네 어쩌네 한 것도 그렇지. 그 애는 10미터도 떨어져 있지 않은 곳에서 변장하고 서 있는 당신에 대한 열정에 사로잡혀, 자신이 더듬는 손을 당신의 손이라고 상상한 거예요. 상상만으로도 졸도할 지경이었겠지!"

벌링검이 짜증스러운 어조로 외쳤다. "충분해! 만약 그런 헛소리를 정말로 믿었다면, 자네는 순진한 게 아니라 어리석은 거야!"

시인도 지지 않고 외쳤다. "당신은 부인하는 건가요? 우리 아버지가 세인트자일스에서 당신들의 음탕한 관계를 알고 그 때문에 당신을 해고했다는 걸 부인하는 거예요?"

"아니, 완전히 부인하는 건 아냐."

에브니저가 화가 나서 다그쳤다. "그리고 케임브리지 선술집에서의 그 더러운 자랑! 그 애가 당신에게 자기를 가져 달라고 애원했다는 것, 당신이 그 애의 비밀스러운 곳들을 샅샅이 눈으로 훑었다는 것, 그리고 그 애가 당신의 음탕한 유희에 미칠 듯이 기뻐했다는 것…… 이런 것들을 지금 부인한다는 거예요?"

벌링검이 한숨을 쉬며 대꾸했다. "그것들은 본질상으론 충분히 맞는 말이야. 하지만 자네가 모르고 있는 것은……."

"그렇다면 내가 무얼 그렇게 모른다는 거죠? 그 애가 템스 거리에 있던 우리의 하숙방으로 온 것이나, 당신의 침대를 데우기 위해 지구의 반 바퀴를 돌아온 것이 당신에 대한 정욕 때문이었다는 걸 깨닫지 못했다는 거?"

벌링검이 외쳤다. "이제 그만 해, 이 바보야! 사실 그녀를 여기까지 몰고 온 것은 사랑이야. 자네가 원한다면 그걸 정욕이라고 불러도 좋아. 하지만 사랑이건 정욕이건…… 맙소사, 에벤! 자네는 이 긴 세월 동안 그 대상이 자네였다는 걸 전혀 알아차리지 못한 건가?"

2 우주 예찬론자인 헨리 벌링검이 요약한, 문외한을 위한 쌍둥이 요람

에브니저의 표정은 놀랄 만큼 일그러졌다. "하느님 맙소사, 헨리! 당신 지금 뭐라고 했어요?"

벌링검은 시선을 갑판으로 향한 채, 주먹을 손바닥 안에서 돌리며 얼굴을 찌푸렸다. "자네의 누이는 찢겨진 영혼이야, 친구. 그녀 영혼의 반은 스스로를 자네의 영혼과 융합시킬 수 있기만을 갈망하지. 하지만 동시에 다른 반은 그 생각에 주춤하곤 해. 그녀가 자네에게 느끼는 것은 사랑도 정욕도 아냐. 그것은 그저 '결합(coalescence)'에 대한 근본적이고 강렬한 충동이라네. 비난할 일이라기보다는 감탄할 만한 일이지. 아리스토파네스가 여성과 남성은 옛날 한 몸이었던 것이 반으로 갈라진 것이고, 구애는 바로 서로를 결합하고자 하는 덧없는 시도라고 주장했던 것처럼, 내가 오래전에 결론을 내린 바에 의하면 안나는 자신의 의지와는 상관없이 쌍둥이로서 자궁 속에서 공유했던 그 어두운 동일성과 어린 시절 누렸던 태아 때와 같은 친밀성을 갈망하는 거라네."

에브니저가 속삭였다. "정말 두려운 일이에요!"

"안나 역시 그래. 너무 두려워서 그녀의 상상력은 그것을 오직 가장(disguise) 속에서만 간직하지. 하지만 바로 이러한 생각이 여름 별장에서 그녀를 내게로 이끌어 온 거야! 어느 화창한 5월의 한밤중이었어. 자네의 열여섯 번째 생일날 밤이었지. 유성이 떨어지기에는 며칠 지난 때였지만, 마침 물병자리로부터 유성이 폭포처럼 쏟아져 내리고 있었어. 나는 이 유성들을 관찰하여 내가 고안한 지도에 그 행로를 기입하기 위해 늦게까지 밖에서 서성거리고 있었지. 그 작업에 너무 몰두하고 있던 탓에, 안나가 뒤에서 다가오는 것도……."

에브니저가 외쳤다. "그만 해요! 당신은 그 애를 범했군요. 신이 당신을 저주할 거예요. 그리고 그걸로 끝난 거라고요!"

벌링검이 대답했다. "전혀 그렇지 않아. 우리는 자네에 대해 얘기하며 몇 시간을 보냈어. 그때 자네는 자네 방에서 잠들어 있었지. 안나는 자네를 포스포르, 즉 샛별에, 그리고 자신을 헤스페르, 즉 필멸의 저녁별에 비유했어. 그리고 내가 그녀에게 그 쌍둥이별은 하나이고 같은 것이며, 별이 아니라 행성인 비너스(금성)라고 말하자, 그 의미를 깨닫고 파랗게 질리더군! 우리는 그날 밤 그 여름 별장에서 오랫동안 함께 머물렀다네. 그리고 그 이후로도 많은 상쾌한 밤을 그렇게 오랫동안 함께 보냈지. 하지만 자네에게 맹세하네. 나는 언제나 자네의 대리인일 뿐이었다네."

"맙소사, 그렇게 말하면 내가 당신을 갸륵하게 여길 것 같은 가요?"

벌링검이 미소를 지으며 말했다. "자네가 받아들여야 할 사실이 두 가지 있어, 에벤. 첫째, 자네가 짐작할 수 있듯이 나는 세상의 어느 한 부분을 사랑하지 않아. 내가 사랑하는 건 극단과 모순을 함께 지니고 있는 완전하고 다채로운 전체라네. 나는 쿠드와 볼티모어 모두에게 똑같이 반했어. 그 두 사람이 무엇을 대표하든 간에 말이야. 그리고 자네도 알고 있지. 내가 얼마나 다양한 토양에 씨를 뿌렸는지를 말이야. 이와 똑같은 이유로 내가 사랑했던 것은 결코 자네가 아냐. 자네의 누이 안나도 아니지. 나는 분리되지 않은 너희 둘을 사랑했던 거야. 어느 한쪽만을 갈망할 수가 없었어. 거기에서 두 번째 사실이 도출되는데, 말하자면 그녀가 자네에 대해 이야기하는 동안 그녀의 피가 수없이 뜨거워졌었고, 내가 너희 둘의 상징으로서의 그녀에게 입을 맞춘 적도 많았어. 그녀가 고안한 슬픈 유희들을 실행한 적도 더러 있었지. 하지만 그럼에도 불구하고 자네의 누이는 여전히 숫처녀일세!"

충격을 받은 에브니저가 믿지 못하겠다는 태도를 보이자 그는 비웃는 어조로 말했다. "그래, 자, 생각을 좀 해 봐야겠지, 그렇지? 어렸을 때 그녀가 자네가 맡은 패리스의 상대역인 헬레네 역을 열심히 연기하다가 실수로 자네를 폴룩스[6]라고 부르곤 했던 일을 기억해 보게. 템스 거리에서의 그날을 떠올

---

6) 쌍둥이자리의 베타 성(星).

려 봐. 자네가 구혼자들이 없다고 그녀를 놀리면서, 장난삼아 나를 구혼자로 제안했을 때……."

에브니저는 자신의 목을 잡았다. "저런!"

벌링검의 말은 계속되었다. "그녀는 이렇게 대답했지. '자기가 가장 사랑하는 남자가 자신과 짝을 이루는 것을 반기지 않는데 애인을 찾는 게 무슨 소용이 있겠는가' 하고! 그리고 내가 자네에게 말한 것에 비추어 안나가 역참에서 자네에게 준 자네 어머니의 은반지를 생각해 보게. 자네는 그녀가 ANNE B라는 글자들을 ANN과 EB가 결합된 것으로 읽는 버릇이 있었다는 것을 알고 있었나? 어떻게 시인이 돼 가지고 그러한 선물의 의미와 그것을 건네는 사람의 마음을 모를 수 있지?"

에브니저가 신음하듯 말했다. "그것에 대해 곰곰이 생각하다간 저녁 식사를 넘기지 못할 것 같아요. 하지만 솔직히 말해 당신이 말한 모든 것에 일리가 있다는 생각이 드는군요." 그의 얼굴이 굳어졌다. "그 애가 여전히 숫처녀라는 사실은 제외하고요! 그건 말도 안 돼요!"

그의 친구는 어깨를 으쓱했다. "자네가 믿든 안 믿든, 우리는 조만간 그녀를 찾아낼 거야. 그리고 원한다면, 그에 관해서 의사의 진단을 얻을 수 있겠지."

"하지만 당신이 케임브리지 선술집에서 자랑삼아 떠들어댔던 것은!"

"'카드를 섞고서는 정작 게임은 하지 않는 사람들도 많다네.' 마음만 먹었다면 나는 빌 미첼의 헛간에서 자네를 어떻게 할 수도 있었어. 하지만 앞에 말한 것처럼, 내가 갈망하는 것은 어느 한쪽이나 다른 쪽이 아냐. 하나로서의 둘이지. 어쩌면 안나의 은밀한 욕망이 그녀의 이성뿐 아니라 자네의 이성까지 이기게 될 날이 올지도 몰라. 자네가 아무리 부인한다 해도, 내가 보기엔 분명히 그래! 만약 그런 날이 온다면, 그야, 그때는 어쩌면 카탈루스가 정부들에게 그랬던 것처럼 너희들을 차례로 범할지도 모르지. 그리고 그 민첩한 시인처럼 너희들을 꼼짝 못하게 누를지도…… 아니 너희 둘을 쌍둥이 새 새 끼처럼 쇠꼬챙이에 나란히 끼워 버릴지도 몰라!"

시인은 몸서리를 쳤다. "갑자기 너무나 많은 새로운 사실들을 들이미니까 도무지 소화할 수가 없어요, 헨리. 구드가 영웅이고, 메릴랜드에서 안나를 찾고 있는 내 아버지는 악당 볼티모어와 결탁한 데다, 안나 자신은 아직 숫처녀라니. 그리고 당신은, 그런 많은 일들이 발생했음에도 불구하고…… 당신은 아무런 잘못도 저지르지 않았으며 여전히 나의 친구라니! 하지만 이보세요, 당신이 내 누이의 강한 욕망이 상호적이라고 단언한다고 해서 문제들이 단순해지지는 않아요! 나는 그런 음란한 생각을 마음에 품은 적이 단 한 번도 없다고요!"

벌링검이 눈썹을 들어올리며 말했다. "그렇다면 자네는 세인트자일스에서 자네의 하인들을 꽤나 기만했던 거군. 트위그 부인이 종종 내게 말하기를……."

"그녀는 불결한 상상을 하는 심술궂은 노파였어요!"

"글쎄, 그들은 심지어 짧은 노래도 지어 부르고 다니던데, 말하자면……."

에브니저가 초조하게 대꾸했다. "나도 그들의 상스러운 노래를 알고 있어요. 어릴 때부터 열 가지도 넘게 들었다고요. 그리고 굳이 대답한다면, 당신의 사악한 누명도 내겐 새로운 게 아니에요. 비록 당신 역시 그런 식으로 생각한다는 것에는 적잖이 충격을 받았지만 말이에요. 불쌍한 안나와 나는 태어날 때부터 빈정대는 분위기 속에서 살아야 했어요. 그것 때문에 우리들은 종종 얼굴을 붉히고 눈을 내리깔 수밖에 없었죠. 내가 열 살 때부터 아버지의 가솔들은 우리가 쌍둥이라는 이유만으로 우리에게서 최악의 것을 가정했어요. 안나가 일찍부터 육체적으로 성숙해진 것은 그 애에겐 불행한 일이었죠. 그녀의 가장 다정한 친구들조차도(심지어 템스 거리에서 당신의 편지들을 그녀에게 가져다준 메그 브롬리조차도) 모두 그녀가 성숙해진 건 나 때문이라고 단정했고, 안나는 그들의 수군대는 소리에 눈물을 흘려야 했어요! 하지만 명심하세요. 이 모든 것은 우리가 쌍둥이라는 것, 그리고 우리가 다른 남매들과 달리한 번도 싸우지 않고, 음탕한 세상 사람들과 함께 있는 것보다 둘이 있는 것을 더 좋아했다는 사실을 제외하고는 전혀 근거가 없는 누명이었다고요! 난 정말 이해할 수 없어요."

벌링검이 웃으며 말했다. "그렇다면 케임브리지에서 공부한 자네가 자네의 누이보다 더 학식이 떨어진다고 말할 수밖에 없군! 그녀가 스스로 자신의 문제를 깨닫기 전에 내가 처음 그녀의 문제를 추측했을 때부터 우리는 쌍둥이라는 주제에 대해 길고 은밀한 탐구를 시작했다네. 전설, 종교, 그리고 세계에서 쌍둥이의 지위 같은 것 말일세. 이러한 조사를 통해 안나의 참을 수 없는 욕망을 치유한다기보다(나는 그것을 전혀 질병으로 여기지 않았으니까.) 그것을 이해하고, 그 욕망을 쌍둥이라는 종(種)의 부도덕한 역사를 통해 고찰해 봄으로써, 그것을 다루는 가장 계몽된 방식을 고안하는 것이 내 의도였지. 나의 흥미가 그녀 자신의 의도만큼이나 진심에서 우러난 것이었다는 건 말할 필요가 없을 걸세. 그녀가 종종 내게 맹세했던 사랑은 분명 정숙한 양심에 의해 전환되고 변형된, 자네에 대한 사랑이었네. 그녀가 여름 별장에서 내게 달려오곤 한 것은, 마치 바람난 처녀가 수녀원에 달려와 예수의 신부가 되는 것과 마찬가지 일이었어. 그리고 나는 만약 그녀의 증세가 빠른 시일 내에 치유되지 않으면, 그녀가 이성을 모두 잃어버리거나, 나처럼 그녀를 그렇게 존중하지 않을 다른 녀석에게 정조를 빼앗길까 봐 몹시 조마조마했어."

"하느님 맙소사!"

벌링검의 말은 계속되었다. "이러한 이유 때문에 나는 그녀를 꾀었던 거야. 나는 그녀에게 사랑을 맹세했네. 자네도 이해하겠지만 반은 진심이었어. 그리고 우리는 함께 기독교와 이교를 망라한 전설의 안개 자욱한 땅을 탐험했네. 자네가 열네 살 때부터 열여덟 살이 될 때까지 사 년 동안 우리는 아주 은밀하게 연구를 계속했어. 언뜻 보기에 우리의 탐구는 나무랄데 없었으니, 나는 자네가 우리와 함께하기를 원했지. 하지만 안나는 절대 용납하려 하지 않았어. 맹세코, 에벤, 자네의 누이는 정말 지칠 줄 모르는 학자였다네!" 그는 과거의 일에 새삼 감탄하는 듯 고개를 설레설레 흔들었다. "나는 그녀에게 항해와 여행, 혹은 이교도의 제의와 관습에 대한 책들을 나름대로 여러 권 찾아 주었어. 하지만, 그녀는 언제나 부족하다 여겼지. 그녀는 마치 암사자가 먹이에게 달려들듯 책들을 덮친 뒤, 크게 깨물어 삼키고는 더욱 많은 것에 목말라하곤 했어! 내 목숨을 걸고 맹세하지만, 열일곱의 나이에 그녀는 쌍둥이라는 주제에 대해서는 세계에서 가장 뛰어난 권위자가 되었고, 지금도 그렇다네."

"그런데 내가 어떻게 그에 관해 전혀 모르고 있었을까요?" 에브니저는 고개를 저으며 이해할 수 없다는 듯 웃었다. "한 번의 잠자리로 우리가 잉태되었다는 것 말고, 쌍둥이들에 대해 알아야 할 것이 또 뭐가 있나요?"

벌링검이 대답했다. "그야, 쌍둥이자리가 자네의 별자리고, 봄이 자네의 계절이라는 거지."

"굳이 따로 공부하지 않아도 그 정도는 알 수 있어요. 상식인걸요."

"모두 알고 있듯이 봄은, 특히 5월은 다산(多産)의 계절이고 한 해에 처음으로 뇌우가 오는 계절이지."

시인이 짜증을 내며 말했다. "놀리지 말아요! 오늘은 내 일생 중 가장 비참한 날이었어요. 게다가 나는 충격과 수면 부족으로 거의 죽을 지경이에요. 만약 당신의 연구 성과가 그것뿐이라면, 이제 다 집어치우고 쉬자고요. 그건 모두 아무 상관도 없는 얘기예요."

벌링검이 단언했다. "그렇지 않아. 우리가 발견한 것은 너무도 관련이 있어서, 내 얘기를 듣지 않으려면 내 생각엔 자넨 안나를 찾는 일을 그만두는 게 나아. 거짓 구세주에 의해 구원받느니 차라리 지옥에 떨어지는 게 낫지." 그의 태도와 어조는 자못 심각해졌다. "자네는 봄이 폭풍과 다산의 계절이라는 걸 알고 있겠지. 하지만 자네의 누이처럼 자네도 알고 있나? 우리의 시골뜨기 선조들이 가장 두려워했던 세 가지가 천둥, 번개, 쌍둥이였다는 사실을 말일세. 살해에 의해서든 신성화에 의해서든(두 가지 모두에 의해서는 아니라 해도) 쌍둥이가 전 세계에 걸쳐 숭배되었다는 걸 알고 있었나? 폭풍과 사통이라는 이중의 실이 가장 미개한 야만인들의 경외심을 관통하고, 가장 계몽된 현자들은 자네들 안에서 이원론, 극성(極性), 보상의 구현을 보았지. 자네들은 천성의 쌍둥이이지, 천둥의 자식들이자, 디오스쿠로이[7]이자, 보아너지[8]일세. 자네들은 여성과 남성, 인간과 신, 선과 악, 빛과 어둠이라는 쌍을 이루는 원칙이야. 자네들의 나무는 천둥나무인 신성한 떡갈나무이고, 자네들의 꽃은 떡갈나무에겐 생명의 근원인 두 개의 잎을 가진 겨우살이야. 쌍을 이루는 그것의 하얀 열매는 천상의 정액을 상징하기 때문에, 나이 든 사람을 다시 젊어지게 만들고, 불모지를 비옥하게 하며, 수줍은 처녀의 상상력을 사랑에 대한 정열로 바꾸는 데 사용되지. 자네들의 새는 빛과 사랑을 노래하는 빨간 수탉 챈티클리어일세. 자네들을 상징하는 것들은 무수히 많다네. 한 쌍의 원이 우선 그렇지. 그것이 태양과

---

7) 제우스의 아들들.
8) 우레의 아들들.

달을 암시하든, 태양의 이륜전차 바퀴를 암시하든, 레다가 낳은 두 개의 알을 의미하든, 솔로몬의 신부의 젖꼭지를 암시하든, 사랑과 지식의 안경을 암시하든, 남성의 고환을 암시하든, 혹은 신의 노려보는 눈을 암시하든 말일세. 깍정이 속의 도토리도 자네들을 상징하네. 왜냐하면 그것은 떡갈나무의 씨앗이고, 그의 두 부분은 남성과 여성처럼 꼭 들어맞거든. 쌍둥이 산들도 자네들을 상징하네. 그들은 어머니 자연의 젖가슴들이지. 사람들은 자네들에게 경의를 표하며 5월제의 기둥과 그것의 고리 주위를 맴돌며 춤을 춘다네. 또한 자네의 신성한 문자들은 A, C, H, I, M, O, P, S, W, X, 그리고 Z인데……."

에브니저가 끼어들었다. "세상에! 알파벳의 반이나 차지하는군요!"

벌링검이 설명했다. "각각은 나름의 중요성을 가지고 있어. 하지만 모두 성교, 폭풍, 그리고 자연의 이중적인 얼굴이라는 유사성을 공통으로 가지고 있다네. 예를 들어 A는 알파벳 전체에서 으뜸이자 가장 강력한 철자야. 그 자체로 신이고, 세계 전역의 야만인들에 의해 숭배되지. 그것은 남자의 갈라진 가랑이이자, 씨앗의 원천을 상징한다네. 그리고 또한 그것의 꼭대기와 교차 선은, 내가 곧 설명하겠지만, 두 개를 하나로 통합한다는 걸 의미하지. 두 개의 A를 나란히 붙여 놓으면, 동양의 민간전승에 등장하는 쌍둥이 마부인 신성한 아슈윈의 표식뿐만 아니라, 어머니 대지의 신성한 젖꼭지가 되네. C는 초승달을 상징해. 사람들은 그것이 칼집에서 뽑혀 결투를 위해 들어 올려진 남자의 육체적인 칼을 닮았다고 주장하지. 두 개의 C가 결합된 것은 하늘과 지구의 결합, 혹은 예수와 속세의 교회와의 결합을 의미한다네."

"세상에, 헨리, 지금 내게 쏟아 내고 있는 이 수수께끼들은 다 뭐죠?"

벌링검이 말했다. "자, 자, 잠깐만 기다려. H 역시 두 개가 하나로 되는 행복한 합일을 그리지. 이것은 12궁에서 쌍둥이 자리를 나타낸다네. 즉 빛과 어둠, 사랑과 지식 등등의 쌍둥이 기둥을 이어 주는 다리야. 그것은 또한 여덟 번째 철자인데, 8은 (교접하는 두 원들의 효력에 의해) 구원의 신비스러운 표지이므로, H가 보상, 즉 둘을 하나로 만드는 것의 상징인 것은 놀라운 일이 아니지."

시인이 항의했다. "또 둘과 하나의 신비 어쩌고 하는 얘기!"

벌링검이 말했다. "자네가 I와 O에 대해 알고 있다 해도 이상한 일은 아닐 거야. 언제 어느 곳에서나 사람들은 주장해왔어. 우리가 둘로 보는 것은 고대의 하나에서 분리된 반쪽들이라는 것을 말일세. 밤과 낮, 하늘과 땅, 혹은 남자와 여자는 오래전에 그들의 죄스러운 본성으로 인해 갈라졌으며, 내세가 오기 전까지 그 타락한 둘은 축복된 하나가 될 수 없다고들 하지. 아담과 이브의 이야기, 플라톤의 우화, 루시퍼의 타락, 그리고 그러한 사랑스러운 거짓말들이 얼마나 많은지는 하늘만이 아시겠지만, 아무튼 그러한 이야기들의 배후에 있는 것은 바로 이거야. 클레멘트 교황의 두 번째 편지에서 신께서 언급하는 것 역시 바로 이것이라네. 그는 '두 개가 하나가 될 때, 안과 밖이, 남성과 여성이 하나가 될 때' 자신의 왕국이 올 거라고 선언하지. 이리하여 모든 사람들은 통정의 행위를 상반된 것들의 생산적인 결합을 그리는 것으로서 숭상하게 되었어. 즉, 서로를 포용하는 천상의 쌍둥이들, 하나로서의 둘이라는 거지!"

에브니저는 온몸을 부르르 떨었다.

벌링검이 미소를 지으며 말했다. "그렇다면 I와 O의 의미는 명확해지지. 하나는 남성이고 하나는 여성이야. 그들이 함께 모이면 위대한 이집트 신 이오(Io)이고, 처녀들이 즐기는 5월제 기둥 위에 고리를 끼운 모습이며, 깍정이 안에 들어 있는 도토리이자, 할례를 치른 유태인들의 포피(包皮)이며, 생식기를 나타내는 철자인 P와 Q라네. 그리고 안나가 역참에서 자네의 손가락에 살짝 끼워 준 은반지이고!"

"맙소사!"

"다른 것들에 관해 말하자면, M은 아까 말한 대로 쌍둥이 산의 젖가슴이고, S는 쌍둥이 C가 얼굴을 맞대고 교접을 하는 모습이자 신성한 Z에서 생겨난 것이기도 하지. M이 '이중의 나(double-me)'인 것처럼 W는 '이중의 너(double-you)'인데, W는 곧 한 쌍의 V를 나란히 붙여 놓은 거야. 그렇기 때문에 이것은 버트라하나라 불리는 인도 쌍둥이 신들의 기호가 되지. 그리고 드루이드교 사제들이 그들의 신을 불러내는 주문의 세 번째 부분이야. 그 전체 주문은 I.O.W.X였으니까. 또한 W는 A 및 H와 마찬가지로 두 개를 결합해서 하나로 만든 것이고, 그런 이유 때문에 예수가 살해되기 오래전부터 숭배되어 왔어. Z는 제우스의 번개가 일으키는 지그재그 모양의 섬

광이야. 그리고 종종 고대의 상징 속에서는 천상의 쌍둥이들이 원을 이루어 그것의 측면을 지켰지."

시인이 외쳤다. "충분해요! 당신 말을 듣고 있자니 현기증이 다 나는군요! 도대체 하고자 하는 말이 뭐예요? 그것이 나와 안나에게 무슨 관련이 있다는 거예요?"

벌링검이 대답했다. "그야, 쌍둥이에 대한 이러한 두려움과 경외가 인간의 골수 속에 얼마나 깊이 흐르고 있는지, 그리고 그들이 성교 및 날씨와 얼마나 깊은 관계를 가지고 있는지를 자네에게 보여 주려는 것뿐이야. 아프리카 전역에서는, 쌍둥이를 출산한 후에는 매우 음탕한 형식의 춤들이 뒤를 잇곤 한다네. 때때로 그것은 ㄱ 어머니가 간부(姦婦)라는 사실을 증명하는 것으로 여겨지기도 했어. 남편들은 일반적으로 한 번에 한 아이만을 얻는 법이니까 말일세. 다른 사람들은 성령이 그 어머니를 범했거나, 그 아버지가 과도한 남근을 가지고 있다고 생각하기도 했어. 서쪽 바다의 여러 섬에서는 야만인들이 쌍둥이가 태어난 집 벽에 커피 콩을 던지곤 한다네. 그렇게 하지 않으면 한 사람이 죽어야 한다고 믿거든. 쌍둥이는 어머니의 자궁 속에서 포옹하고 있는 동안 순결의 법칙을 깨뜨린 셈이니까! 쌍둥이가 전혀 없는 나라들도 여럿 있어. 둘 중 하나는 반드시 태어나자마자 살해되기 때문이야. 하지만 살해되건 안 되건, 그들은 모든 곳에서 숭배된다네. 아득한 옛날부터 그래 왔어. 고대 이집트의 테베에는 흑따오기[9]를 지키는 타타우

---

9) 고대 이집트의 신령한 새.

티스와 태비스 자매들이, 멤피스에는 쌍둥이 천사인 타우에스와 타우이스가 있다네. 인도에서는 야마와 야미, 그리고 내가 앞서 말했던 천상의 이륜마차를 끄는 신성한 아슈윈이 통치했지. 페르시아인들은 아리만과 오르무즈를 숭배했고 말일세. 또한 히브리인들의 고대 신화들은 허즈와 버즈, 후핌과 무핌, 고그와 마고그, 그리고 브네와 바로크에 대해서도 이야기하지. 에서와 야곱 및 카인과 아벨은 말할 것도 없고 말이야. 아니면 이슬람교도들처럼 카인과 알시만드, 아벨과 주멜라에 대해 이야기하든지……."

에브니저는 저도 모르게 "아!" 하며 감탄사를 내뱉었다.

벌링검의 말은 계속되었다. "루시퍼와 미카엘이 쌍둥이였다고 주장하는 사람들도 있었어. 빛과 어둠의 신들이 대부분 그렇듯이 말일세. 그리고 똑같은 이유로 예전에 모님과 아지즈를 숭배했던 메소포타미아의 옛 에데산 사람들은 심지어 예수와 가롯 유다가 하나의 알에서 부화했다고 여겼다고!"

"믿을 수 없어요!"

"마찬가지로 신과 사탄도……."

에브니저가 항의했다. "나는 그것을 믿지 않아요!"

벌링검이 웃으며 말했다. "이것은 자네가 믿고 안 믿고의 문제가 아니라 다른 사람들이 진실이라고 생각하는 사실에 대한 문제야. 그것은 그저 세트와 호루스, 혹은 타이폰과 오시리스의 이야기를 다시 말한 것에 지나지 않아. 일부 이집트인들은 그들을 쌍둥이로 여겼고, 다른 사람들은 그저 경쟁상대들로 여겼지. 하지만 그리스인들로 오게 되면……."

시인이 한숨을 쉬며 말했다. "굳이 말하지 않아도 돼요. 나는 빛과 천둥의 아들인 카스토르와 폴룩스에 대해 알고 있어요. 레다의 알에서 그들과 함께 부화된 헬레네과 클리템네스트라도 알고 있고요."

"그렇다면 자네는 디오스쿠로이를 살해했던 린세우스와 이다스에 대해서도 알고 있겠군. 트로이를 격파하고 재건한 암피온과 제투스, 여기서는 쌍둥이라고 하고 저기서는 이복형제들이라고 하는 헤라클레스와 이클레스, 그리고 샛별과 저녁별인 헤스페르와 포스포르에 대해서도."

"다음은 로마 차례겠군요. 로물로스와 리무스에 대해 말할 건가요?"

벌링검이 대답했다. "그래. 물론 피쿰누스와 필룸누스, 혹은 무튬누스와 투튬누스도 빠뜨릴 수 없지. 그들이 기독교 교회에 모셔질 수 있었던 것은 이러한 고전의 쌍둥이들에게 허용된 커다란 경외심 때문이었지. 교회는 그들을 성인으로 인정할 만큼 분별력을 가지고 있었어. 이때부터 그리스와 로마 가톨릭이 성 로물로와 레모, 성 카스톨로스와 폴리왹테스, 그리고 심지어 성 디오스코로스에게 기도하게 된 거야. 그들 가운데 더욱 맹신적인 사람들은 더 나아가 성 크리스핀과 크리스피언, 플로루스와 라우루스, 마르쿠스와 마르셀리아누스, 그리고 프로타시우스와 게르바시우스를 쌍둥이로 여기기까지 한다네."

시인이 외쳤다. "그건 지나쳐요. 지나치다고요!"

벌링검이 고집했다. "자넨 아직 가장 중요한 부분을 듣지 않았어. 그들은 성 요한과 야고보 역시 쌍둥이라고 주장할 거야. 심지어 성 유다와 성 토마스[10]도. '토마스'는 쌍둥이를 의미하니까 말일세. 나는 바울이 로마서에서 경의를 표한 트리포나와 트리포사로 자네를 성가시게 하는 대신, 아리안의 영웅들인 발트람과 신트람 및 카우테스와 카우토파테스, 그리고 지그프리트의 부모이자 근친상간을 저지른 지그린테와 지그문트에 관한 북유럽의 이야기들, 혹은 고대 스칸디나비아인이 빛의 정령으로 떠받들던 발두르와 그의 적이자 그를 겨우살이 나뭇가지로 살해한 악당 로키나를 소개하겠네!"

에브니저가 감탄했다. "정말 북반구는 쌍둥이 신들로 넘쳐나는군요!"

벌링검이 미소를 지으며 이야기를 계속했다. "하지만 그것이 하나의 전체가 되기 위해서는 한 쌍의 반구들이 필요하지. 안나와 내가 서쪽으로 눈을 돌렸을 때, 우리는 스페인과 영국인 모험가들의 이야기 속에도 수많은 야만인들이 숭배하는 쌍둥이 신들이 마찬가지로 풍부하다는 것을 발견했어. 그리고 태평양 및 인도양과 관련된 여러 항해일지들을 통해서도 비슷한 경우들을 발견할 수 있었지. 과거 코르테스가 찬란한 아스텍족을 유린했을 때, 그는 그들이 케찰코아틀과 테즈카트리포카를 경배한다는 사실을 발견했어. 그리고 그들의 이웃은 훈-훈-아푸와 부컵-훈-아푸를 경배하고 있었지. 피자로와 그의 일당들이 좀 더 호기심을 갖고 알아봤다면, 남부 만

_____

10) 한글 성경의 '도마.'

신전에서 파카카마크와 위코마, 아포카테퀼과 피케라오, 타멘도나레와 아리쿠테, 카루와 라이루, 니리와 카루, 케리와 카메 등과 같은 쌍둥이들을 발견했을 거야. 나야, 이 지역 인디언들 사이를 이리저리 탐문하다가 알공키안족들은 메나보조와 초카니폭을 숭상하고, 북쪽의 네이키드 인디언들은 주스케하와 타위스카라에게 기도한다는 사실을 알게 되었지. 예수회 선교사들을 통해 '주니'라 불리는 나라에 대해서도 알게 되었는데, 그들은 아하이유타와 맛사일레마를 숭배한다더군. 그리고 니바호라 불리는 또 다른 나라에 대해서도 알게 되었는데, 그들은 토바이키니와 나예네즈카니를 숭배한대. '아위케노'라 불리는 나라에서는 마마살라니크와 노아카우아를 숭배하고. 이들 모두는 다 쌍둥이들이지. 게다가 저 멀리 일본에서는 시아카와 모아카라는 쌍둥이에게 기도하는 털투성이 난쟁이 집단이 있어. 그리고 남부 대양의 신들은 위대한 시 아드지 돈다 하타후탄과 그의 쌍둥이 누이 시 토피 라드자 나 우산이 다스린다네."

"정말 정신이 다 나갈 지경이에요!"

"그것이 그들의 이름이야, 맹세해."

"됐어요! 됐어!" 에브니저가 자신의 감각들을 진동시켜 정돈시키려는 듯이 고개를 흔들었다. "당신은 이 지구상에서 쌍둥이 숭배가 만연하고 있다는 것을 속속들이 증명했어요!"

벌링검이 고개를 끄덕였다. "이러한 쌍둥이들 가운데 여러 쌍들은 정반대의 인물이자 공공연한 적이야. 사탄과 신, 아리만과 오르무즈, 혹은 발두르와 로키처럼 말일세. 그리고 그들의 싸움은 빛과 어둠의 투쟁, 지식에 의한 사랑의 살해 등을 구현하지. 다른 많은 것들은 반은 천사이고 반은 짐승이라는 인간의 이중적인 상태를 대변한다네. 그러한 쌍들의 한쪽은 인간이고 다른 쪽은 신이지. 그 외에도 무툼누스와 투툼투스, 혹은 미쿰누스와 필룸누스처럼 간음의 신들도 있어. 신이라고 하기엔 부족하지만, 근친상간적인 정욕으로 기억될 수도 있지. 카인과 알시마처럼 말일세. 그리고 심지어 성교를 통해 영웅을 낳은 사람들로 예우를 받을 수도 있어. 지그린트와 지그문트처럼 말일세. 안나가 얼마나 지그프리트의 이야기들을 좋아했는지!"

지금까지의 이야기만으로도 감당하기 힘겨워, 시인은 벌링검의 마지막 말에 대해서는 그저 손사래만 칠 뿐이었다.

벌링검이 결론을 내렸다. "하지만 그들의 결합이 사랑이든, 증오이든, 죽음이든, 언제나 그것은 빛이자 전체성이고 계시야. 갈망하면서도 두려워할 만한 것이지! 안나가 온 마음을 다해 갈망하는 것은 바로 이러한 결합이야. 하지만 그녀의 마음은 그것을 숨기고 있지. 그녀가 지구 반 바퀴를 돌아 자네를 찾아오게 만든 것도 바로 이러한 갈망일세. 그리고 자네 아버지는 그녀를 찾아 집으로 다시 데려가기 위해 온 거고. 꽃이 빛을 향하는 것처럼 싫든 좋든 자네의 마음도 결합으로 향하고 있어. 자네 자신을 하나이자 전체로 만들기 위해, 그리고 태어난 이래 한 번도 얻지 못했던 자양분을 얻기 위해, 혹은 광맥이 있는 방향으로 탐침이 움직이듯이, 자네를 자네 운명의 항구로 인도하기 위해서 말일세! 그리고 내가 갈망하는 것 역시 바로 이것이야. 그것뿐이라네. 나는 전체성을 추구하는 사람이자, 모순을 껴안는 사람이고, 모든 창조물의 남편이자, 우주의 연인이니까! 헨리 모어와 아이작 뉴튼은 나의 기둥서방들이자 침실 동기일세. 나는 내 위대한 신부가 지닌 각각의 멋진 부분들을 알아 왔어. 그리고 나는 그들의 단편들, 그 온갖 화려한 부분들에 대해 사랑을 호소해 왔지. 하지만 나는 장붓구멍 안의 장부, 양극들의 접합, 솔기 없는 우주 등과 같은 전체를 갈망해. 너희 둘은 그것의 상징이야! 나는 내게 자연의 질서 속에서 자리와 목표를 줄 어버이를 가지고 있지 않아. 나는 자연 밖에 있는 셈이지. 나는 자연의 주인이자 배우자가 될 걸세!"

연설의 말미에 이르자 벌링검은 자신의 웅변에 스스로 도취된 듯 선실 안을 왔다 갔다 하며 크게 몸을 움직였고, 그의 목소리는 광신자의 그것처럼 높고 커졌다. 에브니저가 의심할 겨를이 없을 만큼 그렇게 당황하지 않았다 하더라도, 그는 전임 가정교사의 진실성에 의문을 제기하지 못했을 것이다. 하지만 그는 어안이 벙벙했다. 놀라기도 했지만 무언가 깨달아지는 것이 있었기 때문이다. 그는 머리를 붙잡고 신음했다.

벌링검은 그 앞에서 멈춰 섰다. "자네도 분명 자네의 책임을 부인하진 않겠지?"

시인이 고개를 저으며 대답했다. "사람의 영혼이 하늘만큼 깊고 다양하다거나, 혹은 그가 극단들과 가능성들의 총체를 배태하고 있다는 것은 부인하지 않겠어요. 하지만 당신이 나와 안나에 대해 한 말은 너무 충격적이군요!"

"내가 뭐라고 말했기에? 난 그저 자네가 인간이라고 말했을 뿐인데."

에브니저가 한숨을 쉬었다. "그걸로도 충분해요."

어느덧 동쪽 하늘에서는 태양이 밝아 왔다. 필그림호는 만을 한참 내려가 포인트 룩아웃과 세인트메리즈 시티를 향하고 있었다. 다른 승객들도 일어나 선실 주변을 활발하게 움직였다. 벌링검의 제안에 따라 그들은 목도리와 외투를 꽁꽁 여미고 갑판으로 올라갔다. 은밀한 대화를 더 이어 가기 위해서였다.

"안나가 세인트메리즈에 있다는 건 어떻게 알았죠? 그 애는 어째서 몰든으로 곧장 오지 않은 건가요?"

벌링검이 대답했다. "그것은 자네 시종 버트랜드의 잘못이야." 그는 당황하고 놀라는 에브니저를 보고 웃으며 고백했다. 그가 지난 9월에 버트랜드를 미첼 선장의 집에서 세인트메리즈로 보냈고, 시종에게 계관시인의 짐 가방을 회수할 때 가능하면 계관시인으로 행세하라고 시켰다는 것이다. 또한 그것은 에브니저와 자신이 몰든으로 가는 동안 존 쿠드를 더 잘 따돌리기 위한 조치였다고 해명했다. "이를 위해 나는 서둘러 그에게 자네의 위임장을 빌려 주었지."

"내 위임장! 그렇다면 저번에 영국에서 당신이 그것을 내게서 훔친 게 사실이군요!"

벌링검이 어깨를 으쓱했다. "그것은 원래 내가 쓴 거야, 안 그런가? 게다가, 만약 파운드가 자네의 신분에 대해 확신했다면 일이 더 안 좋아졌을 거 아닌가? 어쨌든, 자네 시종의 임무는 약간의 위험이 따르는 것이었어. 그리고 신상에 그 문서를 가지고 있는 그를 쿠드가 죽이거나 납치한다면, 그는 오히려 자네를 사기꾼으로 생각할 거라는 게 내 생각이었다네. 그렇게 되면 그를 완전히 따돌릴 수 있게 되는 거지! 하지만 버트랜드는 자네의 짐 가방을 가져오는 것으로 만족하지 못하고, 세인트메리즈 시티를 진짜 계관시인인 양 활보하고 다니면서 모든 여관과 선술집에서 자신의 지위를 떠벌리고 다녔던 모양이야."

이렇게 해서 얼마 전 안나가 세인트메리즈의 항구에 도착했을 때, 그녀는 자신의 오라비가 시내에 있다고 생각하고 그를 찾아 하선한 거라고 벌링검이 설명했다. "나는 이런 일이 벌어지고 있다는 걸 전혀 듣지 못했어. 앤드루가 미첼 선장의 집에 오기 전까지는 말일세. 그는 런던에서부터 이미 나의 행방에 대해 알고 있었어. 그리고 자네처럼 안나가 내 아내가 되기 위해 이곳에 왔다고 생각했지. 하지만 그는 자네 역시 공범이고 어떤 식으로는 나와 안나 사이에 다리를 놓고 있다고 믿었어. 오늘이고 내일이고 몰든의 상황을 알게 된다면, 그는 자네가 우리 둘과 함께 펜실베이니아로 달아났다고 생각할 거야. 모든 도망자들이 책임을 피해 그곳으로 달아나니까. 안나가 도착한 이래로 그녀와 거짓 계관시인을 본 사람도, 그들에 관해 들은 사람도 없으니까 더욱 그렇게 믿겠지." 그가 자신의 입가를 빨았다. "나는 원래 티모시 미첼로 가장하여 앤드루와 함께 머물 작정이었어. 그의 분노를 가라앉히는 한편 볼티모어 경과 그의 관계를 더 잘 알아보기 위해서는 그 편이 낫다고 생각했기 때문이지. 하지만 내 부모가 누구인지 알아보려는 시도가 이미 실패로 끝났고, 또 그 과정에서 너무나도 많은 원한을 맺었기 때문에, 그 역할을 계속하는 것이 더 이상 안전하지 않다고 판단했다네."

에브니저가 가정교사에게 다음 계획은 무엇이냐고 물었다.

벌링검이 말했다. "우리는 세인트메리즈에서 함께 하선할 거야. 그런 다음 자네는 사람들이 많이 모여 있는 장소에서 안나나 에벤 쿠크의 소식을 탐문하게. 난 혼자서 쿠드를 찾을 테니."

"따로 움직이자고요? 무슨 일이 생기기 전에 안나를 먼저 찾는 것이 급선무 아닐까요?"

벌링검이 대답했다. "그건 하나의 목표로 가는 두 갈래 길일 뿐이야. 메릴랜드에서 무슨 일이 벌어지는지에 대해서는 누구보다 쿠드가 가장 잘 알고 있어. 그리고 내가 아는 한 그는 그 둘을 포로로 잡았을 걸세. 게다가 만약 내가 그의 신임을 얻을 수만 있다면, 그는 자네의 재산을 되찾는 일에 도움이 될 거야. 메릴랜드의 계관시인이 자기 편이라는 말을 듣는 것은 기쁜 일일 테니까!"

에브니저가 항의했다. "그렇게 앞서가지 말아요. 볼티모어에 대한 신뢰감은 깨졌는지 몰라도, 난 아직 존 쿠드를 믿는다는 말은 하지 않았어요. 어쨌든 당신도 잘 알겠지만, 나는 결코 계관시인인 적이 없었어요. 그리고 설사 그랬다 하더라도, 이젠 아니죠. 이걸 봐요." 그는 외투에서 자신의 공책을 꺼내서는 비판적인 어조로 '연초 도매상'이라고 다시 제목을 붙여 완성한 「메릴랜디아드」를 벌링검에게 보여 주었다. 그리고 도전하듯 말했다. "당신이 서툰 시라고 불러도 좋아요. 하지만 내용만은 정직해요. 그리고 나의 불운을 통해 다른 사람들은 불운을 면할 수 있을 거예요."

벌링검이 관심을 보이며 말했다. "'사감이 많으면 좋은 작품이 나올 수 없는 법이지.' 그 역(逆)도 마찬가지고." 그는 난간에 기대 서서 공책을 펼치고는 필그림호가 만을 따라 포토맥강이 체서피크만을 만나는 룩아웃으로 내려가는 동안 그 작품을 몇 번이고 자세히 읽었다. 좋다 나쁘나 논쟁은 하지 않았지만, 그들이 세인트메리즈 시티로 향하는 나룻배로 바꿔 탈 시간이 되자, 그는 그 시를 필그림호에 실어 페이터노스터 서리에 위치한 '까마귀의 흔적'의 벤 브래그에게 보내야 한다고 고집했다.

시인이 외쳤다. "하지만 그는 그걸 없애 버릴 거예요! 지난 3월에 내가 이 장부를 어떻게 손에 넣었는지 기억 안 나요?"

벌링검이 그를 안심시켰다. "그는 이것을 없애지 않을 거야. 브래그는 여러 가지로 내게 빚이 있거든. 그에 대해서는 자세히 말할 수 없지만."

그 제안에 대해 심사숙고할 시간은 없었다. 에브니저는 다소 불안한 마음으로 자신의 가정교사가 「연초 도매상」을 바크 선의 선장에게 맡기는 것을 허락했다. 선장은 영국으로 가는 요금의 차액을 환불해 주었고, 두 남자는 나룻배를 타고 세인트메리즈를 향해 상류 쪽으로 올라갔다.

3 메릴랜드의 전임 계관시인들 사이의 대화.
루시 로보담 양의 시련을 적당히 이야기하고, 그 비개연
성에 별로 어울리지 않는 단언으로 결론을 맺다

몇 달 전 메릴랜드에 도착한 프랜시스 니콜슨 총독은 곧 메릴랜드 정부의 소재지를 불행히도 볼티모어 경과 제임스 1세 파들 및 카롤링거 왕조, 그리고 로마 가톨릭 교회와 관련되어 있다고 여겨지던 세인트메리즈로부터, 체서피크 중심에 위치해 있고 역사적으로 개신교도들이 정착해 살던 곳이라는 이중의 장점을 지니고 있는 세번강 유역의 앤아룬델 타운으로 옮기겠다고 천명했다. 정부 문서들이 실질적으로 이동되고 수도의 이름이 앤아룬델 타운에서 아나폴리스로 공식 변경되는 작업이 실행된 것은 2월 말이 다 되어서였지만, 그 결정의 결과들은 이미 세인트메리즈 시티 내부에서 실현되고 있었다. 거리엔 사람들이 거의 보이지 않았고, 의사당과 다른 공공건물들은 실질적으로 버려진 상태였다. 몇몇 여관과 가정집들은 이미 버려지거나 폐쇄되어 있었고, 더러 널빤지가 쳐져 있기도 했다.

주의회 의사당의 아치형 출입구 앞에서 벌링검이 말했다. "개별적으로 움직이면 좀 더 탐색을 서두를 수 있을 걸세. 자네는 부두와 선술집 부근을 탐문하게. 나는 시내로 들어가 탐문해 볼 테니. 그리고 해질 녘에 여기서 만나 저녁 식사를 하세. 신께서 자네의 누이가 우리와 함께 식사를 할 수 있도록 허락해 주시기를!"

에브니저는 그 제안에 동의했고, 그의 소망에도 역시 동의했다. 벌링검의 놀라운 이야기를 듣고 난 후 그녀를 대면하려니 영 어색하고 불안한 느낌이 들었지만, 그래도 혼자 이곳에 있을 그녀의 안전이 더 걱정스러웠다.

그가 살짝 미소를 지으며 물었다. "하지만 안나를 찾은 다음엔 어떻게 하죠?"

"그야, 어쩌면 쿠드가 윌리엄 스미스로부터 쿠크포인트를 다시 빼앗을 수 있는 방법을 찾아줄지도 모르지. 그리고 앤드루가 영국으로 안심하고 돌이기면, 우리 셋이 몰든에서 가정을 꾸리는 거야. 아니면 펜실베이니아로 도망을 갈 수도 있고. 자네 아버지가 이미 의심하고 있는 대로 말일세. 안나가 만약 나를 받아들인다면, 니콜라스 로우 부인이 되는 거고, 자네는 다른 필명으로 윌리엄 펜[11]의 계관시인이 되는 거야! 옛날의 자신을 죽이고 새로운 자신을 낳는 일은 실패자들에게 놀라운 힘을 주지! 하지만 병아리를 세려면 우선 알부터 낳아야겠지."

그런 다음 두 사람은 헤어졌다. 벌링검은 내륙 쪽으로 들어갔고, 에브니저는 그들이 서 있던 곳에서 그리 멀지 않은 여인숙 쪽으로 발걸음을 옮겼다. 여인숙 안으로 들어가자 10여 명의 마을 사람들이 먹고 마시는 모습이 보였다. 그들에게 당장 무언가를 물어보자니 용기가 나지 않았다. 우선 그에겐 기자나 운동원이 되기 위해 반드시 필요한 최소한의 배짱도 없

---

11) 펜실베이니아에 식민지를 건설한 인물.

었다. 게다가 그는 여전히 조금 전에 일어났던 일련의 사건들로 인해 너무도 혼란스러워서, 자신의 현 상황을 어떻게 생각해야 하는지 분명하게 판단할 수가 없었다. 그가 몰든의 자기 방에서 「연초 도매상」을 탈고한 것이 언제였던가? 벌써 두 주는 지난 일처럼 느껴졌지만, 사실 전날 밤의 일에 불과했다. 하지만 그 이후 그가 소화해야 할 놀라운 사실들은 적어도 열두 가지 이상이나 되었다. 그리고 그 각각은 그에게 자신의 위치에 대한 가장 신중한 고민과 수정을 주문했고, 그리고 몇몇은 즉각적이고 과감한 행동을 요구했다.

그는 몰든의 주인에게 계약으로 얽매인 하인이 되었다.

그의 아버지는 현재 메릴랜드에 있고, 쿠크포인트로 가는 중이다.

그의 아내 수잔 워렌은 사실 런던의 조안 토스트였다.

하지만 그녀는 아편의 노예이자, 매독의 희생자이며, 도체스터 인디언들을 상대하는 창녀가 되었다.

게다가 그녀는 무어인 보아브딜에 의해 강간을 당했고 에브니저에게도 강간당할 뻔했다.

그는 그녀를 버리면서 자신의 일생 중 가장 철저하고 명백하게 불명예스러운 행위를 저질렀다. 사안의 중대성에 있어선 첫 번째라고 할 수 있는 '사이프리언' 선내에서, 그리고 미첼 선장의 영지에서 좌절된 그 사악한 시도를 포함시키지 않는다면 말이다.

볼티모어 경은 그가 가정해 왔던 것처럼 선의 본질 자체를 대변하는 사람이 아닐 수도 있고, 쿠드 역시 악의 본질을 대변하지 않을 가능성이 있으며, 만약 벌링검의 말이 사실이라면 오히려 그 반대일지도 모른다. 그리고 앤드루는 엄청나게 사악한 음모에 동참했다고 봐도 무방할 것이다.

그의 가정교사 벌링검은 아마도 결국 충실한 친구였을 것이다. 그리고 하나로서의 에브니저와 안나에 대해 열정을 불태우고 있다.

그의 누이는 바로 이 순간 이 주 어딘가에 있다.

그녀는 벌링검과 친밀한 관계임에도 불구하고, 지금까지 숫처녀이다.

그녀는 벌링검을 사랑한 게 아니라 자신의 오빠를 사랑한 것이다. 스스로 인지하기에는 너무도 어둡고 깊은 방식으로.

그리고 그 자신에겐 아무런 방향도, 목표도, 혹은 미래에 대한 전망도 없다. 그는 이 세상에서 벌링검처럼 고아이며, 신사로서의 신체적, 재정적, 지적, 경험적, 혹은 정신적인 자질도 가지고 있지 않다.

이러한 명제들로 이성이 뒤죽박죽된 상태에서, 그가 어떻게 낯선 사람들에게 접근하여 침착하게 궁금한 것들을 물어볼 수 있겠는가? 심지어 그는 여인숙을 들어서는 자신에게 쏟아지는 사람들의 악의 없는 호기심 어린 시선에도 속이 거북해지고 얼굴이 화끈거렸다. 그의 작은 결심은 사라졌다. 조안 토스트가 자신에게 맡긴 돈의 일부로 그는 전날 이후 처음으로 식사를 주문했다. 그리고 그것을 다 먹은 후, 그 여인숙을 떠났다. 몇 분 동안, 그는 마치 어느 거리에서 우연히 안나를 발견하기라도 바라는 사람처럼, 마을의 울퉁불퉁한 거리들을 정처 없이 방황했다. 날씨가 허락했다면, 틀림없이 하루종일 이런 짓을 계속했을 것이다. 자신의 누이가 어떤 심각한 곤경 속에서 힘들어하고 있을지에 대해선 애써 외면하면서. 그런 다음 해 질 녘에 벌링검을 만나 한숨을 쉬며 자신의 탐문이 성과가 없었다고 보고했을 것이다. 하지만 세인트메리즈강의 먼바다에서 불어오는 습기 찬 바람은 그의 몸을 차갑게 얼렸고, 결국 그는 또 다른 선술집으로 피신해야 했다. 먼저 들어갔던 곳 외에 유일하게 눈에 띄는 여인숙이었다. 그는 여전히 이를 딱딱 부딪치며 럼주를 주문했다.

그가 관찰하기에 그 건물은 앞의 집보다 더욱 허름하고 지저분했다. 바닥은 굴 껍질로 덮여 있었고, 테이블에는 테이블보도 깔려 있지 않았으며, 공기 중에는 퀴퀴한 담배 냄새, 김빠진 맥주 냄새, 싱싱하지 않은 해물요리 등이 뒤섞인 복잡한 냄새들이 떠다니고 있었다. 이 마지막 냄새는 이곳 주방에서보다, 어부들이기도 한 손님들의 축축한 외투에서 발산되는 듯했다. 에브니저에게 관심을 기울이는 사람은 아무도 없었다. 각자 예인망과 날씨에 대해 이야기를 나누거나, 턱수염을 만지작거리며 잔에 얼굴을 박곤 했다. 그러한 무관심은 에브니저가 질문을 꺼내는 것을 더욱 어렵게 했지만, 동시에 불안감을 덜어 주기도 했다. 그는 의자를 벽난로 가까이로 움직일 수 있었고, 심지어 럼주를 홀짝홀짝 마시면서 다른 손님들을 더욱 자세하게 관찰할 수 있을 만큼 대담해졌다.

방의 한쪽 구석에서는 한 사내가 테이블 위에 엎드려 잠을 자고 있었다. 술 때문인지, 절망 때문인지, 혹은 단순한 피로

가 수면제 역할을 했던 것인지는 알 수 없지만, 그를 바라보는 그의 심장이 방망이질 치기 시작했다. 그가 다른 손님들에 비해 남달리 깨끗하다거나, 유독 남루한 것은 아니었지만, 그가 입고 있는 외투는 상태가 좋았을 때는 노동자들이 입는 스카치 옷감과는 비교가 되지 않는 자주색의 사지와 은회색의 프루넬라라는 고급 옷감으로 된 것이었기 때문이다. 그것은 에브니저가 볼티모어 경을 알현할 때 입었었고, 그다음 날 메릴랜드로 가져오기 위해 짐 가방에 꾸렸던 그의 외투와 아주 흡사했다! 그러한 외투가 또 있다는 것은 거의 있을 수 없는 일이었다. 왜냐하면 그 상품은 에브니저 자신이 직접 고른 것이었고, 그 당시 유행에 따라 재단된 것이었으며, 그러한 유행은 런던 밖에서는 좀처럼 볼 수 없는 것이었기 때문이다. 그럼에도 불구하고 그는 섣불리 사내를 깨워 소동을 일으킬 엄두가 나지 않았다. 그는 대신 럼주를 더 주문하며 급사에게 저기 자고 있는 녀석이 누구냐고 물었다.

급사가 대답했다. "어쩌면 니콜슨 총독일 수도 있고, 윌리엄 왕일 수도 있죠. 단골 손님들의 사생활을 염탐하는 것은 내 취미가 아니라서요."

에브니저가 말했다. "분명 그렇겠지. 분명 그럴 거요." 그는 급사의 손에 2실링을 쥐어 주었다. "하지만 내겐 좀 중요한 일이라서 말이오."

급사는 동전을 확인하더니 만족스러운 표정으로 단언했다. "저 친구가 2층에 침실을 세내고 저쪽 테이블에서 식사를 하고는 있지만, 사실 아무도 정확히 그가 누구인지는 몰라요."

"뭐야! 고작 그런 정보를 가지고 2실링이나 받는단 말요?"

급사가 경고하듯 손가락 하나를 들어 올리더니, 실은 저 낯선 사람이 세인트메리즈에서 유명한 사람이라고 설명했다. 정말 그는 지난 몇 달 동안 이 여인숙에 자주 들락거렸는데, 현재 돌고 있는 소문에 의하면 그가 내세우는 신분은 가짜라는 것이었다.

"그는 모든 사람들에게 자신이 에브니저 쿠크라는 이름의 메릴랜드 계관시인이라고 떠벌리고 다녔죠. 하지만 그는 세인트메리즈를 어슬렁거렸던 이름난 사기꾼이거나, 그렇지 않으면 자신의 그림자를 지나치게 두려워하는 사람이 틀림없어요."

에브니저가 급사의 말에 상당한 관심을 드러내는 바람에, 더욱 자세한 설명을 듣기 위해 1실링을 더 들여야 했다.

급사는 돈을 주머니에 집어넣으며 계속 말을 이었다. "그는 지난 9월인가 10월에 세인트메리즈에 왔어요. 선단이 왔다 간 건 몇 주 전이었기 때문에, 그가 어디에서 어떻게 왔는지는 아무도 몰랐죠. 그때도 저 옷을 입고 있었어요. 그때만 해도 세인트폴의 한량처럼 화려했죠. 그리고 무척이나 거드름을 피우더군요. 그러면서 자신이 메릴랜드의 계관시인인 에벤 쿠크라고 주장했어요."

에브니저가 외쳤다. "맙소사, 사기꾼! 아무도 그를 의심하지 않았소?"

웨이터가 고개를 끄덕였다. "물론 그를 야유하는 사람들도 많았지요. 그는 사람들이 시 한 수를 청할 때마다 '뮤즈는 선술집에서는 노래하지 않는다.'는 등 뭐 그런 비슷한 말들을 늘어놓았어요. 그리고 영국에서 어떻게 그렇게 늦게 왔느냐고 물었더니, 선단이 희망봉에 도착하기도 전에 짐 미치의 배인 '포세이돈'에서 해적들에게 납치되었었다고 말하더군요. 그리고 후에 바닷물 속에 던져졌지만, 뭍으로 수영해 와 보니 자신이 메릴랜드에 와 있더라나요. 사람들이 저 사람 덕에 한바탕 잘 웃었죠. 하지만 그의 이야기는 곧 시의원인 로보담 대령에 의해 증명되었어요."

"설마!"

웨이터는 단호하게 고개를 끄덕였다. "대령과 그의 딸은 저 남자와 함께 포세이돈호를 타고 바다를 건넜는데, 그가 그의 시종 및 세 명의 선원들과 함께 납치되는 것을 보았고, 그 이후 그들에 대해 전혀 소식을 듣지 못했다고 말하더군요. 의심 많은 사람들은 여전히 저 친구의 이야기를 의심하고 있죠. 왜냐하면 그는 몇 개월이 지나도록 시 한 줄 읊어 내지 못하니까요. 게다가 누군가가 그의 아버지 앤드루의 이름이나 장인의 이름을 언급하기만 해도 무서워 벌벌 떤다니까요."

에브니저가 의자에서 벌떡 일어서며 외쳤다. "장인이라니! 혹시 통 수선공 윌리엄 스미스를 말하는 거요?"

웨이터가 웃으며 대답했다. "스미스라는 이름의 통 수선공은 몰라요. 내가 말하는 건 톨벗의 로보담 대령이죠. 그는 저 사람의 이야기에 꽤 설득이 되었는지 그를 사위로 삼더라고요. 하지만 그 후 에벤 쿠크라 불리는 또 다른 사람에 대해 알게 되었죠! 그래서 그는 저 사기꾼에 대해 고소장을 제출할 작정이라더군요. 하지만 그 사이 이 친구는 여기서 그를 너무도 두려워하며……."

"그만 됐소." 에브니저가 험악한 어조로 급사의 말을 잘랐다. 그러고는 새로운 럼주 잔에 손도 대지 않고 주저 없이 잠을 자고 있는 사람의 테이블로 성큼성큼 걸어갔다. 그곳에서 자는 사람이 정말로 버트랜드인 것을 확인하고, 그는 그의 어깨를 두 손으로 흔들었다.

"일어나, 이 비열한 녀석!"

버트랜드는 곧 일어나 앉았다. 갑작스럽게 깨워지는 바람에 놀란 그의 얼굴은 자기를 흔들고 있는 사람이 누구인지 확인하고 곧 공포로 변했다.

에브니저가 사납게 속삭였다. "이 비열한 사기꾼! 지금까지 무슨 일을 저지른 거야?"

시종이 자신의 지위에 대한 위험을 판단하기 위해 비굴하게 주위를 둘러보며 속삭였다. "잠깐만요, 에쁜 나리!" 하지만 다른 손님들은(설사 그 장면을 관찰하고 있던 사람이라도 그저 한가한 호기심이나 흥미 외에는 가지고 있지 않은 듯 보였다.) 누구도 그 둘의 만남을 이해하는 것 같지 않았다. "말씀을 더 하시기 전에 우선 장소를 옮겨요. 당신에게 할 말이 많아요!"

시인이 불쾌한 어조로 대답했다. "나도 너에게 할 말이 많아. 네 안위가 걱정되나 보지, 계관시인 나리?"

버트랜드가 여전히 주위를 둘러보며 인정했다. "그럴 만한 이유가 있어요. 하지만 그보다 주인님의 안위를 위해서예요, 주인님. 그리고 주인님의 누이 안나 양을 위해서!"

에브니저가 시종의 손목을 움켜쥐었다. "빌어먹을 녀석 같으니라고! 네가 안나에 대해 뭘 알아?"

시종이 간청했다. "여기서는 말고요! 2층의 제 방으로 오세요. 그곳에서라면 아무 두려움 없이 이야기할 수 있을 거예요."

에브니저가 쏘아붙였다. "두려워해야 할 사람은 너지 내가 아냐." 하지만 버트랜드가 2층으로 길을 안내하는 것을 막지는 않았다. 그가 관찰하기에, 시종은 가발에서부터 슬리퍼까지 그의 짐 가방에서 나온 물건들로 온몸을 휘감고 있었다. 이제는 하도 입어서 모두 닳았고, 세탁이 필요해 보였다. 그러나 그것들을 걸친 본인은, 비록 잠과 두려움으로 눈은 퀭했어도, 계관시인 노릇을 통해 자신의 운명을 분명 많이 향상시킨 듯 보였다. 몸에는 살이 붙었고, 부스스한 옷차림에도 불구하고 위엄이 있어 보였다. 의심할 나위 없이 그의 주인보다 더욱 호감이 가는 풍채였다. 이윽고 가구라고 해 봤자 침대 하나, 의자 하나, 물주전자가 놓인 작은 탁자 하나가 전부인 버트랜드의 방으로 들어갔을 때쯤에는, 에브니저는 분노를 거의 억누를 수가 없었다.

하지만 먼저 말을 꺼낸 것은 시종이었다. "어떻게 당신이 이곳에 있는 거죠, 주인님? 저는 당신이 몰든에서 포로로 잡혀 있는 줄 알았는데요."

에브니저의 얼굴이 창백해졌다. "알고 있었군! 너는 내 비참한 상황을 알고 비열하게도 그것을 이용했어!" 그는 치받히는 분노에 기운이 빠져서 의자에 주저앉아야만 했다.

버트랜드가 간청했다. "제발 제 얘기를 마저 들어 보세요.

제가 처음에는 허영심에서 당신의 역할을 가장했던 건 사실이에요. 하지만 곧 저는 싫든 좋든 그렇게 할 수밖에 없었어요. 그리고 당신이 몰든에 잡혀 있다는 소식을 들은 이래로, 저의 유일한 목표는 당신에게 도움이 되는 일을 하는 거였다고요."

시인이 외쳤다. "나는 네가 어떤 식으로 나를 돕는지 잘 알아. 너는 나를 돕기 위해 포세이돈호에서 내 저축을 도박으로 날려 버렸고, 덤으로 내게 여자들이나 꼬시고 다니는 망나니라는 꼬리표까지 달아 주었지!"

하지만 버트랜드는 전혀 굴하지 않고 고집스럽게 자신의 상황을 더욱 장황하게 설명했다. "차라리 베시와 함께 런던에 남아서 랠프 버드솔의 손에 제 불쌍한 물건의 운명을 맡기지 않은 걸 저만큼 후회하는 사람은 없을 거예요. 사람들이 흔히 말하듯, '빵 한 덩어리를 모두 잃느니 부스러기 하나를 잃는 게 나으니까요.' 하지만 운명은 제 편이 아니었죠. 그리고……."

주인이 명령했다. "우는소리는 집어치워. 그리고 너의 그 말도 안 되는 이야기나 끝내."

"제가 말하고자 한 것은요, 주인님, 제 마음이 갈망하는 것에서부터 지구 반 바퀴를 돌아 그 저주받을 해적들에 의해 학대당하고, 물에 빠뜨려진 데다, 또한 제 섬을 잃어 더욱 실망했고……."

"네 섬을 잃었다고!"

"그래요, 주인님…… 제 말은, 일곱 개의 황금 도시가 제 손가락 사이로 빠져나가는 걸 속절없이 보고만 있는 것은 매일 있는 일은 아니거든요. 말하자면 제 마음속에 떠오른 어떤 아주 음탕한 장난도 기꺼이 받아 주고, 매시간 제게 케이크와 부드러운 맥주를 가져다줄 아름다운 피부의 야만인 계집들은 말할 것도 없고 말이에요."

"잘한다, 잘해. 아예 침까지 흘리는군!"

"그리고 당당한 드레이크페커도 있었죠. 천사 같은 마음씨에, 스코틀랜드 황소처럼 크고 검은 데다 바빌론의 창녀들도 녹초로 만들 만큼 정력이 대단하지만, 어느 신이라도 자랑하고 싶을 만큼 유순한 신도였어요. 그런데 당신은 그를 아첨나는 야만인이나 간호하라고 선뜻 넘겨줬죠."

"맙소사, 이뾔, 지나긴 얘기는 넘어가고 네가 꾸며 낸 이야기나 시작해! 그 얘긴 나도 알고 있다구!"

버트랜드는 이 주장에 대해서는 이의가 없다면서 계속 말을 이었다. "제가 그 이야기를 하는 이유는 그 돼지 치는 여자가 우리에게 이곳이 메릴랜드라고 말했을 때 제가 느낀 절망감을 당신이 이해하실까 해서예요. 저는 그때 말 그대로 천국에서 지옥으로 떨어져야만 했으니까요."

시인이 대답했다. "그것이 너의 딱한 곤경이든 너의 비겁한 목이든, 나는 네 도움 없이도 꽉 붙잡을 거야. 그리고 그 돼지 치는 여자에 대해 말하자면……." 그는 잠시 망설인 후 자신의 결혼 소식을 알리지 않기로 마음을 정했다. 대신 시종에게 그의 계속되는 궤변이 허락하는 한 짧고 분명한 방식으로 삼 개월 전에 세인트메리즈에 도착했을 때부터 시작하여 그 이후의 행적에 대해 설명하라고 요구했다.

버트랜드가 억울하다는 듯 대꾸했다. "저도 그에 대해 말씀 드리려는 것뿐이에요, 주인님. 제가 용서를 구해야 할 일은 처음에 당신 흉내를 낸 것 그거 하나뿐이에요. 그리고 이렇게 전후 상황을 설명하면 좀 정상 참작이 되지 않을까 생각했던 거고요. 그 나머지는 책망을 당하기보다는 칭찬을 받을 일이죠. 당신의 불쌍한 누이에게 그랬고, 또 저를 처음 푸딩 레인에 있는 당신에게 보냈던 앤드루 주인님께도 그랬던 것처럼, 당신에게도 기꺼이 다 말씀드릴 거예요. 넓고 사악한 이 세상에서 다른 목적이 아닌……."

에브니저가 다그쳤다. "다른 목적이 아니라 뭐야? 시의원의 딸을 꾀어 내기 위해 내 이름과 지위를 훔치는 것? 내가 네 살가죽에 제대로 채찍질을 하지 않는다면, 차라리 염병에 걸려 죽는 게 나아!"

버트랜드가 말했다. "……당신에게 충고를 하고 당신을 보호하기 위한 목적이요." 이 말에 주인이 달려들 기세를 보이자, 그는 침대의 다른 쪽으로 뒷걸음질치며 서둘러 이야기를 시작했다. 그는 자신이 시볼라가 아닌 메릴랜드에 있다는 뜻밖의 새로운 사실과, 결과적으로 자신은 더 이상 신이 아니라 그저 평범한 시종으로 남아야 한다는 사실에 너무 낙담해서, 티모시 미첼의 명령으로 다른 하인과 함께 에브니저의 짐 가방을 가지러 갔을 때, 계관시인 노릇을 해 보고 싶다는 유혹에 저항할 수가 없었다는 것이다. 하지만 단지 심부름을 하는 기간 동안만 가장을 하려 했었다. 그래서 그는 일행에게 자기가 사실 에브니저 쿠크이고 미첼 선장의 집에 있는 사람은 자신의 시종이며, 그들은 단지 예방책으로 잠시 역할을 바꾼 것인데, 우려와는 달리 그 주에서 그들에 대한 접대는 충분히 친절하므로 더 이상 시종으로 가장할 필요가 없게 되었다고 말했다. 그래서 그들은 에브니저 쿠크의 이름으로 짐 가방을 가져왔고, 주인과 시종을 위한 숙소를 마련해 놓은 후에, 자신이 단기간 가장한 지위를 최대한 이용하기 위해 길을 나섰다는 것이다.

그가 한숨을 쉬며 말을 이었다. "모든 일이 잘돼 갔어요. 거리 위쪽에 있는 반스베링겐 여인숙을 떠날 때까지는요. 태양은 여전히 높이 떠 있었고, 저는 럼주 기운으로 약간 알딸딸한 상태였죠. 제가 이제 뭘 할까 생각하며 잠시 서 있는데, 멋지게 차려 입은 젊은 여자 하나가 막 울면서 제게 달려들더라고요. 그러더니 제 목에 팔을 감고는 '내 사랑 에브니저!'라고 외치지 뭡니까. 그녀는 루시 로보담이었어요. 포세이돈호에서 제게 재앙을 가져다준 그 헤픈 여자 말이에요. 그 여자는 제가 오래전에 해적들에게 살해된 줄 알았다더군요!"

버트랜드의 이야기는 계속되었다. 그는 지난날의 인연도 있고 해서 반스베링겐에서 로보담 양에게 저녁을 샀다. 그녀의 아버지는 의회에 참석하기 위해 세인트메리즈에 있었다. 그녀가 식사를 하기 위해 외투를 벗었을 때, 버트랜드는 놀랍게도 그녀가 임신 중임을 알았다. 그가 그녀에게 자초지종을 묻자 (에브니저는 이에 질겁했다.) 그녀는 갑자기 다시 눈물을 터뜨리며 다음과 같이 고백했다. 그녀는 메릴랜드에 도착하자마자 탁월한 투기 재능으로 '포세이돈' 승객의 반을 파산시켰던 조지 터브만 목사에게 속아 그와 결혼하게 되었고, 포트 토바코 교구의 목사관에서 그의 아이를 임신하게 되었다는 것이다. 그런데 그 후 오래지 않아 그녀는 그 결혼이 불법이라는 사실을 알게 되었다. 터브만 목사가 런던에 있는 그의 첫 번째 아내와 이혼하지 않은 상태였기 때문이었다. 로보담 대령은 즉시 그 결혼의 무효소송을 준비했고, 더 나아가 터브만 및 동료의 중혼적인 결합을 분명 알면서도 그들의 결혼을 인가한 페리그린 코니 목사 모두에 대해 성직 정지 소송을 주교에게 제출했다. 하지만 주에서 대령의 영향력은 아직 루시에게 또 다른 남편을 얻어 주거나 그녀의 배가 불러오는 것을 막을 수 있을 정도는 아니었다. 그 결과 그녀는 몸을 헤프게 굴렸다는 평판을 얻게 되었고, 동시에 그녀의 이름은 신사들이 선택할 만한 처녀들의 목록에서 지워지고 말았다.

시종이 말했다. "저는 그때 알았어요. 제가 살아 있다는 걸 알고 그녀가 어째서 그렇게 기뻐했는지를요. 저는 그녀에게 상당한 동정을 표시했어요. 버트랜드 버튼으로서는 물론이고 에벤 쿠크로서도 그녀와 결혼할 마음은 더더욱 없었지만요! '집은 미리 만들어 둘 수 있지만, 아내는 앞으로 만들어야 한다.'는 속담도 있잖아요. 하지만 저는 제 자신의 이러한 느낌을 감추면서도, 말로든 행동으로든 그녀의 천박한 계략을 파악했다는 내색은 전혀 하지 않았어요. 반대로 저는 편리하게 좋은 의도를 가진 자비심 많은 계관시인 역할을 연기했죠. 그 계집에게 다른 무슨 꿍꿍이 속이 있는지 더 알아보기 위해서요."

"그리고 그렇게 네가 '포세이돈'에서 그만둔 지점에서부터 다시 시작했겠지. 보지 않아도 뻔해."

버트랜드가 손가락을 들어 올리며 당연하다는 듯 말했다. "우리가 그날이 다 가기 전에 다소 재미를 좀 봤다는 건 부인하지 않겠어요. 저는 술을 마셔서 제정신이 아니었고, 말하자면 루시가 자랑하는 그 유명한 표식을 다시 한번 보고 싶었거든요. 그것은 맹세코 온통 점으로 이루어진 것이죠. 그리고……."

에브니저가 조급하게 끼어들었다. "알고 있어, 알고 있어. 큰 곰자리와 닮았네 이쩌고 하는 거."

버트랜드는 그때를 회상하며 입맛을 다셨다. "게다가, 최근에 아이를 가진 여자들에게는 특별한 즐거움이 있으니까요."

"맙소사, 정말이지 속이 다 메스꺼워지는군!"

시종이 어깨를 으쓱하며 이야기를 마무리했다. "어쨌든, 저는 그것이 단지 그 행실 나쁜 여자가 응당 받아야 할 업보라고 짐작했죠. 그녀는 부정한 내기로 당신의 돈을 몽땅 털어 갔으니까요."

에브니저가 외쳤다. "이봐! 내기에 대해 말하자면……."

버트랜드가 미소를 지으며 말을 가로막았다. "더 이상 말하지 마세요. 제가 그녀를 본 바로 그 순간 똑같은 의문이 제 마음속에 들었으니까요. 그리고 적당한 시간이 되자 곧 저는 그녀에게 물었죠. 누가 그 판돈의 최고 인기 상품을 마지막으로 획득했는지 말이에요. 그때 저는 잃었던 돈을 되찾기 위해 쿠크포인트 전체를 걸었잖아요. 처음엔 그녀도 대답하려 하지 않았어요. 하지만 제가 그녀의 허벅지를 허리띠로 찰싹 때리자(상냥한 베시가 집적거릴 때마다 그녀의 허벅지를 찰싹 때리곤 했던 것처럼요.) 진실을 털어놓더군요. 그런데 글쎄, 터브만이랑 그 미치 선장이라는 후레자식과 공모해서 바로 자기가 그 상품을 획득했다는 거예요!"

"맙소사!"

버트랜드의 이야기는 다음과 같이 계속되었다. 세 명의 공모자들은 그것을 나누어 가졌다. 그리고 터브만은 로보담 양을 임신시키고 그녀와 결혼함으로써 자신의 몫을 증가시켰다. 재산의 양도가 이루어지자마자 그는 그 결합의 중혼이었음을 밝혔다. 재산만 차지하고 그녀는 떼어 내기 위해서였다. 하지만 그가 계산에 넣지 못한 것은 장인의 분노였다. 로보담 대령은 신속하게 사정을 폭로하고, 앞서 말한 법적 조치를 취했던 것이다.

에브니저가 다그쳐 물었다. "하지만 재산은 어떻게 되었지? 터브만이 아직 그것에 대한 소유권을 가지고 있나?"

시종이 미소를 지으며 대답했다. "적어도 제가 말했던 그때 엔 그랬어요. 그리고 잘은 모르지만 아직까지도 그런 것 같고요. 하지만 제 자신의 내기와는 별도로, 그의 모든 수익은 말〔馬〕, 마상이[12], 그리고 연초 등과 같은 현금 혹은 동산의 형태로 되어 있어요. 쿠크포인트는 그가 획득한 유일한 부동산이었죠."

"네가 그것을 판돈으로 건 일을 두고두고 저주할 테다!"

---

12) 노를 젓는 작은 배.

버트랜드는 눈썹을 치켜올리며 말했다. "어쩌면 그것은 결국 그렇게 어리석은 일이 아니었는지도 몰라요, 주인님. 그 비열한 녀석은 한 번도 그러한 상금을 딴 적이 없었고, 특히 그는 우리가 해적들에 의해 살해당했다고 생각했기 때문에, 자신이 떳떳치 못한 방법으로 돈을 땄다는 사실을 법원에서 알게 될까 두려워 섣불리 자기의 주장을 밀고 나가지 못했으니까요."

에브니저가 말했다. "만약 법원에 제소했더라도 그는 유리한 위치를 차지했을걸. 메릴렌드 법정에서는 정직한 사람들이 불이익을 당하기 마련이니까." 하지만 그의 어조에는 안도감이 배어 있었다. "계속해."

버트랜드의 계속된 이야기에 의하면, 그 결과 터브만 목사는 내기 건 사람들 본인으로부터 법정 밖에서 빚을 받는 것으로 만족했다. 그리고 결혼 무효로 인한 로보담의 분노를 달래기 위해, 쿠크포인트에 대한 소유권 각서를 루시가 그것의 원래 저자와 조우하기 며칠 전에 그녀에게 재양도했다는 것이다.

시종이 말했다. "그녀는 터브만과 마찬가지로 법정이 그것에 대해 어떻게 판결을 내릴지 의문스러워하고 있었어요. 자신의 상태가 상태이니 만큼 제가 신사답게 자기에게 그 증서를 양도하기를 바랐죠. 하지만 제가 전혀 그럴 기미를 보이지 않자, 그녀는 그저 울거나 협박하는 수밖에 없었죠."

그는 다음과 같이 설명했다. 그의 다음 조치는 세인트메리즈에 함께 왔던 하인을 티모시가 지시한 대로 미첼 선장에게 돌려보낸 뒤, 자신과 자신의 짐을 몰든으로 향하는 거룻배에 싣기 위한 계획을 세우는 일이었다. 그러나 그의 주인이 짐을 확보하고 운송하는 과정에서 뜻하지 않은 문제들로 시간이 지체될 수 있다는 걸 고려해 줄 것이라 계산하고, 세인트메리즈에서 로보담 대령의 손님으로서 또 하루를 지체했다. 그리고 그 후로도 가짜 지위와 루시의 필사적인 호의를 포기하기 싫어서, 하루, 그리고 또 하루, 이런 식으로 계속 지체하게 된 것이다. 이 기간 동안 그의 집주인과 정부는 그를 달래기도 하고 위협하기도 했다. 그들의 제1 목표는 쿠크의 저택과 로보담을 결혼을 통해 결합시키는 것이었고, 그렇게 함으로써 그들의 모든 문제를 단번에 해결하는 것이었다. 그들은 자신들의 입지가 법적으로 불확실하다는 것을 알면서도 번갈아 가며 그 문제를 법정으로 가지고 가겠다고 큰소리쳤다. 쿠크포인트를 지참금으로 가지고 있으면 임신한 매춘부라도 점잖은 가문 출신의 적당한 배우자를 찾을 수 있을 거라 믿었기 때문이다. 그러나 어느 편도 분명한 주도권을 갖고 흥정할 입장이 아니었으므로, 그 논쟁은 미묘한 암시들과 모호한 부인(否認)들로 제한되었고, 며칠 전에 짐을 발송한 버트랜드는 시종들이 꿈속에서나 맛볼 수 있는 그러한 여유 있는 기분전환과 즐거움의 일주일을 즐겼다.

그러나 일주일이 다 되어 갈 무렵, 그는 반스베링겐에서 일하는 전적으로 신뢰할 수 있는 급사로부터 동부 해안에서 에벤 쿠크라 불리는 남자가 자신의 전 재산을 평범한 통 수선공에게 서명 하나로 넘겨주었다는 소식을 들었다. 성자적 정의

감에서였는지, 혹은 어떤 어둡고 사악한 의무를 만족시키기 위해서였는지, 아니면 단지 실수에서였는지에 대해서는 많은 논란이 있었지만, 그 양도는 명백하게 합법적이어서 쿠크 본인은 앓아누워 사경을 헤매고 있으며, 그 통 수선공의 창녀 딸과 결혼해 준 데 대한 보답으로 자신의 잃어버린 영지에서 간호를 받고 있다는 소식이었다.

시종이 말했다. "이 소식에 저는 거의 넘어갈 뻔했죠. 그때까지도 내가 가짜 에벤 쿠크일 거라 의심하는 사람은 없었어요. 당신도 인정하셔야 하지만, 주인님, 사실 당신의 원칙이 무엇이건 간에 저는 시인 역할을 하는 요령을 잘 알고 있거든요. 그들은 내가 당장 도싯으로 달려가 그 통 수선공과 사악한 사기꾼을 모두 쫓아내기를 기대했어요. 게다가 당신에게 일어난 소식을 듣는 것은 끔찍했어요. 당신이 죽음의 문턱에서 누워 있으며, 불결한 하녀와 결혼해야 했다고 생각하는 건 더욱 끔찍했죠."

에브니저가 손을 들어 올리며 말했다. "네 그 놀라운 동정은 사양하겠어. 그로 인해 너는 대령의 집에서의 저녁 식사에 더 이상 환영받지 못하게 되고, 루시 양에게도 재미없는 연인이 되어 버렸겠지."

버트랜드가 인정했다. "바로 그랬어요. 물론 섣불리 내색을 할 순 없었지만 말이에요."

"물론 그랬겠지."

버트랜드는 계속해서 자기는 대신 로보담 대령에게 다음과 같이 주장했다고 말했다. 자신이 해적들에게 납치되어 살해되도록 일을 꾸민 바로 그 반역자들이 이 주에서 자신을 파멸시킬 음모를 꾸미고 있으며, 그것은 자기가 펜의 힘으로 그들의 선동적인 음모를 명명백백하게 밝혀 내지 못하도록 하기 위해서다, 그가 자신의 시종(예전에 부르지도 않았는데 갑자기 나타나서 자신의 시중을 들었던 바로 그 서기 녀석)을 그에 앞서 계관시인으로 가장하고 정찰하도록 보냈던 것은 그들의 음모를 미리 예상해서다, 하지만 그 술책이 이렇게 빗나갈 줄은 꿈도 꾸지 못했다 등등. 그런데 자신의 손님에게 은혜를 베풀어 주는 데 너무도 열심이었던 대령이 즉시 니콜슨 총독에게 잘 말해 주겠다고 제안했다. 니콜슨 총독은 폭동은 말할 것도 없고 말싸움조차 철저히 싫어하는 사람이라는 것이다. 그러나 버트랜드는 다른 공격 방법을 제안을 했다. 이 제안을 듣고 로보담 부녀는 몹시 기뻐하면서, 손에 쥐고 있던 카드를 동시에 내려놓고는 눈물을 흘리며 그를 껴안았다.

시인이 말했다. "도대체 어떤 끔찍한 계획일지 생각만 해도 두렵군."

시종이 한숨을 쉬며 대답했다. "효력도 좋고 간단한 방법이었죠. 아니, 제가 그것을 고안해 낼 때만 해도 그렇게 보였어요. 저는 그 문제를 '엉트르 누(entre nous, 우리끼리)'만 알고 있자고 제안했죠."

"'엉트르 누'? 저런, 이제 프랑스어로 음모를 꾸미는 법까지 배운 거야?"

버트랜드가 얼굴을 붉혔다. "이것은 루시가 다른 녀석을 희생양 삼아 이익을 얻으려고 계획할 때마다 쓰던 단어예요. 다시 한번 말씀드리지만, 저의 계획은 제가 당신을 최대한 도울 수 있는 방법을 알게 될 때까지는 그 문제를 '엉트르 누'만 알고 있자는 거였어요. 제 진짜 이름과 신분을 로보담 부녀에게 밝히거나, 제가 처한 곤란한 상황을 총독에게 가져감으로써 신분 노출의 위험을 초래해 보았자 전혀 이로울 것이 없다고 판단했어요. 저는 제가 당신에게 계관시인 노릇을 더 잘할 수 있도록 법률 대리인의 권한을 주었다고 주장했죠. 그리고 이 권한 때문에 만약 공평치 못한 법정에서 소송이 걸리게 되면, ㄱ 동 수선공의 쿠크포인트에 대한 소유권 주장에 약간의 힘이 실릴 수도 있다고요. 왜냐하면 비록 쿠크포인트를 양도한 사람은 가짜 계관시인이지만(그렇게 저는 대령에게 말했어요.), 제 이름으로 업무를 처리할 수 있는 권한을 부여받은 법률적인 대리인이기 때문이라고 하면서요."

에브니저가 말했다. "내가 장담하건대, 너는 리처드 소터만큼 대단한 궤변가야!" 버트랜드가 환하게 미소를 지었다.

"다음에 온 것에 비하면 그건 그저 양념에 불과했어요, 주인님. 바로 뒤를 이어서 저는 루시 양에게 청혼했거든요. 그러면서 다음과 같은 이유를 댔죠. 비록 그녀의 권리 요구 자체는 밑 닦는 휴지만큼이나 법적인 효력이 없지만, 만약 제가 그 각서를 작성한 사람으로서, 소송 당사자의 남편으로서, 그리고 메릴랜드의 진정한 계관시인으로서 그것을 지지한다면, 재판을 우리에게 유리한 방향으로 이끌 수 있을 거라고요!"

시인이 외쳤다. "이런 일을 봤나! 내 이름과 지위로도 모자라 내 재산까지 훔칠 작정이었군!"

버트랜드가 그에게 상기시켰다. "어차피 재산은 이미 다른 사람에게 도둑맞았잖아요. 저는 할 수만 있다면 그것을 다시 훔쳐서 정당한 소유자에게 돌려줄 작정이었어요. 그리고 그 후에 제 진짜 이름을 밝힐 생각이었죠. 루시 로보담은 제 법적인 아내가 되겠지만, 뭐, 될 대로 되라죠!" 그러고는 다음과 같이 덧붙였다. 대령은 이 제안에 몹시 기뻐했고, 루시는 말할 것도 없었다. 결혼은 즉시 거행되었고, 흠잡을 수 없는 동침을 통해 완성되었다. 그리고 비록 자기가 희망했던 대로 루시의 각서에 그의 남편을 수취인으로 하는 양도 조항을 기입하지는 못했지만, 그래도 역시 자기는 쿠크포인트를 구했다고 여긴다는 것이다.

에브니저가 말했다. "너의 사기술에 정신을 못 차릴 지경이야! 네가 기만한 그 비참한 여자는 어디 있어? 그리고 그녀의 불쌍한 아버지는? 어째서 너는 몰든에서 주인 행세를 하지 않고 이 여인숙에 틀어박혀 있는 거야?"

버트랜드가 한숨을 쉬며 대답했다. "로보담 대령은 지난 두 달 동안 북쪽에 사업차 가 있어요. 루시 역시 저의 권유에 따라 그와 함께 머무르고 있죠. 반도들이 그녀를 해칠지도 모르니까 적어도 해산날까지는 아버지와 함께 있는 게 좋겠다고 제가 말해 두었거든요. 하지만 사실 저는 그동안 대령이 먹여 살린 거나 마찬가지였어요. 그가 떠나는 그날로 가난뱅이가 될 처지였죠. 하지만 다행히도 루시에겐 몇 파운드의 저축이 있었고, 그녀는 제게 그 돈을 맡겨 두었어요. 그것은 딱 음식과 마실거리를 사고, 이 빈대가 꾀는 방을 세낼 수 있을 정도의 금액이었죠." 그는 에브니저의 곤경에 관한 소식을 더 알아내고, 자신이 고안한 법률적인 전략을 작동시키려고 노력했지만 허사였다고 말했다. 결국 대령이 돌아올 때까지는 돈도 영향력도 없어 손발이 묶인 상태라는 것이다.

그가 우울하게 결론을 내렸다. "어쨌든, 게임은 끝났어요. 로보담 대령은 다음 주에 톨벗으로 돌아갈 거예요. 설사 그가 당신의 아버지로부터 진실을 알아내지 못한다 하더라도, 제가 처해 있는 상황을 보면 분명 짐작을 하겠죠. 혹 그렇지 않다 하더라도 앤드루 나리가 당신이 몰든에 없다는 걸 알게 되면, 여기서 저를 찾아내실 거고요. 아가씨가 제게 미리 알려 주지 않았다면, 저는 지난번 그분에게서 결코 달아나지 못했을 거예요."

"너는 어디에서 안나를 찾았지? 그 애는 지금 어디 있어?"

버트랜드가 말했다. "아가씨가 저를 찾아낸 거예요. 메릴랜드에 발을 내디딘 바로 그날로요. 아가씬 이 방으로 당신을 찾아왔어요. 세인트메리즈의 모든 사람들이 바로 이 방에 계관시인이 묵고 있다는 걸 알고 있으니까요. 전 처음엔 아가씨를 알아보지 못했어요. 부쩍 나이를 먹은 것 같더군요."

에브니저가 움찔했다.

"제가 아가씨를 보고 깜짝 놀란 것처럼 아가씨 역시 저를 보고 깜짝 놀라더군요. 저는 아가씨께 당신의 곤경에 대해 알고 있는 대로 말해 주었어요. 제 자신의 곤경에 대해서는 언급하지 않고요. 그리고 무모하게 뛰어들지 말라고 간청했지만, 아가씬 기어이 그날 오후에 만을 건너려 했어요. 반도들이 있건 없건, 그리고 당신을 간호해서 건강을 회복시키든 아니면 당신의 무덤가에서 죽음을 맞든 상관없다면서요."

에브니저가 외쳤다. "소중한 안나!" 그리고 그날 아침 벌링검이 한 말을 기억해 내고 얼굴을 붉혔다. "그런 다음 어떻게 됐지?"

버트랜드가 대답했다. "아가씬 리틀찹탱크강으로 가는 슬루프 선의 통행권을 구했어요. 저는 나중에 이 집 아래층에서 선장과 이야기를 나눴는데, 그는 아가씨가 쿠크포인트에서 가장 가까운 기항지인 토바코스틱이라 불리는 장소에서 하선했다고 알려 주더군요. 제가 아는 한 저나 다른 사람이나 아가씨의 소식에 대해서는 그 이상 아는 바가 없어요."

"자비로운 신이여! 더 이상의 소식은 없어?" 이때 문득 그에게 위 속의 음식물이 목구멍으로 넘어올 정도로 끔찍한 생각이 떠올랐다. 윌리엄 스미스는 자기가 계약을 어기고 몰든에서 달아난 것에 대해 분명 몹시 화가 나 있을 것이다. 그리고 버려진 조안 토스트는 그보다 더 노기등등해 있을 것이다. 불쌍한 안나가 그들의 마수에 떨어졌다면, 그리고 그들이 오빠의 행동으로 인해 그녀에게 복수를 하고자 한다면 과연 어떻게 되겠는가!

의자에서 힘없이 일어서며 그는 버트랜드에게 숨을 헐떡이며 말했다. "하늘이 그녀를 구해 주시기를! 그들은 그녀에게 강제로 창녀 노릇을 시킬지도 몰라! 잘은 모르지만 지금 이 순간에도 어떤 지저분한 경작자나 피부가 검은 거대한 야만인이……."

"이봐요, 주인님! 지금 무슨 말씀을 하시는 거예요?" 버트랜드가 놀라 달려오더니 갑자기 발작적으로 헛구역질을 하는 주인의 등을 쳤다.

숨을 돌린 에브니저가 명령했다. "보트를 하나 구해 와. 지금 당장 몰든으로 출발하자고. 그 다음은 될 대로 되라지!" 그는 조안 토스트를 버린 일만 빼고, 어안이 벙벙해져 있는 시종에게 할 수 있는 한 간단하게 설명했다. 몰든의 타락한 상태와, 그가 출발할 때의 상황과 헨리 벌링검에게 구출된 일, 메릴랜드주에서 진행되고 있는 거대한 음모, 그리고 앤드루기 안나보다 앞서 쿠크포인트에 도착했든 안 했든 안나를 기다리고 있는 엄청난 위험들을. 그가 약속했다. "강을 건너는 동안 자세히 말해 주지. 지금은 단 일 분도 허비할 수 없어!"

버트랜드가 자청했다. "저는 우리가 고용할 수 있을 법한 선장 한 명을 알고 있어요. 저도 로보담 대령에게 죽느니 차라리 통 수선공에게 죽겠어요. 하지만 사실 제겐 루시의 돈 가운데 겨우 1실링밖에 남아 있지 않은걸요."

에브니저는 시종의 이 말에 새삼 화가 나, 그가 루시 로보담을 이용한 일에 대해 다시금 꾸짖으려 하다가, 수치심으로 떨며 짧고 거칠게 내뱉었다. "돈은 내게 충분해." 하지만 그는 돈의 출처에 대해서는 설명하지 않았다.

그들은 강가에서 버트랜드가 마음에 두고 있던 선장을 발견했다. 막 해가 질 무렵이었고 날씨도 썩 좋지 않았지만, 3파운드라는 엄청난 가격에 그 신사는 자신의 작은 낚싯배로 그들을 쿠크포인트로 데려다 주겠다고 약속했다. 배에 막 오르려는 찰나, 에브니저는 주의회 의사당에서 벌링검을 만나기로 한 일을 기억해 냈다.

"아, 이런, 하마터면 잊을 뻔했군. 헨리 벌링검에게 말을 남겨야 해. 그는 존 쿠드에게 도움을 요청하러 갔거든." 버트랜드의 놀란 표정을 보고 그는 미소를 지으며 말했다. "지금 말해 주기엔 너무 긴 이야기야. 하지만 이것만 알려 주지. 너를 여기로 보냈던 팀 미첼은 미첼 선장의 아들이 아니라 바로 헨리 벌링검이었어."

시종의 얼굴은 공포로 하얗게 질렸다. "설마 진심은 아니겠죠!"

시인이 단언했다. "그 외의 다른 기독교인은 아냐."

버트랜드가 말했다. "그렇다면 당신은 말을 남기는 것보다는 기도가 더 필요할 거예요. 신이 우리 모두를 도와주시기를!"

"이건 또 무슨 헛소리야?"

시종이 단언했다. "당신의 친구가 존 쿠드를 찾으려면 그냥 거울만 보면 돼요. 그가 바로 존 쿠드니까요!"

4 시인이 체서피크만을 건넜으나
의도하지 않았던 장소에 도달하다

버트랜드가 우겼다. "그건 틀림없는 사실이에요, 맹세해요! 세인트메리즈 선술집보다 세상 돌아가는 이야기를 주워듣기 좋은 장소는 없어요. 그리고 저는 이 몇 달 동안 눈과 귀를 크게 뜨고 있었는데, 쿠드가 팀 미첼로 가장하고 있다는 건 그의 고용인들 사이에서 상식으로 통한다고요. 그런데 지금 당신은 제게 벌링검 선생이 바로 팀 미첼이라고 말했고요. 이런, 일찌감치 짐작했어야 했는데! 그게 바로 그 남자의 특징이자 행동방식이에요!"

에브니저가 고개를 저으며 말했다. "그건 가당치도 않은 주장이야." 그럼에도 불구하고 이번엔 시종이 예전에 자신의 전임 가정교사를 헐뜯을 때마다 그랬던 것처럼 화를 내지는 않았다.

"아니에요, 주인님, 저를 믿으세요. 이건 어린 학생들의 산수 문제만큼이나 명백해요! 한번 생각해 보세요. 당신은 누구에게서 처음 이 악마 존 쿠드에 대해 들어 보셨어요?"

에브니저가 대답했다. "그야, 내가 런던을 떠나기 전에 볼티모어 경으로부터 들었지. 말하자면……."

"그러면 쿠드가 이 주에서 내분과 반란을 일으키기 시작한 게 언제부턴가요? 벌링검 나리가 이곳으로 온 바로 그 해가 아니었던가요? 그리고 벌링검 나리가 영국에 있을 때마다, 쿠드도 그곳에 있었다고 하지 않았던가요?"

"하지만, 하느님 맙소사……."

"당신은 벌링검 나리가 슬라이 및 스커리에게 단 이 분 동안이라도 쿠드로 행세할 수 있을 거라고 생각하세요? 하물며 그들과 함께 삼 개월을 항해할 수 있다고 생각하세요? 그건 도저히 믿을 수 없는 일이에요!"

시인이 변명하듯 이의를 제기했다. "하지만 그는 변장에 놀라운 재능을 가지고 있어."

"그래요, 물론 그는 항상 가장을 하죠! 제가 당신과 다른 사람들로부터 들은 것을 종합해 볼 때, 그는 볼티모어로, 쿠드로, 세이어 대령으로, 팀 미첼로, 버트랜드 버튼으로, 그리고 에벤 쿠크로 가장했어요. 그리고 아직까지 한 번도 들킨 적이 없죠! 그런데 존 쿠드의 가장 주요한 재능이 바로 그거 아니겠어요? 그는 신부로, 목사로, 장군 등으로 역할을 바꾸지 않았었나요? 그는 언제나 가명으로 여행을 하곤 하지 않았나요? 그래서 그의 부하들도 그의 진짜 얼굴을 모르지 않나요?"

"하지만 그는 육 년 동안이나 나의 가정교사였어! 나는 그 남자를 알아!" 그러나 그 말을 하는 순간에도, 에브니저는 자기의 말이 진실이 아니라는 것을 깨달았다. 비록 그는 시종의 말을 믿을 수 없다는 듯이 계속해서 고개를 저었지만, 사공의 제안에 따라 여인숙으로 돌아가 전언을 남기려던 생각을 접었다. 낚싯배 슬루프 선은 세인트메리즈강을 따라 내려갔다.

잠시 후 버트랜드와 함께 궂은 날씨를 피해 돛대 뒤의 작은 선실로 들어왔을 때, 그는 불평하듯 뇌까렸다. "도대체 정신을 차릴 수가 없어, 너무 혼란스러워!" 그는 벌링검과 그날 아침 자신의 전임 가정교사가 너무나도 설득력 있게 주장했던 볼티모어 경과 쿠드의 재평가에 대해서뿐만 아니라(그런데 그것은 버트랜드의 말을 듣고 보니 벌링검 자신에게도 상당한 혐의를 초래하는 것처럼 보였다.), 그 문제에 관한 한 버트랜드, 존 메키보이, 그리고 사실상 다른 모든 사람들에 대해서도 생각하고 있었다. "사람들이 모두 내가 생각했던 것과는 달라!"

시종이 음울하게 고개를 끄덕였다. "당신이나 저 같은 사람들은 전혀 이해할 수 없는 많은 일들이 진행되고 있어요. 보이는 게 다는 아니에요."

"그야, 제기랄……." 에브니저가 짜증스럽게 뇌까렸다. "애초에 내가 함께 여행했던 사람이 벌링검이라는 걸 내가 어떻게 알겠어? 그는 만날 때마다 매번 얼굴에서 철학까지 모두 바꾸는데. 어쩌면 벌링검은 육 년 전에 죽었을지도 몰라. 아니면 볼티모어나 쿠드에게 잡혀 있는지도 모르지. 그리고 이 모든 사람들은 그저 사기꾼들인지도 몰라!"

버트랜드가 수긍했다. "불가능한 일은 아니네요."

"그리고 볼티모어와 쿠드 사이의 사활을 건 전쟁!" 에브니저가 날카롭게 웃었다. "누가 옳고 그른지, 혹은 이것이 애초에 전쟁인지 아닌지 우리가 어떻게 알겠어? 혹시 알아? 사실 그들은 서로 공모한 자들일지? 그리고 이 모든 반란이다 뭐다 하는 일들은 그저 어떤 무시무시한 공동작전 같은 걸 은폐하기 위한 구실에 불과할지?"

"제 생각을 말씀드리자면, 정말 그렇다 해도 저는 전혀 놀라지 않을 거예요. 저는 벌링검 씨도 신뢰하지 않았지만, 그 제임스 2세파인 볼티모어도 믿은 적이 없는걸요."

"지금 제임스 2세파라고 했어? 제기랄, 넌 정말 순진한 촌뜨기가 다 됐군! 윌리엄왕이 제임스와 비밀리에 결탁한 것처럼 루이왕이나 로마의 교황과도 비밀리에 결탁하지 않았을 거라고 생각해? 세상의 역사는 의회의 협의를 통해서보다는 비밀스러운 악수에 의해 더 많이 만들어진다는 건 잘 알려진 사실 아닌가?"

시종이 중얼거렸다. "알 수만 있다면 정직한 사람들을 놀라게 할 만한 일들은 얼마든지 있겠죠." 그는 불안하게 움직이며 낮게 가라앉은 하늘을 응시했다.

"정말이지, 너는 소크라테스보다 더 위대한 현자로군! 네가 말하는 이러한 경구들은 공공건물의 기둥 위에 금박으로 새겨져야 해. 모든 사람들이 명심하도록 말이야! 대중들로 하여금 교회가 매음굴의 원조를 받고 있지 않다거나, 신과 사탄이 똑같은 과자 단지 안에서 손을 맞잡고 있지 않다는 것을 계속해서 믿게 만드는 것은 유치한 순진함이 아니고 뭐겠어?"

버트랜드의 어조가 가라앉았다. "아, 글쎄, 주인님, 그건 너무 지나친데요! 당신의 이름처럼 당신이 분명히 알고 있는 것들도 더러 있잖아요."

에브니저가 마치 열에 들뜬 것처럼 웃으며 말했다. "그렇다면 너는 지금 너와 이야기하는 사람이 에벤 쿠크라는 걸 정말로 믿는 거야? 어떻게 단 한 번도 내가 존 쿠드일지도 모른다는 생각은 하지 않는 거지?"

시종이 간청했다. "아니, 글쎄, 그만 하세요! 당신은 불행으로 잠깐 머리가 어떻게 돼서 자신이 지금 무슨 말을 하고 있는지도 모르는 거예요! 제발 정신 차리세요!"

하지만 시인은 더욱 위협적으로 짓궂게 노려볼 뿐이었다. "얼간이 시종 행세를 하며 다른 사람들을 속일 수는 있을지 몰라도 이 존 쿠드는 못 속여! 나는 네가 에브니저 쿠크라는 걸 알고 있어. 이번만큼은 그리 쉽게 달아나지 못할걸!"

버트랜드가 우는소리를 했다. "저는 선장에게 우리들을 지금 당장 세인트메리즈 시티로 다시 데려가 달라고 말하겠어요, 주인님! 그리고 당신에게서 피를 빼 줄 좋은 의사를 불러 달라고 부탁해야겠어요. 어쨌든 강을 건너기에는 너무 늦었잖아요. 그리고 세상에, 저쪽 만 위의 흰 물결을 보세요! 쉬시든지 주무시든지 하세요. 잠을 자고 일어나면 좀 개운해질 거예요. 제 말을 믿으세요. 저기 고물 쪽을 보세요. 엄청난 폭풍이 밀려오고 있다고요! 선징에게 밀하겠어요."

"아냐, 이봐, 돌아와. 더 이상 놀리지 않을게." 그는 눈을 감고 눈두덩을 엄지손가락과 집게손가락으로 비볐다. "그것은 단지…… 아 글쎄, 나는 마음속에 어떤 그림을 지니고 있었어. 지금까지 그것을 잊고 있었지. 그리고 나는 생각했어……." 그는 말을 멈추고 자신의 팔을 사정없이 꼬집었다. 그는 고통으로 툴툴거리며 한숨을 쉬었다.

"제발, 주인님. 저기 무시무시한 폭풍이 오고 있어요! 이런 초라한 장난감 배쯤은 돌멩이처럼 밑으로 가라앉을 거라고요!"

"넌 우리가 정말로 지금 여기 있고, 그리고 가라앉을 수 있을 거라고 생각해? 지금 막 내 마음속에 떠오른 건데, 지난 3월 푸딩 레인에서…… 저런, 마치 오 년은 지난 일 같군! 나는 벤 올리버로부터 내기를 하나 제안받았었지. 음탕한 내기였어. 나는 굴욕 그 자체 속에서 내 방으로 도망치듯 돌아왔고……."

"제기랄, 배가 마구 흔들리고 있는 거 느껴지세요? 주인님, 이제 우리는 뭍에서 완전히 멀어졌다고요!"

시인은 공포에 질린 시종의 말을 무시했다. "내가 방에서 다시 혼자가 되었을 때, 나는 완전히 발작적인 부끄러움에 사로잡혔었지. 다시 술집으로 돌아가 조안 토스트에게 남자답게 행동하고 싶었지만 그럴 용기가 없었어. 나는 고민에 고민을 거듭하다가 책상 앞에서 잠이 들고 말았지."

보트가 흔들리자 버트랜드는 얼굴이 하얗게 질려서 무릎을 꿇고 말았다.

"그건 좋아요, 정말 모두 좋은데요, 하지만 저는 선장에게 배를 돌리라고 소리쳐야겠어요! 안나 아가씬 날씨가 맑아진 다음에 데려올 수 있잖아요!"

에브니저는 지금 당장 그녀를 데려와야 한다고 못을 박고는 계속해서 회상에 잠겼다. "내가 지금 막 떠올린 것은, 조안 토스트가 문을 두드려 나를 깨웠던 일, 그리고 내가 그녀를 보고 몹시 놀랐던 일이야. 하지만 여전히 잠에 취해서 꿈인지 생신지 구분이 안 됐어. 그리고 나는 그때 그것이 분명 잔인한 꿈이라고 생각했었지. 왜냐하면 그렇게 놀라운 일은 실제 삶에서 결코 일어나지 않을 테니까. 나의 모든 기쁨과 시련은 그 문 두드리는 소리에서부터 시작되었어. 그리고 그러한 기쁨과 시련은 너무도 비현실적이어서, 나는 여전히 내가 푸딩 레인에 있는 게 아닌지, 여전히 잠에 취해 있는 게 아닌지, 그리고 이 불안한 현실 역시 그저 꿈에 불과한 건 아닌지 혼란스러워."

시종이 울부짖었다. "정말로 그렇다면 얼마나 좋겠습니까! 저 바람 소리를 들어 보세요, 맙소사, 게다가 하늘은 이미 어두워졌다고요!"

에브니저가 말했다. "나는 더욱 진짜 같은 꿈을 꾼 적이 있어. 안나도 그랬고. 우린 그런 적이 많았지. 어렸을 적에 우리가 알고 있던 비결이 있었어. 누미디아의 사자들이 우리들을 덮치거나, 혹은 우리가 카르파티아 절벽에서 떨어질 때마다, 우리는 이렇게 말하곤 했지. '이것은 꿈일 뿐이야. 이제 곧 깨어날 거야. 이것은 단지 꿈일 뿐이야. 이세 곧 깨어날 거야.'라고. 그러면 정말 필즈에 있는 세인트자일스의 우리 방 침대 위에서 깨어나곤 했어! 밤에 각자의 침대 위에서 이야기를 나누며, 심지어 우리의 삶과 우리가 사는 세상 모두는 그저 그런 꿈이 아닐까 궁금해하기도 했어. 우리는 아주 여러 번 우리의 삶에 대해 예의 그 마술 주문을 걸 뻔했지. 그리고 생각했어. 주문을 걸고 나면 우리는 아무도 없고, 지구도 태양도 없고, 단지 육체에서 분리된 영혼들만이 허공에 떠다니는 세계에서 깨어날 거라고 말이야." 그는 한숨을 쉬었다. "하지만 감히 시도해 본 적은 없었지."

버트랜드가 간청했다. "그럼 지금 시도해 보세요. 미처 주문을 다 외우지 못해서 빠져 죽기 전에요! 제발, 지금 시험해 보세요!"

시인이 웃었다. 하지만 더 이상 열에 들뜬 웃음은 아니었다. "어쨌든 너에겐 아무 소용없을 거야, 버트랜드. 우리가 그것을 결코 시도하지 않았던 이유는 우리들 가운데 오직 한 사람만이 '세상의 꿈꾸는 자'(우리는 그것을 이렇게 이름 붙였지.)가 될 수 있다는 것을 알고 있었기 때문이야. 만약 그것이 효과가 있으면, 그래서 우리들 가운데 하나가 새로이 이상한 우주에서 깨어나, 꿈이 아닌 현실에서는 자신의 쌍둥이 형제가 존재하지 않음을 알게 될까 봐 두려웠던 거야. 만약 내가 내 목숨만 구하고 너를 이곳에서 물에 빠지도록 남겨 둔다면, 그것이 네게 무슨 이익이 되겠어?"

하지만 버트랜드는 자신을 맹렬하게 꼬집으면서 울부짖기 시작했다. "이것은 꿈일 뿐이야. 이제 곧 깨어날 거야! 이것은 꿈일 뿐이야. 이제 곧 깨어날 거야!"

버트랜드의 걱정은 괜한 것이 아니었다. 남서쪽에서부터 엄습한 질풍이 체서피크만의 트인 바다에 무시무시한 파도의 층을 겹겹이 쌓아 올리고 있었다. 그것은 시인이 아조레스에서 만났던 것 이래로 처음 보는 엄청난 것이었다. 게다가 200톤급 포세이돈호와 20여 명의 승무원들 대신, 이번엔 길이가 12미터도 되지 않는 데다 백인 한 명과 바싹 마른 두 명의 흑인 승무원을 태운 개프 범장(帆檣)의 슬루프 선에 목숨을 맡기고 있었다. 기껏해야 오후 5시를 넘지 않았지만, 사위는 이미 어두워져 있었다. 그와 같은 완전한 어둠 속에서, 그리고 그와 같은 파도를 헤치며 80킬로미터를 항해한다는 것은 정말이지 자살 행위나 다름없어 보였다. 그리고 마침내, 안나를 찾고자 하는 긴급한 욕망에도 불구하고 그는 선장(케언이라는 이름의 반백의 신사)에게 세인트메리즈로 돌아가는 게 낫지 않겠느냐고 물었다.

선장이 퉁명스럽게 대꾸했다. "나도 반 시간이 넘도록 시도
하고 있소." 그리고는 자기가 이미 이물의 삼각돛과 중간돛을
내리고, 큰돛대의 돛을 삼중으로 줄였는데도 바람 불어오는
쪽에 위치해 있는 포토맥으로는 다시 돌아갈 수가 없었다고
설명했다. 빈번하게 일어나는 돌풍은 맞바람을 이용하여 비스
듬히 모는 데 필요한 최소한의 돛만 펼쳐 놓아도, 슬루프 선의
돛대를 부러뜨리거나 전복시킬 수 있을 만큼 강했다. 유일한
대안은 닻을 내리는 것이었고, 선장에 의하면 이것조차도 임
시방편에 불과한 조치였다는 것이다. 만약 뱃바닥이 그 사리
에서 조금도 움직이지 않고 있었다면, 아마도 닻밧줄은 첫 번
째 돌풍에 떨어져 나갔을 것이다. 말하자면 그들은 엄청난 속
도로 바람에 밀려가고 있었고, 곧 닻밧줄이 감당할 수 없을
만큼 깊은 곳으로 가게 될 상황이었다.

그가 바람의 중심부 속에서 육지 쪽의 움푹 들어간 지점을
가리키며 말했다. "저기 포인트 룩아웃이 있소. 저것이 오늘
우리가 마지막으로 보게 될 육지요."

에브니저가 서늘한 공포를 느꼈다. "제기랄, 그럼 우린 이제
모두 끝장이라는 말이오?"

케언 선장은 머리를 곧추세우며 말했다. "우리는 시앵커[13]
를 끌어올려 뱃머리에 세울 거요. 그다음엔 신의 뜻에 따라야
지요."

---

13) sea anchor. 풍랑에 의한 배의 전복을 막기 위해 뱃머리에 세우는 응급
기구.

이 말과 함께 그는 뱃머리를 바람이 불어오는 쪽으로 유지하기 위해 흑인들과 함께 트라이슬[14]을 큰돛대 쪽으로 약간 굽혔다. 그리고 쓸모 없는 쇠갈퀴를 캔버스 시앵커로 교체했다. 그것은 조수가 바다 쪽으로 빠지는 한 선박의 북동쪽 풍압을 저지할 것이었다. 그밖에 할 수 있는 일은 아무것도 없었다. 그 작업이 끝나자, 선장은 키 손잡이를 묶어 두고 승객들과 함께 선실로 피신했다. 선실은 겨우 세 명 정도만 들어갈 수 있는 크기여서, 흑인 승무원들을 위한 공간은 불행히도 없었다. 포인트 룩아웃은 아주 빨리 사라졌다. 그리고 마치 그것이 신호라도 된 듯, 곧이어 어둠이 배를 엄습했고, 바람과 비의 양도 증가하는 듯 보였다. 슬루프 선은 검은 물마루 위에 높이 매달렸다가 다시 물이랑 속으로 곤두박질치기를 반복했다. 시앵커는 뱃전이 바람 녘으로 돌려지는 것을 막는 데는 쓸모가 있었지만, 그 때문에 뱃머리가 다소 깊게 물속에 파묻혔고, 그곳으로 상당한 양의 물이 들어찼다. 흑인들은 그 물을 나무로 조잡하게 만들어진 빌지 펌프[15]로 퍼 올려야 했다.

에브니저가 안타까운 듯 말했다. "불쌍한 사람들! 우리가 그들과 펌프질을 교대해 주고 그들을 선실에서 잠시 쉬게 해 주면 안 되겠소?"

선장이 대답했다. "그럴 필요 없소. 세 시간이면 어떤 식으로든 끝장을 보게 될 거요. 그리고 펌프질을 하면 몸이 어는

---

14) 돛대 뒤쪽의 보조적인 작은 세로돛.
15) 배 밑에 괸 물을 퍼 올리는 펌프.

걸 막을 수 있지." 시인이 그게 무슨 뜻인지 묻자 다음과 같은 대답이 돌아왔다. 만약 폭풍이 잦아들거나, 방향을 바꾸거나, 혹은 그들이 탄 배를 가라앉히지 않으면, 현재 풍압의 속도와 방향으로 보아 그들은 약 세 시간 안에 만을 가로질러 이동할 것이고, 고물을 앞으로 하여 동부 해안에 닿을 거라는 것이었다.

"그렇다면, 아직 희망이 있는 거군요, 안 그래요?" 추위와 공포로 이를 딱딱 부딪치고 있던 버트랜드도 선장의 말에 표정이 다소 밝아졌다.

선장이 말했다. "적어도 해안 근처에서 물에 빠질 희망은 있소. 밀려드는 파도가 순식간에 배를 침수시킬 테니까. 그리고 어쩌면 배가 완전히 부서질 수도 있지."

시종은 새롭게 신음 소리를 냈다. 에브니저의 볼과 이마는 욱신거렸다. 물에 빠질지도 모른다는 공포감이, 현재 위치로부터 북서쪽으로 약 10여 킬로미터 떨어진 체다포인트 먼바다에서 해적들의 강요에 의해 널빤지 위를 걸어갈 때 느꼈던 공포감보다 덜한 것은 아니었다. 그러나 죽음 자체는 더 이상 공포감을 주지 않는다는 것을 그는 약간의 두려움과 함께 깨달았다. 사실 안나의 안위가 이렇듯 불확실한 상황에서 죽고 싶은 마음은 없었지만, 이를테면 잃어버린 재산이나 아버지의 분노, 그리고 헨리 벌링검이 털어놓은 놀라운 이야기들에 관해 더 이상 고민할 필요가 없다는 것은 달콤한 상상이었다. 달콤한 죽음! 그가 자신의 심장 박동을 중지시키기 위해 현기증 나게, 그리고 헛되이 애쓰는 동안, 고뇌 때문이든 무언가에 마음이 홀린 탓이든 그가 숨쉬는 것을 멈추고 뇌를 정지시키고 귓속에서 피가 우르르 울리는 것을 듣곤 했던 성장기의 몹시 생각 많던 밤에도 이렇듯 망각이 더욱 위안이 될 것처럼 보이지는 않았었다.

이따금 엄청난 파도가 부딪치거나 배가 요동치는 것에 탄식하는 것을 제외하고, 그 뒤 한동안은 어느 누구도 다른 누구에게 큰 소리로 이야기하는 일이 별로 없었다. 폭풍의 위력은 고르지 않았지만, 약화될 기미는 전혀 보이지 않았다. 게다가 그것은 가장 능란한 수영 선수라도 이십 분 이상을 살아남을 수 없을 만큼 차갑고 거친 파도 속에서, 어느 순간에라도 아무런 경고 없이 그들을 휩쓸어 버리거나 배를 전복시킬 수 있었다. 하지만 눈먼 섭리는 말할 것도 없고, 시행커와 펌프질을 하고 있는 지칠 줄 모르는 흑인들, 그리고 대체적으로 항해에 적합한 선체 덕분에, 강풍과 파도에 연달아 얻어맞으면서도 배는 나름대로 잘 견디고 있었다. 그리고 눈에 띄게는 아니더라도 바람을 따라 착실하게 미끄러져 갔다. 한동안 시간이 흐른 후(에브니저에게는 두 시간처럼 느껴지기도 혹은 이십 분처럼 느껴지기도 했다.) 선장은 턱수염을 쓰다듬던 손을 멈추고, 집중하는 표정으로 머리를 들어 올렸다.

그가 손을 들어 조용히 시키며 말했다. "들어 보시오! 저 소리가 들리오, 지금?" 그는 문을 열고 갑판으로 올라섰다. 그리고 배에 물이 흥건하게 고이는 것을 무릅쓰고, 노동에 보조를 맞추고 힘겨움을 덜기 위해 규칙적으로 읊조리던 흑인들의 뱃노래와 펌프질을 잠시 중단하라고 명령했다. 에브니저가 귀를 기울였다. 문이 열리면서 폭풍 소리가 커지고 덤으로 적지 않은 양의 비와 차가운 공기가 들이닥쳤다. 그러나 새로운 소리나 물체는 전혀 감지할 수도, 볼 수도 없었다.

선장은 승무원들에게 노래 없이 펌프질을 다시 시작하라고 명령했다. 그러고는 물이 뚝뚝 떨어지는 머리를 선실 안쪽으로 들이밀었다.

그가 말했다. "바람이 불어 가는 쪽 멀지 않은 곳에 뭍이 있소. 고물 쪽에서는 해안에 부딪치는 파도 소리를 들을 수 있을 거요." 그리고 그들의 시련은 이렇게든 저렇게든 곧 끝날 것이라는 몇 시간 전의 우울한 예언을 반복하고는, 전방의 어둠 속으로 사라졌다.

버트랜드는 밖에서 바닷물을 홀딱 뒤집어쓴 채 추위에 떨다가 죽느니, 차라리 지금 앉아 있는 곳에서 물에 빠져 죽겠다고 징징댔지만, 에브니저는 보트가 가라앉거나 파도에 부서졌을 때 제대로 수영을 하려면 자기들 역시 선실을 떠나야 한다고 우겼다. 갑판으로 나와 보니 빗줄기는 상당히 잦아든 상태였고, 그래서 보트의 전체 길이를 눈으로 볼 수 있었다. 하지만 무지막지하게 불어닥치는 바람은 무시무시하고 거대한 검은 파도를 일으켜 선체 주변을 사정없이 때리고 흔들었다. 그리고 그들은 이제 새로운 위험을 감지할 수 있었다. 눈에 보이지는 않지만 바람이 불어 가는 쪽으로 넘나드는 파도의 더욱 깊고 규칙적인 우레 같은 소리를 에브니저도 들었던 것이다.

선장은 뱃머리에서 조수의 흐름에 따라 그 효용이 줄어든 시앵커를 잘라 내고, 그 자리에 쇠갈퀴를 던졌다. 질척거리고 쇠갈퀴가 걸릴 만한 바위도 없는 바닥 위에 그것을 단단히 고정시킬 수 있으리라고 진지하게 바랐다기보다는 다만 배의 이물을 바람 불어오는 쪽으로 잡아 두고 해안 근처에서 일어나는 거대한 파도에 배가 부딪쳐 가는 것을 가능한 한 지연시키기 위해서였다. 그런 다음 그는 고물 쪽의 승객들과 합류했다. 그리고 다시금 턱수염을 쓰다듬으면서, 그들과 함께 뒤쪽에서 불길하게 들려오는 우르릉거리는 소리를 들었다.

시인이 물었다. "그냥 닻을 버린 후 파도를 타고 뭍으로 갈 수는 없는 거요? 언젠가 그런 방법에 대해 읽었던 것 같아서요."

선장이 고개를 저으며 말했다. "다음에 오는 파도에 사각 고물이 요동을 치고 높이 들어 올려질 거요. 제대로 밀어닥친 파도 한 방이면 당신의 몸에 구멍이 나든, 완전히 나가떨어지든, 결론이 나겠지." 그는 굳이 번거롭게 다가올 재난에 대해 설명하지는 않았지만, 모든 사람들에게 구두, 외투, 가발, 그리고 조끼를 벗고 배 복판에 자리를 잡으라고 충고했다.

시종이 반대했다. "난 싫소. 여기 고물에서 뛰어내리면 10미터 정도는 덜 수영해도 되지 않소."

선장이 어깨를 으쓱이며 대답했다. "굳이 그러고 싶다면 죽든 말든 그냥 거기 있으시오. 우리는 당신의 몸무게를 배의 균형을 잡는 데 이용할 수 있을 테니까. 하지만 배 전체가 당신의 한가한 두개골을 공격한다 해도, 나는 책임 없소!"

자신이 내세운 이론의 결점을 깨달은 버트랜드는 선장의 말에 너무도 기꺼이 따를 용의가 생긴 나머지 배 복판에 만족하지 못하고 슬루프 선의 뱃머리 끝으로 움직였다. 흑인들 가운데 한 명이, 아마도 골려 줄 심산이었겠지만, 앞으로 너무 많은 무게가 쏠리면 이미 쇠갈퀴와 닻밧줄의 당기는 힘으로 진행에 방해를 받고 있는 배를 머리 쪽에서부터 뒤집을 수도 있고, 배가 파도를 타는 것을 위태롭게 할 수도 있다는 보충적인 경고를 덧붙이지 않았다면, 그는 심지어 스프릿으로까지 올라갔을지도 모른다.

이때 선장이 끼어들었다. "잠깐, 들어 보시오! 들립니까?"

그들은 다시 귀를 기울였다. 에브니지가 밀했다. "아까와 마찬가지로 폭풍 소리와 저쪽에 파도가 부딪치는 소리 외엔 아무것도 안 들리는데요."

"그렇소. 하지만 지금은 고물 방향이 아닌 왼쪽 뱃전 쪽이오!" 그는 고물 쪽으로 서서 약 오른쪽으로 45도 방향을 가리켰다. 과연 그 보이지 않는 곳으로 파도가 부서지는 소리가 이동하고 있었다. 그것은 분명 이전보다 훨씬 가까이에서 들려왔다.

에브니저가 물었다. "무엇을 의미하는 거요? 바람이 이동한 거요?"

선장이 대답했다. "전혀 그렇지 않소. 바람은 남남서 방향이고, 그렇다면 그것은 우리를 후퍼섬으로 데려왔어야 했소. 어쩌면 어떤 섬의 후미진 곳이나 해안선이 움푹 들어간 곳일지도 모르오." 곰곰이 생각하던 그는 흑인 한 명을 고물 쪽으로 보내, 우현이나 고물 쪽에서 들려오는 파도 소리에 귀기울이게 했다. 하지만 그들은 오직 동쪽에서만 파도 소리를 들을 수가 있었고, 그런 다음 파도가 그 지역으로부터 좌현의 갑판보 쪽으로 이동하면서 동남동쪽, 다음엔 정남동쪽에서 들려왔다. 처음엔 해안에 부딪치는 파도 소리가 명백히 무시무시한 속도로 가까워지는 듯했지만, 그 소리가 배와 나란히 가면서부터는, 더 이상 커지지 않았다. 반면 고물 쪽에서는 만의 중심에서 그랬던 것처럼 폭풍이 한창이었다. 파도가 밀려가 부딪치는 곳이 어떤 땅이든지 간에, 그들은 좌현 쪽으로 출발할 작정이었다.

케언 선장이 생각에 잠겨 단언했다. "시앵커가 조수의 영향을 받았을지도 모르지. 그래서 우리는 지금 고물 방향의 대충 동쪽으로 끌려온 거요. 말하자면 후퍼 섬의 남쪽 말이오. 내 짐작으로는 지금 우리가 있는 곳은 림보 해협인 듯싶소. 그리고 저쪽으로 파도가 부딪치는 곳은 블러즈워스섬이라 불리는 습지인 것 같소. 만약 사실이 그렇다면…… 제기랄, 생각 좀 해 봅시다!" 에브니저와 버트랜드가 두려움이 가득 찬 표정으로 바라보는 동안 그는 자신의 턱수염을 맹렬하게 잡아당겼다. 그가 흑인들을 다시 다그쳤다. "고물 쪽에는 아직 파도가 없나? 우현 쪽도?" 하지만 돌아오는 것은 부정적인 답변뿐이었다. 좌현에 부딪치는 파도들은 여전히 앞으로 천천히 움직이고 있었다. 이제 그 소리는 정남쪽에서, 즉 좌현 이물에서 약 45도 정도 떨어진 곳에서 들려왔다. 그리고 파도가 정점에 다다랐을 때 그랬듯이 크기는 다소 줄어든 듯했다.

시인이 물었다. "이것이 우리의 끝이오, 아니면 구원이오?" 동시에 그는 그 해협의 이름을 언제 들었었는지 기억해 내려고 애썼다.

선장이 대답했다. "둘 중 어느 하나일 거요. 만약 저쪽에 있는 것이 블러즈워스섬이라면, 그 꼭대기에 오카하니칸이라 불리는 움푹 들어간 곳이 있으니 그곳에 피할 수 있을 거요. 아니면 림보 해협을 따라 떠내려가서 도싯 본토에 부딪치는 파도와 함께 우리의 운을 시험해 볼 수도 있소. 이제 해각(海角)을 지났으니, 파도는 다소 작아질 거요. 하지만 만약 저쪽에 있는 것이 오카하니칸이고, 우리가 바람이 불어 가는 쪽으로 출발하면, 언제나 그랬던 것처럼 파도는 곧 다시 커질 거요."

버트랜드가 간청했다. "그렇다면 제발 그쪽으로 서둘러 갑시다!"

선장이 구레나룻을 세게 잡아당기면서 결론을 내렸다. "반면 우리가 그쪽으로 갔는데, 그것이 오카하니칸이 아니라면, 혹은 그것의 가장 깊은 부분에서 빗나간다면, 우리는 아마 오도 가도 못하고 물 속에 처박힐 거요."

에브니저가 재촉했다. "시도해 보자니까요. 여기서 그냥 얼어 죽느니 차라리 물에 빠지더라도 시도나 해봅시다." 정말이지 장화와 겉옷을 벗고 나니 그렇게 추울 수가 없었다. 그의 커다란 턱이 저절로 딱딱 부딪쳤다. 그는 몸을 잔뜩 웅크리고는 요동하는 갑판 위에서 발을 동동 굴렸다. 옛날 어느 겨울에 벌링검이 했던 말이 떠올랐다. 한번은 쌍둥이들이 마젤란이나 무풍대를 여행했던 다른 여행자들이 열대의 열기를 견뎌 낸 이야기들을 듣고 놀라자, 그의 가정교사는 다음과 같이 말했었다. 피부를 보호해 줄 옷과 물만 충분하다면, 아무리 혹독한 더위도 그저 다소 불편한 정도이고 어떻게든 견딜 수가 있지만, 추위는 본질상 생명을 위태롭게 한다. 적도의 날씨를 그려 보면, 그 중심에는 빽빽이 들어찬 생명의 토대인 거대한 열대 우림이 자리 잡고 있지만, 북극권 위엔 무엇이 있을지 생각해 보면 혼돈, 망각, 생명에 반하는 것 등이 떠오른다고. 그래서 사람들은(벌링검은 이렇게 단언했다.) 열정의 열기에 대해 이야기하며, 삶 자체의 신진대사가 따뜻하므로 다양한 좋은 감정들과 사회적인 관계들을 '따뜻한' 것으로 지칭한다. 그에 반해 사실, 논리, 분석, 의복이나 몸가짐의 형식성은 말할 것도 없고, 두려움, 경멸, 절망, 그리고 깊은 증오는 아무리 인간의 삶의 경험에 연루되어 있는 것이라 해도 인류의 콧구멍 속에 영원히 무덤의 악취를 남겨 놓으며 인류의 언어 속에서 '차가움'을 나타내는 형용사로 묘사된다. 요컨대(에브니저는 스페인 머스킷 총의 탄약꽂이가 벽에 걸려 있는 헨리의 여름 별장에서 헨리가 미소를 지으며 결론을 내리고는 불을 들쑤시던 장면을 떠올렸다.) 더운 날들은 땀과 욕설들을 자아내게 할지 모르지만, 냉랭한 바람은 시간이라는 커다란 외투와 고래뼈로 부풀린 스커트를 가르고, 종(種)의 최초 기억을 찔러 죽이며, 우리 영혼의 동굴에서 잠자던 짐승을 후들후들 떨게 만들고, 털로 덮인 그것의 귀에 "위험해!"라고 속삭인다는 것이다. 파도 소리는 이제 전방에서 소리를 죽인 뇌성처럼 들렸다. 선장은 삼중으로 접힌 이물의 삼각돛과 큰돛대의 돛을 올리라고 명령하고는 손수 키자루를 잡았다. 흑인들은 돛과 마룻줄로 일손이 바빴기 때문에, 그는 두 명의 승객들을 앞쪽에 배치하여, 버트 랜드는 막대기를 쥐고 서서 수심을 측량하게 했고(슬루프 선체 자체는 좁고 깊은 바닥에, 배의 흘수(吃水)¹⁶⁾가 1미터 이하였고, 용골¹⁷⁾은 60~90센티미터 정도에 불과했다.) 에브니저는 앞의 상황을 주시하고 귀를 기울이게 했다. 돛의 앞 가장자리는 바람 속에서 마치 총을 맞은 것처럼 너덜너덜해졌고, 무거운 활대¹⁸⁾는 갑판 위에서 채찍질하듯 앞뒤로 왔다 갔다 했다. 닻밧줄이 짧아져 쇠갈퀴가 더 이상 이물을 바람 불어오는 쪽으로 고정시키지 못하자, 신장은 키잡이를 위로 세게 당기고 이물의 삼각돛을 활짝 폈다. 그러자 이물이 즉시 좌현으로 기울어졌으며, 갑자기 들이닥친 바람에 슬루프 선이 몹시 기우뚱하는 동시에 두 개의 돛이 바람을 가득 받아 돛대가 휘청했다. 닻이 필사적으로 올려졌다. 잠시 동안 그 무시무시한 힘들은 어느 쪽으로 기울지 모르는 불안정한 상태에 있었다. 에브니저는 분명 배가 전복되거나 뱃전이 바람 녘으로 돌려질 거라고 생각했다. 아니면 돛대나 돛대 밧줄, 혹은 체인 플레이트¹⁹⁾나 돛이 뽑히거나 잘려 나갈 것만 같았다. 하지만 뒤이어 밀어닥친 거대한 파도가 밑에서 굽이칠 때, 선장은 키를 중앙으로 돌렸다. 이물은 바람의 중심에 그저 아주 조금 더 가까이 다가

16) 물에 뜬 배의 선체가 물에 잠기는 깊이.
17) 큰 배 밑바닥 한가운데를 이물에서 고물에 걸쳐 선체를 받치는 길고 큰 목재.
18) 돛 위에 가로 댄 나무.
19) 돛대 밧줄을 뱃전에 매는 데 쓰이는 금속판.

갔을 뿐이었고, 승무원들의 환호와 함께 슬루프 선은 다시 중심을 잡았으며, 45도 기울기로 뒤이어 밀어닥친 파도의 물마루를 적당히 잘 타 넘긴 뒤, 정남향으로 완만하게 우현 갈지자 운행을 하여 타효 속력을 얻었다.

바람은 이전과 마찬가지로 사납게 으르렁댔지만, 그들은 이제 비교적 고요한 바다 위에 떠 있었다. 그들의 시야에 들어온 땅이 어디든 간에, 그들은 분명 바람이 닿지 않는 곳에 있었다. 근심거리가 완전히 사라진 것은 아니었지만, 그래도 배가 뒤집어지는 위험에서는 잠시나마 벗어난 듯싶었다. 게다가 섬이건 무엇이건 있어 바람을 약화시킬 수 있다면, 그들은 훨씬 예측 가능한 통제 상태에서 앞으로 나아갈 수 있었다. 거의 동시에 남쪽에서 수심을 측정하던 버트랜드의 막대기가 바닥에 닿았고, 그는 그 소식을 거의 울먹이는 목소리로 소리쳐 전달했다. 과연 갈대숲과 나무숲을 스치는 바람 소리가 전방의 어둠 속에서 분명하게 들려왔다. 흑인들은 즉시 돛을 느슨하게 했다. 이윽고 슬루프 선은 명백히 해안선 범위에 포함되는 구역에 들어서고 있었다. 십 분 동안 수심은 2.7미터에서 3미터 사이로 일정했다. 나무들이 우현 갑판보에서 조금 떨어진 곳에서 끊임없이 아우성을 쳤다. 곧 뭍에서 들려오는 소리가 좀 더 전방위적이 되었고, 사실 고물 쪽을 제외하고는 사방에서 그들을 둘러싸고 있는 듯했다. 이때 용골이 처음으로 바닥을 스쳤고, 그것을 유일하게 감지한 케언 선장이 닻을 내리고 바람이 불어오는 쪽으로 올라가라고 명령했다.

에브니저가 외쳤다. "하느님! 우리가 정말 안전해진 걸까요?"

선장은 에브니저가 전에 들은 적이 있는 속담을 인용했다. "오직 바보만이 자신이 오쟁이 진 남편임을 모르는 법이오. 그리고 오직 죽은 사람만이 죽음으로부터 안전한 법이지요." 말은 그렇게 했지만 그는 안도한 표정으로 턱수염을 쓰다듬으며, 바람의 방향이 바뀌지만 않으면, 밤새 어려움은 따르겠지만 정박할 수 있을 거라고 단언했다.

선박의 안전이 보장되자 그가 말했다. "이곳은 작은 만의 일종인 것 같소. 그렇지 않다면 뒤쪽에서 숲이 윙윙거리는 소리 대신 파도 소리가 들렸을 거요. 이곳이 오카하니칸인시 다른 곳인지는 곧 알게 되겠지."

동이 틀 때까지는 더 이상 할 일이 없었다. 모두가 얼마 전에 벗어 버렸던 옷을 다시 주워 입었고, 몸을 녹이고 휴식을 취하기 위해 이동했다. 날씨의 변화나 다른 위험들에 대비하여 망을 보는 일은 기진맥진한 승무원들에게 맡겨졌다. 에브니저가 그 흑인들은 이미 밤새도록 용맹스럽고 경이적으로 노동을 했다고 항의하면서, 선실 안의 자기 자리를 내주고 버트랜드와 함께 그들 대신 번을 서겠다고 자청할 때까지.

선장이 대답했다. "하고 싶은 대로 하시오. 닻을 끌면서 이동하지 않도록 빈틈없이 경계하시오. 그리고 우리가 조수를 따라 방향을 바꾸고 있는지 고물 쪽에서 찬찬히 사태를 살피시오. 그런 일들이 아니라면 바람이 만 안쪽으로 불어 들어올 때까진 날 깨우지 마시오."

그는 이러한 지시를 내리고는 선실로 들어갔다. 하지만 에브니저의 초대에도 불구하고 흑인들은 선실로 따라 들어갈 움직임을 전혀 보이지 않았다. 흑인은 마치 선장과 에브니저가 하는 말을 한 마디도 이해하지 못하겠다는 듯이 무표정한 얼굴을 하고 있었다. 과연 흑인들의 과묵함과 몹시 서툰 영어, 그리고 휴식처의 제안을 거절한 수줍음(시선을 돌리며 미소를 짓고, 눈동자를 커다랗게 굴리면서 가만히 서 있지 못하고 안절부절 못하는 모습으로 표현되는)으로 판단해 볼 때, 뛰어난 항해술에도 불구하고 그들은 밀림에서 나온 지 얼마 되지 않았다는 것이 시인이 내린 결론이었다. 이러한 인상은 오래지 않아 그가 버트랜드와 함께 망을 보기 시작했을 때 더욱 강해졌다. 추위를 피하기 위해서인 듯 흑인들은 갑판 위에서 그들 사이에 여분의 삼각돛을 펼쳐 놓더니, 그것을 세로로 한 번 접고는 한 사람은 머리에서, 다른 한 사람은 발에서 시작하여 자신들의 몸을 돛으로 돌돌 감았다. 이렇듯 교묘하게 재주를 부리는 모습은 색다른 의식의 분위기마저 풍겼다. 그리고 그것이 완성되어, 돌돌 만 두루마리 책처럼 아늑하게 고정된 채 얼굴을 마주 보고 누운 뒤, 그들은 잠시 동안 킬킬 웃으며 이국의 언어로 속삭이듯 대화를 나누었다. 예상 기항지인 오카하니칸과 다른 반복되는 단어를 제외하고는, 영국인으로서는 그들의 말을 도무지 이해할 수가 없었다. 에브니저는 그 반복되는 단어에 대해서 그리 확신하지 못했지만, 버트랜드는 감격에 겨운 목소리로 그것을 '드레이크페커'라고 단언했다. 게다가 이러한 확신에 지나치게 감동하여 그 흑인들에게 즉시 드레이크페커의 안위와 행방에 대해 혹 아는 것이 있는지 물어보겠노라고 들뜬 목소리로 말했고, 에브니저가 드레이크페커는 도망자였던 게 분명하니 입조심을 하는 것이 그의 안전을 위해 바람직하다고 지적하면서 그를 겨우 말렸다. 시종은 주인의 말을 따를 수밖에 없었다. 그는 마지못해 바람이 불어 가는 쪽인 고물에서 망을 섰다. 에브니저가 십오 분 후에 처음으로 갑판을 순회하다 보니 버트랜드는 그곳에서 약간의 범포에 싸여 이미 잠이 들어 있었다.

"맙소사, 정말 매의 눈을 가진 대단한 파수병이군!" 그는 시종을 깨울까 하다가, 모든 상황이 순조롭게 흘러가는 한, 자기 혼자서 망을 서기로 결심했다. 세인트메리즈를 띠닐 때만 해도, 버트랜드에 대한 감정은 경멸과 가벼운 혐오감뿐이었다. 지금도 역시 어떤 새로운 애정을 불러일으킬 만한 원인은 별반 없었지만 그는 자신이 시종에 대해서뿐만 아니라 헨리 벌링검에 대해서도 애정을 느끼게 된 것(혹은 증오를 느끼지 않는 것)을 그저 폭력적인 폭풍의 탓으로, 그리고 특히 죽음의 문턱에서 세 시간 동안이나 춤을 추며 정화의 시련을 겪은 탓으로 돌릴 수밖에 없었다.

그는 다시 앞으로 한가로이 거닐었다. 비는 완전히 그쳐있었지만 바람은 여전히 강하게 불었다. 그것은 빠르게 돌풍처럼 왔다 갔고, 막간에는 잠잠해지곤 했다. 하지만 전면을 뒤덮었던 낮은 구름들이 흩어져 무거운 검은 비구름으로 변한 것으로 보아 이미 최악의 상황은 지나간 듯 보였다. 먹구름은 둥근 모양의 달이 비집고 들어올 수 있는 구멍을 여는가 싶더니, 이윽고 달에게 완전히 자리를 내주었고, 마치 퇴각하는 군대의 병사들처럼 열이 흐트러지더니 바람의 채찍을 맞자 달의 얼굴을 가로지르며 날아가 버렸다. 황혼 이후 처음으로, 에브니저는 슬루프 선의 하얀 스프릿 너머의 모습을 볼 수 있었다. 변덕스러운 달이 그들이 정말로 작은 만 안에, 거대한 면적의 습지로 된 후미진 곳 안에 들어와 있다는 것을 확인시켜 주었다. 습지가 변해 만들어진 섬 역시 거대했고(너무 거대해서 제신(諸神)들은 그것이 대륙이었다고 말할 수도 있었을 것이다.), 완전히 평평했다. 에브니저가 있는 곳에서 최대한 식별할 수 있는 바로는 완전한 습지였으며, 오직 풀밭 여기저기 야윈 숲처럼 솟아 있는 미송들만이 경관의 단조로움을 덜어 주고 있었다. 살아 있는 미송은 검은색이었고, 죽어 있는 것은 은색이었다. 그림 같은 경치라고 할 수는 없지만 창백한 조명 아래서는 황량하고 아름다워 보였다. 나무들이 거친 바람에 휘어져 있었는데, 에브니저는 그것이 평화로워 보인다고까지 생각했다. 마치 그가 자신의 영혼이라는 섬이 과거에 닥친 불운과 그것이 고난의 바다 위에 놓여 있다는 사실 때문에 결코 고요하지는 않아도 매우 평화롭다고 느꼈던 것처럼.

이러한 영혼의 평화와 그것이 낳은 성찰을 즐기느라, 그는 상당 시간 동안 바람, 날씨, 그리고 시간의 경과에 대해 망각하고 있었다. 조수가 배를 모래톱 위에 얹어 버리거나, 혹은 바람이 나침의를 돌려 놓을 정도로 불어 댔다 해도 아마 알아차리지 못했을 것이다. 마침내 그를 깨운 것은 습지에서부터 배의 좌현으로 들려오는 소리였다. 그는 달려갔고, 달이 하늘 위로 상당히 떠오른 것을 보았다. 그리고 다른 사람들을 깨워야 할지 고민했다. 하지만 그 소리가 다시 들려왔을 때,

그의 두려움은 진정되었다. 그것은 폭풍이 지나간 것을 그만큼이나 기뻐하는 비둘기나 부엉이 등 습지 동물의 울음소리였다.

"투-후!" 예의 그 울음소리가 세 번째로, 더 크고 더 분명하게 들려왔다. 그리고 "투-후!"라는 분명한 대답이 다시 들렸다. 가까운 습지에서가 아니라 에브니저 바로 뒤 갑판으로부터. 그는 놀라서 몸을 부르르 떨었고, 어떤 새가 배의 난간 위에 올라앉았는지를 보기 위해 몸을 돌렸다. 그러고는 곧 흑인 승무원들에 의해 붙잡혔다. 그들은 소리 없이 자신들의 몸을 돌돌 만 삼각돛을 푼 뒤, 한 사람이 그의 팔을 붙들고 그가 소리를 지르기 전에 입을 단단히 틀어막은 것이다. 다른 사람은 그의 목에 칼을 들이대고는, 옆방향으로 다시 그 울음소리를 냈다. "투-후! 투-후!" 그러자 마치 갈대숲 속에서 저절로 생겨나기라도 한 것처럼, 세 척의 카누가 근처에 숨겨진 물길로부터 쓱 미끄러져 나왔다. 그리고 그로부터 삼십 초 후, 일단의 야만인들이 조용히 난간 위로 모여들더니 선실을 향해 숨소리도 내지 않고 접근했고, 시인은 말할 수 없는 공포에 사로잡혔다.

5 림보에 들어섰다가 벗어나다

무기와 수적 우세, 그리고 완벽한 기습을 감행했다는 점에서 어느 모로 보나 군사적으로 유리한 위치를 차지한 그 낯선 인디언 전사들이 목표를 달성하는 데는 그리 오랜 시간이 필요치 않았다. 그들의 목표는 슬루프 선과 함께 모든 선원들을 포획하는 것인 듯 보였다. 그들은 버트랜드와 선장의 목에 창끝을 겨누어 깨운 뒤, 앞으로 끌고 나왔다. 버트랜드는 두려움으로 말문이 막힌 듯했고, 선장은 흥분하여 고함을 질러 댔다. 우선은 자기를 붙잡은 야만인들에게, 그리고 다음엔 아무 경고도 하지 않은 에브니저에게, 그리고 상황을 파악하고 난 뒤에는, 마지막으로 자신을 배신한 승무원들을 향해 가장 격렬하게.

그는 "너희들이 단두대 밑으로 끌려가 사지가 잘리는 모습을 보고 말 테다!"라고 고래고래 소리를 질러 댔지만, 흑인들은 그의 협박이 거북한 듯 시선을 돌리며 미소를 지을 뿐이었다. 일당의 지휘자는 부하 한 명에게 알아들을 수 없는 말로 날카롭게 말했다. 그러자 그가 그 말을 흑인 선원들에게 또 다른 이상한 언어로 중계했다. 그리고 같은 방식으로 대답을 받았다. 공격병들이 사슴 가죽으로 된 매치코트를 입고 해리(海狸), 너구리, 혹은 사향쥐 모피로 만든 모자를 쓰고 있는 등 거의 똑같은 차림새였음에도 불구하고, 에브니저는 그들의 대화가 이어지는 동안 그 사람들 가운데 반수는 인디언이 아니라 흑인이라는 것을 알아챘다. 선장도 곧 이 사실에 주목하고, 즉시 그들에게 도망자들이니 겁쟁이들이니 하며 욕을 하기 시작했다. 하지만 정작 당사자들은 그 말을 이해하지 못하는 듯 보였다. 슬루프 선 위에 더 이상 승객이 남아 있지 않고, 후미진 곳 안에도 더 이상의 배가 없다는 것을 확인한 뒤, 습격자들은 포로들의 손과 발을 묶고 그들의 몸을 통째로 들어 올려 난간 위로 넘겼다. 그리고 카누당 한 명씩 포로들을 태우고는, 습지를 에두르는 짧은 이동 시간 내내 얼굴을 아래로 향한 채 엎드려 있게 했다. 이동은 앞서 발생한 불시의 습격 때처럼 완전한 침묵 속에서 이루어졌다. 이윽고 카누들이 소귀나무 덤불에 안전하게 닿자, 습격자들은 포로들의 발목에 감은 밧줄들을 더욱 긴 밧줄로 교환했고, 그 긴 밧줄을 포로들의 목에 감아 그들을 한 줄로 엮었다. 일행은 물길만큼이나 구불구불한 육로를 길어 내려갔다. 길이 너무 좁아서 한 줄로서서 걸어가는데도 이따금 양쪽의 검은 늪 속으로 발이 헛디더지곤 했다.

에브니저가 불평했다. "이건 정말 말도 안 돼! 1694년의 메릴랜드주 바로 한복판에서 이런 일들이 여전히 일어날 수 있으리라곤 꿈에도 생각하지 못했어!"

포로들의 선두에서 걸어가던 선장이 대답했다. "나도 그렇소. 그리고 블러즈워스섬에 인디언 부락이 있다는 이야기도 들어 본 적이 없소. 하느님 맙소사, 이곳은 온통 늪이군. 제대로 서 있을 수 있는 마른땅은 보이지도 않아."

버트랜드가 신음하듯 내뱉었다. "신이여, 우리를 구원하소서!" 몇 시간 전 곯아떨어진 이후, 그가 내뱉은 첫 마디였다. "이 사람들은 우리의 머리 가죽을 벗기고, 꼬챙이에 꿰어 태워 죽일 거예요!"

시인이 물었다. "무엇 때문에? 우리는 그들에게 아무런 해도 입히지 않았잖아."

시종이 우겼다. "야만인들은 원래 그래요. 그저 밤에 한가하게 산책하다가 갑자기 야만인 한 명과 마주쳐 봐요. 그러면 짠! 그놈은 당신의 머리통을 마치 복숭아 껍질 벗기듯 벗길걸요! 아 글쎄, 반스베링겐 사람들은 지금도 커슬리라는 여자 이야기를 하는데요. 일 년 전 찰스 카운티에서 인디언들에게 습격을 당한 여자죠. 그녀는 자기 집과 아버지 집 사이의 연초밭을 가로지르고 있었어요. 태양은 여전히 빛나고 있었고, 게다가 팔에 아기를 안고 있었죠. 하지만 자기 집 문 앞에 도달하기도 전에 그녀의 머리 가죽은 벗겨지고, 칼에 찔리고, 철저하게 강간을 당했다고요! 그리고 또 보헤미아 영지에서 그리 멀지 않은 곳에서는……."

선장이 그의 말을 가로채며 날카롭게 쏘아붙였다. "당신의 말이 당신에게 똥을 뒤집어씌우기(beshit) 전에 조용히 하시오."

버트랜드가 지지 않고 대답했다. "당신이야말로 군소리 없이 머리 가죽 벗겨지는 걸 감수하는 게 좋을 거요. 애초에 우리들을 이곳으로 끌고 온 건 바로 당신이니까."

"내가 끌고 왔다고! 이런 빌어먹을, 저 야만인들이 내 두 손을 밧줄로 묶어 놓은 걸 다행으로 알아. 그렇지 않았다면 내가 직접 네놈의 머리 가죽을 벗겼을 테니까!"

에브니저가 끼어들었다. "여러분! 그러지들 않아도 우리는 지금 충분히 심각한 상황에 처해 있소! 배를 빌린 사람은 바로 나요. 그렇게 해야 당신들 마음이 편해진다면, 이 모든 일의 책임을 질 사람이 나라고 생각하시오. 하지만 나로서는 누가 우리를 이런 곤경에 빠뜨렸는지를 논하기보다는, 어떻게 하면 이 난국을 빠져나갈 수 있는지 고민하는 게 낫다는 생각이 듭니다."

선장이 거친 목소리로 대꾸했다. "옳은 말이오."

버트랜드가 서글프게 말했다. "그래도 역시 저는 베시 버드솔에게 약간의 책임을 지워야겠어요. 왜냐하면 지난 3월에 그녀가 그렇게 영리한 방법으로 저를 구하지만 않았더라도 이렇게 노곤에 꿰인 송어 신세가 되지는 않았을 테니 말이에요."

선장이 외쳤다. "정말이지, 당신은 제정신이 아니군!"

에브니저가 간청했다. "잠깐만, 잠깐만요." 선장이 버트랜드에게 처음 거친 말을 내던진 이래로, 시인은 이마를 찌푸린 채 무언가를 골똘히 생각하고 있었고, 두 사람을 타이를 때도 그의 정신은 딴 곳에 가 있었다. 마침내 그가 선장에게 물었다. "우리가 지금 림보 해협에서 저쪽의 만으로 들어온 게 아니었던가요? 아니면 내가 당신의 말을 잘못 들은 거요?"

연장자가 말했다. "내 짐작은 그랬소, 선생. 조수가 우리를 홀런드나 커지 해협 아래로 끌고 내려온 게 아니라면 말이오. 나는 그렇지는 않을 거라 생각하오만."

"하지만 그렇지 않다면, 그 해협의 이름이 림보요? 혹 여기서부터 멀지 않은 곳에 인디언 이름을 가진 강 입구가 있소?"

선장이 심드렁하게 대꾸했다. "한 무더기는 될 거요. 모두 야만인의 이름이 붙여져 있지. 홍가, 낸티코크, 위코미코, 마노킨, 아나메넥스, 포코모케……."

"위코미코! 그래, 위코미코……. 스미스가 자신의 『비밀 역사』에서 언급했던 이름이야!"

선장은 뭔가 화가 난 듯 중얼거렸다. 에브니저는 그의 시종처럼 공포로 정신이 나간 것처럼 보이지 않기 위해, 림보 해협이 처음 언급되었을 때부터 기억해 내려고 애썼고, '똥을 뒤집어쓰다(beshit)'라는 단어의 도움으로 떠올렸던 것을 가능한한 간단하게 설명했다. 말하자면 거의 구십 년 전에 버지니아의 존 스미스 선장이 체서피크만을 거슬러 올라가는 탐험을 하다가 바로 그와 같은 해협을 발견했었고, 그들과 마찬가지로 그 해협 안에서 사나운 폭풍을 만났으며, 일행이 끊임없이 설사를 해대는 바람에 추가적인 불편과 시련을 겪은 뒤, 그 장소에 림보(연옥)라는 이름을 붙였고, 마침내 그는 자신의 일행 전부와 함께 호전적인 인디언들의 포로가 되었다는 것……그리고 아마도 그 인디언들은 지금 습격자들의 조상일지도 모른다는 이야기였다.

선장은 설마 하며 반신반의했고, 버트랜드 역시 그러한 우연에 별반 흥분하는 것 같아 보이지 않았다. "제발, 그래서 그들이 어떻게 되었는데요?"라는 시종의 유일한 질문에 주인이 조금도 아는 바가 없다고 대답하자, 그는 다시 침울한 상태로 돌아갔다.

하지만 일단 기억 속에서 『비밀 역사』를 끄집어낸 에브니저는 존 스미스의 경험과 자신들이 겪고 있는 경험의 유사성에 놀랄 수밖에 없었다. 게다가 그 책이 존재한다는 것 자체가 스미스와 그의 일행 가운데 적어도 몇 명이 그들을 붙잡은 인디언들로부터 탈출했거나 자유로워졌다는 증거 아닌가. 이때 그들은 그 인디언들의 마을에 도착했고, 그 바람에 그의 생각은 여기서 중단되었다. 마을은 섬의 비교적 고지대 위에 허름한 작은 오두막들이 두터운 원을 형성함으로써 이루어져 있었다. 오두막은 다 합쳐서 백 채는 족히 넘는 듯했고, 작은 통나무들과 잔가지들을 돔 모양으로 엮어 만든 모습이었다. 늪지에 둘러싸여 있는 것이, 마치 사향쥐의 군거지를 꼭 닮아 있었으며, 주민들이 모피 옷과 모자를 쓰고 있어서 더욱 그렇게 보였다. 숨어서 보초를 서고 있는 사람을 제외하고, 마을 사람들은 잠을 자고 있는 듯 보였다. 그는 그들이 나타나사 근처에 있던 덤불 안 초소에서 "투-후!"라는 소리로 상대방의 신분을 확인했고, 똑같은 방식으로 답신호를 받았다. 마을은 버려진 것처럼 고요했다.

선장이 낮게 중얼거렸다. "정말 이상하군. 똥개들이 설치지 않는 인디언 마을은 처음 봤어."

마을의 적막한 분위기는 포로들의 마음을 한껏 불안하게 만들었다. 그런데 잠시 후 그들이 둥글게 둘러싼 집들 사이를 지나서 마을 중심에 있는 공터, 혹은 공개 법정 비슷한 곳으로 갔을 때, 정체 모를 기괴한 소리가 마을의 적막을 깨고 그들의 귀에 들려왔다. 우두머리와 그의 검은 부하들이 서로 속삭이며 대화하는 동안, 멀지 않은 한 오두막으로부터 갑자기 울부짖는 소리가 들려왔다. 시인의 머리칼이 쭈뼛 섰다. 순간 그의 머릿속으로 헨리 벌링검을 통해 알게 된 인디언들의 다양한 잔혹 행위들이 스쳐 지나갔다. 희생자들의 손가락에서 손톱을 물어 뜯어내고, 손에서 손가락 자체를 아예 비틀어 떼어 내고, 팔의 근육을 잡아당기고, 머리카락과 수염을 뽑고, 목 주위에 뜨거운 도끼를 매달고, 머리 가죽을 벗긴 머리에 뜨거운 모래를 뿌리는 등등.

선장은 "아니, 이런!" 하고 가쁜 숨을 내뱉었고, 버트랜드는 이빨을 딱딱 부딪치기 시작했다. 울부짖는 소리는 음의 고저와 강약을 바꾸더니, 잠시 후에 다시 바꾸고, 또 바꿨다. 그리고 그 울부짖는 자가 숨을 새롭게 들이마신 후 그 과정을 다시 시작하고 나서야 포로들은 그 소리의 정체를 파악했다.

에브니저가 헐떡이며 외쳤다. "세상에! 누군가가 노래를 부르고 있소!"

정말 있을 법하지 않은 일이었지만, 포로들은 그 소리가 정말로 노래하는 남자(정확히 말해, 테너)의 목소리라는 것을 구별했다. 그 자체만으로도 충분히 경이로운 일이었는데, 훨씬 더 그 장소에서 낯설게 들렸던 것은 그의 말이 (그것이 노래라는 것을 이해하고서 되돌아보건대) 야만인의 언어가 아니라, 분명 영국의 표준 영어였다는 사실이다. "나는…… 보았네……. 내 사랑이 울고 있는 것을." 숨을 한 번 쉬고 나서 그가 노래를 계속 불렀다. "그리고 슬픔은 자랑스럽게도…… 그렇게 진전되었네……."

"세상에, 영국인이 또 있군!"

선장이 대답했다. "그에게는 훨씬 더 불행한 일이지. 우리에게도 더 나을 건 없고."

가수의 노래는 계속되었다. "그 아름다운 눈 속에서, 그…… 아름다운 눈 속에서……."

버트랜드가 감탄한 듯 말했다. "저 사람이 노래 부를 정신이 있다는 게 놀랍군요. 아니면 간수가 자리를 비웠든지."

하지만 간수가 자리를 비우지는 않은 모양이었다. 왜냐하면 다음 소절 "모든 완-벽함을 지니고 있는 곳……."에 와서는 그가 갑자기 노래 대신 욕을 하기 시작했기 때문이다. 그 내용은 아무개 야만인들이 죽음을 눈앞에 둔 불쌍한 아무개가 여차저차한 노래를 부르도록 내버려 두지 않고 자꾸만 주머니칼로 자신의 어쩌고저쩌고한 엉덩이를 찌를 거라면, 차라리 자신의 이러저러한 목구멍을 즉시 자르고 나가떨어지는 게 나을 거라는 것이었다.

에브니저가 말했다. "분명 어디선가 들어 본 목소리야!"

선장이 심술궂게 넘겨짚었다 "어쩌면 이름 모를 선장의 유령인지도 모르지."

"설마, 맙소사!" 그는 여기서 말문이 막혔다. 하지만 설사 말을 더 잇고 싶었다 해도, 인디언들에게 제지당했을 것이다. 자기들끼리 협상을 마친 인디언들이 포로들의 목을 엮은 밧줄을 홱 잡아당기더니, 포로들을 그 툴툴거리는 테너가 갇힌 오두막 쪽으로 끌고 갔기 때문이다. 오두막 입구에서 그들은 밧줄을 풀었고, 카누를 타고 이동할 때처럼 다시 따로따로 묶었다. 그 작업을 하는 내내 에브니저는 눈을 가늘게 뜨고 믿을 수 없다는 듯 고개를 저었다. 또 다른 무장한 인디언이 오두막에서 나옴과 동시에 그 테너는 즉시 노래를 다시 시작했고, 시인은 신음하듯 "맙소사!"를 내뱉고는 온몸을 떨었다.

인디언 두 명이 오두막 입구에 가장 가까이 서 있던 버트랜드를 붙잡아 강제로 무릎을 꿇렸다. 그들은 창끝으로 위협하여 버트랜드를 작은 개구멍 비슷한 곳으로 기어 들어가게 했고, 그는 징징 우는 소리로 자비를 간청하며 시키는 대로 했다. 구속이 임박하자 선장 역시 뱃사람의 저주와 욕설을 다시금 퍼부었지만 소용이 없었다. 그 역시 버트랜드의 뒤를 따라 어두운 구멍을 통해 무릎을 꿇고 기어 들어가야 했다.

먼저 수감되어 있던 남자가 그 소란에 갑자기 노래를 중단하며 불평했다. "이봐! 정말 너무하잖아! 지금 뭐 하는 거요? 이런! 거기 내가 지금 확실히 영어 욕을 들은 거요? 아니, 사람이 더 있군!" 이제 에브니저의 차례였다. "지금 여기에 남자 넷이서 돈치기 놀이를 할 만한 공간이 있다고 생각하는 거요? 이렇게 늦은 밤에 방문하다니, 당신들은 대체 누구요?"

선장이 대답했다. "폭풍으로 인해 여기까지 밀려온 뒤, 망할 놈의 검둥이 선원 둘에게 배신당한 한 쌍의 여행자들과 죄 없는 선장이오!"

상대방이 말했다. "아, 그게 바로 당신의 죄요." 오두막은 어두웠다. 영국인들은 좁은 오두막 안에서 나무상자 안의 통나무처럼 누워 있었지만, 바로 옆사람조차도 제대로 알아볼 수가 없었다. 간수는 인디언 지휘자로부터 지시를 받은 후에 밖에서 보초를 서고 있었다. 영국인들을 습격했던 일당은 각자 흩어졌다.

선장이 항의했다. "죄는 무슨 죄? 그 악당들을 산 이후로 나는 그놈들에게 손찌검 한번 해 본 적 없소!"

테너가 대답했다. "당신이 그들을 산 것만으로 충분하오. 아니, 충분한 것 이상이지. 나는 평생 단 한 명의 흑인도 사거나 팔아 본 적이 없소. 인디언 역시 해쳐 본 적이 없지. 정말이지 내가 어떻게 그럴 수 있겠소? 나야말로 탈출한 무임 도항자일 뿐인데? 하지만 내가 그런 일을 자행하는 사람들과 같은 피부색을 가진 것만으로도 죄는 충분했지."

버트랜드가 물었다. "노예니, 피부색이니, 도대체 무슨 말을 하는 겁니까? 그들이 나처럼 가엾고 불행한 시종의 머리 가죽도 벗길 거라는 말인가요?"

"더 나쁘지, 친구."

시종이 외쳤다. "어떻게 더 나쁠 수가 있다는 거죠?"

상대방이 단언했다. "당신의 목소리로 판단해 보건대, 당신은 떨리는 베이스로 노래를 하겠군. 만약 그들이 마음먹은 재주를 부린다면 우리는 모두 이번 주 내로 가곡을 불러 젖히게 될 거요."

세 명의 새로운 포로들 가운데 이 예언의 의미를 파악한 사람은 오직 에브니저뿐이었다. 소름 끼치는 일이었지만, 그는 앞선 놀라움 때문에 너무도 당혹스러워서 자신의 일행들에게 그 비유를 설명해 줄 수가 없었다. 그러나 그들의 집주인, 즉 그 눈에 보이지 않는 테너는 버트랜드와 선장의 간담이 서늘해지도록 가장 간단한 문자 그대로의 영어로 즉시 설명해 주었다.

그가 말했다. "이 형편없는 주에서 오래 있어 보진 않았지만, 총독이 사방에 적을 가지고 있다는 건 나도 잘 알고 있소. 내부에는 제임스 2세파들과 존 쿠드를 비롯한 개신교도들, 남쪽엔 앤드로스, 그리고 북쪽엔 프랑스인들이 있지. 그래서 그는 매일같이 폭동이나 침략의 두려움 속에서 살고 있다오. 하지만 자기 앞에 닥친 가장 큰 위험은 정작 상상도 안 하고 있단 말이야. 바로 메릴랜드에 하얀 피부를 가진 인간들을 완전히 말살시키려 하는 집단이 존재한다는 거요."

선장이 외쳤다. "쳇! 그들은 그저 거대한 주에 대항하려 하는 작은 마을일 뿐이오!"

테너가 대답했다. "전혀 그렇지 않소. 이 마을이 존재한다는 걸 알고 있는 백인은 거의 없소. 하지만 이 마을은 수년간 아무에게도 알려지지 않은 채 이곳에 자리 잡고 있었소. 내가 알아본 바로는 이곳은 다수의 불온한 추장들을 위한 본부이자 탈주한 흑인들의 피신처요. 불만을 품은 모든 인디언 지도자들이 전쟁 총회를 위해 이번 주 이곳으로 몰래 들어올 거요. 그리고 우리들은 말이오, 여러분, 그들의 즐거움을 위해 거세당한 뒤 불에 태워질 거요."

이 말에 버트랜드는 오두막이 떠나갈 정도로 울부짖었다. 그러자 간수가 머리를 들이밀고는 어둠 속에서 창의 밑동으로 닥치는 대로 찌르며 협박의 말을 내뱉었다. 테너는 쾌활한 어조의 욕설로 대답했고, 간수가 물러가자 의아한 듯 물었다. "이봐요, 분명 세 명이 들어온 것 같은데, 나는 지금까지 오직 두 명의 목소리만 들었소. 나머지 한 사람은 아픈 거요. 아니면 기절해 자빠진 거요, 아니면 뭐요?"

시인이 어렵게 입을 뗐다. "내 혀를 붙잡고 있는 것은 두려움이 아닐세, 존 메키보이. 충격과 부끄러움이야!"

상대방은 숨을 멈칫했다. "설마, 이럴 수가! 이건 정말 믿기 어려운 일인데! 아! 아! 너무 좋아! 아, 이런, 정말 놀랍게도 좋아! 설마 내가 지금 들은 것이 정말 에벤 쿠크의 목소리는 아니겠지!"

에브니저가 인정했다. "바로 그렇네." 메키보이의 정신 나간 듯한 웃음소리로 인해 포로들은 다시 한번 간수의 위협적인 목소리를 들어야 했다.

"오! 아! 아주 훌륭해! 그 유명한 숫총각 시인이자 런던 창녀들의 개혁가! 자네가 내 옆에서 구워지는 모습을 보는 재미가 꽤 쏠쏠할 거야. 아하! 오! 오!"

시인이 대답했다. "자네가 기뻐할 일은 아냐. 자네는 고의적으로 내 인생을 망쳐 놓으려 했어. 하지만 자네가 내 손에서 어떤 상처와 불운을 겪었든지 간에 그건 결코 내가 원했던 일이 아냐."

버트랜드가 외쳤다. "저런! 이 사람이 바로 앤드루 나리께 고자질을 한 푸딩 레인의 그 포주인가요, 주인님?"

선장이 말했다. "두 신사분께서는 서로 아는 사인가 보군요. 당신들 사이에 다툼이라도 있었던 거요?"

메키보이가 대답했다. "오, 그렇지 않소. 다툼은 전혀 없었어요. 단지 나는 그에게 한몫 단단히 잡게 해 준 것뿐이오. 비록 우연에 의한 것이었지만. 그리고 그는 그에 대한 답례로 내 삶을 망쳐 놓고, 내 죽음을 재촉하고, 그리고 내가 사랑하는 여자를 파멸시켰다오!"

에브니저가 반박했다. "하지만 전혀 고의가 아니었어. 심지어 알지도 못했고. 반면 자네는 자네가 의도했던 것보다 훨씬 더 악랄하게 복수했다는 걸 알면 기분이 좋아질 걸세. 나는 악당들과 해적들 손에서 고통을 겪었고, 가장 친한 친구에게는 기만을 당했으며, 내 전 재산을 사기당했고, 내 아버지를 피해 불명예스럽게 도망쳐야만 했어. 게다가, 내 누이마저 여기까지 나를 따라와서 지금 어떤 위험에 처해 있는지는 신만이 아시네. 그리고 불쌍한 조안 토스트는……." 그는 여기서 감정에 북받쳐 목이 메었다.

메키보이가 날카롭게 말을 가로챘다. "조안이 어떻게 되었단 말인가?"

"나는 오직 자네가 몰든에서 보았다고 여겨지는 것만을 말하겠네. 그녀는 상상도 할 수 없는 시련과 모욕을 겪어 왔고, 또 아직도 겪고 있네. 그 결과 몸과 얼굴은 상할 대로 상했고, 살날도 얼마 안 남았지."

메키보이가 낮고 거친 목소리로 대꾸했다. "그런데 자네는 그에 대한 책임도 내가 져야 한다고 말하는 거군, 이 비열한 놈. 그녀는 바로 자네를 따라나선 건데. 맙소사, 내 손이 자유로웠다면 벌써 네놈의 목을 비틀었을 거야!"

에브니저가 인정했다. "나도 정말 책임을 통감하네. 하지만 자네가 내 아버지에게 고자질만 안 했어도 자넨 그녀를 절대로 잃어버리지 않았을 걸세. 아니, 만약 자네가 그녀를 잃는다 해도, 그것은 푸딩 레인에서이지 메릴랜드에서가 아니었을 거야. 어떤 경우에든, 그녀는 거대한 무어인에게 강간당하지도 않았을 거고, 매독에 감염되거나, 아편으로 몸을 망치거나, 혹은 밤마다 헛간 가득히 들어찬 야만인들에게 몸을 팔지 않아도 되었을 거야!"

이렇듯 조안의 불행을 낱낱이 열거할 때마다 메키보이는 새롭게 신음 소리를 냈다. 뜨거운 눈물이 시인의 눈에서 솟아나와, 관자놀이를 차갑게 가로질러 귀 뒤로 흘러내렸다.

선장이 끼어들었다. "당신들의 어려움이 무엇이건 간에, 신사분들, 이 늦은 밤에 늘어놓는 것은 별로 적절한 일이 아닌 것 같소. 우리의 모든 죄는 곧 충분히 대가를 치를 거요. 그리고 그걸로 된 거요."

버트랜드가 울부짖었다. "아아!"

메키보이가 한숨을 쉬었다. "과연 그렇군. 이웃을 용서하지 않으려는 사람은 반드시 자신의 양심과 대단한 흥정을 해야 하는 법이지."

에브니저가 동의했다. "우리들 대부분은 각자 밤에 수치심으로 땀을 흘리게 만드는 기억들을 하나씩은 가지고 있지. 나는 벌써 로케츠에서 자네가 내 아버지에게 편지를 쓴 것에 대해 용서했어. 하지만 그것은 일종의 과시하는 듯한 용서였지. 자네가 저지른 일로 인해 나는 행운을 잡은 듯했으니까. 이제 나는 직위도, 재산도, 사랑도, 명예도, 목숨 그 자체도 잃게 되었어. 자네를 다시 용서하게 해 주게, 메키보이. 그리고 그 보답으로 나 역시 자네의 용서를 구하네."

아일랜드인이 동의했다. 하지만 에브니저가 한 번도 자기나 조안 토스트에게 고의로 해를 입히려 한 적은 없었으니, 그가 용서받을 일은 적거나 아예 없다고 말했다.

"그렇지 않네, 친구. 정말이지, 그렇지 않아!" 시인은 울었다. 그리고 자신이 파운드 선장의 손에 시련을 겪은 일, 사이프리언호의 강간을 목격한 일, 돼지 치는 여자와 흥정했던 일, 재산을 빼앗긴 일, 조안 토스트와 강제로 결혼하게 된 일 등을 가능한 한 조리 있게 이야기해 주었다. 그리고 특히 조안의 몰락에 대한 자신의 책임과 자신이 긴 시간 동안 풍토병으로 앓을 때 그녀가 간호해 주었던 일, 그리고 영국으로의 탈출 계획을 세우면서 그녀가 보여 준 관대함 등을 자세히 설명했다. 나중에는 에브니저와 메키보이뿐 아니라 오두막에 갇힌 일행 전체가 그녀의 선량한 마음씨에 코를 훌쩍이며 눈물을 흘리고 말았다.

에브니저는 계속 말을 이었다. "그녀가 내게 원한 것은, 자신이 매춘부라는 느낌을 조금이나마 덜 수 있도록 내게서 반지를 받는 것, 그리고 런던에서 나를 부양하는 것뿐이었소."

메키보이가 끼어들었다. "나를 부양했던 것처럼 말이지."

선장이 코를 훌쩍이며 말했다. "그녀는 진정 가톨릭의 성자와 같은 매춘부요!"

버트랜드가 새삼 놀랍다는 듯이 말했다. "그런데 제가 미첼 선장의 집에서 그녀에게 그렇게 함부로 말한 걸 생각하면! 우리는 그녀를 그저 돼지나 모는 더러운 여자라고만 생각했죠!"

에브니저가 슬픈 목소리로 말했다. "잠깐만요, 여러분. 당신들은 아직 내 부끄러운 행위의 반도 듣지 못했소. 그녀가 그 순교자와 같은 제안을 했을 때, 내가 그것을 마다하며 그녀에게 그 6파운드를 가지고 영국으로 먼저 떠나라고 말하고는 가능한 한 그녀와 재회할 길을 찾겠다고 약속했을 거라 생각하시오? 혹은 내가 최소한 그러한 자비심 앞에 무릎을 꿇고 그녀의 남루한 옷깃에 입을 맞췄을 거라고 생각하시오? 최악의 행동을 상상해 보시오, 여러분. 당신들은 내가 가슴 벅차게 고마워하고는, 그녀를 창고로 보내 인디언들에게 몸을 팔아 자신의 뱃삯을 벌게 한 뒤, 런던에서 그녀의 포주 노릇을 하기 위해 그녀와 함께 배에 올랐을 거라 생각하시오?"

선장이 중얼거렸다. "만약 당신이 그랬다면 신이 용서하시기를."

에브니저가 말했다. "설사 신께서 나를 세 번이나 용서해 주신다 해도, 나는 열 명을 지옥으로 끌고 가기에 충분한 죄의 무게를 여전히 지고 있어요. 사실은, 여러분, 나는 그 6파운드를 받고 그녀를 창고로 보냈을 뿐만 아니라, 나 혼자서 케임브리지에 있는 바크 선으로 도망쳤다오! 자, 내게 뭐라고 말하겠나, 메키보이?"

아일랜드인이 외쳤다. "용서하네, 용서해! 신이 우리 모두를 구원하시기를! 우리의 육체를 태우는 불은 우리의 영혼을 태우는 불꽃에 비하면 서늘할 거야!"

일행이 그 이야기와 자신들의 운명에 대해 성찰하는 동안, 침묵 속에서 몇 분이 흘렀다. 이윽고 더욱 조용한 목소리로 에브니저가 메키보이에게 어떻게 하다 블러즈워스섬까지 오게 되었느냐고 물었다. 그 질문에 메키보이는 크게 한숨을 쉬며 욕설을 내뱉었다. 그리고 몇 번 이야기를 꺼내다 말다 하다가, 결국 다음과 같은 이야기를 들려주었다.

"내 출생 연월에 대해서는 어렴풋한 기억조차 가지고 있지 않지만, 나는 대충 스물두 살 정도밖에는 되지 않았을 거요, 여러분. 하지만 정말이지 나는 일생 동안 언제나 어른 노릇을 해야 했소! 내 기억 중 가장 오래된 것은, 자신을 나의 아버지라고 일컫던 패처라는 이름의 다리 없는 비열한 놈을 위해 바킹 교회 옆에서 동전 한 닢을 구걸하며 노래를 부르던 일이었소. 나는 추위로 반쯤 죽어 가고 있었고, 배고픔으로 거의 기절할 지경이었소. 패처 영감은 그 돈으로 빵을 사고서도 내게는 부스러기 하나 주지 않았으니까! 내가 이 일을 떠올리는 이유는 말하자면 나는 살아서 노래를 하거나, 아니면 눈 위에 쓰러져야만 했기 때문이오. 하지만 나는 섣불리 입을 벌리지도 못했소. 이가 부딪쳐 노래를 망칠까 봐 두려웠거든. 내가 음정을 조금이라도 틀릴라치면 패처 영감은 히코리 나무 지팡이로 매질을 해서 음정을 맞추게 했소. 그것으로 보아 그는 분명 음악 선생이었을 거요. 많은 류트 연주가들이 눈을 감고 연주를 할 수 있지만 내 장담컨대 턱을 꼭 닫은 채 노래할 수 있는 테너는 아주 드물 거요!

하지만 나는 찬송가를 부르듯 진실하게 노래를 불렀소. 그러면서도 내 고난을 슬퍼하거나 마음속으로 패처를 욕한 적도 없소. 내가 그를 떨어내기로 맹세하게 된 것은 사실 그의 잔인함 때문이 아니라 그가 내 노래에 맞추어 류트 연주를 하다가 실수를 했기 때문이었소! 몇 번의 겨울이 지난 후, 내가 더욱 강해지고 그가 더욱 약해졌을 때, 우리는 여전히 뉴게이트 시장에서 심한 눈보라를 맞으며 일을 하고 있었소. 그런데 패처가 손가락이 완전히 곱아 버렸는지 발가락으로나 할 법한 연주를 하는 게 아니겠소. 나는 그 소리가 너무 귀에 거슬려 화를 벌컥 내고는 그의 히코리 나무 지팡이를 홱 낚아채어 그의 머리를 때려 납작하게 눕혔소. 학생은 그런 식으로 자신이 배운 것을 복습하는 거라오!"

에브니저가 물었다. "그렇다면 자네가 그를 죽인 건가?"

메키보이가 웃으며 대답했다. "그걸 알아보니 마니 하며 능장을 부릴 새가 없었지. 나는 그의 류트를 낚아채 곧장 달아나 버렸네. 하지만 당시 뉴게이트 시장엔 사람의 왕래가 드물었고, 날씨가 몹시 추웠어. 그리고 그 후 수년 동안 패처가 내게 가르쳐 준 노래들을 부르고 그의 류트를 연주하며 런던까지 구걸해서 왔지만, 다시는 패처 영감을 보지 못했어. 그렇게 해서 나의 도제 시절은 끝이 났지. 나는 생계를 거리에서 해결하는 그런 계급에 합류했네. 수습 딱지를 뗀 전문 음악가이자 구걸의 명수로 말일세. 그리고 그날부터 이때까지 남의 지배를 받지 않고 살아 왔지."

"불행한 사람!"

메키보이가 콧방귀를 뀌며 대꾸했다. "숫총각 시인이야 그렇게 말하겠지."

"아냐, 존. 자네는 비록 시련을 겪었지만 여전히 늑대들 사이에서 살아가는 천진난만한 아이일세."

"차라리 어른 늑대들 가운데 한 마리 새끼 늑대라고 말하지 그러나. 그것도 늑대 짓 하는 솜씨는 어른 늑대에 결코 뒤지지 않는 새끼 늑대 말일세. 나는 나의 소년 병을 간호해 주었던 창녀들에게 동정을 잃었어. 하지만 순결을 잃은 적은 없지. 신과 인간을 두려워하거나 믿어 본 적도 없어. 한 번도 가져 본 적이 없는 것을 잃어버릴 수는 없는 법이니까. 여인숙에서 숙박비와 식비가 필요할 때, 그 외에도 돈이 필요할 때마다 나는 연주를 했어. 하지만 진정한 예술가가 여인들을 즐겁게 하기 위해선 굳이 잘생길 필요는 없다는 건 계관시인에게도 새삼스러운 이야긴 아닐 거야. 재능은 얼굴, 장소, 그리고 매력을 모두 돋보이게 해 주니까. 그리고 그가 다리 없는 거지의 씨를 받은 술 취한 거리의 창녀 몸에서 나온 사람이라 해도, 만약 그의 예술이 마음을 움직일 수 있는 힘을 가지고 있다면 그는 공작들이 대접하는 포도주와 저녁 식사를 먹을 수도 있고, 젊은 후작 부인들의 다리를 벌릴 수도 있는 법이지! 요컨대, 내가 노래 만드는 일에 푹 빠지게 되자, 나는 부유한 여자들의 사랑에 투자를 했어."

이때까지 메키보이의 이야기에 전혀 흥미를 보이지 않던 버트랜드가 외쳤다. "투자했다고! 자본이 없는 곳에 현금 이익배당금을 지불하다니 정말 희귀한 투자로군요!"

메키보이가 심각한 어조로 말했다. "아니, 내 말을 오해하지 마시오. 나의 자본은 시간이었소. 그들을 유혹하느라 허비하는 귀중한 시간 말이오. 그리고 나의 수익 역시 시간이었소. 덕분에 저녁 식사 비용을 벌기 위해 노래를 부르거나 가난한 남자가 어쩔 수 없이 스스로 해야 하는 수많은 허드렛일을 할 필요가 없었지. 그것은 다른 여느 것들과 마찬가지로 분명 투자였소. 그리고 나는 상인으로서의 적절한 이유를 가지고 그것을 선택했소. 그것은 세상에서 다른 어떤 것을 했을 때보다 내 자본금에 대해 더 높은 수익을 올려 주었다오."

시인이 신중한 어조로 말했다. "하지만 솔직히 그건 뭔가 잔인하고 냉담한 일 아닌가."

메키보이가 고집스럽게 말했다. "다른 정당한 사업도 그보다 나을 건 없어. 만약 마음이 상처를 입는다면, 그건 자체적으로 생긴 상처야. 나는 아무것도 약속하지 않았고, 일단 약속을 하면 그것을 지켰어. 그걸로 된 거라고."

"하지만 분명 조안 토스트는……."

아일랜드인이 성을 내며 쏘아붙였다. "나는 조안 토스트에 대해서 말한 게 아니네. 나와 사업을 함께했던 사람들은 부유한 부인들과 딸들이야. 그들은 자신들의 행위를 '후원'이라고 불렀고, 예술이라는 고귀한 대의를 빌미로 간음에 빠지는 경향이 있었지. 조안 토스트는 나와 마찬가지로 땡전 한 푼 없는 떠돌이였어. 그리고 나름대로 예술가이기도 했지. 그녀의 악기와 내 악기는 달랐지만 말일세."

버트랜드가 외쳤다. "하! 말 한번 잘하는군!" 에브니저는 아무런 평도 하지 않았다.

"그녀를 처음 만났을 때 나는 열여덟 살이었어. 그녀는 어느 방탕한 귀족에게 고용되어 있었고, 그의 아내는 그에게 지지 않으려고 나를 고용해서 남편이 조안과 하는 것과 똑같은 유희를 즐겼지. 우리 넷은 나란히 앉아 꿩고기와 라인 백포도주를 먹었네. 세상 사람들에게는 마치 결혼한 두 쌍의 부부처럼 보이도록 말일세. 귀족은 상당히 흡족해했지. 과연 그는 포도주 기운이 올라오자 일련의 음탕한 제안들을 했다네. 이전에 했던 것보다 더욱 변태적인 것들이었지. 하지만 세련됨과 마찬가지로 도착(倒錯) 역시 궁형(弓形)이기 때문에 그것을 극단으로 확장시키다 보면 다시 원래의 자리로 돌아오기 마련이야. 밤도 다 끝나 갈 무렵이 되니까, 자신의 아내를 침실로 데려가야겠다는 생각보다 그 녀석을 더 자극시키는 건 없었던 모양이야! 조안 토스트와 나는 함께 쫓겨났지. 우리는 루드게이트 근처에 있던 그녀의 작은 방에서 밤새도록 술을 마셨어. 심지어 열일곱 살이었던 그때조차도, 그녀는 세속적인 영혼이었다네. 순수한 혈통의 망아지처럼 싱싱하고 활기로 가득 차 있었지만, 그녀의 눈은 닳고 닳은 어른들의 정욕을 담고 있었지. 그리고 그녀의 몸짓에는 종족의 역사가 있었어. 그 귀족이 그녀에게 욕망을 품은 것은 그리 놀랄 만한 일이 아니었지. 그녀는 여성의 정수였고, 그녀와 관계를 갖는 사람은 한 여자와 관계를 갖는 것이 아니라 여성 전체와 관계를 갖는 것과 마찬가지였으니까!

우리는 남은 급료를 다 쓸 때까지 음식을 배달시키면서 방에서 몇 날 며칠을 머물렀어. 우리가 다시 함께 거리로 나왔을 때, 우리들 사이엔 이미 모종의 계약이 성립되어 있었지. 그리고 그것은 자네가 벤 올리버와 내기를 건 그날까지 지속되었고."

선장이 말했다. "그러니까 쉽게 말하자면, 당신은 그녀의 포주가 된 거군."

메키보이가 망설임 없이 대답했다. "더욱 쉽게 말하자면, 우리 둘은 사랑의 기술에 대해서는 자신의 음악을 대하는 류트 연주자의 손과 같았소. 우리가 함께 제대로 작업에 임하면, 하늘의 천장을 떨리게 만들 수도 있었지요. 그 밖의 다른 모든 것들은 그저 무엇이든 가장 편리한 수단으로 해결할 수 있는 생존을 위한 평범한 사업에 불과했소. 내가 그녀의 안배에 트집을 잡은 경우는, 내가 역사의 전반적인 문제에 불평하거나 별의 문양에 대해 흠을 잡는 경우만큼 드물었소."

버트랜드가 말했다. "지금 당신은 이야기를 시작했을 때보다 조금도 메릴랜드에 가까워지지 않았소. 그리고 이 밤은 영원히 지속되지 않아요."

선장이 말했다. "계속 말하게 내버려 두시오. 그것은 그저 하나의 이야기이거나 이처럼 해협에서 일어난 무서운 일들이거나 둘 중에 하나일 텐데."

에브니저가 거들었다. "그래, 존, 이야기를 계속하게. 조안 토스트가 나를 따라왔다는 걸 자넨 어떻게 알게 되었나? 그리고 어쩌다 톰 테일러에게 잡힌 건가?"

"테일러! 자네는 톰 테일러와 나에 대해 들었나?"

에브니저는 자신이 계약 하인을 파는 그 뚱뚱한 상인과 알게 된 경위를 설명했다. 메키보이는 대단히 즐거워했다. 그는 테일러가 통 수선공 윌리엄 스미스에게 매였다는 소식을 듣자, 마치 그 이야기를 들은 곳이 감옥이 아니라 로케츠라도 되는 양 호탕하게 웃어 댔다. 선장이 끼어들었다. "내 생각엔 기뻐해야 할 사람은 당신이 아니라 그 사람인 것 같소만, 선생. 그는 어쨌든 우리보다는 더 나은 흥정을 했으니까 말이오!"

에브니저도 동의했다. "그래요, 그랬죠. 하지만 우리가 설사 여기 바로 죽음의 문턱에 있지 않다 하더라도, 그 사람의 불운을 조롱하는 것은 적절하지 않은 일인 것 같소."

메키보이가 다시 웃었다. "인간들은 죽음을 눈앞에 두면 얼마나 인도주의자가 되는지! 자네는 톰 테일러가 얼마나 가치 없고 비열한 놈인지 잊어버린 건가? 그놈은 주인과 하인에게 똑같이 해를 입힌 놈이야."

시인이 인정했다. "그가 비열한 놈이고, 자네의 장난으로 고생을 해도 싼 것은 사실이지만, 그의 시간 역시 우리의 시간만큼이나 귀중한 걸세. 그리고 그에게서 사 년의 시간을 강탈하는 것은 장난치곤 심한 장난이지." 그가 한숨을 쉬었다. "정말이지 내가 탕진한 세월을 생각하면! 소중한 시간들! 나는 시를 쓰지 않으며 보낸 모든 날들이 아깝네!"

버트랜드가 열렬히 호응하며 말했다. "그리고 저는 런던에서 혼자 잤던 그 모든 밤이 아까워요."

선장이 끼어들었다. "칠 년을 살든 칠십 년을 살든 그건 누구나 마찬가지요. 사람의 인생이란 영원에 비하면 눈 한 번 깜박하는 시간도 채 안 되는걸. 시간들을 어떻게 사용하든(배를 조종하든, 시를 갈겨쓰든, 혹은 도시를 짓든, 그것을 불태우든.) 사람은 명이 다 되면 하루살이처럼 죽을 것이고, 별들은 여느 때와 마찬가지로 자신들의 궤도를 돌 텐데. 아무리 수고를 한들 무엇이 이득이고 또 무엇이 손해겠소? 가만히 침대에 누워 있거나 엉덩이를 벤치에 붙이고 있는 게 나을 거요."

에브니저는 막달레나 대학을 다닐 때와 푸딩 레인 하숙방에서의 자신의 마음 상태를 기억하며 이러한 말들에 불안하게 몸을 움직였지만, 그래도 시간의 가치에 대한 자신의 믿음을 다시 확인했다. 그는 마음속으로 상품의 가치는 수요가 일정할 때 그것의 공급과 반비례하여 커지며, 공급이 일정할 때는 수요와 비례하여 커지는 것처럼, 필멸의 시간은 귀금속과 마찬가지로 공급에 있어선 극미하지만 수요에 있어서는 사실상 무한하므로 필멸의 인간들에게는 대단히 중요하다는 나름의 논리를 폈다.

메키보이가 조바심을 내며 외쳤다. "빌꼴을 다 보겠군! 당신 둘은 내가 언젠가 세인트바톨로뮤 시장에서 본 아이들을 생각나게 해. 그 아이들은 작고 빨간 조랑말 마차를 타기 위해 줄을 지어 서 있었더랬지."

그는 자신의 비유를 굳이 설명하려 하지 않았다. 하지만 에브니저는 그것을 즉시 이해했다. 아니, 이해했다고 생각했다. 왜냐하면 그는 이렇게 말했기 때문이다. "자네 말이 맞아, 메키보이. 나는 선장과 의견이 다르지 않네. 내 누이와 내가 다섯 살 때, 목욕을 한 뒤 잠을 자기 전에 한 시간을 허락받은 적이 있어. 트위그는 육아실에 모래시계를 세워 두었지. 그 시간 동안 우리는 무엇이든 원하는 대로 할 수 있었어. 하지만 모래가 다 떨어지면 곧 침대로 가야 했으니 꾸물거릴 시간이 없었지. 정말이지, 그 시간이 얼마나 귀중하게 여겨졌는지. 백 가지의 놀이 가운데 어떤 것을 해도 되는 시간! 우리는 이런저런 게임을 하기 위해 카드를 꺼내 왔어. 하지만 그런 경이로운 시간을 하찮은 게임이나 하며 쓸 수 있겠어? 나는 짐짓기 나무토막으로 성을 한 채 짓기로 했고, 안나는 종이 위에 병사 세 명을 그리기 시작했어. 하지만 우리 둘 중 누구도 오 랫동안 자신이 하던 놀이를 계속할 수가 없었지. 왜냐하면 상 대방의 놀이가 자기 것보다 더 재미있어 보였기 때문이야. 그 래서 우리는 곧 서로 바꿔서 놀았지만, 그래도 만족스럽지가 않았어. 우리는 갖가지 장난감과 게임들을 놓고 필사적으로 궁리했어. 다른 때였다면 어느 것이든 한 시간 동안의 오락거 리로 충분했을 거야. 하지만 우리는 아무것도 하려 하지 않았 고, 그동안 모래시계는 계속 작동되었어! 이 가장 중요하고 정 확히 잰 시간 동안을 제외하면, 우리는 언제나 그저 이야기를 하거나 놀이방 창문 밖에서 움직이고 있는 세상을 바라보는 것만으로도 충분히 즐거웠었지. 하지만 내가 수수께끼 놀이 를 시작하기 위해 '무거워, 너의 머리 위에 무거운 것이 매달려 있어.'라고 외쳤을 때, 안나는 곧장 울기 시작했어. 그리고 나 도 곧 따라 울었지. 하지만 우리의 눈물도 우리의 절망감을 덜 어 주지는 못했어. 오히려 더욱 배가시켰지. 왜냐하면 우리가 우는 내내, 우리의 시간은 미끄러지듯 빠져나가고 있었으니까. 명심하게, 우리는 전에는 한 번도 잠자는 시간을 아깝다고 여 긴 적이 없었어. 하지만 그 모래는 어떤 상처에서 흘러 나가는 우리의 생혈(生血) 같았다네. 우리는 주저앉아서 울었어. 그리 고 그것이 흘러내리는 것을 지켜보았지. 그 결과 우리는 둘 다 속이 거북해졌고, 토하기 시작했어. 그러자 트위그 부인은 마 지막 십오 분이 여전히 모래시계 안에 남아 있는데도 우리를 침대로 데려갔지."

메키보이가 물었다. "그것이 우리에게 가르쳐 주는 것은?"

에브니저가 슬픈 어조로 대답했다. "그것이 우리에게 가르쳐 주는 것은, 우리가 필멸의 존재라는 사실이 우리가 어떤 행동을 선택하는 데는 아무런 도움이 되지 않는다는 거야. 그럼에도 불구하고 만약 몰든이 나의 것이라면, 나는 톰 테일러를 풀어 주겠네."

메키보이가 덧붙였다. "하지만 그동안은 그를 마음껏 비웃어도 되겠지. 철학은 빌어먹으라고 하고, 어쨌든 그것이 내가 할 일이야. 네 이야기를 들을 건가, 말 건가?"

사실 밤이 깊어짐에 따라 메키보이의 모험에 대해서는 시큰둥해지고 있었고, 자신의 지엽적인 이야기가 내심 자기들이 처해 있는 상황과 더욱 밀접한 관련이 있다고 느껴지기 시작했지만, 에브니저는 정말로 듣고 싶다고 대답했다.

그러자 아일랜드인이 이야기를 시작했다. "그렇다면 아주 좋아. 사실 난 메릴랜드에 올 마음이 전혀 없었어. 조안 토스트가 나를 떠났을 때, 나는 우리 사이가 완전히 끝났다는 것을 알았지. 자네도 알겠지만, 모든 것을 주거나 아니면 아무것도 주지 않는 것이 그녀의 방식이었어. 하지만 필사적인 연인에게는 자신의 어리석음이 그렇게 커 보이지는 않는 법이고, 절망적인 사실을 눈앞에 두고도 그것을 곧잘 희망으로 색칠해 버리곤 하지. 간단히 말해, 나는 그녀가 자네를 쫓아 메릴랜드로 갔을까 봐 두려웠어. 그리고 그녀를 가로채기 위해 역참에 방을 잡고는, 굉장한 허세를 부리며 모든 사람들에게 내가 메릴랜드의 계관시인인 에브니저 쿠크라고 떠벌리고 다녔지."

에브니저가 외쳤다. "세상에, 또 한 명의 계관시인이라니! 메릴랜드에는 계관시인들이 넘쳐나는군!"

메키보이가 명랑하게 말했다. "무모한 거짓말이었어. 만약 조안 토스트가 나를 찾아오면 나는 과연 무엇을 할 작정이었을까! 하지만 어쨌든 나의 재직 기간은 놀랄 만큼 짧았지. 내가 메릴랜드 뮤즈를 향해 축배를 들어 보기도 전에 일단의 덩치 큰 녀석들이 훔친 장부가 어쩌고 하면서 들이닥쳤거든. 그리고 내가 시인 에벤 쿠크라는 말을 듣자 곧장 나를 감옥으로 끌고 가더군."

버트랜드가 웃었다. "아, 저런! 지난 몇 달 동안 나를 괴롭혔던 의문이 이제야 풀렸군요! 내가 랠프 버드솔의 칼을 피해 역참에 왔을 때, 사실 지금은 죽은 환관이 되느니 차라리 버드솔의 칼을 맞고 살아 있는 환관이 되는 건데, 하는 생각이 들지만요! 아무튼 역참에 와서 내가 사람들에게 계관시인의 행방을 물었을 때, 나는 그가 감옥으로 끌려갔다는 얘기를 들었거든요. 바로 그 비극적인 소식을 듣고 그를 대신하여 플리머스로 달아나야겠다는 생각을 했던 거죠. 하지만 에벤 나리가 나를 포세이돈호에서 발견했을 때, 나리는 한 번도 벤 브래그의 사람들에게 공격당한 적이 없다고 맹세했고, 나를 거짓말쟁이라고 생각했죠. 이제 전 혐의를 벗은 거죠, 주인님?"

시인이 대답했다. "그것에 대해 걱정할 필욘 없어. 대충 다 용서하지 않고 따지기엔 밤이 너무 늦었으니까. 너의 그 깜찍한 이야기에는 아직 약간의 작은 결함이 있지만, 그냥 넘어가도록 하지. 그런 다음 무엇을 했나, 메키보이? 나는 자네가 나의 작은 도둑질 때문에 오래 갇혀 있지 않았기를 기도하네."

메키보이가 말했다. "다음 날 아침까지만 갇혀 있었어. 브래그가 찾아와서는 물고기를 잘못 낚았다는 걸 확인했거든. 그쯤 되니까 더 이상 어리석은 행동을 할 엄두가 안 나더라고. 나는 조안을 찾는 일을 그만두고 힘겹지만 그녀를 잊어버리기로 결심했지. 그리고는 옛날 직업으로 돌아가 부자들 사이를 서성거렸어. 처음엔 더러 작은 성공을 거두기도 했지만, 조안과 함께했던 세월이 니를 망쳐 놓았더군. 여인들은 흥분한 내 모습에서 경멸감을 느꼈고, 아마도 내 목소리에서도 모종의 차가움을 감지한 것 같아. 어쨌든 나는 곧 실직사가 되었고, 생계를 위해 보틀프 부두나 스틸 야드, 그리고 내 삶이 시작된 뉴게이트 시장 근처의 거리 모퉁이에서 류트나 불어야 하는 신세로 내몰렸지. 나는 그렇게 해서 벌어들인 돈을 창녀들에게 썼지만, 아무 위안이 되지 않았어. 사람이 자신이 사랑하는 사람하고만 천일 밤을 지내다 보면 그는 그녀를 자신의 모든 감각으로 머리에서 발끝까지 속속들이 알게 되지. 근육, 털구멍, 한숨까지 말일세. 그리고 그녀의 모든 팔다리 움직임들, 심장과 마음을 마치 그 자신의 것들인 양 알게 되지. 어둠 속에서 다른 여자를 옆에 뉘여 봐. 단지 그 주변의 공기가 바뀐 것만으로도 그는 즉시 상대를 낯설게 느껴. 침대를 누르는 그녀의 무게만으로도 그의 감각은 그녀가 낯설다는 걸 감지하지. 그녀가 숨을 쉬기만 해도 그는 깜짝 놀라게 돼. 숨의 고저와 박자가 너무나도 달라서 말일세! 상대가 열에 들뜬 손을 내밀면, 그의 육체는 산짐승의 발톱을 피하는 것처럼 움츠러들어. 그 모든 반응들이 한꺼번에 일어난다고. 세상에 얼마나 어색한지! 서로를 껴안아야 할 팔들은 팔꿈치를 치거나 둘 곳을 찾지 못하고, 서로 포개져야 할 다리들은 어지럽게 얽혀버리며, 그들의 볼과 코는 서로 맞지가 않아. 그는 그녀를 애무하려다가 그녀의 늑골을 찌르거나 할퀴곤 하지. 그녀가 불시에 사랑의 말을 속삭이거나 적극적으로 몸을 부딪쳐 와 보라지. 그는 갑자기 남자다움을 잃어버리거나, 마치 미숙한 풋내기가 된 것처럼 제대로 삽입도 하기 전에 총을 쏴 버리게 된다고. 간단히 말해, 그는 비록 자신의 연인에게는 자신의 류트를 연주하는 류트 연주의 대가였지만, 이제는 남의 첼로 위에 걸터앉아 S자형 관과 f자형 구멍도 구분하지 못하고 있는 자신을 발견한다네. 그는 현을 제대로 퉁기지도 못하고, 목적도 없이 무턱대고 손가락만 바쁘게 움직이다가, 마침내 악기를 제대로 연주하기는커녕 두통만을 얻게 되는 거라고."

일행 전체는 불편한 자세에도 불구하고, 메키보이의 입에서 청산유수처럼 흘러나오는 비유를 즐겼다. 하지만 아일랜드인은 냉정한 목소리로 자신의 이야기를 다시 시작했다.

"창녀들이 내게 도움이 되지 않는다는 걸 알고, 나는 럼주에 의지하게 되었네. 매일밤 술에 절어서 모든 것을 잊으려 했지. 류트를 연주할 때 점점 손가락이 엇나가는 일이 많아졌고, 목소리는 탁해지고 갈라졌으며, 귀는 둔감해졌어. 그리고 매일 밤 그 전날 밤보다 더 많은 럼주를 필요로 하게 되었지. 그리고 목구멍에 풀칠을 하기 위해서 결국은 도둑질까지 하게 되었어. 그러던 어느 날 밤, 자네가 떠난 지 만 삼 개월이 지난 후였지. 한 선원이 내게 1실링을 주면서 자신을 위해 「조안의 스커트 주머니가 찢어졌네」를 불러 달라는 거야. 그래, 내가 노래를 불러 주니까, 너무 즐거웠다며 내게 럼주를 거하게 한 턱내겠다고 제안하더군. 뭔가 수상한 점이 있다고는 느꼈지만 나는 별로 신경 쓰지 않았어. 그래서 나는 그저 그가 주는 대로 한 잔 가득 마셨지! 하지만 그게 잘못이었어."

선장이 중얼거렸다. "그렇다면 신이 당신을 돕기를. 그 후의 일은 짐작할 수 있을 것 같소. 딩신은 감쪽같이 납치됐겠지?"

메키보이가 말했다. "나는 의식을 잃은 채 베이나드성 근처의 어떤 여인숙에서 쓰러졌소. 그리고 깨어나 보니 움직이는 배의 갑판과 갑판 사이에 차꼬가 채워져 있었소. 처음에는 우리가 어디로 항해하고 있는지 혹은 무슨 목적으로 납치되었는지조차 알 수 없었소. 하지만 곧 우리들 사이에서 족쇄 없이 항해하던 누군가가 자기들은 메릴랜드로 향하는 무임 도항자라고 밝히더니, 어떤 부류의 선장들은 종종 나와 다른 여섯 명과 같은 부두 부랑자로 자신의 화물칸을 채운다고 설명해 주더군요. 모두들 정신을 잃었다가 깨어나 보면 자신들의 몸에 족쇄가 채워져 있는 걸 발견하게 된다는 거죠.

이윽고 일등 항해사가 우리에게 일장 연설을 했소. 내용인 즉슨, 우리가 옛날의 방탕한 생활로부터 구제된 것은 다 자신의 덕이며, 우리는 뱃삯을 내지 않고 어떤 땅으로 운송되고 있는데, 그곳에서 우리는 삶을 새롭게 건설할 수 있다는 거였소. 그리고 우리가 이러한 은혜를 감사히 여기고 그에 알맞게 행동하겠다고 서약한다면, 그 자리에서 즉시 족쇄를 풀어 준다는 거요. 다른 사람들은 모두 상당히 기뻐하며 그렇게 하겠다고 맹세하더군요. 하지만 나는 이 훌륭한 일등 항해사가 그전날 밤에 나를 망쳤던 바로 그 비열한 놈이라는 걸 알아보고, 그에게 엄청난 욕을 퍼부어 댔소. 그랬더니 그놈은 장화발로 내 입을 뭉개더니 항해가 끝날 때까지 아주 철저하게 나를 굶기겠다고 맹세하더군.

일생 동안 고아 거지였고, 부끄러움도 가난도 느끼지 못하는 나 같은 남자는 그 누구보다 자유로운 법이오. 그리고 그런 사람이 자유를 가장 갈망하는 것은 너무나 당연한 일이지. 뭐, 계관시인으로 가장하기 전에도 하찮은 도둑질로 감옥에 갇힌 적이 있는 건 사실이오. 하지만 두 경우 모두 나 자신이 저지른 잘못 때문에 감옥에 가게 된 거요. 그리고 자유는 인간의 권리를 의미하므로, 범죄로 인해 정당하게 감옥에 갇히는 것을 자유의 상실이라고 볼 수는 없죠. 하지만 사람의 의사에 반하여, 그리고 정당한 이유 없이 족쇄를 채우는 것은 자유를 터무니없이 침해하는 거요. 그리고 그 족쇄를 벗어 던지기 위해 그런 말도 안 되는 서약을 하는 사람들은 그것으로 인해 어떤 자유를 얻을 수 있기는커녕, 자유 가운데에서 가장 소중한 자유를 포기하는 것일 뿐이오. 즉 불공정에 대해 비난할 수 있는 권리 말이오."

에브니저가 말했다. "정말 새겨들을 만한 말이야." 비슷한 상황에 처해 있었더라면 자신은 그러한 강인한 모습을 보이지 못했을 거라는 의심 때문만이 아니라, 메키보이는 자기보

140

다 훨씬 더 조안 토스트를 차지할 자격이 있고, 또 처음부터 그래 왔다는 확신(이런 생각을 하는 것은 현재 상황과는 어울리지 않았지만 그렇다고 위안도 되지는 않았다.) 때문에, 에브니저는 메키보이의 말에 상당히 감명을 받았고 자신이 부족한 사람이라는 것을 다시 한번 깨달았다.

메키보이가 말했다 "현명하든 어리석든, 그 문제에 대한 내 감정은 그랬어. 그리고 그날 이후로 그 후레자식의 채찍 맛을 종종 봐야 했지. 그것은 물론 그에게 알랑거리지 않은 대가였어. 공언한 대로 그는 나를 죽을 만큼 굶기지는 않았어. 나를 두들겨 패는 데 재미가 붙어서인지, 아니면 내가 참회도 하지 않은 채 죽는 꼴을 볼 수가 없어서였는지는 모르겠지만 말일세. 나는 화물칸으로 옮겨졌어. 다른 사람들이 나를 따라 폭동을 일으킬까 봐 두려웠던 게지. 그 후 나는 항해가 끝날 때까지 한 번도 햇빛을 보지 못했어. 항해가 끝나자 그들은 나를 나머지 다른 사람들과 함께 팔기 위해 갑판으로 끌고 올라갔지."

에브니저가 끼어들었다. "만약 테일러가 내게 한 말이 사실이라면, 자네는 곧장 물속으로 뛰어들었고, 자유를 향해 나아갔지. 하지만 그들이 자네를 낚아 올렸어."

"그래, 그리고 내 목숨을 구했어. 왜냐하면 나는 물에 뛰어들고 나서야 물속에서 팔을 열 번도 휘젓지 못할 정도로 힘이 없다는 걸 깨달았거든. 그리고 다시 한번 생각해 보니 테일러와 함께 가는 것도 괜찮은 선택일 것 같았어. 나는 그 녀석의 두뇌가 그 녀석의 태도만큼이나 돼지 같을 거라고 판단했거든. 게다가 그 녀석을 적당한 때에 속여 넘기는 건 일도 아니라고 생각했지. 그저 내 친구 딕 파커가 덜 무모하기를 바랄 뿐이었어. 아직 내가 자네에게 딕 파커에 대해 이야기한 적 없지? 상관없어. 우리는 이야기의 바다에서 헤엄치고 있지만 큰 컵 한 잔의 물로도 갈증을 식힐 수 있으니까. 게다가 밤이 거의 다 끝나 가고 있어, 안 그래? 자, 그럼 이제 결론을 내려야겠군요, 신사분들. 나는 에벤이 말한 대로 톰 테일러를 말 한 마리와 바꿨소. 그것도 비틀거리는 쇠약한 말과. 물론 그 중개인 녀석보다는 그 말이 스무 배는 더 가치가 있었지. 그리고 내가 있는 곳이 메릴랜드라는 걸 알게 된 후, 나는 말을 타고 은밀히 쿠크포인트로 가기로 결심했소. 그저 조안 토스트가 그곳에서 자신의 선택에 행복해하고 있는 모습을 확인하기 위해." 그가 웃었다. "내 참, 얼마나 말 같지도 않은 소리를 하는 건지! 나는 그녀에게 순진한 구석이 있을 거라는 희망에서 그곳으로 간 거요! 나는 그녀가 내 비참한 행색을 보면 동정심을 느끼리라는 걸 알고 있었소. 그리고 그녀가 그 연민을 사랑으로 착각하길 기도했던 거요. 하지만 그것은 부질없는 소망이었고, 두 가지 면에서 거짓으로 판명되었소. 가 보니 그녀가 처해 있는 곤경은 나보다 훨씬 더 비참했소. 하지만 매독도, 아편도, 학대도, 죽음의 얼굴 그 자체도 일단 그녀가 마음을 정한 이상 그것을 되돌릴 수는 없었소.

나는 오래 지체하지 않았소. 내 짐작대로라면 톰 테일러가 자신을 속인 도망자를 찾아내기 위해 온 카운티를 샅샅이 뒤질 테니까. 나는 버지니아에 가기로 결심했소. 그곳에서 차라리 해적 선단에나 합류할까도 생각했지. 이를 위해 나는 그 배의 화물칸에서 나와 함께 사슬에 묶여 지냈던 달아난 흑인 노예와 동행했소. 그는 파커의 부하들 가운데 한 명으로, 이름은 밴디 로우였고 영어를 곧잘 했소. 블러즈워스섬으로 오는 건 그의 생각이었소. 그가 들은 바에 의하면 그곳에는 우리들과 같은 도망자들이 득실거린다고 했지. 하지만 우리는 악마가 성수(聖水)를 사랑하는 것만큼, 그들이 백인을 사랑한다는 사실을 몰랐소. 그리고 우리가 그것을 알았을 땐 이미 너무 늦은 뒤였지. 그들은 밴디 로우를 형제로서 환영했지만, 그의 간청에도 불구하고 나를 꽁꽁 묶어서는 서둘러 제쳐……."

이때 선장이 갑자기 끼어들었다. "아니 잠깐! 이게 무슨 소리지?"

메키보이는 문장을 마저 끝맺지 못한 채 다른 죄수들과 함께 귀를 기울였다. 습지 먼 곳에서부터 마치 까마귀가 우는 것 같은 일련의 날카로운 외침 소리가 들려왔다. 그에 대해 오두막 밖의 간수가 같은 방식으로 대답했다.

메키보이가 중얼거렸다. "새로운 사람들이 이 거대한 장례 미사에 참례하러 왔나 보군. 그들은 이번 주 들어 매일 밤 오고 있소."

외침 소리로 된 신호는 반복되었다. 그리고 그때 포로들은 멀리서 많은 사람들이 행진하는 소리와 단조로운 노랫가락을 흥얼거리는 듯한 깊고 규칙적인 소리를 들을 수 있었다. 밖의 보초가 벌떡 일어나 잠들어 있는 마을을 향해 간단하게 무언가를 알렸고, 그것은 마을에 즉각적인 동요를 불러일으켰다.

사람들은 웅성거리면서 광장 주변을 부산하게 움직였다. 누군가가 날카롭게 명령했다. 통나무들이 불 위에서 우직우직 딱딱 소리를 냈다. 사람들의 단조로운 노랫소리가 더욱 분명해지고 강해졌다.

선장이 속삭였다. "정말이지 이건 한 번도 들어 본 적이 없는 인디언 노래군."

메키보이가 대답했다. "아, 고저와 박자로 보아 이것은 흑인들의 영창이오. 나는 딕 파커와 밴디 로우가 배의 화물칸에서 그와 같은 노래를 부르는 것을 들은 적이 있소. 그리고 이곳의 아프리카인들은 지난 며칠 밤 동안 그 같은 노래를 불러 댔소. 제기랄, 머리칼이 다 쭈뼛 서는군! 내 생각에 이것은 우리에게 좋은 소식은 아닌 듯해요."

에브니저가 날카롭게 물었다. "어째서 그런 거지?"

메키보이가 말했다. "그들은 자기들의 두 우두머리가 만을 몰래 거슬러 오기를 기다리고 있었어. 한 명은 흑인들의 지도자이고, 다른 한 명은 총독이 퇴위시킨 야만인 왕들 가운데 가장 강력한 놈이지. 물론 밴디 로우로부터 들은 정보야. 그는 이 소식을 며칠 전 내게 이 오두막의 벽을 통해 속삭여 주었어. 이전에는 이들이 저렇게 무모하리 만큼 크게 노래를 부른 적이 없었다고. 내가 장담하건대, 이것은 그 왕들이 마을에 왔으며 서커스를 시작할 준비를 끝냈다는 신호야."

과연 새로 도착한 사람들이 광장으로 줄지어 들어오자, 마을 사람들은 단조로운 노래를 멈추고 미친 듯이 소리를 질렀고, 소리만으로 최대한 판단해 보건대, 북을 치며 불 주위를 돌면서 모종의 격렬한 춤을 추는 게 분명했다. 버트랜드는 숨을 삼키며 신음했고, 에브니저는 자기도 모르게 사지를 떨었다. 메키보이조차도 평정을 유지하지 못했다. 그는 마치 이를 악물고 주기도문을 암송하듯이 쉰 목소리로 속삭이듯 욕설을 퍼붓기 시작했다.

오직 케언 선장만이 비교적 침착한 태도를 유지했다. 그가 냉정하게 말했다. "그들의 고문을 기다리는 것은 어리석은 일이오. 어차피 이 장이 끝나기 전에 죽을 텐데, 그들의 야만적인 즐거움을 위해 열 배나 더 고통스러워힐 필요가 있겠소?"

에브니저가 물었다. "그래서, 당신이 말하고자 하는 게 뭐요? 자살? 나는 기꺼이 내 목숨을 끊고 그걸로 끝장을 낼 거요."

선장이 말했다. "혼자서는 그 일을 할 방법이 없소. 하지만 단번에 죽거나 평화롭게 죽는 것은 여전히 우리 능력 안에 있을지도 모르오. 그들이 우리 몸을 통째로 끌어낸다면 희망이 없지만 만약 전에 그랬던 것처럼 목에 줄을 매달고, 발은 걸을 수 있도록 자유롭게 해 준다면, 우리는 모두 함께 달아나야 하오. 그리고 그들이 창과 화살로 우리의 목숨을 단번에 끝장내 주길 기도하는 거요."

메키보이가 콧방귀를 뀌며 대꾸했다. "결코 성공하지 못할 거요. 그들은 우리를 다시 잡아다가 고기 베는 칼이 있는 곳으로 데려갈 테니까."

버트랜드가 울부짖었다.

메키보이가 덧붙였다. "게다가 나는 모범적인 신자는 아니지만 어쨌든 가톨릭 교도요. 어떤 경우라도 내 목숨을 스스로 끊지는 않을 거요."

선장이 말했다. "그렇다면 더 나은 계획이 있소. 당신의 신앙에는 아무런 해도 끼치지 않고 당신이 우리를 도울 수 있는 방법이오. 우리의 손과 발은 묶여 있지만, 무릎은 아직 움직일 수가 있소. 쿠크 씨의 시종으로 하여금 그의 목을 주인의 다리 사이에 두게 하고, 나는 나의 목을 당신의 다리 사이에 둔 뒤, 당신과 쿠크 씨가 우리 두 사람의 목을 지체 없이 졸라 우리의 고통을 끝내 주는 거요. 그런 다음 당신이 쿠크 씨를 위해 같은 일을 해 주는 거요. 그의 숨이 끊어지고 나면, 당신은 당신이 원하는 대로 인디언들이 당신을 살해하기를 기다리는 거요. 어떻게 생각하시오?"

에브니저가 속삭였다. "맙소사!" 나이 든 남자의 제안에 간담이 서늘해진 것은 사실이지만, 목이 졸려 죽는 것이 거세된 뒤 산 채로 태워지는 것보다 덜 고통스럽다는 사실은 좀처럼 부인할 수가 없었다.

결론부터 말하자면, 그는 선택할 필요가 없었다. 바깥에서 들려오던 의식의 소리는 곧 잦아들었고, 날이 샜지만 포로들은 괴롭힘을 당하지 않았다. 크게 안도하기에는 너무도 불안해서, 그들은 서로를 조용히 바라보았다. 에브니저는 메키보이의 체중이 4분의 1이나 줄어들고, 이빨 몇 개가 없어졌으며, 당연한 일이지만 턱수염이 길어진 것을 발견했다. 그리고 그들은 첫날처럼 많은 말을 나누지는 않았다. 하루가 지나갔다. 그리고 이틀, 이레, 열흘이 흘렀다. 그동안 포로들이 오두막 밖으로 나가는 것은 한 번도 허락되지 않았지만, 그들은 마을의 움직임이 점차 더욱 부산스러워지는 것을 감지할 수 있었다.

메키보이가 외쳤다. "정말이지, 이것은 마치 대주교구 회의 같군!"

선장의 제안을 다시 입에 올리는 사람은 아무도 없었다. 하지만 그것은 에브니저를 비롯해 모든 사람들의 마음속에 새겨져 있었던 게 분명했다. 때문에 어느 이른 아침 그들의 간수가 파견단의 양식으로 접근하는 소리가 들려오자, 그들은 하나같이 숨을 삼키고는 온몸이 뻣뻣해졌다.

선장이 재촉했다. "서둘러! 그들이 우리를 데리러 왔소!"

메키보이가 투덜거렸다. "데려갈 테면 데려가라지. 나는 살인자가 되고 싶지는 않소."

바로 그때 오두막의 가죽으로 된 뚜껑 문이 젖혀지며 열렸다. 차가운 공기와 춤추는 불빛이 안으로 밀려들어 왔다. 회백색의 새벽을 배경으로 꼿꼿한 검은 형상의 남자들이 보였다.

선장이 에브니저를 향해 몸을 꼬며 다가왔다. "그렇다면 당신이 해 주시오. 신의 이름으로!" 그의 목소리는 날카로웠다. "이렇게 간청하오, 선생. 지금 나를 목 졸라 주시오. 그들이 내게 손을 대기 전에 지금 당장! 여기, 빨리, 주님의 사랑을 위해!"

그는 시인의 떨리는 무릎을 향해 몸을 비틀며 버트랜드를 넘어왔다. 하지만 설사 그가 할 의도가 있었고 할 수 있었다 하더라도, 정작 부족한 것은 시간이었다. 그 검은 형체들은 문을 닫고 들어서더니 그들을 향해 몸을 숙이고, 그들의 발목과

다리를 잡았다. 검은 목소리가 킬킬거렸고 툴툴거렸다. 공포에
질린 백인들이 하나씩 잇따라 밖으로 끌려 나갔다.

6 시인이 자신의 미래를 담보로 잡고
두 개의 수수께끼에 대해 숙고하다

인디언 마을로 둘러싸인 마당 혹은 광장은 젖은 눈이 얇게
쌓여 고르지 못한 모습이었다. 산 모양의 건물 꼭대기에도 눈
이 하얗게 쌓여 있었다. 공기는 차갑고도 축축했다. 하지만 지
독하게 추운 정도는 아니었다. 한 덩어리의 온화한 공기가 만
을 넘어 이동해 왔고, 그 결과 커다란 안개가 섬을 감싸고 있
었다. 짙은 안개의 소용돌이가 습지로부터 휩쓸 듯 밀려왔다.
보이지 않는 갈매기들로부터 목소리를 받은 안개의 소용돌이
는 해협을 향해 떨어져 내리는 울음소리와 함께 날개를 한껏
벌리고 날아들었다.

안개와 이른 시간에도 불구하고, 에브니저는 엄청난 수의
사람들이 사방에 서 있는 것을 볼 수 있었다. 일부는 스카치
옷과 영국산 모직 옷을 입고 있었지만, 대부분은 가죽과 털로
된 매치코트를 입고 있었다. 여자들은 아침 식사를 준비하는
듯 오두막 근처에서 작은 불을 피우고 있었고, 남자들은 대부
분 광장 안에 있는 몇 개의 더 큰 불들 주변에서 담배를 피우
며 흑인과 인디언들이 함께 대화에 열중하고 있었다. 손짓 발
짓을 동원하여 대화하는 사람들도 눈에 많이 띄었고, 전반적

으로 웅성거리는 분위기였다. 법정의 중앙에는 수지를 함유한 소나무의 화력으로 무섭게 타고 있는 횃불의 불꽃이 안개 속에서 오렌지색으로 번쩍이고 있었는데, 그 모습은 실용적이기보다는 제의적인 분위기를 연출했다. 그 열기로 인해 주변의 눈이 녹아 상당한 크기의 원이 만들어져 있었고, 그 경계에는 검은 피부와 빨간 피부를 가진 엄숙한 얼굴의 고위 성직자 스무 명이 도열해 있었다. 그리고 그 원의 사분면들 바로 밖에는, 사람들이 네 개의 집단을 이루어 엉덩이 깊이의 구멍들 안에 3.5미터의 말뚝을 일으켜 세우고 있었다.

포로들이 모두 발을 딛고 섰을 때, 그들을 끌고 나왔던 대표단 가운데 한 명이었던 검둥이가 히죽 웃으며 메키보이에게 다가와서는 영어로 말했다. "저곳에서 밤을 보낼 일은 이제 없겠지, 응?" 그는 감옥이었던 오두막을 향해 눈을 굴렸다.

메키보이가 으르렁거렸다. "이 사탄의 검은 마귀새끼야. 너를 딕 파커와 함께 물고기에게 던져 줄 걸 그랬어!"

그 검둥이(에브니저는 그가 메키보이의 이전 동료인 밴디 로우일 거라고 짐작했다.)는 재미있다는 듯 이를 드러내고 웃으며 부하들에게 날카로운 명령을 내렸다. 부하들은 포로들의 발목에서 가죽끈을 잘라 내더니 그들을 말뚝으로 끌고 갔다. 시인의 무릎이 꺾였다. 그의 간수들은 그를 이끌 뿐만 아니라 부축해야 했다. 사방에서 들려오던 와글거리는 소리는 중얼거림으로 바뀌더니 차차 가라앉았다. 딱딱거리는 불을 제외하면 광장은 조용했다. 백인들이 지나갈 때 검은 얼굴들이 그들을 차갑게 바라보았다. 중앙의 불 옆에 있던 남자들이 그들이 다가오는 쪽으로 얼굴을 돌렸다. 그리고 그들 가운데 몸에 가장 많이 색을 칠한 연장자가 이제 막 제 위치에 세워져 다져진 말뚝들 가운데 가장 가까이 있는 것을 향해 고개를 끄덕였다.

그 미소 짓는 흑인이 메키보이에게 말했다. "너는 세 명의 왕들에 의해 재판을 받을 것이다. 다른 사람들은 여기 머물러 있어."

포로들 가운데 어느 누구도 입을 열지 않았다. 그 무시무시한 세 명의 우두머리는 어쨌든 불 주변에 있는 것 같지는 않았다. 아일랜드인이 그 광장을 가로질러 사향쥐 소굴 같은 집들 가운데 비교적 큰 집으로 끌려갔기 때문이다. 에브니저와 버트랜드의 발목과 손목이 각기 말뚝에 묶였다. 그러한 자세가 주는 느낌만으로도 시인은 거의 정신을 잃을 지경이었다. 그것은 너무도 분명하게 수많은 순교자들을 떠올리게 했기 때문이다. 인류가 시작된 이래로 도대체 얼마나 많은 사람들이 이와 비슷한 자세로 묶였을까? 그리고 얼마나 많은 이유로 불에 태워져 말로 표현할 수 없는 고통을 겪어야만 했을까? 하지만 그는 정신을 놓지 않으려 애썼다. 졸도가 더욱 절실하게 필요한 상황이 곧 닥칠 테니까.

선장은 세 번째와 네 번째 기둥이 일으켜지고 다져지는 동안 옆에 서 있어야 했다. 그는 마치 닥쳐올 공포들을 순순히 감수하려는 듯 머리를 숙인 채 조용히 서 있었다. 그의 감시인들은 그 육중한 말뚝들을 수직으로 세우는 일에 열중하느라 감시를 소홀히 하고 있었다. 그때 갑자기 그가 껑충 뒤로 뛰더니 그들로부터 달아났고, 광장을 가로질러 힘차게 나아갔다.

고함 소리가 뒤를 이었다. 사람들이 민첩하게 달려가서는 창을 홱 집어들고 그의 뒤를 서둘러 쫓아갔다. 에브니저는 목을 길게 빼고 연장자가 서둘러 빠져나가기를 기대하며 그 광경을 지켜보았다. 하지만 인디언들이 그를 막아섰다. 선장은 다시 두 개의 횃불 사이에 난 틈을 향해 달려갔다. 하지만 손에 창을 쥐고 대기하고 있던 인디언들의 벽과 맞닥뜨렸다. 그는 망설이다가 방향을 돌렸고, 다시 한번 그와 비슷한 벽에 직면했다. 이번에는 마치 탈출이라는 희박한 희망을 포기한 채 원래의 목직으로 돌아간 듯, 가슴을 앞으로 쑥 내밀고는 창들을 향해 돌진했다. 하지만 창을 쥐고 있던 사람들은 뒤로 물러나며 그가 가는 길목을 팔과 창 자루로 차단할 뿐이었다. 팔이 여전히 뒤로 묶인 채로 그는 다시 방향을 바꿨다. 그리고 또 다른 방향으로 힘껏 뛰었지만 결과는 똑같았다. 창들의 대열은 이제 그의 주위를 커다란 원 모양으로 봉쇄했다. 그가 습지로도 탈출할 수 없다는 것이 꽤 분명해지자, 그들은 그의 맹렬한 시도를 비웃었다. 선장은 다시, 그리고 또다시 창들을 향해 돌진했다. 그리고 마침내 자신의 필사적인 결심을 도저히 성공시킬 수 없다는 걸 깨닫고는 소리를 지르며 쓰러졌다. 그를 괴롭히던 사람들은 여전히 킬킬대면서 흩어졌다. 이제 그를 묶을 준비를 마친 감시인들이 말뚝으로 그를 다시 데려갔다. 그리고 세 사람의 발치에 나뭇가지들을 쌓기 시작했다.

얼굴이 창백해진 에브니저는 시선을 피하다가, 예의 그 미소 짓는 호위자와 함께 왕궁에서 나오는 메키보이를 발견했다. 아일랜드인의 얼굴은 묘하게 질려 있었다. 그것이 분노 때문인지, 증오 때문인지, 두려움 때문인지는 구별할 수 없었지만 그마저 남아 있던 말뚝에 고정되자, 그 묘한 '판결'이 용서가 아니었음을 짐작할 수 있었다.

그러나 그것은 착각이었다. 메키보이가 그의 표정만큼 이상하게 일그러진 목소리로 에브니저에게 이렇게 외친 것이다. "이건 정말 엄청난 우연이야! 그들은 나에 대한 판결을 얻기 위해 나를 세 명의 왕 앞으로 데려갔어. 그들 가운데 두 명은 지저분한 야만인들이었어. 하지만 세 번째 녀석은 내 친구 딕 파커였어. 나와 함께 화물칸에서 사슬에 묶여 있던 그 녀석 말일세! 나는 그가 물에 빠져 죽었을 거라고 생각했었는데, 맙소사, 그가 이 검은 이교도인들의 왕이었던 거야! 악당 밴디 로우 녀석은 그 사실을 알고 있었으면서 이 며칠 동안 아무 말도 하지 않았던 거고. 그는 아프리카에 있을 때 딕 파커의 심복이었어!"

에브니저는 이러한 우연에 감탄할 정신이 아니었다. 오히려 그는 메키보이가 두려움으로 인해 머리가 어떻게 된 게 아닌가 궁금했다. 제정신이 있는 사람이라면 자신을 화장시킬 장작이 발치에 쌓이고 있는데 그런 시시한 이야기를 지껄일 수 있겠는가?

그때서야 비로소 에브니저는 버트랜드와 의식을 잃은 선장의 발치와 마찬가지로 자신의 발치에도 장작이 쌓여 있지만, 메키보이의 말뚝 주변에는 잔가지 하나도 놓이지 않았다는 사실과 감시인들 역시 그의 말뚝 주변에 장작을 쌓을 기미를 보이지 않는다는 사실을 깨달았다.

아일랜드인이 소리쳤다. "신께서 나를 돕고 있어, 에벤! 그들이 나를 풀어 줄 작정인가 봐! 딕 파커가 나를 살려 줬어!" 그의 눈에 눈물이 넘쳐흘렀다. 메키보이가 계속 소리쳤다. "하늘에 맹세코 나는 자네를 위해 간청하고 애원했네. 딕 파커와 나 사이에 어떤 우정이 있었는지 간에, 자네는 나의 형제이며 내겐 목숨처럼 소중하다고 말했지. 하지만 다른 사람들이 우리 네 명을 모두 태워야 한다고 주장했기 때문에 딕 파커가 할 수 있는 일이라곤 나의 죽음만을 면하게 해 주는 거였어. 나는 자네가 그곳에서 오늘과 내일 내내 고통받는 것을 지켜봐야 해. 그들의 회의가 끝날 때까지 말일세. 그런 다음 자네가 태워지는 광경을 봐야 해!"

버트랜드가 자신의 말뚝에서 고함을 질렀다. "저 포주 자식이 제 목숨 구하려고 우리들의 목숨을 넘긴 거예요!"

메키보이가 강하게 부인했다. "아냐, 맹세해! 과거 우리들 사이에 무슨 일이 있었든지 간에, 그건 모두 지난 일이야. 자넨 내가 자네를 조금이라도 원망하거나, 혹은 딕 파커가 자네에게 편견을 품게 했다고 여겨서는 안 돼!"

에브니저가 말했다. "자네를 믿지." 그는 사실 메키보이가 가져온 소식을 듣고 잠시 분노를 느꼈었다. 어쨌든 애초에 메키보이가 자기를 배신하지 않았다면 그가 런던을 떠나지도 않았을 테니까. 하지만 그는 곧 분노를 누그러뜨렸다. 이토록 극한 상황에 처해 있음에도 불구하고, 혹은 아마도 그 때문에, 에브니저는 자기가 자기의 원칙을 정직하게 따라왔듯이 메키보이 역시 그 자신의 원칙을 정직하게 따라왔다는 것을 깨달았기 때문이다. 지나칠 정도로 강하게 대응했다는 이유로 앤드루를 비난할 수도, 그 내기를 하게 만들었다는 이유로 조안 토스트를 비난할 수도, 그것을 제안했다는 이유로 벤 올리버를 비난할 수도, 혼자서 메릴랜드로 건너왔다는 이유로 안나를 비난할 수도, 특히 세인트메리즈에서 하선하도록 자신을 설득했다는 이유로 벌링검을 비난할 수도, 혹은 만 가지 행동들 가운데 어느 한 가지라도 자기 인생의 방향을 바꿀 수도 있었을 에브니저 그 자신을 마찬가지로 쉽게 비난할 수도 있을 것이다. 하지만 지금 이 시간 이 장소로 그를 데려온 것은 그의 스물여덟 해 전체의 역사였다. 그리고 이 역사는 그가 상대했던 모든 사람들의 영향으로부터 상당 부분 특정한 양식을 취하지 않았던가? 그리고 그들의 삶 역시 셀 수 없는 다른 사람들의 영향에 의해 형태 지어지지 않았던가? 간단히 말해 그는 단지 총체적인 인간 역사에 의해서뿐 아니라 우주 전체의 역사에 의해서, 셀 수 없이 많은 연결 고리들의 연쇄에 의해서 이 순간 말뚝에 묶이게 된 것이 아니겠는가? 그리고 그 연결 고리 가운데 어느 누구도 다른 어떤 사람보다 과실이 더하다거나 덜하다고 말할 수는 없지 않은가? 에브니저에게는 그 자신이나 메키보이는, 예를 들어 메릴랜드를 식민지화했던 볼티모어 경이나 구세계 사람들에게 신세계를 알린 제노바의 모험가보다 비난받아야 할 이유가 더도 덜도 없는 것처럼 보였다.

성찰에 의해서라기보다 직관에 의해 시인이 도달한 이러한 결론은 다음과 같은 논리의 또 다른 결론을 낳았다. 인디언과 흑인 들의 적의가 존재하지 않았다면, 세계 역사가 그를 데려온 시공간 상의 이 지점은 위험한 곳이 아니었을지도 모른다. 하지만 영국 식민주의자들에 의한, 말하자면 역사적 우연에 의해 유리한 위치를 부여받은 사람들에 의한 착취가 그들을 적대적으로 만들었다. 에브니저는 만약 상황이 전도되었더라면 그를 이곳으로 잡아온 사람들 역시 영국인들이 하고 있는 짓을 똑같이 하리라는 걸 의심치 않았다. 그렇다면 역사적인 움직임들은 그것에 참여하고 있는 사람들의 의지를 표현한 것이리 는 점에서, 분명 자신은 이교도들에게 정당한 분노의 대상이었다. 왜냐하면 그는 메키보이가 며칠 전 밤에 말하려 했던 것보다는 좀 더 깊은 의미에서, 착취지 들의 계급에 속하기 때문이었다. 그는 서구 세계에서 교육받은 신사로서 그 문화의 힘이 산출한 열매들을 공유했고, 그러므로 그 힘이 어떤 죄악을 초래하든지 그것을 공유해야만 한다. 또한 이것으로 그의 책임이 끝나는 것도 아니었다. 착취자와 피착취자 사이의 차이를 만드는 것이 각 집단의 알 수 없는 정신적 특성이 아니라 힘과 처지라는 부수적인 성질이라면, 피부색 하나 때문에 백인이 흑인과 인디언 들을 노예로 삼고 근거지에서 몰아내는 것이 '인간적'인 것과 마찬가지로 피부색 하나 때문에 흑인과 인디언 들이 백인들을 학살하는 것 또한 '인간적'인 일이기 때문이다. 이제 곧 그를 태워 죽일 야만인은 언젠가 그 야만인을 노예로 만들었었던 상인과 마찬가지로 그의 형제인 것이다. 요컨대, 시인은 그의 세속적인 원죄에 대해서는 곧 본인 스스로 속죄하게 될 터이지만, 그는 그것이 일종의 대리 보복 행위라는 걸 깨달았다. 그는 자신에 대해 중대한 범죄를 저질렀고, 그 범인을 처벌할 사람 역시 자기 자신이었다.

이러한 일련의 생각들을 이어 가는 데는 단 몇 초도 걸리지 않았다. 그리고 이런 깨달음은 그의 정신적인 자서전의 역사상 유례가 없을 정도로 스스로를 감동시켰다. 그러나 그가 버트랜드와 메키보이에게 한 말이라곤, "어쨌든, 지금에 와서 책임을 논하기에는 너무 늦었어. 저기를 봐."라는 게 전부였다.

그는 눈썹으로 메키보이가 방금 전 호위되어 나온 그 오두막 쪽을 가리켰다. 회중(會衆)의 시선 역시 그 방향으로 돌아갔다. 동시에 그들의 대화 소리는 잦아들었다. 세 명의 왕이 판결을 내리기 위해 나오고 있었다. 에브니저가 안개를 뚫고 최대한 구별해 볼 때, 하나는 키가 크고 건장한 흑인이었고, 다른 하나는 똑같이 건장한 인디언이었으며, 세 번째 역시 인디언이었는데 나이가 들고 쇠약해져서 그의 젊은 동료들의 팔에 기대어 상당히 어렵게 움직였다. 세 명 모두 그들의 신하들과 비교할 때 꽤 화려한 차림을 하고 있었다. 그들의 의복은 가장자리에 술 장식이 달려 있었고, 조개껍질 염주로 화려하게 장식되어 있었다. 얼굴에는 적색 염료로 가로줄과 원이 그려져 있었고, 목에는 곰 이빨과 별보배고등이 매달려 있었다. 인디언들의 머리 장식은 구슬 공예품과 칠면조 깃털인 반면, 흑인의 머리 장식은 모피 위에 올려진 두 개의 황소 뿔로 만든 것이었다. 두 명의 건장한 사람들은 각자 빈손에 뼈로 끝을 장식한 창을 쥐고 있었다. 늙은 쪽은 오른손에 사향쥐의 날가죽을 위에 매달아 놓은 일종의 홀(笏) 같은 제의적인 지팡이를 들고 있었고, 왼손에는 탁탁 튀는 송진 소나무 횃불을 들고 있었다.

그들의 걷는 속도는 그들의 접근을 더욱 침울하게 만들었다. 메키보이는 그의 어깨 너머로 눈을 크게 뜨고 그들의 모습을 지켜보았다. 버트랜드는 한탄을 하기 시작했다. 에브니저는 두려움으로 얼굴이 발갛게 달아올랐다. 그는 입술을 앙다물었지만, 얼굴의 나머지 부분에서는 경련이 일어났다.

그 세 명의 우두머리와 가장 가까이 있던 사람은 메키보이였다. 그들은 엄격한 표정을 띠고 그 앞에 섰다. 흑인이 창을 들어 올렸고, 모종의 선언을 했다. 신하들이 그것을 불확실한 중얼거림으로 받아들였다. 그런 다음 인디언 추장들 가운데 젊은 쪽이 그것을 그의 언어로 반복한 게 분명했다. 그의 선언 역시 앞서와 같은 반응을 이끌어 냈기 때문이다. 에브니저는 그 늙은 추장의 얼굴에는 다소 불쾌한 표정이, 그리고 가까이 서 있던 메키보이의 동료 밴디 로우의 얼굴에는 굉장히 만족한 듯한 표정이 떠오르는 것을 주목했다. 일당의 시선이 다음엔 턱수염이 난 선장 쪽으로 이동했다. 그는 이제 막 깨어나서 고개를 돌리기 시작하던 참이었다. 다시 모종의 판결이 들어 올려진 창들과 함께 두 개의 언어로 선언되었다. 늙은 추장의 미소와 회중의 환호는 그것의 의미를 분명하게 암시하고 있었다. 시인은 온몸을 벌벌 떨었다.

다음은 버트랜드 차례였다. 그는 고개를 돌리고 눈을 질끈 감았다. 인디언 왕들 가운데 젊은 쪽이 그를 차갑게 바라보았고, 나이 든 쪽은 자기 쪽으로 몸을 구부리고 속삭이는 사람에게 고개를 끄덕이면서 악의적인 즐거움을 가지고 버트랜드를 바라보았다. 모든 시선이 덩치 큰 검은 왕에게로 쏠렸다. 그는 앞서 두 번의 판결 뒤 처음으로 판결을 내렸다. 그는 노인과의 대화를 끝내고 창을 들어 올렸다. 그리고 발표를 하기 시작하다가 마침 시선을 죄수의 얼굴로 향했다.

갑자기 그는 문장 중간에 말을 멈추고, 앞으로 달려오더니 버트랜드의 얼굴을 자신 쪽으로 돌렸다. 에브니저의 근육은 팽팽하게 긴장되었다. 창을 쥐고 있긴 했지만 흑인이 그 늙은 추장의 팔을 몹시 무례하게 놓았기 때문에, 시인은 차라리 버트랜드가 고개를 돌린 죄로 그 자리에서 창에 찔리는 게 아닌가 생각했다. 흑인이 큰 소리로 외치며 가까이 있던 부하의 허리띠에서 뼈로 만든 칼을 낚아챈 후 그것을 치켜든 채 시종을 향해 달려갔을 때에도 그의 두려움은 진정되지 않았다. 동료 추장들은 얼굴을 찌푸렸고, 가까운 곳에 있던 관중들은 놀라서 뒤로 물러섰다. 게다가 그 검은 왕이 매달려 있는 죄수의 목숨을 끝장내거나 그의 사지를 잘라 내는 대신, 그를 묶은 모든 가죽끈을 잘라 내고 무릎 높이의 장작더미를 발로 차 버린 후 휘청휘청하는 죄수의 발 밑에 몸을 던져 엎드리자, 그들의 충격은 극에 달했다!

시종은 말뚝에 등을 대고 바짝 물러나면서 울부짖었다. "에벤 나리!" 나이 든 추장은 크게 호통을 쳤고, 젊은 쪽은 날카롭게 다그쳤다. 그에 대해 흑인 왕은 인디언의 언어로 대답했는데, 그의 목소리는 상당히 심각했다. 광장은 예배당처럼 조용해졌다. 인디언 왕은 더욱 엄격하게 얼굴을 찌푸리더니 자신의 나이 든 동료를 부축하기 위해 수하들을 불렀다. 그리고 위엄이 허락하는 한 재빨리 성큼성큼 걸어갔다. 버트랜드 쪽으로가 아니라 아직 그의 판결을 기다리고 있는, 상당히 정신이 혼란한 죄수를 향해. 에브니저가 적색 염료와 화려한 예복과 새롭게 건강을 회복한 모습 뒤에서 절벽 옆 동굴에서 앓고 있던 도망자의 얼굴을 알아본 것은, 그 인디언 왕이 겨우 한두 걸음 앞으로 나아왔을 때였다.

그가 외쳤다. "신이시여, 이제 나는 알겠어! 버트랜드! 쿼사펠라와 드레이크페커야! 저기 메키보이의 덕 파커가 바로 너의 드레이크페커이고, 여기 쿼사펠라가 나를 구하러 오고 있어!"

과연 에브니저의 얼굴을 잘 들여다본 그 인디언의 눈에서는 엄격한 빛이 사라졌다. 그의 명령에 따라 두 명의 감시인이 앞으로 나서서 시인을 묶은 밧줄을 풀었다.

쿼사펠라가 근엄하게 말했다. "나는 당신을 풀어 주고 당신의 용서를 구한다. 나의 목숨을 구한 사람에게는 아무 해도 입히지 않는다."

에브니저 역시 버트랜드와 마찬가지로 가슴이 벅차서 아무 말도 하지 못했다. 그의 눈에는 눈물이 고였다. 그는 휘청거렸고, 쉰 목소리로 웃었으며 고개를 저었다. 그리고 믿지 못하겠다는 듯이 메키보이에게 시선을 돌렸다. 그동안 나이 든 추장은 욕설을 멈추지 않았다. 그의 신하들이나 다른 두 명의 죄수들과 마찬가지로 그는 이 놀라운 상황을 전혀 이해하지 못하는 듯했다. 쿼사펠라는 에브니저에게 가볍게 인사하고 시인에게 그가 있던 곳에 잠시 더 머물러 있을 것을 제안했다. 그리고 늙은 왕을 달래기 위해 돌아갔다. 버트랜드는 흑인 왕의 정체를 확인하자 사람들의 어리둥절한 시선을 받으며 그를 포옹했는데, 이제 흑인 왕은 포옹을 풀고 왕들의 평의회에 합류했다. 대화의 분위기로 볼 때 그 늙은 추장은 죄수들을 풀어주는 것에 대해 격렬하게 반대하는 것이 분명했다. 잠시 후 쿼사펠라는 에브니저를 부르더니, 그의 왼손을 홱 들어 올렸고, 투덜거리듯 물었다. "당신은 쿼사펠라가 당신에게 준 반지를 가지고 있나?"

시인은 어쨌든 물고기 뼈 반지를 은반지와 교환하게 한 신의 섭리와 조안 토스트에게 감사하며 주머니에서 반지를 꺼냈다. 쿼사펠라는 그 반지를 우선 늙은 추장에게 보였고, 그런 다음 모종의 도전적인 선언과 함께 높이 들어 올려 군중에게도 보였다. 딕 파커 혹은 드레이크페커도 곁에서 밝게 웃으며 서 있던 밴디 로우에게 명령을 내렸다. 이윽고 선장을 제외한 모든 죄수들은 그 늙은 남자가 새롭게 항의를 시작할 기회를 얻기 전에 감옥 오두막으로 서둘러 다시 밀려 들어갔다.

에브니저가 여전히 긴장한 표정으로 웃으며 말했다. "정말이지! 지금은 이 오두막이 마치 왕궁처럼 느껴지는군!"

태양이 떠오르자 광장은 밝아졌지만 그곳을 덮은 안개는 걷히지 않았다. 밖에서는 상당한 소동이 벌어지고 있었다. 에브니저는 오두막 밖에 서 있는 감시인들의 다리 사이를 통해 그 세 명의 지도자들이 애초에 그들이 나왔던 그 건물을 향해 다시 이동하는 것을 보았다. 아직까지 마음을 진정시키지 못하고 있는 게 분명한 그 나이 든 쪽은 이제 자신의 것과 비슷한 머리 장식을 쓴 인디언 두 명의 부축을 받고 있었다.

메키보이가 외쳤다. "이것은 성서에서나 볼 수 있는 기적이야!" 그의 눈과 입은 여전히 놀라움으로 잔뜩 긴장한 채였다. "아냐, 이것은 기적 이상의 기적이야! 어떻게 딕 파커가 살아 있을 수 있고, 또 자네를 아는 거지? 저런, 그는 여기 있는 자네의 시종이 마치 신이라도 되는 듯 납작 엎드리던걸!"

버트랜드가 자랑스럽게 말했다. "그에게 나는 바로 신과 같은 존재요, 고마운 일이지. 그리고 그는 어떤 신도 소망할 수 없을 정도로 훌륭한 교구민이야! 그가 무리의 우두머리에 오르다니! 당신은 그가 나를 위해 그 늙은 독재자에게 누구보다도 용감하게 대항하는 걸 보았소?"

에브니저는 메키보이를 위해서 그들이 드레이크페커의 몸을 옥죄던 밧줄을 풀어 주고, 곪은 상처로 고생하던 도망자 쿼사펠라를 발견하고, 그를 시중들게 하기 위해 그 흑인을 남겨 두고 왔던 일을 다시 이야기해 주었다.

"그가 우리에게 물고기 뼈 반지를 준 것은 바로 그 때문이었어. 비록 그 당시에는 그것의 의미에 대해서는 아무 말도 하지 않았지만 말이야. 그것이 무엇을 의미할까? 그리고 어떻게 드레이크페커와 같이 불쌍한 노예가 왕이 되었을까?"

메키보이는 반지의 의미를 밝히는 일에 대해서는 아무런 도움도 주지 못했다. "하지만 자네가 드레이크페커라고 부르는 그 친구에 대해서는 조금 설명해 줄 수 있지. 전에 이야기했듯이, 그는 내가 딕 파커라고 불렀던 인물이야. 런던에서 나를 납치한 보트가 캐롤라이나에서 밴디 로우 및 40여 명의 다른 노예들과 함께 그를 실었어. 메릴랜드에 팔기 위해서였지. 모두 얼마 전에 아프리카의 한 마을에서 잡아 온 거였어. 딕 파커가 그들의 왕이었지. 그 일등 항해사는 그와 밴디 로우를 화물칸에 사슬로 묶었어. 나를 그곳에 가둔 것과 같은 이유로 말이지." 아일랜드인은 히죽 웃으며 말을 이었다. "딕 파커는 반란을 일으킨 뒤였어. 항해사는 그를 죽이자고 했지만, 선장은 만약 때려서 성질을 죽일 수만 있으면, 다른 사람들이 문제를 일으키는 것을 막는 데 그를 이용할 수 있을 거라 생각했지. 그들은 하루에 두 번 그에게 채찍질을 했어. 그는 자신을 앞돛대에 묶는 선원에게 침을 뱉었고, 그 후 자신을 풀어 주는 선원에게도 침을 뱉었지. 나는 밴디 로우를 통해 몇 번이고 그에게 충고했어. 팔려서 자리를 잡을 때까지는 자존심을 죽이라고, 그런 다음 탈출해서 다른 사람들을 도우라고 말이야. 하지만 그는 내 조언이 밴디 로우와 다른 부하들에게는 최선이지만, 사고 팔리는 왕은 결코 왕이 아니라고 대답했어. 내가 죽은 왕은 결코 전투에서 이길 수 없다고 말하면, 사자는 재칼 노릇을 하지 않으며, 죽은 왕도 여전히 그의 신하들에게 살아 있는 모범이 될 수 있다고 대답하곤 했지. 그러면서도 밴디 로우에게는 나의 충고를 따르라고 명령을 내렸어. 그리고 다음번에 그들이 딕 파커를 채찍질하기 위해 갑판 위로 끌고 갔을 때, 그는 바로 그 항해사에게 침을 뱉었어. 그들이 그를 뱃전 너머로 들어 올려 버린 것은 바로 그때였지. 손과 발을 묶은 채로 말이야. 노예들의 반은 다음 날 앤아룬델 타운에서 팔렸고, 다른 반은 우리들 무임 도항자와 함께 그다음 날 옥스퍼드에서 팔렸어. 그 녀석이 어떻게 물에 떠 있을 수 있었는지는 정말 불가사의야."

에브니저는 해변에서 그 흑인을 발견했을 때 그의 등에 있던 채찍 자국들을 기억하며 고개를 저었다. "자, 그는 이제 달아난 노예들의 왕이 되었군. 쿼사펠라는 권좌에서 쫓겨난 야만인 인디언들의 왕이고! 만약 그들이 계획을 실행에 옮긴다면, 영국인들은 정말 야단났군!"

메키보이가 대답했다. "흥, 꼴 좋지, 뭐. 그들은 빚을 받아 마땅해." 그와 버트랜드는 모두 가능한 한 빨리 런던으로 돌아가는 배편을 구걸하거나 훔치겠다는 의도를 밝혔다. 반란군들의 시도가 성공하기를 기원하는 한편, 자신들만은 그 학살을 면하기를 바랐던 것이다. 에브니저는 아까 말뚝에 묶여서 성찰했던 내용들을 잊지 않고 있었다. 그는 비록 노예들과 인디언들의 곤경을 동정하고, 그러한 상황에 항거하기보다는 사실상 단순히 그것을 묵과했던 자신과 같은 백인들의 죄도 인정했지만, 그렇다고 무차별적이고 대대적인 학살을 지지할 순 없었다. 오히려, 두 번이나 사형집행을 당할 뻔한 뒤인 지금 이 순간, 삶은 그에게 특별히 달콤하게 느껴졌고, 그 어느 누구라도 그것을 박탈당한다고 생각하면 몸서리가 쳐졌다.

그가 단호한 목소리로 말했다. "우리는 선장을 구할 방도를 반드시 찾아야 해. 우리들과 마찬가지로 그도 여기 있을 이유가 없어. 그를 이곳으로 데려온 것은 탐색 때문도 도망 때문도 아니었으니까." 그리고 그는 자신의 말이 지니고 있는 한계를 상당 부분 인정하면서도 다음과 같이 덧붙였다. "만약 그가 죽게 되면, 나는 그에 대해 책임을 져야 해. 몰든으로 건네 달라고 그를 고용하고, 험악한 날씨와 늦은 시간에도 불구하고 별도의 돈을 얹어 주면서까지 즉시 출항하자고 고집한 사람은 나니까."

메키보이와 시종은 이러한 책임의 가정에 이의를 제기했고, 메키보이는 더 나아가 비록 자신은 선장이 안전하기를 최대한 바라지만, 그를 위해 자신의 안전을 희생할 생각, 심지어는 위험을 무릅쓸 생각조차 없음을 강조했다.

버트랜드가 제안했다. "어쨌든, 아직은 눈물을 흘리거나 환호할 때는 아닌 것 같아요. 드레이크페커가 그의 마음대로 할 수만 있다면, 우리는 모두 자유롭게 나갈 수 있겠지만 그렇지 않다면, 우리는 계획대로 불태워지겠죠."

일행들이 동의했다. 그리고 그들이 방면되는 것을 그렇게 싫어했던 그 나이 든 인디언의 지위와 영향력에 대해 깊이 생각하기 시작했다. 메키보이가 밴디 로우(영어에 최대한 근접한 발음으로 부를 때)라는 이름의 아프리카인을 불러들였고, 그는 그들의 몇 가지 질문들에 대해 그의 정보가 격려가 되는 것이든, 비참하게 하는 것이든, 혹은 이도 저도 아닌 것이든 예의 그 변함없는 미소를 지으며 대답했다.

"그 늙은 인디언 왕은 누구지?"

"그는 타얏 시카멕으로, 아하치후프족의 왕이다. 그리고 사십팔 년 동안 영국인들의 적이었지. 이곳은 그의 섬이다."

그 세 명의 왕들 사이의 힘의 분배와 각자의 관할권을 묻는 에브니저의 질문에 대해 밴디 로우는 다음과 같이 대답했다. 쿼사펠라는 체서피크 서부 지역에 있는 모든 인디언 불만 세력의 최고 사령관이고, 시카멕은 동부 해안에서 같은 지위를 보유하고 있으며, 드레파카는 도망친 흑인들의 왕이라는 것이었다. 그는 계속해서 매우 솔직하게 단언했다. 이론적으로는 그 세 명의 권한이 동등하지만, 가장 실제적인 힘을 행사하는 사람은 아나코스틴왕인 쿼사펠라다. 그의 밑에 있는 족장들(예를 들어 피스카타웨이의 오코토마콰스, 찹티코즈의 톰 캘버트, 그리고 마타우만의 마콴타 등)이 시키멕의 심복들보다 숫자가 많고, 영향력이 크며, 호전적이기 때문만이 아니라, 시카멕의 심복들 가운데 일부(예를 들어 우마코카시몬 황제의 이들 아스콰스가 있는데, 그는 코플리 총독이 내세운 꼭두각시인 판콰스와 아누토우에 의해 낸티코크의 지도자 자리에서 폐위되었다.)가 자기들의 늙은 총사령관보다 젊고, 원기 왕성한 쿼사펠라를 따르고자 하는 경향이 있기 때문이다. 또한 밴디 로우에 따르면 잠재적인 권력의 제일 큰 몫은 드레파카가 차지하고 있었다. 왜냐하면 흑인 도망자들보다 인디언들이 더 호전적인 건 사실이지만, 쿼사펠라의 권위는 부득이 메릴랜드주에 한정되어 있고, 피스카타웨이의 작은 집단을 제외한 그의 신하들의 동맹은 일차적으로 여러 부족장들의 지휘를 받고 있으며, 아나코스틴왕에 의해서는 오직 간접적으로만 지휘를 받고 있기 때문이다. 반면 드레파카는 아주 짧은 시간 내에 그 지역 내의 모든 도주 아프리카인들의 직접적이고 확실한 지도자가 되었고, 여전히 노예로 잡혀 있는 수천 아프리카인들의 정신적인 지주가 되었다. 더 나아가 그는 부족의 영역이라는 장애물도 없는 데다 지도자의 지위를 놓고 경쟁해야 할 상대도 없었다. 아프리카의 다양한 부족 출신의 흑인들이 노예시장을 통해 여러 주들에 무차별적으로 분배되었지만, 드레파카는 그들 사이에서 유일한 왕족이기 때문이다. 그의 뛰어난 이해력(그는 쿼사펠라로부터 석 주 만에 피스카타웨이의 방언을 배웠다.), 얕잡을 수 없는 외모, 그리고 그가 백인도 인디언도 아니라는 것이 프랑스인들과 북쪽 나라들과의 협상에서 그에게 주는 이점과 함께 이러한 여러 사실들의 결과, 드레파카가 지니는 영향력의 범위는 날이 갈수록 점점 더 확장되고 있고, 곧 아메리카의 흑인 인구 전체를 포함할지도 모른다. 게다가 아메리카의 흑인 인구는 아프리카의 서부 해안으로부터 배가 도착할 때마다 증가하고 있다. 밴디 로우의 목소리에서 묻어 나오는 끝없는 자부심은, 그가 이미 자신의 주인을 아메리카의 황제로 등극시켰음을 짐작케 했다. 에브니저는 전율을 느꼈다.

메키보이가 음울한 목소리로 말했다. "그에게 좀 더 많은 힘이 있으면, 그러니까 만약 딕 파커가 지금 말한 것처럼 강하다면, 우리는 이 타약 추카룩인지 치킨넥인지 뭐시긴지를 두려워할 이유가 없을 거야. 안 그런가, 밴디 로우? 그것은 작은 남자 하나가 두 명의 건장한 남자들에게 대항하는 꼴이니까 말이야."

"하지만 사태는 그렇게 간단치 않다."라고 그 미소 짓는 흑인이 경고했다. 시카멕이 그의 동맹자 가운데 어느 누구보다 실제적인 힘에서든 잠재적인 힘에서든 열세인 것은 사실이지만, 그는 메릴랜드주 전역의 모든 인디언들에게 백인의 오랜 적으로 알려져 있으며, 사실상 그들 사이에서 전설적인 인물이라는 것이다. 육십 년 동안 그의 이름은 타협 없는 저항과 동의어가 되어 왔다. 게다가 그의 작은 마을 아하치후프는 메릴랜드주에서 무장 조직된 영국인 증오자들의 가장 철저하고 핵심적인 집단이다. 그리고 그의 섬은 가장 안전하고 가장 중심적인 위치를 차지하는 총 본부다. 간단히 말해, 비록 명목상의 대표이긴 해도, 그는 절대적으로 가치 있는 인물이다. 그렇기 내문에 그의 동료들은 정책의 가장 중요한 문세들을 세외한 모든 면에서 그에게 양보한다. 반란자들의 힘의 9할이 자신들의 손에 있으므로 더욱 기꺼이.

버트랜드가 외쳤다. "그렇다면, 당신은 그들이 그가 우리를 결국 태우도록 내버려 둘 수도 있다는 말인 거요?"

밴디 로우가 상냥하게 말했다. "나는 그렇지 않기를 바란다." 다른 감시인들 가운데 한 명이 밖에서 흑인의 언어로 그에게 뭐라고 말했다. 그리고 그가 미소의 정도나 성격을 바꾸지 않은 채 덧붙였다. "이제 나와라. 그러면 곧 알게 될 거다."

7 아하치후프가 자신들의 왕을 선출하는 방법

에브니저, 버트랜드, 그리고 메키보이는 그날 아침 들어 두 번째로 안개 낀 광장으로 호위되어 나갔다. 이제 사위는 충분히 밝아졌지만, 하늘은 아직도 우중충했다. 안개 자욱한 습지는 이전과 마찬가지로 우울한 분위기를 자아내고 있었다. 요리를 하던 불은 꺼져 있었다. 여자들은 잡다한 집안일들로 바빴고, 남자들 대부분은 물고기와 들새고기를 보충하기 위해 습지와 물길로 나간 듯했다. 에브니저가 군소 족장들이거나 그들의 부하겠거니 하고 짐작한 30~40명의 사람들은 여전히 커다란 불 주변에 파이프를 물고 앉아 토론에 열중하고 있었다. 광장을 가로지르는 죄수들의 모습을 뒤쫓는 그 돌 같은 시선들로부터 그들의 토론 주제가 무엇이었는지를 추측하기란 어렵지 않았다.

이전보다는 걱정을 던 후라, 시인은 더욱 큰 흥미와 여유를 가지고 주위를 둘러볼 수 있었다. 마을의 규모는 추정했던 것보다 훨씬 더 컸다. 사향쥐 소굴 같은 오두막은 백 채가 아니라 300채는 되어 보였고, 거기다 일군의 흑인들이 마을 외곽에 새로운 거주지를 또 건설하는 중이었다. 고지대의 건축 부지는 이미 고갈되어서, 건물을 짓는 사람들은 다양한 방편에 의지해야 했다. 마을 한쪽 가장자리에는 꼭대기가 평평한 굴 껍질 더미가 있었다. 에브니저가 알아본 바로, 그것은 건축 부지의 수요가 그렇게 늘어나기 전, 아하치후프족들이 수 세대에 걸쳐 쌓아 올린 것이었다. 흑인들이 그것을 바쁘게 삽질해서 근처의 습지 속으로 던져 넣고 있었다. 새로운 토지를 만드는 동시에 오래된 것을 개간하기 위해서였다. 다른 곳에서는 습지 안에 낮은 말뚝을 박고 그 위에 오두막을 세워, 아프리카식 건축과 인디언식 건축이 기묘하게 결합되어 있었다. 시인은 또한 처음으로 마을 사람들의 성비가 심하게 불균형하다는 것을 알아챘다. 두려움으로 인해 좀 과장한다 해도, 천 명 정도의 남자들(적어도 700여 명은 되는 듯했고, 그들 가운데 단지 200여 명 정도만이 퀴사펠라 및 드레파카와 함께 도착한 것이 분명했다.)이 그날 아침 광장에 모여든 데 비해 여자들은, 그들 가운데 상당수에게 아침 늦게까지 늦잠을 잘 수 있는 유별난 특권이 부여되어 있는 것이 아니라면, 백 명 단위로 세는 것보다 열 명 단위로 세는 것이 더 쉬울 정도였다. 하지만 아이들은 전혀 부족해 보이지 않았다. 사실 오두막 사이사이 공간들은 어린 야만인들로 우글거렸다. 그들의 상당한 숫자와 다양한 방식으로 칠을 한 모습은 일처다부제뿐만 아니라 정치나 건축보다 더욱 밀접한 문화적인 동맹을 암시하는 듯했다.

일행은 이번에는 말뚝 앞에서 멈추지 않고, 곧장 감옥 맞은편에 있는 오두막 왕궁으로 이끌려 갔다. 에브니저는 여전히 말뚝에 묶인 채, 평의회에서 족장들이 그랬던 것처럼 부루퉁하게 그들을 바라보는 선장에게 말을 걸었다. "걱정 마시오, 선장. 우리는 당신을 배반하지 않을 거요. 살아도 함께 살고 죽어도 함께 죽읍시다."

버트랜드가 그의 옆에서 중얼거렸다. "천만에요." 그리고 메키보이 역시 단호하게 덧붙였다. "자네의 운은 자네가 원하는 대로 걸어도 되지만, 메키보이의 운은 안 돼. 만약 그가 나로 인해 죽는다면 나는 그를 몹시 애도하겠지만, 내가 그로 인해 죽는다면 나는 그를 몹시 증오할 거야." 선장은 시인의 격려를 듣지 못했거나, 두려움으로 인해 정신이 너무 혼미하여 이해하지 못했거나, 혹은 그것을 단순히 에누리해서 들은 듯했다.

그의 표정에는 아무런 변화가 없었다.

오두막 왕궁의 문간에서 밴디 로우가 환하게 미소를 지으며 말했다. "우리는 여기서 멈춘다. 너희들은 저기로 들어가라." 그는 늘어진 가죽 문을 가리켰다. 누구든 제일 먼저 들어가는 것이 꺼려지는 듯 죄수들은 앞에서 머뭇거렸다. 마침내 에브니저가 이를 단단히 물고, 그 가죽 문을 펄럭 열어젖히고는 그들을 안으로 인도했다.

시카멕의 왕궁은 그 크기와 많은 가죽들이 깔개나 벽걸이로 이용되고 있는 것을 제외하면, 감옥과 다른 점이 거의 없었다. 뒷벽을 따라 손에 창을 쥔 호위병들이 도열해 있었다. 바닥 중앙에 원 모양으로 놓여 있는 돌 안에는 작은 불이 타고 있었다. 그리고 그 뒤에는 입을 굳게 다문 주름진 왕 본인이 불길한 시선을 던지며 앉아 있었고, 두 명의 동맹자들은 무표정한 얼굴로 그의 양쪽에 자리하고 있었다. 영국인들은 앉아야 할지 서 있어야 할지, 인사를 해야 할지 가만히 있어야 할지, 말을 해야 할지 입을 다물고 있어야 할지 도무지 어찌할 바를 몰라 불안한 표정으로 그들 앞에 엉거주춤 섰다. 밴디 로우가 부재한 상태에서, 에브니저는 지침을 구하듯 쿼사펠라를 바라보았다. 하지만 그들에게 말을 건 사람은 드레파카였다. 그는 자신의 자산 목록에 유창한 영어 실력을 덧붙인 게 분명했다.

그가 엄격한 목소리로 선언했다. "네 명의 백인을 모두 석방해야 한다는 것이 드레파카의 뜻이다. 그러나 오직 한 사람만이 살 수 있다면, 그 사람은 드레파카의 목숨을 구해 주었던 두 사람 가운데 하나가 되어야 한다."

메키보이가 못마땅한 표정을 지었다. 에브니저와 버트랜드는 서로의 눈을 피했다.

드레파카가 다시 입을 열었다. "그 노인과 빨간 머리의 가수는 죽어야 하고, 너희 둘은 살아남아야 한다는 것이 쿼사펠라의 뜻이다. 만약 이 중 한 사람만이 살아남을 수 있다면, 그것은 여전히 형제의 반지를 끼고 있는 키 큰 사람이 되어야 한다."

"이봐!" 메키보이가 항의했다. 버트랜드는 고개를 푹 숙였다. 보초 한 명이 언제든지 사용할 수 있도록 창을 내려 잡았다. 아일랜드인은 더 이상 말을 잇지 않았다.

아프리카 왕의 말은 계속되었다. "이 지구상에서 하얀 피부를 가진 모든 사람들은 그 은밀한 부분을 제거한 뒤 창으로 찔러 죽여야 한다는 것이 시카멕의 뜻이다. 하지만 저 키 큰 사람은 쿼사펠라의 형제로 인정하며, 그러므로 목숨을 살려주어야 한다." 그는 버트랜드를 바라보았다. 그리고 어조와 표정은 엄격함을 잃지 않았지만 이렇게 덧붙였다. "나는 당신이 쿼사펠라의 반지를 잃어버린 것을 안타깝게 생각한다. 그리고 내가 당신을 우리들의 방식으로 내 형제로 만드는 대신 신으로 섬겨 한때 무릎을 꿇었던 것 역시 안타깝게 생각한다. 하지만 나는 시카멕에게 말했다. 당신과 저 키 큰 사람은 내 목숨을 구했다고. 그리고 당신을 죽이려는 누구라도 먼저 드레파카를 죽여야 할 거라고. 시카멕은 이에 대해 아무런 대답을 하지 않았다. 그러므로 당신은 풀려날 것이다. 웃지 않도록 주의하라. 그렇지 않으면 그는 내 말을 짐작할 것이고, 어떤 대가를 치르고서라도 당신을 죽일 것이다."

그가 메키보이에게 말했다. "당신은 나의 친구이고 반달루의 친구다. 나는 당신이 죽는 것을 보고 싶지 않다. 하지만 시카멕의 분노가 너무 크다. 그리고 그는 형제의 지위를 오직 우리들 가운데 한 사람의 목숨을 구해 주었던 사람들에게만 부여한다. 당신은 당신의 친구들에게 작별을 고해야 한다."

메키보이가 외쳤다. "설마, 제기랄!" 보초들이 가까이 다가섰고, 시카멕의 눈이 어두워졌다. 메키보이가 목소리를 진정시키며 말을 이었다. "자네 말대로 만약 자네가 내 친구라면, 그리고 밴디 로우가 말한 대로 자네가 자네 뒤에 대단한 세력을 거느리고 있다면, 어째서 자네는 이 잔인한 늙은 영감탱이로 하여금 판사와 배심원 노릇을 하도록 내버려 두는 건가? 빌어먹을 그 영감탱이는 무시하고, 우리 모두를 풀어 주게!"

아일랜드인의 어휘 선택에 더욱 불쾌한 표정이 된 쿼사펠라가 그에 대해 답했다. "쿼사펠라와 드레파카는 강하다. 하지만 시카멕의 섬에서는 아니다. 만약 아하치후프가 드레파카의 사람들과 싸운다면, 우리의 대의는 강력한 동맹 하나와 강력한 왕 하나를 잃을 것이다. 시카멕은 드레파카와 쿼사펠라의 형제들을 죽이기 위해 전쟁을 하지 않을 것이다. 시카멕은 백인들을 죽이기 위해 전쟁을 할 것이다. 너는 반드시 죽어야 한다."

그때 에브니저가 갑자기 외쳤다. "그렇다면 나 역시 죽여야 할 거요!" 그의 눈썹은 굉장한 속도로 접혔다 폈다 했고, 손은 경련을 일으켰으며, 코는 마치 살아 있는 생물이라도 되는 것처럼 맹렬하게 움직였다. 쿼사펠라와 드레파카는 놀라서 그를 향해 얼굴을 돌렸다. 버트랜드와 메키보이 역시 믿을 수 없다는 듯 그를 바라보았다. 시인이 선언했다. "우리 네 명이 풀려나거나, 우리 네 명이 죽거나 둘 중에 하나요! 이 사람들이 여기 와 있는 것은 모두 내 잘못이오. 그리고 나는 이 세 사람을 두고 나만 혼자 살아남는 것을 용납할 수 없소." 그는 드레파카를 비난하듯 바라보았다. "어쩌면 드레파카는 자신의 친구를 보호하지 않았을지도 모르지. 하지만 에브니서는 그렇소. 친구들이건 아니건."

쿼사펠라가 시카멕을 속이기 위해 일부러 엄격한 평정을 유지하면서 말했다. "나는 내 형제에게 다시 생각하기를 간청한다. 만약 꼭 그래야 한다면, 나는 당신의 목숨을 살리기 위해 당신을 쳐서 의식을 잃게 할 것이다."

하지만 에브니저도 이러한 가능성을 분명 예상한 듯했다. 그가 즉시 대답했다. "결코 그렇게는 안 될걸." 그의 목소리는 그의 무모한 행동만큼이나 들떠 있었다. "결코 그렇게는 안 될거요, 친애하는 쿼사펠라. 당신이 우리들 가운데 어느 하나라도 죽어야 한다고 말하는 순간 나는 곧장 돌진하여 저기 있는 시카멕의 목을 조를 거요. 그러면 그의 호위병들이 내 몸에 고슴도치처럼 창을 꽂겠지. 아니, 그들에게 물러나도록 경고하지 마시오. 그렇지 않으면 나는 지금 당장 뛰어들 테니까."

메키보이가 외쳤다. "정말이지, 에벤! 자신의 목숨을 구하게. 그것 외엔 다른 방법이 없어!"

드레파카가 거들었다. "우리의 친구가 관대할 뿐만 아니라 현명하게 말한다. 둘 대신 네 명의 목숨을 던지지 마라."

에브니저가 거칠게 명령했다. "그에 관해선 더 이상 말하지 마!" 그의 얼굴은 달아올랐고, 목소리는 고르지 않았다. 심장이 쿵쾅쿵쾅 박동을 하며 사지를 통해 뜨거운 피를 보내고 있었다. "당신은 당신 형제의 사람들을 구하겠는가, 아니면 그를 창에 찔리게 하겠는가? 내게 좋다고 말하든, 안 된다고 말하든 양단간에 결정을 내려라!" 그는 마치 자신의 위협을 실행에 옮길 준비라도 하듯이 팔을 제 멋대로 흔들면서 발을 움직였다. 시카멕이 시선을 보내자 두 명의 호위병들이 창을 치켜올리고 가까이 다가왔다. 드레파카와 쿼사펠라가 서로 눈짓을 교환했다.

시인의 목소리가 날카로워졌다. "대답이 없나, 형제들? 그렇다면 안녕히, 쿼사펠라 형제여! 당신에게 행운이 있기를 빌겠소. 그리고 당신의 잔인한 계획에는 불운이 깃들기를! 안녕히, 드레파카 형제여, 안녕히, 안녕히! 당신들이 내 친구 헨리 벌링검을 만나지 못한 것이 유감이군. 당신들 둘은 큰 성공을 거뒀을 텐데!"

그는 실제로 앞에 놓인 불을 뛰어넘기 위해 근육들을 곧추세우는 지점까지 갔다. 하지만 이때 마침 시카멕이 '헨리 벌링검'이라는 이름을 알아듣고 쿼사펠라에게 갑작스럽게 질문을 퍼붓는 바람에, 그는 하던 동작을 멈추고 말았다. 시카멕의 질문에서 그 이름이 여러 번 반복되었다.

쿼사펠라가 날카롭게 제지했다. "기다리게, 형제여!" 그런 다음 그는 에브니저가 용기의 순간이 지난 후 자기 자리에서 비틀거리며 땀을 흘리는 동안, 그의 연장자 동료의 흥분된 질문을 마지막까지 유심히 들었다.

"타약 시카멕은 당신이 방금 전 어떤 이름을 말했다고 믿는다. 그리고 그것을 다시 한번 말하기를 원한다."

"이름? 그래, 헨리 벌링검이었지!" 에브니저는 미친 사람처럼 웃더니 그 늙은 왕을 향해 몸을 숙였다. 왕의 얼굴에는 물수리처럼 사람의 속을 꿰뚫는 듯한 커다랗고 찌푸린 눈이 자리하고 있었다. 에브니저가 다시 한번 외쳤다. "헨리 벌링검!" 눈물이 그의 볼을 타고 떨어졌다. "당신도 그에 대해 들어 보았겠지, 그렇지, 이 살인자? 아니면 당신이 바로 변장한 벌링검인가? 이건 혹시 당신이 그다지도 즐겨 하는 또 하나의 장난인가?" 병적 흥분이 그를 기절 직전까지 몰고 가는 듯했다. 턱에서 힘이 빠져 저절로 입이 벌어졌다. 그는 쓰러지기 전에 서둘러 바닥에 털썩 주저앉아야 했다.

시카멕으로부터 또다시 날카로운 질문이 이어졌다.

아나코스틴왕이 통역했다. "헨리 벌링검이 누구인가? 당신의 친구인가?"

에브니저는 말을 할 수 없어서 고개를 끄덕여 인정했다.

쿼사펠라가 물었다. "여기 있는 이들 가운데 하나인가? 아냐? 그렇다면 백인의 마을에 있나?"

에브니저가 역시 고개를 끄덕이자, 늙은 시카멕은 더욱 흥분된 목소리로 인디언 말을 지껄였다. 자신을 위해 그 말이 통역되자, 그에 대한 대답으로 에브니저는 다음과 같이 설명했다. 벌링검은 그의 전임 가정교사였고, 짐작컨대 마흔 정도 된 남자이며, 그의 실제적인 생일이나 태어난 장소, 그리고 부모에 대해서는 아는 바가 없다고.

마지막 질문은 언어에 의지하지 않고 시카멕이 직접 했다. 그의 몸 전체가 엄청난 충격을 받은 듯 떨리고 있었다. 그는 불 속에서 까맣게 탄 나뭇가지를 꺼내어, 그것으로 깨끗한 사슴 가죽 위에 III이라는 기호를 그렸다. 그러고는 마치 질문을 하는 듯한 그 무시무시한 시선을 다시 에브니저에게로 향했다.

다른 사람들의 불안하고 놀란 마음을 공유하기에는 정신적으로 너무 지쳐 있던 에브니저가 한숨을 쉬며 대답했다. "그렇소, 바로 그거요. 헨리 벌링검 3세." 그런 다음 다시 쿼사펠라에게 물었다. "이봐요, 쿼사펠라, 그가 어떻게 헨리를 아는 거죠?" 왜냐하면 그때서야 그의 가정교사는 모험과 음모로 점철된 그의 생애 동안 자신의 본명을 결코 사용하지 않는 것을 철칙으로 삼았었다는 사실이 떠올랐기 때문이다. 그 질문은 적절히 통역되었다. 하지만 그 늙은 인디언(이제 그의 표정에는 악의 대신 엄청난 충격이 자리 잡고 있었다.)은 직접 대답을 하는 대신 두 명의 호위병들에게 오두막 한쪽 끝에서 상자 하나를 가져와 그 어리둥절해 있는 시인의 바로 앞에 놓으라고 지시했다.

드레파카가 말했다. "타약 시카멕은 당신이 그 상자를 열것을 명령한다."

에브니저는 시키는 대로 했다. 그리고 그 내용물들 가운데 특별히 놀랄 만한 것이 없다는 사실에 오히려 다시 한번 놀랐다. 그 안에는 대충 겉으로 보기에 검은 의복 몇 벌(그 의복들이 명백하게 영국산이라는 것을 확인하자, 그는 새삼 그 작은 상자도 눈여겨보게 되었는데, 상자 역시 겉은 인디언식으로 장식되어 있었지만 야만인들이 아닌 선원 및 여행자들에 의해 사용되던 유형이라는 것을 발견했다.), 물이라고 볼 수밖에 없는 물질이 들어 있는 코르크 마개가 달린 유리병 네 개가 들어 있었고, 맨 위에는 송아지 가죽으로 장정된 오래되고 낡은 8절판의 공책 비슷한 것이 놓여 있었다.

시카멕이 아나코스틴왕을 통해 말했다.

"거기……." 쿼사펠라가 통역에 도움을 구하려는 듯이 드레파카를 쳐다보았다.

아프리카인이 말했다. "책…… 책, 거기 맨 위에."

쿼사펠라가 반복했다. "책. 시카멕은 나의 무모한 형제가 그 책을 열고 그것의 기호들을 읽으라고 명령한다." 그리고 그는 똑같은 통역의 어조로 덧붙였다. "쿼사펠라는 나의 형제가 그 안의 주문을 읽고 광기를 치유하기를 바란다."

시인은 그들이 지시한 대로 그 책을 집어들었다. 그러자 시카멕의 뒤에 있던 호위병들이 마치 신성한 유물이라도 앞에 모신 듯 하나같이 무릎을 꿇었다. 하지만 에브니저는 그것이 사실은 영어로 쓰인 일종의 원고라는 것을 발견했다. 그것은 신사의 표준 서법으로 쓰여 있었지만, 유럽의 것이라고 하기에는 너무나도 딱딱하고 가공되지 않은 잉크를 사용한 듯했다. 겉장에는 '아하치후프가 자신들의 왕을 선택하는 방법'이라는 그리 거창하지 않은 제목이 쓰여 있었고, 재빨리 대충 훑어보았을 때 아마도 그 부족이 지금 살고 있는 바로 그 섬인 듯한 도체스터 습지를 묘사하는 것으로 원고가 시작되고 있었다.

시인이 쿼사펠라에게 초조한 듯 말했다. "매우 흥미로운 것이군요, 인정합니다. 하지만 정말이지, 지금은 이럴 때가 아니지 않소⋯⋯. 맙소사, 지금⋯⋯." 하지만 그는 그것의 첫 부분 "그런 다음 그들은 우리의 팔을 묶어 마치 소 떼처럼 몰아 자신들의 마을로 끌고 갔다. 그들의 마을은 내륙으로 몇 킬로미터쯤 들어간 곳에 위치해 있었다. 나는 여유를 갖고 우리가 지나고 있는 주변 지역을 살펴보았다."를 다시 읽고는 믿을 수 없다는 표정으로 스스로 말을 멈췄다. 황당함, 우려, 그리고 다른 모든 감정들은 그것이 무엇인지 알아보는 순간 사라지고 말았다.

그가 외쳤다. "존 스미스의 『비밀 역사』! 세상에, 그렇다면 그것은 결코 우연이 아니었군." 그는 림보 해협에 대해 생각하고 있었다. 하지만 그의 눈은 이미 일기의 다음 문단으로 이동하고 있었다. 그의 입이 딱 벌어졌다. 그리고 방금 전 시작했던 말은 결국 끝을 맺지 못했다. 원고의 내용, 특히 그 이후 시카멕이 들려준 이야기는 에브니저 일생에서 가장 놀라운 것이었기 때문이다.

어리둥절해 있는 동료들을 위해 그는 큰 소리로 그것을 읽어 내려갔다.

너무나도 낙후되고 황폐한 데다 불길해 보이는 이 장소의 특징을 이야기하는 것은 정말로 나의 펜이나 상상력의 범위를 초월한다. 마치 하수구 같은 이곳은, 사방이 이미 늪이 되었거나 혹은 현재 습지로 진행 중인 땅으로 둘러싸여 있었다. 여기저기에 호수와 웅덩이 들이 있어서, 정말이지 마른땅보다 물이 더 많아 보였다. 땅이라고 부를 수 있는 부분조차도 마른땅과 물 웅덩이가 혼재되어 있었다. 조수가 밀려왔다 빠져나가면서 거대한 진흙 개펄을 덮었다 드러내곤 했기 때문에 녹색 갈대와 소나무 짐목 외에는 아무것도 자라지 않았다. 조수가 빠져나간 뒤에도, 작은 웅덩이가 곳곳에 남아 있었는데, 그것은 곧장 수녀원의 묵주알보다 더욱 많은 모기들의 출생지이자 안식처가 되었으며, 각각의 모기들은 신부들보다 더욱 허기져 있었다. 그에 덧붙여, 땅 전체가 평평했으며 대부분 해수면보다 낮았다. 시선이 닿는 곳은 모두 황량한 광경 그 자체였다. 습한 공기가 허파에 들어올 때면 항상 악취를 동반했으며, 소금기가 느껴졌다. 이곳은 과연 지구에서 가장 불쾌한 곳이고, 영국인들에겐 결코 맞지 않는 곳이다. 내가 감히 단언하건대, 아무리 이 나라가 손 닿을 정도로 가까이 있어, 우리의 버지니아처럼 장래에 번성한다 하더라도, 지독한 바보이거나 혹은 다른 형태의 얼간이가 아니고서는 야만인을 제외한 어느 누구도 우리가 지금 가고 있는 그곳에서는 결코 살지 않을 것이다.

(이전에 묘사했던 바대로 뚱뚱한 저능아이며, 나의 네메시스이자 적수인 벌링검 경의 백치 같은 행위 덕택에) 우리를 포로로 잡은 이 야만인들에 관해 말하자면, 그들은 바로 그들이 속

한 나라의 정확한 반영태였다. 그들은 우리가 만났던 다른 어떤 사람들보다 몸집이 왜소할뿐더러 외모도 초라하기 그지없었다…….

에브니저는 이 문장을 읽다가 불안하게 고개를 들어 눈치를 살폈다. 그러나 쿼사펠라와 드레파카의 표정엔 별다른 변화가 없었다.

그는 계속해서 읽었다.

게다가 그들은 좀처럼 말이 없었다. 그들은 어느 나라 사람이냐는 나의 물음에 그저 '아하치후프'라고 짧고 퉁명스럽게 대답할 뿐이었다. 그것은 포우하탄 사람들의 언어로, 지나치게 많은 음식을 먹은 인간의 위에서 발생하는 악취를 머금은 공기라는 뜻이다. 나는 그들이 내 질문에 대답을 한 건지, 아니면 나를 모욕할 의도로 한 말인지, 아니면 다른 어떤 야만스러운 행위를 가리키는 건지 판단을 내릴 수 없었다. 아무튼 그는 그 이상은 말하고 싶지 않은 듯했다. 그렇지만 그들이 포우하탄들과 비슷한 언어로 말을 한다는 사실에 기분이 한결 나아졌다. 그들과 대화를 할 수 있다면, 그만큼 우리가 그들의 굴레로부터 벗어날 기회가 더 커지는 거니까. 입은 꾹 다문 채였지만, 그들은 우리를 정중하게 대우했고, 걸어가는 동안 일행 중 어느 누구에게도 해를 입히지 않았다. 곰곰이 생각해 볼 때 그들이 만약 우리를 죽일 작정이었다면, 해안에서 매복하다 기습했을 때 쉽게 죽일 수 있었을 것이다. 하지만 그들은 그렇게 하지 않았다. 사실 지금 당장은 우리의 목숨을 살려 둘지도 모르나, 이내 생각을 바꿔 결국 죽여 버릴 수 있다. 하지만 지금 당장 죽는 것보다는 그래도 내일 죽는 게 낫다. 아직은 하루의 여유가 남아 있는 거니까. 그래서 나는 잠시나마 안도의 숨을 내쉬는 한편 그들의 손에 죽지 않고 달아날 방법을 찾기 위해 정신을 바짝 차렸다.

마침내 우리는 그들의 마을에 도착했다. 늪에서 20센티미터 정도 올라온 마른땅 조각 위에 나뭇가지로 대충 얼기설기 뼈대를 만들고 진흙을 이겨 바른 열두 채의 오두막이 서 있을 뿐인 마을의 모습은 내가 지금껏 본 중에서 가장 조잡한 모습이었다. 우리가 다가가자, 여덟에서 여남은 명의 야만인들이 오두막에서 줄레줄레 걸어 나왔다. 주로 늙고 허약한 남자들과 악마처럼 추한 열다섯 명 정도의 여자들이었고, 그들만큼이나 더러운 한 떼의 개들이 우리를 물고 뜯으려고 사방에서 달려들었다.

한 오두막에서 키가 크고 뚱뚱한 야만인이 나와 우리를 이리로 끌고 온 사람들의 우두머리를 한바탕 장광설로 맞았다. 내가 파악한 대략의 내용은 다음과 같았다. 먼저 뚱뚱한 사람이 말했다. "나는 당신이 이 사람들을 마을에 끌고 온 것을 유감으로 생각한다." 그러자 우리를 잡은 사람들의 우두머리(그는 키는 작았지만 목소리는 컸다.)가 대답했다. "당신은 아직 웨로완스(우두머리, 왕)가 된 것이 아니니, 선발이 끝날 때까지는 잠자코 있기 바란다. 나는 이 하얀 피부를 가진 사람들을 서스키하노우족으로 여기고 있다. 그들을 잡아서 이곳으로 데려온 것은 선발에 합류시키기 위해서다. 서스키하노우족은 대단한 일꾼이자 유명한 전사들이기 때문이다." 그때까지만 해도 나는 이들이 말하는 선발이 무엇인지도, 그 뚱뚱한 야만인이 누구인지도, 그리고 우리를 잡은 이 작은 사람이 누구인지도 몰랐다. 하지만 나는 아코막의 웃는 왕 데베디본의 동생 힉토피크왕에게서 서스키하노우족에 대해 이야기를 들은 적이 있었다. 즉 그들은 이곳에서 북쪽으로 멀리 떨어져 있으며, 우리가 항해한 그 광대한 만에서 가까운 커다란 나라에 사는 야만인들로, 다른 야만인들 사이에 뛰어난 전사들이자 사나운 사냥꾼으로 알려져 있으며 경외의 대상이었다. 그렇다면 서스키하노우로 오해받는 것이 내게 그리 유감스러운 일은 아닐 듯했다. 그래서 나는 굳이 그들의 오해를 풀어 주려고 애쓰지 않았다.

두 야만인들 사이에 더욱 격렬한 언쟁이 이어졌다. 그들은 모두 상대에게 명령을 내리려고만 했지 결코 복종하려 하지는 않았다. 나는 그들의 진짜 왕이 어디에 있는지 궁금해졌다. 이들에게는 두 명의 왕이 있거나, 어쩌면 한 명도 없는 것으로 보였기 때문이다. 바로 그때 머리에 물 단지를 인 야만인 여자가 한 오두막에서 나타나서는 그것을 바로 가까이 있던 또 다른 오두막으로 운반해 갔다. 내가 장담하건대, 그녀는 내가 본 야만인 가운데 가장 예쁜 여자였다. 작은 키에 얼굴과 체형이 모두 아름다웠고, 허리 위에는 아무것도 걸치지 않은 모습이었으며, 그녀가 단지의 균형을 잡기 위해 팔을 들어 올리자 가슴 위의 유방이 대단히 매혹적으로 봉긋 솟아올랐다. 그녀가 등장하자 두 명의 야만인들은 즉시 입씨름을 멈추고는 뜨거운 시선으로 그녀의 뒤를 쫓았다. 나와 내 일행도 모두 마찬가지였다.

그녀는 그만큼 빼어나게 아름다웠다. 그녀가 시야에서 사라지자마자, 그들은 곧 우리의 숙박 장소와 감시 문제를 놓고 다시 다투기 시작했다. 중간에 내가 끼어들어 포우하탄의 언어로 버지니아의 존 스미스 선장이라고 내 신분을 밝히면서 우리가 묵을 만한 곳이 없다면 배로 돌려보내 가능한 한 평화롭게 우리의 길을 가게 해 주는 게 어떻겠느냐고 제안하지 않았다면, 그들은 서로에게 달려들고도 남았을 것이다. 나는 우리가 그들의 환대에 편승하거나 혹은 잠자리와 식사의 문제에서 폐를 끼칠 의도가 전혀 없음을 밝혔다. 물론 농담으로 한 말이었다. 나는 우리가 그들의 초대를 받고 이곳에 온 것이 아니라 불운한 포로로 와 있다는 것을 잘 알고 있었다. 그 야만인들은 내가 그들이 이해할 수 있는 언어로 말하자 놀라는 눈치였다. 그리고 나는 반대로 그 뚱뚱한 야만인이 나의 제안을 불쾌해하기는커녕, 즉시 받아들여 우리를 돌려보내려 하는 것을 보고 굉장히 놀랐다. 하지만 다른 쪽은 내일 있을 선발을 위해서는 우리가 꼭 머물러야 한다면서 나의 제안을 묵살했다. 다시 언쟁이 이어졌다. 그리고 마침내 우리는 모두 몸을 펴고 누울 만한 공간도 없는 비좁은 오두막에 한꺼번에 수용되었다. 그리고 그 작은 야만인이 몇 사람의 부하들과 함께 앉아서 망을 보았다.

그들의 말을 전혀 이해하지 못하는 나의 일행들은 완전히 풀이 죽어서 그저 투덜거리고 불평하기만 했다. 우리의 운명이 어떻게 될 것인지, 혹은 우리가 과연 살 수 있을지 아니면 죽게 될지조차 짐작할 수 없었기 때문이다. 게다가 그들이 우리를 오두막에 수용한 것은 아침이었는데, 해질 무렵이 다 되도록 아무런 먹을거리도 주지 않았고, 그 야만인들 역시 하루종일 전혀 음식을 입에 대지 않았다. 몹시 이상한 일이었다. 아무리 야박한 간수라도 자신이 맡은 죄수들에게 투덜거리는 위장을 달래 줄 무언가를 주지 않을 정도로 잔인한 경우는 좀처럼 드물었으니까. 그런데도 나는 왠지 그렇게 불안하지만은 않았다. 두 야만인들의 대화에서 알아낸 바에 의하면, 우리가 처한 곤경은 아무리 나빠도 그저 불확실한 정도였기 때문이다. 감시인들은 우리를 어떻게 처리해야 할지 스스로도 판단하지 못하는 것처럼 보였다. 그리고 나는 내가 목격한 내분과 언쟁과 더불어 그들의 당혹감을 좋은 징조로 여겼다. 적들 사이에 내분이 있으면 전투의 반은 이긴 거나 다름없다. 나는 대원들에게 긍정적인 마음을 가지고 남자답게 처신하라고 당부했다. 하지만 나의 당부는 소용이 없었다. 그들은 자신이 현재 제임스타운에 돌아와 있기를 바랐고, 런던에 있는 편이 더 낫겠다고도 말했다. 그리고 그들은 하나같이 자신들을 이곳으로 끌고 온 항해를 저주했다. 내가 예상한 대로 이들 가운데 벌링검의 목소리는 단연 수위를 차지했다. 내 판단으로는 그가 바로 우리를 이 지경으로 몰고 온 장본인이었는데도 말이다. 나는 사사건건 내 일에 훼방을 놓고, 제임스타운에서도 항상 내게 딴지를 걸었던 그에 대해 손톱만큼의 애정도 갖고 있지 않았다. 나는 진심으로 그가 런던, 혹은 바다 저 밑바닥에 있었더라면 하고 바랐다. 그리고 내 생각을 그대로 말했다. 그는 그저 나를 노려볼 뿐 더 이상 아무 말도 하지 않았다. 그를 계속 조롱했다간 그가 종종 위협한 대로 일행에게 포카혼타스와 나에 대한 야비한 거짓말을 할 거라는 데 생각이 이르자, 나는 곧 그를 그냥 내버려 두는 게 낫겠다 싶었다. 하지만 곰곰 생각해 보니 나와 그 사이의 이런 상태는 지속될 수 없으며 서둘러 화해가 이루어져야 했다. 불화는 언제나 폭동으로 이어지기 마련이며, 나의 지휘 없이는 그들의 어리석음과 무지로 인해 제임스타운으로 돌아가기도 전에 모두가 야만인들 손에 비명횡사할 거라고 확신했기 때문이다.

그날의 모험으로 인해 피곤하기도 하고, 음식을 못 먹어 힘이 다 빠져서는, 모두들 불안과 두려움 속에서도 곧 잠이 늘었다. 혼자가 되자, 나는 우리의 보초인 그 작고 시끄러운 야만인을 대화에 끌어들이는 일에 착수했다. 어쩌면 우리의 운명에 대해 좀 더 정보를 얻을 수 있을지도 모를 일이었고, 혹시 그의 호감을 얻거나 내가 관찰했던 내분을 조장할 수 있을지도 모를 일이었다.

이번에는 운이 좀 좋은 편이었다. 우리 둘만 깨어 있었기 때문인지, 아니면 그가 나를 자신의 일에 끌어들이려 했기 때문인지는 몰라도, 야만인은 나의 질문에 기꺼이, 그리고 친절하게 대답해 주었다. 이름이 뭐냐는 내 질문에 그는 웨펜터, 즉 오쟁이 진 남편이라고 대답했다. 그가 그렇게 불리는 이유는 늙은 웨로완스, 즉 왕에게 아내를 빼앗겼기 때문이란다. 좀 더 물어본 결과, 나는 케카타우타사푸에크스쿠노우마스(즉 아흔 마리의 물고기)라고 불리는 왕이 최근에 죽었다는 사실을 알게 되었다. 나는 바로 이 웨펜터가 질투로 인해 그를 살해했을 거라 짐작했다. 아무튼 그 늙은 왕은 자신의 유일한 첩을 제외하고는 어떤 후계자도 남기지 않았으므로, 이 마을의 왕좌는 현재 공석인 상태였다. 야만인들은 반드시 자신들 가운데 새로운 웨로완스를 뽑아야 했고, 바로 내일 한 가지 방법에 의해서 왕을 선출할 계획이었다.

모든 아하치후프들은 키가 매우 작았고, 바로 그 때문에 키가 크고 무게가 많이 나가는 사람들을 몹시 부러워했다. 그들은 많이 먹는 만큼 몸이 더 커지며, 왕의 무게가 더 나갈수록 마을의 안전이 더욱 확실히 보장될 것이라고 믿었다. 그래서 왕이 후계자를 남기지 않고 죽으면, 모든 아하치후프는 연회를 열고 그곳에서 가장 대식가로 판명된 사람을 자신들을 지배하는 왕으로 세웠고, 그에게 옥좌를 가져다준 성취를 의미하는 새로운 이름을 부여했다. 늙은 웨로완스가 '케카타우타사푸에크스쿠노우마스'라고 불린 것도 그가 그들의 왕으로 선출된 날 아흔 마리의 물고기를 먹었기 때문이다. 이 야만인들이 아하치후프라 불리는 것도 무리는 아니라는 생각이 들었다. 연회에 참석한 모든 사람들이 많은 음식을 먹고 집단으로 방귀를 뀌어 대면, 공기 중에 엄청난 악취가 발생할 테니까.

바로 그것이 이들의 이상한 관습이었다. 그리고 이것을 알고 나니, 어째서 나와 내 일행이 포로로 잡혀 있어야 하는지에 대해서는 아직 확신할 순 없었지만, 우리가 어떤 곤경에 처해 있는지는 조금이나마 분명해졌다. 좀 더 대화를 나눈 끝에 나는 이 마을에 왕이 되고 싶어하는 남자가 두 명이 있다는 것을 알게 되었다. 이들 가운데 하나가 바로 왕을 암살한 인물, 즉 나와 함께 이야기하고 있는 웨펜터였다. 그가 왕이 되고자 하는 이유는 일단 지난번 왕의 후궁이 되어 그의 침실에 든 이상 오직 그다음 대의 왕하고만 잠자리를 함께할 수 있는 자신의 아내를 되찾기 위해서였다. 웨펜터의 경쟁자는 아까 우리에게 장광설을 늘어놓은 그 뚱뚱한 야만인이었다. 그는 너무나 뚱뚱해서 아무렇게나 화살을 쏘아도 쉽게 맞출 수 있으리라는 의미로 아톤스아우모우하우, 즉 화살 과녁이라고 불렸다. 이 아톤스 역시 웨펜터의 아내에게 군침을 흘리고 있었다. 웨펜터의 전 부인은 포카타워투산, 즉 불의 침대라고 불렸는데, 이는 그녀가 침대 위에서 너무도 정열적이었기 때문에 붙여진 이름이었다.

그런데 만약 이것이 아톤스와 웨펜터 가운데 단순히 누가 더 많이 먹느냐의 경쟁이라면, 웨펜터의 작은 체구와 아톤스의 비대한 몸집과 월등한 식욕을 비교해 볼 때 웨펜터가 질 것은 불을 보듯 뻔한 일이었다. 하지만 이들의 관습에 의하면, 누구든 자발적인 대리인을 찾을 수 있다면 이 대리인을 내세워 경쟁자 명단에 이름을 올릴 수 있었다. 그렇게 해서 그가 내세운 투사가 전장에서 이긴다면, 그들은 왕위와 왕비의 잠자리를 공유할 수 있게 되지만, 대리인의 경우 명령권은 갖지 못하게 되어 있다. 이렇듯 이들은 가장 뚱뚱한 사람이 최고의 왕이 된다고 믿으면서도 한편 그러한 믿음이 가져올 부정적인 결과를 피하기 위해, 오랫동안 이어져 내려온 관습을 나름대로 변형시킨 것이다.

웨펜터와 그의 부하들이 우리를 사로잡은 것은 바로 이런 관습 탓이었다. 우리가 다른 야만인들과 생김새도 달랐고, 타고 있는 배 역시 이상하게 생겼으므로, 그는 우리를 기적을 행하는 사람들로 착각하고는 우리 일행 가운데서 내일 자신의 대리인 역할을 해 줄 사람을 뽑으려는 것이었다. 화살을 쏘아 우리를 해변에서 몰아낸 것은 바로 아톤스의 부하들이라고 그가 귀띔했다. 그건 바로 벌링검 경이 자신의 뒤를 미는 신사들과 연합하여 먹을 것을 찾아 뭍에 오르자고 우겼을 때를 이름인데, 그때 나는 이 땅이 외관상 위험할 것 같다고 주장했었다. 웨펜터가 우리를 서스키하노우라고 부른 이유는 그저 경쟁자의 입맛을 달아나게 만들려는 심산이었다.

나는 웨펜터를 통해 여러 가지를 알아냈다. 그는 내가 우리 일행의 선장이라는 말을 듣고 내게 조건을 내걸었다. 곧 있을 향연에서 내가 그의 대리인이 되어 아톤스보다 더 많은 음식을 먹으면, 내 일행 모두를 석방시켜 주겠다는 것이었다. 나와 함께 공동으로 마을을 다스릴 것이고, 포카타워투산과의 잠자리도 공유하겠다고 했다. 그러나 만약 반대로 내가 아톤스에게 진다면, 아하치후프의 관습대로 나와 내 일행 모두는 그 자리에서 아톤스의 손에 죽게 될 것이라는 경고도 잊지 않았다.

나는 그의 선택을 받게 된 것에 대해 영광으로 생각하지만 내 몸매가 호리호리한 것과, 식욕이 적당한 편이라 많이 먹는 재주는 별로 없다는 점을 지적했다. 그러면서 만약 진정 우리들 가운데서 대리인을 찾고 싶다면 나를 선택하지 말고 우리 일행들을 검토해 본 후 가장 뚱뚱하고 대식가의 외모를 지닌 사람을 대리인으로 선택하는 게 어떻겠냐고 넌지시 제안했다. 웨펜터는 즉시 내 말에 따랐다. 그는 자고 있는 군인들과 신사들을 눈여겨보다가, 과연 내가 의도했던 대로 벌링검 위에서 시선을 멈췄다. 그리고 그의 산 같은 엉덩이와 돼지처럼 푹 퍼져 이리저리 뒹굴며 코를 골아 대는 모습을 보더니 내게 손짓했다. 자신은 바로 이 사람을 선택했다고. 나는 그의 안목을 칭송했고, 이런 사람을 대리인으로 내세운다면 승리는 따 놓은 당상이며, 그는 매일 저녁 포카타워투산과 함께 잠자리에 들 수 있을 거라고 장담했다. 일단 계약이 성사되자, 우리는 불 옆에서 파이프 담배 몇 대를 태우며 밤새도록 한가하게 잡담을 나눴다.

오두막에 새벽빛이 들어오기 시작하자, 나는 다른 일행이 일어나기 전에 은밀히 벌링검을 깨웠다. 그리고 그에게 자랑이라도 하듯 다음과 같이 운을 뗐다. 나는 당신의 눈앞에서 포카혼타스를 정복했고, 더 나아가 당신이 포기한 힉토피크 왕비와 한 침대에 누웠다. 그러자 그는 무섭게 신경질을 내며 어째서 그런 얘기를 다시 들어야 하느냐며 퉁을 놓았다. 나는 말했다. 포카혼타스의 경우나 힉토피크 왕비의 경우에서 보듯 나는 언제나 남성다움에서 당신을 능가했었다. 그리고 이번에도 역시 그럴 작정이다. 오늘 아침 경연이 있을 예정인데, 거기에서 이긴 사람은 아름다운 야만인 계집, 즉 그 죽은 왕의 후궁과 마음대로 잘 수 있기 때문이다. 이 소식을 듣자 벌링검은 굉장히 흥분하기 시작했다. 그리고 이를 갈면서 내게 욕설을 퍼붓더니, 마침내 그 지겹도록 되풀이하던 협박을 다시 시작했다. 그는 이번에도 내가 물러나지 않으면, 자신에게 그 야만인 계집을 녹초가 되게 만들 권리를 넘기지 않으면, 제임스타운 및 런던 회사의 내 고용주에게 포카혼타스와 힉토피크 왕비에 대한 진실을 곧장 알리겠다고 위협했다. 나는 그의 위협에는 조금도 개의 치 않는다고(비록 정말로 일이 잘못되면, 나의 적들이 그 더러운 이야기를 소문으로 듣게 되겠지만) 대답했고, 게다가 나는 이 문 제에 관한 한 선택권이 없다고 단호히 말했다. 왜냐하면 야만 인들 무리뿐만 아니라 우리 일행 전체도 반드시 참가자 명단에 이름을 올려야 하기 때문이다. 이것이 아하치후프의 관습인데, 상품으로는 그들 가운데 가장 예쁜 여자를 내놓는다. 그는 어 떤 경쟁이냐고 물었다. 가장 어마어마한 양의 음식을 먹는 사 람이 그 여자를 얻을 수 있다고 말하자, 그는 뛸 듯이 기뻐하 며 자기는 야만인보다 두 배는 더 먹을 수 있으며 우리 일행 가 운데 어느 누구보다도 세 배는 먹을 수 있을 거라 장담했다. 자 신은 식욕 면에서는 도무지 물릴 줄을 모르고, 게다가 이틀 동 안 아무것도 먹지 못했으니, 향후 그 아름다운 여자는 확실히 자기 차지라는 것이었다. 나는 때가 되면 그의 호언장담이 사 실인지 허풍인지를 증명할 수 있을 거라고 응수하며 다음과 같 이 덧붙였다. 내가 신경 쓰는 것은 어제의 그 크고 뚱뚱한 야만 인이 아니라 우리 일행들 가운데 하나가 승자가 되어야 한다는 것이다, 그렇지 않으면 우리는 모두 창에 찔려 죽을 수밖에 없 기 때문이다, 그런데 만약 당신이 그 시험에서 이긴다면, 그리 고 그렇게 해서 우리가 목숨을 건질 수 있게 된다면, 당신은 나 의 진심 어린 축복을 받으며 그 예쁜 계집을 즐길 수 있을 뿐만 아니라, 나 또한 지난 일들을 그저 흘러간 옛 일로 잊을 것이고, 결코 나의 승리를 자랑하거나 당신의 결함을 떠벌리지 않겠다 고 말이다. 게다가 우리가 일단 제임스타운으로 돌아가기만 하면 포카혼타스와 이야기해서 당신도 그녀와 잠자리를 할 수 있도록 주선하겠다는 말도 덧붙였다.

이러한 말들이 벌링검의 귀에 달콤하게 울렸음은 물론이다. 야만인 계집과 포카혼타스를 떠올리자, 그의 몸이 이중으로 달아올랐다. 이때 내가 그에게 아톤스가 이기게 될 경우 우리의 운명이 어떻게 될 것인지 상기시키자, 그는 조금도 염려할 것 없다고 자신했다. 자신은 술에 취하면 영국인이나 야만인도 꿀떡 삼킬 수 있을 정도라는 것이다. 그러면서 자신의 거대한 위를 손으로 찰싹 때렸다. 그러자 그것은 시끄러운 소리를 내기 시작했는데, 이를 들은 사람이라면 누구라도 그 안에 지옥의 온갖 악마들이 들어 있다고 생각했을 것이다. 웨펜터가 내 계략을 듣거나 넘겨짚지 않도록 우리는 이 모든 말들을 영어로 이야기했다.

잠시 후, 우리 일행이 잠에서 깨어났다. 군인들과 신사들은 일어나자마자 배가 고프네, 먹을 것이 없네 하며 투덜거렸다. 야만인들이 오두막 밖에 모여서는 커다랗게 불을 피우기 시작했다. 우리는 웨펜터의 지시대로 밖으로 나가 반원 모양으로 앉았다. 웨펜터는 벌링검 뒤에 앉았고, 우리 맞은편에 아톤스가 앉았다. 그의 외모는 무척 뚱뚱하고 추했다. 그의 옆에는 그의 호위군 20여 명이 역시 반원을 형성하며 앉았다. 그때 바로 가까이 있던 오두막에서 포카타워투산이 나와서는 다음에 누가 자신의 침실 동기가 되는지 보기 위해 반원들 사이에 놓인 깔개 위에 자리를 잡았다. 전날 팔을 위로 올리고 곁을 지나가는 것만으로도 시끄럽게 떠들어 대던 야만인들의 입을 일거에

봉해 버렸던 바로 그 여자였다. 그녀는 반라 상태였고, 야만인 여자들의 풍습대로 적색 염료로 몸을 얼룩덜룩 색칠하고 있었다. 그녀는 빼어나게 아름다웠고 게다가 탄탄한 몸매를 자랑하고 있었다. 나는 거의 무의식중에 그녀의 사랑을 갈구하며 나 자신이 엄청난 대식가이기를 바랐다. 아톤스는 그녀를 보자 큰 소리로 고함을 질렀다. 그리고 벌링검은 그녀에게 완전히 사로잡혀서는 온몸을 부들부들 떨었고, 입술이며 턱에 온통 군침을 흘렸다. 그는 나를 제외한 우리들 나머지와 마찬가지로 완전히 나체였다. 셔츠로는 폭풍에 찢긴 돛을 수선했고, 바지는 우리가 림보 해협에서 복통과 설사로 된통 고생한 후 물고기들에게 던져 주었기 때문이다. 다른 사람들의 귀에는 들리지 않도록 그가 내게 속삭였다. 다른 사람들은 자신과 경쟁하지 말아야 한다고. 물론 나는 기꺼이 동의했다. 왜냐하면 나는 벌링검을 제외한 어느 누구도 이 경쟁에서 승리하기를 바라지 않았기 때문이다.

그때 아톤스가 자신의 배를 손으로 찰싹 치기 시작했다. 식욕을 돋우기 위함이었다. 벌링검도 똑같이 따라했다. 주변에서 화산이라도 폭발한 듯 그들의 창자에서 발생하는 우르릉거리는 소리가 늪지대에 가득 울려 퍼졌다. 다음엔, 아톤스가 다리를 꼬고 앉아 바닥에 엉덩이를 탕탕 부딪혔다. 역시 식욕을 더욱 돋우기 위함이었다. 벌링검 역시 적의 사정을 봐줄 이유가 없었다. 이윽고 무시무시한 엉덩이 밑에서 땅이 신음 소리를 올리기 시작했다. 그런 다음 벌링검은 입술에 침을 발랐고 손가락 관절을 꺾어 우두둑 소리를 냈다. 아톤스도 똑같이 따라했다. 아톤스가 턱을 맹렬하게 벌렸다 다물었다 했다. 벌링검 역시 그렇게 했다. 그들은 이런 식으로 많은 의식을 통해 자신들의 식욕을 자극했다. 그동안, 우리 일행은 자신들이 도대체 무엇을 목격하고 있는 건지 감을 잡지 못한 채 어안이 벙벙해져 앉아 있었고, 야만인들은 여기저기서 손뼉을 치며 춤을 추었다. 그리고 포카타워투산은 내내 양쪽을 탐욕스러운 눈빛으로 바라보았다.

마침내 마을에 있는 모든 오두막에서 여자들과 늙은 남자들이 향연을 위해 며칠 동안 준비해 두었던 갖가지 음식을 담은 접시들을 내오기 시작했다. 우리들에게도 다양한 음식이 담긴 큰 접시가 주어졌다. 그러나, 그것은 우리의 배를 채우기에 넉넉했지만 오직 하나뿐으로, 벌링검과 아톤스를 제외한 우리 모두를 경쟁 참가자로 여기지 않는다는 것을 의미했다. 벌링검과 아톤스 앞에는 계속해서 접시가 놓였다. 그리고 그 이후로도 몇 시간 동안, 나머지 사람들이 놀라 지켜보는 가운데 두 대식가들은 경쟁적으로 접시를 비웠다. 여기 그들이 먹은 모든 음식 목록을 첨부한다.

케스코우노우마스, 배가 노란 개복치 각각 열 마리.

코파톤, 철갑상어 각각 한 마리.

푸마험프노우마스, 튀긴 불가사리 각각 세 마리.

포페코노우마스, 말린 실고기 각각 네 마리.

삶은 개구리 여러 마리, 구색을 갖추어 한데 넣은 황소고기, 푸성귀, 나무줄기, 봄 청개구리.

지글지글 튀긴 복어 각각 두 마리.

약한 불로 끓인 거북 각각 한 마리.

또한 굴, 게, 송어, 동갈민어, 볼락, 가자미, 조개, 만에서 산출되는 갖가지 해산물.

그들이 다음에 먹은 음식은 다음과 같다.

물오리 고기, 댕기흰죽지 고기, 그리고 쇠오리 고기를 비슷한 양으로 조금씩 섞은 것.

그들의 습관대로 꼬챙이에 꽂은 흑비오리 각각 한 마리.

말려서 양념을 뿌린 성대 각각 한 마리.

코훙크, 즉 맛있는 거위 고기 각각 반 마리.

자루에 넣은 도요새 각각 한 마리.

목 졸라 죽인 얼룩무늬 휘파람새 각각 한 마리.

끓는 물에 데치고 절이고 강하게 간을 낸 목 빨간 벌새 각각 두 마리.

자르고 짓찧은 콩새 각각 한 마리.

갈색 나무발바리 각각 한 마리.

내장을 빼낸 부리가 긴 습지 굴뚝새 각각 한 마리.

주사위 꼴로 잘라 가져온 개똥지빠귀 각각 한 마리.

가공 없이 쪄낸 홍뇌조 다리 각각 한 개.

또한 달걀 여러 개, 칠면조 몇 조각, 등등.

그들은 조류를 다 먹고 나자 이젠 육류에 손을 대기 시작했다.

늪지에 사는 쥐 튀긴 것 각각 한 마리.

너구리 각각 반 마리.

스패니얼종의 개 각각 똑같은 양.

사슴 고기 말린 것 각각 커다란 조각.

새끼 곰을 구워 만든 햄 각각 한 조각.

꼬치에 꽂아 돌려 가며 구운 스라소니의 엉덩이 살과 옆구리 살 각각 한 조각.

삶은 박쥐 각각 두 마리, 등등.

토끼 고기는 없었다. 그들이 이런 몇 가지 고기를 먹는 동안, 콩, 로카호미니(볶아서 가루로 만든 옥수수), 가지(프랑스인들이 아우버진이라고 부르는 것), 줄풀, 그리고 아타스쿠스라 불리는 녹색 갈대 한 그릇 등 다섯 가지의 채소 접시가 그들 앞에 놓였고, 또한 여러 종류의 말린 씨앗도 나왔다. 그러나 과일은 없었다. 그들은 이들 음식 모두를 끈끈한 수프와 소웨호네서카나, 즉 핏물을 뜻하는 늪에서 증류한 약한 술과 함께 꿀꺽 삼켰다.

두 사람이 이 엄청난 음식들을 먹어 치우는 동안, 웨펜터는 벌링검의 등과 배를 두드리고 때렸다. 그의 위를 진정시키기 위함이었다. 그러자 아톤스의 조력자들도 같은 방식으로 그를 도왔다. 해산물, 조류, 육류, 채소 접시가 다 비워진 후, 두 사람은 입을 크게 벌렸다. 웨펜터는 벌링검의 목구멍 속으로 손을 밀어 넣었고, 아톤스 역시 자기 손가락을 목구멍 속으로 밀어 넣었다. 이들은 또한 히포코아카나라고 불리는 시럽에 의존하기도 했는데, 먹은 것을 모두 토해 내고 다른 음식을 위한 공간을 확보하기 위해서였다. 그동안 다른 야만인들은 펄쩍펄쩍 뛰어다니며 춤을 추었고, 포카타워투산은 그렇듯 남자다운 남자들을 두 명이나 눈앞에 두자 깔개 위에 앉아 욕망으로 몸을 비비 꼬며 몸부림쳤다.

마침내 아톤스가 야만인들이 준비한 마지막 음식인 산딸기를 먹기 시작했다. 하나는 겨우 목구멍에 집어넣을 수 있었으나, 공간이 모자라 두 개는 떨어뜨리고 말았다. 그러자 그의 부하들이 그의 소화기관에 마지막 일격을 가했고, 아톤스는 마무리 방귀를 뀌더니 그 즉시 앉은자리에서 죽고 말았다. 그는 앞으로 고꾸라지기에는 속이 너무 꽉 차 있었다. 우리 쪽 야만인들이 "아하치후프, 아하치후프" 하며 외쳤는데, 그것은 아톤스가 실격하여 더 이상의 경쟁을 할 수 없다는 것을 의미했다. 그가 죽었지만, 우리의 벌링검이 아직 승리한 것은 아니었다. 두 사람 모두 마지막 딸기까지는 비겼기 때문이었다. 벌링검이 하나만 더 먹어 준다면 우리의 목숨은 안전해지는 것이다. 우리는 소리 높여 그를 응원했고 고함을 치며 간청했다. 하지만 벌링검은 그저 가만히 앉아 있을 뿐이었다. 그는 눈을 하얗게 희뜬 채 얼굴이 파랗게 질려 있었으며, 입 안에 가득 찬 딸기로 볼이 미어터질 것만 같았다. 우리의 간곡한 응원에도 그는 더 이상 먹지를 못했다. 이때 나는 앉은 곳에서 벌떡 일어나, 가마솥에 남아 있던 마지막 삶은 박쥐를 휙 낚아채, 그의 턱을 지레로 들어 올려 그것을 밀어 넣었다. 그런 다음 그의 입을 닫고, 그의 머리 위를 세게 두드렸다. 그러자 그는 그것을 꿀떡 삼켜 버렸다.

그렇게 해서 분명히 벌링검이 승자가 되자, 웨펜터는 그에게 달려들어 자신의 코를 벌링검의 코에 문지르며, 그의 배를 사랑스럽게 어루만졌다. 그러자 벌링검은 먹었던 것을 그에게 다 토해 냈고, 야만인들은 온갖 오물을 다 뒤집어쓴 웨펜터를 강가로 데려가 씻겨야 했다. 모든 사람들이 벌링검을 웨로완스, 즉 왕으로 선포했다. 하지만 그는 상태가 너무나도 안 좋았기 때문에 그들이 무슨 말을 하는지 이해하지 못했다.

식사가 하루종일 지속되어, 이 무렵 벌써 해가 지고 있었다. 스스로 움직일 수 없던 벌링검은 죽은 왕의 오두막으로 당당하게 옮겨져 왕좌에 앉혀졌다. 그리고 포카타워투산이 온몸을 떨면서 그의 뒤를 따랐다. 그동안 웨펜터는 아톤스를 따라왔던 아하치후프들에게 신하로서의 충성을 강요했다. 그리고 그들에게 여전히 앉아 있는 그 죽은 남자의 시체를 데려가 매장하라고 명령했다. 나는 일행들에게 우리가 자유를 얻었으며 내일 출항할 수 있을 거라고 알려 주었다. 그들은 방금 발생한 일이 무엇인지 아직도 전혀 파악하지 못하는 눈치였지만, 어쨌든 대단히 기뻐했다.

해가 뜨자, 우리는 잠에서 깼다. 그리고 웨펜터가 선물로 준 풍부한 양식을 가지고 우리의 배로 돌아가 여행의 끊어진 실을 다시 이을 준비를 했다. 웨펜터는 기분이 상당히 좋은 눈치였다. 내가 그 이유를 묻자 그는 어젯밤 자정이 가까웠을 때, 그가 자고 있는 동안 포카타워투산이 자신의 오두막에 왔다고 대답했다. 관습상 첫날밤은 대리인과 함께 하기로 되어 있었는데도 말이다. 나는 어떻게 된 일인지 궁금해졌다. 우리가 마침 해안으로 가는 길을 따라 걸어 내려가고 있을 때, 벌링검이 마지막에야 가까스로 우리와 합류했다. 나는 그에게 포카타워투산이 자신의 이름값을 하더냐고 물었다. 그러자 그는 내게 맹렬하게 욕을 하면서 그 마지막 삶은 박쥐가 자신을 너무나도 망쳐 놓아서, 자신은 그날 밤 내내 어디에 있는지도 알 수 없었다고 말했다. 야만인 매춘부를 보지도 못했는데, 어떻게 그녀에게 남자의 일을 할 수 있었겠느냐는 것이다. 내가 그 박쥐를 그의 목구멍에 밀어 넣었다는 이유로 그는 내게 단단히 화가 나 있었다. 그로 인해 우리의 목숨을 구할 수 있었던 거라는 나의 해명에도 불구하고, 그는 나의 비밀을 사람들에게 떠벌리고 런던 회사 등등에도 편지를 쓰겠다고 다시금 맹세했다. 나는 그가 이기면 그가 원하는 무엇이건 할 수 있다는 계약을 맺었다고 대답하고는 돌아서서 나의 일행을 인도해 내려갔다. 벌링검은 아무것도 모른 채 따라왔다. 그러나 곧 놀랍게도 야만인들이 그를 잡아서 다시 왕의 오두막으로 데려갔다. 요란스럽게 저항했지만 소용이 없었다. 그는 웨펜터와 함께 영원히 야만인들을 다스려야 할 운명이었다.

이를 보고 나의 군인들과 신사들은 매우 놀랐다. 나는 그들에게 너무 상심하지 말라, 야만인들은 우리의 자유를 위한 공물로 벌링검을 요구했는데, 우리는 숫자상으로도 밀리고, 무장도 하지 않아, 그를 넘겨주고 무사히 빠져나가는 것밖엔 달리 할 수 있는 일이 없었다, 그에 대한 추억은 우리 마음속에나 영원히 간직하자, 라는 요지의 짧은 연설을 했다. 비록 일행은, 특히 신사들은 대단히 슬퍼했지만, 대체로 이 권고를 받아들이는 눈치였다. 우리는 배 쪽으로 내려가면서 웨펜터에게 손을 흔들어 주었다. 왜냐하면 야만인들 사이에서조차도, 왕의 호의란 변하기 쉬운 것이어서, 쉽게 주어지는 만큼 쉽게 회수될 수 있기 때문이었다. 그리고 우리는 적어도 배에 안전히 승선하여 이 천박하고 야만스러운 땅에서 벗어날 때까지는 그것이 계속되기를 바랐다. 내가 다시는 그곳으로 돌아가지 않으리라는 걸 신이 알고 계시고, 다른 영국인들이 그곳으로 가는 것 역시 신께서 허락하지 않을 것이다.

만약 이러한 모험들에 대한 이야기(나는 이날 그것을 침묵하기로 맹세했다.)가 나의 입 혹은 우리 일행들의 입에서 다만 반마디라도 새어 나가거나, 나의 위대한 『버지니아 통사』에 다만 한 자라도 등장한다면, 그 즉시 신께서 내가 앉아 있는 이곳, 우리 듬직한 배의 선미상판 위에서 나를 때려주이시기를. 왜냐하면,

일행이 어떤 사람을 죽은 걸로 치고 떠나야 했을 때에는,

그에 관한 이야기는 차라리 알려지지 않는 게 낫기 때문이다.

8 피츠모리스 신부의 운명이 좀 더 조명되고 그것이 더욱 어둡고 의미심장한 비밀들을 조명하다

『비밀 역사』 말미의 2행 연구를 읽는 것을 끝으로 에브니저가 입을 딱 벌린 채 시카멕을 올려다보자, 시카멕은 드레파카를 통해 그 책을 상자 속에 다시 넣으라고 명령했다. 그러자 그 긴 낭독시간 동안 무릎을 꿇고 있던 호위병들이 일어서서 상자를 다시 원래 있던 구석 자리로 운반해 놓았다. 버트랜드와 메키보이 모두 그 원고에서 '벌링검'이라는 이름을 듣고 놀랐다. 하지만 이 원고에 등장하는 헨리 벌링검의 과거, 혹

은 이 원고와 연관되는 다른 원고들의 내용에 대해서는 아무 것도 몰랐기 때문에(게다가 죽음의 선고가 그들 머리 위에 떨어져 있었으므로) 그들은 그 이야기에 놀라기보다는 그저 어리둥절 할 뿐이었다. 반면 에브니저는 호기심으로 가슴이 터질 지경 이었다. 하지만 그가 자신의 질문사항을 미처 적당한 말로 표 현하기도 전에, 그 늙은 추장이 먼저 시인이 자신의 전임 가정 교사를 어떤 식으로 묘사하는지 듣고 싶어했다.

쿼사펠라가 통역했다. "그는 어떻게 생겼지? 그의 피부와 다 른 특성에 대해 말해 다오."

에브니저가 얼굴을 찌푸리며 기억을 더듬었다. "음…… 피 부는 저기 있는 메키보이만큼 희지는 않지만, 버트랜드만큼 가무잡잡하지도 않소. 피부색은 아마 나와 가까울 거요. 그의 얼굴에 대해 말하자면, 맙소사, 그는 너무나도 많은 얼굴을 가 지고 있어서…… 아무튼 키는 우리들 가운데 어느 누구보다 도 작아요. 그래요, 상당히 작은 친구라고만 말해 두죠. 하지 만 눈에 띌 정도는 아니오. 그는 두툼한 가슴과 훌륭한 어깨 를 가지고 있는 데다, 목과 사지도 튼튼하니까. 아, 그래요, 그 의 눈동자…… 그의 눈동자는 검은색이오. 때때로 뱀처럼 반 짝거리지."

시카멕은 이러한 묘사를 들으면서 만족스럽게 고개를 끄 덕였다. 그의 다음 질문에 아나코스틴왕은 눈을 가늘게 떴고, 좀처럼 웃지 않던 드레파카도 짧게 미소를 지었다.

"타약 시카멕은 당신의 친구에 대해 알기를 원한다……." 그는 적절한 단어를 찾느라 애썼다. 늙은 추장은 그를 도우려는 듯 자신의 작은 손가락들 가운데 하나를 들어 올린 뒤 두 번째 마디를 쥐었다. 쿼사펠라가 단호한 어조로 말을 이었다. "그는 그 부분에 대해 알기를 원한다."

드레파카가 거들었다. "그들은 그것을 은밀한 부위라고 부른다."

쿼사펠라는 그의 도움을 인정하지 않고, '그것'이라는 말을 사용하여 자신의 의미를 좀 더 분명히 전달하려 했다. "그것은 이렇게 작은 크기인가? 사랑에 의해 남자다운 크기로 커진 적은 없는가?"

에브니저는 얼굴을 붉히며 오히려 그 반대라고 대답했다. 그리고 벌링검의 육체적인 자원은 부족하다기보나 너무 과해서 탈이다, 그는 사실 정욕의 화신이다, 그가 정복한 것을 목록으로 만들어 보면 길이뿐만 아니라 방식과 대상 면에 있어서도 모든 합리적인 경계를 넘어선다는 등의 말을 덧붙였다.

타약은 이 소식을 놀람이나 실망 없이 받아들였고, 혹시 에브니저가 이러한 통탄할 만한 행각들 가운데 어느 것이라도 직접 목격한 적이 있는지 더욱 자세히 물었다.

시인이 다소 불쾌해져서 대답했다. "물론 없소." 그는 그런 질문들 자체가 싫을 뿐만 아니라 불편했다.

타약의 질문이 계속되었다. "하지만 분명 쿼사펠라의 형제는 직접 그의 선생이 지닌 호색의 도구를 목격한 적이 있겠지?"

"나는 그런 적도 없고, 그러기를 바라지도 않소! 도대체 이런 질문을 하는 목적이 뭐요?"

드레파카는 그의 나이 든 동료의 말을 들은 후, 에브니저에게 단언했다. "당신이 말하는 이 남자는 헨리 벌링검 3세다. 그리고 그 책의 뚱뚱한 영국인은……." 그는 구석에 있는 상자를 가리켰다. "헨리 벌링검 1세다. 당신 친구의 아버지의 아버지다."

"정말이오? 세상에, 그거야말로 헨리가 처음부터 바랐지만 결코 증명할 수 없었던 사실인데!" 그는 쓴웃음을 지었다. "이와 같은 소식으로 친구의 마음을 기쁘게 해 줄 수 있다면 얼마나 좋을까! 하지만 헨리가 나의 친구였을 때 나는 그에게 줄 것이 아무것도 없었소. 이제 이렇게 놀라운 소식을 가지고 있는데도 그것을 전해 줄 친구가 없군, 왜냐하면……." 벌링검이 자기뿐만 아니라 정의라는 대의까지 배신했다고 말하려다 그는 말을 삼켰다. 볼티모어와 쿠드가 진짜로 존재한다고 가정할 때, 정의가 볼티모어 편에 있는지 아니면 존 쿠드 편에 있는지, 또한 사실상 그를 배신한 것이 벌링검인지 아니면 현실인지, 혹은 그 반대인지, 혹은 어떤 알기 어려운 방식으로 그가 자기 자신을 배신한 것인지 지금으로서는 확신할 길이 없다는 생각이 들었기 때문이다. 그래서 대신 그는 "진실을 말하자면"이라고 말을 시작했고, 일단 그것을 말로 표현하기 시작하자 자신이 현재 말하고자 하는 것이 진실임을 깨달았다. "나의 친구는 나의 측량 범위를 넘어선 복잡성의 영역으로 넘어갔소. 결국 나는 그를 놓쳐 버렸지."

심지어 총명한 드레파카조차도 그의 이러한 감정을 통역하는 데는 실패했다. 그는 처음에는 그것을 벌링검이 죽었다는 의미로 받아들였다.

"상관없소." 시인이 미소를 지었다. "나는 그를 여전히 사랑하고, 내가 발견한 것을 그에게 알려 주고 싶소. 하지만 잠깐…… 할아버지와 손자는 밝혀진 것 같은데, 그 사이엔 뭐가 있지? 그리고 헨리가 어떻게 해서 저쪽 만에서 떠다니다가 발견된 거지? 타약 시카멕에게 물어봐요. 누가 벌링검 2세인지, 그리고 그는 어떻게 되었는지."

드레파카는 그 질문을 중계할 필요가 없었다. 벌링검 2세라는 말에, 주의 깊게 듣고 있던 늙은 시카멕이 알아들을 수 없는 말을 내뱉으며 고개를 끄덕였기 때문이었다.

"헨리 벌링검 2세." 그가 인디언 억양의 흔적 없이 분명하게 발음했다. 그리고 자신의 엄지손가락을 주름진 가슴에 대고 두드렸다. "헨리 벌링검 2세."

에브니저는 목소리를 높여 믿지 못하겠다고 말할 참이었다. 하지만 그는 바로 그 순간 높게 솟은 광대뼈와 파충류의 그것처럼 빛나는 눈에서 친구와 닮은꼴의 유령을 보았다. 그가 외쳤다. "아, 설마! 차라리 그가 앤드루 쿠크의 아들이라고 말하시오. 차라리 그의 이름이 에브니저이며 메릴랜드의 계관시인이라고 말하시오. 그게 더 믿기 쉬울 거요! 아뇨, 여러분, 이건 말도 안 돼요. 정말이지 한계를 벗어난 일이에요!"

그거야 어찌 되었든 시카멕은 자신이 헨리 벌링검 3세의 아버지이며, 그 자신이 그를 물에 띄워 죽게 했다고 분명히 대답했다. 그는 계속해서 대단히 놀라운 이야기를 들려주었고, 그의 총애를 받는 것이 분명한 쿼사펠라가 동시에 그의 말을 통

역했다. 쿼사펠라는 비교적 어려운 구절에서만 마지못해 드레
파카의 도움을 받았다.

그가 이야기를 시작했다. "타약 시카멕은 백인의 강력한 적
이다. 아하치후프 가운데 단 한 사람이라도 이곳에 살고 있는
동안에는 이 섬 위에 발을 내딛는 하얀 피부의 여행자에게 화
가 있으라! 왜냐하면 아하치후프는 드레파카의 백성들처럼 노
예로 팔리지도 않을 것이고, 아노우토우와 판콰스의 백성들처
럼 영국의 총과 영국의 영혼을 사지도 않을 것이고, 또한 자기
들의 집과 사냥터에서 달아나지도 않을 것이기 때문이다."

드레파카가 그 뒤를 보충했다. "쿼사펠라의 백성들처럼."

"그들은 차라리 그들 가운데로 비칠거리며 들어온 모든 백
인들을 횃불에 태워 죽일 것이고 영국인 악마들을 바다로 몰
아낼 위대한 전투 대원들을 이끌 것이다. 그렇지 않으면 여기
그들의 섬 위에서 싸우다가 백인들의 총에 죽을 것이다!"

여기서 에브니저가 끼어들었다. "타약 시카멕이 영국인에
게 분노하는 이유가 무엇인지 물어보세요, 쿼사펠라. 내가
저 일기책을 보고 판단하건대, 그의 백성들은 지난 팔십 년
동안 영국인으로부터 그다지 해를 입은 적도 없었지 않소.
쿼사펠라나 드레파카에 비하면 불만을 품을 이유가 10분의
1도 되지 않는데도, 그는 당신들보다 열 배는 더 앙심을 품고
있군요."

쿼사펠라가 미소를 지으며 말했다. "나의 형제는 가시가 있
는 질문을 했다. 나는 그것을 타약 시카멕에게 가시 없이 통역
하겠다."

그는 그렇게, 야만인에게 전형적인 에둘러 말하는 방식으로 통역했다. 시카멕은 대답 대신 상자를 다시 가져오라고 명령했다. 그리고 이번에는 자신이 직접 그 일기를 꺼냈다. 호위병들은 즉시 무릎을 꿇고 눈을 내리깔았다. 그리고 그것을 험악하게 내밀었다.

그가 쿼사펠라를 통해 말했다. "이것은 '영국 악마들의 책'이다. 너는 그 이야기를 알고 있다. 신과 같은 내 아버지 타약 헨리 벌링검 1세가 어떻게 웨펜터를 위해 그 거대한 아톤소모 우호우를 이겼으며, 또 어떻게 그 영국인 악미들을 우리의 땅에서 놀아냈는지를."

시인은 이의를 제기했다. "아니, 잠깐……." 하지만 즉시 생각을 고쳤다. "내 말은 그러니까, 그는 정말 대단한 남자라고요."

시카멕이 다시 이야기를 시작했다. "그는 그 영국인 악마들을 그들의 배로 쫓아냈다. 그런 다음 자신이 직접 그들을 해안을 따라 추격했다. 그들의 다음 야영지까지 추격하여 그곳에서 그 일당들을 몰살시키기 위해서였다. 그는 카누를 타고 북쪽 내륙을 건너서 늪 같은 홍가의 해안을 따라 하루종일 달렸다. 그 방심한 악마들이 그곳으로 갔기 때문이다. 그리고 이 악마들이 야영을 하기 위해 뭍에 정박하자, 타약 벌링검은 아무런 무기도 없이 그들을 죽이기 위해 뛰쳐나왔다. 하지만 웨펜터는 피부가 흰 웨로완스의 용기와 신과 같은 용맹을 신용하지 않았고, 전투 부대와 함께 그의 뒤를 따랐다. 그리고 이러한 죄로 인해 신들은 내 아버지의 사지를 눈에 보이지 않는 끈으로 단단히 묶어 버렸다. 결국 그 악마들은 웨펜 터와 다른 여러 사람들을 죽이고는, 내 아버지에게 살해당하 기 전에 완전히 탈출했다. 하지만 그들은 서두르느라 이 책을 남기고 떠났다. 그 안에는 타약 벌링검의 위대한 행적이 적혀 있었다. 그래서 그는 그것을 보존했다. 모든 미래 세대의 아하 치후프들에게 영국인은 바로 그들과 같은 악마들의 씨앗이라 는 것과 보는 즉시 없애 버려야 한다는 것을 상기시키기 위해 서였다.

이제 너는 반드시 알아야 한다. 내 위대한 아버지가 육체적 인 부분에서 평범한 남자가 아니라는 것을. 하지만 원래 폭풍 의 신은 자신의 힘을 여러 달 동안 저장해 두다가, 하룻밤 사 이에 온 마을을 초토화시켜 버리는 법이다. 이와 마찬가지로 타약 헨리 벌링검 1세의……"

드레파카가 그날 들어 두 번째로 거들었다. "성기."

"그것은 기껏해야 강아지의 그것만 했고, 그보다 더 유용한 것도 아니었다. 축연 이후 그는 꼬박 사흘 밤 동안 포카타워 투산 왕비에게 가지 않았다. 하지만 우리의 전설에 의하면, 네 번째 날 그는 그녀를 침대로 불러들여서 신성한 가지의 의식 을 수행했다. 그때 그는 엄청난 힘으로 그녀 안에 아기를 만들 어서, 그녀는 그 후 다시는 침대를 떠나지 못했고, 결국 나를 낳다가 죽었다고 한다!"

시카멕의 이야기는 계속되었다. "그 후 이십육 년 동안, 아 하치후프는 내 아버지의 지배 아래 평화롭게 살았다. 우리의 낚시꾼들은 우리에게 저 멀리 남쪽의 영국 악마들의 이야기를 가져왔다. 그리고 우리는 그들의 커다란 흰 배들이 만을 따라 올라가는 것을 여러 번 보았다. 하지만 그들은 결코 우리의 섬이나 근처의 내륙에 상륙하지 않았다. 그들에 대한 내 아버지의 분노는 대단했다. 내 어머니인 포카타워투산이 산고 중에 있을 때, 그는 그녀에게 만약 그들의 아이가 하얀 피부를 하고 태어나면 탯줄을 자르기도 전에 그 아이를 죽여 버리겠다고 맹세했다. 그리고 그는 내게 헨리 벌링검 2세라는 이름을 지어 주었지만, 나를 아하치후프의 이름인 시카멕으로 불렀다. 그는 매일 영국 악마들의 책을 읽어 주곤 했다. 그리고 아하치후프 사람들을 더욱 자극하여 그들의 손에 떨어지는 어떤 백인이라도 살해하도록 부추겼다. 내가 스물여섯 살 되던 해 아버지가 죽었다. 그는 마지막 숨을 몰아쉬면서 우리의 백성들에게 타약 시카멕이 영국인 악마들에 맞서 그들의 마을을 이끌 거라고 선언했다. 그리고 그는 내게 엄청난 맹세를 요구했다. 우리 마을에 들어오는 하얀 피부의 사람은 그 누구를 막론하고 죽일 것이며, 심지어 내 아내나 첩의 자궁에서 나온 것이라 해도 죽이겠다는 맹세였다.

그가 세상을 뜨자 아하치후프 사람들은 크게 울부짖으며 슬퍼했다. 그리고 내가 그의 뒤를 이어 웨로완스가 되었을 때, 나는 신들에게 상서로운 징후를 보여 달라고 기도했다. 그 즉시 무시무시한 폭풍이 우리 주변을 온통 강타했고, 이곳으로 영국 악마들 가운데 주술사 한 명을 불러들였다. 그는 완전히 의식을 잃고 반쯤 익사한 상태였다. 그것을 보고 우리는 신들이 나의 통치와 대의에 찬성한다는 것을 알았다. 우리 성원들 가운데 어느 누구도 그가 악마라는 사실을 의심하거나, 그 역시 우리 자신과 같은 인간이라고 착각하지 않도록, 나는 그에게 우리의 숭배물을 내밀어 경배하게 했다. 그러자 악마인 그는 그 위에 침을 뱉었다. 그래서 우리는 그에게 사형수의 특권을 제공했고, 다음 날 저기 안마당에서 그를 불태웠다. 쿼사펠라의 형제를 제외한 너희들 모두는 바로 그렇게 불타게 될 거다."

에브니저가 외쳤다. "잠깐만요, 제발!" 그의 머리는 한창 날짜 및 기억과 씨름하던 중이었다. "스미스 선장이 항해를 한 것이 1608년, 그리고 당신이 이 영국인 악마를 스물여섯 살 때 살해했으니까……. 이봐요, 쿼사펠라, 그에게 저기 있는 저 상자가 그가 지금 이야기하는 주술사의 것이 아닌지 물어봐 줘요."

그 질문은 통역되었고, 긍정적인 답변이 돌아왔다.

"세상에, 그렇다면, 질문 하나만 더 하겠소. 타약 시카멕은 나의 친구 헨리 벌링검 외에 혹 아들이 더 있나요?" 그는 예수회 교도인 토머스 스미스와 메리 멍고모리로부터 들었던 이야기들을 기억해 내려고 애썼다. "그가 혹 지금은 죽은 찰리…… 모카신, 아니 매키넥이라 불리는 아들을 가지고 있나요? 아니, 그게 아니라…… 아, 맞아요, 마타신이오."

이 이름이 언급되자 시카멕의 얼굴이 굳어졌다. 그리고 쿼사펠라의 입을 통해 전달된 그의 대답은, "타약 시카멕에겐 아들이 없다."였다.

에브니저는 몹시 실망했다. "아, 뭐, 그렇다 해도 상관없어요. 그저 이상한 우연의 일치였군요."

이때 드레파카가 상냥한 어조로 끼어들었다. "쿼사펠라 형제는 우리의 말을 잘못 알아들었다. 아나코스틴왕은 시카멕의 말을 영어로 옮겼지만, 그 의미는 옮기지 못했다." 그가 에브니저에게 고개를 돌렸다. "사실 타약 시카멕에겐 아들이 있다. 하지만 그들은 모두 그를 버리고 영국인과 함께 살았다. 그래서 그는 그들과 의절했다. 하나는 당신이 언급한 그 남자인데, 그의 이름을 나는 반복하지 않겠다. 그는 영국인 가족을 살해했고, 그리고 교수형당했다."

시인이 크게 기뻐했다. "그렇다면 내 말이 맞군요! 이 주술사는 예수회 선교사요. 그리고 저쪽에 있는 것은 그가 평소에입던 옷과 성수(聖水)고요! 그리고 세상에!" 그의 상상은 새로운 연결 부분으로 도약했다. "그렇다면 벌링검이 이 살인자 마타신의 이복형제가 되는 셈이군요?"

물론 오두막에 있는 다른 어느 누구도 이렇게 새롭게 밝혀진 사실을 여유 있게 음미할 만한 입장은 아니었다. 찰리 마타신의 이름이 두 번째로 언급되자 시카멕은 강하게 힐책했다.

에브니저가 과감하게 말했다. "내 생각에 당신은 그에 대해자랑스러워해야 하오. 그가 살해한 사람들이 영국인이 아니라네덜란드인인 건 사실이지만, 어쨌든 모두 백인들이었으니까."

쿼사펠라가 경고했다. "조심하게, 형제여. 나는 타약 시카멕에게 당신이 마타신을 그의 아들이라고 부른 것에 대해 사과했다고 말할 것이다."

사과의 말을 듣자, 그 늙은 추장은 하던 이야기를 계속했다. 처음으로 분노와 악의가 아닌 다른 어떤 감정이 그의 어조에서 감지되었다.

퀴사펠라의 통역이 이어졌다. "여러 해 동안 타약 시카멕은 스스로 아내와 자식의 기쁨을 멀리했다. 신과도 같은 그의 아버지 헨리 벌링검 1세는 그에게 그가 혼혈이라는 것을 알려 주었고, 더 나아가 그로 하여금 피부가 흰 자식이 나오면 죽여 없애라는 맹세를 하게 했기 때문이다. 그래서 그는 자식을 창으로 찔러 죽이는 고통을 피하기 위해 가족이라는 위안 없이 살다가 죽기로 작정했던 것이다.

그러다 마침 그 영국인 악마 주술사가 죽기 전날 밤 아하치후프의 여러 여자들과 잠자리를 함께했다. 그것은 너희들처럼 전쟁 포로인 경우를 제외한 다른 이유로 사형을 선고받은 남자에게 주는 특권이다. 그는 그들 가운데 세 명에게 아이를 임신시켰다. 그 세 번째의 자식은 딸이었는데, 아버지보다는 빨갛고 어머니보다는 흰 피부를 가지고 태어났다. 아하치후프 사람들은 그 아이를 잡아다가 체서피크에서 익사시키려 했지만 타약 시카멕은 그 여자 아이의 피부가 자신의 것과 같은 색깔이라고 말하면서 그들의 손을 멈추게 했다. 그는 그녀를 빈 오두막으로 데려가서 자신의 딸로 키웠다. 이것은 신들에 대한 엄청난 죄였다. 하지만 타약 시카멕은 그것을 알지 못했다.

그렇게 해서 그 악마의 자식은 아하치후프 사이에서 공주로 키워졌다. 그녀는 계절이 바뀔수록 더욱 아름다워졌다. 마을의 모든 젊은이들이 그녀의 구혼자가 되었고, 타약 시카멕에게 그녀를 달라고 간청했다. 하지만 사악한 영혼이 타약의 가슴에 불을 지폈다. 그리고 당시 그의 나이 비록 마흔넷이었고 그녀는 열다섯 살이었음에도 불구하고, 그는 그녀에 대한 사랑에 사로잡혔고, 그녀를 자신의 여자로 삼기를 갈망했다. 열정의 불이 그의 머리까지 차올라 그의 이성을 마비시켰고, 결국 그는 그 공주의 피가 자신의 것과 같은 양식으로 혼합되었으므로 그는 그녀에게 부모의 피부색과 같은 피부색을 가진 아들들을 임신시킬 수 있다고 믿게 되었다. 이를 위해 그는 구혼자들을 물리치고 공주에게 나음과 같이 말했다. 비록 자기는 그녀를 자신의 딸로 길렀지만, 그녀는 사실 자기가 낳은 딸이 아니며, 자기는 그녀를 왕비로 삼을 작정이라고. 마을의 젊은이들 가운데 마음에 두고 있던 사람이 있어서였는지, 아니면 타약 시카멕을 아버지로 여기던 습관 때문이었는지는 알 수 없지만, 소녀는 몹시 저항했다. 그러나 복수심에 불타는 신들의 힘은 너무도 강력하여, 그녀의 눈물은 타약의 열정에 기름을 부을 뿐이었다. 그리고 아내 없이 긴 세월을 살아 왔던 그는 그렇게……."

드레파카 역시 그에 알맞은 영어 단어를 찾기 위해 잠시 동안 곰곰이 생각해야 했다. "사로잡혔다? 아니, 노예로서는 아닌데…… 무력하게 되다? 하지만 족쇄에 묶인 것은 아니고……."

에브니저가 재빨리 제안했다. "휩쓸리다? 고양되다? 지배되다?" 통역이 지연되자 시카멕의 콧구멍이 조바심으로 벌렁거렸다.

쿼사펠라가 단언했다. "그는 정욕에 휩쓸렸다. 너무도 그랬기 때문에, 그는 발정기의 짐승처럼 모든 사지를 떨었다. 그런데 포카타워투산 왕비를 죽음으로 몰았던 그 신성한 가지의 비밀은 그녀의 하늘과 같은 배우자와 함께 사라지고 없었다. 그러나 타약 시카멕에겐 그것이 필요 없었다. 그는 제대로 된 성기를 가지고 있었으니까. 그 처녀는 그의 발 앞에 무릎을 꿇고 동정심을 사 보려 애썼지만, 그는 그녀를 자신의 아내로 만들기 위해 더 이상 기다릴 수가 없었다. 아니, 그는 그 자리에서 즉시 그녀 위에 올라탄 뒤, 밤새도록 그녀를 자신의 씨로 채웠다!"

쿼사펠라는 무표정한 얼굴로 통역을 계속했지만, 시카멕의 목소리는 점차 흥분되고 있었다. 그의 호흡은 빨라졌고, 늙은 눈은 빛났다. 그는 잠시 말을 멈췄다. 그의 얼굴과 어조는 다시 엄격해졌다.

"아침이 되자, 아무도 모르는 사이에 그녀는 아이를 임신했다. 그리고 타약은 그녀를 자신의 왕비로 만들었다. 그를 사로잡았던 사악한 영혼이 마침내 그의 머리에서 떠났다. 그녀의 배가 불러 오는 동안 내내 그는 수치심 때문에 다시는 그녀를 건드리지 않았다. 그리고 그녀가 혹 하얀 피부의 아들을 낳아 자신이 그 아이를 죽여야 하는 상황이 발생할까 봐 두려움에 떨었다. 하지만 신들의 복수는 인간의 머리로는 이해할 수 없으며, 멀리까지 미치는 법이다! 그녀는 그에게 검은 피부의 훌륭한 아들을 낳아 주었다. 그는 아하치후프족의 참다운 왕자였고, 단 한 가지를 제외하고는 모든 면에서 완벽한 남자 아기였다. 즉 타약은 곧 그 소년이······."

"물려받았다."

"······조부인 헨리 벌링검 1세로부터, 그 군주다운 남자의 유일한 결점을 물려받았다는 것을 발견했다. 조부의 신성한 가지의 비결이 사라진 만큼, 이 소년은 결코 왕족의 가계를 이을 수 없었다. 그 이유로 그는 헨리 벌링검 3세로 불리지 않고 마타시네마로우, 즉 동전 크기의 남자로 불렸다. 그리고 역시 같은 이유로, 타약 시카멕은 정욕이 일지 않음에도 불구하고 그녀에게서 또 다른 이들을 얻기 위해 왕비를 두 번째로 범했고, 그날 밤 그녀의 몸에 씨를 심었다. 그리고 그는 그녀가 자신이 죽여야 할 하얀 아이를 낳을까 봐 다시 두려움에 떨었다. 이전과 마찬가지로 여왕은 아들을 해산했다. 이 아이는 아하치후프들만큼 어둡지도 않았고, 영국 악마들만큼 하얗지도 않았으며, 자신의 아버지를 닮은 완벽한 금빛이었다. 하지만 그 역시 한 가지 결점을 가지고 있었다. 그에게도 역시 그의 형 마타신처럼 남자를 남자로 만드는 부분이 거의 자취도 없었던 것이다. 신을 제외하고는 아무도 남자들에게 가지의 비밀을 전하지 않았으므로, 이 소년은 백 년이 지나도 결코 타약 시카멕에게 손자들을 안겨 주지 못할 터였다. 그렇게 해서 그는 헨리 벌링검 3세라고 불리지 않고 코훈코우프레츠, 즉 '거위의 부리'라고 불렸다. 왜냐하면 그의 어머니인 왕비가 그에게 남성의 상징이 없는 것을 보고 거위가 쪼아 먹었다고 단언했기 때문이다. 그녀는 더 나아가 그 거위가 아들을 놓아주고 차라리 그 아버지를 먹었으면 하고 바랐다.

하지만 타약 시카멕은 여왕의 건강이 회복되기를 기다려 세 번째로 그녀에게 남자를 낳게 하는 씨들을 몰고 갔다. 그리고 수확 날까지 폭풍 속의 미루나무처럼 불안에 떨었다. 하지만 그의 씨를 받은 세 번째 아들은 마타시네마로우처럼 검지도, 코훈코우프레츠처럼 금빛도 아니었고, 머리부터 발끝까지 영국의 배처럼 흰색이었다. 또한 그의 눈은 검지 않고 체서 피크처럼 파랬다! 그는 다시 태어난 그의 조부였다. 심지어 그의 형제들과 공유한 결점까지도. 비록 신들은 그 소년의 신과 같은 조부에게 가지의 비밀을 전수했으므로 그에게도 그 비밀을 전수해 주는 것이 적당하다고 보았을지 모르지만, 타약 시카멕은 자신의 엄청난 맹세를 실행해야 했고, 소년을 영국인 악마로 여겨 죽일 수밖에 없었다.

보라, 죄인이 어떻게 세 번에 걸쳐 죗값을 치르는지! 타약 시카멕이 마을 사람들을 향해 그 흰 피부의 아이는 반드시 죽어야 한다고 선언하자, 왕비는 창을 잡아채 그 위에 자신의 몸을 던졌다. 새로 태어난 아기가 죽는 광경을 목격하거나 그의 자리를 대신할 또 다른 아이를 낳느니 차라리 죽음을 택한 것이다. 그러나 타약 시카멕은 그 흰 피부의 왕자를 익사시키기 위해 홀로 물가로 데려갔다. 그의 마음은 무거웠다. 그가 세 번이나 헛되이 범한 왕비는 죽었다. 그 이후로 그는 감히 그의 침대를 공유하는 첩들에게 아이를 얻을 엄두를 내지 못했고, 그저 자신의 살인적인 씨를 공기 중에 뿌려 버리는 수밖에 없었다. 하지만 그는 결국 그 아이를 익사시키지 못했다. 대신 그는 빨간 황토로 그 아이의 가슴 위에 그가 자신의 아버지와 영국인 악마들의 책에서 배운 기호인 '헨리 벌링검 3세'를 그려 넣었다. 그런 다음 아기를 카누의 바닥에 눕히고는, 거대한 체서피크의 조수에 흘려 보냈다. 그리고 타약 헨리 벌링검 1세의 영혼에 기도했다. 그 아이가 물에 빠져 죽지 않도록 도와주시고, 그에게 가지의 마술을 전수해 주셔서 그가 영국인 악마들 사이에서라도 왕실의 혈통을 이어갈 수 있게 해 달라고."

에브니저는 감탄할 수밖에 없었다. 그러나 메리 멍고모리와 찰리 마타신과의 특이한 정사 방법(그가 지금까지 완전하게 이해할 수 없었던 이야기)과 헨리의 믿을 수 없는 수장들(예를 들어, 그가 결코 안나와 실제로 '사랑'을 나누지 않았다는 것)을 기억했음에도 불구하고, 그는 시카멕의 자손들이 가진 이 '모성의 결함'을 자신의 친구가 지니고 있는 경이적인 욕망과 연결시키기가 어려웠다.

드레파카가 말했다. "타약 시카멕이 쿼사펠라의 형제에게 묻는다. 당신이 헨리 벌링검 3세라고 부르는 남자가 그의 가정에 아들을 많이 가지고 있는가?"

에브니저는 막 부정적인 대답을 하려다가, 갑자기 마음을 바꾸고는 대신 이렇게 말했다. "헨리 벌링검 3세가 나를 가르치던 당시 그는 아직 젊은 청년이었소. 나는 그가 어디에서 살고 있는지는 알고 있지만, 요 몇 년 동안 그를 만나 보지 못했어요. 하지만 나는 그를 대단한 연애가로 알고 있소. 그러니, 그에게 다수의 아들과 딸이 있을 거라고 추측하오."그때 마침 그에게 그 자신뿐만 아니라 동료들까지 구할 수 있는 어떤 계획이 어렴풋하게 떠올랐다. 그는 자신의 대답에 실망한 기색이 역력한 시카멕이 쿼사펠라의 중계를 통해 이야기를 끝맺었을 때, 그에 대해 곰곰이 생각한 뒤 적당히 수정했다. 그것은 이전처럼 그리 무모하지만은 않은 계획이었다.

"그 후 타약 시카멕은 나머지 아들들인 검은 피부의 마타신과 금빛 피부의 코훈코우프레츠를 성인으로 키웠다. 그들은 자신들의 결함에도 불구하고 두 그루의 소나무처럼 강하고 곧게, 사냥꾼들의 야영지를 습격하는 곰처럼 용감하게, 너구리처럼 영리하게, 하늘을 나는 매처럼 끈기 있게…… 그리고 마치 목숨이 완전히 끊어지기 전에는 결코 문 것을 놓지 않고, 심지어 자신의 머리가 갈라져도 죽으면서까지 물고 있는 자라거북처럼 포기를 모르는 사람들로 자랐다!"

이 마지막 특성을 말하기 전까지는 그 늙은 추장의 목소리가 자랑스러움으로 울렸었다. 그런데 이 마지막 특성은 명백히 그에게 고통을 주는 듯했다. 그의 얼굴 주름이 더욱 깊어졌다. 그는 더욱 생각에 잠겨 이야기했다.

쿼사펠라가 통역했다. "신들이 어떤 행위들을 죄악으로 여기는지 그들이 복수하기 전까지는 그 누가 알겠는가? 타약의 집에서 영국인 악마의 딸을 길러 그녀가 적절한 나이가 되었을 때 그녀에게서 아들을 얻은 것이 그렇듯 심각한 죄였던가? 아니면 그가 피부가 흰 자신의 아이를 죽이기로 맹세하고 아내로 하여금 창에 몸을 던져 죽게 한 것이 새로운 죄였는가? 하지만 만약 어느 한쪽이 죄라면, 다른 한쪽은 그것의 속죄가 아니겠는가? 아니면 그가 결국 그 소년을 살려 주고, 후에 그 소년이 살아남은 것이 그의 새로운 죄였나? 사람들이 알 수 있는 건 오직 하나뿐이다. 그들의 죄가 무엇이건 간에 그들은 자신의 죄를 통탄해야 한다는 것이다. 왜냐하면 그들이 겪게 될 벌은 끔찍하고 끝이 없기 때문이다! 타약이 셋째 아들을 파도 속에 던지고, 아내를 잃고, 자신의 혈통이 그 땅에서 사라질 운명에 처한 것으로 벌은 충분치 않았다. 아니, 그는 모든 것을 잃어야 했다. 심지어 강력한 힘으로 그를 몹시 기쁘게 해 주었고, 그가 악마들에 대항하는 전쟁에서 아하치후프를 이끌어 주기를 희망했던 그의 매우 충실하고 씨 없는 아들들조차도! 마타신과 코훈코우프레츠! 그는 영국인들을 증오하도록 매일 그들을 가르치지 않았던가? 그는 그들에게 영국 악마의 책을 암송하고, 할아버지의 용맹한 열정에 대해 자세히 이야기해 주지 않았던가? 그들은 혈기 왕성한 소년들이거나, 정욕에 눈이 멀어 마주치는 암캐란 암캐는 다 올라타는 발정난 개들이 아니지 않았던가? 아니, 그들은 영리하고 신중한 마흔 살의 성인들이었다. 그리고 그들은 자신들의 아버지가 그랬던 것처럼 영국인에 대한 증오를 맹세했다! 우리의 대의와 피스카타웨이 및 낸티코크의 대의를 연결시키는 데 있어 그들만큼 열심인 이들도 없었다. 첫 번째 흑인 노예가 이 섬으로 탈출해 왔을 때 그를 환영하고, 이 마을을 영국인들로부터 달아난 모든 이들을 위한 피난처로 만든 것은 다름 아닌 마타신이었다. 또한 카스틴이라는 사람 및 북쪽의 벌거벗은 전사들과 군대를 결합하여 영국인들을 바다로 몰아낼 계획을 처음 세웠던 것도 타약 시카멕이 아니라 바로 금빛의 코훈코우프레츠였다. 아내도 없었고, 자식도 없었으며, 전투에 목말랐던 그들! 피스카타웨이, 낸티코크, 찹티코크, 마타우만 등 모든 부족이 용맹한 이 두 지도자들을 자랑하는 아하치후프를 부러워했다. 그리고 섬을 떠나기엔 너무 노쇠해진 시카멕이 첫 번째 지도자 회합에 자기 대신 마타신을 보내는 것을 얼마나 자랑스러워했던가?"

타약 시카멕은 쓸쓸한 기억에 압도되어 잠시 말을 멈췄다. 에브니저는 그가 마타신이 그 후 어떻게 되었는지 알고 있다는 것을 재빨리 눈치챘다. 그 정보는 아직은 불명료한 자신의 계획과 모종의 관계가 있었으므로, 그는 일부러 시카멕의 다른 아들 코훈코우프레스에 관해 커다란 호기심을 표현했다. "분명 그 역시 영국 악마들을 살해한 죄로 교수형되지는 않았겠죠?"

시카멕이 퀴사펠라를 통해 말했다. "그들은 그의 목을 매지는 않았다." 내내 원한으로 가득 차 있던 시카멕의 얼굴이 지금처럼 그렇듯 심하게 일그러진 적은 없었다. "그들의 코훈코우프레스에 대한 죄는 마타신에 대한 죄보다 열 배는 더 극악하다. 아름답고 훌륭한 아들! 그러나 그 역시 한 달 전 타약 시카멕이 대단히 중대한 심부름 때문에 급파했다. 드레파카와 함께 북쪽으로 가서 카스틴이라는 남자와 협정을 맺는 일이었다. 신들은 그 역시 그의 목표로부터 어떤 식으로든 꾀어내는 것이 적절하다고 본 듯하다. 드레파카의 매우 엄한 조언도 소용이 없었다."

그는 이전에 순수하지만은 않은 축복의 말을 할 때처럼 마을의 흑인 집단에 대해 이야기한 적이 있었다. 그리고 그의 동맹자들이 자신의 아들들을 부러워했다고 말했었다. 에브니저에게는 시카멕의 쿼사펠라에 대한 편애가, 말하자면, 단지 피상적이지만은 않다는 것이 분명해 보였다. 그것은 아프리카인들에 대한, 특히 드레파카에 대한 깊은 불신을 의미했다. 드레파카가 사절의 임무를 띄고 무슈 카스틴을 만나러 갔을 때부터 시작된 불신이 틀림없었다. 시인은 시카멕이 코훈코우프레츠의 변절에 드레파카가 어떤 식으로든 책임이 있다고 여기고 있을 거라 짐작했다.

쿼사펠라가 계속 말을 이었다. "간단히 말해, 드레파카왕은 코훈코우프레즈를 그가 갈망하는 흰 피부의 여인과 함께 리틀참탱크 근처의 내륙에 남겨 두고 와야 했다. 그리고 타약 시카멕은 이 수년 동안 아들을 보지 못했다."

에브니저가 안타까운 듯 말했다. "놀랍도록 유사한 불행을 당했군요. 그리고 부끄러움 그 자체기도 하고요! 그런데 타약이 말하는 극악한 범죄라는 게 뭡니까?"

쿼사펠라가 대답했다. "내가 그것에 대해 최대한 대답하겠다. 타약 시카멕의 분노를 더 이상 자극하지 마라. 소문에 의하면 코훈코우프레즈는 영국 이름을 갖고 영국인 아내와 결혼했다. 그는 영국식 집에서 영국인들 사이에서 살고, 그들의 언어를 말하고, 그들의 옷을 입는다. 그는 더 이상 어떤 식으로든 아하치후프가 아니다. 그는 자신의 백성들을 경멸한다. 그리고 잘은 모르지만, 우리를 영국 왕에게 밀고할 것이다."

잠시 침묵을 지키던 시카멕이 이 지점에서 다시 조급하게 말을 이었다. 그리고 쿼사펠라는 통역의 수고를 다시 시작해야 했다.

그가 말했다. "타약 시카멕을 보라. 그의 몸은 팔십 년의 근심으로 약해졌고, 그의 섬에는 이방인들이 살며, 영국인 악마들에 의해 둘러싸여 있다. 전투에 대한 그의 오랜 꿈은 외지의 왕들이 담당하고 있다. 그의 명예는 신의 없는 아들들에 의해 더럽혀지고 손상되었다. 그리고 그의 왕통은 그 자신의 대에서 소멸할 운명에 처해 있다! 쿼사펠라의 형제는 만약 그의 친구들이 무엇 때문에 자신들이 성기를 잃고 횃불에 태워져야 하는지 물으면, 이러한 것들을 말해 주어야 한다. 쿼사펠라의 형제는 반드시 헨리 벌링검 3세라 불리는 남자를 찾아내어 그에게 이러한 것들을 말해 주어야 한다. 그리고 더 나아가 그에게 그 땅에서 즉시 도망치라고 말해야 한다. 만약 자식이 있다면 그들과 함께. 왜냐하면 타약 시카멕은 그를 구하기 위해 이미 신에게 반항한 적이 있지만, 이제 이 지역에 있는 모든 영국인 악마들은 반드시 죽어야 하기 때문이다!"

9 배 속에 있던 비밀들 가운데 적어도 하나가 엄청난 산고와 함께 출산되지만 아직 완전히 밝혀지지는 않다

에브니저는 이제 마음에 품었던 계획의 주요 윤곽에 대해 확신이 섰다. 그는 상상력이 대안들과 두려움으로 자신의 숨통을 조이기 전에 즉시 말을 꺼냈다.

"친애하는 쿼사펠라, 타약 시카멕이 내게 시킨 이 심부름

이…… 그것이 내 자유의 조건인가요?"

이 말의 뒷부분을 통역하기 위해서는 약간의 시간과 드레파카의 도움이 필요했다. 그리고 얼마 동안 인디언의 언어로 별도의 토론이 이어졌다. 마침내 드레파카가 신중하게 말을 꺼냈다. "실행할 수 없는 것은 진정한 조건이 될 수 없다. 그러나 만약 당신이 정말로 쿼사펠라의 형제라면, 당신이 이 심부름을 회피하지 않을 거라는 데 우리는 동의했다."

에브니저는 신경을 단단히 긴장시켰다. "만약 타약 시카멕이 나의 세 친구들을 죽인다면, 나는 어떤 전언도 헨리 벌링검에게 전달하지 않을 거요. 왜냐하면 나는 여기서 그들과 함께 죽을 테니까. 이것을 그에게 전해요."

쿼사펠라가 이의를 제기했다. "나의 형제여……." 그러나 드레파카가 그 선언을 통역했다. 시카멕의 눈이 분노로 번쩍였다.

시인이 계속해서 말을 이었다. "그럼에도 불구하고, 만약 타약 시카멕이 그의 현명하고 강력한 동료 왕들의 자비로운 의견에 동의하는 것이 적당하다고 여긴다면, 그래서 우리 네 명 모두를 풀어 준다면, 나는 그에게 맹세하오. 나는 헨리 벌링검 3세에게 가서 그의 몸에 왕족의 피가 흐르고 있다는 사실과 그의 목숨을 구해 준 아버지에 대해 이야기할 거요. 게다가 나는 그를 '이곳에, 여기 이 섬에 데려와' 타약 시카멕을 만나 보게 할 거요. 그는 피스카타웨이와 낸티코크의 언어를 알고 있으니 통역하는 사람 없이 아버지와 단 둘이서 대화할 수 있을 거요."

이 모든 말은 퀴사펠라와 드레파카를 놀라게 하기에 충분했다. 그들은 흥분과 놀라움 속에서 통역을 한 뒤 조용히 시선을 교환했다. 그러나 에브니저는 그들이 놀라움이나 우려 때문에 자신의 전언을 왜곡할까 봐, 자리에서 일어나 가까운 거리에서 분명하고 찬찬한 목소리로 늙은 왕 본인에게 혼동의 우려가 없는 강조와 몸짓을 동원하여 그것을 전달했다. "나는, 헨리 벌링검 3세를, 여기로, 시카멕에게로, 데려온다. 시카멕과 헨리 벌링검 3세는, 얘기한다, 얘기한다, 얘기한다. 퀴사펠라는 없다. 드레파카도 없다. 시카멕과 헨리 벌링검이, 얘기한다. 그리고 나의 성실성을 증명하기 위해, 여러분, 나는 헨리 벌링검 3세에게 그의 형 코훈코우프레츠를 찾아보라고, 찾아보라고, 찾아보라고 말할 것이다. 헨리 벌링검 3세는 코훈코우프레츠를 찾아서 말할 것이다, 말할 것이다, 말할 것이다. 그리고 어쩌면 그는 형에게 그의 행위가 잘못되었음을 보여 줄 수 있을지도 모른다. 이에 대해 어떻게 생각하시오, 늙은 친구? 시카멕은 여기에, 코훈코우프레츠는 여기에, 헨리 벌링검 3세는 바로 여기에!"

에브니저가 내건 조건들을 이해했는지의 여부는 분명치 않았지만, 시카멕이 퀴사펠라에게 맹렬히 지껄이는 것으로 보아 그는 제안의 내용을 충분히 파악한 듯했다.

에브니저가 비장한 목소리로 말했다. "나는 그것이 당신의 비위에 거슬리지 않을 거라 생각했소." 그리고 다시 자리에 앉으며 퀴사펠라에게 덧붙였다. 일단 자신이 갖고 있던 으뜸패를 내놓고 나자, 그는 그것의 대담함에 거의 기절할 지경이 되었다. 그 긴 이야기를 절망에 빠져 듣고 있던 버트랜드와 존 메키보이의 얼굴에 다시 생기가 돌았다. 그들의 표정은 희망과 절망 사이에서 갈팡질팡했다.

약간의 논쟁이 이어졌다. 하지만 그들의 어조를 들어 볼 때 그리 심각한 수준은 아닌 듯했다. 그리고 마침내 쿼사펠라가 말했다. "나의 형제가 그것이 성공했다는 걸 알게 되면, 그의 무모함이 쉽게 고쳐지지는 않을 것이다."

"세상에! 당신 말은 우리가 자유를 얻었다는 거요?"

쿼사펠라와 똑같은 엄격한 어조로 드레꽈카가 선언했다. "타약 시카멕은 오랫동안 잃었던 아들을 보기를 열망한다. 그리고 그는 비록 코훈코우프레츠와 의절했지만, 그릇된 아들이라도 있는 것이 아예 없는 것보다 낫다고 여긴다. 그래서 그가 만약 간절히 용서를 빈다면 그를 받아들일 것이다. 쿼사펠라의 형제는 카누에 태워 해협을 건너게 해 줄 것이다. 그리고 그의 맹세를 지키는 데 한 달이 주어질 것이다. 다른 사람들은 여기에 인질로 남는다. 만약 약속된 시간이 지나도록 그가 코훈코우프레츠도 헨리 벌링검 3세도 내놓지 않으면, 인질들은 죽을 것이다."

영국인들이 고개를 푹 떨어뜨렸다.

시인이 반대했다. "아, 안 돼요! 만약 타약 시카멕이 나를 믿지 못한다면, 나를 죽이면 돼요. 그가 나를 믿는다면 인질은 필요가 없지 않소."

시카멕은 이러한 항의에 미소로 답했다. 그리고 만약 쿼사펠라의 형제가 약속을 성실히 수행하기만 한다면, 인질들의 안전에 대해서는 걱정할 필요가 전혀 없다고 반박했다.

에브니저가 할 수 없다는 듯이 말했다. "그렇다면 좋소. 하지만 내가 제한 시간 동안 임무를 완성하기 바란다면, 적어도 한 사람의 동행은 반드시 허락해 주어야 하오. 만약 내가 전혀 낯선 곳에서 길을 잃어버린다고 가정해 보시오. 만약 헨리 벌링검 3세가 집에 있지 않다고 가정해 보시오. 혹은 그가 이곳으로 돌아오기 전에 코훈코우프레츠를 찾아야 한다며 고집을 부린다고 가정해 보시오. 이런 심부름에서는 두 명이 한 명보다 더욱 빨리 움직일 수 있소."

쿼사펠라가 얼굴을 찌푸리며 말했다. "당신의 말에 일리가 있긴 하군. 그렇다면 세 명 대신 두 명의 인질이 남는다."

드레파카가 덧붙였다. "그리고 당신의 시종이자 나의 구세주인 버트랜드를 당신의 동행으로 삼는다. 당신의 시간이 다하지 않도록."

버트랜드가 마침내 거침없이 목소리를 냈다. "그래요. 맹세코 나는 사람 찾는 일에 있어선 사냥개 그 자체죠. 그리고 이 사람 벌링검은 심지어 내게 몇 가지 작은 호의를 빚지고 있기도 하고요."

시카멕은 그들이 하고 있는 흥정이 무슨 내용인지 빨리 통역하라고 팔꿈치를 찌르며 호통을 쳤다. 그는 그 내용을 듣고 얼굴을 찌푸렸지만, 그 새로운 수정안에 대해 드러내놓고 이의를 제기하지는 않았다.

에브니저는 시종의 팔에 손을 얹고 드레파카에게 말을 걸었다. "이 남자는 얼마 동안 나의 시종이었소. 그리고 영국에서는 내 아버지의 시종이었지. 그는 여러 번 나를 배신하고 속였소. 악의가 있어서라기보다 자신이 좀 편해 보고자 했던 거지. 나는 그에게 아무런 악의도 없소. 하지만 그는 종종 뻔뻔해지거나 두려움에 사로잡히는 경향이 있고, 술고래가 술에 대해 그러하듯이 흔히 기회에 굴복하는 편이오. 그래서 나는 이 심부름을 섣불리 그의 손에 맡길 수가 없소."

버트랜드는 혼비백산했다. 하지만 그가 '맹세코'로 시작하는 말을 꺼내기도 전에, 에브니저는 메키보이를 가리키며 계속 말을 이었다.

"이 사람은 한때 나의 적이었소. 내가 그에게 뜻하지 않게 상처를 입히자, 그는 그것을 세 배로 불려 갚았소. 하지만 그는 그 모든 것을 그의 원칙대로 했소. 결코 치사하게 가장하거나 속이지는 않았지. 게다가 그는 용기 있고 수완도 비상한 사람이오. 우리 사이의 갈등은 다 지난 일이오. 나는 이 남자를 나와 함께 갈 사람으로 선택하겠소."

이 제안에 대해서는 시카멕도 쿼사펠라도 섣불리 판단하지 못했다. 암묵적인 동의로써, 이 결정은 이 경우에서 이해관계가 가장 큰 드레파카에게 맡겨졌다. 그 아프리카 왕은 에브니저의 말에 깜짝 놀라 말문이 막힌 메키보이를 주의 깊게 주시하다가 고개를 끄덕여 동의했다. 죄수들은 점심 식사 때까지 감옥으로 돌아가기로 결정되었다. 그 두 명의 행운아들은 식사 후 나룻배에 태워져 림보 해협을 건너 도체스터 카운티 내륙으로 보내질 예정이었다. 남아 있는 두 사람은 한 달 동안 어떤 상해나 괴롭힘을 당하는 일 없이 지내게 될 것이고, 만약 벌링검이든 혹은 회개한 코훈코우프레츠든 이 섬에 나타나기만 한다면, 그 기간 전에 어느 때고 석방될 것이었다.

버트랜드가 에브니저에게 불평했다. "이것은 속임수이자 배반이에요. 이것이 제가 당신을 위해 그동안 고생했던 것에 대한 보답인가요? 당신은 저 거짓말쟁이 포주 메키보이를 구하기 위해 당신의 유일한 친구를 죽일 셈인가요?" 자기 연민의 눈물이 그의 눈에서 넘쳐흘렀다.

에브니저는 보초들의 호위를 받으며 왕궁 오두막에서 나와 버트랜드의 어깨에 팔을 두르며 대답했다. "아냐, 친구. 만약 그것이 책략이었다면, 나는 너를 선택했을 거야. 하지만 아냐, 맹세해. 나는 약속을 이행할 거고, 내가 맹세한 대로 우리 모두의 목숨을 되찾을 생각이야."

"근사한 맹세를 하기야 쉽겠죠. 어쨌든 당신은 살아남을 테니까요! 당신은 어떻게 벌링검과 당신이 한 번도 본 적 없는 다른 야만인을 찾을 거죠? 그리고 만약 당신이 해협 건너 저쪽 습지에서 그들을 우연히 마주친다 해도, 그들이 스스로를 이 지옥의 마귀들에게 내줄 거라고 생각하세요? 그러면서 한때 당신의 목숨을 구해 준 적이 있는 사람에게 무슨 일이 닥칠지에 대해서는 전혀 걱정도 하지 않는군요!"

에브니저는 버트랜드가 언제 자기의 목숨을 구해 주었다는 건지 도무지 기억해 낼 수가 없었다. 하지만 그는 굳이 그의 주장을 반박하려 들지 않았다. "제발 날 의심하지 마, 버트랜드. 만약 내가 허락된 시간 안에 맹세를 지키지 못한다면, 너는 내가 네 옆에서 말뚝에 묶이는 걸 보게 될 거야."

시종은 코웃음을 쳤다. "어련하시겠어요, 당신은 언제나 어리석은 행동을 하기 일쑤니까요! 하지만 우리는 저기 메키보이라는 녀석은 다시 보지 못할 거예요. 내기를 걸어도 좋아요!"

그가 누그러지지 않자, 에브니저는 더 이상 아무 말도 하지 않았다. 호위병들이 케언 선장을 말뚝에서 풀어 주는 동안 그들은 광장 중심에 멈춰 서 있었다. 피로와 배배 꼬인 근육, 그리고 의심에 의해 신경이 약해진 선장은 혼자서는 똑바로 서지도 못했다. 에브니저와 메키보이가 그를 띠메고 감옥 오두막으로 갔다. 시련이 그의 이해력을 손상시켰기 때문인지, 아니면 너무도 뜻밖의 집행유예로 인해 맥이 풀린 탓인지, 그는 메키보이가 그 소식을 알려 주었을 때도 아무런 반응을 보이지 않았다.

그리고 메키보이 본인도 약 두 시간 후 무기력한 선장과 여전히 신랄한 시종에게 작별을 고하고 에브니저와 함께 체서피크만과 넓고 물결이 거친 내포가 림보 해협에서 만나는 도싯의 최남단인 그 섬의 북쪽 습지까지 나룻배로 이동할 때까지 아무런 말도 하지 않았다. 두 사람은 오랫동안 방치된 듯한 선착장 부근에서 하선했다. 그곳에서부터는 최대한 걸어서 이동해야 했다.

아일랜드인이 침착하게 말했다. "우리는 운이 좋아. 이 길이 바로 밴디 로우와 내가 그 섬에 가기 위해 걸어 내려 왔던 길이거든. 여기서부터 케임브리지까지는 80킬로미터야. 하지만 나는 이 길을 아주 잘 알고 있네. 길을 따라가다 보면 농장과 사냥꾼들의 오두막이 보일 거야."

에브니저가 말했다. "하느님 감사합니다. 시간을 허비할 수 없네. 헨리 벌링검은 케임브리지보다는 세인트메리즈에 있을 공산이 커. 어쩌면 가는 도중에 코훈코우프레츠를 찾을 수 있을지도 몰라. 우리가 충분히 탐문을 한다면 말이야."

그들은 각자 생각에 잠긴 채 침묵 속에서 진흙길을 따라 얼마간 걸어 올라갔다. 오후가 되자 12월 하순의 날씨치고는 따뜻해졌다. 사방에는 염소(鹽沼)와 광활한 바다가 수평선까지 평평하게 펼쳐져 있었다. 갈색 풀과 부들 들이 습한 서풍에 살랑살랑 소리를 냈다. 흰눈썹뜸부기와 피리새들이 개펄을 따라 먹이를 쪼아 먹었고, 물수리와 독수리들은 소금에 전 소나무의 은색 가지 위 둥지로부터 치솟아 올라 공중에서 맴돌고 있었다.

에브니저는 자신의 동행이 어쩐지 괴로워하고 있음을 눈치챘다. 그리고 메키보이의 문제가 신세를 진 데 대해 적당히 감사의 표현을 하는 일과 관련이 있으리라 짐작하고는 다소 흡족한 기분이 없지 않았다. 에브니저 자신의 기분 또한 차분함과는 거리가 멀었다. 일단 일을 떠맡고 보니 자신의 계획이 너무도 무모했다는 생각이 들었다. 식량도 돈도 이동 수단도 없이, 게다가 목표물의 행방에 대한 대략적인 개념만을 가지고, 도대체 그들의 탐색이 성공할 거라 꿈이나 꿀 수 있겠는가? 더군다나 이제 목전의 위험에서 벗어나고 보니, 재산을 잃어버린 일이며, 조안 토스트를 버린 일, 아버지의 분노, 누이의 안전 등 이전 문제들과 근심거리들이 되살아났다. 절망이 갈색 습지처럼 그의 주변을 감싸더니 상상력의 먼 지평선까지 그대로 기세 좋게 퍼져 나갔다.

메키보이가 길에서 나무 막대기 하나를 발견해 주워 들더니, 그것을 가지고 옆에 서 있는 부들을 못살게 굴었다.

그가 욕을 내뱉었다. "이런 제기랄! 아무튼 난 남자로서의 체면은 다 구겼어!"

"응?" 에브니저가 놀라서 건너다보았다. "무슨 말이야?"

메키보이가 얼굴을 찌푸리며 신랄한 목소리로 내뱉었다. "말하자면 자네는 내 목숨을 구했고, 그걸로 나는 영원히 자네에게 빚을 지게 된 셈이잖아! 더 나쁜 것은 자네는 나를 증오할 이유를 아주 많이 갖고 있다는 거지. 그런데도 오히려 내 목숨을 구했어!" 그는 에브니저의 눈을 똑바로 보지 못했다. "정말이지, 남자로서 어떻게 그런 빚을 지고 살 수 있느냔 말이야. 만약 그 야만인들이 나를 거세했다면, 적어도 나는 영웅처럼 고함을 쳤을 것이고 곧 죽었겠지. 방법은 다르지만 자네 역시 나를 거세한 셈이야. 하지만 나는 그에 대해 자네에게 머리를 조아리고, 자네를 찬양해야 해. 그날이 언제건, 죽을 때까지 불깐 수소의 삶을 살아야 한다고!"

시인이 얼굴을 붉히며 항의했다. "하지만 그건 말도 안 돼! 그저 편의상 그런 거였어. 호의가 아니었다고."

메키보이가 고개를 저으며 대꾸했다. "그렇게 말할 필요 없네. 머리를 조아리게 만드는 것은 자네가 아니라 내 양심이니까. 그리고 내가 빚을 지고 있는 게 아니라고 자네가 주장할수록, 나는 양심의 명령이라는 진창에 더욱 깊이 빠지게 돼. 내 양심은 반드시 자네를 사랑해야 한다고 말하지. 그리고 그 목소리는 나로 하여금 자네를 경멸하게 만들어. 그리고 그것은 또 지독한 배은망덕이라며 나 스스로를 더욱 더 혐오하게 만들지."

"아, 제발, 스스로를 그렇게 괴롭히지 말게! 그런 생각들은 집어치워!"

메키보이가 투덜거렸다. "자, 나는 다시 손바닥 너비만큼 진창에 더 빠졌어! 만약 자네가 지나치게 생색을 낸다면, 나는 자네를 미워할 수 있을 거고, 그걸로 끝일 텐데! 말하자면, 나는 깨끗이 덫에 걸려 버린, 알랑거리는 카스트라토 신세가 된 거야."

이때까지 시인은 불쾌하기보다는 무안했었다. 메키보이의 고백으로 인해 사실은 자신이, 기독교 정신에 매우 어긋나게도, 친구의 목숨을 구해 주었다는 것을 빌미로 그 친구에 대한 도덕적 우월감을 즐기고 있었다는 사실을 새삼 깨달았기 때문이다. 하지만 이제 무안함은 짜증으로 대체되었다. 메키보이에 대해서만큼이나 자기 자신에 대해서도 그랬다. 그 역시 긴 막대기 하나를 집어들고는 길가에 서 있던 부들 한 쌍을 낮게 때려눕혔다.

그가 차갑게 말했다. "헨리 벌링검이 언젠가 내게 말했지. 윤리철학에서 학자들은 동기의 윤리성과 행위의 윤리성에 대해 말한다고. 그게 무슨 뜻이냐면, 사람은 나쁜 동기를 가지고 좋은 행위를 할 수도 있고, 좋은 의도를 가지고 나쁜 행위를 할 수도 있다는 거야." 그는 부들 한 줄기를 또 한 번 때려

눕히고, 네 번을 닥치는 대로 뺐다. "단순한 사람들은 행위만 중요하게 생각하고 동기는 간과해 버리는 버릇이 있지. 반면 행위는 도외시하는 대신 행위자의 영혼을 폭로하는 것은 박식한 사람들의 습관이라네. 비뚤어진 비관주의자와 진짜 신사의 차이점은 바로 여기에 있다고 벌링검은 말했어. 비뚤어진 비관주의자는 좋은 행위는 동기의 윤리성에 의해 판단하고, 나쁜 행위는 행위의 윤리성에 의해 판단하여, 두 경우 모두를 비난하지. 그러나 신사들은 그 반대야. 그래서 언제나 자신의 변덕스러운 친구들을 용서해 줄 근거를 가지고 있지."

메키보이가 입을 뗐다. "그건 분명 아주 심오한 이야기 같군. 하지만 그것이 이것과 무슨 관계가⋯⋯."

에브니저가 말을 잘랐다. "내 말을 마저 듣게. 내 생각에 이것의 요점은 나는 자네가 빠져 몸부림치고 있는 이 어리석은 진창에서 두 가지 길을 본다는 거야. 첫째는, 내가 말하고 행동한 건 무엇이든 동기의 윤리성이라는 견지에서 평가하는 거야. 그러면 자네는 고마움보다는 경멸을 위한 근거를 더욱 많이 찾을 수 있겠지. 내가 버트랜드 대신 자네를 선택한 것은 순전히 복수를 위해서야. 말하자면 자네를 양심의 불 속에서 활활 타게 만들고, 버트랜드가 지난날 내게 저지른 잘못에 대해 앙갚음을 하기 위해서지. 게다가 나는 자네가 내게 지나치게 고마워하지 않기를 바라네. 그로 인해 자네가 내게 더욱 고마워하도록 만들기 위한 목적에서 말일세."

메키보이가 한숨을 쉬었다. "자네는 내가 이미 그 지푸라기를 붙잡지 않았을 거라고 생각하나?"

"아하, 그런데도 소용이 없었다는 거지? 자네는 여전히 은혜로 인해 거세되었다는 거지?" 획 하고 막대기가 다시 지나가자 또 다른 부들이 줄기에서 꺾여 대롱거렸다. "그렇다면 여기 다른 길이 있네, 친구. 이 동기의 윤리성을 자네 스스로에게 들이대 보게. 그러면 알게 될 거야. 이 거짓된 궁지 뒤에 비겁함이 놓여 있다는 것을."

아일랜드인이 눈을 번쩍이며 처음으로 올려다보았다. "도대체 무슨 헛소리야?"

에브니저가 단호한 어조로 반복했다. "그래, 비겁함. 어째서 자네는 내가 시카멕에게 한 맹세를 지키는 걸 도우려는 노력은 하지 않는 건가? 누가 누구에게 빛을 지고 있다는 식의 궤변은 잊어버리고 자네 목숨을 내 목숨과 함께 저당 잡히게! 만약 우리의 탐색이 어떤 결실도 얻지 못한다면, 지금부터 한 달 후 나와 함께 이곳으로 와서, 시카멕의 자비에 자신을 맡기겠다고 다짐하란 말이야! 어떻게 생각하나, 응? 정신적으로 거세되었네 어쩌네 하며 이런 실체도 없는 음부를 신경 쓰려 하지 말고, 자네의 살과 피로 된 성기를 내걸게. 내가 그런 것처럼 말이지. 그러면 우리는 영원토록 자유로워지는 거야!" 그는 웃었고 들고 있던 막대기로 의기양양하게 닥치는 대로 벴다. "이 길을 어떻게 생각하나, 메키보이? 정말이지 이것은 훌륭한 길이고, 실제적인 길이며, 진짜 넓디넓은 대로라네. 한쪽 끝에는 자네의 '거짓된 정직성의 수렁'(그것을 '진실의 지도' 위에 있는 이름으로 부른다면 말일세.)이 놓여 있고, 다른 쪽 끝에는 전설 속의 도시가 서 있어. 그곳에는 책임감이 자신의 황금 성을 세우고 있지……." 그는 말을 더듬었다. 잠시 동안 그의 목소리에서는 위와 같은 비유를 만들어 냈던 아이러니가 사라졌다. 하지만 그는 재빨리 회복했다. "자, 이제, 그 방향으로 천천히 걸어가라고. 그런데도 만약 자네가 여전히 스스로를 거세한 짐승이라고 여긴다면, 가곡이나 한 곡 부르고[20] 나가떨어지든지!"

메키보이는 아무 대답도 하지 않았다. 하지만 시인의 힐책을 아프게 느낀 것은 분명해 보였다. 그의 얼굴에서 분노가 사라졌다. 그리고 그는 막대기를 자신의 보행을 돕는 소박한 용도로 사용하기 시작했다. 흥분하여 한바탕 말을 쏟아 놓고 나자, 에브니저는 체온이 오르고 맥박과 호흡이 가빠지는 것을 느꼈다. 그의 발걸음은 용수철이 튀듯 허둥거렸고 흥분으로 인해 시야가 좁아졌으며 머릿속은 윙윙거렸다. 그는 외투 단추를 풀고 땀을 말렸고, 막대기를 한 번 휘둘러 모여 있던 부들을 뽑았다.

약한 겨울 빛이 스러져 가자 그들은 묵을 곳을 찾기 시작했다. 그러나 그런 황량한 시골에서 여인숙을 기대하는 것은 헛된 일이었다. 그들은 멀리 길 위쪽에 있는 헛간으로 주의를 돌렸고, 어두워지기 전에 그보다 더 나은 숙소를 찾는다는 것은 거의 불가능할 거라는 데 의견을 모았다. 에브니저의 입장은 그들이 그 헛간에서 자기 전에 소유주의 허가를 요청해야 한

---

20) 에브니저는 앞서 메키보이가 스스로를 거세 가수인 카스트라토에 비유했던 것을 비꼬고 있다.

다는 것이었다. 혹시 그의 집에 자신들과 같은 사람들을 위한 방이 있을지도 모른다는 이유에서였다. 그러나 메키보이는 그들이 집주인의 동의를 요청했다가 오히려 헛간에서도 쫓겨날지 모른다는 근거를 들어 건초더미 안으로 소리 없이 몰래 들어가야 한다고 강경하게 주장했다. 이러한 전략들의 상대적인 장점들에 대한 논쟁은 마침 그들 뒤로 접근한 마차로 인해 중단되었다. 그 마차는 그들이 오후 들어 처음 마주친 교통수단이었다.

"워워, 아프로디테, 워워! 이리로 올라와요, 젊은이들. 올라와서 다리 좀 쉬지 그래요!"

멀리서 볼 때 마차 주인은 남자처럼 보였다. 하지만 이제 그들은 그것이 모피 사냥꾼의 모자와 사슴 가죽 외투를 입은 땅딸막하고 거친 피부의 여자라는 걸 알아보았다. 불빛은 희미했다. 하지만 에브니저가 그녀를 알아보는 데 있어 어둠은 결코 방해가 되지 않았다.

"세상에, 이런 우연이 다 있다니!" 그는 믿을 수 없다는 듯이 웃었고, 자신의 짐작을 확인하기 위해 가까이 다가갔다. "지금 내 앞에 있는 사람이 메리 멍고모리 맞나요?"

메리가 명랑하게 대답했다. "바로 그래요. 자, 올라와요, 그리고 행선지가 어딘지 내게 말해 줘요."

그들은 다리를 쉴 수 있다는 게 너무 기뻐서 마차 좌석 위로 기꺼이 올라탔다. 그리고 메키보이가 행선지와 목적을 알려 주었다.

메리가 고개를 저으며 말했다. "글쎄, 젊은이들, 당신들이 어디서 자든지 그건 당신들의 문제지만, 조심해요. 저쪽 헛간 주인은 잔인하고 괴팍한 녀석이거든. 원한다면 뒤에 있는 마차 안에서 자도 돼요. 덮을 것은 얼마든지 있으니까. 그리고 우리가 처치크릭에 도착할 때까지는 아무도 그것을 사용하지 않을 거예요. 이랴, 아프로디테!"

그녀는 자신의 하얀 암말에 채찍질을 했다. 그리고 그들은 앞으로 나아갔다.

에브니저가 다시 외쳤다. "메리 멍고모리! 이건 진짜 기적이야! 어떻게 당신이 이런 아베르노[21] 같은 습지에 있는 거죠?"

여자가 인정했다. "이곳은 과연 도싯의 항문과 같은 곳이죠. 하지만 그럼에도 불구하고 내가 정기적으로 다니는 길이라우. 지금 내겐 여자 애들이 없거든요." 그녀가 메키보이에게 설명했다. 메키보이는 그녀를 어떻게 생각해야 할지 갈피를 잡지 못하고 있는 듯했다. "하지만 내가 듣기로 처치크릭에 몸을 팔기 딱 좋은 여자 애 하나가 있다는군요."

에브니저가 여전히 놀란 채 웃었다. "아, 저런! 당신은 내가 하루종일 만나기를 열망했던 사람이에요. 그런데 당신은 나를 잊어버렸군요! 당신에게 알려 줄 굉장한 소식이 있어요!"

메리가 말했다. "이 좁은 길에서 내 마차와 마주치길 바라는 젊은이들은 많지요." 그렇게 말하면서 그녀는 자신의 승객을 더욱 자세히 훑어보았다. "이런, 세상에! 시인 에벤 쿠크 아니에요? 내 말이 맞죠? 당신의 불쌍한 아내는 당신이 영국으

---

21) 이탈리아 나폴리 근처의 작은 호수. 지옥의 입구라고 알려져 있다.

로 달아났다고 하던데!"

메키보이는 얼굴을 찌푸렸고, 시인은 부끄러움으로 얼굴을 붉혔다. "조안을 만났나요?"

메리가 혀를 차며 대답했다. "바로 이번 주에 봤는걸요. 매독과 아편으로 거의 죽을 지경이더군요. 찢어진 마음은 말할 것도 없고 말이지요. 나는 그녀에게 내가 치료해 줄 테니 나와 함께 마차를 타고 다니자고 말했어요. 딱히 그녀를 구할 방도가 있어서라기보다, 그렇게 하면 적어도 그녀가 그 야만인들로부터 벗어날 수 있을 것 같아서요. 아, 쿠크 씨, 당신은 그여자에게 큰 잘못을 저질렀어요. 그녀가 당신에게 바란 거라곤 아주 사소한 것밖에 없었는데. 그래, 당신은 몰든으로 가나요? 남자답게 정당한 벌을 받으려고요?"

에브니저가 비참한 목소리로 말했다. "나는…… 나는, 내가 마음대로 갈 수 있게 되면 곧 갈 겁니다. 가면서 당신에게 할 말이 많아요, 메리…… 하지만 이런, 결례를 했군요! 존 메키보이, 이분은 메리 멍고모리야."

메리가 메키보이와 남자처럼 악수를 하면서 자랑스럽게 덧붙였다. "도싯의 순회 창녀죠."

에브니저가 단언했다. "그녀는 자신을 그렇게 부르지만, 맹세코 이 주에서 가장 기독교인다운 여성일세." 그런 다음 그는 메키보이를 런던에서 온 오래되고 소중한 친구라고 소개했다. 그는 비록 임박한 인디언의 봉기, 그녀의 연인이었던 찰리 마타신의 형제들, 그리고 자신이 맡은 긴급한 임무에 관해 이야기하고 싶어 이루 말할 수 없을 정도로 조바심이 났지만, 호기심과 켕기는 마음 때문에 우선은 몰든의 상황에 대해 좀 더 자세히 물어볼 수밖에 없었다.

메리는 머리를 곧추세우고 다시 혀를 찼다. "당신이 달아난 이래 많은 변화가 있었어요. 모든 형태의 이상한 일이 진행되고 있죠. 조안 토스트도, 나를 포함한 다른 어느 누구도 그 의미를 알지 못하는 것 같아요. 게다가 나는 팀 미첼이 사라지자마자 내가 데리고 있던 여자 애들을 남겨 둔 채 빌 스미스에게 작별을 고했으니까요."

"그곳에 내 아버지가 있는지 당신은 혹 아나요? 앤드루 쿠크라는 사람 말이에요. 그리고 그 통 수선공은 어떻게 되었죠?"

메리가 말했다 "자신을 앤드루 쿠크라고 부르는 사람은 있어요, 틀림없이. 그가 정말 당신 아버지인지는 조안이나, 영국에서 그를 한 번도 본 적이 없는 나나 증명할 순 없지만 말이에요. 내가 맹세하건대, 그는 어쨌든 냉혹하고 비열한 인간이에요! 빌 스미스 역시 그곳에 있어요. 그리고 여전히 그 집에 대한 소유권을 가지고 있죠. 비록 모든 유형의 소송이 준비되고 있다는 소문이 있지만 말이죠. 하지만 빌어먹을, 더 이상은 말하지 않겠어요. 많은 것이 진행 중이에요. 당신이 더 잘 알게 될 거예요." 그녀는 킬킬 웃었다. "당신이 그곳으로 걸어 들어가면 얼마나 난리가 날까!"

에브니저가 간청했다. "질문 하나만 더요. 나는 내 누이가 혹 그곳에서 아버지와 함께 있는지 알아야겠어요."

"당신에게 정말로 누이가 있다는 건가요?" 메리가 생각에 잠겨 그를 바라보았다. 그리고 어스름 속에서 암말을 재촉했다.

"그 애에 대해 뭐 아는 소식이라도 있나요? 그 애는 어디 있죠?"

메리가 대답했다. "아뇨, 난 그에 대해선 아무것도 듣지 못했어요. 사실은, 스스로를 당신의 아버지라고 부르는 이 사람이 빌 스미스의 변호사에게 말했죠. 당신, 그 신성모독의 대가 딕 소터라는 도둑놈을 기억하고 있겠죠? 그가 소터에게 당신이 쿠크포인트의 유일한 상속자라고 말하던걸요. 형제도 자매도 없다고요. 그때 어떤 친구가 당신이 쌍둥이로 태어났다는 것을 기억하자, 갑자기 말을 바꾸더니 다른 쌍둥이는 역병으로 죽었다고 맹세하던데요."

"말도 안 돼!" 에브니저는 여자에게 그녀가 본 앤드루 쿠크가 어떻게 생겼는지 말해 달라고 졸랐고, 오른팔이 곱았다는 그녀의 말에 그 사람이 자신의 아버지라는 것을 확신했다. 하지만 그 이상한 주장에 대해서는 여전히 이해할 수가 없었다.

그녀가 반복해서 말했다. "뭐가 어떻게 된 건지는 곧 충분히 알게 되겠죠." 이때쯤 그들은 애초에 의도했던 숙박지를 지나친 지 이미 오래였다. 질퍽질퍽한 땅이 다시 한번 길에서 멀지 않은 곳에 나타나기 시작했다. 몰려 있는 어둠 속에서 차가운 바람이 솟아올랐다

시인이 새삼 열기를 띠고 외쳤다. "메리, 당신에게 할 말이 참 많아요. 하지만 어디서부터 시작해야 할지 모르겠군요!"

메리가 대답했다. "그렇다면 오늘 밤 잘 생각해 보고 아침에 다시 말하지 그래요." 그녀는 채찍으로 저 멀리 불 켜진 창

문을 가리켰다. "저쪽에 우리가 머물 곳이 있어요. 내 오랜 친구가 저곳에서 살고 있죠."

"제발, 날 기다리게 하지 말아요. 만약 내가 말한 어떤 것이 당신을 괴롭게 한다면, 제발 나를 용서해 주시오. 하지만 내가 해야 할 말은 나뿐만 아니라 당신과도 관련이 있어요."

"정말인가요? 어떻게요?"

에브니저가 주저하며 입을 열었다. "글쎄…… 당신은 찰리 마타신에게 형제가 있다는 것을 알고 있었나요?"

그녀는 시름에 젖어 그를 바라보았다. "그래요, 블러스워스 섬에 있는 야만인이죠. 그에 대해 당신은 무엇을 알고 있죠?"

에브니저는 미친 듯이 웃었다. "헤야 할 말이 니무 많아요! 잠깐만요, 당신은 그에게 두 명의 형제가 있었다는 걸 알고 있었나요? 그리고 내가 당신의 찰리와 똑같이 이상한 성격의 소유자라고 말했던 헨리 벌링검, 말하자면 팀 미첼 말인데요, 아, 정말 혼란스럽군요! 말해 줘요, 메리. 당신은 언제 팀 미첼을 마지막으로 봤고, 그는 지금 어디 있죠?"

메리가 놀라움으로 가득 차서는 자기는 몇 주일, 심지어 몇 달 동안 팀 미첼을 한 번도 보지 못했다고 대답했다. 사실 소문에 의하면 그는 미첼의 아들이 아니라 모종의 사기꾼이자, 미첼 선장이 몸담고 있는 강력한 미확인 조직에 적대적인 어떤 강력하고 역시 확인 불능인 조직의 요원이라는 것이었다. 팀의 갑작스러운 실종은 미첼 선장과 윌리엄 스미스, 그리고 그 조직의 다른 요원들 사이에 대단한 충격과 의심을 불러일으켰다. 하지만 메리의 고백에 의하면 그녀 자신에게는 그것이 뜻밖의 행운이었다. 왜냐하면 그는 몰든에서 그녀가 데리고 있던 여자들에게 고약한 일을 배분하는 일종의 십장 노릇을 했었기 때문이었다.

에브니저가 끼어들었다. "그렇다면 당신은 그가 지금 어디있는지 모르겠군요? 나는 그를 두 주 안에 반드시 찾아야만해요. 그렇지 않으면 나와 세 명의 일행들은 죽게 되죠. 아니, 때가 되면 설명해 줄게요. 당신이 팀 미첼이라고 불렀던 남자가 사실은 아하치후프족 타약 시카멕의 아들이자 찰리 마타신과 코훈코우프레스의 동생인 헨리 벌링검 3세라는 것을 메리 당신은 알고 있나요? 우리는 그 코훈코우프레스 역시 반드시 찾아야 하고, 그렇지 않으면 죽게 돼요! 우리가 그에 대해 알고 있는 정보라곤, 마타신이 앞서 그랬던 것처럼 자기 아버지에 의해 모종의 임무를 수행하기 위해 파견되었고, 역시 마타신처럼 어떤 영국인 칼립소[22]에 의해 붙들렸다는 거예요." 그는 메리에게 자신이 그녀의 비밀 이야기를 메키보이에게 털어놓지 않았다는 의미로 미소를 지었다. "추측컨대, 이것은 며칠 전 혹은 몇 주 전에 일어난 일이에요. 그리고 그 이후 타약은 그를 다시 보지 못했죠. 당신은 진짜 영국인으로 변신한 혼혈 야만인에 관해 카운티에서 돌고 있는 소문을 들은 적이 있나요."

"세상에!" 메리가 머리를 뒤로 젖히고 눈을 감았다. "그가

---

22) 그리스 신화에 나오는 님프. 강풍을 만나 섬으로 표류해 온 오디세우스에게 반해 고향으로 돌아가고 싶어하는 그를 칠 년 동안이나 놓아주지 않았다.

영국인 행세를 하고 있다고 말했나요, 쿠크 씨?"

"시카멕에게 들은 바로는 그래요. 그 남자는 영국인 이름과, 영국인 아내를 얻었고, 영국식 집에서 살고 있다더군요."

"그의 영국 이름이 뭐라고요?" 메리의 목소리는 잠겨 있었고, 얼굴은 하얗게 질려 있었다.

"나도 몰라요. 코훈코우프레츠라고 들었어요. 그것은 거위의 부리를 의미한다더군요. 어디 아파요, 메리? 혹 그를 본 적이 있는 건가요?"

메리는 아프로디테를 불 켜진 오두막의 좁은 길 안쪽으로 엄하게 몰았다. 그내 오두막의 주인이 그들을 맞기 위해 등불을 들고 밖으로 나왔다.

"아뇨, 쿠크 씨, 나는 그를 본 적이 없어요. 하지만 나는 럼블리라는 이름의 혼혈인에 대해 사람들이 말하는 걸 들은 적은 있다우. 빌리 럼블리……."

"그랬어요? 세상에, 존, 이 성자 같은 여인이 나를 다시 한번 구해 주는군!" 그는 그녀의 포동포동한 팔을 꼭 쥐었다. 하지만 그녀는 평소의 호방한 웃음 대신 괴로운 신음 소리를 내며 그의 친밀한 접촉에 몸을 움찔했다.

그가 다그쳤다. "도대체 무슨 문제가 있는 거죠, 메리?" 이미 그 밤에 그들을 재워 줄 집주인은 범포로 덮인 그 마차를 알아보았고, 길 아래에서 인사를 건넸다.

여자가 중얼거렸다. "지금은 말할 시간이 없어요. 내일 아침 처치크릭으로 가면서 자세히 이야기해 줄게요. 빌리 럼블리가 산다고 말해지는 곳이죠. 어차피 나는 저쪽 길 위에서 당신을 만나기 전에도 그의 집에 갈 예정이었어요."

"그곳에 가는 길이었다고요?" 에브니저의 웃음소리가 습지에 울려 퍼졌다. "들었나, 존? 이분은 천사야, 맹세해! 코훈코우프레즈 왕자에 대해 들었을 뿐만 아니라, 그를 방문할 작정이라잖아!"

메리가 천천히 고개를 저으며 말했다. "이봐요, 이봐요, 쿡 씨, 기다려요." 그들이 탄 마차가 집주인의 랜턴 가까이 다가가자, 에브니저는 그녀의 얼굴에 떠오른 충격과 두려움의 표정을 읽을 수 있었다. 무엇이 그녀를 이토록 놀라게 했는지 짐작도 할 수 없었지만, 심장이 차가워지는 느낌이었다.

"당신은 내가 누구인지, 그리고 내가 처치크릭에서 무슨 용건을 가지고 가던 길이었는지 잊었나요? 나는 도싯의 순회 매춘부예요, 쿡 씨. 내가 최근에 소문을 들은 그 매춘부, 나와 합류하기를 바라는 그 매춘부 말인데요, 워워, 아프로디테! 워워, 얘야! 막연한 생각, 단지 막연한 생각일 뿐이에요, 명심하세요. 이 매춘부가 바로 당신의 누이일지도 몰라요."

10 도싯의 순회 매춘부, 빌리 럼블리가 영국인이 된 사연에 관한 소문을 전하다

에브니저가 안나의 행방과 상황에 대해 좀 더 자세히 알려달라고 아무리 애원하고 구스르고 위협을 해도, 메리 멍고모리는 더 이상 입을 열지 않았다. 그녀는 시인의 애절한 간청을 무시하고, 집주인에게 인사를 건넸다. 그는 반백이 된 모피 사냥꾼으로 수사슴 가죽 옷차림에 입가에는 가벼운 미소를 띠고 있었다.

노인이 랜턴을 들어 올렸다. 랜턴 불빛에 상대방을 확인하고는 함성을 지르며 개구리처럼 펄쩍펄쩍 뛰는 것으로 보아, 그는 멍고모리를 만난 것이 분명 대단히 기쁜 듯했다.

"메리 멍고모리! 아무리 봐도 이건 분명 메리야!"

메리가 툴툴거리며 대꾸했다. "이 늦은 밤 도싯 습지에서 트로이의 헬레나라도 본 거예요?" 그녀는 반쯤 귀가 먹은 사람에게라도 말하듯 몹시 큰 목소리로 이야기했다. 애정이 담뿍 담긴 그녀의 목소리는 반쯤 잠겨 있었다. 그 비유를 이해했는지 못했는지, 노인은 그저 고마운 듯 거칠게 콧김을 내뿜으며 깡충깡충 뛰었다. 그는 마차의 한쪽 옆으로 펄쩍 뛰어 올라타더니, 메리가 아프로디테를 그의 오두막으로 끌고 가는 동안 마차 안쪽을 들여다보았다.

그녀가 소리쳤다. "눈 크게 떠 봤자 소용없어요, 이 늙은 호색가 양반. 내가 처치크릭에 도착할 때까지 마차 안은 비어 있을 테니까." 그녀는 재빨리 화제를 바꿨다. "여기 있는 이 사람들은 내 친구들이에요, 하비. 재수 없는 일을 당한 사람들이죠. 당신이 우리 셋을 위해 숙식을 제공해 주면, 다음번 순회 때 보상해 줄게요."

하비가 외쳤다. "이게 무슨 말도 안 되는 소리야? 당신이 우리 집을 들르지 않으면 내가 당신을 찾지 않을 거 같아? 나는 사흘 전에 달을 쳐다보며 생각했어. 아, 메리의 마차가 지나갈 때구나, 하고 말이야." 그는 마차가 자신의 오두막 앞에서 멈추자, 곧장 마차에서 뛰어내렸다. "자, 모두 안으로 들어와 몸 좀 녹이지. 자고와 오리 고기도 충분히 있고, 당신을 잠기게 할 수 있을 만큼의 사과술도 있어!"

메키보이가 큰 소리로 말했다. "고맙습니다!" 에브니저는 마음이 너무 산란해서 그 남자의 후한 마음 씀씀이에도 고개를 끄덕이는 것 이상의 인사를 할 수가 없었다. 집주인이 먼저 달려가 오두막의 문을 열었을 때, 시인은 메리에게 자신을 고문하는 상상력으로부터 해방시켜 달라고 마지막으로 간절히 애원했다.

하지만 그녀는 그런 그를 무시하며 말했다. "도싯에서 하비 러셀보다 더 자비로운 인물은 없죠. 사실 그는 다른 사람들에게 친절할 이유를 전혀 가지고 있지 않은 사람이에요. 그는 처치크릭에 사는 해리 러셀 경의 동생이거든요."

그녀의 어조로 보아 이 마지막 말은 무언가를 드러내기 위한 의도임이 분명했다. 그러나 일행이 그 조잡한 통나무 오두막으로 들어갈 때 하품을 하며 좌절로 벌벌 떨고 있던 에브니저에게 그것은 아무 의미도 없는 말일 뿐이었다.

하비가 말했다. "나는 자고 한 쌍을 꼬치에 꿰어 불 위에 얹어 놓겠소. 당신들은 그동안 사과술을 한 순배 돌릴 수 있을 거요, 메리. 그런데 늙은 하비에겐 신사분들에게 제공할 컵이 없어요." 그는 새색시처럼 분주하게 집 안을 오락가락했다. 곧 두 마리의 새가 벽난로의 소나무 장작 위에서 구워지기 시작했다. 오두막 안에는 의자가 하나밖에 없었다. 하지만 무척 따뜻하고 편안해 보이는 검은 곰 가죽 두 장이 나무바닥에 깔려 있었다.

메리가 계속해서 말을 이었다. "만약 제분업자 해리 러섹을 모른다면, 당신은 복받은 사람이에요." 그녀는 에브니저를 향해 말했지만, 시인은 그녀가 하는 이야기가 전혀 귀에 들어오지 않는 듯 어색하게 시선을 돌렸다. 그러자 그녀는 콧구멍을 넓히면서 대신 메키보이를 바라보았다. "이 해리 러섹이라는 사람은 당신이 혹 운이 나빠 마주치게 될 사람들 가운데 가장 거짓말을 잘하고, 가장 사기 잘 치고, 가상 살냐 적하는 깡패일 거예요. 자신이 귀족인 줄로 착각하고, 정량 미달의 밀가루와 식량을 배급하는 내내 이웃들을 다그쳐 자신을 소박소박 '해리 경'이라고 부르게 하죠. 하지만 사실 그는 여기 있는 그의 형제 하비와 마찬가지로 귀족 출신이 아니에요. 하비는 평범한 하녀의 아들이고, 그것을 부끄러워하지 않죠. 그 제분업자의 아내인 러섹 부인은 귀족 출신의 고아인데, 남편과는 정반대로 훌륭한 여인이죠. 그녀의 아버지가 바로 그 제분업자의 아버지가 모셨던 신사였으니, 세상 참 쏠쏠하죠. 하지만 그녀의 팔자가 기구했던지 그들의 입장은 거꾸로 뒤집히고 말았죠. 그녀는 배곯는 고아가 되었고, 해리는 성공한 제분업자가되었어요. 그리고 그는 자신의 허영심을 만족시키기 위해 그녀와 결혼했고요."

"설마!" 메키보이가 예의상 놀라는 척하며 고개를 저었다. 그리고 거북한 시선으로 에브니저와 집주인을 한 번씩 돌아보았다. 주인은 이야기를 듣는 듯 마는 듯 꾸물거리며 일을 하고 있었다.

메리가 그를 안심시켰다. "그는 내 말을 듣지 못해요, 걱정하지 말아요. 내가 듣기로, 이 불쌍한 양반은 양쪽 고막에 금이 갈 때까지 따귀를 얻어맞았거든요. 누가 그의 뺨을 때렸는지는 쉽게 짐작할 수 있겠죠?"

메키보이가 물었다. "그 제분업자 말입니까?"

메리는 입술을 꼭 다물며 고개를 끄덕였다. "이 두 형제는 앞에 말했던 그 부인과 함께 자랐어요. 그리고 그들은 모두 처음부터 그녀에게 빠졌다고 이야기하더군요. 하지만 하비는 너무도 수줍음 많고 계급적 처지를 존중하는 사람이라, 그녀의 꿈을 꾸며 몽정을 하는 일 외엔 아무것도 할 수가 없었죠. 심지어 그녀가 구걸을 하고 있을 때조차도요. 반면 해리의 정욕은 달빛처럼 노골적이었어요. 하비가 여기 늪지에서 살기 시작한 것은 해리가 그녀와 결혼했을 때부터죠. 그리고 몇 년 후, 그녀를 학대하고 젠체한다는 이유로 하비가 해리를 비난하자, 그 깡패는 그의 뺨을 때렸고, 그를 거의 옥수수 가루처럼 갈아 버릴 뻔했답니다."

아일랜드인이 혀를 찼다.

메리는 끈덕지게 이야기를 계속했다 "어떻게 그녀가 고아가 되었는지도 소설 그 자체예요. 그녀는, 그러니까 록시 러섹은 기백 있는 여자죠. 그녀가 그 커다란 촌뜨기의 고갯짓과 부르는 소리에 아양을 떨 거라고 생각하지 마세요! 그녀가 획책했던 한두 가지 일을 당신에게 이야기해 줄 수도 있을 거예요……."

에브니저가 귀를 막으며 외쳤다. "이제 그만!" 그 소리에 청력에 문제가 있는 사냥꾼조차도 뒤를 돌아보았다. 에브니저가 그에게 고함쳤다. "나는 진심으로 당신의 친절을 고맙게 생각합니다! 그리고 그에 대해 무례하거나 배은망덕하게 굴 생각도 없습니다! 그러나 여기 있는 멍고모리 양이 오래전에 잃은 내 누이에 대한 소식을 알면서도 그것을 계속 숨긴다면, 나는 걱정과 조바심으로 숨이 넘어갈 겁니다."

하비가 묻는 듯한 시선으로 메리를 보았다. "무엇이 이 사람을 괴롭히는 거지?"

메리가 날카롭게 대꾸했다. "이야기를 듣고 싶어 안달 난 건 저 사람 혼자만이 아니에요. 그는 나와 크게 관계가 있는 이야기를 알고 있어요. 하지만 길고 미로 같은 이야기죠. 그리고 이곳은 그것들을 장황하게 풀어 놓을 만한 장소가 아니고요. 그는 우리가 다시 길을 나설 때까지 기다려야 해요."

하지만 사냥꾼은 에브니저를 거들었다.

"잘 풀어진 이야기처럼 나를 즐겁게 하는 건 없어. 그것이 슬프건, 즐겁건, 천박하건, 깊건 말이야! 설사 그 주제가 사적인 것이거나 불쾌한 것이라 해도, 알게 뭐야? 천국으로 가는 길은 엉겅퀴로 둘러싸여 있어. 그리고 내 생각엔 쇠똥도 여기저기 널려 있을 거야. 길이로 말하자면, 쳇, 쳇!" 그는 뿔처럼 단단한 손가락을 들어 올렸다. "나쁜 이야기는 비록 그것을 이야기하는 데 눈 깜짝할 시간만 필요하다 해도 길게 느껴지는 법이고, 좋은 이야기는 그것을 끝내는 데 성 스위딘 축일에서 미카엘 축일까지 걸린다 해도 짧게 느껴지는 법이지. 하! 줄 거리가 복잡하다고? 설마 인생의 실타래보다 더 매듭이 많고 혼란스럽겠어? 좋은 이야기는 아무리 복잡하게 엉켜 있어도, 잘 풀어지는 법이야. 그러니 지금 당장 이야기를 다 털어놓으라고. 그리고 선생, 당신도. 두 사람 다 아직 시작도 하지 않은 걸 부끄러워하시오! 자, 이야기를 잣고 엮어 보시오. 시리우스가 수평선 너머로 질 때까지 말이오. 잘 짜여진 이야기는 신들의 한담과 같아서, 삶의 본질과 요점을 꿰뚫는다오. 그것은 세상의 피륙이자 씨줄과 날실이오. 제기랄, 나는 정말로 이야기를 좋아한다오, 여러분!"

심지어 메리조차도 자신의 오랜 친구의 달변에 깊은 인상을 받은 듯했다. 그가 말을 마무리 지은 후에도 그녀의 찌푸린 얼굴은 더욱 어두워졌지만, 그것은 계속 고집을 부리겠다는 의미가 아니라 내키진 않지만 양보하겠다는 의미로 보였다. 결국 그녀는 자고 고기가 다 요리된 후에 이야기를 시작하겠다고 약속했다.

그녀가 하비에게 큰 소리로 말했다. "사실 당신이야말로 우리들 가운데서 가장 할 말이 많을 텐데요. 우리가 관심 있어하는 이야기는 그 혼혈인 럼블리에 관해서예요. 친구분과 모종의 비밀스러운 용건을 지니고 온 여기 쿠크 씨가 운을 뗄거예요. 그런 다음 우리가 각자 덧붙일 수 있는 걸 덧붙이면 되죠. 하지만 저 새가 다 요리되기 전까진 안 돼요."

빌리 럼블리라는 이름을 듣자 하비 러섹의 얼굴이 환해졌다. 그리고 에브니저의 성(姓)이 언급되자 새삼 그를 훑어보더니 물었다. "그러니까 당신이 바로 자신의 재산을 날려 버린 그 시인 어쩌고 하는 사람이오?"

자신의 신분이 밝혀졌지만 에브니저는 당황하지 않고 대답했다. "바로 그렇습니다. 당신들은 모두 원한다면 저녁 식사를 기다릴 수도 있어요. 하지만 나는 지금 바로 이야기를 시작할 겁니다. 누구든 원하는 사람은 들어요. 우선 나 자신의 목숨뿐 아니라 이 주에서 흰색 피부를 가진 모든 사람들의 목숨이, 어째서 이 달 안에 코훈코우프레츠라 불리는 한 야만인을 찾아내 그가 인간적인 호소에 귀를 기울이도록 설득하는 데 달려 있는지를 알려 드리죠." 그는 그의 일행이 블러즈워스서에서 잡히던 대목에서부터 이야기를 시작했다. 이어서 도망자 흑인들과 불만을 품은 메릴랜드 인디언들의 거대한 음모, 자신과 드레파카 및 쿼사펠라와의 관계, 그리고 그 삼두정치에서 타약 시카멕이 차지하는 특수한 지위 등에 관해 언급했으며, 또한 시카멕이 영국인들에게 품은 원한의 역사와 그의 세 아들들의 아이러니한 운명, 그리고 그 결과 음모를 꾸미는 데 있어 불안정해진 그의 현재 입지 등에 대해서도 복잡한 주제가 허락하는 한 짧게 설명했다. 메리 멍고모리와 하비 러섹은 그의 이야기에 놀라 생각에 잠긴 듯 고개를 숙였다. 메키보이가 이미 그와 관련해 그들보다 더 많은 정보를 가지고 있지 않았다면, 그래서 가끔씩 다른 곳에도 주의를 돌리지 않았다면, 그 두 마리의 자고는 꼬챙이 위에 방치된 채 타 버렸을 것이다.

하비 러섹이 믿을 수 없다는 듯이 물었다. "세상에, 내가 제대로 들은 거요? 그러니까 말인즉슨, 코훈코우프레츠나 다른 녀석을 한 달 안에 블러즈워스섬에 넘겨야 하고, 그렇지 않으면 그 야만인들이 두 명의 인질을 태워 죽일 거라는 거요?"

에브니저가 강조했다. "그들은 우리들 가운데 세 명을 태워 죽일 거요. 그들이 블러즈워스섬에 있는 것은 다 내 잘못이니까요."

이야기를 듣던 두 명이 묻는 듯한 시선으로 메키보이를 흘끗 보았다. 메키보이는 음식 쪽으로 시선을 떨어뜨리고 말했다. 분명 그 덫 사냥꾼이 알아듣기에는 너무 낮은 목소리였다. "나는 내 목숨을 쿠크 씨에게 빚졌소. 그것은 분명 사실이오. 그러나 내가 그 빚에서 손을 떼지 않을 만큼의 용기를 가지고 있는지는 신만이 아시겠지."

에브니저가 결론을 내렸다. "사실 전쟁이 시작되면 우리들은 모두 곧 머리 가죽을 잃게 될 겁니다. 그리고 그 전쟁이 한 달이라는 기한이 만기되었을 때 시작될 거라 생각할 만한 근거가 있어요. 그들은 내가 그들의 음모에 관한 소식을 퍼뜨릴지 여부에 대해서는 꽤 무관심해 보였죠. 마치 우리의 전력은 자기들의 상대가 되지 않는다고 느끼는 것 같았어요."

집주인이 단언했다. "그 점에 대해서는 그들의 판단이 옳소. 코플리와 니콜슨은 모두 뉴욕의 도움 요청을 거부했소. 심지어 스케넥터디 사람들이 살해당했을 때도 그랬지. 그리고 버지니아의 앤드로스와 퀘이커 교도인 윌리엄 펜으로부터 도움을 바라는 것은 어리석은 일이오. 그들은 오히려 얼씨구나 하며 우리가 그 야만인들과 인디언들에게 학살당하는 꼴을 신나게 지켜볼 테니까. 자기들이 바로 다음 차례일 수도 있는데 말이오." 그가 고개를 저었다. "가장 나쁜 것은, 공정한 사람이라면 비록 사정이 그렇다 해도 그 가련한 사람들을 미워할 수 없다는 거요. 한 불쌍한 인간이 자신의 정당한 자리에서 쫓겨나, 내몰리고 또 내몰렸을 때(말의 다리를 묶는 밧줄에 묶여 짐마차나 끄는 말처럼 경매대 위에서 팔리는 건 말할 것도 없고) 정말이지, 그 사람이 자신을 괴롭히는 사람들에 대항하여 싸우는 것은 오히려 자연스러운 일일 거요. 만약 그에게 한 자락의 용기라도 남아 있다면 말이오. 내 머리 가죽을 잃고 싶은 마음은 진혀 없지만 나는 그 문제에 관한 한 반쯤은 인디언들의 편이라오."

메리기 동의했다. "나도 그래요."

에브니저가 말했다. "그리고 나도요. 그들의 대의가 정의롭기 때문이라기보다 우리 모두의 내면에 상당한 야만성이 자리 잡고 있기 때문이죠. 하지만 당신이 말한 대로, 머리 가죽을 잃어버리는 것보다는 지키는 게 나아요. 내가 시카멕의 아들들을 반드시 찾아야 하는 것도 바로 그 때문이고요. 내가 아는 벌링검은 사람을 설득하는 능력에 있어서는 사이렌[23] 그 자체이고, 또한 이 코훈코우프레츠가 만약 정말로 영국적 주의를 선택했다면…… 가능하면 나는 그의 새로운 충성심에 호소해 볼 계획입니다. 이를테면 그가 그 피비린내 나는 지역의 왕자 지위를 다시 맡게 하는 거죠. 그곳에서 최선을 다해 퀴사펠라와 드레파카에게 영향력을 행사하게 하는 겁니다. 그

***

23) 뱃사람들을 유혹하여 죽이는 아름다운 요정.

리고 어쩌면 그는 학살이 일어나기 전이 미리 손을 쓸 수 있을지도 모르죠. 이것은 결과를 예측할 수 없는 작전입니다. 하지만 비상시에는 비상수단이 필요한 법이죠. 그리고 메리나 당신들 둘이 이야기를 해 주기 전엔, 나는 이 코훈코우프레츠에 대해 아무것도 알 수 없어요. 그의 형 마타신이 그랬던 것처럼, 그 역시 어떤 영국인 여자에게 구애하기 위해 자신의 백성을 버렸다는 것 외에는요." 그가 말을 멈추고 얼굴을 붉혔다. "용서해요, 메리."

여자는 손사래를 쳐 그의 사과를 물리치고는 크게 한숨을 쉬었다. "용서할 건 아무것도 없어요, 쿠크 씨. 나는 찰리 마타신을 사랑한 것에 대해 아무런 부끄러움도 느끼지 않아요. 그리고 그의 죽음에 대해서도 후회나 분노를 느끼지는 않죠. 만약 내가 그의 형제도 그와 같다고 믿을 수 있다면…… 아니, 상관없어요! 우리는 곧 충분히 알게 되겠죠. 그리고 어쨌든……." 그녀가 말을 멈췄다. 희미한 전율이 그녀를 훑고 지나갔다. "찰리가 호메로스와 베르길리우스에서 읽어 주었던 옛 악당들이 떠오르는군요. 우리 둘은 그들에 대해 킬킬 웃곤 했죠. 이름은 잊어버렸지만 하나는 아킬레스의 아버지였고, 다른 하나는 아이네아스의 아버지였죠."

에브니저가 그들의 이름은 펠레우스와 안키세스라고 가르쳐 주었다. 그는 그 인디언의 서양 문화에 대한 해박한 지식은 물론, 상황에 맞게 적절한 사례를 인용하는 메리의 기억력에도 새삼 놀랐다. 그 묘한 관계에 대해 아무것도 아는 것이 없는 메키보이는 그저 어리둥절할 뿐이었다.

메리가 말했다. "그래요, 바로 그 사람들이에요. 그들은 모두 여신과 관계를 가졌고, 그로 인해 패가망신했죠. 그것은 그들이 한 거래에 대한 당연한 대가였어요. 하지만 사람이 한 번밖에 할 수 없는 거래도 있잖아요. 내가 무슨 말을 하고 있는지 이해가 되나요?"

어쨌든 에브니저와 사냥꾼은 이해했다. 메리의 이야기는 계속 이어졌다.

"자, 명심하세요. 이 빌리 럼블리가 마타신의 형제라는 건 아니에요. 하비와 달리 나는 한 번도 그를 본 적이 없어요. 그리고 찰리는 자신의 가족에 관해서는 거의 입을 열지 않았죠. 하지만 내가 그 사람과 그의 영국인 여자에 대해 들었던 것을 나는 속속들이 이해할 수 있어요. 그 안에는 쿠크 씨가 방금 단언했던 것과 관련된 무언가가 있어요. 즉, 우리 모두의 내부에는 한 조각 야만성이 자리 잡고 있다는 것이죠. 그것은 그 이상이기도 하죠. 그들의 검은 피부는 그것과도 어느 정도 관계가 있어요. 나는 알아요. 무엇이 그렇듯 수많은 경작자들의 여인들로 하여금 거대한 수사슴 같은 노예를 위해 마치 『천일야화』의 여왕처럼 자신들의 치마를 걷어 올리게 만드는 걸까요? 내 생각에 그것은 우리가 예의 바른 시민 노릇을 하느라 잃어버린 모든 것에 대한 참을 수 없는 갈망이에요. 우리 안의 무엇인가가 검은 것과 무법의 함정을 애타게 그리워하는 거죠."

이야기하는 내내 불 속의 소나무 장작을 바라보던 그녀는 이제 가려운 듯 코를 힘차게 비비며 어깨를 곧게 폈다. 그리고 의식적으로 코를 킁킁거렸다. "하지만 이런 건 이야기가 아니에요, 그렇죠, 하비?"

하비가 대답했다. "물론이야. 이야기꾼이 우리에게 자신의 이야기가 무엇을 의미하는지 사색하고 설명하는 것은 대단히 잘못된 거야. 어쩌면 그것은 그가 생각했던 것과는 전혀 다른 의미를 지니고 있을지도 모르니까." 하지만 에브니저와 메키보이와 마찬가지로 사냥꾼 역시 메리의 분석에 분명 깊은 인상을 받은 눈치였다.

그녀가 마음 좋게 말했다. "어쨌든 나는 그렇게 생각했어요. 록시 러섹이 내게 빌리 럼블리와 처치크릭의 처녀에 대해 말했을 때 말이에요."

에브니저가 입술을 깨물었다. 메리는 서둘러 이야기를 시작했다.

"그 여자가 처치크릭에 온 것은 두 주 전인가, 아무튼 그쯤이었어요. 혈혈단신에다 작은 손가방 외에는 들고 있는 짐도 없었죠. 그녀는 묵을 곳을 찾아 이 집 저 집을 다녔어요. 내가 듣기로 서른 살 정도의 노처녀였는데, 영국에서 처음 오는 길이라고 말했죠. 그리고 자신의 이름을 런던의 브롬리 양이라고 했다더군요."

에브니저가 외쳤다. "하느님 맙소사! 나도 알아요. 우리가 플럼트리가에 살 때 이웃에 살았죠!" 그는 갑작스러운 안도감에 큰 소리로 웃었다. "그래요, 그렇게 된 거였군요! 그녀가 나에 대해 말해서 당신이 그녀를 내 누이라고 여긴 거군요! 브롬리 양이 대체 무슨 일로 메릴랜드에 온 거죠?"

메리가 음울하게 대답했다. "내 얘기 마저 들어요. 내가 방금 말한 것처럼, 그녀는 자신의 이름을 메그 브롬리 양으로 댔어요. 하지만 사람들이 그녀에게 처치크릭에 무슨 일로 왔느냐고 물었을 때, 그녀는 마땅한 답변을 하지 못했죠. 그녀를 도망친 무임 도항자라고 여기는 사람도 있었고 어떤 경작자의 정부이겠거니 생각하는 사람도 있었죠. 임신을 하는 바람에 아버지에 의해 쫓겨나거나 시골에 유폐된 거라고 믿는 사람들도 있었어요. 아무리 봐도 임신한 것 같아 보이진 않았지만요. 어느 곳에서든 삼십 대의 처녀를 찾기란 드문 일이에요. 농장에선 특히 너 그렇죠. 시종이나 적절한 짐도 없이 혼자서 여행하는, 게다가 용건을 분명하게 밝히지도 못하는 처녀를 찾는 일은 더더군다나 드문 일이었고요. 또한 그녀는 못생겼다거나 신체적으로 하자가 있는 여자도 결코 아니었어요. 말투도 여느 귀부인들처럼 교양 있었죠. 아마 원하기만 한다면 어떤 남편이라도 선택할 수 있었을 거예요. 그녀로부터 묵을 곳이 있느냐는 질문을 받은 여자들이 자신들의 관점이 무엇이건 간에 모두 그녀를 나쁜 여자로, 말하자면 이미 매춘부거나 매춘부가 될 사람으로 여기고 그녀를 상대하지 않았던 것도 별로 놀라운 일은 아니죠. 남자들은, 마치 수퇘지가 싱싱한 젊은 암퇘지에게 그렇듯이, 군침을 흘리며 그녀를 몹시 갈망했어요. 하지만 그녀가 매춘부일 리 없다고 생각했던 사람들도, 그녀가 러섹의 여인숙에 방을 잡자 더 이상 거기에 대해 의심하지 않게 되었죠. 사실 그곳은 여인숙이 아니라 그 극악무도한 제분업자, 즉 하비의 형 소유로 되어 있는 일반 점포이자 선술집이었으니까요. 그 2층에는 초라한 작은 침상들이 들어찬 작은 칸막이 방들이 있었고, 바로 그곳에서 우리 애들이 장사를 하곤 했어요. 우리가 케임브리지와 쿠크포인트로 가기 전 이곳 근처에 있을 때요.

그녀는 대단히 거만한 태도로 사람들과 거리를 두었어요. 하지만 그들은 그녀가 더 높은 가격을 받기 위해 버티는 거라 짐작했죠. 마침내 사람들은 그녀에게 고용주의 이름을 대라고 요구했고, 그러자 그녀는 외투에서 작은 권총을 꺼내더니 누구든 자기에게 손을 대기만 하면 목숨을 취하겠다고 대답했어요. 그리고 윌리엄왕이 와도 자신을 범할 수 없을 거라는 말도 덧붙였죠. 그 말과 함께 그녀는 지붕 밑 방으로 올라갔어요. 그리고 그 방의 어떤 남자도 섣불리 그녀의 뒤를 따르지 못했죠. 그때부터 사람들은 그녀를 처치크릭의 숫처녀라고 불렀어요. 물론 놀리는 말이었죠. 그들은 모두 그녀가 니콜슨이나 존 쿠드, 혹은 다른 거물의 정부일 거라고 믿었으니까요. 그녀는 자신이 원할 때마다 나가고 들어왔어요. 어떤 남자도 그녀를 건드리지 못했죠. 그리고 그녀는 이따금 그들에게 쿠크포인트에 있는 몰든의 상황에 대해 물었어요. 몰든은 이미 도싯포인트의 환락가로 유명했기 때문에 사람들은 그녀가 사교계의 고급 창녀라고 더욱 확실히 믿게 되었어요.

이 혼혈의 인디언 멋쟁이가 처치크릭에 들어온 것은 그로부터 며칠이 지난 후였어요. 록시가 내게 그렇게 말했죠. 야만인들이 마을에 들어올 때는 대개 둘씩 짝지어 다니는 법인데 이 녀석은 혼자였죠. 그는 러섹의 여인숙에 상당히 대담하게 들어오더니 동전을 탁자 위에 놓고 럼주를 요구했어요!"

에브니저가 메키보이에게 물었다. "아, 그 사람이 코훈코우프레츠일 리 없어, 그렇지, 존? 나는 그가 럼주를 주문할 수 있을 만큼 영어를 알 거라고 생각하지 않는데."

하지만 메키보이의 의견은 조금 달랐다. "자네도 알다시피 그는 딕 파커로부터 영어를 배웠을 수도 있어. 딕 파커는 두세 달 안에 어지간한 영어를 배웠다고."

메리가 덧붙였다. "찰리 마타신은 그보다 더 빨리 배웠죠." 그리고 그녀는 이야기를 계속했다. "이 야만인은 너무도 흉포하게 생겨서, 해리 러섹은 아무런 토를 달지 않고 그에게 럼주를 내주었어요. 그는 그것을 물처럼 마셔 버렸죠. 그는 아마 한 번도 술을 먹어 본 적이 없었던 게 분명했어요. 왜냐하면 곧 목이 막혀 질식할 것처럼 보였으니까. 하지만 일단 그것을 삼키고 나자, 그는 럼주 한 잔을 더 주문했어요.(이 모든 것이 찰리를 쏙 빼닮았어요, 쿠크 씨. 대담하기 짝이 없고 단번에 모든 것을 배우려 하죠.) 이쯤 되자 남자들은 그를 한 번 놀려 주어야겠다고 생각했죠. 그들은 그에게 럼주를 따라주며 이름을 물었어요. 그러자 그는 '거위의 부리'라는 이름을 댔죠."

에브니저와 메키보이가 동시에 외쳤다. "바로 그거예요!"

에브니저가 설명했다. "타약 시카멕이 우리에게 말했어요. 코훈코우프레츠는 거위의 부리를 의미한다고. 그가 어째서 그런 이름을 갖게 되었는지는 여기서 말하지 않겠어요, 단지……." 그는 얼굴을 붉혔다. "이것만 말할게요, 메리. 그의 행동이 마타신의 그것과 꼭 닮았다고 말했잖아요. 그렇다면 알아 둬요. 그의 피부색이 좀 더 밝다는 것을 제외하면, 거위의 부리는 신체의 모든 부분에 있어서 그의 형과 판박이라는 걸."

메리의 눈에 눈물이 가득 고였다. "세상에, 그렇다면, 그는 틀림없이 가엾은 찰리의 동생이군요!" 그녀가 고개를 저었다. "그의 행동에서 나는 그것을 분명히 보았어요. 이제는 정말 그렇다는 걸 알겠군요! 정말 별일이 다 있네요. 말하자면 찰리와 나의 이야기가 럼블리와 브롬리에게서 다시 반복되는 거군요!"

그녀는 눈물에 젖은 채 계속 말을 이었다. 처치크릭의 처녀 브롬리 양이 마침 그녀의 숙소에서 나와 그 방을 가로질러 지나가다가 그와 정면으로 마주친 것은, 거위의 부리가 아직 두 번째 잔에 손을 대기 전이었다. 그 순간까지 그녀는 고양이 울음 같은 남자들의 야유와 음탕한 농담 속에서도 얼음 같은 태도를 유지하고 있었다. 하지만 러섹의 선술집에 있었던 모든 남자들의 증언에 의하면, 그 인디언과 마주쳤을 때 그녀는 깜짝 놀라며 뒤로 물러나더니 어떤 알아들을 수 없는 이름을 날카롭게 외쳤고, 얼마 동안 금방이라도 기절할 것처럼 비틀거렸다. 하지만 손님 하나가 그녀를 부축하자 그녀는 곧 평정을 회복했다. 정신을 잃을 때만큼이나 재빨리. 그리고 그녀의 어깨 망토(마을 사람들은 그녀가 그곳에 예의 그 권총을 숨기고 다닌다는 것을 알고 있었다.)에 손을 뻗음으로써 그 사마리아 사람[24]을 물러나게 했다. 그리고 입술을 꽉 다문 채 위협적인 표

---

24) 성경에 등장하는 '착한 사마리아인'을 빗대어 말한 것. 여기서는 음탕한 남자들 사이에서 그녀를 부축하는 친절을 베푼 손님을 가리킨다.

정으로 좌중을 둘러보더니 이내 밖으로 나가 버렸다. 거위의 부리는 다른 모든 사람들처럼 눈으로 그녀의 뒤를 쫓았고, 그녀가 사라지자 누구보다도 먼저 말을 꺼냈다.

그가 선언했다. "거위의 부리는 더 이상 거위의 부리가 되기를 원하지 않는다. 당신은 거위의 부리에게 말해 다오. 영국인 악마가 되기 위해서는 그가 어떤 시험에 용감히 맞서야 하는지를."

메리 멍고모리는 자신이 들은 바에 의하면 그는 정확히 그렇게 말했다고 맹세했다. 모든 사람들이 그가 한 말을 똑똑히 기억했다고 한다. 그들이 그것을 정확히 기억한 이유는 거위의 부리가 많은 인디언 나라의 젊은 남자들이 공식적으로 성인이 되기 위해 필수적으로 치르는 입문 의식을 의미하는 영어 단어를 찾는 데 애를 먹었기 때문이었다. 사람들이 인디언이 하고자 하는 말의 의미를 파악했을 때, 그곳에 있던 한 덫사냥꾼이 마침내 '시험'이라는 단어를 제공했고, 이에 모두들 기뻐했다.

그들 가운데 한 명이 기분 좋게 물었다. "당신은 영국인이 되고 싶다고 말하는 거요?"

"그렇다."

다른 사람이 물었다. "영국인 악마라고 했소?"

"그렇다."

제분업자가 물었다. "그러니까 당신은 야만인이 우리의 형제가 되기 위해서는 어떤 시험을 통과해야 하는지를 알고 싶다는 거요?"

"그렇다."

남자들은 시선을 교환했고, 서로의 눈 속에서 동일한 의도를 발견했다. 암묵적인 동의에 의해, 제분업자가 장난을 계속 이어 나갔다.

그가 생각에 잠겨 말했다. "자, 그렇다면, 먼저 당신은 당신이 재력 있는 사람이라는 걸 보여 주어야 하오. 우리는 우리 주변에 돈 한 푼 없는 사람이 들어오는 걸 원하지 않소. 아까 그 처녀처럼 어여쁜 사람이 아니라면 말이오, 안 그렇소, 신사 여러분?"

인디언은 이 말을 알아듣지 못했다. 그러나 그들이 자신에게 바라는 것은 자신이 가지고 있는 돈을 보여 주는 것이라는 걸 이해하자, 영국 통화로 5파운드(그가 그것을 어디에서 얻었는지는 아무도 알 수 없었지만)와 다량의 웜폼피그를 내놓았다. 그리고 그 모든 것은 제분업자 러섹의 주머니로 들어갔다.

"자, 이제 당신은 적당한 영국 이름을 가져야 하오. 그렇지 않소, 여러분?"

사람들이 거위의 부리(bill)를 빌리로 바꾸는 데는 별로 시간이 걸리지 않았다. 하지만 적당한 성(姓)을 붙이는 문제를 놓고는 장시간의 토론이 이어졌다. 어떤 사람들은 그들의 희롱 대상이 몸에 바른 곰 기름의 불쾌한 냄새에 착안하여 빌리 고트(Goat)를 강력히 주장했다. 다른 사람들은 그가 무척 순진하다는 것을 이유로 윌리엄 구스(Goose, 거위, 멍청이, 얼간이)라는 이름이 낫다고 우겼다. 그들이 토론을 하는 동안 거위의 부리는 이전보다는 수월하게 럼주를 마셨다. 그리고는 폐하의 진짜 신민이 되려면 바베이도스 반 통 정도는 아무 뒤탈 없이 해치울 수 있어야 한다는 이유로 또 한 잔을 마시라는 명령을 받았다. 인디언이 자신의 앞에 놓인 세 번째 잔을 마치 의식을 행하듯 엄숙하게 들어 올리는 모습을 보고, 제분업자가 세 번째로 의견을 내놓았다.

그가 말했다. "우리의 빌에겐 진짜 대주가의 기질이 보이는군." 그리고 마침 인디언이 아하치후프의 양식에 따라 쉰 목소리로 억제되지 않은 트림을 쏟아 내자 이렇게 덧붙였다. "여, 거기, 그는 이미 독한 술로 우르륵거리는데(rumbly)!"

그곳에 있던 누구도 그 문제에 관한 한 제분업자의 선택을 거스르고 싶어하지 않았기 때문에, 거위 부리의 새로운 영어 이름은 빌리 럼블리가 되었다. 그리고 사람들은 그에게 대단히 불경스럽고 알아들을 수 없는 말을 중얼거리며 사과즙 발효주를 끼얹어 세례를 주었다.

메리가 말했다. "그런 다음 그들은 그의 머리카락을 밀었어요." 에브니저는 메리의 목소리에서 이야기 초반에서는 느낄 수 없었던 절절한 비통함을 감지했다. "머리 가죽이 드러날 때까지 아주 빡빡 말이죠. 그러고는 그의 위장에 럼주 한 잔을 또 들이부었고, 교양 있는 영국인 신사는 결코 곰 기름 냄새를 풍기지 않는다고 말했어요. 그러면서 그에게 서둘러 작은 내로 달려가, 그때가 12월 중순이었다는 걸 기억하세요, 옷을 벗고, 물이 목에 차오는 곳까지 걸어간 뒤, 자기들이 제공하는 말솔로 몸을 문질러 닦아야만 한다고 말했어요. 그것은 물론 그 제분업자가 고안해 낸 생각이었죠. 휴, 내가 그 악당을 얼마나 싫어하는지! 그들은 자기들이 시작한 장난의 대미를 장식하기 위해 빌리를 서둘러 내보냈어요. 그를 다시 보게 될 거라고는 꿈에도 생각지 못했죠. 그들은 설사 그가 얼어 죽거나 물에 빠져 죽지 않는다 하더라도, 그 차가운 냇물에 충격을 받고 제정신이 들어 자기 집으로 슬그머니 숨어 버릴 거라고 계산했던 거죠."

그녀의 이야기는 계속되었다. 예상과는 달리, 그들이 자신들의 장난에 통쾌해하며 웃어 댄 지 반 시간도 되지 않아, 그들의 희생양은 다시 나타나 말솔을 돌려주고 럼주를 더 주문했다. 그의 피부에는 말솔로 살갗이 벗겨지도록 문지른 흔적이 있었다. 하지만 곰 기름 냄새는 모두 사라져 있었고, 술기운 역시 가신 상태였다. 오한이나 다른 불편의 징후도 보이지 않았다. 그들이 아연해져 입을 딱 벌리고 있는 동안, 빌리는 다음 시험은 뭐냐며 그들을 다그쳤다. 그리고 불행한 우연에 의해 브롬리 양이 마침 이 순간, 그녀가 있던 어딘가에서 여인숙으로 다시 들어왔고, 경멸하는 듯한 침묵 속에서 그 방을 가로지른 뒤 계단을 통해 그녀의 방으로 사라졌다. 사실 그렇다 하더라도 그로 인해 발생할 일은 없었다. 그녀가 누구의 여자냐고 물음으로써 자신을 망친 사람은 빌리였다.

제분업자가 대답했다. "그야, 빌리 럼블리, 그녀가 바로 처치 크릭의 숫처녀일세. 저기 저 여자는 어느 누구도 아닌 그녀 자신의 여자지."

인디언이 선언했다. "이제 그녀는 빌리 럼블리의 여자다." 그러고는 허리띠에서 칼을 꺼냈다. "영국인 악마는 어떤 식으로 아내를 얻지? 내가 어떤 남자와 싸워야 하지? 그녀를 내게 줄 타약은 어디 있지?"

지금까지 숨을 죽이고 있던 남자들은 자기들 앞에 놓인 새로운 장난에 대한 기대로 크게 숨을 토했다. 당연한 일이지만, 제일 처음 말문을 연 것은 해리 러섹이었다.

"그러니까 당신은 저 처치크릭의 처녀를 당신의 아내로 삼고 싶단 말이오?"

그 즉시 빌리는 칼을 가지고 그에게 다가섰다. "그녀는 당신의 여자인가? 당신은 그녀를 위해 말하는가?"

제분업자가 그를 진정시켰다. "자, 자, 칼을 치우시오, 빌리 럼블리. 그리고 예의 바른 영국인처럼 행동하시오. 그렇지 않으면 그녀는 결코 당신의 것이 되지 않을 거야. 그러니까 그녀가 빌리 럼블리의 아내가 되어야 한다는 말이지? 자, 좋아!" 그런 다음 러섹은 자신이 앞서 단언했던 것, 즉 그녀는 그녀 자신의 양심 외에는 누구에게도 대답하지 않았다는 것을 반복해서 강조한 후, 두 사람의 결합에 대해 지대한 만족감을 표시했다. 그리고 그것은 곧 그곳에 있던 모든 사람들의 감정이기도 했다.

그의 말은 계속되었다. "하지만 빌리 럼블리, 영국 남성이라고 해서 다 숫처녀 브롬리 같은 여자를 얻을 수 있는 건 아니라오. 당신은 알고 있소. 음, 뭐라고 했더라, 샘? 시험, 바로 그거야! 당신은 영국의 신랑이 통과해야 하는 시험을 알고 있소?"

모두가 희망했던 대로, 빌리 럼블리는 영국의 결혼 의식에 관해선 아무것도 모른다고 고백했고, 그 즉시 러섹에게 가르침을 받았다. 러섹은 마치 대단한 비밀을 특별히 알려 준다는 듯한 어조로 엄숙하게 이야기했다.

"우선, 당신은 적어도 12드램의 술을 마시고 당신의 열정에 불을 지펴야 하오. 그 전엔 당신이 결혼을 염두에 두고 있는 영국인 처녀에게 접근할 수 없소. 우리의 런던 처녀들은 정신이 말짱한 연인을 매독처럼 싫어하거든! 둘째, 당신은 절대 한 마디도 해서는 안 돼. 명심하시오. 한 마디라도 말하게 되면, 당신의 약혼은 그걸로 끝이야! 내 말 알아듣겠소, 빌리 럼블리? 이것은 우리 영국인 악마들의 관습이오. 근본도 모르는 똥개가 함부로 우리의 여자들을 얻지 못하도록 하기 위한 거지. 그러니, 말하면 안 돼. 당신은 그녀에게 은밀하게 다가가야 하오. 사냥꾼이 암사슴에게 다가가듯이. 제기랄, 그녀가 어떤 녀석이 자기 위에 올라탔는지 미처 깨닫기도 전에 당신이 매복 기습해서 그녀의 처녀막을 차지해 버리면, 그녀가 당신을 사랑하지 않겠소? 그것이 비결이오, 빌리, 수사슴 양반. 우리의 법은 이렇게 선언하고 있거든. 남자는 사냥개가 암캐를 정복하듯이 자신의 신부를 정복해야 한다고. 그녀가 원하든 원하지 않든 말이지. 격렬하게 반항하고 고함칠수록, 그녀가 그러한 강간을 감행하는 당신을 존경한다는 뜻이오! 내가 이 사람에게 읽어 주고 있는 것이 이 땅의 법이 아닌가, 친구들?"

후에 다른 사람들은 이때 그것을 하나의 장난 이상으로 심각하게 여기지 않았었다고 그들의 아내에게 주장했다. 그저 오만하고 대단한 브롬리 양을 팔아서 술 취한 인디언 하나를 놀려 먹으려는 의도였을 뿐이었다는 것이다. 어쨌든 그들은 감히 해리 경을 반박할 수 없어서였는지, 아니면 반대하기에는 그의 계획이 너무나도 흥미로워서였는지는 모르지만 작은 끄덕임과 중얼거림으로 그러한 방식이 정말로 영국인들의 관습이라는 데 동의했다. 빌리가 구혼에 필요한 양만큼의 럼주를 열심히 들이켜기 시작하자, 그들은 스스로에게, 그리고 그 후 자신들의 아내에게 다음과 같이 말했다. 위 속에 12드램의 바베이도스를 채운 남자는 환관과 마찬가지로 여자를 건드릴 수 없다고. 그가 12드램의 술을 해치우자, 그들은 해리 경을 위해 엄숙하게 길을 양보했다. 그리고 그는 마지막으로, 비틀거리는 빌리를 계단으로 말없이 인도했고, 술에 취한 그가 조용히 발끝으로 올라가는 것을 지켜보았다.

메리가 자신의 이야기를 중단하며 거칠게 내뱉었다. "글쎄, 생각해 봐요. 그들이 바보로 만든 사람은 마타신의 금빛 판박이였다고요! 그것은 마치…… 오 신이여! 마치 성배를 요강으로 만들어 버리는 것과 뭐가 다르겠어요!"

에브니저가 동의했다. "그것은 무자비한 장난이었어요. 하지만 거위의 부리에게만 해당되는 얘기는 아니죠! 나는 불쌍한 메그 브롬리도 염려가 되는군요."

집주인이 제안했다. "이야기를 빨리 계속해요. 지금까지의 이야기는 모두 들은 이야기니까. 하지만 이 며칠간 빌리 럼블리에 대해서는 사람마다 제각각 다르게 얘기한다고 들었소. 조개들을 끈에 꿰듯이 그 이야기들을 모아 봐요."

메리가 말했다. "나는 록시 러섹으로부터 들었어요. 그녀는 그 이야기를 퍼뜨린 사람들 가운데 가장 정직한 사람이죠. 그녀는 그 일이 발생한 지 오 분도 되지 않아 해리 경으로부터 들었고요. 앙리에타가 제분소 안에서 그 총소리를 들었고, 그것이 어디에서 들려오는 것인지 알아보기 위해 밖으로 달려나왔죠. 해리 경은 그 애가 창문에 얼굴을 내밀기만 해도 호되게 때리는데도 말이에요. 하지만 그녀는 사람들이 자기 아버지의 여인숙으로 달려가는 것을 보았고, 어쩔 수 없이 어머니를 불러와 어떤 상황인지 알아보게 했어요. 그리고 록시가 그곳에 당도했을 때, 그 인디언은 이미 핏자국을 남긴 채 사라진 후였죠."

에브니저가 끼어들었다. "총소리라니! 브룸리 양이 그를 쐈다는 건가요?"

메리는 살찐 집게손가락을 들어 올렸다. "나는 그 불쌍한 야만인이 상처를 입고 사라졌다고만 말했어요. 자신의 소중한 피로 자신이 간 길을 표시하면서요. 그것이 내가 말한 전부죠."

"하지만 다른 어느 누가……."

그녀가 고집스럽게 말했다. "록시가 그 선술집에 도착했을 때는, 땅에도 복도에도 바닥 여기저기에도 피가 있었어요. 남자들은 상당히 술이 깬 상태였죠. 내기를 걸어도 좋아요. 하지만 너무 부끄러워 그녀의 눈을 바로 바라보지 못했죠. 해리로 말하자면, 자기가 친 장난의 결과에 미친놈처럼 짖어 대고 있었는데, 그녀는 그의 말을 전혀 알아들을 수가 없었다더군요. '오, 세상에, 세상에!'가 그가 말한 전부였어요. '당신 봤어? 그 바보가 막 거세된 개구리처럼 깡충깡충 뛰며 깍깍 울어 대는 것을?' 그런 다음 그는 한바탕 나귀처럼 울어 대더니 더 이상 아무 말도 하지 않더래요."

에브니저가 다그쳤다 "브롬리 양! 브롬리 양에게 무슨 일이 일어났는지 알아야겠어요! 그녀가 그 불쌍한 사람을 쏜건가요?"

메리가 퉁명스럽게 대답했다. "총을 쏜 사람은 처치크릭의 숫처녀였어요. 사실, 그녀는 설사 해리 경 자신이 언제든 자신의 처녀막을 차지하려고 시도하시 않는다 해도, 그가 어떤 술취한 호색한을 보내 자기 대신 그녀를 범하게 할 거라는 걸 처음부터 계산하고 있었던 기예요. 그래서 권총을 장전해 놓고, 언제든 발사할 준비를 하고 있었죠. 외출할 때는 그것을 외투 안에 넣고 다녔고, 잠을 잘 때는, 계단 위에 누구든 발을 얹어 놓기만 해도 재빨리 꺼낼 수 있도록 침대 밑에 두었어요. 문제는 빌리 럼블리가 비록 술이 거나하게 취했어도, 여전히 뼛속까지 야만인이었다는 데 있었어요. 그는 위와시 사냥꾼이 사냥감에 접근할 때처럼 2층까지 소리 없이 올라간 거예요. 그리고 그녀가 자신의 위험을 처음 깨달았을 때는 그가 이미 그녀의 목에 칼을 겨눈 뒤였죠!"

메키보이가 혀를 찼다. "그런데 어떻게 그녀가 권총을 꺼낼 수 있었죠?"

메리가 미소를 지으며 말했다. "그것이 문제예요. 성벽은 방어를 할 수 없을 정도로 구멍이 뚫려 있었어요. 문을 열고 성을 양보한 뒤, 침략자가 약탈을 하는 동안 그에게 복수하는 것 외엔 다른 방법이 없었죠."

에브니저가 외쳤다. "아, 신이여! 그 불쌍한 처녀가 결국 정조(honor)를 잃었다는 말인가요?"

"아직 아니에요. 비록 모든 남자들은 그렇게 생각했지만요. 록시에게 그 이야기를 들었을 때는 나도 그렇게 생각했고요. 그리고 어떻게 빌리 럼블리가 그렇게 럼주를 마시고도 자신의 물건을 세울 수 있었는지 궁금했죠. 하지만 지금 내가 알고 있는 것을 당신은 잊고 있어요, 쿠크 씨. 그는 마타신의 동생이에요. 그리고 당신 스스로도 말했듯이, 찰리와 빌리는 동일한 결점을 가지고 있어요. 그는 그의 남성을 바지 아래가 아니라 자신의 공상 속에 지니고 있죠. 그러니 럼주가 짐이 되기보다는 힘이 되지 않았겠어요?" 메리가 다시 몸을 떨었다. "아니, 지금 생각해 보니, 당신이 '명예'라는 말로 의미한 것에 모든 것이 들어 있군요. 찰리의 형제라면 누구도 그녀를 통상적인 방식으로 범하지 못했을 거예요. 그리고 어쩌면 그녀의 처녀막은 아직 건재할 거예요. 하지만 나는 잘 알고 있어요. 그가 처음부터 그녀의 '명예'를 목표로 했다는 것을. 그리고 그녀는 그가 자신을 침대로 끌고 가는데도 그저 속수무책이었으니, 그녀가 거기에 도달했을 때쯤엔 분명 그녀의 소중한 '명예'는 이미 갈가리 찢겨진 후였겠죠. 그때 물론 그녀는 권총을 꺼냈고, 그를 죽이기 위해 그것을 겨눴어요. 그러나 추측컨대 그녀는 조준을 낮게 했던 것 같아요. 총알은 그의 허벅지를 관통했고, 그는 부상당한 토끼처럼 달아났으니까요. 일이 그 지경이 되었는데도, 해리 경은 비열한 장난을 끝내지 않았어요. 그는 분명 불쌍한 빌리 럼블리의 뒤를 쫓아갔을 거예요. 그리고 밖에서 내내 외쳤겠죠. '당신은 충분한 남자가 아니었어, 빌어먹을 빌! 두 주 안에 그녀에게 다시 덤벼 보라고!'"

시인이 말했다. "하지만 브롬리 양은……."

메리가 단호하게 말했다. "내 이야기는 여기서 끝나요. 하비가 곧 나머지 부분을 이야기해 줄 거고요. 자기 남편이 어떤 장난을 쳤는지 알았을 때, 록시는 2층으로 날듯이 올라갔어요. 브롬리 양을 돌보기 위해서였죠. 그리고 아직도 연기를 뿜고 있는 권총을 손에 쥔 채 침대 위에 강간당한 여자처럼 누워 있는 그녀를 발견했어요. 전에는 그렇듯 오만하게 굴던 그녀가 아이가 엄마에게 안기듯 록시에게 달려와 울고불고 고함을 쳤어요. 그러면서 자기는 언제나처럼 처녀지만, 그 야만인이 자기에게 제멋대로 굴었고, 그래서 수치심으로 죽을 것 같다고 호소했죠. 록시가 그녀의 말을 믿지 않은 것도 그리 놀라운 일은 아니죠. 나도 그 말을 믿지 않았으니까요. 록시가 말했어요. '자, 자, 브롬리 양, 이미 벌어진 일은 어쩔 수 없는 거예요. 부정한다고 해서 되돌릴 수는 없어요. 당신은 이제 처녀가 아니에요. 이전에 당신이 정말로 처녀였다 해도 말이에요. 하지만 나는 당신이 매춘부가 아니라는 걸 믿어요. 나와 내 딸과 함께 제분소에서 살아요. 그러면 여자가 자신의 지갑과 자존심, 혹은 소중한 명성을 조금도 희생시키지 않고도 즐길 수 있는 방법을 우리가 가르쳐 줄게요.'"

집주인이 경고했다. "아, 메리." 그는 그녀의 입술을 읽고 있었음이 틀림없었다. "그런 이야긴 하지 말아요."

이에 대해 메리는, 자기는 쿠크 씨를 완벽한 신사로 알고 있고, 메키보이는 연루된 당사자들 가운데 어느 누구와도 관련이 없으므로, 자기가 러섹의 말을 옮긴다 해도 그리 문제 될 것은 없다고 대답했다. "아시다시피, 그녀는 당신의 소중한 친구이기도 하지만 내게도 소중한 친구예요, 하비. 그리고 나는 앙리에타를 딸처럼 사랑해요. 이 신사분들은 이미 해리 경이 얼마나 몹쓸 인간인지를 들었어요. 이분들이 계속 이야기를 들으려면, 록시와 앙리에타에겐 언제나 그 커다란 돼지의 눈을 속일 만큼 용기와 재치가 있다는 사실 정도는 알아야 하지 않겠어요?"

사냥꾼은 아직 전적으로 수긍하지 못하는 듯했지만, 에브니저는 그 복합적인 비유에 얼굴을 찌푸리면서도 그 미지의 여자들에겐 그런 가벼운 과오들을 저지를 만한 권리가 있다는 것을 인정했다. 메리가 중단했던 이야기를 다시 시작하게 만들기 위해서였다.

메리가 한숨을 쉬며 말을 이었다. "그래요, 록시가 내게 말해 주었어요. 이제 내가 브롬리 양을 설득해서 내 장사를 배우게 해도 될 거라고요."

에브니저는 씁쓸한 마음을 억제할 수 없었다. "불쌍한 여자를 받아들여 창녀로 만드는 것이 위대하고 자비로운 당신의 견해인가요? 불쌍한 브롬리 양! 내 생각엔 당신 친구 러섹 부인도 그녀의 남편보다 나을 것이 없군요!"

메리가 조용히 말했다. "자, 자, 진정해요, 쿠크 씨. 당신은 잊었나요? 내가 지금 그녀를 데리러 가는 곳이 해리 경의 제분소가 아니라 그녀의 영국인 남편 럼블리 씨의 집이라는 것을……."

"맙소사!"

"내 이야기를 마저 끝낼게요. 그 여자는 강간, 혹은 당신이 그것을 뭐라고 부르든 간에, 아무튼 그 일로 인해 정신이 나가서 미친 사람처럼 영문 모를 말을 지껄이기 시작했어요. 그녀의 이름은 메그 브롬리가 아니라 쿠크포인트의 안나 쿠크이자 계관시인의 누이이고, 자신을 공격한 그 야만인은 야만인이 아니라 자신의 어린 시절 가정교사라고."

시인이 외쳤다. "저런, 이제 알겠어요! 우리가 플럼트리 가에 살던 어린 시절부터 그녀는 안나의 친구였고 내 친구이기도 했어요. 그녀는 아마 용건이 있어 메릴랜드에 왔겠죠. 그리고 몰든으로 나를 방문할 계획이었을 거예요. 하지만 마침 그녀는 내가 저지른 망신스러운 일과 아버지의 분노를 들었던 거죠. 그래요, 분명해요! 그녀는 차마 그 파렴치한 장소에 갈 수가 없었던 거예요. 그래서 일단 처치크릭에 하숙을 얻어 놓고, 내 행방을 탐문한 거죠. 정말이지, 또 다른 타락한 영혼이 내 양심을 짓누르는군요! 불쌍한, 불쌍한, 브롬리 양. 만약 안나가 이 사실을 알았다면 당신을 도우러 달려올 텐데!"

사실 에브니저의 감정은 복잡했다. 처치크릭의 숫처녀가 자신의 누이가 아니라는 점은 말할 수 없이 다행스러웠다. 하지만 동시에 괴로웠다. 그녀가 누이의 친구였기 때문만이 아니라, 이렇게 되면 여전히 안나의 행방을 알 수 없는 상황이 되기 때문이었다. 이때 새로운 생각이 그에게 떠올랐고, 그의 얼굴은 창백해졌다.

"아니, 그것은 더욱 안 좋아! 만약 안나의 동행으로서가 아니라면 애초에 브롬리 양이 메릴랜드에 있을 이유가 없잖아? 그래, 제기랄, 그들은 함께 여행한 거야. 그래야 말이 되지. 그리고 그들은 몰든의 상황이 어떻게 돌아가고 있는지 듣거나, 혹은 아버지가 안나를 따라와 그녀를 나와 함께 머물도록 만들자, 브롬리 양은 자기가 나를 찾아보겠다고 자청한 거야. 바로 그거야. 확실해. 조안 토스트가 나에 대해 아무런 말을 해 주지 않았거나, 그들이 그녀를 믿지 못한 거야! 제기랄, 제기랄, 가련한 여자! 얼마나 더 많은 사람들이 나 때문에 몰락하게 될 것인가? 그리고 그녀는 이제 필사적인 구실을 대 동정을 구하는 건지, 아니면 강간의 충격으로 정신이 나간 건지는 모르지만, 스스로를 자신의 가장 친한 친구의 이름으로 부르며 자기를 망친 사람이 헨리 벌링검이라고 생각하는 거야!"

메리가 인정했다. "그녀가 때때로 자신의 남편을 헨리라고 부른 것은 사실이에요. 록시가 들려준 이야기는 거기까지예요."

메키보이가 말했다. "아니, 잠깐, 당신은 그 여자를 그녀의 지붕 밑 방에 남겨 둔 채 이야기를 중단했어요. 그녀는 러셀 부인에게 횡설수설하고 있었죠. 그런데 이제는 자신을 덮쳤고, 또 자기가 총을 쏜 그 녀석의 아내라니요! 분명 당신이 빠뜨린 부분이 있어요, 그렇지 않나요?"

메리가 고개를 끄덕이며 인정했다. "그랬어요, 선생. 그 부분은 하비가 말할 거예요. 그 여자는 한바탕 횡설수설을 늘어놓더니 록시의 품에서 기절했어요. 그리고 의식을 잃은 채 제분소에 있는 앙리에타의 방으로 옮겨졌죠. 록시는 사흘 동안 아픈 아이를 돌보듯 그녀를 간호했죠. 그리고 나흘째 되는 날 그녀는 사라졌어요. 그날 이후 지금까지 그녀를 본 사람은 아무도 없어요. 여기 있는 하비를 제외하고는 말이에요."

11 빌리 럼블리가 영국인이 되는 과정을 직접 본 증인이 그에 대해 결론을 내리다. 메리 멍고모리가 본질적인 야만이 문명의 피부 아래 숨어 있는지, 아니면 본실적인 문명이 야만의 피부 아래 숨어 있는지에 관해 의문을 제기하다. 하지만 이 무도 그에 답하지 못하다

메리는 이야기를 마치고, 에브니저 및 존 메키보이와 마찬가지로 하비 러섹을 기대하듯 바라보았다. 하지만 그녀가 자신의 마지막 말을 앞서보다 더 낮은 목소리로 말했고, 더군다나 특별히 메키보이 쪽을 보며 이야기를 해 왔기 때문에, 사냥꾼은 그녀의 말을 알아듣지 못하고 그들에게 그저 멍한 미소를 보낼 뿐이었다.

그녀가 재촉했다. "그들에게 말해 주세요, 하비. 처치크릭의 숫처녀가 록시의 집에서 기절해 있는 동안 무슨 일이 일어났고, 그 나머지 이야기는 어떻게 되죠?"

하비는 아직 그녀가 무슨 말을 했는지 정확히 이해하지 못한 듯 웃으며 말했다. "그래, 맞아." 에브니저는 그 나이 든 남자가 마침 딴 생각을 하고 있었던 게 틀림없다고 결론을 내렸

다. 그는 비록 귀가 어둡긴 해도, 아까 러섹 부인에 대한 이야기가 나왔을 때는 즉시 상대방의 말을 파악했었기 때문이다.

"그날 아침도 나는 열을 지어 덫을 묻어 둔 곳으로 나갔소. 습지 위엔 온통 얼음이 덮여 있었고, 덫 안에는 사향쥐가 얼어 죽어 있었지. 덫 아래쪽에 누군가 야영을 하기 위해서인지 모닥불을 피워 놓았더군. 나는 손가락 관절을 녹이기 위해 그쪽으로 걸어갔소. 그런데 그곳에 머리를 빡빡 민 야만인이 피 묻은 바지를 입은 채 누워 있지 않겠소? 그의 몸은 시체처럼 차가웠소. 처음엔 그가 죽은 줄 알았지. 그 후 두 시간 동안의 상황은 내 판단이 옳았다는 것을 증명했소. 하지만 나는 그의 정맥이 약하게나마 뛰고 있다는 것을 알았고, 그를 여기로 데려와 그를 위해 할 수 있는 일을 하기로 결심했소. 그는 온통 피투성이였지만 다리에 난 상처는 그리 커다란 문제가 아니었소. 나는 피를 씻어 내고 상처를 동여맸지. 그리고 그의 입을 벌려 억지로 뜨거운 수프를 먹였소. 세상에, 얼마나 튼튼한 녀석이었던지, 바로 죽음의 문턱 가까이 갔던 자가 한 시간 후에는 의식을 되찾더군! 물론 기력을 다 찾은 건 아니었지만 말이오. 얼마 후 그는 나를 믿을 만한 사람이라 판단했는지, 자신이 겪은 이야기를 자기가 이해할 수 있는 한도 내에서 들려주었소. 나는 처치크릭의 숫처녀에 관해 들은 적이 있었고, 게다가 내 형의 기질 역시 잘 알고 있었기 때문에, 그 나머지를 추측하는 데는 그리 대단한 논리가 필요하지도 않았지.

나는 그에게 그가 비열한 희롱의 대상이 되었던 거라고 말해 주었소.(내 설명으로 그도 그것을 명백히 깨닫게 되었지.) 그리고 나는 해리가 그에게서 강탈한 5파운드를 대신 돌려받아 주겠다고 제안했소. 그가 상냥하게 감사의 인사를 하더군. 야만인이 하는 영어치고는 매우 명료한 발음으로 말이오. 그리고 만약 내가 5파운드를 되찾을 수 있다면, 자기를 구해 준 대가로 내게 주겠다고 말했소. 야만인의 선물은 섣불리 거절할 수 없는 거라오. 자칫하면 상대방이 자신을 모욕하는 거라고 생각할 수도 있거든. 그래서 나는 내 수고의 대가로 2실링만 받겠다고 말했소. 그리고 그 나머지는 돌려주겠다고 했지. 우리가 이야기하는 내내 그는 방 전체를 훑어보았소. 그러니 곧 자기에게 집을 팔지 않겠느냐고, 그리고 5파운드면 이 집을 살 수 있겠느냐고 묻더군. 나는 이 집은 그 반의 가치도 안 되지만, 팔 생각이 없다고 대답했소. 하지만 영국식 오두막에 살고자 하는 그의 열의가 대단하길래, 내가 처치크릭에서 그다지 멀지 않은 토바코스틱만 근처에 소유하고 있는 오래된 오두막에 대해 말해 주었소. 당시는 사는 사람이 없어 거의 폐허나 마찬가지인 집이었지. 그래서 나는 만약 그가 손수 그 것을 수리해 살기만 한다면 집세를 내지 않아도 좋다고 말했소. 당신들은 아마도 내가 만난 지 얼마 되지도 않는 사람에게 지나친 자비를 베푸는 게 아닌가 하고 생각할지도 모르겠소. 하지만 이 혼혈인에겐 전반적으로 어떤 분위기가 있었소. 적당한 단어는 생각이 안 나지만 그것은 마치…… 당신들은 혹시 스카치 복장을 하고 거리를 배회하는 왕족들의 이야기를 들어 본 적이 있소? 혹은 악마가 영혼을 흥정하기 위해 인간으로 가장하고 다닌다는 이야기는? 그는 보기 드물게 명민

했소. 이 야만인이 만약 태어날 때부터 영국인으로 키워졌다면 제2의 크롬웰이나 뭐 그 비슷한 사람이 되었을 거라는 인상을 받았지. 브롬리 양이 그를 변장한 자신의 가정교사라고 착각했던 것도 내겐 그리 놀라운 일이 아니었소. 두 주만 훈련을 받으면, 그는 아마도 옥스퍼드의 교수로 통할 수도 있었을 거요. 확신해요. 그리고 그 후 이 년 정도면 햇볕에 그을린 아리스토텔레스로 통할 수도 있겠지! 내가 상대하지 않는 사람들은 많이 있소. 그리고 처음부터 이 야만인은 필요하다면 자신의 목표를 달성하기 위해 나를 배반할 수도 있을 거라는 생각이 들었소. 하지만 그는 대단한 흡인력을 가지고 있었소. 그것을 어떻게 표현해야 좋을지는 모르겠지만 말이오. 만약 그의 목적이 당신의 목적과 다르다면, 당신은 원하든 원하지 않든 그것을 당신 자신의 근시안적 사고방식 탓으로 돌리게 되지. 그리고 만약 그가 당신을 얕보면, 당신은 스스로의 자질이 졸(卒)의 그것이지 영웅의 그것이 아니라고 느끼게 될 거요. 지금까지 그는 내게 아무런 해도 입히지 않았지만, 그날 나는 그가 앞으로 내게 무슨 일을 저지르든지 간에 미리 그를 용서하기로 결심했소!"

에브니저가 말했다. "아!"

"어쨌든 그는 그날 밤 여기서 잠을 잤소. 그리고 다음 날 아침 일어나 보니 가고 없더군. 첫 번째로 든 생각은, 그가 내 형제에게 복수를 하러 갔구나 하는 거였소." 사냥꾼은 얼굴을 붉혔다. 하지만 그의 눈은 가늘어져 있었다. "신께서 나를 용서하든 안 하든, 그것은 그분 좋을 대로 하고. 아무튼 나는 해리에게 위험에 대해 경고하지 않았고, 늘 하던 대로 덫을 놓아 둔 곳으로 갔소. 그날 아침에는 서리가 내렸던 걸로 기억하는 데, 라쿤 크릭 너머 담소(淡沼)와 염소(鹽沼) 사이의 고지대 위에 길을 따라 곰이 지나간 흔적이 보였소. 방금 배설을 하고 갔는지, 배설물이 얼어 있기는커녕 그때까지 김이 모락모락 나더군. 곰의 흔적을 따라간 지 얼마 되지 않았을 때, 나는 곰의 발자국과 나란히 찍힌 인디언의 모카신 자국을 발견했소. 그들이 지나간 지 반 시간도 지나지 않은 걸로 보이는 터라, 나는 작정하고 그 뒤를 따라갔다오.

그 자국을 따라가다 보니 곧 작은 활엽수 입목들이 서 있는 곳이 나타났고, 우리의 곰 군이 앞쪽에서 낮게 으르렁거리는 소리가 들려왔소. 내 신상엔 가죽 벗기는 칼 외엔 아무런 무기도 없던 터라, 나는 가능한 한 조용히 소리가 나는 방향으로 기어갔소. 곰이 워낙 큰 소리로 으르렁거렸기 때문에, 그놈을 찾아내는 건 일도 아니었소. 나는 작은 공터에 도달했고, 그곳에서 놈을 발견했지. 아직 겨울잠에 들지 않은 뚱뚱한 검은 수곰이었고, 아직 완전히 자라지는 않은 듯 보였소. 뒷발을 딛고 똑바로 일어서면 사람 어깨만큼 올 정도였지. 그녀석은 썩은 통나무 조각 위의 땅벌레를 먹기 위해 안간힘을 쓰고 있더군. 그 야만인은 어디 갔을까 막 궁금해지려던 찰나, 누군가가 내 어깨 위에 손을 얹었소. 그리고 거기 바로 빌리 럼블리가 대단히 총기 있고 명랑해 보이는 얼굴로 서 있었소. 그는 나를 바람이 불어 가는 쪽으로, 그리고 곰이 들을 수 없는 곳으로 멀리 이끌고 가더니, 내가 저 곰에 대해 권리를 주장하지 않는다면 자기가 그 곰을 죽일 작정이라고 말했소.

나는 '이보게, 빌리, 내가 제정신인 한 가죽 벗기는 칼 하나로 무모하게 곰을 공격하는 일은 없을 걸세. 그리고 다른 사람들에게 그런 재주를 부려 보라고 부추기지도 않을 거야.'라고 말했소. 그가 맨주먹 외에는 어떤 무기도 가지고 있지 않은 걸 보았기 때문이오. 하지만 그는 입가에 미소를 띠우더니, 자신이 한 서부 인디언에게 배운 기술을 내게 보여 주겠다고 제안했소. 두 남자가 한 여자의 호의를 두고 싸울 때 각자의 용기를 시험하기 위해 사용하는 기술이라더군. 꽤 볼만하겠다는 생각이 들었소. 그리고 내 판단이 옳았다는 게 곧 밝혀졌지. 아니, 제기랄, 그것은 내가 일생 동안 목격한 사냥 장면 중 가장 희한한 장면이었소!

그가 먼저 한 일은, 하나는 엄지손가락보다 가늘고 다른 하나는 엄지손가락의 두 배 정도 두꺼운 두 개의 곧은 가지를 찾는 일이었소. 그리고 꺾인 부분이 손바닥 너비 길이가 되도록 그것들을 꺾었소. 나는 그에게 칼을 주면서 가지 끝을 뾰족하게 깎으라고 조언했소. 그러나 그는 칼을 사용하거나 누군가가 건네준 다른 무기를 사용하는 것은 규칙에 위배된다면서 거절하더군. 나뭇가지 하나는 위에 붙어 있는 잔가지를 쳐 내 조잡하나마 창을 만들고, 다른 것은 일종의 단검이 되도록 짧게 꺾었소. 그런 다음 우리는 공터로 다시 기어갔소. 우리의 곰 군은 그곳에서 나무에다 등을 비벼 대고 있더군. 서리가 아직 녹지 않았을 만큼 날씨가 쌀쌀했는데도 빌리는 옷을 벗어 던졌소. 그런 다음 사타구니를 가린 낡은 천 조각 하나만을 걸친 채 막대기를 들고 공터로 들어섰소."

에브니저는 메리가 입을 앙다물며 눈을 감는 모습을 관찰했다.

"곰은 등을 비비던 동작을 멈추고 야만인식 기도를 하는 그를 지켜보았소. 이윽고 빌리가 자기를 향해 움직이자, 그놈은 공터의 가장자리를 둥글게 느릿느릿 걸었지. 갑자기 빌리가 어떤 알아들을 수 없는 말을 외치며 달리기 시작했소. 하지만 그 곰은 그에게 달려들거나 혹은 길을 따라 달아나는 대신, 공터 중간쯤에 서 있던 든든한 떡갈나무 위로 기어오르기 시작했소. 내가 앞으로 나서며 '운이 나쁘군, 빌리.'라고 말했소. 추격은 이미 끝난 거라고 확신했거든. 하지만 그 곰이 땅에서 채 발을 떼기도 전에 빌리는 그놈의 뒤를 따라 기어오르고 있었소. 말뚝은 손에, 그리고 단검은 이빨 사이에 물고 말이오. 거친 나무껍질이 그의 살갗에 여기저기 생채기를 내는데도 전혀 신경을 쓰지 않는 눈치였지! 사람 키의 거의 두 배가 되는 높이에 있던 첫 번째 나뭇가지에서 곰이 멈춰서 내려다보았소. 그리고 으르렁거리며 앞발을 휘두르더군. 빌리는 곰 가까이 올라가서는 별다른 노력 없이 할 수 있는 한 힘껏 찔렀소. 하지만 그가 얻은 것이라곤 곰의 고통스러운 비명뿐이었지. 나는 그에게 더 긴 막대기를 가져다주겠다고 제안했소. 그러다 깨달았지. 다른 사람의 도움을 조금이라도 받는다거나, 일단 곰을 건드린 뒤 무기를 바꾸는 것은 그 지독한 규칙에 위배된다는 것을 말이오. 내가 그때 느꼈고, 지금도 느끼고 있는 것을 고백하자면, 이러한 규칙들은 일을 진행시키는 동안 빌리 스스로 만들어 낸 것이었을 거요. 하지만 그는 그것들을 신성한 명령처럼 따랐지.

그는 무기를 바꾸는 대신 전술을 바꿨소. 그리고 그 짐승이 막대기를 이빨로 물거나 앞발로 쳐내지 않도록 주의하면서 곰의 얼굴을 재빨리 찔러 대기 시작했지. 나는 빌리가 그 곰을 나무 위로 더 몰아 댄 뒤 자신이 그 가지를 차지하려나 보다고 생각했소. 그 위에선 보다 쉽게 곰을 공격할 수 있을 테니까. 하지만 짐승은 더 이상 나무 위로 올라가지 않고 대신 자신의 얼굴을 보호하기 위해 그 나무 줄기를 돌아서 움직였소. 그리고 자신의 커다란 뒷다리와 궁둥이로 빌리의 머리를 향해 덮쳤지. 하지만 빌리는 일단 그 판을 포기하고 서둘러 피하기는커녕 마치 그것이 자신이 의도했던 것인 양 즐거워 보였소. 그는 크게 함성을 지르더니 들고 있던 막대기로 할 수 있는 한 멀리까지 쑤셔 넣더군. 어디에 쑤셔 넣었는지는 언급하지 않겠소만! 곰은 비명을 지르며 앞발로 창을 찾아내려고 애썼소. 하지만 빌리는 더욱 깊이 밀어 넣었지. 곰은 그 나무 줄기 위로 약간 더 올라갔지만, 다시 미끄러져 내려오는 바람에 더욱 큰 상처를 입고 말았소. 그리고 마침내 당신이 한 번도 들어 보지 못했을 그런 비명을 지르며 떨어져 내렸소. 바로 그 순간 빌리가 전광석화처럼 그를 덮쳤지. 그는 그 짧은 막대기를 곰의 목뒤에 박은 후, 그 곰이 쓰러졌다는 사실을 내가 미처 깨닫기도 전에 튀듯이 물러났소.

내가 내 몸을 숨길 만한 나무를 발견했을 때쯤, 곰은 두 발로 서서 등뒤에 꽂힌 막대기를 쫓아 몸부림을 치고 있었소.

그동안 내내 빌리는 곰으로부터 3미터도 떨어지지 않은 곳에서 곰에게 완전히 몸을 노출시킨 채 빈손으로 서 있었소. 그리고 그 곰이 자신을 공격하도록 자극했소. 곰이 막상 공격하기 시작하자, 빌리는 그 곰을 유인하여 그 떡갈나무를 다섯 번이나 돌도록 만들었고, 그 불쌍한 짐승은 결국 쓰러져 죽고 말았소."

메키보이가 말했다. "저런! 여태껏 내가 들어 본 것 가운데 가장 멋진 기술이군요!"

에브니저가 덫 사냥꾼을 위해 큰 소리로 덧붙였다. "그리고 끔찍해요. 놀라운 이야기로군요, 러섹 씨, 하지만, 무례하다면 용서해 주세요. 나는 이 묘기가 나의 가엾은 친구 브롬리 양과 어떤 관계가 있는지 묻지 않을 수 없군요."

하비가 대답했다. "아니오, 친구, 용서할 건 아무것도 없소. 그 광경을 지켜보고 있는 동안 나 자신도 똑같은 것을 궁금해했으니까. 지난밤 내내 영국의 법과 관습에 대해서만 이야기하던 그가 어째서 상처가 완전히 아물기도 전에 자신의 힘을 곰과 겨루는 데 쏟아붓는 것일까, 하고 말이오. 그는 영국의 법과 관습을 배우는 데 너무도 열심이었고, 또한 총명한 학생이었기 때문에 나는 그가 법정에서 한자리 차지하기 위해 훈련하고 있다고 생각했을 정도였소. 하지만 지금 그의 모습을 보시오. 자신이 죽인 짐승이 완전히 죽기도 전에 그 위에 걸터앉아 뜨거운 피를 마시려 하고 있는 모습을! 야만인의 표본이자 정수가 아니겠소!

하지만 나는 그리 오래 놀라고 있지는 않았소. 빌리는 곰의 피를 양껏 마시고 난 뒤 냇가로 가서 자신의 몸을 머리에서 발끝까지 씻어 냈소. 맨몸으로 나무 위에 올라가느라 여기 저기 까진 데다, 땀투성이에 먼지를 뒤집어썼으니까. 그때까지도 그가 스스로에게 부과한 규칙들은 유효했소. 그는 가죽 벗기는 데 내 칼을 쓰려 하지 않고, 자기가 직접 냇가에서 가져온 굴 껍질로 곰의 가죽을 벗기기 시작했지. 그리고 내가 불을 피우는 것은 허락했지만, 자신은 그 일이 끝날 때까지 아담처럼 벌거벗은 채였소. 굴 껍질 하나로 짐승의 가죽을 벗기는 일은 반나절이 걸리는 노동이었지. 나는 그 힘든 일이 끝나기도 전에 그가 지독한 감기에 걸릴까 봐 염려스러웠소. 하지만 그는 내게 가죽과 고기를 모두 선물했소. 자기는 가죽도 고기도 원하지 않는다더군. 상당량의 비계를 확보하고 난 후에는 더 이상 가죽을 벗기지 않았소. 그리고는 그것을 둥글게 한 덩어리 잘라 내더니 미리 마련해 두었던 0.1평방미터의 가죽 위에 올려놓았소. 그런 다음 그것이 녹아서 정제될 때까지 꼬챙이로 꿰어 불 위에 들고 있더군. 그때 깨달았지. 그가 야만인들의 습속대로, 자신의 머리부터 발끝까지 곰 기름을 바르리라는 걸. 그리고 그가 그 일에 착수하자, 나는 이 곰 사냥과 그 전날 발생한 일 사이에 어떤 어두운 연관관계가 있다는 생각이 들어 두려워지기 시작했소. 내 짐작은 크게 벗어나지 않았소. 왜냐하면 그는 고깃덩어리처럼 온몸에 기름을 바르고 네드 영감의 램프처럼 악취를 풍기며 남은 비곗덩어리를 게걸스럽게 먹은 뒤, 굴 껍질을 꺼내 그 곰을 거세했으니까."

에브니저와 메키보이는 어리둥절한 표정을 지었다. 그러나 하비가 이야기하는 내내 너무도 무심한 듯 조용해서 넋을 잃은 게 아니면 잠이 든 게 아닌가 싶었던 메리가 눈을 뜨고는 알겠다는 듯 공감의 한숨을 쉬었다. "내가 예상했던 게 바로 그거예요, 하비. 내가 바랐던 것보다는 덜하지만요. 록시는 착각한 거예요. 내가 그녀를 만난 것은 시간 낭비였죠, 그렇게 생각하지 않아요? 아, 좋아요, 어쨌든 이야기는 명백하군요."

시인이 볼멘소리로 말했다. "당신에겐 명백할지 모르지만, 나는 무슨 소린지 도통 이해가 안 되는걸요."

사냥꾼이 말했다. "이건 뭐 그리 내단한 비밀도 아니오. 문명인에게 수소가 정력의 상징이라면, 인디언들에게는 수곰이 정력의 상징이지요. 하지만 그들은 수곰을 정력의 상징으로 볼 뿐만 아니라 더 나아가 그것의 시체를 사랑의 문제에 있어서 대단한 주술로 여긴다오. 그렇기 때문에 그런 방식으로 죽이는 거요. 그리고 그렇기 때문에 곰이 겨울잠을 자기 위해 비축해 둔 지방을 몸에 바르는 것이고. 그것이 겨울 내내 곰을 따뜻하게 해 주듯이, 사랑의 불에 연료를 공급해 준다고 믿는다오. 그리고 곰을 거세한 것으로 말하자면, 야만인 나라에서는 만약 남자가 수곰의 성기를 잘라 날가죽 주머니 안에 넣은 후, 그것을 가죽끈으로 엮고 허리에 띠처럼 둘러 자신의 성기 앞에 매달아 놓으면, 자신의 정력이 곰의 정력만큼 세진다고 믿는다는 거요. 그가 첫 번째로 마주친 가련한 여자를 하늘이 돕기를! 나는 그에게 물었소. '자네가 목표로 하는 것이 혹처치크릭의 그 여자인가?' 그는 직접적인 답변은 하지 않았지만, 악마 같은 미소를 짓더니 그때부터 며칠 혹은 이틀 후 자신과 럼블리 부인이 토바코스틱만에 있는 내 오두막에서 가정을 꾸렸을 때 내가 자신을 방문해 주면 기쁘겠다고 말했소! 말투만 본다면 당신들은 그를 명랑한 영국 신사쯤으로 여겼을 거요. 하지만 그는 야만적 정욕의 화신처럼 서 있었소! 나는 그 불쌍한 여자의 명예를 몹시 염려했기 때문에, 빌리 럼블리에게 신중하게 행동하라고 간청했소. 내 짐작이 맞다면, 그녀는 당장이라도 그를 쏘아 죽일 준비를 마치고 있을 테니까. 하지만 그는 이렇게 말했지. '어떤 영국의 권총도 곰을 죽인 적은 없소.' 그러고는 자기의 길을 갔소."

메키보이가 말했다. "이제 분명해졌군요. 그는 그녀를 납치해서 당신이 말했던 그 오두막에 숨겨 둔 거예요! 보안관은 그녀를 찾지 않고 뭐하고 있는 거죠?"

에브니저가 끼어들었다. "자네는 정말 이 주의 부패에 대해 아무것도 모르는군. 오직 덕이 있는 사람들만 메릴랜드의 법에 골탕을 먹지."

사냥꾼이 말했다. "이런, 당신은 당신의 사례를 지나치게 일반화하고 있소. 우리의 법정은 원칙상 영국의 법정만큼 건전하다오. 하지만 그 법정이 다루는 사람들은 대개 난폭한 무법자들이거든. 사기꾼과 해적, 매춘부, 협잡꾼, 상습범과 그 상습범들의 하수인들 말이오. 나는 법정이 잘못되어 가는 것에 대해, 혹은 한두 명의 판사가 정의를 두고 검은 거래를 하는 것에 대해 놀라지 않는다오. 하지만 적어도 이곳엔 판사들과 법정이 있소. 그리고 우리가 그들을 바로잡을 힘을 가지게 되면 그들의 판결도 정직해질 거요. 즉, 사람들의 마음이 전반적으로 통제가 될 때 말이오."

에브니저는 볼이 화끈거렸다. 자기가 사실을 과장해서 비판한 거라고 느꼈기 때문만은 아니었다. 케임브리지 법정에서의 기억은 여전히 그의 마음에 사무쳤고, 그 생각을 하니 그의 모든 모공에서 땀이 배어 나왔다. 하지만 그의 무차별적인 원한은 다소 기질적인 데가 있었음에 틀림없었다. 그는 덫 사냥꾼의 말을 들으면서, 언제부터인가 자신이 어떤 주제들이 언급될 때마다 진심으로 느껴서라기보다 그저 습관적으로 원한을 드러내 왔다는 것을 깨닫고 새삼 놀랐다. 메릴랜드에서 너무도 지독한 경험을 했기 때문에, 그는 메릴랜드라는 이름을 시로 더럽혀서 자기 아이들의 아이들의 아이들에게 선하기로 맹세했다. 그러한 분노가 배우의 큐 사인과 같은 것으로까지 전락할 수 있을까? 그가 이러한 질문에 도달한 것은 추론의 과정을 통해서가 아니라, 그의 얼굴에 홍조가 이는 것처럼 그의 마음속에서 타오르는 일종의 직관에 의해서였다. 그가 고작 "그럴지도 모르지요."라고 하비 러섹에게 중얼거리는 동안, 그는 세상의 종말이 오기 전까지 대중의 마음속에서 살고자 하는 천 가지 기쁨과 슬픔의 집 잃은 유령들, 즉 축일과 금식일, 기념물과 의식의 유령들을 그 불안한 빛을 통해 보았다. 그러한 것들은 모두 그 자신의 영광과 재난을 초라해 보이도록 만드는 엄청난 규모의 영광과 재난을 위해 봉헌되었다가 모두 잊혀져 버리거나, 혹은 그러한 기념일 및 의식을 제정하게 만들었던 감정에 무딘 귀족계급에 의해 그저 기계적으로 준수될 뿐이었다. 그것은 하나의 불안한 환영이었고, 시인을 마찬가지로 불안하게 만들었던 것은 그에 대한 자신의 반응이었다. 요즘 들어 그는 그러한 세상에서 노력한다는 것의 무익함에 대해 영혼의 이를 갈았을지도 모른다. 어쩌면 그는 알레고리를 사용한 2행 연구에서 인간의 변덕스러움을 매도했을지도 모른다. "인간의 마음은 신의 없는 '과부'다."라고 단언했을 수도 있다. 그 과부는 자신의 고귀한 배우자의 ('승리'든, '비극'이든) 임종을 지켜보면서 그를 영원히 추모하겠다고 맹세한다. 하지만 그녀가 상복을 입자마자 어떤 성가신 '문제'가 그녀를 좌지우지한다. 그리고 뒤이은 세월 동안 배우자의 무덤에 의례적인 방문을 계속하면서도, 그녀는 일련의 천박한 영고성쇠와 한 이불을 덮고 잔다. 이들 중에서 그녀가 주목할 만한 가치가 있는 것은 단 하나도 없는데 말이다. 그러나, 비록 그러한 변덕스러움이 여전히 그의 감수성을(즉 그의 허영심을, 왜냐하면 그는 자기 자신을 그 '죽은 남편'과 동일시하고 있었으므로) 괴롭혔지만, 그는 그것이 이중의 정당성을 가지고 있다고 확신할 수밖에 없었다. 그것은 다음과 같이 말하는 듯했다. "시간은 살아 있는 자들에게만 흘러간다. 그리고 사물들을 변화시킨다. 오직 죽은 자들에게만 환경이 결코 변하지 않는 것처럼 보일 뿐이다." 그리고 이러한 생각은 과거에 대한 판단, 그것의 현재와의 관계, 그리고 현재에서 그것의 중요성을 암시했다. 그것은 그가 지금 반쯤 동의하는 판단이었다. 하지만 오직 반이었다!

덫 사냥꾼이 다시 이야기를 시작했다. "내가 빌리를 다시 본 것은 그로부터 며칠 후였소. 그는 트리니티 교회를 나서고 있었지. 그래요, 분명 그 일이 있은 지 바로 다음 일요일이었소. 그는 무릎까지 오는 긴 양말에 가발을 쓰고 있었지. 여느 신사처럼 말이오. 그에게 곰 기름의 흔적은 전혀 찾을 수 없었소. 그를 도대체 어떻게 생각해야 할지 갈피를 못 잡는 사람들도 더러 있었지만, 그는 교회 문간에서 목사와 악수를 했고, 대단히 친근하게 사소한 농담을 건넸소! 내가 가까이 다가갔을 때, 그는 두 명의 연초 경작자들과 총독의 의회에서나 들을 법한 훌륭한 영어로 미사여구를 동원하며 담소를 나누고 있소. 그와 이야기를 나누고 있던 사람은 이전에 그를 골탕 먹였던 바로 그 사람들 가운데 두 명이었소. 하지만 그들이 대화를 나누는 태도로 봐서는 그들이 설마 이전에 정말로 그랬었던가 하는 생각이 들 정도였소. 한 사람은 그에게 교회에 나오라고 초대하고 있었고, 다른 사람은 연초 시장에 관해 그와 토론하고 있었거든.

그들이 내게 말했소. '여기 이분은 럼블리 씨요. 연초 위에 똥을 쌌던 사람들 가운데 가장 점잖은 기독교인이죠.' 나를 보자 빌리는 미소를 지었고 고개를 숙여 인사했소. 그리고 말했지. '나는 이미 저분을 만나는 영광을 가졌소. 고맙소, 여러분. 러섹 씨는 참으로 자상하게도 내 집을 짓기 전에 사용하라며 내게 그의 오두막 하나를 빌려주셨다오.' 우리 둘은 매우 따뜻한 악수를 주고받았소. 그런데 알고 있소? 나는 적어도 그 주변의 여섯 명은 되는 사람들로부터 선망의 눈길을 받았다오. 그들은 내가 이미 그의 호의를 얻었다는 데 대해 무척이나 부러워하는 분위기였지! 빌리는 한두 군데 방문해야 할 곳이 있다고 말하고는 자신의 볼일을 마친 후 내가 자신의 오두막에서 저녁 식사를 함께하기를 바랐소. 이윽고 그가 자리를 뜨자, 그의 가신들은 새로 기사 작위를 받은 기사 주위의 한량들처럼 내 주위에 몰려들었소. 나는 그들로부터 그 처치크릭의 숫처녀가 홀연히 록산의 집을 나가 사라진 뒤 전혀 소식을 들을 수가 없었는데, 어느 날 빌리 럼블리가 영국식 복장을 하고 마을로 돌아와 그녀가 자신의 신부가 되었다고 선언했다는 이야기를 들었소. 어떤 이는 그가 그녀를 포로로 잡았다고도 했고, 또 어떤 이는 그가 그녀를 벽난로 위에서 고문하는 광경을 보았다고도 말했지. 하지만 그를 염탐했던 다른 이들은 단언했소. 그녀는 자기가 원할 때면 언제든지 그 오두막을 떠날 수 있고, 지금은 그녀 자신의 의지로 그와 함께 머물러 있다고 말이오. 조심스럽게 그에게 적절한 기독교의 결혼 의식을 요구하는 사람들에게 그는 그보다 더 자기를 기쁘게 하는 일은 없을 거라고 대답했다더군. 하지만 자신의 아내는 자기와 행한 인디언 의식에 만족하며, 그 외의 다른 것을 하려 하지 않는다는 거요. 그리고 자기 또한 그녀의 의지에 반해 억지로 강요하고 싶지 않다고 말했다더군.

어쨌든 비록 그가 처음 등장한 뒤로 시간이 얼마 지나지 않았고, 여전히 여기저기 그에 대한 나쁜 말들이 돌긴 했지만, 빌리는 처치크릭에 거주하는 모든 여자들의 마음과 거의 모든 남자들의 존경을 얻은 듯 보였소. 내가 듣기로 그는 연초 시장에서부터 형사상의 처벌 규정에 이르기까지 모든 것을 개선할 수 있는 원대한 계획을 가지고 있었소. 그리고 아무도 드러내 놓고 말하지는 않았지만, 당신들도 알다시피 나 역시 러섹 가문의 사람이니까, 빌리가 조만간 나의 형 해리에게 용감히 대항하기를 사람들이 기대하고 있다는 것도 분명했소. 그들은 대부분 한 사람에게로 동맹 상대를 바꿨소. 빌리는 너무도 강한 데다 풍부한 계획을 가지고 있었고, 해리 경은 그의 힘을 너무도 시기했기 때문에 그 둘이 언젠가는 맞붙어 싸울 수밖에 없는 상황이었지. 게다가 소문에 브롬리 양을 어찌해 보려다가 그녀를 달아나게 만든 것이 바로 해리였다는 거요. 모든 사람들은 적당한 때가 오면 빌리가 그 비열한 놈으로부터 단단히 대가를 받아낼 거라고 짐작했다오.

우리가 오두막으로 가는 길에 …… 참, 잊을 뻔했군. 그가 자신의 집에 누굴 초대한 건 내가 처음이었고, 그로 인해 나는 더더욱 부러움의 대상이 되었다오. 아무튼 그곳으로 가는 길에 나는 그에 관해 들은 이야기들을 솔직하게 말했소. 그리고 그에게 물었지. 상상으로부터 사실들을 추려 내기 위해 말이오. 하지만 그 사람이야말로 태양 아래 모든 것들에 대한 질문으로 가득 차 있어서, 정작 내 질문에는 제대로 답을 하려 하지 않았소. 그는 다음과 같은 것들을 알고 싶어 했소. 어째서 연초 경작자들은 동업 조합을 조직하여 무역 및 농장 담당 판무관들과 흥정을 하지 않는 건가? 팔레스트리나는 누구인가? 당신은 마흔 살의 사내가 하프시코드를 배우기에 너무 늦었다고 생각하는가? 태양과 그것의 행성들이 공간을 통해 함께 움직이고 있을지도 모르는 상황에서, 어째서 코페르니쿠스는 태양만이 그 자리에 서 있다고 생각했는가? 만약 기독교의 수행자가 욕망을 억제하는 데서 기쁨을 느낀다면, 그는 그러한 욕망을 억제하기 위해 그것을 만족시켜야 하는가? 그런데 그것을 만족시키기 위해서는 그것을 억제하지 말아야 하지 않는가? 그렇다면 그것은 그를 답보 상태로 이끌지 않는가? 등등."

메리 멍고모리가 고개를 저으며 말했다. "나의 찰리와 너무도 비슷하군요. 그의 영혼이 편히 잠들기를! 그이가 한 보따리의 질문을 가지고 있을 땐, 어떤 사람의 대답도 그를 만족시키지 못했다우!"

에브니저는 브롬리 양의 소식을 듣기 위해 사냥꾼을 재촉하며 슬프게 말했다. "사자에게서 벗어나기 위해 늑대에게 도움을 청하는 것이 언제나 순진한 사람들의 운명이었죠! 순진함(innocence)은 젊음과도 같아요. 그것은 오직 소비되기 위해 우리에게 주어지고, 우리는 그것을 상실함으로써 그것의 본래 의미를 깨닫게 되죠."

메키보이가 미소를 지으며 물었다. "바로 그러한 점이 그것을 소중하게 만들지, 안 그래?"

메리의 의견은 달랐다. "아뇨. 내 사고방식에 따르면, 그것은 바로 순진함의 덧없음을 증명하는 거예요."

에브니저가 말했다. "그것이 무엇을 증명하는지는 나도 모르겠어요. 하지만 이 경우엔 분명 그렇겠죠."

그러자 러섹은 이야기를 계속 이어 갔다. 그의 오두막은(러섹은 이미 그것을 자신의 것으로 생각하지 않고 있었다.) 훌륭하게 수리되어 있었다. 창문에는 진짜 창유리가 끼워져 있었고, 집

주변의 땅은 비로 깨끗이 쓸려 있었다. 현관 앞마당에는 최근에 세워진 듯한 해시계가 서 있었는데, 아마도 그 지역에서 유일한 해시계였을 것이다. 그리고 박공 지붕 꼭대기에는 별과 행성들을 보다 편리하게 관찰할 수 있도록 평평한 단이 마련되어 있었다. 그것은 아마도 그것을 건축한 사람이 사용하는 것인 듯했다.

"그는 길을 가면서 자기가 전날 밤에 젊은 수사슴을 사냥했는데, 진짜 기독교인들이 그러듯, 그것을 도살하기 위해 월요일이 되기를 기다리고 있다고 말했소. 하지만 우리가 오두막 주변을 말을 타고 돌고 있을 때, 나는 한 야만인 여자가 그 피묻은 시체에 팔꿈치까지 담근 채 스테이크 살과 잉덩이 살을 도려내고 있는 광경을 목격했소. 그녀는 늙은 북미 인디언의 아내처럼 사슴 가죽으로 된 더러운 옷을 입고 있더군. 머리카락은 거칠게 헝클어져 있었고, 갈색 피부는 훈제한 돼지 옆구리 살처럼 기름으로 번들거렸소. 우리가 들어섰을 때, 그녀는 우리에게 등을 돌린 채 전혀 관심을 두지 않았지. 나는 그녀가 노동을 하고 있는 것에 대해 그를 힐책할 생각이었소. 이교도들로 하여금 자기 대신 안식일을 어기도록 하는 것은 궤변가의 웃기는 면모라고 말이지. 그때 마침 그 여자가 돌아보았는데 나는 그녀가 인디언이 아니라는 것을 알아보았소. 그저 그녀가 그 유명한 처치크릭의 숫처녀라는 것을 짐작할 뿐이었지!"

에브니저와 메키보이는 모두 놀라 입을 딱 벌렸다.

러섹의 말은 계속되었다. "맹세코 여러분, 문화인이 처음으로 야만인을 보면 멈칫할 수밖에 없다오. 그것은 그에게 자신의 지난 역사의 낮은 근원을 돌아보도록 만들기 때문이지. 하지만 자기 종족의 일원이 그러한 야만의 상황으로 다시 퇴행하는 광경은 더욱 보기 드문 것이니 만큼 그러한 광경과 맞닥뜨리는 것은 훨씬 더 혼란스러운 일이오. 왜냐하면 그것은 교양과 세련의 경지로 오르는 길이 얼마나 까다롭고 위험한 길인지를, 너무 까다롭고 위험해서 조금만 부주의해도 그곳을 오르는 사람들을 이전의 상태로 떨어뜨릴 수 있다는 것을 통감하게 만들기 때문이오. 그리고 우리들 가운데 가장 교양 있는 사람들 안에서, 저기 있는 쿠크 씨든지, 혹은 누구든지 이 값진 수양(cultivation)은…… 제기랄, 여러분, 빌리 럼블리의 아내와 같은 사람의 광경이라니!" 그는 잠시 말을 멈췄다 곧 다시 시작했다. "내가 말하고자 하는 것은, 여러분, 그것은 마치 밭을 경작하는 것(cultivation)과 같소. 내게는 그렇게 보여요. 그것은 온통 질서이자 목표요. 그것은 경이로운 열매들을 산출하지! 하지만 그것은 사실 깊이를 알 수 없는 심연의 표면에 난 긁힌 상처에 불과하지 않겠소?[25] 가래가 두세 번 오가면서 손 닿지 않았던 땅속으로 가랫날이 파고들지만, 그 밑으로는 천 킬로미터 두께의 변하지 않은 바위가 놓여 있고,

---

25) 열매를 산출한다는 분명한 목표를 위해 쟁기로 갈아 밭을 질서 정연하게 정리하지만, 끝을 알 수 없는 깊이를 가진 땅의 두께와 비교할 때 그러한 밭이랑의 깊이는 작은 생채기에 불과하다는 것. 즉, 겉으로는 교양과 문화로 정리되어 있는 것 같아도, 그보다 더 깊은 곳에는 정제되지 않은 야만이 숨어 있다는 의미이다.

그리고 보다 더 깊이 들어가 세상의 중심에 다다르면 미친 듯이 타오르는 불이 놓여 있다오!

지각 있는 사람이라면 누구든 자신과 같은 종족의 인간이 처치크릭의 숫처녀처럼 야만인이 되어 있는 광경을 보았을 때 이러한 생각을 하게 될 거요. 내가 아까 말했던 것처럼 그녀는 인디언 옷을 입고 있었소. 그리고 머리부터 발끝까지 돼지처럼 더러웠지. 그녀는 피부를 갈색 물로 염색한 것처럼 보였소. 그리고 그 위에다 곰 기름을 덕지덕지 발랐더군. 그와 더불어 먼지와 사슴 피가 그 추운 날씨에도 그녀에게 훌륭한 야만인의 악취를 부여한 거요. 그녀는 내게 한 번도 시선을 주지 않았고, 마치 충직한 사냥개처럼 줄곧 빌리만을 응시했소. 그리고 그의 명령에 따라 그녀는 수사슴을 난도질하던 손을 멈추고, 저녁 식사거리로 사용할 스테이크 고기 두 조각을 가지고 터벅터벅 걸어가더군."

러섹의 이야기는 계속되었다. 안주인의 더러움에 비해 오두막 안은 무척 깨끗했다. 그녀는 벽난로의 열기 속에서 무두질 공장 같은 냄새를 풍겼다. 그리고 저녁 식사가 끝날 때까지 오후 내내 인디언 양식의 벽난로 깔개 위에서 질그릇 안의 거친 가루를 빻으며 멍청하게 앉아 있었다. 그리고 빌리가 말을 걸 때마다 그저 으르렁거리는 소리나 단음절로 대답하곤 했다. 하지만 그녀의 태도와 상태가 노예 같았다 해도, 덫 사냥꾼은 강요나 위협을 암시하는 징후를 전혀 발견하지 못했다.

그가 말했다. "요컨대, 그녀는 더 이상 영국인 처녀라 할 수 없었소. 완전히 야만인 인디언의 아내가 되어 있었지. 내 짐작으론 이렇소. 그는 그때 온몸에 곰 기름을 바르고 주술적인 사타구니 주머니를 찬 채 그녀를 찾아낸 거요. 그리고 야만인 식으로 그녀를 강간하고 사랑함으로써 그녀가 정신의 고삐를 영원히 놓도록 만들어 버린 거지."

메리가 딱 잘라 말했다. "당신 짐작은 틀렸어요. 그가 대단한 사랑의 비술로 정복했기 때문에, 그 여자는 그 자리에서 자신이 영국인이기를 영원히 포기한 거예요. 나는 일이 그렇게 되었다는 걸 알아요."

에브니저가 말했다. "아, 하지만 그렇다 해도 나는 그 짐승을 증오해요! 설사 우리에게 순결(innocence)이 상실되기 위해 주어졌다 해도, 그래도 역시(아니, 차라리 그렇기 때문에) 그것의 전체적인 의미는 그것을 어떻게 내놓느냐에 달려 있어요, 그렇지 않나요? 자신의 마음과 상관없이 그것을 억지로 빼앗기는 것은⋯⋯." 그는 그 몸부림을 마음속에 그려 보려고 애썼다. 그는 자신이 숲 속 차가운 찔레덤불 사이에서 강제로 눕혀진 브롬리 양과 같은 상황에 처해 있다고 상상했다. 칼이 목에 겨누어지고, 외투가 높이 끌어 올려진다. 바람이 허벅지와 음부를 날카롭게 훑고 지나가면, 벌거벗고 기름으로 더럽혀진 사나운 야만인이 헨리 벌링검의 얼굴과 파충류의 눈을 하고 자신을 덮쳐 누른다. "신이 그를 저주하시기를! 그 비열한 녀석이 자신의 승리에 얼마나 흡족해하고 있을까!"

러섹이 다소 놀란 듯 외쳤다. "무슨 말이오? 흡족해한다고 말했소? 아, 글쎄, 알다시피 그는 흡족해하지 않았소. 아뇨, 친구, 당신은 빌리 럼블리가 그 여자가 가라앉은 거리보다 훨씬 더 먼 거리를 올라갔다는 걸 잊었군요. 그래요, 심지어 그녀의 원래 위치보다 훨씬 더 높이. 내가 장담하오! 그렇듯 교양 있는 진정한 신사는 그러한 승리에 결코 즐거움을 느낄 수 없는 법이오. 하지만 내가 이해하기에는, 그를 높이 끌어올린 것은 바로 그 정복이었소. 사실은 여러분, 그에게 그의 아내는 한없는 부끄러움이었소. 그는 그녀에게 몸을 정갈히 하고 영국인 부인처럼 옷을 입으라고 간청했소. 그는 교회에 등록하고 기독교식 결혼식을 올리기를 갈망했소. 그날 내로 로마나 영국의 대학을 향해 출항하는 것보다 그를 기쁘게 하는 일은 없었을 거요. 그러나 그녀는 결코 그의 말을 따르려 하지 않았소. 그녀는 더럽고 야만스러운 방식 속에서 뒹굴었지. 그리고 불쌍한 빌리는 이제 그녀를 버리거나, 혹은 그녀의 의지에 반해서 그녀를 강제하거나 하기에는 너무나 도의적인 인간이 되어 버렸던 것이오!"

메리 멍고모리가 고개를 저으며 말했다. "나는 그녀의 마음도 그의 마음도 너무나 잘 이해해요! 밤마다 나의 마차 안에서 남녀가 서로 엉켜 뒹구는 모습을 볼 때마다 들렸던 궁금증이 다시 이는군요. 사람은 본래 교양 있는 태도로 거죽을 감싼 야만인일까요? 아니면 야만성은 그저 보통 인간의 교양 있는 태도에서 이따금씩 천사의 엉덩이에 난 여드름처럼 발진하는 희미한 얼룩에 불과할까요?"

과거에 겪었던 폭력들에 대한 회상에 잠겨 있던 에브니저에게는 그 질문이 전적으로 엉뚱하거나 흥미 없는 것으로 느껴지지 않았다. 그러나 그도, 다른 남자들도 선뜻 답을 내놓지는 못했다.

12 여행자들이 북쪽으로 여행을 계속하여 처치크릭에
도달하다. 메키보이는 귀족보다 더 고상하게 행동하고,
시인은 자신의 의사와 상관없이 기사 노릇을 하게 되다

하비 러섹의 이야기가 끝나자, 일행은 곧 집주인이 제공한
옥수수 껍질로 만든 침상 위에서 잠을 청했다. 거기에다 메리
의 마차에서 가져온 담요를 충분히 덮고 나니, 에브니저와 메
키보이로서는 최근 들어 정말 오랜만에 누려 보는 편안한 잠
자리가 되었다. 그러나 시인은 브롬리 양과 그의 누이, 자신이
맡은 임무의 막중함, 그리고 방금 들은 이야기들에 대한 상
념 때문에 몇 시간 동안 잠을 이루지 못했다. 다음 날 아침 계
란 프라이와 사향쥐(시각보다 미각을 더욱 만족시킨다는 것을 알
게 된 요리)로 아침을 먹으면서 그가 단언했다. "내겐 이전에도
코훈코우프레츠, 즉 빌리 럼블리를 찾아야 하는 충분한 이유
가 있었어요. 그는 나의 양심으로부터 두 영국인의 목숨이라
는 짐을 덜어 줄 수단이 될지도 모르니까요. 하지만 브롬리 양
이 순전히 내 누이에 대한 우정을 지키려다가 어떤 상황에 처
하게 되었는지를 듣고 나니, 이제 이 친구를 찾아내서 그녀를
구하는 일이 그 무엇보다 더욱 시급해졌어요. 또 한 사람이 나
로 인해 몰락하면, 나는 자책감으로 미쳐 버릴 거예요!"
　메키보이가 설득했다. "아냐, 친구. 나는 맹세코 자네의 감정

을 존중하네만, 마음을 달리 먹게! 자네는 어떤 대가를 치르고서라도 시카멕으로부터 우리의 인질을 구해 내야 할 의무가 있다고 다짐했지. 그리고 자네는 나의 수치심을 자극하여 똑같이 어리석은 명예에 얽매이도록 만들었어. 만약 자네가 자신의 아내를 설득하여 달아나게 할 작정이라는 것을 알게 되면, 럼블리라는 친구가 우리에게 감사할 거라고 생각하나? 그리고 만약 그가 우리로부터 등을 돌리게 되면, 맹세코 자네가 책임을 져야 할 사람은 두 사람이 아니라 200명이 될 거야. 아메리카에 있는 모든 시민군이 싸운다 해도 딕 파커와 그 다른 사령관이 지휘하는 노예들과 인디언들을 모두 물리칠 순 없으니까!"

요리를 하기 위해 피워 둔 불 옆에 앉아 있던 메리 멍고모리가 말했다. "생각만 해도 몸이 떨리는군요. 잊지 마세요, 쿠크 씨. 그 여자를 현재 상태로 이끈 것이 어떤 더러운 장난이든 간에, 그녀가 거기에 머무는 것은 자신의 의지에 의해서예요." 갑자기 그녀는 짜증스러운 듯 한숨을 쉬었다. 그리고는 가상의 법정에 대고 시인이 얼마나 그릇된 생각을 갖고 있는지 좀 보라고 외쳤다. "저런, 여러분, 세상이 곧 폭발하려고 해요. 그런데 그는 한 불쌍한 창녀의 불행만을 염려하는군요!"

에브니저가 미소를 지으며 대꾸했다. "유리의 어느 쪽 끝을 통해서 보아야 더 잘 보인다고 누가 자신할 수 있겠어요? 어느 날 밤 벌링검과 내가 필즈에 있는 세인트자일스에서 별을 보고 있었을 때였어요. 나는 사람들이 지닌 문제들이란 지구의 산들처럼, 영원성과 무한한 하늘의 견지에서 보면 아무것도 아니라고 말했죠. 그러자 헨리가 이렇게 말하더군요. '그야 그렇지, 에벤. 하지만 우리가 살고 있는 여기 아래에서는 충분한 골칫거리들이야, 분명히!' 어쨌든 나는 브롬리 양을 위해 내가 할 수 있는 일을 할 작정이에요. 빌리 럼블리를 강간죄로 기소할 생각은 없어요. 메릴랜드 법정에서라면 그것은 헛된 소망이지요! 그리고 그는 내 염려에 이의를 제기하지는 않을 겁니다. 내가 러섹 씨로부터 그에 대해 제대로 들은 거라면 말이에요."

그들이 덫 사냥꾼에게 작별인사를 한 뒤 메리의 마차를 타고 처치크릭을 향해 출발한 것은 여전히 이른 아침이었다. 여행은 다섯 시간이나 걸렸지만, 그들이 작은 촌락에 도착했을 때도 태양은 아직 자오선을 지나지 않은 상태였다.

메키보이가 얼마간의 거리 앞에 있는 깔끔한 건물을 가리키며 말했다. "저기 여인숙이 있군."

메리가 말했다. "그래요, 우리는 좋든 싫든 그곳에 갈 거예요. 저게 바로 해리 경의 건물이거든요." 해리 러섹은 그 마을에 온 방문자들이 자기 앞에 나타나 미리 용건을 알리지 않으면 노발대발한다는 게 그녀의 설명이었다. "그는 나를 잘 알아요. 그가 당신들 두 사람에 대해 물으면, 총독을 만나기 위해 케임브리지로 향하던 당신들을 내가 태워 줬다는 정도로 말할게요."

에브니저가 외쳤다. "정말이지 오만한 악당이군요! 도대체 무슨 권리로 모든 사람들의 일을 꼬치꼬치 알려고 하는 거죠?"

메리가 대답했다. "글쎄요, 우선 그는 등에다가 곡물 500웨이트를 져 나를 수 있다고 사람들은 말하죠. 그리고 남자의 목을 보릿대 꺾듯 부러뜨릴 수 있다고도 하고요. 다른 한편 그는 저 여인숙은 물론이고, 저쪽 강가에 있는 제분소와 이 근방 농장의 반을 소유하고 있어요." 그녀는 계속해서 이 주에 있는 대부분의 제분소가 그렇듯이 저 제분소도 원래는 볼티모어 경의 명령으로 세워졌고, 부분적으로는 주의 재무성으로부터 자금을 조달받고 있다고 덧붙였다. 그러므로 정부는 그것의 운영에 대해 관심을 유지하고 있으며, 해리 러섹도 이 사실을 잘 알고 있다는 것이나. 하지만 세인트메리즈 시티는 처치크릭에서 너무 멀리 떨어져 있고, 총독의 의회는 처리해야 할 긴급 현안들이 너무도 많아 이곳까지 수의를 기울일 겨를이 없는 데다, 제분소 운영 실태를 조사할 인적, 물적 자원도 변변치 않은 실정인지라, 그는 모든 방식을 동원하여 자신의 독점권을 부당하게 이용하는 데 별로 주저함이 없었다. 제분에 터무니없는 요금을 징수하고, 8갤런당 모자 하나에 담을 수 있는 양을 규칙적으로 빼 가는 등의 다양한 부정 이득을 통해 그는 일찌감치 재산가가 되었고, 그 결과 여인숙을 짓고 지역 내의 담배 경작자들에게 토지를 담보로 대부를 하기 시작했다. 이를 통해 그는 시장의 상황과 상관없이 매년 커다란 이익을 남길 수 있었다. 담배 시세가 좋으면, 그가 대부한 융자는 이자와 함께 상환되었다. 그의 제분 수익은 올라갔고, 그의 선술집은 자축하는 경작자들로 가득 찼다. 시세가 떨어지면, 그는 몰수한 담보물로 자신의 토지를 늘렸고, 언제나와 마찬가지로 이웃의 일용할 양식을 위해 곡물을 갈았으며, 경작자들이 슬픔을 달랠 수 있도록 럼주를 팔았다. 그러니 그가 곧 이 지역에서 가장 부유한 사람이자, 이 주에서 가장 부유한 사람들 가운데 한 명이 된 것은 너무나 당연한 일이었다. 처치크릭 내에서의 이러한 영향력을 바탕으로 그는 주위 몇 킬로미터 내에서 유일한, 진정한 귀족 출신의 여인을 아내로 얻었다. 하지만 둘 사이에 어떤 타협이 이루어졌는지에 대해 마을 사람들은 그저 추측만 할 뿐이었다. 그가 제분소에서 자신들의 곡물을 훔칠 때도 사람들은 그를 거짓된 칭호로 불러야 했고, 그가 계급의 상징이랍시고 맷돌 옆에서조차 칼을 휘두를 때도 그저 깨끗이 피해야 했으며, 대개는 아무런 이의 없이 그의 비열한 행동을 감수해야 했다.

그녀가 결론을 내렸다. "해리 경은 세상에서 귀족의 작위 외에는 아무것도 존경하지 않죠. 그리고 소문에 제분소와 나루터들을 검열하기 위해 세인트메리즈에서 파견되었다는 두 명의 감독관들 외에는 이 주의 어떤 사람도 두려워하지 않아요."

여인숙 가까이 다가가서야, 그들은 그 간판 위에 이상한 문양이 대담한 색채로 그려져 있는 것을 보았다. 그것은 담청색 바탕에다, 작은 원들이 맷돌처럼 보이도록 직각으로 관통되어 있는 것들 사이에, 다리들을 한껏 뻗은 딱딱한 게들이 붓꽃을 위아래로 둘러싼 모양이었다. 하지만 그 간판이 가리키고 있는 장소 내부에서 들려오는 커다란 소음 탓에 그들은 그 독특한 문양을 찬찬히 훑어볼 수가 없었다. 오지그릇이 깨지는 소리가 났고, 한 여자가 비명을 질렀으며, "오우! 오우!" 하는 남자의 목소리가 울렸고, 다른 사람이 고함을 쳤다. "네 녀석의 머리통을 아주 박살을 내놓겠다, 존 행커! 야잇! 꼼짝 마라, 빌어먹을, 한방 제대로 먹여 줄 테니!" 별안간 문을 통해 한 젊은이가 자신의 맨머리를 양손으로 움켜쥔 채 튀어나와서는, 부리나케 달아났다. 이어서 검은 머리에 얼굴에 반점이 있고 수염이 텁수룩한 황소 같은 사나이가 셔츠 깃을 열어젖힌 채 사악한 눈을 빛내며 그의 뒤를 집요하게 쫓았다. 오른손으로는 칼을 흔들고 있었고(신사가 사용하는 가늘고 긴 쌍날 칼이 아니라, 황소를 네 동강 내는 데 적합한 헨리 모건식 단검이었다.), 왼손으로는 정신이 나간 듯한 젊은 여자 하나를 붙잡고 있었다. 그들은 곧 그 여자가 조금 전 안에서 비명을 지른 여자와 동일인이라는 것을 알게 되었다. 추격자가 이렇듯 거추장스러운 상황이 아니었다면, 그 젊은 남자의 불행은 가발을 잃어버리는 것으로 끝나지 않았을 것이다. 심지어 이러한 불리한 조건을 가지고도 그 봉두난발의 칼잡이는(에브니저는 그가 바로 제분업자인 러섹 본인이라고 생각했다.) 자신의 범죄 목록에다 하마터면 살인을 추가할 뻔했던 것이다.

그가 추격을 포기하면서 고함쳤다. "이야! 달려라, 행커! 다시 한 번 처치크릭에 오는 날엔, 널 완전히 갈아 버릴 테니!"

그 여자가 외쳤다. "아깐 그저 장난 좀 친 것뿐이에요, 아버지! 제발 그만 하세요!" 위기의 순간이 지나간 후라 그런지 그녀는 놀랐다기보다 무안한 듯 보였다.

메키보이가 에브니저에게 중얼거렸다. "이런, 세상에. 정말 예쁘게 생긴 여자로군!"

제분업자가 그녀에게 얼굴을 돌렸다. "네가 한 짓을 알고 있어! 너는 내가 그놈이 술 취한 앞발을 어디에 놓았는지, 그리고 더 나아가 네가 그놈에게 미소를 짓는 꼴을 못 봤다고 생각하는 거냐? 개들은 모두 꼬리 치는 암캐에게 껄떡거리는 법이야! 만약 내가 너에게서, 그리고 덤으로 네 그 뻔뻔스러운 어미에게서 바람기를 제거하지 못하면 내가 빌어먹을 자식이다!" 그는 단검의 평평한 면으로 그녀의 엉덩이를 찰싹 때렸다.

그녀가 항의했다. "아얏! 당신은 지옥에서 온 악마예요!"

"그리고 너는 윈체스터의 암거위고!" 그는 다시 칼을 휘두르며 그녀의 다리를 매섭게 때렸다. 에브니저의 볼이 확 붉어졌다. 그리고 메키보이는 처녀를 돕기 위해 뛰어들 준비라도 하듯 마부 좌석에서 벌떡 일어섰다. 그러나 매질에 대해 커다란 목소리로 항의를 하는 그 여자의 태도는 비굴함과는 거리가 멀었다.

"흥! 예수께 맹세해요. 아버지가 자고 있는 동안 반드시 아버질 죽여 버릴 거라고요!"

"그 전에 너는 나한테 죽도록 맞아야 할걸!"

세 번째 타격은 처음 때렸던 곳을 목표로 했지만 그 여자는 이리저리 몸을 비틀다가 제분업자의 손목을 물어 버림으로써 엉덩이만 살짝 맞고 그의 손아귀에서 빠져나왔다.

"하! 또 때려 보시지. 빌어먹을 영감!" 그녀는 곧장 달아나지 않고, 멀찌감치 서서 그를 조롱했다. "저, 저, 칼 휘두르는 꼴 좀 보라지. 힘없는 여자들이나 때리기 위해 산 칼을 말이야! 정말이지 커다란 나귀가 따로 없다니까!"

"그리고 너는 창녀고!"

"그리고 당신은 오쟁이진 남편이야! 아, 빌리 보이가 당신의 머리 가죽을 벗기면 우리는 얼마나 행복해질까!"

제분업자가 고함을 치며 그녀를 향해 달려들었지만, 여자는 재빨리 달아났고 마차 주변을 뱅뱅 돌며 그를 약 올렸다. 잠시 후 그가 그녀의 민첩함에 대한 과거의 기억을 떠올리고 그녀를 쫓는 일을 명백히 포기하자, 그녀 역시 숨을 헐떡이며 멈췄다. 그녀의 눈은 빛났고, 콧구멍은 팽팽해져 있었으며, 조소를 머금은 볼에는 보조개가 파여 있었다. 그녀는 그가 있는 방향을 향해 침을 뱉었다.

"광대!" 그녀는 은색이 도는 다갈색 고수머리를 뒤로 휙 젖히며 그에게 등을 돌리고는 제분소를 향해 의기양양하게 걸어갔다. 그녀의 아버지는 투덜거리며 무기를 칼집에 넣은 뒤, 그 뒤를 터벅터벅 따라갔다. 하지만 그것은 공격자의 태도라기보다는 조심스럽게 뒤를 밟는 경호원의 태도였다.

메리가 킬킬거렸다. "앙리에타 러섹이에요. 정말 활달한 여자지요?"

하지만 남자들은 앞의 장면에 이미 질릴 대로 질려 있었다. 분노로 인해 얼마간 말문이 막혀 있던 에브니저가 마침내 여성을 함부로 대하는 제분업자의 막돼먹은 태도에 욕설을 퍼부었다. 메키보이는 훨씬 더 강한 분노의 감정을 표현했고, 그 젊은 여성을 향해 찬사의 말을 상당량 덧붙였다.

"세상에, 에벤, 정말 대단한 기질 아닌가! 자기가 당한 만큼 그 깡패 녀석에게 되돌려 주는 것 좀 봐! 한순간도 겁먹지 않고 말일세! 게다가 그의 잔인한 매질에도 눈물 한 방울 흘리지 않는군! 하늘에 맹세코, 나는 그녀가 그 짐승으로부터 자유로워지는 것을 보고 말 거야. 설사 내 스스로 그를 죽여야 한다 해도!"

에브니저는 친구의 열정적인 반응에 다소 놀라 그를 바라보았다. 메키보이는 얼굴을 붉혔다.

그가 투덜거렸다. "마음대로 생각해, 빌어먹을! 그 여자는 헬레네의 얼굴과 아가멤논의 영혼을 가지고 있어. 벤 올리버가 여성의 가장 주요한 미덕이라 부르곤 하던 거지. 오, 정말이지 보기 드문 여자라구!"

메리가 정색을 하며 경고했다. "웬만하면 앙리에타에게 집적대지 않는 게 신상에 좋을 거예요. 저기 젊은 행커에게 무슨 일이 일어났는지 당신도 봤죠? 그저 토닥거리기만 했을 뿐인데 말이에요. 흥, 트리니티 교회의 교구 목사라 해도 귀족이라는 증명서가 없다면 해리 경의 딸에게 연애를 걸 순 없을걸요."

메키보이는 콧방귀를 뀌었고, 얼굴에 주름을 잡으며 골똘히 생각에 잠겼다.

그들은 곧장 제분소로 가기로 결정했다. 그곳에서 메리는 자신들의 존재를 러섹에게 알리는 동시에, 제분업자의 아내와 빌리 럼블리 및 그의 신부에 대한 소식을 좀 더 알아낼 작정이었다. 가는 도중에 그녀는 메키보이를 위해 앙리에타에 대한 이야기를 꺼냈다. 그 여자는 스물네 살이고, 어머니와 마찬가지로 활달한 성격이었다. 그녀의 어머니는 젊은 시절 미인으로 이름을 날렸고, 지금도 여전히 아름다움에 대한 안목이 있는 젊은 남자라면 자신을 돌아보게 할 정도의 미모를 자랑하고 있었다. 딸의 혼기가 찬 지 오랜데도 제분업자는 자신이 아내로부터 전유한 귀족 칭호를 너무도 선망한 나머지 그 지역의 젊은이들 누구에게도 앙리에타를 허락하지 않을 작정이었다. 그는 귀족 태생만을 고집스럽게 주장했다. 하지만 세월이 지남에 따라 젊은 여자의 보호자 노릇을 하는 것은 점차 어려워지기만 했다. 특히 러섹 부인이 남편의 취지에 공감하기는커녕, 연애 사업에 있어서는 앙리에타와 훌륭한 동지 관계였을 뿐만 아니라, 그들이 고안해 낼 수 있는 모든 사랑의 모험에 대해 딸과 행동을 같이할 준비가 되어 있던 터라 더욱 그랬다.

"하지만 그들의 교묘한 꾀와 수많은 연인 지망생들의 책략에도 불구하고, 해리 경은 밤이고 낮이고 용케 자신의 눈을 그들에게 고정시켜 왔죠. 자기가 여인숙에 있을 때는 종종 여급으로 부려 먹고 제분소에 있을 때는 그들에게 조수 노릇을 시킨다우. 그들은 심지어 모두 한방에서 잠을 자기도 해요. 이때 해리 경의 단검은 언제든지 쓸 수 있도록 침대 기둥에 매달려 있죠. 이 몇 년간을 통틀어 그들 둘은 딱 한 번 그로부터 자유를 얻은 적이 있어요. 그리고 저런, 사람들은 여전히 그 이야기를 한다우!"

그들과 제분소(그것은 외관상 가정집의 기능도 가지고 있었다.)와의 거리가 30미터 정도 되었을 때, 해리 러섹이 밖으로 나와 양손을 허리에 대고 그들을 바라보았다. 동시에 그들은 2층 창문에서 자신들을 흥미롭게 지켜보는 두 여자의 형체를 보왔다. 메리 멍고모리는 그들이 손을 흔들어 인사하자 역시 손을 흔들어 답했다. 하지만 에브니저는 몸을 떨었다.

"그런데 당신은 그가 제분소 감독관들을 역병처럼 두려워한다고 말했죠?" 메키보이가 생각에 잠겼다. 그러더니 갑자기 메리의 팔에 손을 얹으며 다급하게 말했다. "이봐요, 당신은 좋은 사람이에요, 메리. 내가 작은 장난을 좀 치려고 하는데 당신이 좀 도와줄래요? 그리고 자네도 역시, 에벤? 나는 자네에게 이미 내 목숨을 빚졌어. 하지만 하는 김에 신용대부를 좀 더 해 주겠나?" 그는 주저하는 동행들에게 다음과 같이 설명했다. 자기가 하려고 하는 일은 그저 그 본데없는 제분업자에게 자기가 처방한 약 한 모금을 주는 것일 뿐인데, 설사 실패한다 해도 그로 인해 더 나빠질 사람은 아무도 없을 것이고, 만약 성공한다면…….

제분업자가 그들의 말소리를 들을 만한 거리에 들어와 있던 터라 그의 말소리가 빨라졌다. "아무튼 그냥 시험해 보자고! 평소 때와 마찬가지로 당신은 당신의 용건을 말하세요, 메리. 그리고 당신은 폭풍이 지나간 후 길을 따라 올라오다가 우리를 태워 주게 되었을 뿐 더 이상은 우리에 대해 아는 게 없다고 말하세요. 아니, 더 나아가, 우리에게는 눈에 보이는 것 이상의 무언가가 있는 것 같은 의심이 든다고 하세요. 우리가 처음부터 무언가를 숨기는 경향이 있었고, 이름이나 용건을 좀처럼 밝히려 하지 않는다고 덧붙이면서요."

메리가 경고했다. "결코 성공하지 못할 거예요, 젊은이." 하지만 그녀의 눈은 이미 장난에 대한 기대로 반짝이고 있었다.

에브니저가 속삭였다. "제발, 존. 우리는 어리석은 모험을 할 시간이 없어! 버트랜드와 케언 선장을 생각해 봐⋯⋯." 그러나 제분업자가 엿들을까 봐 더 이상은 항의를 할 수가 없었다. 메키보이의 표정은 단호했다. 에브니저에게는 아일랜드인이 제분업자의 딸에게 이렇듯 갑자기 관심을 보이는 것이 진부하고 상스러운 행동이자 그들 사이의 엄숙한 신뢰를 위반한 것일 뿐만 아니라, 조안 토스트에 대한 일종의 배신행위처럼 느껴졌다. 비록 조안은 이미 메키보이를 버렸고, 자기 역시 성적인 것보다는 훨씬 더 명예롭지 못한 방식으로 그녀에게 성실하지 못했지만 말이다. 그는 입을 다물고, 비참한 마음으로 다음 상황을 기다렸다.

메리가 인사했다. "안녕하세요, 해리 경!" 그리고 마차에서 힘들게 내렸다. "그저 지나는 길에 록시에게 인사나 하려고 왔어요."

제분업자가 그녀를 무시하며 물었다. "저들은 누구지?"

"저들이요?" 메리는 자신에게 승객이 있었다는 게 이제야 막 생각난 듯 놀라서 뒤를 돌아보았다. "아, 저 사람들을 말하는 거군요! 폭풍 후에 림보 해협 근처에서 만난 사람들이에요." 그리고는 시인에게만 겨우 들릴 만한 목소리로 덧붙였다. "처치크릭에 용건이 있다고 하더군요. 하지만 그게 뭔지는 말하려 하지 않네요. 록시 안에 있나요?"

제분업자가 여전히 두 남자를 응시하며 말했다. "있지. 하지만 당신은 그녀를 만나 볼 수 없어. 그 여자가 아무리 빌어먹을 계집이라 해도, 당신은 귀부인의 벗으로는 어울리지 않으니까 말이지. 당장 꺼지라고!"

"분부대로 합죠!" 그녀는 메키보이가 마차에서 내려오고, 그 뒤를 이어 에브니저가 내려올 때까지 기다렸다. 그녀가 그들에게 한쪽 눈을 찡긋하며 말했다. "만약 당신들이 북쪽으로 갈 일이 있다면, 내가 당신들을 태워 주는 것은 그리 힘든 일은 아닐 거예요. 그리고 나는 내일이나 그다음 날까지 저쪽 여인숙 근처에 있을 거예요."

메키보이가 짧게 고개를 숙여 인사했다. "매우 자비로우시군요, 부인. 그리고 나는 우리들과 폐하 모두에 대한 당신의 봉사에 대해 감사하오. 조만간 당신에게 좀 더 확실한 보상을 하겠소."

러섹이 다그쳤다. "당신들은 누구요? 처치크릭에 온 용건이 뭐요?"

메키보이가 돌아보았다. 그는 겁을 먹기는커녕 과장되게 의심스러운 표정을 지으며 제분업자를 머리부터 발끝까지 훑어보았다.

"말을 하란 말이야, 빌어먹을!"

에브니저는 그의 검은 턱수염이 분노로 씰룩거리는 것을 보았다. 그리고 일이 되돌릴 수 없는 지경에 이르기 전에, 그 장난을 끝내고 싶었다. 그러나 그가 용기를 내기 전에 메키보이가 먼저 말했다.

"이 여성이 당신을 해리 경이라고 부르는 것 같던데, 맞소?"

"그렇게 들었을 거야. 당신이 거만할 뿐만 아니라 귀머거리이기도 한 것이 아니라면 말이야."

메키보이가 메리를 비난하듯 쳐다보았다. "이거 혹시 당신의 이상한 농담인가요, 부인, 아니면 당신들 두 사람 사이의 장난인가요? 어째서 이 우거지상의 멍청이가 해리 러섹 경 행세를 하는 거요?"

두 명의 여성들이 밖에서 벌어지는 일을 듣기 위해 열어 놓은 2층의 여닫이 창 쪽에서 숨을 죽이며 킬킬거리는 소리가 들려왔다. 강심장의 메리조차도 이 아일랜드인의 대담함에 깜짝 놀란 모양이었다.

제분업자가 고함쳤다. "뭐라고? 내가 해리 경이 아니라는 거야?" 그의 손이 재빨리 단검 손잡이로 날아갔다.

메키보이가 근처에서 떨고 있던 에브니저에게 외쳤다. "아냐, 벤, 칼은 뽑지 말게! 뭐라고? 단검을 마차에 두고 왔다고?" 그는 머리를 뒤로 젖히고 웃었다. 제분업자 및 그의 여자들을 포함한 모든 사람들이 어안이 벙벙한 채 서 있었다.

메키보이가 위협적인 목소리로 말했다. "당신에게 다행한 일인 줄 알아, 하찮은 제분업자." 그는 거기에서 그치지 않고 제분업자의 턱수염을 잡아당겼다. "안 그랬으면 내 친구 벤저민 경이 당신의 배 속으로 순식간에 칼을 꽂았을 거야. 그가 폐하를 위해 당신과 같은 사람 200여 명을 찔렀던 것처럼 말이지. 이제 우리를 해리 경에게 데려다줘. 그리고 더 이상 건방 떨지 마. 그렇지 않으면 나는 그에게 명령하여 네 등가죽에서 먼지가 나도록 채찍질을 하게 만들어 줄 테니까."

제분업자의 쩔쩔매는 꼴을 고소한 듯 지켜보고 있던 메리가 끼어들었다. "제발, 나리. 이분이 바로 해리 러섹 경이에요.

제 목숨을 걸고 보장합니다. 저쪽에 있는 그분의 아내와 딸이 그것을 증명할 겁니다요."

창가에 있던 여자들은 명랑한 목소리로 그 사실을 확인해 주었다. 하지만 메키보이는 여전히 의심하는 듯한 태도를 가장했다.

"만약 당신이 해리 러섹 경이라면, 어떻게 이런 제분소에서 촌뜨기 노동자 같은 차림으로 있는 거요?"

"무슨 말씀을 하시는 겁니까? 그야, 보시다시피……." 그가 메리에게 도움을 청했다.

메리가 거들었다. "저런, 그것은 해리 경의 작은 변덕입니다, 나리. 러섹 부인과 결혼하기 전에 그에게 처음 빵을 벌어다 준 것이 바로 제분소거든요. 그리고 훌륭한 해리 경은 자신의 비천한 태생을 잊는 그런 사람이 아니지요, 암요."

"그래요, 그래요, 바로 그겁니다. 그녀가 아주 제대로 맞췄어요." 러섹은 그녀의 설명에 안도를 하면서도 자신의 태생이 언급된 것에 대해서는 썩 유쾌하지 않은 표정이었다. "당신들은…… 그러니까 지금 제가 듣기론 당신들은 왕께서 고용한 분들이라고요?"

메키보이가 말했다. "말을 하자면, 그렇소. 하지만 처음부터 분명하게 말하는 것이 나을 것 같소. 우리의 위임장은 승무원들 및 함재정과 함께 폭풍 속에서 가라앉고 말았소. 그러니 세인트메리즈에서 새 위임장이 도착할 때까지, 당신은 우리들이 제분소 안에 들어오는 것을 막을 권리를 가지고 있소. 당신이 원한다면 말이오."

제분업자의 눈이 커졌다. "그러니까 당신들은 니콜슨의 감독관들이란 말이오?"

메키보이는 그 질문에 대해 굳이 긍정도, 그렇다고 부정도 하지 않았다. 그러면서 그는 자신의 권한이 합법적이 되기 전까지는 이에 대해 더 이상 아무 이야기도 하지 않는 것이 가장 현명한 태도라 생각한다고 말했다.

그가 다소 부드러워진 어조로 말했다. "어쨌든, 내가 여행하는 것은 단순히 니콜슨의 용건 때문만은 아니오. 내 이름은 메키보이요. 런던 심에 있을 때는 무역과 농장에 관련된 일을 하지요. 그리고 화이트홀[26]의 조너선 경이 내 아버지라오."

제분업자가 여전히 의심을 완전히 벗어 버리지 못한 채 감탄한 듯 외쳤다. "설마! 내가 화이트홀의 조너선 메키보이 경을 알게 되는 기쁨을 누리다니 믿을 수 없군요."

"분명 우리를 믿지 못하시겠지요." 메키보이가 고개를 가볍게 숙였다. "하지만 나는 러섹 부인이 그 이름을 알고 계셔서 우리를 곤경에서 빼내 주실 거라는 희망을 아직 갖고 있소."

이러한 날카로운 응수는 2층 창문으로부터 또 다른 반응을 이끌어 냈다. 메키보이가 눈을 들어 숙녀들을 바라보았을 때, 러섹 부인은(에브니저가 보기에 그녀는 메리가 말한 대로 정말 무르익은 미인이었다.) 교활한 표정으로 고개를 끄덕였고, 앙리에타는 미소를 지으며 공손히 절을 했다.

메키보이는 에브니저를 가리키며 말했다. "이 무서운 친구

---

26) Whitehall. 런던의 중앙 관청가.

는 내 친구 벤저민 올리버 경이오. 놀라운 눈과 튼튼한 오른 팔 덕분에 아마 가장 젊은 나이에 귀족 사회의 일원이 되었을 거요. 숙녀분들, 여러분께 벤저민 경을 소개하오. 전장에서는 사자지만, 응접실에서는 새끼 양이나 다름없죠!"

에브니저는 그 거짓말과 소갯말에 모두 얼굴을 붉혔다. 하지만 반사적으로 숙녀들에게 고개를 숙여 인사했다.

메키보이의 말은 계속되었다. "사실 벤저민 경의 아버지는 개인적인 용건차 농장을 방문하고 있는 중이오. 그리고 나는 이 숫기 없는 친구에게 이곳저곳을 보여 주는 중이고요. 말할 필요도 없이, 그는 영국에서 러섹 부인의 가문에 대해 들어 본 적이 있소."

"설마요!" 제분업자는 집게손가락으로 자랑스럽게 코를 비볐다. "영국에서 러섹 가문에 대해 듣다니! 오, 록시, 당신 이 신사분의 말을 들었소? 우리 가문이 영국 귀족들 사이에서 화젯거리라니! 이리로 내려와 봐요!"

러섹 부인은 지체하지 않고 내려와 문간에서 방문객들을 맞았다.

제분업자가 자랑스럽게 소개했다. "여기 이 사람이 내 아내 록산이오. 동부 해안에서 가장 넌더리 나게 고귀한 부인이죠."

메키보이가 말했다 "앙샹테.(Enchanté, 만나서 매우 기쁩니다.)" 그리고는 마치 연인에게 하듯 그녀를 포옹하더니 열정적으로 입을 맞추었다. 순간 에브니저의 얼굴은 하얗게 질렸다.

제분업자가 칼을 뽑으며 외쳤다. "당장 그만두지 못해! 이봐, 빌어먹을, 그만둬! 도대체 뭐하는 수작이지?"

메키보이가 불쾌함과 놀람을 가장하며 당황한 상대방을 놓아주었다. "도대체 무엇 때문에 그대의 남편이 이렇게 놀라는 거요, 부인? 설마 그가 화이트홀의 인사법에 대해 모르는 건 아니겠지요? 그에게 궁정 예절을 가르치지 않은 건가요?"

갑작스러운 포옹으로 아직까지 놀란 와중에도 러섹 부인은 재빨리 정신을 수습하며 자신 또한 화이트홀에서 최근 유행하는 예법에 관한 정보를 듣지 못했을 수도 있다고 고백했다.

제분업자가 칼을 들어 올리며 위협했다. "네놈의 그 음탕한 머리를 잘라 비리겠어!"

하지만 메키보이는 마치 내놓고 봐주는 듯이 침착하게 말했다. "나의 친애하는 친구, 궁정에서는 제대로 된 신사라면 숙녀를 처음 만났을 때 그녀를 포옹하는 것이 관례요. 오직 버릇없는 사람이나 치사한 사람만이 하찮은 절 따위로 숙녀를 모욕하지요." 러섹이 뭐라 항의의 말을 지껄이기 전에 그는 계속해서 자기는 지방의 신사들이 런던 사회를 따라잡는 데 있어서의 어려움을 잘 알고 있지만, 그렇기 때문에 그들은 더욱 열린 마음으로 기꺼이 가르침을 받으려는 태도를 유지해야 한다고 덧붙였다.

"이제 그 칼을 치우시오. 어떤 신사도 이유 없이 칼을 들어 올리지는 않소. 그리고 우리에게 당신의 따님을 소개하는 친절을 베풀어 주시오."

러섹은 분명 궁정의 유행에서 뒤떨어지지 않으려는 욕망과 앙리에타를 방문객의 품 안으로 선뜻 넘겨주기 싫은 마음 사이에서 갈등하는 듯 머뭇거렸다. 하지만 그의 아내가 그의 손에서 문제를 가로챘다.

그녀가 현관에서 꾸짖었다. "앙리에타, 뭐하고 있니! 신사분들이 너를 예의 없다고 생각하시겠구나!"

처녀는 즉시 문설주 뒤에서 등장했고, 두 남자에게 무릎을 굽혀 절했다. 그리고 화이트홀식 인사를 위해 메키보이에게 자신을 귀엽게 내맡겼다. 아일랜드인은 전보다 훨씬 더 열정적으로 인사를 실행했다. 동시에 러섹 부인이 에브니저에게 다가와 말했다. "우리는 당신을 모시게 되는 특권을 가지게 되어 대단히 기쁩니다, 벤저민 경." 그도 원하든 원치 않든 간에 똑같은 방식으로 인사를 할 수밖에 없었다. 또한 메키보이의 키스로 인해 여전히 얼굴에 홍조를 띤 채 그 뒤를 이어 다가온 적극적인 눈빛을 가진 엷은 금발의 딸과도 인사를 나눴다. 제분업자는 그동안 내내 놀란 얼굴로 무기력하게 바라보고만 있을 뿐이었다.

메리 멍고모리는 밝게 미소를 지으며 큰 소리로 말을 걸었다. "혹시 두 분께서 필요하신 게 있으시면, 저는 바로 저쪽 여인숙에 있을 테니 연락 주세요."

러섹이 심사가 뒤틀린 듯 말했다. "그렇다면 지금 당장 당신 말을 마구간에 넣고 내게 미리 요금을 지불하도록 해."

메리는 러섹이 시키는 대로 한 뒤 떠났다. 하지만 그 전에 에브니저는 그녀와 러섹 부인이 시선을 교환하는 것을 관찰했다. 그녀의 남편이 메키보이에게 자신은 반나절 이상 동안 처치크릭에 들어오는 모든 말들에게 하루치 마구간 요금을 징수한다고 자랑하고 있는 순간에, 러섹 부인은 마치 "정말로 이 무모한 젊은이가 실제로 내 남편을 속일 수 있을까?"라고 묻는 듯한, 그리고 더 나아가 "그의 의도가 보이는 그대로라고 내가 믿어도 될까?"라고 묻는 듯한 시선으로 메리를 바라보았다. 그에 대한 메리의 대답은 시인을 불안감으로 얼얼하게 만들 정도로 도발적이고 대담한 윙크였다.

13 폐하의 풍력 제분소 및 수력 제분소 감독관들이 가자의 목적을 계획하는 기운데, 자신의 입장을 알레고리에 기대어 설명하다

메키보이는 이제 제분소가 어떻게 작동하는지 구경하고 싶다고 말했다. 자신은 이미 지난 몇 주 동안 충분히 살펴봤지만, 자신의 친구 벤저민 경은 런던에서 자란지라 그 장치를 무척 흥미로워할 거라는 설명이었다.

러섹이 동의했다. "그래요, 정말 그렇겠군, 젊은 양반들. 내 기꺼이 보여 드리죠! 록산, 나는 이 신사분들을 모시고 제분소를 둘러볼 테니 당신은 앙리에타를 데리고 집에 들어가도록 해."

앙리에타가 볼멘소리로 말했다. "오, 제발, 아버지. 우리도 아버지와 함께 가고 싶어요. 신사분들과 함께라면 사다리를 오르는 것도 두렵지 않다고요, 안 그래요, 어머니?"

제분업자가 외쳤다. "안 돼, 빌어먹을! 채찍을 들기 전에 얼른 사라져!"

메키보이가 단호한 목소리로 끼어들었다. "더 이상 아무 말도 하지 마시오. 이따금씩 모험을 하고 싶어하는 것은 명문가 출신 숙녀들의 특징이잖소, 안 그렇소? 괜찮으시다면 제 팔을 잡으시지요, 앙리에타 양." 여자는 즉시 그에게 팔짱을 꼈고, 러섹 부인은 에브니저의 팔짱을 꼈다. 그리고 메키보이는 계속해서 뭔가 항의를 하려고 하는 제분업자의 입을 제분 시설에 대한 몇 가지 날카로운 질문으로 막아 버렸다.

그는 건물에 들어서면서 물었다. "어째서 당신 같은 신사분께서 제분업 같은 미천한 업종에 종사하시는 거죠?"

러섹이 어색하게 웃으며 대답했다. "아, 글쎄요……. 그것은 메리가…… 제 말은, 저기, 멍고모리 양이요, 그러니까 멍고모리 양이 말한 대로, 글쎄, 이렇게 말할 수 있겠군요, 순전히 재미 삼아 운영한다고 말이지요. 제분업은 내 신분에 어울리지 않는 일이죠. 인정합니다. 하지만 사람에겐 시간을 보낼 소일거리가 필요한 법이지요. 나는 언제나 그렇게 말한다오."

"흠."

그들 뒤를 따라가던 에브니저는 아일랜드인이 대담하게도 러섹의 반대편에 있는 팔로 앙리에타의 등을 감싸고, 그 여자의 옆구리를 장난스럽게 찌르는 것을 보았다. 그의 얼굴이 하얗게 질렸다. 하지만 그와 마찬가지로 그 움직임을 명백히 본 러섹 부인은 그저 그의 팔을 꽉 쥐고 미소를 지을 뿐이었다. 앙리에타는 순간 놀란 듯했지만 그 대담한 접근에 전혀 기분이 상한 것 같지 않았다. 자신의 남성 동반자가 제분업자에게 만약 그의 사업이 본질상 부업의 형태를 띠고 있다면 어째서 그렇게 비싸게 요금을 징수하여 그렇듯 놀랄 만한 이득을 남기느냐고 물으며 예의 그 손장난을 반복했을 때는 터져 나오는 웃음을 참느라 곤란을 겪고 있었다. 그녀는 그의 손을 잡았다. 그는 재빨리 그리고 뻔뻔스럽게 그녀의 손바닥을 긁었다. 그리고 러섹 부인은 시인이 기대한 대로 그 유혹자에게 어머니다운 분노를 쏟아붓는 대신, 한숨을 쉬며 시인의 팔 안쪽을 손톱으로 쿡 찔렀다.

제분업자가 자신의 제분소에서 나오는 수익은 여인숙 및 저 멀리 강 아래쪽에 건설 중인 담배 창고와 같은 공동체의 개선 작업을 위해 사용되느니 어쩌느니 하며 해명을 하기 시작하자, 메키보이가 그의 말을 중간에서 자르며 말했다. "잠깐만요, 실례가 안 된다면 긴급하고 사적인 질문을 드리고 싶습니다만."

그는 장난기 가득한 표정으로 그 개선 작업에 용변이 급할 때 찾을 수 있는 옥외 변소도 포함되는지를 몹시 알고 싶다고 러섹의 귀에 대고 커다랗게 속삭였다.

놀란 제분업자가 대답했다. "그야, 밖으로 나가면 뒤쪽에 있소. 아니면 물레방앗간용 도랑에서 볼일을 봐도 됩니다. 나도 종종 그곳에서 용변을 해결하니까. 그러니까 내 말은……."

"충분합니다. 당신의 친절에 몸 둘 바를 모르겠군요. 당신의 도랑을 사용하겠소. 이거 내가 오늘 신세를 많이 지는군요. 안녕히, 모두들. 순회를 계속하세요! 곧 뒤쫓아 가겠습니다."

그는 숙녀들의 의아해하는 눈길을 받으며 자리를 떴다. 그리고 몇 분 후 다시 돌아와서는 물레방앗간용 도랑에서 그러한 경이로운 미덕을 생각해 내다니 당신은 시인이자 철학자임에 틀림없다고 너스레를 떨며 러섹의 등을 가볍게 쳤다. 그러나 동시에, 다른 손으로는 앙리에타에게 꼬집기, 토닥거리기, 찌르기, 비틀기 등 비밀스러운 향연을 대접했다. 그녀는 즐거움, 간지러움 등을 자신의 아버지에게 내색하지 않기 위해 애쓰느라 거의 기절할 지경이었다.

러섹 부인이 에브니저에게 속삭였다. "정말 대담한 사람이지 않아요?" 시인은 부인의 호흡이 빨라진 것을 느끼고 굴욕감을 느꼈다. 그녀는 분명 자신의 딸이 좀 더 대담한 짝을 차지한 것에 대해 부러워하고 있으리라 짐작했다. 러섹 부인에게 브롬리 양에 관해 자세히 묻고 싶은 마음은 굴뚝 같았지만, 그는 불순한 연애 장난엔 전혀 취미가 없었고, 설사 상황이 덜 위험하고 빌리 럼블리와의 긴급한 용건과 좀 더 밀접한 관련이 있었다 하더라도 그런 장난을 하지는 않았을 것이다. 그의 몸은 뻣뻣하게 굳었다. 또한 그들이 곡물을 넣는 깔때기 모양의 장치 근처에서 좁은 통로를 따라 한 줄로 움직일 때 러섹 부인이 메키보이와 앙리에타의 행동을 흉내 내며 장난스럽게 손을 그의 바지 주머니에 미끄러지듯 집어넣자, 온몸의 피가 얼어붙는 느낌이었다. 마침내 그들이 마구간에 면한 제분소 뒤편으로 나오고 나서야 그는 마음을 놓았다.

해리 러섹이 말했다. "자 이제, 여러분. 당신들은 이 주에서 이보다 더 잘 유지되고 더 잘 운영되는 제분소가 없다는 데 동의하실 거요, 그렇지 않소?"

메키보이가 인정했다. "첫 번째에 관해서라면, 당신의 말이

대체로 옳소. 두 번째에 대해서는…… 하지만, 잠깐, 나는 내 서류가 당도할 때까지 어떤 업무도 하지 않겠다고 맹세했소. 하지만 나는 저 안에서 이곳저곳 살피고 다니는[27] 일은 멋진 오락거리였다고 말하겠소. 메릴랜드의 많은 제분소를 둘러보았지만, 정말이지 이렇게 즐겁게 둘러본 적은 없었던 것 같소."

제분업자가 자랑스럽게 침을 뱉으며 말했다. "들었나, 록시? 내가 항상 주장하지 않았어? 신사가 제분소 운영에 대해 아는 것이 전혀 불명예가 되지 않는다고 말이야."

메키보이는 자신의 시선을 태연히 앙리에다에게 맞추면서 계속 말을 이었다. "나는 특히 우리가 다락방으로 올라가는 동안에 엿본 훌륭한 호퍼[28]에 반했소. 내가 판단하기에 그것은 이제 막 가동되기 시작한 것 같았소만."

에브니저는 심장이 내려앉는 듯했고, 앙리에타조타도 그 비유에 얼굴을 붉혔다. 하지만 제분업자는 전혀 간파하지 못한 듯 다음과 같이 외쳤다. "이거 참, 예리한 눈을 가진 분이시군! 저 호퍼는 바로 얼마 전에 바로 내가 만든 겁니다. 그리고 나는 그것에 대해 대단한 자부심을 갖고 있다오. 그 이음매 부분들이 얼마나 완벽한지 당신이 아까 직접 손으로 만져 보았

---

27) 메키보이는 이 말을 'it was fine sport to poke about in there'라고 표현했는데, 실은 앙리에타의 몸 이곳저곳을 쿡쿡 '찌르는' 일이 아주 즐거웠다는 의미다. 하지만 그의 'poke about'이라는 말은 사정을 모르는 제분업자에게는 '이곳저곳 살피는' 일 정도로 이해되었다. 메키보이는 사실대로 말하면서도 제분업자를 놀리고 있는 셈이다.
28) 제분기 따위의 깔때기 모양의 아가리.

으면 좋았을 텐데요."

메키보이가 동의했다. "정말 유감이오. 다음에는 내가 결코 그런 기회를 놓치지 않을 거라 믿어도 좋을 거요."

계속해서 제분업자가 그 비유를 알아채지 못하자, 대담해진 앙리에타는 다음과 같이 역설했다. 그저 손만 놀리는 것으로는 그 장치의 진정한 미덕을 확인할 수 없다, 그것을 확인하기 위해서는 그 장치의 원래 기능을 실행해 보아야 한다, 메키보이 씨가 그 장치를 제대로 평가하기 위해서는 직접 그것을 이용해서 곡식을 찧어 보는 수밖에 없다, 운운. 이에 대해 아일랜드인은 비록 이 지역 경작자들로부터 요금에 대한 불평을 들은 바는 있지만, 자신도 그렇게 할 수만 있다면 더없이 기쁘겠다고 명랑하게 대꾸했다.

러섹이 외쳤다. "그들은 모두 거짓말쟁이들이오! 그들더러 투덜대고 고자질하기 전에 이 카운티에 저와 같은 기계가 있는지 찾아보라고 하시오!"

이때 러섹 부인이 그녀의 남편을 거들며 대화에 끼어들었다. "이 제분소에서 놀라운 물건은 그 작은 호퍼뿐만이 아니에요. 당신이 너무도 정신이 없어서 알아차리지 못했을지도 모르겠지만, 메키보이 씨, 맷돌 자체도 대단히 보기 드문 물건이죠."

러섹이 열심히 말했다. "그래요, 그건 사실이오. 아까 사다리 위에서 제대로 보았을 거요. 우리는 그것을 거의 사십 년 동안 매일같이 사용해 왔소. 그런데도 그것의 상태는 매년 더 좋아진다오."

러섹 부인은 이 놀라운 물건을 보는 데 있어선 벤저민 경이 메키보이 씨보다 더욱 유리한 위치에 있었다고 단언했다.[29) 그리고 그것이 시간이 지날수록 더욱 탁월해지는 것은 다음과 같은 무역에서의 격언이 진실임을 증명한다고 덧붙였다. 즉 "맷돌은 오래될수록 더 잘 갈린다."는 것이다.

앙리에타가 톡 쏘는 듯한 말투로 끼어들었다. "분명 그렇죠. 하지만 그러한 돌들을 맞추기 위해선 유별난 손잡이[30)가 필요하죠. 아버지가 사용하는 것[31)은 이미 낡았다고요."

에브니저는 이를 악물었다. 그 두블 랑탕드르[32)를 끝낼 수단을 찾기 위해 그는 주위를 둘러보았다. 그러다 메리가 아프로디테를 넣어 두었던 마구간이 텅 비어 있는 것을 발견했다.

"이봐요, 멍고모리 양의 암말이 사라졌군요. 그녀가 우리를 두고 혼자 가 버린 걸까요?"

러섹 부인이 말했다. "아뇨, 그녀가 그렇게 빨리 떠날 리 없어요. 우리는 아직 제대로 얘기도 못한걸요."

제분업자는 걱정할 것 없다고 단언했지만, 메키보이는 그 암말이 길을 잃고 헤매는 게 아닌지 확인하기 위해서라도 여

---

29) 앞서 메키보이가 호퍼를 앙리에타에 비유하여 성적인 농담을 했던 것처럼, 러섹 부인은 자신을 맷돌에 비유하여 역시 이중의 의미로 말하고 있다. 이런 일련의 말들에 숨겨진 이중의 의미를 깨닫지 못하는 사람은 제분업자 한 사람뿐이다.

30) 남성의 성기를 암시한다.

31) 표면적으로는 '맷돌'이지만, 실제로는 자신의 엄마를 가리킨다.

32) double-entendre. 두 가지 뜻으로 해석되는 말. 그중 한 가지는 주로 성적인 의미이다.

인숙에서 메리를 찾아보아야 한다고 고집했다. 그리고 얼마 안 되어, 그는 굉장히 놀라고 분노한 표정의 메리를 데려왔다.

그가 외쳤다. "정말이지, 해리 경! 사람들의 돈을 강제로 탈취한 후에 그들의 말을 풀어 방황하게 하는 것이 당신의 상투적인 수법이오?"

제분업자가 잠시 자신의 역할을 잊은 모양이었다. 그의 표정이 어두워지더니 곧 칼로 손이 갔다. "거기 조용히 해, 건방진 풋내기. 그렇지 않으면 곧……."

메키보이가 다그쳤다. "말은 어디 있소? 벤저민 경과 나는 이 부인에게 목숨을 빚졌소. 이미 니콜슨 총독에게도 보고한 바와 같이 그녀는 우리를 습지에서 건져 이곳으로 데려와 주었으니까. 당신의 부주의로 그녀가 자신의 암말을 잃어버리는 꼴을 우리가 그냥 멀거니 서서 구경만 할 거라고 생각하시오?"

메리가 탄식하듯 외쳤다. "아, 내 불쌍한 아프로디테!"

제분업자가 고함을 질렀다. "내 부주의 때문이라고!"

"그렇소, 마구간을 책임지는 사람으로서 당신의 부주의 때문이오. 용기 있으면 칼을 뽑아 보시오! 당신의 상대는 겁 많은 경작자가 아니라, 윌리엄왕의 용사 가운데 한 명이니까."

제분업자가 간청했다. "아니, 좀 기다려 보시오, 어허, 참! 당신은 내가 그 암말을 고의로 풀어 주었다고 생각하는 거요? 당신도 분명 내내 나와 함께 있었지 않소!"

순간 에브니저가 상황을 이해했다. 심장이 내려앉는 느낌이었다.

메키보이가 말했다 "나는 그렇게 말하지는 않았소. 하지만 당신은 말(馬)에 대해 책임을 져야 하오. 진정한 신사라면 이런 일이 벌어지도록 두지는 않을 거요. 더군다나 회피한다는 것은 있을 수도 없는 일이오. 내 말이 맞지 않소, 러섹 부인?"

러섹 부인은 비록 아일랜드인의 동기를 그다지 이해하는 것 같아 보이진 않았지만, 손님들의 재산을 돌보는 것이 진정한 신사의 첫 번째 관심사라는 데는 동의했다. 러섹은 그녀를 금방이라도 칠 듯한 얼굴이었다.

"빌어먹을, 나보다 더 신사적인 사람은 없소! 나는 처치크릭에서 가장 위대한 신사란 말이오, 제기랄!"

메키보이가 닐카로운 어조로 응수했다. "그렇다면 아프로디테를 찾으시오. 그렇지 않으면 당신은 총독에게 직접 해명해야 할 거요."

"그걸 찾으라고? 이런, 젊은 양반, 그 말은 지금쯤 벌써 케임브리지 쪽으로 반은 갔을 거요!"

"그것이 당신 같은 정직한 신사를 단념시킬 만한 이유는 아니라고 나는 믿소만."

"제발!" 러섹 부인이 메키보이의 팔을 잡았다. "세인트메리즈에서 우리 남편에 대해 너무 매정하게 보고하지 말아 주세요! 당신과 벤저민 경은 그저 우리와 함께 차나 한잔 마시며 기다리세요. 그러면 그가 해 지기 전에 반드시 그 암말을 되찾아 올 거예요."

러섹이 외쳤다. "해 지기 전에! 나는 그 짐승의 뒤를 쫓겠다는 말은 하지 않았어! 내 말은…… 그렇다면 제기랄, 내 그

망할 놈의 짐승을 찾으러 가지! 하지만 나는 도움을 받아야겠어."

메리가 즉시 자청했다. "내가 함께 갈게요. 아프로디테가 어느 길로 갈지 알고 있으니까요. 그리고 나는 그 애의 흔적을 찾아낼 때까지는 결코 쉬지 않을 거예요."

제분업자는 이런 식의 안배가 전혀 마음에 들지 않는 눈치였다. 그는 드러내 놓고 꺼림칙한 표정을 지으면서도, 메리가 자신을 마구간 뒤의 숲으로 이끌고 가는 것을 막진 않았다. 에브니저는 기절 직전의 기분으로 그들의 뒷모습을 바라보았다.

그가 말했다. "내 생각엔 나도 그들을 도와야 할 것 같아."

메키보이가 어이없다는 듯 웃으며 말했다. "아니, 숙녀분들, 솔직하게 말해 줘요. 벤저민 경은 영국에서 가장 지독한 겁쟁이일까요, 아니면 가장 위대한 익살꾼일까요? 나는 그가 일개 연대 수준의 사생아를 낳았다는 걸 잘 알고 있소. 하지만 저 불한당의 말을 들어 보면 사람들은 그를 무슨 숫총각으로 착각할지도 모르겠군요."

"그만둬, 존. 이제 그만 하자구."

메키보이가 재빨리 동의했다. "물론 그래야지." 하지만 그는 그들의 진짜 정체와 신분을 밝히는 대신, 용변을 보러 가는 척하면서 멍고모리의 암말을 풀어 놓은 사람은 바로 자신이라고 고백했다. 그는 이미 메리에게도 사실을 알렸으며, 그녀는 그 소식에 불안해하기는커녕 아프로디테는 즉시 여기서 그리 멀지 않은 어떤 농장으로 갈 거라고 말했다는 것이다. 그녀가 종종 그곳의 마구간에다 아프로디테를 매 놓곤 했기 때문이었다. 그러면서 그녀는 그 말을 찾아내기 전에 해리 러섹을 두 시간 동안 끌고 다니겠다고 제안했다.

러섹 부인이 단언했다. "정말 최고의 여자지요. 자, 그렇다면 신사분들, 우리는 차나 마시러 가죠. 내 남편은 책임감이 아주 대단한 사람이니 말이에요." 그녀는 에브니저의 팔을 잡았다. 메키보이는 이미 앙리에타의 허리에 팔을 두르고 그녀를 자신의 옆으로 바짝 끌어당기고 있었다.

시인이 다급한 목소리로 말했다. "정말이지, 러섹 부인, 저는 당신과 상의하고 싶은 긴급한 용건이 있습니다."

제분업자의 아내가 장난스럽게 말했다. "이봐요, 메키보이 씨! 당신의 친구는 당신만큼이나 성가시군요! 저런, 내가 젊었을 땐 어쨌든 남자들이 좀 더 미묘한 맛이 있었는데 말이지요."

에브니저가 항의했다. "아뇨, 당신은 도무지 이해하려 하지 않는군요! 나는 당신이 생각하는 그런 사람이 아닙니다!"

"나는 그렇게 이해하기 시작했어요, 젊은 악당!"

"제발, 내 말을 좀 들어 보세요."

메키보이가 웃으며 말했다. "진정하게, 벤저민 경." 하지만 에브니저는 그의 눈빛에서 불안함을 읽었다. "자네의 성급함이 앙리에타를 당황하게 만들고 있어. 솔직히 말하죠, 러섹 부인. 차는 뒤로 미루는 게 최선일 것 같군요. 사랑스러운 따님의 얼굴이 더 빨개지기 전에 말입니다. 당신이 허락하신다면, 저는 그녀에게 다시 한번 제분소를 둘러보자고 요청할 생각입니다. 아까는 그저 어렴풋이 보기만 했던 것을 더욱 자세히 살펴보고 싶거든요."

이 대담한 제안에 러섹 부인은 그저 다음과 같이 대답할 뿐이었다. "한 남자가 폐하의 명령을 수행하는 것을 막을 생각은 없어요. 하지만 만약 당신이 위임장을 내세워 제분 장치를 점검하는 것에 그치지 않고 그것을 시험 운전해 보리라 결심했다면, 나는 당신에게 두 가지를 명심하라고 부탁해야겠군요."

"무엇이든지요, 부인. 명령만 내리세요."

"그렇다면 첫째, 당신은 이전에 많은 제분소들을 점검한 경험이 있다고 말했지만, 이 제분소는 점검에 익숙하지 않다는 점을 반드시 명심해야 해요. 그것은 내겐 매우 값지고 소중한 재산이에요. 내 남편은 그것을 자신의 것이라고 주장하지만, 그것은 결코 그가 만든 것이 아니라, 말하자면 내가 지참금으로 가져온 거죠. 게다가 우리는 평판을 의식하지 않을 수 없어요. 당신이 위탁받은 일은 완벽하게 무해한 것이겠지만, 만약 당신이 하려는 일이 사람들에게 알려지면, 어떤 악의적인 사람들이 그것을 추문으로 만들려 할 거예요. 그러니 메키보이씨, 원하는 대로 점검하고 시험해 보되 왕의 관리라는 신분에 어울리게 부드럽고 조심스럽게 하세요."

메키보이가 고개를 까딱 숙이며 말했다. "제 목숨을 걸고 명심하겠습니다, 부인."

러섹 부인이 좀 더 엄격하게 말했다. "그리고 너 앙리에타, 명심하거라. 제분소는 풋내기에게는 위험한 장소라는 걸."

"제분소 지리에 대해선 충분히 잘 알고 있어요, 어머니!"

"그래, 좋다. 하지만 발걸음을 조심하고 문제에 대비하여 방심하지 말거라."

이 충고와 함께 두 사람은 떠났다. 그리고 러섹 부인은 자랑스럽게 미소를 지으며 에브니저를 돌아보았다.

"저를 집 안으로 데려가 주세요, 벤저민 경. 그런 뒤에 우리는 당신을 그토록 괴롭히는 그 긴급한 용건에 주의를 기울일 수 있을 거예요."

에브니저는 한숨을 쉬었다. 밖은 쌀쌀했다. 러섹 부인의 아름다움도, 그녀의 기분 좋은 초대의 의미도 모르는 바 아니었나. 하지만 그는 응접실에 사리를 잡사마사 사신은 벤저민 경은 물론 무슨 다른 기사도 아니며 그의 동행 또한 어떤 공적인 자격으로 여행하고 있는 것이 아니라고 고백했다.

"저의 진짜 신분에 대해서는, 정말 말하기 부끄럽습니다만, 하지만 기꺼이 말씀드리겠습니다."

러섹 부인이 다소 화가 난 듯 말했다. "정말이지 그러지 마세요! 보기보다 세상 물정을 너무 모르는 것 같군요! 당신은 나를 매음굴에 들어온 모든 사람들과 몸을 섞는 창녀쯤으로 여기는 건가요?"

"아뇨, 그럴 리가요, 부인!"

그녀는 날카로운 어조로 계속 말을 이었다. "당신은 내 남편이 얼마나 어처구니없고 교양 없는 깡패인지 똑똑히 봤을 거예요. 젊은 시절, 나는 일찌감치 남자라는 종족을 멸시하게 되었죠. 그리고 그들의 정욕과 내 정욕을 자극하는 내 자신 속 부분들을 지긋지긋하게 혐오했어요. 내가 해리 러섹과 결혼한 것은 인생에 대한 환멸 때문이었죠. 그리고 그가 나를 숲 속에서 군침을 흘리는 짐승처럼 강제로 범할 때마다, 남성에 대한 나의 견해는 두 배로 강화되었어요."

"저런, 부인! 이거 정말 어떻게 생각해야 할지 모르겠습니다! 저는 여러 번 여성들의 운명을 동정했습니다. 그리고 남자들의 추잡함을 욕했죠. 하지만 남자는 그런 문제에 있어선 9할이 자연의 노예입니다. 그리고 어쨌든 저는 당신에게 보증합니다. 모든 남자들이 다 당신의 남편처럼 야비하지는 않다고요." 의도한 것은 아니지만 그는 자신이 은연중 모욕적인 말을 한 것을 깨닫고 순간 당황하여 말을 더듬었다. "그러니까, 제가 말하고자 했던 것은……."

"상관없어요." 러섹 부인의 얼굴이 부드러워졌다. 그녀는 미소를 지으며 자신의 손을 에브니저의 손 위에 올려놓았다. "당신이 지금 막 내게 했던 말은, 이미 나도 알고 있던 사실이에요. 나는 곧 나의 결혼이 얼마나 어리석은 짓이었는지를 알게 되었죠. 하지만 나는 또 다른 어리석음의 희생자였고, 지금도 여전히 그래요. 그것은 내 아버지로부터 마치 유전병처럼 물려받은 어리석음이죠. 나는 자존심이 너무 강해서 일단 내가 선택한 방향을 포기하지 못하죠. 그 끝이 고통과 극도의 혐오감뿐이라는 걸 잘 알면서도 말이에요. 나는 내 실수를 인정하고 이곳을 떠나는 대신, 주어진 상황에서 최선의 것을 얻어내기로 결심했어요. 나는 나쁜 남자들은 물론 좋은 남자들까지도 경멸했던 자신의 실수를 만회할 기회가 있다면 결코 놓치지 않겠다고 맹세했죠. 바로 그 때문에 당신이 여기 있는 거고요. 당신이 분명 천박하게 꼬리치는 것이라고 느꼈을 그런 행동을 했던 것도 바로 그 때문이지요. 나 자신보다 앙리에타가 더욱 안타까워요. 질투심 많고 쉼 없이 감시의 눈초리를 번득이는 독재자와 함께 사는 것은 결코 그 애가 선택한 일이 아니니까요. 우리가 매춘부처럼 행동했다는 것 인정해요. 하지만 선생, 나는 당신이 우리가 결코 그런 사람이 아니라는 걸 기억해 주었으면 좋겠어요. 나는 기사에게 나의 문을 연 거예요. 징숙한 귀네비어도 기사 앞에서는 매춘부 노릇을 했죠! 지금 당신이 내게 당신은 사실 도매상의 아들인 벤이라거나, 혹은 선원인 슬림 빌 본즈라고 말한다면…… 그것은 성발이지 사려 깊은 태도라고 할 수 없겠죠, 벤저민 경, 안 그래요?"

그녀는 이야기를 하는 내내 집게손가락으로 에브니저의 여윈 손가락 끝을 무심히 어루만지며 장난을 쳤다. 그리고 마지막 질문과 함께 훌륭한 갈색 눈동자를 들어 올리며 눈썹을 매력적으로 찌푸렸고, 동시에 한쪽 입가를 치켜올리며 묘한 미소를 지어 보였다. 에브니저의 볼이 활활 타올랐다. 그의 코와 눈썹이 경련이 이는 듯 씰룩씰룩 움직였다.

"친애하는 부인……." 이제 그가 행동할 차례였다. 그녀를 즉시 포옹하거나, 그녀의 무릎 앞에 몸을 내던지고 자신의 열정을 고백해야 했다. 하지만 비록 그의 가슴속에서 충돌하는 느낌들은 그가 다른 격렬한 난국에 처할 때마다 느꼈던 것들과는 이상하게 달랐음에도 불구하고, 그는 그 순간이 자신에게 요구하는 것을 행동으로 옮길 수가 없었다. "부탁입니다, 부인, 불쾌하게 여기지 말아 주세요."

러섹 부인이 무안한 얼굴로 에브니저에게서 물러났다. 곧 믿지 못하겠다는 표정이 그 뒤를 이었고, 그것은 다시 분노의 표정에 자리를 양보했다.

"제발, 오해하지 마세요."

그녀가 몹시 화를 내며 말했다. "지금 오해 안 하게 생겼어요? 아니면 당신은 자신을 변장한 기독교 성인이자, 남편의 명예를 무척이나 중시하는 사람이라고 소개할 건가요?"

에브니저가 그녀에게 장담했다. "그는 무뢰한입니다. 그가 어떤 식으로 아내를 빼앗기든 간에, 그건 무신경한 그가 스스로 자초한 거나 다름없지요."

그녀가 그의 말을 재깍 잘랐다. "그렇다면 상황은 명백하군요. 당신의 친구가 암망아지를 훔쳐 가면서 당신에게는 다리를 저는 늙은 말을 남겨 둔 거로군요!"

"아뇨, 부인, 맹세코! 저는 메키보이와 자리를 바꾸고 싶은 마음은 전혀 없습니다. 믿어 주세요!"

"이 비열한 남자가 말하는 것 좀 보라지! 아무리 우리가 맘에 안 들어도 면전에 대고 거리낌 없이 말하다니! 그러고도 내 남편이 무신경하다고 욕하는 건가요?"

이때까지 에브니저는 부인의 자존심에 상처를 줄까 봐 부드럽게, 심지어 소심한 태도로 이야기해 왔었다. 하지만 그를 사로잡은 이상하고 새로운 감정들 가운데는 그가 이전에 여성과 함께 있을 때는 한 번도 느껴 보지 못했던 자신감도 존재했다. 그는 자신이 그것을 어디에서 얻었는지에 관해 굳이 알려 하지 않았다. 하지만 그는 그 자신감을 빌려 그녀의 손을 덥석 잡았고, 그녀가 비틀어 빼려고 애쓰는데도 꼭 쥐고 놓지 않았다. 그리고 그것을 자신의 가슴에 대고 눌렀다.

그가 외쳤다. "제 심장을 느껴 보세요! 이것이 성인의 박동입니까? 내가 지금 냉정히 앉아 있는 것 같으세요?"

러섹 부인은 아무 대답도 하지 않았다. 그녀의 얼굴엔 처음의 분노가 사라지고 대신 불확실하고 짜증스러운 경멸감이 자리를 잡았다.

에브니저는 여전히 그녀의 손을 잡은 채 이야기를 계속했다. "당신은 어린아이가 아닙니다, 러섹 부인. 당신은 분명 나를 욕망에 사로잡히게 만들었다는 것을 감지할 수 있을 거예요! 아니, 내가 이토록 타오른 것은 내 인생에서 단 두 번뿐입니다. 그리고 두 번 모두, 제기랄, 그때 일을 생각하니 다시금 양심의 가책이 느껴지는군요! 두 번 모두 나는 하마터면 내가 사랑하는 여자를 강간할 뻔했죠! 그리고 정말이지 당신은 아름다워요. 내가 메릴랜드에서 본 어떤 여자보다도 훨씬 더 아름답습니다! 당신은 명작이에요. 그에 비하면 앙리에타는 모사품에 불과하죠!"

이러한 고백 앞에서 제분업자의 아내는 분노의 감정을 계속 유지하지 못하고 그저 입을 삐죽 내밀 뿐이었다. "그렇다면 당신의 남성성을 발휘하지 못하게 만드는 것은 뭐죠?" 그녀는 미소를 감추지 못했다. 아니, 그보다 에브니저야말로 얼굴이 붉어지는 걸 막을 수가 없었다. 그녀의 말은 그녀가 그의 흥분 상태를 알아차렸다는 것을 의미했기 때문이다. "아니, 이렇게 묻는 게 낫겠군요. 내가 당신이 뜨거워졌다는 것을 알아챘기에 하는 말인데, 무엇이 당신을 주저하게 만드는 거죠? 내 남편에 대한 두려움 때문인가요?"

에브니저가 고개를 저었다.

"그렇다면 무슨 문제가 있는 거죠?" 그녀의 목소리에 새삼 짜증이 배어 나왔다. "내가 다른 많은 매춘부들처럼 매독에라도 걸렸을까 봐 두려운 건가요? 정말이지 놀라울 정도로 신중한 남자로군요. 자신의 희생자에게 건강 증명서를 요구하다니!"

"잠깐만요. 당신은 스스로의 명예를 훼손하고 있어요, 부인! 하늘에 맹세코 지금 이 순간은 내 인생에 있어서 가장 얻기 힘든 기회예요. 당신의 사랑을 얻는 사람은 눈부신 상을 받는 겁니다. 세상은 그를 경이와 선망의 눈길로 바라보겠죠! 그렇듯 달콤한 선물을 받는 것은 보기 드물고, 유례없는 즐거움일 겁니다. 당신을 거절하는 일이야말로 보기 드물고 유례없는 고통이겠지요. 내 거절이 모욕이 아니라 하더라도 그럴 겁니다." 그는 잠시 말을 중단하고 미소를 지었다. "친애하는 부인, 당신이 내게 얼마나 특별하고 완전한 매력으로 다가오는지, 당신은 정말 꿈에서도 알지 못할 겁니다!"

그의 태도가 너무도 진솔하고, 그 찬사가 너무도 특별해서, 러섹 부인의 얼굴은 다시 부드러워졌다. 그녀는 다시 한번 설명을 요구했다. 그리고 만약 자신에게 솔직하게 털어놓지 않으면 그가 사기꾼이라는 사실을 남편에게 고발하겠다는 위협까지 덧붙였다. 하지만 그녀의 어조는 불쾌하다기보다 달래는 듯한 것이었다.

에브니저가 말했다. "당신은 자신이 너무 노골적이었다는 이유로 스스로를 비난했습니다. 그러면서 내가 그로 인해 당신을 경멸할 거라고 짐작했죠. 하지만 사실은 말이지요, 부인, 당신이 바로 주도권을 잡았기 때문에 나를 더욱 사로잡았던 것입니다. 나는 당신의 기품 있는 태도에 탄복합니다. 나는 당신의 아름다움을 음미합니다. 하지만 그 둘을 넘어서…… 그것을 어떻게 표현해야 할까요? 내 생각에 당신은 나의 서투른 순진함을 다루기에 충분한 요령과 지혜를 가지고 있습니다. 그렇지 않다면, 우리의 모험은 실패할 수밖에 없죠."

"아, 자, 벤저민 성, 지금 내게 이야기하고 있는 사람은 여자를 범하려는 사람이 아닌 것 같군요."

"아뇨, 제 말을 다 들어 주세요! 당신이 원한다면 나는 내 이름을 밝히지 않을 겁니다. 하지만 당신이 반드시 알아야 할 것이 있습니다. 혹시 그것을 가지고 내게 상처를 줄까 봐 당신보다 덜 상냥한 사람에겐 이 사실을 숨기겠지만…… 하지만 당신은, 부인…… 아, 어쩌면 이것은 어리석은 일일지도 모르지요. 하지만 나는 그 사실을 듣고 놀라고 매혹되고 심지어 기뻐하는 당신의 모습이 눈에 선합니다. 하지만 당신은 무한한 애정을 보여 줄 것이고, 무엇보다도, 그것의 진가를 인정해 주겠지요. 그래요, 당신은 그 진가를 제대로 인정할 겁니다. 내가 그래야 하는 것처럼, 만약……." 만약 제분업자의 아내가 그의 말을 자르지 않았다면, 에브니저는 자신의 마음속 그림에 완전히 도취되어 그것을 더욱 자세히 묘사했을 것이다.

하지만 그녀는 자신은 이제 열정 못지않은 호기심에 사로잡혀 있으며, 그 두 가지를 다 만족시키지 않으면, 틀림없이 그 자리에서 죽고 말 것이고, 그는 그 결과로 인한 대가를 치러야 할 거라고 위협했다.

"하느님 맙소사." 시인은 자신의 입에서 여전히 너무도 쉽게 말이 나오는 것에 놀라며 웃었다. "단순하게 사실을 말씀드리자면, 친애하는 부인, 스물여덟 살을 먹도록 나는 아직 젖먹이처럼 순결하다는 것이고, 또한 평생 그렇게 남기로 맹세했다는 겁니다."

이러한 고백을 들은 러섹 부인의 반응에 관한 그의 예상은 어느 정도 적중하였다. 그녀는 거짓 증거라도 찾아내려는 듯 그의 얼굴을 찬찬히 살폈다. 그리고 명백히 아무것도 찾지 못하자, 누그러진 목소리로 물었다. "그런데도 당신은 내게 성직자가 아니라고 말할 작정인가요?"

에브니저가 단언했다. "로마나 다른 교회의 성직자는 아닙니다." 그는 계속해서 자신이 부끄럼 타는 볼품없는 친구였을 때, 처음에 어떻게 하다 그가 차라리 필요에 의해 자신의 순결을 미덕으로 여기게 되었는지, 그 후 일 년도 지나지 않아 (비록 수십 년은 지난 듯 느껴졌지만) 자신이 어떻게 그것을 자기 존재의 본질과 동일시하면서까지 모종의 예술적인 성벽과 더불어 자기 인생의 한 양식으로 고양시켰는지, 그리고 무시무시한 시련을 겪으면서도, 그리고 단지 재산뿐만 아니라 아마도 많은 인간의 삶에 엄청난 피해를 주면서까지 자신이 어떻게 그것을 용케 손상시키지 않고 지켜 왔는지를 설명했다. 그는 꽤 오래전부터 자신의 순결 문제를 심각하게 고민해 왔다. 그리고 비록 그것의 미덕을 확대시키고 그것을 잃어버린다는 생각조차 호들갑을 떨며 거부하는 것이 제2의 천성이 되었음에도, 그는 놀랍게도 자신이 감정적으로는 순결에 대한 자신의 찬가와는 유리되어 있음을 깨달았다. 그는 말하자면 한 발 물러나 그것에 비판적으로 귀기울였다. 과연 러섹 부인이 날카로운 관심을 보이며 어떻게 그런 일이 있을 수 있는지를 설명해 달라고 요구했을 때, 그는 그녀에게도 그 자신에게도 인정해야 했다. 육체적인 사랑행위와 관련된 것을 제외하고는 자신이 더 이상 순결하다고 주장할 수 없다는 것을.

하지만 부인은 아직 만족하지 않았다. "당신은 당신의 친구와 앙리에타가 이 반 시간 동안 하려고 하는 일을 할 생각이 없다는 건가요?"

에브니저가 얼굴을 붉혔다. 다른 한 쌍에 대한 언급 때문만이 아니라, 자신의 순결은 심지어 육체적인 의미로도 동정(童貞)이라는 단지 기술적인 사실에 제한되게 되었다는 깨달음(그는 그것을 러섹 부인에게 기꺼이 고백했다.) 때문이었다. 게다가 그 사실 자체도(비록 그는 더 이상 자세히 설명하려 하지는 않았지만) 그가 소망하는 만큼 그렇게 완전하지는 않았다.

러섹 부인이 집요하게 물고 늘어졌다. "그렇다면 사실은, 당신이 집착하고 있는 그 소중한 순결은 여기저기 쪼아 먹혀서 지금은 아주 소량밖에 남지 않았다는 거군요."

"바로 그렇기 때문에 더욱 안타깝다고 고백할 수밖에 없습니다."

"그런데 그 하찮은 넝마 나부랭이가 뭐 그렇게 큰 의미가 있나요?"

에브니저가 한숨을 쉬었다. 아까 자신이 열변을 토하는 동안 자신의 영혼 속 비판적인 청자도 바로 그러한 질문을 제기했었다. 그리고 그에 대한 답으로서 그는 놀라운 사실에 주목했었다. 그가 순결에 가치를 덜 둘수록 순결의 수준이 낮아졌다는 것이다. 비록 그는 습관이라는 어리석은 힘에 의해 여전히 순결을 찬양하고 있지만, 이렇듯 냉정한 평가의 순간이 오면, 그는 사실 그것을 완전히 상실한다는 생각에도 상당히 담담해진다는 것을 놀라움 속에서 인식했다. 그는 한숨을 내쉬고, 희미한 미소를 지으며 이렇게 대답했다. "솔직히 저는 그것에 무관심해졌습니다, 부인. 아니, 그걸로 모자라 저는 순결에 완전히 넌더리가 났어요."

"저런, 그렇다면 더 이상 이야기하지 말아요!" 그녀의 목소리는 잠겨 있었고, 눈동자는 빛났다. 그녀는 그를 향해 양손을 뻗었다. "여기 당신과 함께, 그리고 순결에 종말을!"

하지만 에브니저는 자신의 손이 욕망과 감사의 마음으로 떨리고 있다는 것을 보여 주기 위해 그녀의 손을 잡으면서도, 그녀를 안으려 하지는 않았다.

그가 부드럽게 말했다. "이전에 내가 높은 가치를 두었던 것은 거의 목표를 잃었어요. 그리고 나는 조만간 죽음이 오는 것처럼 분명히, 그리고 지금처럼 유쾌한 상황에서가 아니라도 분명히 당신이 방금 말한 이 종말이 올 거라고 생각할 때, 스스로에게 묻습니다. 그 이야기가 어떤 교훈을 지니고 있을까,

세상이 헛되다는 것일까, 순결하고 신성한 것들은 그저 속이 텅 빈 광기에 불과한 것일까, 아니면 세상이 빠뜨리고 있는 것을 우리 스스로가 채워 넣어야 하는 것일까, 하고요. 메릴랜드에 대한 나의 용감한 급습(순결과 예술의 이 기사적 편력)은 분명 심지어 모래 위에 세워진 건물이라고 할 수도 없고, 심연의 검고 광대한 서풍 위에 세워진 건물이었다는 것을 이제 나는 압니다. 그런 까닭에 내 안의 목소리는 외칩니다. '그렇다면 그것을 무너뜨려!'라고요. 반면 또 다른 목소리는 그 시도 앞에 *서서* 두려운 마음으로 *그것*의 헛됨에서 타락한 인간들에게 허락되는 고귀함을 발견합니다. 이 두 번째 목소리가 말합니다. 이것은 단순히 허공 위의 성이 아니라 마음의 사원이라고. 오레스테스를 포위했던 것들보다 더욱 무시무시한 분노의 여신들로부터 지성인이 피난처를 발견하는 아테네의 사원이라고…….”

“됐어요!” 러섹 부인이 항의했다. 하지만 목소리에 진심이 없지는 않았다. “당신이 내게서 아무것도 취하지 않으려는 것이 명백해졌으니, 나도 내 초대를 철회하겠어요. 하지만 내가 이 심연이니 성이니 하는 이야기를 이해할 거라고 기대하진 마세요. 당신의 이야기를 처치크릭에서 사용하는 영어로 하지 않으면, 나는 내가 어떤 식으로 모욕을 당했는지를 결코 알 수 없을 거예요!”

에브니저가 고개를 저으며 말했다. “여기 진정한 고귀함이 있군요. 거절이 품위를 부여한 고귀함! 그리고 여기에 역설이 있어요. 왜냐하면 바로 그 품위가 내게 내 결심을 명백히 할 수 있는 용기를 빌려주고, 동시에 그 결심에 거의 치명적인 타격을 가하니까요!"

"이봐요, 내가 원하는 것은 아첨이 아니라 분명한 설명이에요!"

이렇듯 확언을 받자, 에브니저는 그 자리에서 즉시 자신에게 남아 있는 순결(innocence)의 마지막 자락을 그녀에게 바치는 것은 크나큰 기쁨일 뿐만 아니라 영예이겠지만, 자기는 그 기쁨이 아무리 숭고하다 하더라도 정당한 '의미'를 결여하고 있으리라는 이유에서 스스로에게 그것을 거부하기로 결심했다고 단언했다.

그가 말했다. "옛날에 내가 인생이라는 경기장에 막 들어섰을 때, 순결성(virginity)은 내가 흔들던 비단 깃발이었죠. 그때 그것은 갓 만들어진 것이라 반짝반짝 빛났어요. 그런데 이제는 비바람에 탈색되고 올이 풀린 데다, 전투의 충격으로 너무나도 해져서, 심지어 그것을 들고 있는 사람조차도 그것을 누더기로 착각할 지경입니다. 그럼에도 그것은 하나의 표상입니다. 그리고 깃발들 가운데서 이러한 마지막 위엄을 획득했죠. 내가 언젠가 반드시 그것을 잃어야 한다면, 나는 그것을 도중에 포기하기보다는 전장에서 명예롭게 넘겨줄 겁니다."

시인 스스로도 이 기발한 표현에 마음이 흡족해졌다. 그는 그것이 명쾌하고 진실할 뿐만 아니라 상대방에게 모욕감을 느끼게 하지도 않을 거라고 믿었다. 그러나 제분업자의 아내가 그의 훌륭한 견해를 공유하고 있는지에 대해서는 확인할 수 없었다. 왜냐하면 그가 그녀에게 막 질문할 준비를 하려는 순간, 길을 따라 달려오는 발소리를 들은 그녀가 얼굴이 하얗게 질려 소파에서 벌떡 일어섰기 때문이다.

그녀가 두려움에 떨며 말했다. "당신이 언젠가 그 깃발을 넘겨줄 수 있도록 신께서 당신을 살려 주시기를. 내 남편이 문간에 당도했어요!

14 제분업자의 아내가 두 번 기절하다.
한 번은 시인이 아니라 제분업자에 의해서.
시인이 인생을 부끄럼 모르는 극작가에 비유하다

기질과는 너무도 어울리지 않게 몹시 두려워하는 러섹 부인의 모습은 에브니저의 공포감을 더욱 자극했다. 그는 제분업자가 칼을 높이 치켜들고 돌진해 오는 모습을 보고 파랗게 질려 플리머스의 '바다의 왕'에서 겪었던 불행을 다시 재연할 뻔했다.

러섹 부인이 남편에게 달려가며 외쳤다. "제발, 여보! 무슨 문제라도 있어요?"

"이봐, 창녀 노릇 하는 네 머리나 저놈의 머리나 내가 그냥 둘 줄 알아?"

그는 공포에 질려 있는 시인에게 달려들기 위해 그녀를 옆으로 밀어내려고 애썼다. 하지만 그녀가 떡갈나무 위의 덩굴처럼 매달리는 바람에, 그는 거실을 곧장 가로지르지 못하고 절름거릴 수밖에 없었다.

그녀가 간청했다. "잠깐만요, 해리, 오해예요! 당신이 무슨 의심을 하고 있는지는 모르지만, 만약 이 남자와 나 사이에 무슨 일이 있었다면, 신께서 내게 벼락을 내릴 거예요!"

제분업자가 외쳤다. "내가 때려죽일 거야! 감독관이든 아니든, 저놈의 추한 얼굴에는 분명 유죄라고 쓰여 있어!"

에브니저가 애원하듯 외쳤다. "하늘이 나의 증인이오, 선생! 러섹 부인과 나는 단지 대화를 나누고 있었을 뿐이오!" 그의 해명은 정말 문자 그대로 진실이었지만, 그의 표정은 그것을 잘못 전달하고 있었다. 그는 제분업자가 몸을 좌우로 흔들며 기세 좋게 달려들자, 허겁지겁 그의 공격을 피했다.

"거기 멈춰, 빌어먹을!"

제분업자는 멈춰 서서 자기 아내가 잡고 있는 쪽의 반대편 손등으로 그녀를 몹시 세게 갈겼고, 그녀는 비명을 지르며 바닥에 쓰러졌다. "이제 어디 네놈의 술 취한 배 속이나 한번 보자!"

에브니저는 거실 탁자를 방패막이 삼아 자신의 사지를 절단 낼 기세로 달려드는 제분업자를 막으려 애썼다.

"그를 놔줘!" 러섹 부인이 비명을 지르듯 외쳤다. "당신이 찾아야 할 사람은 다른 사람이야. 그가 앙리에타를 범하려 한다고!"

의심할 여지없이 이 말이 시인의 목숨을 구한 셈이었다. 왜냐하면 해리 러섹은 이미 한 손으로 탁자를 내동댕이친 뒤 시인을 구석으로 몰아넣은 상태였기 때문이다. 잠시 앙리에타를 잊고 있었던 게 분명한 제분업자는 아내로부터 딸의 이름을 듣는 순간 분노로 정신을 잃고 말았다. 그는 아내를 향해 돌아섰다. 그리고 에브니저는 그 순간 그녀가 자신이 겨우 빠져나온 그 운명을 대신 맞게 되리라고 확신했다.

러섹 부인이 재빨리 말했다. "그가 그 애를 숲 속으로 데려갔어요. 만약 벤저민 경이나 내가 자기를 힐끔 보기만 해도 그 애를 죽이겠다고 맹세하면서요!"

자신에게 상처를 입힌 자의 냄새를 맡은 멧돼지처럼, 제분업자는 깩깩거리며 문 밖으로 돌진했다.

러섹 부인이 에브니저에게 외쳤다. "어서 제분소로 가요! 앙리에타에게 숲 속으로 몰래 들어가라고 말해요. 그곳에서 해리와 내가 그 애를 발견할 수 있도록요. 그리고 당신과 당신 친구는 메리의 마차 안에 몸을 숨겨요!"

시인은 그녀의 지시에 따르기 위해 뛰어 나갔다. 하지만 제분업자보다 약 몇 초 뒤 밖으로 발을 내디뎠을 때, 그들은 그 계획이 눈앞에서 좌절되는 것을 보았다. 제분업자가 막 다시 밖으로 돌진하는 바로 그 순간, 메리 멍고모리가 잃어버렸던 아프로디테를 이끌고 숨을 헐떡이면서 현관 앞마당으로 들어섰다. 동시에, 비록 집의 정면 계단에 있던 에브니저는 보지 못했지만, 메키보이나 앙리에타 둘 중의 하나, 아니면 그 둘 모두가 대체 무슨 소동이 일어난 건지 살펴보기 위해 제분소 창문으로 밖을 내다보았음이 틀림없다. 러섹은 숲이 있는 방향으로 가고 있었지만, 그 계략을 알 리 없는 메리가 아프로디테의 굴레를 떨어뜨리며, 할 수 있는 한 최선을 다해 제분소 쪽으로 달려가며 외쳤기 때문이다. "다시 돌아가요! 여기 해리 경이 와요!" 이 소리를 들은 제분업자는 다시 방향을 선회하여 쿵쿵거리며 뒤쫓았다. 제분소에서 비명 소리가 들려왔고, 러섹 부인의 입에서 나온 또 다른 비명 소리가 그에 화답했다. 부인은 자신의 남편을 가로막으려는 듯 몇 발짝 달려가더니, 돌이 발부리에 걸린 건지 아니면 기절을 한 건지, 곧 비틀거리며 땅 위에 쓰러졌다.

에브니저 역시 달려가고는 있었지만 정작 무엇을 해야 할지 판단이 서지 않았다. 그는 여전히 러섹보다는 제분소 문에 조금 더 가까웠다. 어쩌면 그를 가로막을 수도 있었을 것이다. 하지만 수중에 아무런 무기도 갖고 있지 않은 그로서는, 그러한 계획이 효과가 없을 뿐만 아니라 자살에 가까운 행위로 여겨졌다. 그렇다고 죽을 위기에 처해 있는 메키보이와 그 여자를 그저 방관만 할 수도, 자신의 탈출만을 모색할 수도 없었다. 그가 할 수 있는 일이라곤 우선 마당 안으로 빨리 들어가는 일뿐이었다. 그리고 러섹이 그를 바라도 보지 않고 지나쳐 돌진하자, 그는 러섹으로부터 9미터 정도의 안전거리를 두고 그 뒤를 따라갔다.

그동안 어디론가 사라졌던 메리는, 러섹이 제분소 안으로 들어가자마자(그곳에서 그 즉시 앙리에타의 새로운 비명 소리가 흘러나왔다.) 넋이 나간 얼굴로 구석에서 달려나왔다.

"맙소사, 쿠크 씨, 나는 최선을 다했어요. 하지만 우리가 이곳에서 멀어질수록, 그는 더욱더 질투심에 불타오르는 거예요. 그러다가 결국은 설사 왕을 위해서라 하더라도 더 이상은 가지 않겠다고 맹세하더군요! 아뇨, 들어가지 마세요, 당신 목숨이 달린 일이에요! 아, 주여, 저기 록시가 죽은 듯이 누워 있네요!"

그녀는 서둘러 쓰러져 있는 러섹 부인에게로 갔다. 메리는 그녀가 미끄러져 넘어진 것으로 짐작했다. 그러나 에브니저는 메리의 충고를 무시한 채 재빨리 제분소 쪽으로 달려갔다. 러섹은 이미 좁은 통로와 곡물 호퍼로 이어지는 사다리를 올라가고 있었다. 메키보이는 호퍼에서부터 지붕 밑 방으로 이어지는 두 번째 사다리의 상단을 민첩하게 기어오르고 있었다. 다락방 가장자리에는 어여쁜 앙리에타가 자신의 유적를 증명하듯 속치마 차림으로 서 있었다. 그녀는 다시 비명을 질렀다.

제분업자가 딘 위에서 소리쳤다. "하! 너희들은 더 이상 달아나지 못해!" 에브니저는 그 연인들이 막다른 골목에 갇혔음을 깨달았다.

그가 메키보이에게 외쳤다. "사다리를 밑으로 던져 버려!" 막 러섹이 올라가기 시작했을 때, 아일랜드인이 에브니저의 말을 듣고 그의 조언을 따르기 위해 달려들었다. 사다리는 못이 박혀 있거나 특정 위치에 묶여 있는 것은 아니었지만, 그것의 세로보(stringer)가 다락방에서 튀어나온 두 개의 마루들보 사이에 너무도 단단히 박혀 있는 탓에 손으로 떼어 내기가 대단히 어려웠다. 제분업자는 손에 단검을 들고 사냥감의 몸부림을 지켜보며 어렵게 두 번째 단으로 올라갔고, 다시 세 번째, 그리고 네 번째 단으로 올라갔다.

에브니저 역시 이제 딘 위에 올라 심장이 졸아붙는 것을 느끼며 지켜보았다. "뭐든 던져, 존! 그를 때려눕혀!"

메키보이는 던질 만한 것을 찾기 위해 다락방 주변을 미친 듯이 둘러보았지만, 약 90센티미터 길이에 8센티미터 너비의 사이프러스 나무못보다 더 무시무시한 것은 찾아낼 수가 없었다. 잠시 동안 그는 그것을 던질 자세를 취하며 서 있었다. 러섹은 괴성을 지르고 조롱하면서 당장이라도 날아올 듯한 나무못을 피하기 위해 잠시 그 자리에 멈췄다. 이제 메키보이는 마음을 고쳐먹고, 그 나무못의 한쪽 끝을 사다리의 꼭대기 단 뒤에 고정시켰다. 그리고 다락방의 가장자리를 지레받침으로 이용하여, 다른 한쪽 끝을 잡고 자신의 몸이 온통 뒤로 쏠리도록 뒤로 힘껏 잡아당겼다. 커다랗게 삐걱하는 소리가 났다. 에브니저는 숨을 죽였다. 하지만 사다리 단도 지렛대도 깨지지는 않은 듯했다. 왜냐하면 메키보이는 기술적으로 유리한 입지를 차지하기 위해 한 발을 각각의 세로보 꼭대기에 대고 있었기 때문이었다. 그가 다시 한번 뒤로 끌어당겨졌다. 또 삐걱하는 소리. 에브니저는 사다리가 3센티미터 정도 움직여 나오는 것을 보았다. 제분업자는 꼭대기로 돌진해 올라갈지 아니면 떨어지기 전에 밑으로 내려갈지 결정하지 못한 채 양쪽을 더욱 단단히 부여잡고 욕을 퍼부었다. 지렛대에 더 큰 각이 생기자, 지레 작용의 효과는 줄어들었고, 그 사다리를 밀 뿐만 아니라 들어 올리려는 경향이 생겼다. 그러자 앙리에타가 달려들어 그를 도왔다. 그리고 세 번째 시도에서 그들은 그 사다리를 들보에서 떨어뜨리는 데 성공했다. 하지만 경사가 미약하여 사다리가 곧바로 뒤로 떨어지지는 않았다. 메키보이가 그것을 비스듬히 잡아당기는 순간, 제분업자는 안전하게 단 위로 뛰어내렸다.

메키보이가 웃었다. "사랑은 모든 것을 정복하는 법이라고! 지금 당장 우리를 죽여 보시지!"

러섹이 펄쩍펄쩍 뛰면서 다락방을 향해 단검을 휘둘렀다. "잘했어, 빌어먹을. 나도 올라가지 못하지만 너희들 역시 내려오지 못하겠지. 두고 보겠어. 너희들이 얼마나 빨리 그 빌어먹을 사랑에 질식하는지! 최악의 습격을 견뎌 내던 많은 성들도 결국은 포위에 의해 함락됐던 걸 기억하라고!"

에브니저는 이 모든 과정을 현재 제분업자가 서 있는 동일한 단 위의 먼 끝에서 지켜보았다. 그러나 자신의 위치 역시 안전과는 거리가 멀다는 생각은 미처 하지 못했다. 모든 관심이 그 연인들에게 향해 있었기 때문이다. 그리고 메키보이가 러섹 부인이 꾸며 낸 납치 이야기에 대해 아무것도 모른다는 데 생각이 미치자, 갑자기 하나의 계책이 떠올랐고, 그 바람에 그는 신중함을 잃고 말았다.

그가 제분업자에게 외쳤다. "제발, 선생!" 두 사람도 들을 수 있을 정도로 큰 목소리였다. "그가 당신의 딸을 붙잡고 있는 동안에는 그를 자극하지 마시오. 이렇게 간청합니다. 그가 당신에게 얼마나 잘못을 했든지 간에, 절망적인 상황에 처한 남자들이 종종 그러하듯이 그가 당신의 눈앞에서 앙리에타를 살해하거나 혹은 그녀에게 음탕한 고문을 가하는 것을 보느니 차라리 그를 놓아주는 게 더 낫지 않겠소……."

그는 더 이상은 말을 잇지 못했다. 그가 아까 메키보이에게 조언했던 것을 들었는지, 아니면 이제서야 비로소 그의 존재를 다시 깨달았는지는 모르지만, 러섹은 분명 이제는 시인에게도 죄가 있다고 생각하는 듯했다. 그는 단검을 휘두르며 그에게 달려들었고, 동시에 외쳤다. "남자의 뒤통수를 친 놈은 반드시 칼에 찔리는 걸 경계해야 하지!"

에브니저는 지체 없이 근처 사다리를 타고 땅으로 내려가 출입문을 향해 질주했다. 그곳에는 메리와 제분업자의 아내가 걱정스럽게 바라보고 있었다. 그러나 그렇듯 정신없는 상황에서도, 러섹 부인은 여전히 기지를 발휘했다. 에브니저가 문에 닿기 전에 그녀는 떨어진 사다리 쪽으로 달려들었다.

"자, 앙리에타! 그가 벤저민 경을 추격하는 틈에 얼른 내려오렴!"

그녀의 조언은 너무도 노골적이고 조급한 것이어서, 남편의 주의를 분산시키려는 의도임이 뻔히 보였다. 그리고 그녀의 목적이 바로 그러했다면, 그것은 즉시 성공을 거두었다고 볼 수 있었다. 제분업자가 단을 반쯤 가로지르다가 멈춰서는 그녀와 다락방을 번갈아 노려보았기 때문이다.

"너희들을 모두 절단 내고 말겠어!"

에브니저는 벽 쪽을 살펴보다가 벽난로의 부지깽이인 듯한 갈고리 모양의 철봉을 찾아냈다. 그리고 그것을 홱 낚아채 러섹 부인을 보호하기 위해 서둘러 그녀 곁으로 갔다.

그가 메리에게 명령했다. "여인숙으로 가요. 가서 이 비열한 녀석이 괴롭혔던 사람들을 모두 데려와요!"

메키보이가 다락방에서 소리쳤다. "좋아! 내가 기어 내려갈 때까지 그가 자네를 쫓아 맷돌 주변을 돌게 만들게, 에벤. 이것은 한 사람이 나머지 모두에게 대항하는 꼴이야. 그리고 나는 여기 그의 살벌한 도살용 칼에 필적할 만한 낫을 가지고 있어!"

그렇게 말하면서 그는 제분업자에게 나무토막을 던졌고, 새로 발견한 낫을 자신의 허리띠 속에 쑤셔 넣었다. 그리고 기회가 생기는 순간 단번에 내려올 수 있도록 그 다락방을 지탱하고 있는 두 개의 나무 기둥 중 하나에 자신의 다리를 빙 둘렀다. 메리는 에브니저의 심부름을 하기 위해 사라졌다. 그리고 리섹 부인은 자신의 남편을 줄곧 경계하며 떨어진 사다리를 올리려 애를 썼다. 러섹 자신은, 비록 메키보이가 던진 것에 맞지는 않았지만, 분노로 인해 거의 졸도할 것 같은 얼굴이었다. 그는 얼마 동안 이러지도 저러지도 못한 채 갈등하다가, 에브니저에게 시선을 고정시켰다. 에브니저는 그의 얼굴에 떠오른 적의에 벌벌 떨었다.

"두 명이 한 명에 대항하는 형국은 그리 오래가지 않을걸!" 그가 단의 끝 쪽으로 두 걸음 전진했다. 에브니저가 달아날 준비를 하자, 그는 다시 중간으로 돌아가서 난간을 기어오르기 시작했다. 에브니저가 트로이 성벽 주변의 헥토르 역할을 하지 못하도록 맷돌 위로 뛰어내리거나 그곳으로 기어 내려가려는 의도임이 분명했다.

그 즉시 러섹 부인이 외쳤다. "아, 안 돼!" 그리고 그녀의 남편이 난간에서 손을 놓기 전에 용수철처럼 달려가 맷돌 손잡이를 외부의 물레방아 바퀴와 맞물리게 하는 지레를 잡아당겼다. 위쪽의 커다란 돌이 우르르 울리며 돌았고 순간 러섹의 몸이 들어 올려졌다. 그의 발판도 아래에서 치워졌다.

그가 거의 울부짖는 목소리로 고함을 질렀다. "이런 망할! 이 빌어먹을 년놈들!"

그는 난간을 꼭 쥔 채, 다시 단 위로 올라서기 위해 다리를 난간 위로 들어 올리려고 애썼지만 발이 닿기도 전에 맷돌 위로 떨어지고 말았다. 그가 자신의 몸을 위로 올릴 때, 그의 안쪽 엉덩이에 있던 커다란 칼집이 순간적으로 난간 사이에 끼었다. 그가 배를 뒤로 쭉 빼고는 손가락 끝으로 단검 손잡이를 붙잡으려 애썼지만 손가락이 미끄러지면서 칼을 놓쳤고, 결국 새로 다른 곳을 잡기 싫었는지 혹은 불가능했던지 뒤로 굴러 떨어지고 만 것이다. 두 여자들은 비명을 질렀고, 에브니저는 온 신경이 욱신거리는 것을 느꼈다. 떨어지는 시간은 짧았지만, 자세는 치명적이었다. 러섹의 머리가 밑에 있던 맷돌에 부딪힐 때까지도 그의 장화 뒷굽은 여전히 단에 매달려 있었던 것이다.

메키보이가 에브니저에게 큰 소리로 외쳤다. "그를 쳐!" 하지만 그럴 필요는 없었다. 곧 제분업자의 머리와 어깨가 돌에서 굴러 떨어졌고, 그는 의식을 잃은 채 땅 위에 널브러졌기 때문이다. 앙리에타는 흥분하여 이성을 잃은 듯 보였다. 한편 그녀의 어머니는 처음에 한 번 비명을 지르고 나서는, 조용히 갈고리 지레를 밀어서 돌의 작동을 멈췄다. 그리고 그런 다음에야 비로소 에브니저에게 물었다. "죽었나요?"

시인이 매우 조심스럽게 살펴보았다. 돌에 부딪힌 머리 뒷부분이 온통 피투성이였지만, 숨은 쉬고 있었다.

"아직 살아 있는 것 같군요. 하지만 너무 세게 부딪히는 바람에 의식을 잃었어요."

메리 멍고모리가 문간에서 조심스럽게 들여다보았다. "하느님, 감사합니다. 저 악당이 죽었어! 저놈에게 그렇게 당하고도, 그 겁쟁이들 중 누구도 이곳에 와서 우리를 도우려 하지 않는군. 하지만 시인 나리의 계교로 결국 성공했어!"

메키보이가 마침내 바닥에 내려와 말했다. "아니, 해리 경은 제 꾀에 제가 넘어간 거요. 그리고 그는 아직 죽지 않았소." 그는 단검을 집어 올리더니 제분업자의 목에 갖다 댔다. "당신이 히락하신다면, 러섹 부인……."

남편의 사고에 대해 이렇다 할 감정을 내보이지 않던 제분업자의 아내도 최후의 일격만은 허락하지 않았다. "내 딸을 데리고 내려가세요. 우리는 저 사람을 침대로 데려갈 거예요."

모든 일행이 놀랐다. 그리고 에브니저를 제외한 모두가 흥분하며 화를 냈다.

메키보이가 항의했다. "이 악당은 아무 때라도 의식을 찾고 우리를 다시 공격할 겁니다!"

"그가 의식을 회복하기 전에 당신과 벤저민 경은 처치크릭에서 되도록 멀리 벗어나세요."

에브니저가 물었다. "당신은 어쩌고요, 부인?"

메키보이가 항의했다. "그리고 앙리에타는요!"

러섹 부인은 자신의 남편이 늘 죽이겠다고 위협을 한 것은 사실이지만 기껏해야 자기들 둘을 때리는 것 이상의 더 심한 짓은 하지 않을 것이며, 자기들은 이전에도 그러한 잦은 구타를 견디며 살아 왔다고 대답했다.

메키보이가 퉁명스럽게 말했다. "채찍질을 당하는 것이 부인의 취미라면 뭐 좋습니다. 하지만 앙리에타에게는 그 악마가 손가락 하나도 대서는 안 됩니다! 필요하다면 나는 그녀를 카운티 밖으로 데려갈 겁니다!"

러섹 부인이 말했다. "앙리에타는 자신이 원한다면 머물러도 되고 떠나도 돼요."

메리 멍고모리가 의식을 잃은 제분업자를 바라보며 고개를 저었다. "나는 당신을 이해하지 못하겠어, 록산! 나는 언제나 저 짐승이 죽는 것을 보면 처치크릭의 다른 모든 사람들처럼 당신도 기뻐할 거라고 장담했었지! 당신, 설마 채찍질을 즐기는 이상한 취향이 있는 것은 아니겠지, 그렇지? 아니면 상처 입은 독사를 동정할 정도로 마음이 넓은 인간인 거야?"

러섹 부인은 그녀의 친구에게 짜증스러운 듯 손을 흔들었다. "나는 그를 몹시 증오해, 메리. 그는 남자들 가운데 가장 천박하고 잔인한 사람이야. 그리고 내 인생과 불쌍한 앙리에타의 인생을 고문으로 만들었어. 그럴 거라는 걸 충분히 알면서 그와 결혼한 내게 신은 합당한 벌을 내리셨지. 내 임의대로 그 처벌을 끝낼 수는 없는 거야."

에브니저는 이 말에 감동을 받았다. 하지만 그녀의 기분을 상하게 할 위험을 무릅쓰고 과거 그녀가 간통을 저지르려 했던 점을 과감히 지적했다.

그녀가 날카롭게 쏘아붙였다. "그것이 곧 인간들은 때때로 성인의 길에서 벗어난다는 걸 증명하는 것 아니겠어요? 내가 즐겁게 그를 배신한 것은 사실이에요. 그가 쓰러지는 꼴을 보고 내가 기뻐하는 것도 마찬가지로 사실이에요. 이렇게 만들 의도로 지레를 잡아당긴 것은 아니지만 말이에요. 그리고 그가 무덤 속에 있는 것을 보게 되면 세 배는 더 기쁠 거예요. 하지만 내 스스로 그를 무덤 속으로 집어넣거나, 혹은 다른 사람이 그를 살해하는 것을 허락할 수는 없어요."

메리가 콧방귀를 뀌었다. "이런 세상에, 내가 지금 록시 러섹의 말을 듣고 있는 건가, 아니면 막달라 마리아의 말을 듣고 있는 건가? 하지만 당신이 인류애를 조금이나마 간직한 사람이라면, 석어도 그 악당이 건강을 되찾도록 간호하지는 말아요."

하지만 러섹 부인은 단호히 서서 이제 제대로 옷을 갖춰 입고 다락방에서 구출된 앙리에타에게 의식을 잃은 제분업자를 침실로 옮기자고 명령했다. 처녀는 마음을 정하지 못하고 메키보이를 쳐다보았다. 그가 눈으로 그녀를 저지했는지, 그녀는 어머니의 말을 거부했다.

"제발 저를 용서해 주세요, 어머니. 하지만 저는 그를 구하기 위해서라면 손가락 하나도 까딱하지 않을 거예요. 저는 그가 죽었으면 좋겠어요."

그녀의 어머니는 순간 얼굴을 찌푸렸다. 그러나 다시 생각해 보더니 미소를 지으며 말했다. 만약 앙리에타가 '스스로를 메키보이 씨의 보호 아래 둘' 의도라면, 그들 둘은 즉시 자신의 축복과 함께 떠날 수 있으며, 그것도 러섹이 의식을 회복하기 전에 그래야 한다고. 그리고 다음 순간 에브니저와 메키보이는 그녀가 빠르게 중얼거리는 듯한 프랑스어로 무언가를 덧붙이는 것을 듣고 어안이 벙벙해졌다. 그녀의 말 중에서 시인은 단지 명사 '결혼 공시의 면제(dispense de bans)'와 부사 '곧(bientôt)'을 이해했을 뿐이다. 앙리에타는 숫처녀처럼 얼굴을 붉혔고, 처음엔 분명한 프랑스어로 자신은 메키보이가 '약혼의 시점에서(à la point de fiançailles)' 실제로 자신을 숭배할 거라는 점은 믿지만, 그의 지위나 신분에 대해 더 알기 전에는 그의 애인이 될 의도가 전혀 없다고 대답했다. 그런 다음 그녀는 영어로 계속 말을 이었다. "당분간 저는 어머니와 함께 여기 머물면서 어머니와 불행을 나눌 생각이에요. 하지만 전 죽어도 그 불행이 빨리 닥치도록 만들지는 않을 거예요!"

메리가 박수를 치며 거들었다 "말 한번 잘했군! 나도 마찬가지야, 록시."

메키보이가 거들었다. "나도 그렇소. 그리고 나는 그 고양이가 깨기 전에 쥐처럼 도망가지도 않을 겁니다. 당신이 허락한다면 이 칼을 가지고 그의 침실 밖에서 보초를 설 생각이오. 하지만 당신이 허락하지 않는다면 저쪽 숲 가장자리에서 보초를 서겠소. 앙리에타에게 분노의 손을 뻗는 그 시간이 그가 이 세상에서 보내는 마지막 순간이 될 겁니다."

러섹 부인이 에브니저에게 간청했다. "그를 혼자서 옮기는 것은 내 힘에 부쳐요. 당신이 나 좀 도와주세요."

제분업자의 상태에 부분적인 책임감을 느끼고 있던 에브니저는 그녀의 부탁을 들어주었다. 러섹 모녀가 프랑스어로 나눴던 짧은 대화가 그의 마음을 이상하게 어지럽혔던 탓에, 그는 그들이 제분소를 나설 때 메리가 다음과 같이 말하기 전까지는 다른 사람들이 항의하는 말들을 거의 듣지 못했다. "왜 갑자기 그 악마의 건강에 대해 관심이 생긴 거지, 록시? 그가 살해될 상황에 버려둔 적도 있었잖아!"

러섹 부인이 대답했다. "내가 교훈을 얻은 건 바로 그때였어. 그렇지 않았다면 나는 결코 그의 몸값을 치르고 되찾진 않았을 거야. 만약 그들이 그를 상어에게 던져 주었다면, 아마 나도 스스로 목숨을 끊었을걸."

수많은 마을 사람들이 싸움의 결과를 보기 위해 여인숙과 제분소 사이에 모여들었다. 그들은 길게 뻗은 제분업자의 모습을 발견하고 환호성을 올렸다. 러섹 부인은 메리를 보내 환호하기에는 아직 이른 감이 있다고 경고했다. 메리를 제외한 러섹 부인 일행은 집으로 들어갔다. 러섹 부인과 시인이 제분업자를 침실로 운반하는 동안 앙리에타와 메키보이는 거실에 남아 있었다. 제분업자는 그의 아내가 상처를 씻어 내고 동여매기 시작했을 때까지도 혼수상태에서 깨어날 징후를 전혀 보이지 않았다.

그녀가 한숨을 쉬며 말했다. "나는 그의 머리를 붕대로 감고 의사를 데려오겠어요. 만약 그가 살아난다면, 살 것이고, 그가 죽는다면 죽겠죠. 어쨌든 나는 당신에게 빚을 졌어요. 당신은 내 바람을 만족시켜 주었으니까요." 그녀는 시인의 얼빠진 얼굴을 보고 말을 멈췄다. "뭐가 잘못되었나요?"

에브니저가 대답했다. "그저 호기심 때문인데요. 만약 당신이 제게 빚을 지고 있다고 여긴다면, 친애하는 부인, 제발 제게 대담한 질문 하나를 허락해 줌으로써 그 빚을 갚아 주십시오. 당신과 당신의 딸이 언젠가 토머스 파운드라는 이름의 해적에게 잡힌 적이 있나요?"

그 여자의 놀란 표정은 그 자체로 충분한 답변이 되었다. 그녀는 에브니저를 새삼 다시 보았고, 마치 그녀 자신에게 묻는 듯 중얼거렸다. "그래요, 어째서 전혀 생각하지 못했을까요? 비바람에 풍화된 당신의 옷과 조난당했다는 이야기……! 하지만 당신이 제임스타운과 세인트메리즈 사이에서 우리를 사로잡은 것은 거의 육 년 전의 일이에요. 당신은 그것을 어떻게 기억해 낸 거죠?"

에브니저가 웃으며 대답했다. "아뇨, 부인, 나는 해적이 아닙니다. 해적이었던 적도 없고요. 그랬다면 제가 아직 숫총각일 리가 없지요, 안 그런가요?"

러섹 부인이 얼굴을 붉히며 말했다. "하지만 우리의 수치스러운 이야기가 영국에서 화제가 되고 있는 건 아닐 텐데요. 그리고 당신은 이 주의 토박이도 아니고요. 어떻게 당신이 그 이야기를 알고 있는 거죠?"

시인이 놀리듯 웃으며 말했다. "그 사연은 당신이 상상하는 것보다 더 유명합니다. 나는 그것을 플리머스로 가는 마차 안에서 내 가정교사로부터 들었어요."

"아뇨, 선생, 더 이상 날 부끄럽게 하지 마세요! 사실을 이야기해 줘요!"

에브니저는 자신의 말은 정말 진실이라고 강조했다. "제 가정교사라는 사람은 신비하고 무서운 친구죠. 그는 톰 파운드의 앞갑판 위에서도, 아이작 뉴튼의 서재에서도 똑같이 태평한 사람이랍니다. 나는 지금 이 시간까지도 그의 본색이 악마인지 철학자인지 도무지 가늠할 수가 없어요. 내가 이리로 온 것은 바로 그와 그의 야만인 형제를 찾기 위해서입니다. 말을 하자면 온몸이 떨릴 정도로 너무 끔찍하고 긴급한 이유들 때문에요. 어쨌든 내가 설명하면 당신은 곧 스스로 판단하게 될 겁니다. 친애하는 부인, 당신은 이 남자에게 언젠가 놀라운 도움을 주었죠. 비록 당신은 그것을 모르고 있지만. 그리고 당신의 도움에 대한 보답으로 그는 해적들로부터 낭신의 목숨과 명예를 구해 주었습니다. 당신은 헨리 벌링검에 대한 이야기를 들어 본 적이 있습니까?"

러섹 부인의 얼굴은 더더욱 붉어졌다. 그녀는 자신의 남편도 거실에 있는 두 사람도 엿듣지 않도록 조심스럽게 침실 문을 닫았다. 에브니저는 자신의 비신사적인 행동에 대해 사과했고, 그가 맡은 임무가 대단히 긴급하다는 이유를 들어 용서를 구했다. 그리고 헨리 벌링검은 분명 그 이야기를 다른 어느 누구에게도 말하지 않았고, 러섹 부인과 그녀의 딸 모두에 대해 정답고 예의 바른 의견 외에는 어떤 평가도 하지 않았다고 덧붙였다. 제분업자의 아내는 문 쪽을 향해 불안하게 시선을 던졌다.

에브니저가 말했다. "당신에게 이것 또한 분명히 말씀드리죠. 당신은 앙리에타의 명예에 대해서도 걱정할 필요가 없습니다. 메키보이는 이 일에 대해 아무것도 몰라요."

러섹 부인이 솔직하게 말했다. "그 애가 숫처녀가 아니라는 건 그도 이미 알았을 거예요. 비록 숫처녀의 가치는 있지만 말이에요. 하지만 나는 당신에게 말해야겠군요, 저…… 벤저민 씨. 비록 이것은 명예라는 공허한 문제와 관련된 것이고, 어찌 되었든 우리에겐 그리 자랑스러운 일이 아니지만, 당신의 가정교사는 정말 희한한 종류의 연인이었다는 것을요. 나는 그 이전에도 그 이후에도 그런 남자는 한 번도 경험한 적이 없어요. 그리고 당신이 우리의 특별한 경험에 대해 잘못된 생각을 갖고 있는 것도 당연한 일입니다만……."

에브니저는 당황하여 눈을 내리깔았다. 그리고 그는 정말로 자신이 최근에 벌링검에 대한 이상한 진실을 알기 전까지는 그 문제에 대해(지금 이곳에 있는 두 명의 숙녀들에 대해서뿐 아니라) 오해했었다는 점을 인정했다.

"세상에, 부인. 당신에게 할 말이 아주 많답니다! 벌링검의 탐색에서 당신은 큰 역할을 했어요! 내가 맡은 엄청난 심부름에서도 당신은 또 다른 역할을 할지도 모릅니다! 인생은 정말이지 너무나도 뻔뻔스럽고 경이로운 극작가이지 않습니까! 매일매일 초서조차도 감히 구상해 내지 못할 우연들을 만들어 내고, 보카치오조차도 풀기 어려운 복잡한 사건들을 과감히 던져 놓으니 말입니다."

러섹 부인은 이 말에 동의했고, 우선 앙리에타에게서 불필요한 걱정을 면하게 해 주기 위해 자신의 딸과 개인적으로 대화를 한 후 기꺼이 그의 이야기를 듣겠다고 말했다. "내 생각엔 내 남편이 곧 회복하지는 못할 것 같군요. 그리고 당신의 이 중요한 임무가 무엇이건 간에, 분명 내일 아침까지 미룰 순 없겠죠. 저녁 식사를 하는 동안 그것은 즐거운 이야깃거리가 될 거예요, 벤저민 경."

그는 대담하게 자신의 팔을 러섹 부인의 허리에 놓으며 말했다. "자, 자, 이제는 가명을 벗어던져도 되지 않을까요? 메키보이가 폐하께서 임명한 주 제분소 감독관이 아닌 것처럼 나는 벤저민 올리버가 아닙니다. 당신은 메리가 나를 '시인 나리'라고 부르는 것을 듣지 못했나요?"

그는 러섹 부인의 몸이 굳어지는 것을 느끼고 팔을 치웠다. 그는 그녀가 자신의 허물없는 태도를 불쾌하게 여기고 있다고 짐작했다. 그는 무안함을 감추기 위해, 마치 그녀가 자신의 직업 때문에 언짢아하는 것으로 이해하는 척했다. "아, 저런, 시인이 기사보다는 매력이 떨어지나요? 혹시 그가 으리으리한 칭호를 지니고 있다면 어떨까요, 메릴랜드의 계관시인 같은?"

러섹 부인은 시선을 돌리며 퉁명스럽게 말했다. "당신은 또 다른 역할로 가장하는군요."

"아뇨, 나는 맹세해요! 나는 에브니저 쿠크입니다. 한때 메릴랜드의 계관시인이라는 칭호를 가졌더랬죠."

제분업자의 아내는 의심을 한다기보다는 화가 난 듯 보였다. "어째서 내게 거짓말을 하는 거죠? 나는 메릴랜드의 계관시인이 지금 이 순간에도 그의 아버지와 함께 몰든에 살고 있다는 것을 아주 잘 알고 있어요. 그리고 당신은 어느 모로 보나 그와 전혀 닮지 않았다는 것도요."

그녀의 태도가 다소 당황스럽긴 했지만 에브니저는 웃으며 말했다. "만약 어떤 사악한 인간들이 사기꾼 한두 명을 고용했다 해도 내겐 그리 놀라운 일이 아닙니다. 그들의 동기만이 여전히 나를 질리게 만들죠. 하지만 나는 그들의 방법에 익숙해졌답니다. 친애하는 록산, 내 얼굴을 똑바로 보세요. 내 소중한 모든 것을 걸고 맹세합니다. 나는 필즈 소재 세인트자일스 및 몰든의 에브니저 쿠크입니다."

러섹 부인은 갑자기 핼쑥해진, 믿을 수 없다는 듯한 표정의 얼굴을 돌렸다. "세상에, 우리는 어쩌면⋯⋯." 그녀는 문 쪽으로 돌아섰고, 손잡이에 손을 얹는가 싶더니, 그녀의 남편처럼 의식을 잃고 바닥에 쓰러졌다.

15 시인이 자신의 복합적인 목표를 추구하는 중에 비야만인이 된 야만인 남편과 비영국인이 된 영국인 아내를 만나다

앙리에타와 메키보이는 에브니저가 부르는 소리에 재빨리 뛰어 들어왔다. 러섹 부인은 메리 멍고모리의 도움으로 앙리에타의 침대 위에 눕혀졌다. 잠시 후 강한 암모니아 냄새를 맡고 정신이 든 그녀는 메리를 통해 에브니저에게 즉시 자신의 집을 떠나 다시는 돌아오지 말라는 요구를 전달했다.

메키보이가 놀리듯 말했다. "자네는 교활한 사기꾼이야, 에벤!" 하지만 그 역시 부인의 요구에 어리둥절하기는 다른 사람들과 마찬가지였다. "저쪽 방에서 대체 무슨 짓을 하려고 한 건가?"

시인이 억울하다는 듯 외쳤다. "하늘에 맹세코 아무 짓도 하지 않았네. 제발, 메리, 그녀의 분부대로 곧바로 떠나겠다고 말해 줘요. 하지만 도대체 나의 어떤 점이 그녀를 불쾌하게 했는지는 반드시 알아야겠어요. 그리고 잘못이 있다면 용서를 청해야겠어요!"

메리는 에브니저의 말을 전달했다. 그리고 돌아와서 러섹 부인은 자신의 요구를 설명하지도, 어떤 사과의 말도 듣지 않을 거라 말했다고 다시 전했다. "그녀는 말했어요. '그 남자가 부적절한 행동을 한 것은 전혀 없다. 하지만 나는 그가 내 집에 있는 것을 참을 수가 없다.' 바로 이렇게요! 원, 세상에, 나는 그녀가 그러는 모습을 한 번도 본 적이 없어요. 너는 본 적 있니, 앙리에타?"

처녀 역시 그렇듯 격렬하고 앞뒤 안 맞는 태도는 자기 어머니의 성격과는 너무 동떨어진다는 데 동의했다.

에브니저가 한숨을 쉬며 말했다. "아, 좋아요, 그렇다면 즉시 이곳을 떠나 잘 곳을 찾아야겠군요. 제발 나에 대해 나쁘게 생각하지 말아요, 러섹 양. 그리고 이 모든 일의 배후에 무엇이 있는지 꼭 알아내도록 도와주세요. 그것을 제대로 듣고 바로잡기 전까지는 편하게 쉴 수 없을 것 같으니까요." 그는 계속해서 자신은 아침에 토바코스틱만으로 갈 방법을 찾을 거라고 말했다. 그리고 자신이 지니고 있는 이중의 임무가 그곳에서 성공하든지 실패하든지 간에 그는 곧 처치크릭으로 돌아올 것이고, 다시 돌아왔을 때는 러섹 부인이 충분히 누그러진 모습을 보기를 몹시 희망하며, 만약 용서하지 않는다 하더라도 적어도 자신이 무슨 잘못을 했는지는 설명해 주기 바란다고 덧붙였다. 그가 메키보이에게 말했다. "자네는 여기 남아 있는 게 좋겠어. 만약 우리 둘이 함께 들이닥치면, 빌리 럼블리는 자신이 위협받고 있다고 생각할지도 몰라."

앙리에타가 물었다. "지금 빌리 럼블리라고 했나요?"

메리가 확인해 주었다. "그래. 하지만 메키보이 씨와 내가 그 이야기를 해 줄 때까진 궁금해도 좀 참고 기다려라." 그녀가 에브니저에게 말했다. "불쌍한 록시를 용서해 줘요, 쿠크 씨. 오늘 오후에 벌어진 불행한 일들로 인해 그녀는 몹시 지쳐 버린 게 틀림없어요. 그리고 내일 일에 대해 말하자면, 내가 당신을 태워다 주게 해 줘요. 나는 빌리 럼블리라는 사람을 내 눈으로 직접 보고 싶어요. 무슨 이유 때문인지는 굳이 말할 필요가 없겠죠. 그리고 어쩌면 그를 설득하는 데 내가 도움이 될지도 몰라요."

에브니저는 그녀의 제의와 그녀가 빌려 주는 2파운드를 고맙게 받았다. 수중에 돈이 한 푼도 없었기 때문이다. 그는 메리에게 러섹 부인의 태도나 제분업자의 상태에 어떤 변화라도 있으면 지체 없이 알려 달라고 부탁한 뒤 러섹의 집을 떠났고, 몹시 뒤숭숭한 기분으로 혼자서 여인숙으로 들어갔다. 그리고 그곳에서 제분소의 소식을 듣기 위해 머물러 있던 수많은 마을 사람들로부터 거의 영웅 대접을 받았다. 러섹이 아직 아무런 회복의 기미를 보이지 않는다는 에브니저의 말에 사람들은 통쾌한 기색을 숨기지 않았다. 그리고 제분업자의 고용인인 여관 주인은 시인에게 저녁 식사와 묵을 방을 무료로 제공하겠다고 고집했다.

식사를 하는 동안 에브니저는 러섹 부인의 이상한 행동에 대해 곰곰이 생각했다. 그녀가 몰든의 상황을 알고 있다는 것과, 그의 이름을 듣고 보인 그녀의 이상하리만큼 불쾌한 반응을 모두 설명하기 위해 그가 생각해 낼 수 있는 유일한 가설은, 러섹 부인이 통 수선공 윌리엄 스미스 및 미첼 선장이 주도하는 검은 사업과 모종의 관계가 있을지도 모른다는 그리 불가능하지만은 않은 추론이었다. 그는 마침내 용기를 내어 여관 주인에게 다가갔다.

"이봐요, 친구. 당신은 스스로를 메릴랜드의 계관시인이라 칭하곤 한다는 에벤 쿠크에 대해 들어 본 적이 있나요?"

"에벤 쿠크 말이오?" 남자의 얼굴이 환해졌다. "그야, 들은 적이 있지요. 빌 스미스와 함께 쿠크포인트에서 매음굴을 경영하는 녀석이잖소."

시인의 가슴이 욱신거렸다. 그가 방금 전 생각했던 추론은 약간의 진실을 담보하는 듯했다. "그래요, 바로 그 남자요. 하지만 당신이 그를 직접 본 적은 한 번도 없겠지요, 안 그렇소?"

"과연 그렇군요, 벤저민 경. 나는 그 남자를 한 번밖에 만난 적이 없어요, 그러니까 며칠 전⋯⋯."

막 자신의 신분을 밝히려던 에브니저가 얼굴을 찌푸렸다. "그를 만난 적이 있다고요?"

"그래요, 만났어요. 단 한 번뿐이었지만. 당신이 지금 서 있는 바로 그 자리에서였죠. 딱히 특이한 구석이라고는 없는 평범한 남자였어요. 사람들은 그가 몰든에서 달아난 여자 한 명을 찾고 있다고들 했죠. 알다시피 매춘부 가운데 하나요. 하지만 솔직히 말해 그는 내게 그런 말을 한 적이 없어요."

여관 주인이 히죽 웃었다. "그가 찾고 있는 것은 그 숫처녀였죠. 우리 모두는 잘 알고 있었어요. 그가 며칠만 빨리 왔어도, 그녀에게 안내할 수 있었을 텐데. 하지만 당시 그녀는 이미 럼블리 부인이 되어 있었죠. 그리고 우리들 가운데 어느 누구도 그를 빌의 아내에게 인도하려 하지 않았어요. 비록 그녀는 단순한 창녀에 불과했지만 말이오. 해리 경이 주변에 없었던 것은 행운이었죠." 브롬리 양을 창녀라고 부른 여관 주인의 말에 대해 에브니저는 의문을 제기했지만, 그는 그녀가 몰든에서 달아난 창녀라고 확신한다는 말만 되풀이했다. 시인은 굳이 그의 말에 이의를 제기하지 않았다. 그는 그 여관 주인과 사이가 틀어지는 것을 원치 않았고, 또한 갑자기 한 가지 놀라운 생각이 떠올랐기 때문이었다. 즉, 처치크릭의 숫처녀가 혹 브롬리 양이 아니라 불쌍한 조안 토스트일 수도 있지 않을까, 라는. 그 이야기가 보여 주는 몇 가지 특성들이 에브니저의 이러한 생각을 뒷받침하는 듯했다. 그 여자가 자신의 순결을 꽤 훌륭히 방어했던 점(그가 그녀를 버리고 떠났던 그 밤에, 그녀는 런던에서 함께 금욕생활을 하자고 제안하지 않았던가?), 그녀의 기질이 전반적으로 독립적이고 강인했던 점(그것은 분명 브롬리 양의 얌전한 기질과는 거리가 멀었다.), 빌리 럼블리와 헨리 벌링검에 대한 그녀의 이해할 만한 혼동, 그리고 아, 심지어 인디언에 의해 납치되자 최후엔 굴복한 것까지도. 하지만 어쩌면 이 모든 것 가운데 가장 많은 것을 시사하는 부분은 '브롬리 양'이 병적으로 흥분한 순간 자신의 이름을 안나 쿠크라고 고집했었다는 점이었다. 절망으로 이성을 잃은 조안이 선술집 안에서뿐만 아니라 그녀 자신의 마음속에서도 스스로를 자신이 끼고 있는 반지의 주인과 동일시했을지도 모르는 일이었다. 그녀는 그 반지가 원래 그 사람의 것이라는 걸 알고 틀림없이 극도의 질투심을 느꼈을 것이다. 이것은 일종의 확신의 힘으로 그를 때렸고, 그의 양심은 그 타격에 신음했다.

하지만 우선 자신 앞에 놓인 긴급한 목적을 달성하기 위해서는 이러한 고민들은 잠시 미루어 둘 수밖에 없었다. 그는 자신의 진짜 신분을 밝히지 않기로 마음을 바꿨고, 다른 경로를 이용하여 본론으로 돌아왔다. "나는 사실 에벤 쿠크에게는 그다지 관심이 없소. 그저 당신이 세상 돌아가는 일을 잘 아는 사람인지 알고 싶었을 뿐이오. 말하자면, 나는 이 주가 처음이지만, 사람들은 런던에서와 마찬가지로 이곳에서도 미혼 남자가 혼자서 잘 필요는 없다고들 합디다. 몰든 같은 위락 시설이 여기저기 널린 덕분에 말이오. 그러니 내가 이런 것을 궁금해하는 건 그리 이상한 일은 아니겠지요. 그러니까 혹 이곳에서 그와 같은 즐거움을 얻을 수 있는 집이……."

그는 여관 주인이 자기 대신 문장을 완성해 주기를 기다렸다. 여관 주인의 눈에 이내 유쾌한 빛이 떠올랐다. 하지만 그는 고개를 저었다.

"아뇨, 운이 나쁘군요, 벤저민 경. 해리 경은 감히 이곳에 매음굴을 만들 생각은 하지 못했어요. 혹 교활한 녀석이라도 나타나 앙리에타를 창녀로 알고 범할까 봐 두려워서죠."

시인은 자신의 추론을 마지못해 포기했다. 하지만 그는 그 여인숙이 정말로 매음굴이 아니었다는 사실에 다소 안도했다. 그곳이 정말 매음굴이었다면 자신이 그에 관해 물은 이상 꼼짝없이 창녀를 사야 할지도 모르는 일이었기 때문이다.

여관 주인의 말은 계속되었다. "그래도 역시, 이 말은 해야 겠군요. 처치크릭이라고 꼭 놀 만한 곳이 없는 건 아닙니다. 내가 만약 당신이 문의를 해야 할 사람은 오늘 오후 당신이 마차를 함께 타고 온 바로 그 여자라고 말한다면 어떻겠어요?"

"설마!"

여관 주인이 의기양양한 태도로 밝게 미소 지었다. "맹세해요! 그녀의 이름은 메리 멍고모리로, 도싯의 순회 창녀지요. 뭐, 이제는 당신도 이해하다시피 그저 대모 격이지만 말이오. 그리고 내 장담컨대 그녀의 요금은…… 여어, 안녕하시오! 호랑이도 제 말하면 온다더니!"

에브니저는 남자의 시선을 따라갔고, 메리가 막 선술집에 들어와 걱정스러운 듯 주위를 둘러보는 것을 보았다. 그는 그녀의 시선을 잡았다. 그녀가 그의 탁자로 다가오자 여관 주인은 그녀에게 상냥하게 인사하면서 자리를 떴다. 그리고 한쪽 눈을 찡긋하며 벤저민 경이 당신과 의논할 용건이 있는 것 같다고 귀띔했다.

그들만 남게 되자 에브니저가 설명했다. "나는 이 여인숙을 매음굴로 착각한 척했어요." 그리고 그녀에게 자신이 어떤 가설을 세웠고, 그것이 어떻게 빗나갔는지를 이야기해 주었다.

메리가 말했다. "내게 물어보았다면, 굳이 그런 잘못된 상상을 할 필요가 없었을 텐데요. 맹세해요, 쿠크 씨. 나는 록시가 도대체 무엇에 사로잡힌 건지 도통 짐작이 안 가요!"

"그렇다면 그녀가 더 악화된 건가요?"

"거의 미친 것 같아요!" 그녀는 계속해서 제분업자는 이전보다 더 좋아지지도 나빠지지도 않았으나, 러섹 부인은 에브니저가 떠난 후에도 평정을 회복하기는커녕 더욱 흥분해서 비이성적인 행동을 한다고 말했다. 그녀는 욕설을 퍼붓다가, 서럽게 울어 대고, 그러나가 다시 무감각해지는 등 감정적인 발작에 빠졌다. 메리가 헨리 벌링검과 빌리 럼블리의 이야기들로 그녀의 주의를 다른 데로 돌려 보려고 했지만, 오히려 러섹 부인을 새롭게 자극시킬 뿐이었다는 것이다. 그녀는 앙리에타에게도 고래고래 소리를 질렀고, 급기야 그녀를 방에서 쫓아내고 말았다.

메리가 주장했다. "내 생각엔 그녀를 폭발시킨 것은 당신이 아니었던 것 같아요. 그렇지 않다면 그녀가 어째서 앙리에타에게까지 그렇게 거칠게 대했겠어요? 그녀는 주변 사람들이 아니라 자기 자신에게 분노한 듯 보여요. 자기 머리카락을 쥐어뜯고 볼을 할퀴고, 자기가 태어난 날을 저주하더군요! 아뇨, 쿠크 씨, 그녀가 그렇게 정신이 흐트러진 건 아무래도 오늘 벌어진 일련의 사건들로 인해 충격을 받은 때문인 것 같아요. 그렇게밖에는 달리 이해할 수가 없어요. 하지만 나는 두려워요. 오늘 밤 그녀가 완전히 무너져서 다시는 원래의 모습으로 돌아오지 못할까 봐요."

에브니저는 완전히 납득할 수는 없었지만 그보다 더 그럴듯한 가설은 제공할 수 없었다. 그는 맥주 두 잔을 주문했다. 그리고 메리가 다른 단골들에게 제분소의 소식을 전하는 일을 끝냈을 때, 그는 메리에게 자신은 처치크릭의 숫처녀가 사실은 조안 토스트라고 확신한다고 이야기했다. 그녀는 처음에는 그 견해에 콧방귀를 뀌었지만, 이윽고 한편 놀라고 한편 혼란스러워하다가 점차 걱정을 하며 들었다.

그녀가 마침내 인정했다. "지금으로선 당신의 말을 반박할 방법이 없군요. 어째서 그녀가 메그 브롬리라는 이름을 골랐는지는 여전히 이해할 수 없지만 말이에요. 그래도, 뭐, 그럴 수도 있고 아닐 수도 있는 거니까."

시인이 단언했다. "나는 그녀라고 확신해요!" 그의 눈에 눈물이 고였다. "제기랄, 메리, 내가 그 여자에게 가져다주지 않은 불행이 뭐가 있을까요? 오늘 밤 그녀에게 달려가 내게 복수를 해 달라고 간청할 수 있다면 얼마나 좋을까요! 하늘이……"

메리의 얼굴에 떠오른 경악의 표정이 그의 입을 막았다. 그가 말을 하고 있는 동안, 그의 너머를 바라보다가 여관 주인이 그랬던 것처럼 그녀 역시 누군가가 들어오는 것을 본 듯했다. 그녀의 반응은 쳐다보기가 겁이 날 지경이었다. 에브니저는 온몸이 움츠러드는 느낌이었다.

그가 속삭였다. "해리 러섹인가요?"

메리가 신음처럼 내뱉었다. "오, 하느님!" 에브니저는 최악의 경우를 상상하며 천천히 돌아보았다. 하지만 새로 도착한 사람은 해리 러섹이 아니라 키 작은 신사였다. 다른 단골들이 일어나 그를 반갑게 맞이하고 있었다. 시인의 심장이 벌떡 일어섰다. "헨리!"라고 부르기 위해 입을 열려는 찰나, 그는 그 남자가 그 '니콜라스 로우' 벌링검이 아니라 십오 년은 더 나이 들고 메릴랜드 태양 볕에 그을린 세인트자일스의 벌링검이라는 것을 때맞춰 깨닫고 자신을 억제했다. 말하자면 그는 벌링검이 결코 아니었던 것이다.

메리가 큰 소리로 외쳤다. "저 사람은 죽은 자들 가운데 살아난 나의 찰리 마타신이에요!"

에브니저가 속삭였다. "아니에요, 메리. 빌리 럼블리예요!"

방 안의 모든 사람들이 메리의 흥분에 깜짝 놀랐다. 럼블리 본인도 인사를 중단하고 당황한 듯한 미소로 그들을 건너다보았다. 그의 친구들 가운데 두 명이 무슨 말인가를 중얼거렸다. 하지만 그는 그들을 무시하고 시인의 탁자를 향해 다가왔다. 그리고는 여전히 미소를 머금은 채 에브니저에게 살짝 인사한 뒤, 얼굴이 잿빛이 된 여자에게 말을 걸었다.

"실례합니다, 부인. 혹 찰리 마타신이라는 이름을 언급하지 않으셨는지요?" 벌링검의 목소리와 똑같은 음색이었다. 하지만 어조는 영국의 것이라기보다 대륙의 것이었다.

메리가 대답했다. "당신은 당신 형의 숨 쉬는 영상이에요!" 그리고 부끄러움도 잊은 채 울기 시작했다. 다른 손님들이 무슨 일인지 알아보기 위해 그쪽으로 다가왔다. 그러자 빌리 럼블리는 그들에게 부인에게 무슨 문제가 있는지 자기가 알아볼 수 있게 해 달라고 예의 바르게 요청했고, 그들은 물러갔다.

"내가 여기 앉아도 되겠습니까? 고맙습니다. 자, 친애하는 부인⋯⋯."

에브니저가 용기를 내어 입을 열었다. "제발 내가 설명하게 해 주시오, 선생. 오늘 밤 이곳에서 당신을 만나게 된 것은 가장 행복한 우연입니다!"

빌리 럼블리가 말했다. "저도 그렇습니다. 그런데 한 가지 문제에 대해서는 설명이 필요 없을 듯하군요. 친애하는 부인, 당신은 혹시 멍고모리 양이 아니십니까?"

메리는 순간 놀라더니 이내 불안한 표정이 되었다. "럼블리 씨, 당신은 저를 나쁘게 생각해서는 안 됩니다. 저는 맹세코⋯⋯."

"마타시네마로우의 죽음과는 아무런 관계가 없다고요? 내 맹세하리다, 멍고모리 양. 마타신의 죽음과 관계 있는 사람은 마타신 자신뿐이오. 그는 스스로를 파멸시켰어요. 나는 그 사실을 잘 알고 있습니다. 그리고 그는 비록 일시적으로 모순되는 열정에 사로잡혔는지는 모르지만, 나는 그가 마음속으로 당신을 그리며 죽었다는 것을 알고 있습니다." 그가 미소를 지었다. "하지만 말해 주시오. 당신은 어떻게 내가 그의 동생이라는 걸 알았죠? 그저 우리가 좀 닮아서인가요?"

아직까지도 너무 놀라 일관된 대답을 하지 못하는 메리를 대신해 에브니저가 설명했다. "우리는 당신의 모험에 대한 이야기를 덫 사냥꾼 하비 러섹으로부터 들었습니다, 선생."

"친애하는 하비! 그는 더없는 신사지요! 그렇다면 당신은 내가 이전에 코훈코우프레츠, 즉 거위의 부리라고 불렸다는 것도 알고 있겠군요. 하지만 그것이 모든 것을 다 설명하는 건 아니지요."

에브니저가 말했다. "내 용건이 그 나머지를 설명할 겁니다. 나는 당신에게 타약 시카멕의 전언을 전하기 위해 처치크릭에 온 겁니다."

처음으로 빌리 럼블리가 평정을 잃고 당황한 기색을 보였다. 그의 눈썹이 찌푸려졌고, 눈에는 시인의 피를 얼어붙게 하는 번쩍임이 보였다. 그는 그러한 분노의 번쩍임을 너무나도 자주 벌링섬의 눈에서 보아 왔다.

그가 위태위태한 목소리로 말했다. "타약 시카멕의 전언이라면 들을 이유가 없소."

시인도 곧 인정했다. "어쩌면 그럴지도 모르지요. 하지만 나는 당신에게 말해야겠소. 당신이 신사라면 내 말을 듣는 것을 거부할 수 없다고 말이오. 내 맹세컨대, 이 주의 모든 남자들, 여자들, 그리고 아이들의 목숨이 당신 손에 달려 있으니까!"

빌리 럼블리는 여관 주인이 자신에게 가져다준 맥주 잔에 시선을 고정시켰다. 그의 분노는 이제 완고함으로 굳어진 듯 보였다.

"닥쳐 올 전쟁에 대해 말하는 거군. 나는 그것에 대해선 생각지 않소."

이러한 어려움은 이미 예상했던 바였다. 그는 짐짓 그 인디언의 고집을 감수하려는 듯 한숨을 쉬었다. "좋습니다, 선생. 나는 당신의 선량한 본성을 더 이상 침해하지 않겠소. 나는 그저 당신의 형제 벌링검은 나와의 우정을 생각해서라도 당신보다는 좀 더 합리적인 태도를 보여 주길 바랄 뿐이오."

벌링검의 이름을 언급한 것은 예상했던 효과를 가져왔다. 빌리는 순간 에브니저의 손을 움켜쥐고는 자신의 귀를 믿지 못하겠다는 듯이 입을 벌린 채 그를 응시했다.

"이것도 내 아버지의 잔인한 전략이오?"

"그 전략은 나의 것입니다, 선생. 당신을 설득하여 수많은 긴급한 문제들에 관해 내가 하는 이야기를 다 듣게 만들기 위해서죠. 하지만 그럼에도 불구하고 내 말은 사실이오. 타약 시카멕에게도 기쁘게 알려 주었지만, 당신의 동생 헨리 벌링검 3세는 죽지도, 실종되지도 않았소. 그는 영국에서 육 년 동안 내 가정교사로 일했고, 지금 이곳에서 그리 멀지 않은 곳에 있소." 상당히 위협적으로 느껴지는 상대방을 혹 불쾌하게 만들지나 않을까 전전긍긍하면서도, 그는 자신에게 맡겨진 무시무시한 책임감 때문에 갑자기 인내심을 잃고 소리쳤다. "이런 빌어먹을, 당신의 의심은 집어치워요. 나는 인류의 편에 서 있소. 시카멕의 편에 서 있는 것이 아니란 말이오! 이 반지를 알고 있소? 그래요, 이것은 쿼사펠라의 반지요. 그가 절벽에 숨어 있는 동안 내가 그의 목숨을 구해 준 적이 있고, 그 대가로 그에게서 받은 거요. 아, 당신도 그 이야기를 들은 적이 있겠죠? 그렇다면 당신은 알고 있을 거요. 그 사람의 시중을 들도록 내가 남겨 두고 떠난 사람 역시 내게 목숨을 빚지고 있다는 것을 말이오. 드레파카라는 이름의 양팔이 꽁꽁 묶인 흑인 노예였죠. 내가 믿기로 당신 친구 중의 하나였고! 당신은 내가 당신에게 그 끔찍한 반란을 이끌어 줌으로써 내 일행의 목숨을 구해 달라고 간청할 거라고 생각하시오? 나는 탄원하러 온 것이 아니라 계획을 가지고 이곳에 왔소, 선생. 영국인과 아하 치후프 모두를 구할 수 있는 계획 말이오!"그는 자제심을 회복하기 위해 말을 멈췄고, 좀 더 침착한 어조로 결론을 내렸다. "게다가 나는 당신과 당신의 아내에 관하여 신사 대 신사로서 이야기하기를 소망하오. 나는 그녀가 내게 매우 소중한 여자라고 믿을 만한 이유를 가지고 있소. 그리고 내가 이렇게 모든 것을 말했음에도 불구하고 당신이 여전히 내 선의를 의심한다면, 우리가 지금 여기서 당신의 적인 제분업자 러섹의 방해를 받지 않고 찬찬히 이야기할 수 있다는 걸 알아 두시오. 그는 오늘 오후 나와 내 동행과 한판 승부를 벌인 후, 지금 이 순간 죽음의 문턱에 누워 있으니까."

빌리 럼블리가 깜짝 놀라며 말했다. "저런, 선생. 당신의 말에 숨도 제대로 못 쉬겠군! 내 아버지, 내 아내, 게다가 오래전에 잃어버린 내 동생이라니…… 당신 덕분에 내 주변 세상이 빙빙 도는 것 같소!"그가 웃었다. "내가 당신을 오해한 건 분명하오. 그리고 나는 겸손하게 당신의 용서를 구하고 싶소, 성함이……."

"쿠크, 몰든의 에브니저 쿠크요." 시인은 명백히 그 이름이 빌리 럼블리에게는 아무것도 의미하지 않는다는 것을 관찰하고 안심했다.

"쿠크 씨." 인디언은 그와 따뜻하게 악수했다. "처음부터 이렇게 말해도 될까요, 쿠크 씨? 사람들에겐 그 반대로 소문이 났을지 모르지만, 내 아내는 당신에게만큼이나 내게도 소중하오. 그리고 나는 그녀의 상태를(나는 당신이 그에 관해 알고 있다고 짐작합니다만) 대단히 심각하게 염려하고 있소. 사실, 내가 오늘 밤 말을 몰아 이곳으로 온 것도 바로 그에 관해 러섹 부인으로부터 조언을 구하기 위해서였죠. 그런데 이곳으로 오길 정말 잘한 것 같소!"

이때쯤 감정을 추스른 메리가 자신은 러섹 부인이 편찮은 관계로 환자의 침대 곁을 지키기 위해 자리를 뜨겠다고 설명했다.

그녀가 에브니저에게 말했다. "만약 지금도 럼블리 부인을 만날 생각이 있다면, 내일 아침 일찍 마차를 타고 가기로 해요."

빌리 럼블리가 끼어들었다. "아뇨, 당신은 오늘 밤 나의 손님이 되어야 합니다. 그리고 여유가 되면 내게 이 경이로운 일들을 말해 주어야 하오. 나는 그 밖의 다른 것은 받아들일 수 없소! 그리고 당신, 멍고모리 양, 지금 꼭 가야만 한다면, 나의 위로와 안부를 러섹 부인에게 대신 좀 전해 주시오. 그리고 다른 때 다시 그녀의 조언을 구하러 오겠다고 말해 주시오. 하지만 나는 빠른 시일 내에 당신과 마타신에 관해 이야기하고 싶소. 내일은 괜찮은가요? 당신에게 물어보고 싶은 것이 아주 많습니다!"

메리는 너무 흥분하여 입을 떼기도 힘들었는지 고개를 몇 번 끄덕이는 것으로 간신히 약속을 정하고 여인숙을 떠났다. 빌리는 그녀가 사라지는 모습을 골똘히 바라보다가 고개를 저었다.

"내 장담컨대, 그녀도 분명 아름다웠던 시절이 있었을 거요! 그리고 어찌 되었든 지금도 여전히 그렇소. 나는 감히 '그녀'를 이해한다고 말하지는 못합니다, 쿠크 씨. 하지만 내 형은 상당히 이해했으리라 생각하오." 그는 미소를 지으며 시인을 바라보았다. "자, 선생, 이러면 어떻소? 만약 내 아내에 관한 용건이 그녀의 사랑을 되찾기 위해 결투하는 것이 아니라면, 지금 즉시 나가서 토바코스틱만으로 갑시다. 여기서 길을 따라 6킬로미터 정도만 가면 돼요. 게다가 내겐 훌륭한 말과 마차가 있소. 이거 정말 놀라운길, 내 동생에 관한 용건이라니!"

에브니저는 이 남자의 매력에 완전히 빠져들었다. 빌리 럼블리의 상냥한 태도 덕분에 두려움이 가시고 나서야, 그는 자신이 줄곧 빌리 럼블리를 만난다는 생각에 얼마나 불안해했는지를 깨달았다. 마치 길고 서글픈 이별 후에 헨리 벌링검을 다시 만난 기분이었다. 하지만 그는 무서울 때도 모호하지 않고, 관대할 때도 애매하지 않은 벌링검이었다. 간단히 말해, 그는 언젠가 막달레나 대학에 와서 그를 구제해 주었던 그 쾌활하고 유능한 벌링검이었다. 그를 설득하여 버트랜드와 케언 선장을 구하는 임무가 아직 남아 있었고, 조안 토스트에 관해 무엇을 해야 하는지에 대한 좀 더 다루기 힘든 문제가 남아 있었다. 하지만 빌리 럼블리와 함께 있는 동안(활기 있으면서도 기품 있는 태도, 예의 바른 몸가짐에서 뿜어져 나오는 힘) 에브니저는 비관적인 기분이나 절망감 같은 것을 전혀 느낄 수 없었다. 오히려 축 늘어졌던 기분이 잔뜩 되살아났다. 그의 얼굴은 감사의 열정, 상호간의 호감으로 인한 따뜻한 기분으로 후끈 달아올랐다. 그가 외투를 걸치는 동안, 빌리 럼블리는(그는 외투를 벗지 않았다.) 선술집 안에 있던 사람들에게 조금 전 멍고모리 양이 소동을 일으킨 것은 그저 그녀가 사람을 잘못 봤기 때문에 생긴 일이었다고 해명했다. 그녀가 자신을 빌헬름 티크 씨와 그 가족을 살해한 죄로 교수형당한 자신의 죽은 형 찰리 마타신으로 착각한 데서 일어난 일이었다고. 에브니저는 그 남자의 솔직한 태도에 놀랐다. 하지만 빌리는 사람들이 어떻게 반응할지 잘 알고 있었던 듯했다. 그들은 그 사실에 충격을 받기는 했지만, 적대적이라기보다는 동정하는 분위기였다.

빌리가 외쳤다. "자, 여러분들의 아내에게 이야깃거리를 가득 안겨 주었으니, 이제 여러분들에게는 술을 베풀게 해 주시오!" 감탄하며 즐거워하는 손님들에게 술이 돌아갔을 때, 그는 덧붙여 해리 러섹 경의 머리가 깨진 날을 기념하지 않고 그냥 넘어갈 수 없다며 '마차로 가져갈 런들릿'[33]을 구입했다. 사람들은 크게 환호하며 그의 생각을 지지했다. 그들에게 밤 인사를 하고 빌리의 마차에 올라타면서, 에브니저는 자신이 선술집 남자들의 부러움을 한 몸에 받고 있다는 것을 느꼈다.

그들은 제분소에서 잠시 멈췄다. 그곳에서 그는 메키보이를 빌리 럼블리에게 소개했고, 자신의 계획을 알려 주었으며, 러섹 부인이 마침내 잠이 든 지금도 제분업자의 상태에는 아무런 변화가 없다는 것을 알아냈다. 그런 다음 그들은 좁고 어두운 길을 따라 서쪽으로 출발했다. 밤의 날씨는 여전히 매서

---

33) 술이 담기는 일정 크기의 통.

웠다. 시인은 높이 솟은 나무들 사이로 데네브[34], 베가[35], 그리고 알타이르[36]가 이루는 커다란 삼각형을 찾아냈다. 하지만 그들이 속한 별자리는 시야에서 가려져 있었다.

빌리가 말했다. "여기서 반 시간 정도 걸릴 거요. 괜찮다면 아직 내게 아버지의 전언은 말하지 말아 주시오. 어떤 이야기일지 대충 짐작이 가니까. 하지만 내 동생이라는 그 신사에 대해서는 지금 들어야겠소. 그리고 내 생각엔 집에 도착하기 전에 내 아내의 문제에 관해 미리 이야기를 해 두는 게 좋을 것 같소. 하지만 잠깐. 마른 목으로 이 무거운 문제들을 논의할 순 없지. 우리가 첫 번째로 해야 할 일은 이 런들릿 부인의 처녀막을 취하는 거요!"

에브니저가 웃으며 말했다. "저런, 당신은 헨리 벌링검의 형제라기보다는 쌍둥이에 더 가깝군요! 얼마나 자주 나는 그가 내게 가져온 소식을 듣기를 열망했고, 나 또한 신이 나서 내가 알고 있는 이야기들을 그에게 들려주었던지요! 그의 이야기를 양껏 듣기 위해서는 돼지 등심을 끝까지 먹어야 했죠!"

그들은 런들릿을 시음했다. 그 훌륭한 자메이카 럼주는 시인의 위장을 기분 좋게 데워 주었다. 그와 인디언 모두 무릎 덮개를 덮고 있었다. 바람도 없는 데다 럼주 기운으로 몸이 후끈해지니, 마치 12월이 아니라 4월인 것처럼 편안한 느낌이 들었다. 한 쌍의 말은 얼어붙은 길을 천천히 나아갔다. 마차 바

---

34) 백조자리의 알파 성.
35) 직녀성, 거문고자리의 알파 성.
36) 견우성, 독수리자리의 알파 성.

퀴가 유쾌하게 삐걱거렸다. 에브니저는 흔들리는 마차에 몸을 맡겼다. 얼마 전까지만 해도 다시 한번 벌링검의 탐색에 관한 이야기와 자신의 복잡한 이야기를 중계할 생각을 하면 지레 질리는 기분이었었지만, 이러한 상황에서라면 오히려 즐거운 노동처럼 느껴졌다. 그는 이야기를 시작하면서 한숨을 쉬었다. 그러나 그것은 자신의 이야기가 듣는 사람에게 보기 드문 즐거움을 줄 거라고 확신하는 사람의 한숨이었다. 그는 자신의 의심과 의혹, 실망, 그리고 놀람에 대해서는 한마디도 언급하지 않고, 벌링검이 새먼 선장에 의해 구출되던 상황으로부터 이야기를 시작했다. 그리고 뒤를 이어서 선원, 집시 가수, 케임브리지 학생으로서 벌링검의 소년 시절, 필즈 소재 세인트자일스에서 가정교사로 일했던 것과 그에 대한 쌍둥이의 애정, 여러 주의 정치 상황에 관여했던 일, 어쩔 수 없이 해적 노릇을 하며 겪었던 모험들, 자신의 뿌리를 찾기 위한 그의 허망한 노력, 그리고 최근에 시인이 그 수수께끼를 해결하기까지의 이야기들을 풀어 나갔다.

이야기의 막바지에 이르러 그는 다음과 같이 강조했다. "문제는 헨리 경과 헨리 3세 사이에 누가 오는지, 그리고 내 친구가 어떻게 여느 영국인들과 마찬가지로 흰 피부를 가지고 있는지에 대한 것이었소. 헨리 경의 「개인 일기」도, 존 스미스 선장의 『비밀 역사』도 벌링검 부인에 관해서는 언급하지 않았으니까. 심지어 당신의 백성들이 '영국 악마의 책'이라고 부르는 『비밀 역사』의 마지막 1회분도 이러한 문제들을 해결해 주지 않았소. 헨리 경과 포카타워투산의 자식이라면 반드시 혼혈일 수밖에 없을 테니까 말이오. 실제로 타약 시카멕이 그렇지요."

빌리가 고백했다. "아무리 이해해 보려 애써도, 그 문제는 아직까지 내게 수수께끼로 남아 있소. 하지만 나는 이 친구가 정말로 내 동생이라는 것은 추호도 의심하지 않소. 정말 기적 같은 일이오!"

"그래요, 그리고 내게 그 수수께끼에 대한 열쇠를 주었던 기회도 그 일 못지않게 기적 같았죠." 그는 자신이 벌링검과 함께 예수교 신부인 토머스 스미스를 방문했던 일, 그리고 그때 스미스가 피츠모리스 신부에 관한 이야기를 들려주었던 일에 대해 이야기했다. "내가 타약 시카멕의 집에서 소시프 신부의 상자를 발견했을 때, 그리고 왕이 그 순교자의 자손과 결혼했다는 사실을 알게 되었을 때, 나는 그 수수께끼를 풀게 되었소. 평균의 법칙상 그들이 결합하면 그 결과 부모와 똑같이 혼혈인 당신 같은 자손뿐만 아니라 순수 인디언과 순수 영국인을 똑같은 비율로 낳게 되어 있지요. 간단히 말해, 마타신과 헨리 벌링검 같은 자손 말입니다."

"당신은 내게 정말 대단한 선물을 주었소!" 빌리가 조용히 감탄했다. "불쌍한 마타신을 대신할 수 있는 형제! 나는 당신에게 엄청난 빚을 졌소, 선생! 그런데 듣자 하니 그는 과거에 다양한 경험을 한 것 같은데, 지금은 무슨 일을 하고 있소? 그리고 어디로 가면 그를 찾을 수 있는 거요? 나는 즉시 그를 찾아낼 작정이오. 그가 메릴랜드의 케임브리지에 있든, 영국의 케임브리지에 있든 말이오."

자신이 곧 빌리의 도움을 절박하게 요청해야 한다는 것을 염두에 두고, 에브니저는 벌링검은 여전히 볼티모어 경의 요원으로서 메릴랜드주의 정치에 상당히 깊이 관여하고 있다고 대답했다. 그리고 그가 볼티모어 경을 위해 일하는 와중에 정의라는 대의를 위해 여러 차례 자신의 목숨을 위험에 빠뜨린 바 있다고 덧붙였다. 반(反)혁명론자인 에브니저로서는 최근 존 쿠드 편에 붙은(그리고 아마도 그 자신이 우두머리급 반도이자 폭동 선동자일지도 모르는) 그 남자를 칭찬하기가 거북했다. 그러나 시인은 오래전에 잃어버렸던 동생이 찬성하는 계획이라면 빌리 럼블리도 동의할 가능성이 크다고 판단했다.

"나도 그가 지금 어디 있는지 확신할 수 없소. 왜냐하면 그는 문명이라는 대의가 이끄는 곳이라면 어디든 자신의 집으로 삼으니까요. 하지만 그를 찾고 싶은 마음은 나 역시 당신 못지않게 절박해요. 왜냐하면 그가 대량학살을 막기 위해서라면 자신의 목숨도 걸 사람이라는 것을 잘 알고 있기 때문입니다." 여기서 그는 잠시 미뤄 두겠다고 약속했음에도 불구하고, 자신이 임박한 공격에 대해 알게 된 위험한 상황과, 버트랜드와 늙은 선장의 목숨을 놓고 시카멕이 제시한 교환 조건에 대해 이야기하지 않고 넘어갈 수가 없었다. "그는 퀴사펠라와 드레파카의 힘을 가진 아들이 그 반란에서 아하치후프를 이끌기를 원합니다. 내 소망은 당신과 헨리 둘 모두는 아니더라도, 두 사람 중 하나가 평화와 선의의 이름으로 그를 속이는 것입니다. 아하치후프의 왕으로서 당신의 지위를 맡고 당신의 영향력을 인디언, 흑인, 그리고 백인 모두의 이익을 위해 이용하는 거죠. 내 생각에 그건 불가능한 일은 아닐 거요. 그저 당신이⋯⋯."

"아, 선생, 당신의 맹세, 당신의 맹세를 잊으셨소?" 빌리가 그의 손을 들었다. "당신 용건을 말하기 전에 내 아내에 대해 먼저 얘기합시다. 당신이 우리의 '구애 과정'에 대해 알고 있다고 가정해도 되겠소?"

"그래요, 하비 러섹과 메리 멍고모리로부터 들었소. 그들은 그것을 해리 경의 아내로부터 들었고요."

"모두 믿을 만한 사람들이오. 그렇다면 당신은 틀림없이 내가 브롬리 양이 자신에게 스스로 부과한 퇴행에 관해 당신과 마찬가지로 걱정하고 있다는 걸 알겠군요. 나는 아직 정식 기독교인도, 이 주의 합법적인 주민도 아니오, 선생. 그러므로 내가 소망하는 것처럼 그녀와 정식으로 결혼할 수 없소. 하지만 그게 가능하다 하더라도 그녀가 결코 받아들이려 하지 않았을 거요. 그녀는 내가 실행한 간단한 아하치후프식의 의식 이상은 바라지 않소. 하지만 두 당사자 가운데 한 사람이 영국인인 상황에서는 나도, 메릴랜드의 법률도 그것을 인정하지 않소."

"그렇다면 그녀는 그저 관습법상으로만 당신의 아내일 뿐, 실제로는 당신의 아내가 아니군요?"

빌리는 불행하게도 그런 상황이라고 인정했다. "당신도 이미 알고 있으니 숨김 없이 고백하겠소. 나는 옛 아하치후프의 방식으로 그녀를 강간하고 납치할 작정이었소. 그래서 해리 경의 제분소 근처 숲 속에 숨었지. 그리고 이상한 소리를 내서 그녀를 창문 쪽으로 유인했소. 그런 다음 그녀가 나를 볼 수 있도록 앞으로 나섰소. 상대방을 공포로 질리게 하기 위해서였소. 하지만 브롬리 양은 기절해 넘어지기는커녕 스스로 집 밖으로 나와 내게 왔소. 그리고 내가 공격을 시도하려 하자…… 아, 글쎄, 사실은 어떤 공격도 필요 없었다고 말하는 것으로 충분할 거요. 그녀는 자신의 선택에 의해 나와 함께 왔소. 그리고 자신의 선택으로 남았지. 게다가, 나는 그녀에게 진짜 귀부인처럼 살라고 간청했지만, 그녀는 자신을 야만인으로 변모시켰소. 아니, 더 심각했소. 그녀는 스스로를 말을 하지도, 몸차림에 신경을 쓰지도 않는 짐승으로 전락시킨 거요! 당신은 내가 그녀를 벽난로 위에서 고문한다는 소문을 들은 적이 있겠지요? 맹세컨대, 나는 그녀의 머리카락 한 올도 고의로 해친 적이 없소. 하지만 그녀는 인디언 남편들이 앙알거리는 아내의 나쁜 성질을 고치기 위해 양팔을 몸통에 대고 묶어 모닥불 근처에 매단다는 것을 어디선가 듣고 와서는, 나더러 벽난로 위에 비슷한 방식으로 자신을 묶고 연기로 그을리게 만들라고 억지로 시켰소."

에브니저가 혀를 찼다. "아, 불쌍한 여자!"

빌리는 그를 주의 깊게 바라보더니 고삐로 말 등을 철썩 때렸다. "내가 당신에게 이러한 사실을 말하는 데는 이유가 있소, 친구. 나는 브롬리 양과 나 자신에 관해 어떤 안 좋은 소문들이 있다고 상상하곤 하오. 당신은 비록 내게 우호적으로 대하고 있지만, 아마도 당신은 그녀를 납치한 것에 대해 복수하기 위해 온 그녀의 오빠이거나 약혼자일 수도 있소. 그녀에게서 자신의 이전 삶이나 과거의 관계에 대해 들은 적은 없지만 말이오." 그는 계속해서 그 사건에 대해 자신의 책임이 전혀 없다고 할 의도는 없다고 말했다. 브롬리 양의 과거가 무엇이건 간에, 러섹의 선술집에서 아무것도 모르는 채 그녀를 습격하고, 그리고 후에는 그녀를 강간하려고 시도했던 것은 자신이었다. 그녀의 현재 상태가 자신의 공격을 받은 충격에 의해 야기된 비정상적인 상태일 수도 있는 것이다. 그러나 자기는 그녀를 깊이 사랑하고 그녀가 잘되기를 바란다, 그리고 그녀의 상태를 개선시키기 위해서리면 무엇이든 할 용의가 있다, 그렇지 않으면 자신은 책임감에서 벗어날 수 없을 거라는 것이다.

조안이 그런 지경에까지 떨어진 것을 생각하니 눈물이 났지만, 에브니저는 상대방의 솔직하고 상냥한 태도에 완전히 경계심이 풀려 그녀를 납치한 사람에 대한 분노의 감정을 끌어 모을 수가 없었다. 그는 대신 이렇게 말했다. "나보다는 더욱 고결한 사람이라야 당신에게 책임을 추궁할 수 있을 거요. 그저 이것만 말해 주시오. 그 여자가 혹 반지를 끼고 있던가요?"

"반지요? 그렇소. 그녀는 반지를 끼고 있소. 그것에 입을 맞추기도 하고 저주를 퍼붓기도 하지만, 그에 관해서는 어떤 말도 하려 하지 않소. 그것은 은으로 된 일종의 문장(紋章) 반진데, 내 생각에는 악령을 퇴치하기 위해 도안된 것인 듯싶소만. 그것의 문장 주위에 ban인가, bane인가 하는 단어가 새겨져 있기 때문이오. B-A-N-N-E."

에브니저는 잠시 어리둥절했다. 그리고 이윽고 그 철자가 바뀐 것을 알아차렸다. "아, 신이여, 내가 두려워했던 대로군! 나는 그 여자의 약혼자 이상이오, 럼블리 씨. 나는 그녀의 남편이고, 다른 이유들도 있지만 그녀를 당신의 마수에서 구출하기 위해 이곳으로 왔소! 그러나 당신은 당신이 상상하는 것보다 훨씬 책임이 적을 거요. 조안 토스트의 딱한 상태에 대해 책임이 가장 큰 사람은 바로 납니다. 메그 브롬리가 아니라 조안 토스트가 그녀의 진짜 이름이오. 그리고 만약 당신이 그녀를 진정 사랑하고 가엾게 여긴다면, 내가 당신을 벌할 것이 아니라 오히려 당신이 나를 벌해야 할 거요." 그가 잠시 전까지 느꼈던 행복감은 완전히 날아가 버렸다. 그는 빌리에게 조안 토스트와 자신의 관계 및 자신의 더할 나위 없는 부당한 행위에 대해 말해 주었고, 현재 그녀의 비정상적인 상태는 바로 그 때문이라고 설명했다.

인디언은 상당한 관심과 동정을 가지고 주의 깊게 듣다가, 시인의 말이 끝나자 말했다. "이 질문이 실례가 된다 해도 용서해 주시오. 당신은 분명 당신이 비록 그 여자와 결혼은 했지만 아직 숫총각이라고 말했소. 정말 놀라운 일이오! 그리고 내 생각에 당신은 당신이 토스트 양, 혹은 쿠크 부인과, 신사들은 그것을 어떻게 말하죠? 교제했던 유일한 남자가 아니며, 다른 사람들은 당신이 그런 것만큼 그녀의 명예에 대해 그렇게 민감하지 않다고 암시했던 것 같은데…… 내 말이 맞소, 아니면 내가 당신의 말을 오해한 거요?"

에브니저가 미소를 지으며 대답했다. "그렇게 조심스러워할 필요는 없습니다. 그녀는 런던에서 창녀였소."

빌리가 중얼거렸다. "그렇군요." 하지만 그의 찌푸린 얼굴은 그가 그 문제에 대해 전혀 만족스러워하고 있지 않다는 것을 암시했다. "그리고 물론 당신은 이러한 것들에 대해 꽤 확신하고 있겠지요?"

시인은 잔인한 즐거움을 누를 수 없었다. "아마도 당신은 세련된 숙녀들의 방식에 대해 아직 경험이 없는 듯하군요. 영리한 매춘부는 지옥의 바로 문 앞까지 창녀 노릇을 하다가도, 루시퍼에게는 마치 처음으로 자신의 처녀막을 바치는 것인 양 그를 속인답니다."

"과연 그렇군요. 그리고 그 반지는 어떤 증거인 듯하고……." 그는 다소 복잡한 기분인 듯 말꼬리를 흐렸다. "자, 이제 생각은 그만 합시다. 저쪽에 내 오두막이 있소."

이윽고 숲길은 끝나고 북쪽으로 좁은 만을 면한 상당한 크기의 공터가 나왔다. 부두의 거의 끝자락에 희미하게 불이 켜진 오두막 한 채와 여러 딴채들이 서 있었다. 말들을 마구간에 집어넣고, 오두막에 다가가는 동안, 에브니저는 조안 토스트를 마주할 생각에 점점 더 안절부절못했다. 그는 가장 명예로운 태도는 그저 겸손하게, 그리고 변명 없이 그녀 앞에 나선 뒤, 처분을 기다리는 것뿐이라고 마음을 정했다.

빌리 럼블리가 문간에서 멈추더니 시인의 어깨 위에 손을 얹었다. "서로의 의도를 명확히 합시다, 친구. 나의 아내, 아마도 당신의 아내라고 해야겠지요, 그녀 자신의 행복을 위해 내게서 그녀를 데려가려는 것이 당신의 의도요?"

에브니저가 인정했다. "그렇소."

"필요하다면 강제로라도?"

"나는 무장을 하지도 않았고, 폭력에 의지하는 사람도 아니오, 선생. 나의 유일한 무기는 설득이죠. 하지만 그녀가 내 말을 들어줄지에 대해서는 확신할 수 없소. 그리고 당신도 이런 상황에서 나를 안으로 초대할 의무는 없소. 어쨌든 나는 소송을 걸지는 않을 거요."

빌리가 킬킬 웃으며 말했다. "당신은 훌륭한 사람이오. 어쨌든 우리는 둘 다 그 여자를 사랑하고 둘 다 그녀의 상태에 대해 책임을 느끼고 있으니, 그녀의 상태를 호전시키는 것을 최우선 과제로 삼읍시다. 그런 다음 각자의 입장을 표명한 뒤, 그녀에게 선택을 맡기는 거요. 어쩌면 그녀는 우리 둘 모두에게서 손을 씻을지도 모르지요!"

에브니저는 집주인이 그렇게 짧은 시간에 획득한 교양의 수준에 새삼 매혹되어 기꺼이 동의했다. 그리고 그들은 오두막 안으로 들어갔다. 오두막 안의 불빛이라곤 문 근처에서 깜박이는 촛불이 유일했고, 벽난로 안의 불은 마지막 몇 개의 숯을 태우고 꺼진 뒤였다. 방은 어두컴컴하고 냉기가 돌았다.

"예호캉그레네포!" 빌리가 그녀의 이름을 부른 뒤, 작은 목소리로 설명했다. "그녀는 내게 억지로 자신을 그 이름으로 부르게 하죠. 예호캉그레네포!"

이윽고 벽난로 앞의 나무로 된 곧은 등받이 의자에서 툴툴거리는 소리와 움직이는 소리가 들려왔다. 한 여자가 등을 문쪽으로 향한 채 일어나고 있었다. 그녀는 눈을 비비고 흐트러진 검은 머리를 긁기 시작했다. 남루하고 더러운 옷을 입고 있는 그녀는 마치 벼룩을 잡는 원숭이처럼 온몸을 긁어 댔다. 에브니저는 그 비참한 광경에 현기증을 느꼈다. 그 생물체는 의자에서 일어나면서 다시 자신의 머리를 긁었고, 바로 그때 그녀의 은반지가 촛불에 짧게 반사되었다. 그 번쩍임은 간신히 지각할 수 있는 정도였다. 하지만 그것은 시인이 자신의 결심을 완전히 내던지게 만들기에 충분했다. 그는 달려가 그녀의 발 밑에 몸을 던졌다.

"조안 토스트! 이 주여, 내가 당신에게 얼마나 나쁜 짓을 했는지!"

그의 목소리에 그 여자는 숨을 헐떡였다. 그녀는 자신에게 돌진하는 그를 보고 비명을 지르며 몸을 지탱하기 위해 의자 등받이를 잡았다. 하지만 이번에는 에브니저가 신음하고 비틀거릴 차례였다. 변화된 외모, 깜박이는 촛불, 그리고 시야를 흐릿하게 만드는 눈물에도 불구하고, 그녀가 몸을 돌렸을 때 그는 보았던 것이다. 빌리 럼블리의 정부가 조안 토스트도, 메그 브롬리 양도 아닌, 자신의 누이 안나라는 것을.

16 문화의 힘을 보존하는 것에 관한
포괄적인 개괄이 이루어지며,
웅변과 부주의의 도움으로 그것이 논증되다

오랫동안 사용하지 않은 탓인지, 아니면 갑작스러운 충격 때문이었는지, 안나는 처음 비명을 지른 후로 목소리를 완전히 잃은 듯했다. 오빠와 누이는 서로를 다시 찾아냈다는 엄청난 안도감 속에서 자연스럽게 서로를 얼싸안았다. 그녀의 이름을 부르며 스스로를 위로하고, 어리둥절한 빌리 럼블리에게 훌쩍임과 흐느낌 사이사이 그녀는 자신의 아내가 아니라 쌍둥이 누이라고 설명하는 동안, 에브니저는 그녀의 몸이 자신의 팔 안에서 굳어지고 있음을 느꼈다. 순간 벌링검으로부터 들었던 두려운 사실들과 간담이 서늘해지는 아하치후프 왕자의 구혼 이야기가 새삼 떠올랐다. 포옹은 어색해졌다. 그녀가 자신을 밀쳐 내며 몸을 뺀 뒤 눈물을 흘리며 의자 위에 무너졌을 때도, 그는 그녀를 굳이 붙잡으려 하지 않았다.

빌리가 물었다. "이 여자가 정말 당신의 누이요?"

시인이 고개를 끄덕이며 어렵게 말을 꺼냈다. "이해해 주시오. 우리 둘 모두에게 고통스러운 순간이오……. 아직은 뭐라 설명할 수 없지만……."

빌리가 말했다. "시간을 두고 천천히 하시오. 잠시라도 내가 자리를 피해 주는 것이 모두에게 좋을 듯하군요. 우선 나는 이쯤에서 두 분께 인사를 하고, 내일 아침 식사 시간에 맞춰 돌아오겠소."

"안 돼요!" 갑자기 안나가 목소리를 찾았다. 더러운 얼굴 위에는 눈물 자국이 뚜렷이 남아 있었다. 그녀가 에브니저에게 말했다. "이 남자는 내 남편이야."

시인이 중얼거렸다. "그렇고말고. 가야 할 사람은 나겠지."

빌리가 단호하게 말했다. "그럴 수 없소. 당신들 사이에 무슨 불협화음이 있는지는 모르지만, 이것은 가족의 문제이고 반드시 바로잡아야 하오. 그렇지 않아도 나는 얼마 동안 헛간에서 잘 생각이었소. 최근 그곳에 좀도둑들이 드나드는 기미가 있거든." 그가 내세운 구실은 설득력이 없었지만, 아무도 거기에 이의를 제기하지는 않았다. 빌리는 안나의 머리에 다정하게 손을 얹었다. "제발 용서와 선의로 가족의 울타리를 고치시오. 오누이가 서로를 사랑하지 않는 것은 대단히 안타까운 일이잖소. 아니, 고개를 들어요! 그리고 당신도요, 선생. 당신이 이 여자의 말문을 트이게 만들었으니, 나는 이미 당신에게 빚을 진 셈이오. 그리고 당신이 내게 동생이라는 선물을 준 것처럼, 나 역시 당신에게 똑같은 방식으로 갚을 수 있는 기회를 준 것에 대해 고마움 이상의 감정을 느끼고 있소. 나는 단지 당신이 우리가 합의한 것을 기억하기를 부탁하오. 내일 아침 당신은 내게 블러즈워스섬으로부터의 소식을 전해 주어야하오. 그런 다음 우리가 모든 사람들의 목숨을 위해 무슨 일을 할 수 있는지 생각해 봅시다."

안나는 고개를 숙인 채 말이 없었다. 에브니저 역시 빌리를 말리는 것을 내켜하지 않는 자신이 부끄러우면서도, 누이와 조용히 대화를 나누고 싶은 욕심에 오두막 안에 불을 피운 뒤 쓸쓸한 헛간으로 떠나가는 빌리를 굳이 잡지 않았다. 그는 안나를 똑바로 볼 용기가 나지 않았다. 그녀의 상태를 생각하자 눈물부터 흘러나왔다. 잠시 동안 그들은 의자의 양쪽 끝에 앉아, 이따금씩 코를 훌쩍이거나 눈가를 닦으면서 불을 응시했다.

마침내 그가 용기를 내 말을 꺼냈다. "몰든에는 갔었니?" 그는 곁눈으로 그녀가 고개를 젓는 것을 보았다.

"케임브리지 부두에서 스퍼던스 씨를 만났어."

"그렇다면 너는 내가 얼마나 망신스러운 일을 저질렀는지 잘 알고 있겠구나. 네 반지를 다시 찾은 걸 보니 거기서 당연히 내…… 아내와도 만났겠지." 목이 메이면서, 눈물이 다시 흘러내렸다. 그는 북받치는 감정으로 몸을 돌려 안나를 향해 앉았다. "그녀와 결혼하지 않았으면 나는 풍토병에 걸려 죽었을 거야. 어머니처럼 말이야. 하지만 그녀는 잘못이 없어. 안나, 너는 그녀를 나쁘게 생각하면 안 돼. 그녀가 창녀인 건 사실이지만, 그녀는 나를 사랑하는 마음에 메릴랜드까지 따라왔어……." 그는 다시 말꼬리를 흐렸다. 안나의 동기 역시 똑같다는 벌링검의 주장이 떠올랐기 때문이다. "그녀가 매독에 걸리고 아편의 노예가 된 것은 순전히 나 때문이야. 그녀는 나와 함께 있기 위해 상상할 수 없는 굴욕을 겪었어. 내가 아플 때 나를 간호해서 건강을 회복시켜 준 것도 그녀였지. 하지만 그녀는 내게 아무것도 요구하지 않았어……. 심지어 내 순결조차도 말이야. 맹세해! 모든 것을 다 잃은 그녀의 유일한 소망이라곤, 오로지 나와 함께 런던으로 달아나서 그녀의 고통이 자신을 천국으로 데려갈 때까지 오누이로 사는 것이었어. 그런데 나는, 안나…… 나는 그 천사 같은 여자를 가장 비열한 방법으로 배신했어! 나는 혼자서 달아난 거야. 돌봐주는 이 없이 그녀를 죽도록 내버려 둔 채 말이야! 네가 경멸해야 할 사람은 불쌍한 조안 토스트가 아니라 나야!"

"경멸한다고?" 안나는 놀란 듯 보였다. "어떻게 내가 두 사람을 경멸할 수 있겠어, 에벤? 네가 몰든을 잃은 것은 사기를 당했기 때문이고, 네가 결혼할 수밖에 없었던 건 필요에 의해서만이 아니라 명예 때문이기도 했어. 나는 네가 그녀를 버리지 않았어야 한다고 생각해. 홀로 된다는 건 정말 지옥 같은 일이니까!"

잠시 사이를 두고 그녀는 그의 눈을 피하며 조심스럽게 다음과 같은 질문들을 했다. 어째서 너는 런던에 있지 않은 건가? 자기가 메릴랜드에 있다는 것을 알고 있었나? 자기가 헨리 벌링검을 십이 년 동안 사랑했고, 그와 결혼하고 싶은 마음에 메릴랜드에 왔다는 것을 알고 있나? 자기가 지금 이 지경이 된 것은 버트랜드에게서 들은 무서운 소식, 스퍼던스 씨와 조안 토스트로부터 들은 소식, 어떻게 해도 헨리나 오빠를 찾을 수 없다는 데서 온 절망감, 그리고 벌링검을 놀랄 만큼 빼닮은 야만인에게 공격을 당한 충격 때문이었다는 것을 제대로 알고 있는 건가, 등등. 그녀는 부끄러움의 눈물을 하염없이 흘렸다. 에브니저는 그녀의 손을 잡았다. 그러나 그 질문들에 대해서는 바로 대답하지 않았다.

그가 부드럽게 말했다. "내 이야기를 하자면 몇 시간은 족히 걸릴 거야. 요 이틀 동안 질릴 정도로 많은 사람들에게 반복했지만. 정말이지, 안나, 해야 할 말이 너무도 많아! 언젠가 우리가 처음으로 떨어져 자게 되었을 때, 너는 울었지. 그러면서 우리가 다시는 서로를 이해할 수 없을 거라고 말했어. 그때는 네 말이 무슨 뜻인지 전혀 알 수가 없었지! 우리를 갈라 놓고 있는 것은 시간이나 공간의 문제가 아냐. 우리는 지금 한 쌍의 산봉우리와 같아! 우리들 사이엔 깊이를 가늠할 수 없는 골이 파여 있고. 우리는 이 오두막을 떠나기 전에 그 위에 다리를 놓아야 해. 일주일 정도는 시간을 들여 서로에게 설명해 주어야 하겠지만 말이야. 어쨌든 빌리는 정말 훌륭한 신사야! 우리가 그 일을 시작할 수 있도록 얼마간이나마 시간을 주었으니까. 하지만 내 생각엔 우선 너와 조안 사이에 무슨 일이 있었는지, 그리고 이젠 아버지가 계신 몰든의 상황은 어떤지에 관해서부터 듣는 것이 나을 것 같다. 왜냐하면 내 이야기는 가장 작은 부분도 한 시간의 해석이 필요할지도 모르니까 말이야." 그 예로서 그는 빌리 럼블리와 헨리 벌링검이 닮은 것은 기적이라기보다 두 사람이 형제이기 때문이라고 말해 주었다. 안나는 몹시 놀란 듯 잠시 말을 잊고 있다가, 이윽고 좀 더 자세히 알려 달라고 간청했다. 하지만 에브니저의 입장은 단호했다.

그가 말했다. "제발…… 정말 헨리를 만나지 못한 거니? 내 이야기를 시작하기 전에 우선 이런 것들을 알아야겠다."

안나가 한숨을 쉬며 대답했다. "그래, 전혀. 케임브리지에서도 세인트메리즈에서도 그런 사람은 없었어. 그 이름을 아는 사람이 없더라구." 그녀는 할 수 없이 자신의 질문들은 일단 미뤄 둔 채, 자기는 세인트자일스에서 몹시 외로움을 느꼈고, 벌링검이 아무래도 자신의 뿌리를 찾지 못할 것 같다는 두려움이 점차 커졌으며(자기 가문을 찾는 것이 그가 그들의 결혼 조건으로서 내걸었던 것이라고 그녀가 말했다.), 그래서 마지막으로 아버지가 화를 내든 말든 그를 떠나, 몰든에서 에브니저와 합류한 뒤, 추적을 포기하라고 벌링검을 설득하거나, 자기가 할 수 있는 일이라면 무엇이건 그를 도우리라 결심했던 일 등에 대해 이야기했다.

이 지점에서 에브니저가 끼어들었다. 그는 그녀의 얼굴을 자신 쪽으로 돌리며 말했다. "소중한 안나, 오빠 앞에서는 부끄러워하지 마라! 우리의 이 다리는 사랑과 솔직함의 다리여야 해. 그렇지 않으면 그것은 이내 끊어지고 말 거야." 그는 그녀가 사신에게 느끼는 사랑에 대해 먼저 이해하고 들어가는 것이 필요하다고 생각했다. 그러나 그는 갑자기 안나 스스로는 자신의 이상한 집착을 어렴풋이 짐작만 할 뿐 어쩌면 전혀 모르고 있을지도 모른다는 벌링검의 설명을 떠올렸다. 그가 어설프게 덧붙였다. "내 말은 그러니까, 언젠가 헨리가 내게 비밀을 완전히 털어놓을 수밖에 없는 상황에 몰린 적이 있거든……. 그래서 사실은, 그에 대해 몇 가지를 알게 되었어, 네가……." 그는 말을 계속 이을 수 없었다. 안나도 그와 마찬가지로 몹시 얼굴을 붉혔고, 손으로 자신의 눈을 가렸다.

그녀가 말했다. "그리고 넌 내 남편이 모든 면에서 그와 닮았다는 것을 알고 있지. 간단히 말해, 나도 너만큼이나 순결한 몸이지만, 그렇다고 너보다 더 순진한 것은 아냐."

에브니저가 간청했다. "그것에 관해선 더 이상 이야기하지 말자!"

"한 가지만 더." 그녀는 눈가에서 손을 치우고 그를 진지하게 바라보았다. 에브니저는 그녀가 자신의 부자연스러운 열정을 고백하려 하고 있다고 확신했다. 벌링검이 단호하게 그와 같이 주장한 바 있고, 그 역시 어느 정도까지는 그것을 공유하고 있다는 의심 때문에, 그는 그녀의 입에서 무슨 말이 나올지 두려웠다. 그러나 그녀는 자신의 감정을 고백하는 대신 자기가 헨리 벌링검에 대해 아무것도 모른다고는 생각하지 말라고 말했다. 자신은 그가 서로 상반되는 두 가지에서 한꺼번에 깊은 즐거움을 느끼는 것을 보아 왔고, 세인트자일스에서도 그는 아스파라거스의 어린 싹에서부터 암수 사냥개에 이르기까지 모든 것에 대한 호색적인 탐구심을 발휘하곤 해서 여러 차례 자신의 비위를 상하게 했었다는 것이다. 그녀가 말했다. "내 생각엔 자기 자신을 아는 것보다 다른 사람을 아는 것이 더 쉬운 일인 것 같아. 나는 헨리에 대해 거의 모든 것을 알고 있어." 그녀가 처음으로 미소를 보였다. 그리고 어떤 기억이 갑자기 떠오르는지 얼굴을 붉히며 말했다. "그가 아마도 이건 네게 말하지 않았을 것 같은데, 내가 대신 말해도 될까? 너와 헨리가 런던을 떠나기 전에 내가 그에게 물은 적이 있어. 나는 하루바삐 처녀 딱지를 떼고 싶어서 안달인데, 에벤은 어째서 자신의 순결을 그렇게 애지중지할까, 하고 말이야! 그리고 더 나아가 이렇게 말했지. 네가 그랬다면 우리 둘은 이미 순결에 종말을 고했을 거라고."

에브니저가 불안하게 몸을 움직였다.

안나의 말은 계속되었다. "그의 대답은 이랬어. 에벤은 세상이 허락하지 않는 한 여자에 대한 웅대하고 비밀스러운 열정을 가슴에 품고 있고, 그래서 차선의 선택을 하느니 차라리 숫총각으로 남으려 한다는 거야!"

시인이 인정했다. "그것은 어느 정도 사실이야. 하지만 '세상'이 내게 조안 토스트를 허락하지 않은 것이라기보다는, 존 메키보이, 그리고……."

"잠깐, 내 말 아직 안 끝났어. 고백할게, 에벤. 헨리의 말을 듣고 나는 몹시 질투를 느꼈어. 언젠가는 우리가 각자 배우자를 만나 결혼하리라는 걸 잘 알고 있었지만 말이야. 그건 우리가 너무나도 가까운 사이였기 때문이야, 너도 알다시피……. 어쨌든, 니는 네 가슴에 그러한 표지를 새긴 그 여자의 이름을 알려 달라고 요구했어. 그리고 한때는 너의 모든 변덕과 생각을 알고 있었던 소중한 누이에게 어째서 그와 같은 비밀을 털어놓지 않았던 것인지 알아야겠다고 다그쳤지. 그러자 헨리가 대답했어. 너 스스로도 그녀가 누구인지를 거의 깨닫지 못하고 있다고 말이야. 그리고 설사 네가 알고 있다고 해도, 관습의 힘이 네 입술을 봉인했을 거래. 네 열정의 대상은, 바로…… 네 누이였으니까!"

에브니저는 몸을 곧추세웠다. "헨리가 그렇게 말했다고? 이런 세상에, 이 남자의 사악함은 정말 끝이 없군! 알고 있니, 안나? 그는 내게도 똑같은 말을 했어. 알다시피 나는 너와 그의 연애 사건에 대해 알게 되었어. 이것은 그가 성교 불능이라는 사실을 내가 알기 전의 일이었지. 그리고 나는 분노와 질투심으로 불타올랐는데……."

그는 중간에 문장을 끊었다. 그 문장이 함축하고 있는 분위기가 분명 그들 사이에 감돌고 있었다. 방 안은 즉시 긴장과 당혹감으로 가득 찼다. 의자 위에서 그들의 자세는 갑자기 어색해졌다. 안나는 다리가 간지럽다며 자신의 손을 그의 손 밑에서 빼더니 시선을 돌렸다.

그녀가 말했다. "그랬구나." 그리고 헛기침을 했다. "그가 우리에게 한 말에는 어쨌든 겨자씨만 하나마 진실이 있었던 것 같은데."

잠시 동안 그들은 아무 말도 하지 않았다. 침묵은 고통스러웠지만, 에브니저는 그것을 끝낼 방법을 도무지 생각해 낼 수 없었다. 하지만 다행히도 안나가 그들을 그러한 상황에서 구했다. 안나는 마치 하던 이야기를 계속하듯 온화하고 침착한 목소리로 자기가 메릴랜드에 온 동기는 헨리 벌링검과 만나려는 것이었다는 말을 툭 던지면서 세인트자일스에서부터의 여행 이야기를 다시 이어 나간 것이다. 시인의 심장은 빨갛게 달아올랐다.

"나는 우리들이 그를 런던에 두고 떠난 1687년 이후 그의 행적에 대해 들은 바가 전혀 없었어. 그러다가 지난 봄에 그가 먼저 내게 접근했어. 플리머스 마차에서 피터 세이어 대령으로 가장하여 오빠에게 접근한 것처럼 말이야. 내가 마침내 그의 진짜 정체를 인정하자, 그는 내게 메릴랜드주에서 겪은 일들이며, 버지니아에서 자신과 이름이 같은 사람에 대한 모종의 자료를 발견한 일이며, 자기가 관련되어 있는 정치적 음모에 대해 이야기해 주었어."

에브니저는 벌링검이 과연 자신에게 선의를 품고 있는지 회의가 들고, 그리고 더욱 중요하게는 과연 정말로 볼티모어 경이 선을 대변하고 존 쿠드가 악을 대변하는 것인지 의심스럽다고 고백하면서, 이 마지막 주제에 대해 그녀에게 자세히 질문했다. 이렇게 되자 그는 그가 앞서 정해 놓았던 이야기 순서를 포기한 채 헨리가 찰스 캘버트와 존 쿠드로 가장했던 일과 그의 충성심을 전자에서 후자로 이전한 일, 벌링검이야말로 존 쿠드라는 버트랜드 버튼의 확신, 쿠드, 볼티모어 경, 벌링검, 그리고 앤드루 쿠크(혹은 이들의 연합)가 안나가 벤저민 스퍼딘스로부터 들었던 매춘과 아편 매매 등의 통탄할 만한 거래에 연루되어 있다는 것을 암시하는 증거, 그리고 마지막으로 볼티모어와 쿠드 두 사람 모두 벌링검이 지어낸 가상의 인물이거나, 아니면 그들이 주도하고 있다고 말해지는 음모 및 대의에 아예 연루되어 있지 않거나, 아마도 심지어 그것에 관해 알지도 못하면서 그저 추상적으로만 존재할지도 모른다는 에브니저 자신의 대략적인 의심 등에 대해 이야기할 수밖에 없었다.

안나는 관심 있게 들었다. 그런 다음 자기는 벌링검의 행위에 대해 그리 크게 놀라지는 않는다고 말했다. "볼티모어 경과 존 쿠드가 실제 인물인지 혹은 꾸며 낸 인물인지에 관해서는 말할 수 없어. 하지만 사람들이 보편적으로 믿고 있는 가정에 전혀 진실이 없다고는 보기 어렵지. 그 두 사람이 실제로 서로 반목하고 있는 건지 아니면 결탁하고 있는 건지, 혹은 어떤 문제들에 대해서는 반목하고 다른 문제들에 대해서는 결탁하고 있는 건지, 혹은 어느 쪽이 정당성을 가지고 있는지에 대해서도 나는 확신할 수 없어. 하지만 헨리가 이 문제들에 대해 진심으로 관심을 가지고 있다면 그는 그들 가운데 어느 누구에게도 공감하지 않을 거야. 또한 그가 처음엔 한쪽을 위한다고 말했다가, 다음 순간 다른 쪽을 위해 일한다고 말했다고 해서, 그가 진짜로 스스로 모순되는 건 아냐. 내가 믿기로는 그가 정말로 숭배하고 봉사하는 사람은 바로 니콜슨 총독이거든."

에브니저가 콧방귀를 뀌었다. "니콜슨이라고! 내가 들은 바에 의하면, 그는 이도 저도 아닌 사람이야. 그는 가톨릭도 아니면서 하운즐로히스에서는 제임스를 위해 싸웠어. 에드먼드 앤드로스의 수하였으면서도, 그와 너무도 대립하는 바람에 그 둘은 아직도 서로를 몹시 싫어하고 있지. 볼티모어 경은 니콜슨이 자신을 지지할 거라고 생각하고 그를 선택하여 왕의 총독 자리에 앉혔어. 그런데 니콜슨은 쿠드를 기소하는 일에는 관심을 갖고 있지도 않고, 마치 볼티모어 경은 존재하지도 않는 것처럼 이 주를 다스리지. 볼티모어 경은 확실히 존재하는데도 말이야."

하지만 막상 반박을 시작하고 보니 에브니저가 느끼기에도 안나의 새로운 가설이 더욱 설득력 있어 보였고, 마침내 자신의 의견이 마치 안나의 가설을 위한 증거처럼 들리기까지 했다. 예전에 벌링검은 자신의 목적이 볼티모어의 이익을 위해 쿠드 및 앤드로스를 니콜슨과 반목하게 만드는 것, 말하자면 '양끝이 중간에 대항하는 형국'을 만드는 것이라고 털어놓은 적이 있었다. 그러나 니콜슨이야말로 진정으로 중간에 있는 사람이고, 볼티모어가 바로 극단주의자가 아니던가? 공상가들과 과격분자들을 용납하지 않고, 빈틈없고, 대담하고, 성미 급하고, 능력 있는 성격에 대한 소문들로 판단할 때, 찰스 캘버트보다는 니콜슨이 훨씬 더 벌링검을 사로잡을 만한 인물인 것처럼 보였다. 게다가, 니콜슨은 (이제 그것에 대해 곰곰이 생각해 보니) 이상주의자는 아니지만, 영향력 있는 인물 가운데, 이를테면 식민지의 문화와 교양이라는 대의를 촉진시키기 위해 실제로 무언가를 했던 유일한 인물이었는지도 모른다. 그는 버지니아의 부총독으로 재직하는 동안 윌리엄과 메리의 대학을 설립했고, 앤아룬델 타운에 공적 자금을 들여 비슷한 기관을 설립하려는 의도를 공언했다. 심지어 에브니저로서는 이 남자의 다소 껄끄러운 부분들(예를 들어 사생아로 태어났다든가, 또한 성적 경향이 모호해서 그를 여성들로부터 멀어지게 하고 해적 행위에서 변태 행위에 이르는 모든 것들에 대한 소문들이 떠돌게 한다든가 하는) 또한 벌링검의 눈에는 매력적으로 보일 거라고 선뜻 상상할 수밖에 없었다. 결국 반박으로 시작한 말은 불평으로 끝났다.

"어째서 헨리는 애초에 네게는 말해 준 일을 나한테는 말해 주지 않은 거지?"

안나가 달래듯이 말했다. "내가 그 대신 대답할 수는 없어. 하지만 그는 정말로 네 열정을 의심했던 거야, 에벤. 볼티모어 경이 맡긴 임무에 대해서뿐만 아니라 순결에 대해서도 말이지. 너도 알고 있을 거야. 세인트자일스에서도 그가 얼마나 반대를 위해 반대를 하는 습관이 있었는지. 헨리의 입장이 무엇인지에 대해서는 누구도 완벽하게 알 수 없을 거야."

이 설명은 시인에게 조금도 위로가 되지 않았다. 하지만 그는 안나가 세인트자일스에 도착한 뒤, 그곳에서 메릴랜드의 계관시인으로 가장한 버트랜드를 발견한 것에 대한 이야기를 계속 이어 가는 동안 아무 말도 하지 않았다.

그녀가 말했다. "나는 처치크릭까지 배를 타고 와서 케임브리지로 가는 마차를 세 내야 했어. 그리고 그곳에서부터 몰든으로 향할 작정이었지. 하지만 케임브리지 부두 근처에서 어떤 초라한 늙은 거지가 매춘부 같아 보이는 여자와 대화를 나누고 있는 걸 봤어. 물론 그땐 그들이 누구인지 알 수 없었지. 그런데 그 여자의 손에 이 반지가 끼워져 있는 거야."

"아, 신이여!"

"그녀는 그것을 그 거지에게 보여 주고 있었어. 그런데 그가 그것을 보고 비웃으니까, 막 화를 내더니 이렇게 외치는 거야. '지옥에나 가 버려, 벤 스퍼딘스! 그래도 그는 내 남편이야. 어쩌면 그 악당이 그를 납치해 갔을지도 모른다구!'" 안나는 계속해서 다음과 같이 말했다. 그 반지가 자신의 것임을 알아본 안나는, 버트랜드로부터 들은 이야기로 미루어 볼 때 그 끔찍스럽게 생긴 여자가 자신의 올케임이 틀림없다고 생각했다. 그런데 에브니저가 악당들에게 납치되어 갔다는 말이 나오자 그녀는 대단히 놀랐고, 그 두 사람에게 다가가서 자신을 소개했다. 그러자 방금 전까지 에브니저를 비호하던 여자가 갑자기 돌변해서는 그는 겁쟁이다, 거짓말쟁이에다, 포주라고 욕설을 퍼부으며 반지를 안나의 발치에 내던지고는, 새로 온 매음굴 주인인 앤드루 쿠크가 찾으러 오기 전에 자기는 몰든으로 돌아가야 한다며 떠나더라는 것이다. 여기에, 에브니저가 자신의 아내를 버리고 또 다른 신사와 함께 영국으로 돌아갔다는 스퍼던스 씨의 증언을 들은 안나는 그 자리에서 기절하고 말았다. 그리고 스퍼던스 씨가 그런 안나를 소생시킨 후, 그녀에게 몰든의 상황을 알려 주었다. 통 수선공 윌리엄 스미스가 몰든을 다양한 악덕의 소굴로 변모시킨 상황에서 앤드루 나리가 그 전날 일단의 이방인들과 함께 그곳에 도착했는데, 딸의 행방에 대해 매우 근심하고 있던 그는, 에브니저가 재산을 날려 버렸다는 소식에 엄청난 충격을 받았고, 게다가 몰든의 상황을 직접 목격하고는 너무도 화가 나 뇌졸중 비슷한 것으로 쓰러졌다는 것이었다. 그는 얼마간 자리보전하고 누워서 대부분의 시간을 인류 전반을 저주하면서 보냈다. 하지만 그가 실제로 이전 재산의 소유권을 회복할 수 없는 건지, 혹은 그의 분노가 단지 예상과는 다른 몰든의 상황에서 기인한 것인지는 아직 분명하지 않다. 또한 그가 윌리엄 미첼 선장의 사업에 연루되어 있는지, 혹은 만약 그렇다면 어떤 점에서 그런지에 대해서도 알려진 바가 없다.

에브니저가 고개를 저으며 말했다. "저런, 그건 어떻게 되었을까?" 그는 아무것도 모른 채 쿠크포인트를 양도해 버렸던 케임브리지 법정의 재판 상황을 묘사했다. 그리고 자신과 함께 필그림호에 승선했던 남자가 바로 벌링검이었다고 설명했다. "하지만 내 이야기는 네 이야기가 끝난 다음에 하기로 하자. 내가 빌리 럼블리를 찾아오고, 지금 여기에 있는 것도 바로 너 때문이니까. 그 후 너는 무엇을 했니? 처치크릭으로 돌아간 거니?"

안나가 말했다. "그래. 나는 아버지의 입장에 대해 좀 더 알아낼 때까지는 섣불리 몰든에 모습을 드러낼 수가 없었어. 그렇다고 케임브리지에 남아 있을 수도 없었고. 그곳에 남아 있으면 분명 아버지가 내 소식을 들을 테니까. 나는 스퍼딘스 씨에게 날 봤다는 말을 하지 말아 달라고 부탁했어. 그리고 그는 자기가 알아내는 것은 무엇이든 내게 전해 주겠다고 약속했어. 그 사람 역시 쿠크포인트에 적잖은 관심을 가지고 있었으니까 말이야. 그런 다음 나는 메그 브롬리라는 이름으로 처치크릭에 숙소를 정했어. 가지고 있던 돈이 다 떨어지기 전에 아버지에게 가도 안전할지, 그밖에 헨리의 행방에 대한 약간의 실마리라도 발견했으면 하는 바람에서였지." 그녀는 자신의 이야기를 마무리하며 다시 눈물을 흘리기 시작했다. "그 이후의 일은 너도 알고 있을 거야."

에브니저 역시 평온함과는 거리가 먼 상태였지만, 그는 그녀를 위로하기 위해 최선을 다했다. 안나의 현재 상태는 오직 철저한 절망에 의해서만 정당화될 수 있는 것이었다. 그런데 에브니저와 벌링검을 영원히 잃은 것이 아니라는 걸 알게 되자, 그녀는 갑자기 스스로를 지독히 수치스럽게 느끼게 된 것이다. 하지만 그녀는 빌리 럼블리와도 헤어지려고 하지 않았다.

에브니저가 말했다. "신의 눈으로 보든 메릴랜드 법률의 눈으로 보든 그는 네 남편이 아니라는 사실을 기억하도록 해. 게다가 아하치후프 관습으로 볼 때도 네 결혼은 무효야. 너희들의 결합이 아직 정식으로 완성되지는 않았으니까."

안나가 대답했다. "이제 정식으로 그와 결혼할 거야. 동침에 대해 말하자면, 우리의 경우엔 너무 까다로운 것이었어!"

에브니저는 자신은 빌리를 상당히 좋아하지만, 그를 선택할 때 안나의 상태가 책임을 질 수 있는 상태와는 거리가 멀었으므로, 그녀에겐 그 관계를 지속할 어떤 도덕적 의무도 없다고 강조했다. "빌리도 그것을 인정했어. 아까 그가 '거래' 어쩌고 한 것은, 네가 떠나든 머물든 어느 쪽을 선택하든지 간에 네 자유의지에 달려 있다는 우리 사이의 합의를 암시하는 말이었어. 그리고 헨리는, 결국……."

그는 자신의 입장이 불확실하다는 것을 깨닫고, 그 점을 더 이상 고집하지 않았다. 그리고 안나는 그가 걱정한 것처럼 벌링검에 대한 자신의 강한 애착은 모호한 것이었다는 점을 굳이 상기시키려 하진 않았지만, 단호한 어조로 말했다. "나는 빌리의 아내가 되기로 맹세했어, 에벤. 나더러 서약을 깨라는 거니? 만약 우리가 헤어지는 일이 생긴다면, 그건 그가 원해서야, 내가 원해서가 아니라. 나는 그에게 좋은 아내가 될 수 있도록 최선을 다할 거야."

에브니저는 부끄러운 마음에 더 이상 말을 잇지 못했다. 하지만 처치크릭에서 완수하기로 했던 원래의 임무가 그 어느때보다 그에게 중요하게 느껴졌다. 너무나 피곤했지만, 두 사람 다 제대로 잠을 잘 상황이 아니었기 때문에, 그는 빌리를 헛간에서 불러와 남은 밤 시간을 이용하여 자신이 처한 곤경과 계획을 알리자고 제안했다. 셀 수 없이 많은 목숨이 경각에 달려 있다는 주장만으로도 안나는 기꺼이 동의했다. 그녀는 자기가 빌리를 데려오겠다고 고집했다.

그녀는 금방 돌아오지 않았고, 그동안 에브니저는 벽난롯가에서 불안하게 한숨을 쉬며 기다렸다. 수많은 생각들 가운데 자신이 생각해도 질투심이라고밖에 인정할 수 없는 것이 몇 가지 있었다. 하지만 그는 그러한 생각들을 밀쳐 낼 수 없었다. 안나가 자기 동생의 모든 미덕을 갖추고 있으면서도 그의 결점은 전혀 가지고 있지 않는 것으로 보이는 빌리 럼블리와 결혼하는 것을 그가 달리 왜 반대했겠는가?

마침내 두 사람이 오두막 안으로 들어왔다. 빌리가 성큼 다가와 그의 손을 잡고 흔들었다.

그는 몹시 감격한 어조로 말했다. "당신이란 사람은 내가 결코 할 수 없었던 것을 가능케 했소. 그 결과가 무엇이건 간에, 나는 그녀를 본래의 모습으로 되돌린 것에 대해 당신을 축복할 거요."

그는 안나가 대야에 물을 받아 얼굴과 손을 씻고 자신의 머리와 옷의 상태에 대해 개탄하는 광경을 보며 감탄하듯 고개를 저었다. 이제 그의 애인이 정상적인 영국인 처녀가 되고 보니, 그녀와 에브니저의 존재는 그를 위협하는 듯이 보였다. 그는 그들에게 먹을 것을 찾아다 주겠다고 제안했고, 안나는 그런 그를 고집스럽게 말리며 음식을 준비하는 것은 남편이 할 일이 아니라고 말했다. 빌리는 상당히 무안한 듯 보였다.

에브니저조차도 그가 쩔쩔매는 모습을 보니 즐거워지면서 한편 동정심이 일었다. "세상에, 안나, 대화하기 전에 꼭 음식을 먹는 이 지긋지긋한 야만인 관습을 어떻게 하면 좋을까?"

그의 악의 없는 농담은 마술적인 효과를 가져왔다. 빌리와 안나가 웃음을 터뜨렸고, 빌리는 다소 여유를 찾았다. 파이프가 등장하고 포도주 한 병도 찬장에서 나왔다. 그들은 차가운 돼지갈비와 백포도주로 매우 기분 좋게 식사를 했다. 안나는 빌리를 위해 그날 저녁에 나눈 대화의 요점들을 명랑한 어조로 다시 이야기해 주었다. 그녀의 이야기를 듣다 보니 도대체 무엇 때문에 그녀가 밖에서 그렇게 오랫동안 지체했는지 더욱 의아한 생각이 들었지만, 두 남자 모두 내내 애정을 담뿍 담은 시선으로 그녀를 바라보았다.

빌리가 새삼 놀라운 듯 외쳤다. "뮐즈 소재 세인트자일스의 안나 쿠크! 익숙해지려면 시간이 좀 걸리겠는걸!"

인디언의 기라앉은, 다소 어색한 목소리와 태도는 시인을 깊이 감동시켰다. 그는 안나가 실은 벌링검을 사랑한다는 사실을 어떻게든 알려 주고 싶었던 자신의 생각을 가치 없는 것으로 밀어 놓았다. 그는 자신의 마음을 딴 데로 돌리기 위해 스스로에게 하나의 문제를 제기했다. 뉴턴 교수에 따르면 물리적인 힘은 우주 안에서 보존된다고 하는데, '문화적인 힘' 또한 이와 같은 방식으로 한 집단 내에서 보존되는 것일까? 그는 아직 평가되지 않은 어떤 보완의 법칙이 있는 것이 아닐까 하는 생각을 했다. 즉, 빌리 쪽으로 문화가 유입되었을 때 안나가 짐승의 수준으로 떨어졌고, 이제 그녀의 애인이 그렇듯 열렬히 소망한 대로 그녀가 제자리로 돌아오자, 필연적으로 그가 몰락하게 된 것은 다름 아닌 그런 법칙으로 인한 결과가 아닐까? 결론은 그럴 가능성이 상당히 농후하다는 것이었다. 그러고는 이내 그 질문에 대한 흥미를 잃었다. 식사가 끝나고 새 담배에 불을 붙이자마자 그는 한숨을 쉬며 말했다. "런던을 떠난 이후 내가 가져 본 가장 즐거운 시간이었소. 하지만 나의 즐거움 속에는 아직 죄의식이 남아 있소. 내가 이렇게 다리를 쭉 뻗고 앉아 있는 동안에도, 그리고 메키보이가 그의 새로운 애인에게 사랑을 속삭이는 동안에도, 두 명의 인질들은 블리즈워스섬의 오두막 안에서 떨고 있어요." 그는 동의를 구하기 위해 빌리를 바라보았다. "당신이 허락한다면, 나는 지금 내 용건을 말하고 싶소."

빌리가 어깨를 으쓱했다. 그 모습은 벌링검을 너무나도 닮아 있었다. 안나의 손에 들린 포도주 잔이 미세하게 흔들렸다. 빌리가 말했다. "어떤 얘긴지 예상할 수 있을 것 같소." 그는 상황을 안나에게 감정 없이 설명했고, 자신의 가문과 두 형제들의 운명에 관한 이야기로 마무리한 뒤 결론을 내렸다. "내 아버지는 매우 늙었소. 그리고 힘과 영향력 면에서 드레파카 및 쿼사펠라에 미치지 못하지. 게다가 그는 아들 문제로 이중의 고통을 겪고 있소. 우리는 자식을 생산할 수 없는 운명인데다 자신의 백성들을 배신하고 결코 다다를 수 없는 대상을 동경하는 상황으로 몰리는 듯하지." 그는 다시 에브니저를 돌아보며 말했다. "내 짐작대로라면, 당신과 당신의 일행은 우연히 내 아버지의 손에 떨어졌을 거요. 그리고 당신은 그가 오래전에 잃어버린 아들이나 최근에 잃어버린 아들, 혹은 그 둘 다를 그에게 되찾아 주고, 그들로 하여금 전쟁에서 아하치후 프족을 이끌게 해 주겠다고 맹세함으로써 당신의 목숨을 구했겠지. 내 말이 맞소?"

시인이 인정했다. "바로 그렇소. 타약 시카멕은 당신의 변절에 상당히 고통스러워하고 있어요. 그러나 우리를 구한 것은 헨리 벌링검의 소식이었소. 내가 이런 말을 해도 될지는 모르겠지만, 당신의 조부 헨리 경은 분명 일찍이 자신의 결점을 극복하는 모종의 방법을 배웠을 거요. 어쨌든 그는 용케 당신의 아버지를 포카타워투산에게 임신시켰으니 말이오. 헨리 경의 결함이 그의 손자들에게 유전된 만큼, 어쩌면 그의 마술적인 치료법 역시 전수되었을지도 모른다고 시카멕은 믿고 있죠."

빌리가 미소를 지으며 인성했다. "신성한 가지의 의식 말이군. 내 생각에 그건 속된 미신에 지나지 않소. 어쨌든 나는 그것에 대해 아무것도 모르오……. 불행한 일이지!"

"아뇨, 하지만 당신의 동생 헨리는 알고 있을지도 몰라요. 시카멕은 그렇게 믿고 있죠. 그는 헨리 경과 똑같은 피부색을 가지고 있으니까."

안나가 무심코 끼어들었다. "가지의 신비가 어떤 마술적인 효과를 가지고 있는지는 몰라도, 헨리 벌링검은 빌리와 마찬가지로 그것에 대해 아무것도 몰라." 그리고 곧 자신이 말실수를 했음을 깨달았다. 그녀의 얼굴은 이내 빨갛게 달아올랐다.

에브니저가 재빨리 덧붙였다. "그래요, 분명 그럴 거야. 그렇지 않았다면 그는 지금쯤 아내와 가족을 거느리고 있겠지, 안 그래요?"

하지만 빌리가 안나의 말이 함축하고 있는 의미를 놓치지 않은 것은 분명해 보였다. 그는 말이 없었다.(우선, 에브니저가 의도적으로 그에게 말할 기회를 주지 않았다.) 하지만 그는 무언가 골똘히 생각하는 눈치였고, 시무룩하게 가라앉은 분위기였다. 에브니저 역시 안나 못지않게 그 말실수를 유감스럽게 여겼다. 그것이 자신이 막 하려고 하던 간청의 결과에 악영향을 끼쳤다는 것을 감지했기 때문이다. 그럼에도 불구하고 그는 마치 아무 일도 없었다는 듯 밝은 어조로 이야기를 계속했다. 단, 벌링검에 대한 언급은 의식적으로 피했다.

그가 단언했다. "내 곤경은 바로 거기에 있습니다. 당신이 짐작한 대로 만약 내가 시카멕에게 그의 아들을 삼십 일(이제는 그보다 적어졌지만) 안에 넘겨주지 못한다면, 불쌍한 버트랜드와 케언 선장은 거세된 뒤 말뚝에 묶여 불태워질 겁니다. 나도 마찬가지고요. 왜냐하면 나는 만약 실패하더라도 돌아가겠다고 맹세했고, 또 그럴 작정이니까요."

빌리가 조용히 말했다. "나는 더 이상 아하치후프가 아니오. 내가 내 아버지의 뒤를 잇기 원했다면, 처음부터 그를 버리지도 않았을 거요. 또한 나는 당신 친구들의 목숨과 이 주의 모든 백인들의 목숨을 교환하는 것이 좋은 생각이라고는 결코 생각지 않소."

시인이 고집했다. "어찌 되었든 전쟁은 일어날 겁니다. 오직 시카멕에게만 그것을 수행할 전문가가 없소. 내가 원하는 것은 그에게 훌륭한 장군을 돌려주는 게 아니라, 전쟁 자체를 막는 겁니다."

이에 대해 빌리가 한층 더 뚱한 어조로 자신은 아하치후프를 버리기는 했어도, 자기 백성들을 배신할 정도로 타락하지는 않았다고 대답했다.

에브니저는 일이 만족스럽게 돌아가지 않는다고 느끼며, 강한 어조로 말했다. "내가 염두에 두고 있는 것은 반역이 아니오. 내 계획은 아하치후프를 배신하는 게 아니라 그들을 구하는 겁니다."

순간 빌리가 발끈했다. "당신들의 보잘것없는 시민군이 퀴사펠라나 드레파카의 상대가 될 거라 생각하오? 여름쯤이면 총독의 머리 가죽이 내 아버지의 마룻대 위에 걸리게 될 거요!"

"제발, 내 말을 마저 들어 주시오! 만약 드레피카가 무슈 카스틴 및 네이키드 인디언들과 협약을 맺었다면, 영국인들은 아메리카 내륙에서 쫓겨날 것이오. 그런 다음 프랑스인들을 몰아내는 것은 일도 아니죠. 인정합니다. 하지만 내가 이렇게 간청하는 것은 영국인들을 위해서가 아니오. 이것은 인류의 문제요. 문명과 야만의 심연이 대치하는 경우란 말입니다. 생각해 보시오. 당신이 획득하는 데 두 주도 채 걸리지 않았던 것이 만들어지는 데는 사실 이천 년 이상이 걸렸소. 그것은 매우 달콤한 술이오, 그렇지 않소? 하지만 잡스러운 원료에서 그것을 증류해 내기 위해 인간은 이십사 세기 동안 피와 땀을 흘려 왔소! 아니, 당신은 그것을 혼자만 실컷 마셔 버리고는 잔을 내동댕이칠 작정이오? 당신의 백성들은 여전히 그렇듯 목이 마른데도 말이오? 영국인들이 당신들에게 몹쓸 짓을 했다는 걸 인정해요. 하지만 그들을 몰아내는 것은 당신 스스로를 어둠 속으로 다시 몰고 들어가는 것과 다를 바가 없어요."

빌리는 대답하지 않았다.

에브니저가 체념한 듯 말했다. "좋습니다. 내 계획은 이렇습니다. 내가 당신 아버지의 마을에 있을 때, 나는 퀴사펠라와 드레파카 사이에 대단한 경쟁의식이 존재한다는 것을 알아차렸소. 그들은 시카멕을, 말하자면 매우 유용한 인물로밖에 보지 않아요. 그리고 삼두정치에서 서로 우위를 차지하기 위해 경쟁하고 있죠. 하지만 사실은, 둘 중 어느 누구도 황제가 되기 위한 자격을 완전히 갖추지는 못한 실정이오, 안 그렇소? 퀴사펠라에겐 충성스러운 인디언들이 있소. 하지만 그런 이점에도 불구하고 영리함과 외교적 수완에서는 부족하죠. 드레파카는 뛰어난 친구요. 하지만 아직까지는 세력이 미약한 편이죠."

빌리가 인정했다. "눈썰미가 대단하군. 타약 시카멕이 늙었다는 것이 그들에게는 다행스런 일이오. 그는 지혜와 충성스러운 신하들을 다 가지고 있으니까."

시인이 외쳤다. "정확히 그렇소! 그러나 그는 그야말로 늙었어요. 그리고 바로 거기에 우리가 비집고 들어갈 틈이 있죠! 당신은 그의 아들이오. 또한 그의 비범한 재능과 영향력을 모두 계승한 인물이죠. 만약 그가 당신을 후계자로 지목하고 퇴위한다면, 당신이 퀴사펠라와 드레파카를 서로 반목하게 만드는 것은 그리 어려운 일이 아닐 거요. 당신은 혼자 힘으로 통치할 수 있는 유일한 사람이오. 그리고 맹세코, 빌리, 당신은 어떤 축복이든 당신의 백성들에게 가져다줄 수가 있어요! 당신에겐 여전히 전쟁을 일으킬 만한 힘이 있소. 그리고 그 힘을 명백하고 공공연하게 마주 대하고 나면, 제정신을 가진 어떤 총독이라도 당신들을 감히 억압하지는 못할 것이오. 폭력은 정직한 협상에 자리를 내줄 것이고, 우리 두 민족들은 상대방의 문화 가운데 최선의 것을 서로 도입할 수 있을 것이오."

빌리가 끼어들었다. "차라리 당신의 좋은 친구 벌링검에게 말하지 그러시오. 아마도 당신의 누이는 그를 설득할 수 있는 어떤 미묘한 수단을 생각해 낼 수 있을 것 같은데."

안나가 외쳤다. "아, 소중한 빌리! 내게 설명할 기회를 줘요."

에브니저가 다시 끼어들었다. "벌링검에게도 부탁할 겁니다. 하지만 시카멕에게 기지는 않을 거요. 우선 그는 본성으로 보나 외모로 보나 영국인이오. 당신의 백성들에겐 이방인이죠. 그러니 결코 그들의 신뢰를 얻을 수 없을 겁니다. 둘째, 그는 니콜슨 총독과 가깝소. 그리고 이 주에 대단한 영향력을 가지고 있어요. 그는 당신의 대의를 블러즈워스섬에서보다 앤아룬델 타운에서 더 잘 수행할 수 있을 겁니다." 그는 다른 새로운 논증거리를 찾기 위해 절박하게 머리를 짜냈다. "제기랄, 빌리, 당신이 꼭 그곳에서 영원히 살아야 한다는 것은 아닙니다! 당신의 입지가 안정되면 당신의 백성들은 숨을 필요가 없어질 거요. 당신은 이곳에 있으면서도 그들을 다스릴 수 있고, 지금 살고 있는 것처럼 살 수 있어요. 안나에 관해 말하자면, 그녀는 이미 단언했소……"

빌리가 말을 잘랐다. "충분하오." 그리고 의자에서 일어났다. "이 집은 하비 러섹의 것이지 내 것이 아니오. 그리고 이 여자는, 내 짐작대로라면, 내 동생의 것인 듯싶군."

안나가 다급하게 외쳤다. "기다려요! 나는 당신을 떠나지 않을 거예요!"

빌리가 차갑게 대답했다. "그렇다면 나를 따라 시카멕의 마을로 오구려. 아하치후프 여인들이 당신을 갈가리 찢어놓을 테니." 그는 에브니저에게 인사했다. "축하하오, 선생. 당신은 두 가지 목표를 모두 달성했군요. 당신의 누이는 이제 자신이 인디언이 아니라는 것을 깨달았소. 그리고 나 역시 내가 영국인이 아니라는 것을 인정하오. 나는 며칠 안에 블러즈워스섬으로 돌아갈 것이오."

안나가 울음을 터뜨렸다. "아뇨, 만약 당신이 영국인이 아니라면, 이제 당신은 나를 당신의 합법적인 아내로 인정해야 해요!"

"그 점에 관해서는, 쿠크 양, 아하치후프의 법 조항은 상당히 분명하오. 타약은 원하는 만큼 외지의 후궁을 들일 수 있소. 그러나 아내의 피만은 반드시 오염되지 않은 것이어야 하오. 안녕히 주무시오!"

에브니저는 그에게 떠나지 말라고 간청했다. 그러나 빌리는 (그는 이제 자신을 코훈코우프레츠라 부를 것을 요구했다.) 막무가내였다. 그가 말했다. "이제 새벽이 가까워졌소. 그리고 우리는 아직 잠을 자지 못했소. 나는 오늘 남은 시간을 내 친구의 재산을 정리하는 데 쓸 작정이오. 우리는 내일 처치크릭으로 돌아갈 것이고, 나는 그곳에서 다시 블러즈워스섬으로 갈 거요."

자신을 따라오는 안나를 막으며, 그는 오두막으로 떠났다. 그러자 안나는 발작적으로 자신의 실수를 저주하기 시작했다. 에브니저의 감정은 복잡했다. 한편으론 빌리의 자존심에 그렇듯 상처를 입힌 것이 진심으로 미안했다. 그리고 그 때문에 자신의 계획에 차질이 생길까 봐 걱정스러웠다. 그러나 이러한 감정들을 능가하는 것은 자신의 누이를 찾고, 그리고 어떤 의미로는 구출한 것에 대한 기쁨이었다. 게다가 동료들의 목숨을 구하기 위한 그의 임무 또한 성공한 듯 보였다. 비통해하는 안나를 달래는 것은 쉬운 일이 아니었다. 하지만 두 사람 모두 피곤하다는 사실이 도움이 되었다. 그는 몇 시간이나 달랜 후에야 그녀의 눈물을 그치게 할 수 있었다. 그리고 동이 부옇게 틀 무렵 그녀는 긴 의자 위에서 잠이 들었다.

17 이미 예상치 못한 상태에서 피붙이를 찾아낸 시인이 난공불락의 성에 대한 이야기를 듣고 또 한 사람의 일가를 찾아내다

그날 오후부터 저녁까지 에브니저와 그의 누이는 빌리와의 관계를 회복하기 위해 무척이나 애를 썼다. 하지만 그는 비참한 기분은 극복한 듯 보였으나, 냉정한 태도만은 확고하게 견지했고, 오두막 여기저기에서 일을 하는 동안에도 사실상 그들의 존재를 무시하는 듯이 행동했다. 빌리에게 나타난 변화는 말이 없어진 것이 다가 아니었다. 하룻밤 사이에 그는 영국식 분위기를 버리고 다시 인디언으로 돌아가 있었다. 안나가 아침에 일어나 자신의 해진 슈미즈를 적절한 영국식 의복으로 갈아입은 것처럼, 그는 입고 있던 영국식 옷을 인디언의 매치코트와 사슴 가죽 바지로 대체했다. 그의 움직임은 경작자의 움직임이라기보다는 숲 속에 사는 사람의 그것이었다. 신기하게도 그의 피부조차 더욱 가무잡잡해진 듯 보였다. 이것은 안나가 몸을 열심히 문질러 닦은 후 문자 그대로 하얀 피부를 회복한 것과 묘하게 대조를 이루었다. 힘든 하루였다. 에브니저는 땅거미가 내리는 모습을 반가운 마음으로 바라보았다. 해가 진 후에는 빌리가 헛간으로 다시 돌아갈 테고, 그때가 되어야 비로소 자신과 안나는 어린 시절 그랬던 것처럼 어둠 속에서 각자의 접시들을 사이에 둔 채 몇 시간이고 이야기를 나눌 수 있겠기 때문이다. 다음 날 아침 빌리는 오두막과 딴채들의 문에 자물쇠를 채웠고, 말들을 마차에 걸어 맸다. 그리고 에브니저와 안나를 마차에 태운 뒤 처치크릭으로 조용히 말을 몰고 가, 여인숙에서 4분의 1킬로미터쯤 떨어진 곳에서 멈췄다.

그가 말했다. "나는 여기서 태양의 위치로 가늠하여 약 한 시간 정도 기다리겠소." 그가 요 이틀 동안 처음으로 한 말이었다. "당신과 당신의 누이는 이곳에 머무르시오. 그리고 당신의 동행을 내게 보내요. 그 인질들을 살리고 싶다면 말이오."

에브니저가 자신은 시카멕에게 직접 돌아가겠다고 약속했고, 만약 제분업자가 완전히 회복되지 않았다면 안나는 러섹 부인과 함께 있어도 안전할 것이며, 자기 대신 메키보이를 보내는 것은 자신을 겁쟁이처럼 보이게 만들 뿐만 아니라 자신도 그렇게 느끼게 될 거라고 열심히 항의했지만 전혀 소용이 없었다.

빌리가 말했다. "당신의 시간 중 일 분이 사용되었소." 그런 다음 고개를 돌리고는 안나의 작별인사에도 전혀 대응하지 않았다.

에브니저는 원래 조심스럽게 마을에 접근할 생각이었다. 해리 러섹이 병상에서 일어나 벌써 여기저기 쑤시고 다니지나 않을까 두려워서였다. 그러나 여인숙에 도착했을 때, 그는 메키보이와 상당수의 다른 사람들이 교회 안마당 근처에 두려운 기색 없이 모여 있는 것을 보았다. 안나는 사람들이 처치크릭의 숫처녀였던 자신을 알아볼까 봐 스카프로 얼굴을 가렸다. 그들은 사람들이 모여 있는 곳으로 다가갔다.

그를 알아보고 메키보이가 외쳤다. "에벤! 하느님 감사합니다. 자네를 다시 보니 정말 반갑네! 나는 그 야만인이 자기 아내를 훔쳐 간다고 자네를 죽여 버리지나 않았을까 걱정했어!" 그가 안나를 보고 창백한 얼굴로 속삭였다. "당신이군, 조안?"

에브니저가 미소를 지었다. "내가 예상했던 것보다 사건이 많은 여행이었네, 존. 그의 아내는 조안 토스트가 아니라 내 누이 안나였어. 그리고 이제는 그의 아내가 아냐."

"그럴 수가!"

"지금은 설명할 시간이 없어." 에브니저가 교회 문 주위에 모여 있는 사람들을 흘끗 쳐다보았다. "자네가 숨어 있지 않은 걸 보니, 해리 경이 아직 자리보전하고 누워 있나 보군."

메키보이가 심각하게 말했다. "아냐, 에벤. 이젠 아닐세. 자네는 그의 장례식에 때맞춰 온 거라고!" 그리고 이어서 제분업자가 혼수상태에서 깨어나지 못한 채, 추락한 다음 날 밤에 죽어 버렸다는 사실을 알려 주었다. 러섹 부인은 이제 병적인 흥분 상태라기보다 주위에 완전히 무관심한 듯 멍한 상태이며, 앙리에타는 어머니의 반응 때문에 다소 감정을 억제하고 있지만, 마을 사람들은 독재자가 제거된 것에 대해 모두들 안도하고 있는 상황이라는 것이었다.

안나가 새삼 분한 듯 외쳤다. "이 사람들의 기분을 충분히 이해할 수 있어요. 그는 짐승이었죠! 그러나 러섹 부인과 앙리에타를 생각하면 마음이 안 좋네요. 내게 매우 친절했는데. 그들은 지금 어디 있죠, 메키보이 씨?"

메키보이가 그들은 교회 안에 있으며 그곳에서 막 장례식이 시작되려는 참이라고 알려 주었다. 그리고 세 명이 함께 안으로 들어가자고 제안했다.

에브니저가 안나에게 말했다. "너는 가 보도록 해. 하지만 자네와 나는 좀 더 긴급한 용건이 있네, 존. 빌리 럼블리가 저쪽 모퉁이에서 우리를 기다리고 있어. 곧 블러즈워스섬으로 갈 거거든. 그를 지체시켜서는 안 돼."

안나가 그의 제안에 따르기 위해 자리를 뜨자, 에브니저는 메키보이에게 가능한 한 빨리 상황을 설명한 뒤 다음과 같이 말했다. "우리는 이제 빌리가 전쟁을 막기 위해 최선을 다해 주기를 기도하는 수밖에 없네. 하지만 우리는 또한 버트랜드와 선장을 구해야 해."

"그래, 하지만 그렇다면 언제, 에벤? 우리는 그곳에서 어디로 가는 거지?"

시인이 대답했다. "안나는 헨리 벌링검이 니콜슨 총독의 수하라고 장담하고 있어. 실제로 그렇든 아니든, 내 생각엔 최대한 서둘러 앤아룬델 타운으로 가서 총독에게 폭동이 임박했음을 알리는 게 좋을 것 같아. 그 이상은 나도 잘 모르겠어." 그는 빌리가 내뱉은 최후의 통첩을 어떻게 꺼내야 할지 몰라 주저했다. 그러나 메키보이가 자청해서 그의 부담을 덜어 주었다.

"우리들 가운데 한 사람만 가는 게 좋겠어, 에벤. 그리고 다른 사람은 여기 머물러야 해. 어제 이버린가 에버린가 하는 유명한 해저이 만이 수원 쪽으로 향하던 도중에 식량을 구하기 위해 약탈을 하고 있다는 소문을 들었거든. 설마 그가 개빙(開氷) 구역에서 그렇게 멀리 떨어진 곳에서부터 이곳까지 올까 싶지만, 어쨌든 그들은 무기를 들고 있으니, 자네가 여자들을 보호해야 할 거야. 게다가 자네는 자네 누이와 함께 있고 싶겠지, 안 그래?"

"아, 존……."

"아니, 더 이상 아무 말도 하지 말게! 자네에게 목숨을 빚진 일이 내게 얼마나 부담을 주는지를 자네는 알고 있을 거야, 에벤. 내게 그 빚을 조금이나마 갚을 기회를 주게."

에브니저는 한숨을 쉰 후, 빌리가 자기에게 원한을 품은 듯 보이는 지금, 솔직히 자기는 그를 말릴 입장이 아니라고 고백했다. 그는 앙리에타를 돌보겠다고 약속했고, 만약 인질들이 나흘 안에 안전하게 도착하지 않으면 자신이 직접 메릴랜드 시민군을 데리고 블러즈워스섬으로 쳐들어가겠다고 약속했다. 메키보이는 더 이상 지체하지 않고 떠나기로 했다. 에브니저는 불안한 마음으로 그와 함께 빌리의 마차로 가서 그를 배웅한 뒤, 교회 앞마당으로 돌아왔다.

마을 사람들은 무척 흥분한 듯했지만, 그 후 며칠 동안 에브니저는 행복하고 평온한 나날을 보냈다. 해적이 온다는('롱벤' 에이브리의 배인 팬시호와 데이 선장의 쌍돛 범선 조슈아호가 메릴랜드 바다에서 목격되었다는 니콜슨 총독의 발표에 근거한) 풍설이 야기한 공포 분위기는 사실상 축복이나 다름없는 결과를 가져왔다. 우선 사략선이 여기저기 약탈을 감행하고 있다는 소문이 돌자 사람들은 주로 집 안에 틀어박혀 있게 된 데다, 해리 러섹이 이미 죽고 없는 터라, 안나는 사람들과 마주침으로써 발생할 끝없는 난처한 상황으로부터 구제받게 되었다. 게다가, 에브니저가 벤저민 올리버라는 가짜 신분을 유지하거나 자신의 진짜 정체를 밝히는 일 또한 불필요해졌다. 앙리에타는 메키보이가 위험한 심부름을 떠났다는 소식을 듣고 한편 걱정하기는 했지만, '브롬리 양'을 다시 보게 된 것을 기뻐했고, 곧 그녀와 좋은 친구가 되었다. 안나와 (역시 이 집의 손님이었던) 메리 멍고모리도 친하게 잘 지냈다. 그러나 러섹 부인은 여전히 쌍둥이의 존재에 상당히 신경을 쓰는 듯 보였다. 에브니저는 만약 다른 여자들이 남자의 보호를 고집하지 않았다면, 그녀가 그들을 손님으로 받아들이지도 않았을 거라는 걸 느낄 수 있었다.

그녀의 태도는 이상했고 모순투성이였다. 함께 있을 때는 서먹서먹하면서 심지어 다소 적대적이기까지 했지만, 그들이 밖으로 나갈 때면 안전을 몹시 염려하는 듯 보였고, 해적들에게 붙잡히지 않고 무사히 돌아오면 분명 상당히 안도하는 눈치였다. 제분업자의 추락과 사망의 원인을 제공했다는 이유로 그녀가 자신을 그토록 싫어하는 것이라는 에브니저의 짐작은 거의 근거가 없어 보였다. 그녀는 남편의 죽음을 위로하는 그들의 인사를 받아들였지만, 그녀 자신을 포함하여 관련된 모든 사람들에게는 해리 경의 사망이 잘된 일이라는 사실을 기꺼이 인정했다. 그리고 에브니저도 메키보이도 그 일에 대해서는 최소한의 책임감도 느낄 필요가 없다고 강조했다. 다른 한편, 그녀는 지난 4월 이후 지금까지의 여정에 관한 시인의 이야기를 거의 짜증스러운 표정을 듣고 있다가, 그가 자신의 누이와 재회하게 된 일에 대한 기쁨을 표현하는 장면에서는 아예 자리를 떠 버렸다.

안나가 그 일을 두고 말했다. "정말 이해할 수가 없어요. 전에는 그렇게 상냥하던 그녀가 어째서 이제는…… 마치 우리의 존재가 그녀에게 고통을 주는 것 같아요!"

메리 멍고모리가 킬킬거리며 말했다. "아니에요, 아가씨. 나는 오래전에 이미 록시를 도저히 이해 못할 여자로 단념했다우. 애초에 그 짐승과 결혼한 것부터가 수수께끼 아니겠어요!"

앙리에타가 말했다. "좀 더 기다려 봐요. 그리고 어머닐 용서해요, 안나."

에브니저가 끼어들었다. "아니, 용서받아야 할 사람은 우립니다. 당신의 어머니는 현명한 분이세요. 우리가 그녀에게 뭔가 잘못했다면, 그것은 분명 하찮은 것이 아닐 겁니다."

앙리에타는 미소를 지으며 말했다. "그것이 수수께끼라는 데 우리가 다 같이 동의했으니, 이 속담을 경우에 맞게 바꿔 보자고요. 아무것도 모르고 있다면 용서하는 거나 마찬가지지요, 안 그래요?(원문: 프랑스어)"

그 속담 속에서 시인은 신경이 거슬리는 모호함을 느꼈지만, 어쨌든 그 문제는 거기서 일단락되었다.

마을 사람들은 해리의 고약한 행동들에 대한 사후 보복으로 그의 무덤을 영원히 무명씨로 남기기로 결정했다. 그들은 가까운 미래에 앤아룬델 타운으로 이주하겠다고 선언한 러섹 부인의 승낙을 얻어 조수력을 이용하는 물레방아 기계를 철거했고, 비문이 새겨진 화강암 대신 아무런 장식 없는 맷돌로 그가 누워 있는 곳의 머리와 발을 표시했다. 앙리에타는 아버지의 압제에서 놓여난 기쁨을 숨기지 않으면서도, 이 기간 동안 매일 의무를 다하여 무덤을 방문했고, 가끔은 쌍둥이들과 동행했다. 러섹 부인은 해적들에 대한 두려움을 핑계로 그들과 함께 가려 하지 않았다. 그들이 집에서 나오기 위해서는 문의 빗장을 벗겨야 했고, 그들이 나간 뒤 러섹 부인이 다시 빗장을 걸어 잠갔다. 그들이 다시 들어가기 위해서는 문을 세 번 두드린 뒤 암호를 말해야만 했다. 마을 사람들 대부분이 이와 비슷한 예방 조치를 취하고 있었다. 해리 경이 평소에도 자신이 파운드 선장의 손에서 학대를 받은 이야기를 과장하여 떠벌리곤 했었기 때문에, 그들에겐 해적을 두려워할 만한 이유가 충분했다. 교회 묘지에서 집으로 돌아오는 길에, 그들은 마을 사람들의 집 창문에 모두 널빤지가 쳐져 있는 모습을 볼 수 있었다. 앙리에타가 무거운 빗장이 걸린 문 하나만을 제외하고 나머지는 모두 못으로 단단히 박아 둔 사람도 더러 있다고 귀띔해 주었다.

에브니저는 해적들이 체서피크로부터 그렇게 멀리 떨어진 상류까지 오리라고는 좀처럼 생각되지 않았다. 또한 그들이 영국의 주에 있는 한 온전한 마을을 습격했다는 이야기도 들어 본 적이 없었다. 그럼에도 불구하고, 집 안 가득한 여성들에 대한 책임감은 그를 무겁게 압박했다. 수중에 해리 경의 낡은 단검 외에는 아무런 무기도 가지고 있지 않았기 때문에 더더욱 그랬다. 또한 전반적인 불안의 분위기는 전염성이 강했다. 그래서 그가 방문한 지 사흘째 되는 날, 그는 안나, 앙리에타, 그리고 메리 멍고모리와 차를 마시는 동안 자기들도 이웃의 예를 따르자고 제안했다.

"우리에겐 결국 칼 하나를 쥔 남자 하나밖에 없소. 만약 해적들이 정말로 이쪽으로 온다면, 그들은 두 개의 문과 열두 개의 창문을 통해 우리를 공격할 수 있을 거요."

이 제안은 어떤 이유에서인지 앙리에타를 즐겁게 만든 듯했다. "그러면 우리 집은 난공불락의 성이 되어야겠군요, 안 그래요?"

"뭐, 그렇게 생각하고 싶다면 그런 셈이죠. 헌데, 앙리에타, 내가 당신의 안전에 대해 염려하는 것이 그렇게 우스운가요?"

"아뇨, 에벤, 전혀 그렇지 않아요. 사실, 우리 가문은 난공불락의 성과 불행한 관계가 있거든요. 그렇지 않았다면 어머니는 고아가 되지 않았을 것이고, 우린 애초에 러섹이라는 이름을 갖게 되지 않았을 거예요."

그 말은 모든 사람들의 호기심을 자극했다. 그들은 그 이야기를 해 달라고 졸랐다.

"아, 이런, 나는 에벤과 안나에게 내 가족에 대해 말하지 않기로 맹세한걸요." 그녀가 장난스럽게 미소를 지으며 속삭였다. "하지만 지금 어머니가 잠들어 있다면, 그 맹세 한번 어겨 보죠, 뭐. 이건 아주 놀라운 이야기거든요!"

그녀는 발끝으로 2층 러섹 부인의 방으로 올라갔다가, 자신의 어머니가 여전히 낮잠을 곤히 자고 있다는 소식을 가지고 돌아왔다. "그런데 나는 어째서 이 모든 것이 갑자기 그렇듯 어두운 비밀이 되었는지 도통 감을 잡을 수가 없어요. 에벤이 이곳을 떠나 빌리 럼블리의 집으로 갔을 때, 갑자기 어머니는 내게 당신이 있는 곳에서는 자신의 가문에 대해 절대 말하지 않겠다는 맹세를 시키지 뭐예요. 나는 어머니의 바람을 거스를 생각이 추호도 없으니까, 당신 역시 이 비밀을 지키겠다고 맹세해야 해요. 맹세하겠어요?"

그들은 그녀의 궤변에 매우 즐거워져서 기꺼이 맹세했다. 그리고 앙리에타는 이야기꾼의 태도를 가장하여 자신이 '난공불락의 성 이야기'라고 이름 붙인 이야기를 시작했다.

"옛날 옛날 파리에 세실 에두아르라는 이름의 백작이 살았어요. 그는 위그노 집안에 태어났다는 나쁜 평판을 가지고 있었더랬죠……."

에브니저가 갑자기 얼굴을 찌푸리며 끼어들었다. "이봐요, 앙리에타, 당신은 혹 들어 본 적이 있나요?"

여자가 책망했다. "아, 아, 아! 저런, 에벤, 아무리 형편없는 주에서나마 계관시인씩이나 되었으니, 오직 무뢰한만이 남의 이야기를 방해한다는 것쯤은 잘 알고 있을 텐데요!"

시인이 웃으면서 자신의 질문을 철회했다. 그러나 그의 얼굴은 여전히 생각에 잠겨 있었다.

앙리에타가 즐기듯 말했다. "나는 그 가족에 대한 추문을 언급하려던 참이었어요. 당신이 안다 해도 엄만 별로 개의치 않을 거예요. 그녀가 다른 사람들에게 종종 그 얘길 하는 걸 들은 적이 있거든요. 자신이 귀족 출신이라는 걸 자랑스러워하는 아빠에게 굴욕감을 주기 위해서였죠. 우리는 무슈 에두아르가 진짜 백작이라는 것을 알고 있지만, 사실 그의 가문은 역사 속으로 사라진 지 오래예요. 그리고 에두아르딘의 일꾼들과 하인들 사이에서는 창피하기 짝이 없는 이야기가 퍼져 있죠."

에브니저가 외쳤다. "맙소사, 내가 옳았어!" 그는 흥분하여 의자에서 반쯤 일어났다가 곧 다시 앉았다. 그의 표정은 춤을 추고 있었다. "말해 줘요, 앙리에타. 이 남자는 당신의…… 어디 보자, 당신의 조부시죠? 그리고 에두아르딘성은 쿠크포인트에서 그리 멀지 않은 도싯 카운티에 있죠?"

앙리에타가 몹시 화가 난 얼굴을 가장하며 에브니저를 다그쳤다. "안나, 당신 오빠 좀 말려 봐요! 당신이 그 이야기를 이미 들었다 해도 할 수 없어요. 디도는 트로이의 이야기를 알고 있었지만 아이네아스로부터 두 번이나 더 들어 줄 만큼 예의가 있었다고요. 그리고 결코 하찮은 질문으로 끼어들지도 않았죠."

"하지만 당신이 모르는 게 있어요."

"그를 멈추게 해요, 안나. 그렇지 않으면 나는 한마디도 하지 않을 거예요!"

이쯤 되자 사람들은 모두 에브니저의 낭패스런 표정과 앙리에타의 짐짓 화가 난 듯한 모습에 웃음을 터뜨릴 수밖에 없었고, 시인 자신도 웃고 말았다.

그가 말했다. "좋아요. 나는 입을 다물고 있겠소. 하지만 이거 하나는 미리 말해 두죠. 만약 당신의 이야기가 내가 짐작하는 대로 흘러간다면, 나는 더 놀라운 이야기로 사람들의 관심을 당신에게서 가로채 버릴 거요."

"그것은 당신의 특권이에요. 보다 영리한 거짓말쟁이가 이기기 마련이죠. 하지만 더 이상은 나를 방해하지 않겠다고 맹세해야 해요. 만약 어길 시엔 내 자작시 낭송을 듣는 고통을 감수한다는 조건으로요. 좋아요, 그렇다면, 그 가족에 대한 이야기로 돌아가죠. 세실의 어머니는 유태인 여자였고, 부유하지도 않았으며, 로마인 귀족 집안의 하녀나 세탁부로 일했었다는 이야기가 있어요. 그 집에 그리스인 고용인이 한 명 있었는데, 그는 한때 후작의 아이들을 가르치다가 방탕한 행동거지로 인해 하인으로 전락했죠. 그런데 그가 해고되어 내쫓기기 전에 그 젊은 유태인 여자를 임신시켰는데, 그 후 그녀가 용케 후작을 사로잡았다는 거예요. 그리고 그녀는 그 후작을 설득해서 자신의 사생아를 그의 자식으로 만들어 그 궁전처럼 으리으리한 집에서 기르게 만들었대요." 앙리에타는 이 이야기가 무슈 에두아르의 로마인에서 파리인으로, 가톨릭 교도에서 위그노로, 그리고 사생아에서 귀족으로의 변신에 대해서 더 이상의 설명은 제공하지 않는다고 덧붙였다. 하지만 이 기묘하고 독특한 이야기는 진실을 담고 있는 듯한 느낌을 준다고 고집했다. 그러면서 그녀는 장난스럽게 이야기했다. "수수께끼 같은 지위의 이동에 관해서라면, 니콜슨 총독이야말로 볼튼 공작의 사생아가 아닌가요, 그리고 그 사람이야말로 무슈 에두아르 못지않게 신앙과 지위 면에서 놀라운 변화를 향유하지 않았던가요?"

그녀의 이야기는 계속되었다. "그의 출신이 무엇이건 간에, 우리는 그가 위선자도, 순교자도 아니었다는 사실을 알고 있어요. 낭트 직령 이후에도 위그노 교도들이 계속 박해를 받자, 그는 구교도가 되는 것을 거부하고 파리에서 런던으로 도망 와 올리버 크롬웰의 군대에 합류했어요. 엄마가 말하기를, 그는 몇 차례의 전쟁에서 훌륭하게 싸웠다지만, 어떤 전쟁이었는지는 기억할 수 없대요. 어쨌든 그는 1655년에 호민관의 군대에 합류했을 때와 마찬가지로 그곳을 느닷없이 떠났어요. 그리고 메릴랜드로 왔죠." 그녀가 한숨을 쉬었다. "나의 에두아르딘 이야기 가운데에서 바로 여기에 에벤이 와락 덤벼들 만한 약점이 있어요. 오디세우스나 아이네아스 같은 진짜 영웅들의 항해는 언제나 시련으로 가득 차 있죠. 세실 역시 다른 영웅들처럼 동쪽에서 서쪽으로 기나긴 항해를 했지만, 아쉽게도 그의 항해 여정에선 아무 일도 일어나지 않았어요. 그러나 그가 과거 어디에선가 한몫 단단히 잡았던 것만은 분명해요. 세 척의 배에 가구며 양탄자며, 식기류와 접시류, 각종

장신구들, 그리고 그가 식민지에서 세우려고 마음먹은 집 안을 꾸밀 잡동사니들을 가득 싣고 왔으니까. 게다가 그는 아내와 식솔들도 데려왔는데, 그 가운데 열다섯 명의 하인들과 엄마가 있었죠. 그때 그녀는 일고여덟 살 정도였고요. 아직 주의 역사가 시작된 지 이십여 년밖에 되지 않았을 때였죠. 그리고 분명 내 조부처럼 그렇게 큰 부자를 맞이해 본 적도 없었을 거예요. 1659년에 호민관은 그에게 찹탱크강 유역의 600에이커 땅에 대한 특허권을 주었어요. 그리고 그는 일행과 짐을 싣고 집을 짓기 위해 만을 건넜죠."

에브니저는 놀라워하며 고개를 저었다. 그러나 그것은 앙리에타의 이야기에 대한 반응이 아니었다. 그녀가 말했다. "아뇨, 에벤, 당신은 약속한 대로 기다려야 해요. 지금까지는 서론에 불과해요. 진짜 이야기는 이제부터라고요."

그녀의 이야기는 계속되었다. 무슈의 하인들 가운데 그저 앨프레드로만 알려진 한 노인이 있었는데, 그는 사람들이 기억할 수 있을 때부터 줄곧 주인의 시종 노릇을 하던 자였다. 이 앨프레드는 세실의 성격을 에두아르 부인보다도 더 잘 파악하고 있었기 때문에, 그의 주인은 그를 싫어했다고 한다. 세실은 자신의 성격을 알지 못할 만큼 그렇게 바보는 아니었다. 자신의 지위 덕분에 그는 다른 사람들을 얼마든지 처벌할 수가 있었지만 그 시종만은 섣불리 해고하지 못했다. 단지 앨프레드가 자신에 대해 너무나도 많은 것을 알고 있었기 때문만이 아니라, 그가 비범한 판단력과 통찰력을 갖추고 있는 것을 알고 있었기 때문이다. 그래서 무슈는 시종의 조언을 결코 소홀히 하지 않았다. 다른 많은 사람들이 그렇듯 그 역시, 스스로 훌륭한 판단을 내릴 만큼은 되지 않아도, 훌륭한 판단을 접했을 때 그것의 가치를 인식할 수 있을 정도의 현명함은 갖추고 있었기 때문이다. 그러나 불쌍한 앨프레드는 자신의 봉사에 대해 항상 부당한 대우를 받곤 했다. 그의 충고가 채택될 때마다, 주인의 분노가 점점 커졌기 때문이다.

"세실은 놀랄 만한 신속함과 활력을 가지고 자신의 집을 세우는 작업을 시작했어요. 그는 소형 선박에 목수와 가구 제작지, 석수, 심지어 유리공까지 가득 실어서 에두아르딘에 데려왔죠. 창유리와 거울은 아직 런던에서 도착하지 않았는데도 말이에요. 육 개월 안에 커다란 중앙 건물과 두 개의 측면 구조물을 가진 인상적인 건축물이 세워졌어요. 그동안 가족과 일꾼들은 오두막에서 기거했고요. 보통 그만한 인력을 가지고는 좀 더 신속하게 집을 완성시킬 수 있었을 테지만, 무슈 에두아르는 야만인들을 매우 두려워했다고 해요. 그래서 그는 수시로 공사를 중단하고, 일꾼들로 하여금 인디언의 공격에 대비하여 집터 주위에 방책을 세우게 하거나 영지 안에 있는 나무들을 잘라 공터로 만들게 하거나, 토루를 건설하게 했대요. 당시에는 주변 인디언들의 숫자가 얼마나 많은지, 그리고 그들이 얼마나 호전적인지에 대해 아는 사람이 아무도 없었다고 해요. 물론 앨프레드라면 확실히 그런 식의 방비가 별 소용이 없음을 무슈에게 제때 지적해 줄 수도 있었겠죠. 문제는 말했던 것처럼 그가 완벽한 시종이었다는 데 있었어요. 주인이 묻기 전에는 먼저 나서서 충고를 하는 일이 절대 없었죠.

그리고 세실은 방어용 울타리, 누도, 반월보를 짓는 데 너무도 열중한 나머지, 그들의 유용성에 의문을 제기해 볼 생각은 미처 할 수가 없었던 거예요. 그리고 사실 때때로 인디언들이 주변에서 목격되기도 했으니까요. 그들의 동기가 악의라기보다 호기심 이상은 아니었을지는 몰라도, 그들의 존재는 여전히 세실로 하여금 미친 듯이 톱니 모양의 성벽, 총안(銃眼), 그리고 성문 위 난간 등을 건설하게 만들기에 충분했죠.

마침내 창유리만을 제외하고 집이 완성되자, 그는 소피, 앨프레드, 그리고 노 저을 하인과 함께 작은 보트를 타고 약 90미터 정도 떨어진 곳으로 나갔어요. 에두아르딘을 전체적으로 더 잘 조망하기 위해서였죠.

무슈가 물었어요. '자, 소피,' 만약 계관시인께서 반대하지 않는다면, 나는 흥미를 돋우기 위해 이들의 대화를 만들어 낼 작정이에요. 그가 물었어요. '자, 소피, 에두아르딘에 대해 어떻게 생각하지?' 그러자 에두아르 부인이 대답했어요. '정말 아름다워요, 여보.'

'당신 지금 아름답다고 했소!' 그가 아빠처럼 얼굴이 벌개지는 게 눈에 선하지 않나요? 그리고 불쌍한 소피가 눈을 내리까는 것도요. '이걸 그저 아름답다고 말하다니! 이것은 으리으리해! 견줄 데가 없어! (원문: 프랑스어) 마치 요새와 같다고! 우리는 난공불락이라니까!' 그런 다음 그는 앨프레드 역시 에두아르딘을 그저 아름답다고만 여기는지 알고 싶어했어요.

나는 앨프레드가 이렇게 말하는 게 들리는 것 같아요. '집은 최상입니다, 무슈.' 아주 조용히 말이지요. '정말 품위가 있

는 집입니다.'

'응? 그렇게 생각하나? 그건 그래도 좀 낫군그래!'"

에브니저, 안나, 그리고 멍고모리는 백작과 그의 소심한 시종을 생생하게 흉내 내는 앙리에타에게 찬사를 보냈다.

"'하지만 무슈께서도 보시면 아시겠지만……'

'뭐야? 보면 뭘 안다고?'

'저는 야만인에 대해 걱정하고 있습니다만, 무슈.'

'아, 야만인에 대해 걱정한다고? 당신 들었소, 소피? 야만인에 대해 걱정한다는군. 이 앨프레드가 말이야! 그런데 그건 내가 그 걱정밖엔 안 한다는 걸 모르고 하는 말인가, 이 멍청이 같으니! 그들이 내 요새에 구멍을 뚫을 가능성은 거의 없어!'

'그럴 리는 없지요, 무슈. 하지만 저는 그들이 구멍을 뚫을 필요가 없을까 봐 걱정입니다.'

'무슨 말이지? 자넨 그들이 대포라도 가지고 있다고 믿는 건가?'

그에 대해 앨프레드는 틀림없이 헛기침을 몇 번 한 뒤 공손하게 말했을 거예요. '야만인들이 포위공격을 할 때는 불화살을 쏜다는 이야기를 들은 적이 있습니다, 무슈. 당신은 나무들을 베어 냈지만, 그들은 (만약 그럴 마음이 있다면) 저쪽 숲 속에 멀찌감치 서서 그러한 화살을 요새 너머 집 안으로 정확히 날려 넣을 수 있습니다. 집이 나무로 만들어졌으니 불이 잘 붙겠지요. 무슈께서는 그 불을 끄기 위해 많은 사람들을 동원하셔야 할 겁니다. 그렇게 되면 요새를 지키는 사람들은 자연

부족해지겠지요. 야만인들은 바로 그 틈을 타서 재빨리 우리를 덮칠 겁니다. 물론 이건 그들이 우리에게 적대적이라고 가정했을 때의 일이지만요.'

세실은 이에 대해 '말도 안 돼!'라며 코웃음을 쳤지만, 아마 그런 가능성을 언급했다는 것만으로도 그 시종을 한 대 치고 싶었을 거예요. 그러나 다음 날 세인트메리즈 시티로 돌아갈 준비를 하던 목수들은 자신들의 고용 기간이 삼 개월 연장되었다는 사실을 알게 됐어요. 그들이 막 완성시킨 그 집을 다시 짓기 위해서였죠. 게다가 그들에게 맡겨진 새로운 임무는 목수 일이 아니라 벽돌을 쌓는 일이었어요. 무슈는 우선 일꾼 몇 명을 보내 진흙을 찾아 해변을 뒤지게 했어요. 그들이 좋은 하상(河床)을 발견하자, 그는 일꾼들의 반은 땅을 파고 벽돌의 형태를 만들어 불로 굽게 하고, 다른 반은 회반죽을 섞고 완성된 벽돌을 쌓게 했어요. 그가 하고자 한 것은 사실상 완성된 나무 집을 벽돌로 싼 새로운 집으로 바꾸는 일이었죠. 문과 창문들만 원래 위치에 남겨 두고요. 그 일을 완성하는 데만 서너 달이 소요되었어요. 그리고 그 기간 동안 인디언들은 이전보다 더욱 자주 목격되었죠. 때로는 혼자서, 때로는 짝을 지어서요. 그렇게 해서 완성된 저택은 심지어 엄마의 눈에도 무시무시해 보였다더군요.

마지막 벽돌이 제자리에 놓이자, 무슈 에두아르는 모든 일꾼들과 하인들을 집 앞에 모이게 했어요. 몇 주 전, 그들 가운데 한 명이…… 이 사람에 대해서는 좀 있다 할 말이 더 있을 거예요. 그는 영국에서 무임 도항한 사람이었는데, 자기 이름을 제임스에서 자크로 바꿀 정도로 주인의 호의를 얻기 위해 몸이 단 사람이었죠. 아무튼 이 친구가 근처 숲 속에서 야만인의 활과 화살 들을 발견한 거예요. 세실은 그에게 수지를 함유한 소나무 마디를 구해서 화살촉 바로 밑의 대에 묶고, 불을 붙이라고 지시했어요. 인디언들이 보통 그런 식으로 불화살을 만든다고 알려져 있었으니까요.

그가 자크에게 명령했어요. '자, 쏴 봐, 내 집에 화살을 쏘라고.' 그 하인은 조준을 했고, 꽤 훌륭한 사수였던 까닭에 야 9미터 정도 거리에 있던 그 커다란 집을 맞췄죠. 화살은 벽돌에 맞고 튕겨 나간 뒤 땅으로 떨어졌고요.

세실이 앨프레드의 귀에 대고 소리쳤어요. '이것 봐! 그들이 아직도 우리에게 해를 입힐 수 있을 것 같아?'

'제 생각엔 그럴 가능성이 전혀 없을 것 같습니다, 무슈. 그 야만인들이 오직 벽만을 조준하려고 애쓰는 한, 우리는 바스티유 감옥처럼 안전합니다.'

'이건 또 무슨 꿍꿍이속이야?'

앨프레드가 과감히 말했어요. '그들이 만약 숲에서 화살을 쏘아 올린다면…… 그들은 틀림없이 그럴 테지만 말입니다, 무슈. 그야, 그렇다면 그들은 반드시 조준을 높이 할 필요가 있을 겁니다. 이런 불화살들은 무게가 꽤 나가는 편이기 때문에 더욱 그렇죠. 논리적으로 생각하면 당연히 높은 탄도를 따라간 화살들이 지붕 위에 내려꽂히는 게 가장 그럴듯합니다. 그런데 지붕은 여전히 나무로 만들어져 있지요.'

잠시 동안 세실은 말문이 막혀 가만히 있었어요. 그때 그 집안에서 앨프레드의 지위를 노리고 있던 그 활을 갖고 있던 녀석이 그의 이론을 시험해 볼 것을 제안했어요. 그러나 세실 은 활을 홱 낚아채고는 일행을 물렸어요. 그들에게 게으름뱅 이에다 쓸모없는 인간들이라고 욕을 하면서요. 그다음 날 사 람들은 슬레이트를 찾아 다시 해변을 헤매야 했죠. 지붕을 다 시 덮어야 했으니까요.

　그런데 마침 도싯 전역에는 지붕에 얹을 슬레이트가 단 한 개도 없었어요. 사람들이 길섶과 강둑을 며칠 동안 샅샅이 훑 고 다녔지만, 여기저기서 사냥하는 인디언 몇 명 외엔 아무것 도 발견하지 못했어요. 그들은 이 사실을 그들의 고용주에게 유쾌한 어조로 보고했죠. 그는 너무도 겁에 질려 자신의 요 새 너머로는 감히 나서지를 못했고, 숨 쉬는 순간마다 앨프레 드를 저주했다고 해요. 그리고 마침내 일꾼들에게 뾰족한 지붕을 커다랗고 납작한 벽돌로 덮으라고 명령했어요. 그러 자 지붕을 누르는 육중한 무게 때문에 서까래가 구부러지기 시작했죠. 서까래를 지탱하기 위해서는 온전한 통나무로 벽 을 다시 세울 필요가 있었어요. 그리고 그 일을 위해서는 또 다시 한 달의 시간과 엄청난 노동력을 투입해야 했죠. 마룻바 닥과 칸막이 벽들을 다시 들어내야 했으니까요. 그 일이 완성 되자 집은 정말로 안전해 보였어요. 다소 기괴해 보이기는 했 지만요. 일꾼들이 농담 삼아 그것을 '성'이라고 부르기 시작한 것은 바로 이때부터였어요. 무슈 에두아르는 불쾌해하기보다 우쭐해서는 자신의 영지를 캐슬헤이븐(castlehaven)이라고 다 시 이름 지었죠. 세실은 일꾼들을 다시 소집했어요. 그리고 자크는 새로운 불화살을 지붕 위로 천천히 날려 보내야 했죠. 그 것은 지붕의 타일을 맞춘 후, 경사면을 따라 굴러 내려왔어요. 그리고 처마 장식 위에서 안식을 취한 뒤 불에 타서 재가 되어 버렸죠.

'자, 어떤가?' 세실이 물었고, 아무도 대답하지 않았어요. 앨프레드는 시선을 돌렸죠.

'채찍을 맞지 않으려면 정직하게 대답해야 할 거야. 이제는 내 성이 난공불락의 요새가 되었나? 자네가 원하는 곳은 어디든 자크가 불화살을 쏠 거야!'

'저는 채찍을 맞고 싶은 생각은 조금도 없습니다, 무슈.'

'그렇다면 화살을 어디에 쏘아야 할지 말해 보란 말이야.'

내가 상상하기엔, 자크는 기분이 너무도 들떠서 새로운 화살에 불을 붙이고 활시위를 당기기도 버거웠을 거예요. 그런데 그때 앨프레드가 중얼거렸어요. '창문 안으로요. 어떤 창문에든⋯⋯.' 그리고 그는 팔을 들어 그 집의 위아래층에 나 있는 열려진 창문들을 가리켰죠.

세실이 외쳤어요. '후레자식 같으니!' 그리고 이번에는 활을 홱 낚아채면서 앨프레드에게 일격을 가했죠. 만약 그가 재빨리 뒤로 물러나지 않았다면, 분명 그의 머리는 박살이 났을 거예요. 일행은 해산했어요. 그리고 그날 밤 앨프레드는 주인의 명령에 따라 에두아르가(家)가 파리를 떠난 후 처음으로 채찍을 맞았죠. 그다음 주 내내 모든 1층의 창문들을 벽돌로 막는 작업이 이루어졌어요. 두 번째 층의 창문은 마치 대포의 포문들처럼 총구멍 크기로 줄어들었죠. 이렇게 되니, 아래층에서는 빛과 공기가 부족해서 거의 생활이 불가능할 지경이 되어 버렸어요. 하지만 세실은 자신의 요새에 무척 만족했죠. 자신의 승리를 과시하기 위해 모든 사람들을 세 번째로 집합시켰을 때, 그는 실제로 흐뭇한 미소를 짓고 있었죠.

'내가 뭐 빠뜨린 거라도 있나?'

'제가 상상할 수 있는 한 아무것도 없습니다, 무슈.'

'하, 이보게들, 들었나? 무슈 앨프레드께서 나의 안전을 보장하는군. 자네들을 더 이상 지체시키지 않겠네. 떠날 준비를 하게.'

'아, 무슈, 그들을 보내시면 안 됩니다.'

세실이 시종의 팔을 꽉 잡았어요. '오, 안 된다고, 안 된단 말이지? 자네의 불쌍한 주인이 그 이유를 들어도 될까?'

'일꾼들이 가 버리고 나면 이 집을 방어할 사람들로 오직 당신과 하인들만 남게 됩니다. 문 하나당 네 명의 남자들이 지키게 되는 셈이죠. 그러나 야만인들이 만약 우리를 공격할 마음을 먹는다면, 아마 사방에서 공격해 들어올 겁니다.'

세실이 외쳤어요. '이놈을 매질해!' 그러자 자크와 다른 사람들이 그를 끌고 갔어요. 이때 일꾼들의 감독관이 이제 가도 되느냐고 물었죠. 세실이 고함쳤어요. '이런 멍청이 같으니! 출입구들을 닫아 걸어. 하나만 제외하고 모두! 그리고 튼튼한 빗장으로 고정시켜!'

하루 안에 그 마지막 변경사항이 완수되었고, 세실은 앨프레드의 의견은 묻지 않은 채 일꾼들을 세인트메리즈 시티로 돌려보냈어요. 그들은 물론 그곳에서 자신들이 겪은 이상한 경험을 떠들어 댔겠죠. 그들이 가 버리자마자 무슈는 성에 들어가, 혹시 막아 두지 않은 틈이라도 있는지 확인하기 위해 벽돌로 막힌 세 개의 출입문들을 면밀히 살폈고, 거대한 빗장이 제대로 놓여 있는지 확인하기 위해 주축 위에서 앞뒤로 흔들어 보았어요. 그리고 어두운 계단을 올라가 자신의 거처로 갔죠. 사람들이 기거할 만한 방들은 필연적으로 2층에 마련되어야 했으니까요. 오직 세실만이 아래층에서 잠을 잤죠. 물론 창문 틈에서 멀리 떨어진 곳에서요. 그는 앨프레드를 불렀어요.

'야만인들의 습격으로부터 완전히 안전하다는 것은 유쾌한 일 아닌가?'

앨프레드는 말이 없었죠.

'빌어먹을, 말을 해봐! 우리는 이곳 요새에서 아무런 걱정 없이 편히 있지 않은가?'

앨프레드는 구멍들 가운데 하나로 가서 밑의 정황을 살폈어요.

'대답해! 만약 내 방어 시설에 틈이 있다면, 물론 그런 것은 없겠지만, 솔직하게 말해! 그러지 않았다간 맹세컨대 반드시 산 채로 네 가죽을 벗길 테니!'

앨프레드는 두려운 나머지 감히 창문에서 돌아서지 못했지만, 이렇게 말했죠. '하나가 있습니다, 무슈.'

세실이 의자에서 벌떡 일어섰어요. '그렇다면 어디 한번 말해 봐!'

'차라리 말을 하지 않는 편이 나을 것 같습니다, 무슈. 이미

돌이킬 수 없으니까요.'

무슈 에두아르가 속삭였어요. '넌 미쳤군! 아냐, 이제 알겠어! 너는 나를 고문하기 위해 그런 말들을 했던 거야. 내 전재산을 쓰게 해서 빈털터리로 만들려는 거지! 내가 네 속셈을 모를 줄 알고?' 그는 앨프레드에게 대답할 것을 요구했어요. 하지만 앨프레드는 감히 말을 하지 못했죠. 그 순간 앞문에서 이상한 소리가 들리더니 누군가가 들어왔어요. 그리고 두 남자는 누군가가 빗장을 지른 후 조용히 발소리를 죽이며 계단을 오르는 소리를 들었죠. 무슈 에두아르는 사색이 되어 기절하기 일보직전이었어요.

'야만인들이 집 안에 있어! 어떻게 탈출하지?'

앨프레드가 변명하는 듯한 얼굴로 대답했어요. '출입구가 여러 개면 탈출구도 여러 개죠. 하지만 출입구가 하나밖에 없는 곳에서는, 탈출구가 없답니다.'

그때 에두아르 부인의 목소리가 계단으로부터 조용히 들려왔어요. '세실? 앨프레드에게 빗장을 좀 봐 달라고 해 주겠어요? 빗장을 지르기가 어렵네요.'

그녀의 남편은 아무 대답도 하지 않았어요. 그러한 거절에 익숙해져 있던 소피는 곧 아래층으로 돌아갔죠. 그동안 앨프레드는 한 번 더 나팔꽃 모양의 총구멍 가까이 다가가 있었어요. 무슈 에두아르는 자신의 심장이 여전히 세차게 벌렁거리는 것을 느끼며 그의 뒤로 살금살금 걸어갔어요. 그리고 그의 어깻죽지를 꽉 잡았죠. 늙고 허약한 시종에 반해 주인은 중년의 건장한 남자였어요. 그 구멍은 그다지 크지 않았지만, 세실은 곧 그것을 통해 시종을 내던져 버렸죠. 다음 순간 앨프레드의 머리는 아래에 있던 새로운 벽돌 테라스 위에서 완전히 부서지고 말았어요.

세실은 잠시 후 식솔들에게 알렸어요. '그가 떨어졌다.' 그에게 의문을 제기하는 사람은 없었죠. 그날 밤 무슈는 자신의 잠자리를 1층에서 서까래 밑의 다락방으로 옮겼어요. 환기도 제대로 안 되는 곳이었지만, 그는 안심하고 잠자리에 들었죠. 바로 아래층에서는 온 집안 식구들이 잠이 들어 있었고, 단 하나 남아 있는 문에는 빗장이 이중으로 질러져 있었죠. 새롭게 시종이 된 자크는 이 성이 어느 모로 보나 난공불락이라고 주인을 안심시켰어요. 세실은 푹 잠을 잤죠."

앙리에타는 마지막 문장을 눈을 감고 냉소적인 목소리로 조용히 말했다. 잠시 침묵이 흘렀다. 그리고 그때 안나가 외쳤다. "그게 끝이에요, 앙리에타?"

처녀는 놀란 척 대답했다. "그야 물론이죠! 그 '이야기'는 거기서 끝나요. 호메로스가 와도 여기에 다른 무엇을 덧붙일 수는 없을 거예요. 그 성의 역사에 관해서라면, 그것만으로도 충분히 기묘하죠. 하지만 이 이야기에는 반전이 있어요. 그 후 오래지 않아 그 성이 완전히 타 버렸거든요. 집 안에서 불이 나서요. 그리고 내 조부모님은 그것과 함께 타 버렸죠. 엄마는 자크가 구출한 거고요. 그가 불을 놓았다고 짐작하는 사람도 있지만, 어쨌든 그는 엄마가 아빠랑 결혼할 때까지 그녀를 자신의 딸로 길렀어요. 그리고 죽는 날까지 그녀의 삼촌 행세를 했죠. 성(城)이라면 그보다는 더 오래 지속되어야 한다고 생각지 않아요?"

세 명의 청자들은 그 이야기와 앙리에타의 이야기 솜씨를 모두 칭찬했다. 특히 에브니저는 그녀가 활기와 미모와 재치를 겸비하고 있다는 데 감동을 받았다. 그리고 순간 메키보이를 질투하고 있는 자신을 발견하고 놀랐다.

그가 말했다. "정말 훌륭한 이야기예요. 이솝의 이야기처럼 아주 신랄한 맛도 있고요. 문을 활짝 열고 해적들을 들여요!" 앙리에타는 그에게 자신의 이야기를 능가하는 이야기를 하겠다던 그의 약속을 상기시켰다. 시인의 어조는 사뭇 따뜻하고 심각해졌다. "이 이야기를 하는 건 내게 아주 즐거운 일이 될 거요. 그것은 지금까지 우정이 할 수 있었던 것보다 당신을 안나와 내게 더욱 가까이 데려올 테니까."

"저런, 그렇다면 빨리 털어놔 봐요!" 안나 역시 의아한 눈빛으로 그를 바라보았다.

에브니저가 말했다. "이것은 지금까지 던져진 운명의 주사위 가운데 가장 드물고 행복한 전환이오. 앙리에타, 당신의 어머니는 우리 아버지가 언젠가 참탱크에 몸을 던져 죽을 뻔한 것을 구해 준 적이 있는 바로 그분이오! 그녀는…… 그녀는 어머니가 나를 낳다가 돌아가신 후 우리의 유모가 되었어요. 자기의 아기는 낳자마자 죽었지만요. 그리고 아버지가 우리를 영국으로 데리고 돌아가기 전 네 살 때까지, 그녀는 우리에겐 어머니와 같은 분이었소!" 그는 눈물과 함께 이런 뜻밖의 새로운 사실을 전했다.

메리가 속삭였다. "오, 하느님! 그게 사실이에요?" 안나와 앙리에타는 손을 맞잡고 놀라서 서로를 바라보았다.

에브니저가 고개를 끄덕였다. "그래요, 사실이에요. 그렇게 생각하면 러섹 부인의 태도가 돌변한 이유를 다소나마 설명할 수 있을지도 몰라요. 아버지는 내가 떠나기 바로 전에 그 이야기를 해 주었죠. 록산의 삼촌, 말하자면 악당 자크는 해리 경과 비슷한 성격의 남자였던 게 틀림없소. 해리 경이 앙리에타를 감시하는 방식으로 록산을 감시했으니까. 하지만 그녀는 본성에 충실한 여자였고, 결국 그녀를 감시하는 데 실패하자 거리로 내쫓았죠." 그는 이어서 엔드루가 자신에게 그녀를 구출했던 일과 특이한 노동계약 조항들에 대해 언급했었다고 빠르게 덧붙였다. "어머니가 돌아가신 후, 록산이 그의 정부가 되었다는 소문이 떠돌았소. 아버지가 쿠크포인트를 떠나 런던으로 간 이유 중 하나는 이러한 중상들이 거짓임을 밝히기 위해서였지. 나는 아버지가 록산의 '삼촌'이 사과를 하며 자신에게 접근했었다고 말했던 걸 기억하고 있어요. 그는 그녀에게 다시 돌아오라고 간청했다더군요. 아버지는 그가 그녀를 위해 좋은 혼처를 마련해 둔 것이라고 짐작했던 것 같소."

앙리에타가 질겁하며 외쳤다. "아빠와!" 메리가 고개를 저으며 한숨을 쉬었다.

시인이 말했다. "그래요. 이 자크라는 놈은 분명 해리 러섹에게 빚을 지고 있었고, 그런 식으로 자신의 채무를 청산하려 했던 게 틀림없소. 확실히 록산은 그 결혼에 동의할 필요가 없었소. 하지만 얼마 전 그녀가 내게 이런 말을 한 적이 있어요. 자신은 모든 남자들을 혐오하게 되었다고, 그리고 해리 경과 결혼한 것은 사실상 여성에게 굴욕감을 주고, 이러한 증오감을 만족시키기 위해서라고요. 그녀는 안나와 내게 무척 애착을 느꼈소. 그리고 나는 그녀가 어떤 의미로는 버림받았다는 느낌을 받았을 거라고 감히 말할 수 있어요."

"모든 면에서 그랬죠." 계단에서 러섹 부인의 목소리가 들려왔다. 그리고 곧 목소리의 주인공이 모습을 드러냈다. 에브니저는 즉시 의자에서 일어났고, 분별없이 말한 것에 대해 사과했다.

러섹 부인이 말했다. "당신은 잘못한 게 없어요." 그리고 그를 지나 자신의 딸을 바라보며 덧붙였다. "못된 것은 너야, 앙리에타. 내부의 비밀을 밖으로 누설하다니……." 그녀는 더 이상 딸을 추궁하지 않았다. 앙리에타가 울면서 달려와 어머니를 포옹하며 용서를 빌었기 때문이다. 그러나 앙리에타의 감정은 잘못에 대한 참회라기보다는 그녀가 알게 된 새로운 사실에 의해 자극받은 연민과 사랑의 감정이 분명했다. 러섹 부인은 그녀의 이마에 입을 맞췄고, 처음으로, 그리고 지극히 고통스러운 감정이 담긴 시선을 쌍둥이에게 돌렸다. 그녀는 애써 자신의 감정을 억제하려 했지만, 한껏 감동을 받아 자신에게 달려든 안나의 포옹을 받고는, 북받치는 목소리로 외쳤다. "사랑하는 아가!" 그리고 눈물을 터뜨렸다.

그 후 전반적으로 눈물을 흘리는 분위기가 이어졌기 때문에, 잠시 동안 제분소에서는 다른 어떤 소리도 들리지 않았다. 모두가 모두를 껴안았다. 그리고 한바탕 눈물의 홍수가 휩쓸고 지나간 뒤, 모든 사람들이 코를 훌쩍일 때 에브니저가 처음 입을 열어, 이때의 분위기를 개괄했다.

그는 눈물을 훔치며 단언했다. "순트 라크리매 레룸.(*Sunt lacrimae rerum*, 사물에는 눈물이 있다.)"[37]

그러나 놀랄 일은 아직 더 남아 있었다. 러섹 부인이 잠시 동안 쌍둥이를 포옹하고 이전의 소원한 태도에 대해 충분히 용서를 구하고 난 뒤(그녀 역시 에브니저와 마찬가지로 안나의 연인으로 소문난 벌링검의 유혹을 받았던 것뿐만 아니라, 그녀 자신도 아무것도 모른 채 그를 유혹하려 했던 것에 대한 언급을 자제했다. 사실 그 기억도 그녀를 괴롭힌 원인 가운데 하나였다.) 차를 마시던 그들과 합류하여 에브니저에게 말했다. "앙리에타의 것을 능가하는 이야기를 내놓겠다던 맹세를 지켰구나, 에벤. 세상에, 내 아기들이 이렇게 자라다니! 그리고 그렇게 많은 시련을 겪다니! 그러나 나는 믿는단다. 지금부터 시작할 내 이야기는 너의 것까지 능가할 수 있다고 말이다. 우선 네 아버지와 나에 관한 그 '악의적인 거짓 소문', 그것은 정말로 소문에 불과했고 악의적이었지. 하지만 거짓말은 아니었단다. 불쌍한 앤, 그녀가 이 아이들의 어머니였지, 앙리에타. 앤이 죽은 지 삼 년 동안 앤드루와 나는 함께 그녀를 애도했단다. 그러나 사 년째 되던 해, 나는 정말 그의 연인이 되고 말았어. 제발 날 용서해주렴!"

쌍둥이는 모두 그녀를 다시 포옹했고, 용서할 것은 아무 것도 없다고 맹세했다. 그리고 에브니저가 심각하게 말했다. "오

---

37) 로마의 시인 베르길리우스가 한 말이다.

히려 용서를 받아야 할 사람은 아버지예요. 이제야 알겠어요. 모든 면에서 볼 때 버림받은 셈이라고 말했을 때, 당신의 말이 무엇을 의미했는지."

러섹 부인이 말했다. "아냐, 더 있어……." 그녀는 고개를 들고 고통스러운 눈빛으로 메리를 바라보았다. 얼굴을 찌푸리고 생각에 잠겨 있던 메리의 얼굴에 갑자기 이해의 표정이 떠올랐다.

"아, 신이여, 록시!"

러섹 부인이 고개를 끄덕였다. "당신은 알아차렸군." 그녀가 코를 훌쩍이고는, 탁자 너머 앙리에타의 양손을 잡고 자신의 딸을 똑바로 바라보면서 말했다. "나는 지금까지 살면서 두 명의 남자를 사랑했었단다. 첫 번째 남자는 벤지 롱이었는데, 자크 삼촌의 집 근처에 살던 잘생긴 농부 소년이었어. 나는 열여섯에 그에게 순결을 바쳤지. 그리고 곧 그의 아이를 임신했고. 그는 내가 내 후견인의 소망을 거스르지 못하자 선원이 되어 바다로 나가 버렸어. 그리고 그 후 이날까지 그에 대한 소식을 듣지 못했단다. 하지만 그는 여전히 내 가슴을 차지하고 있단다. 오래전에 이미 뚱뚱해지거나, 결혼했거나, 혹은 죽었을지도 모르지만 말이다!" 그녀는 짧게 웃었고, 이내 다시 슬픈 얼굴이 되었다. "하지만 그 아픈 시간도 내 어리석음을 치료하지는 못했단다. 앤드루가 나를 떠났을 때, 그리고 해리가 나를 학대할 때마다 종종 나는 신에게 하듯 그 옛날의 벤지에게 기도하곤 했어. 그리고 지금 이 시간까지도 내 불쌍한 심장은 깜짝깜짝 놀라곤 한단다. 낯선 사람이 자신을……." 그녀는 에브니저에게 미소를 지었다. "……자신을 벤저민 경이라고 소개할 때 말이다!"

에브니저가 외쳤다. "아, 이런, 저를 용서해 주세요!" 러섹 부인은 손을 내저으며 용서할 건 아무것도 없다고 말했다. 그리고 다시 앙리에타를 바라보며 말을 이었다. "그것은 나의 첫 번째 사랑이었어. 앤드루는 두 번째였지. 그리고 훨씬 더 컸단다. 하지만 그에 대해선 그저 생각만 해도 거의 미칠 것만 같았지……." 그녀는 자신을 진정시키기 위해 잠시 말을 멈췄다. "이렇게 말하면 되겠구나. 이 두 번째 사랑은 본질상 첫 번째와 같았단다. 두 개의 중요한 차이점을 제외하면 말이다. 하나는, 너희들이 이미 알고 있듯이, 내 연인이 나를 버렸다는 거고……." 그녀는 딸의 손을 꼭 쥐었다. "그리고 다른 하나는, 이번에는 아기가 살았다는 거란다."

18 시인이 인간 역사의 진행 형태가 진보인지,
드라마인지, 후퇴인지, 순환인지, 파동인지,
소용돌이인지, 오른쪽 혹은 왼쪽으로 돌아가는 나선형
인지, 단순한 연속체인지, 아니면 다른 어떤 것인지
궁금해하다. 모종의 증거가 제출되지만,
모호하고 비확정적인 성질의 것임이 밝혀지다

러섹 부인의 마지막 말로 인해 좌중은 다시 한 차례 기쁨과 공감이 어린 포옹을 나눴다. 러섹 부인은 에브니저와 안나에게 자신의 원한을 전가시켰던 일에 대해 사과했고, 그들은 반대로 자신들의 아버지가 이십사 년 전에 저지른 비신사적인 행위를 대신 사과했다. 앙리에타는 러섹과 결혼한 일로 과거에 어머니를 늘 통렬히 원망했던 것에 대해 용서를 빌었고, 록산 역시 앙리에타로 하여금 해리 경의 학대를 받게 만들고 그의 딸이라고 믿게 만드는 등 이중의 상처를 입혔을 뿐만 아니라 결혼도 하지 않고 그녀를 임신했던 것에 대해 용서를 구했다. 록산이 용서를 구하는 대상에는 메리도 포함되었다. 메리와 오랫동안 우정을 나누는 동안, 록산이 자신의 비밀을 지키느라 이따금 양쪽에 오해가 생긴 적도 있었기 때문이었다. 건물 안에는 포도주가 없었으므로, 모두 고해하고 용서받고 서로를 포옹한 후, 그들은 포도주 대신 차를 끓여 새로운 일가의 상봉을 축하했다. 그리고 서로 어색해하는가 하면 다음 순간 솔직하게 감정을 드러내기도 하면서 그들은 밤늦은 시간까지 오랫동안 이야기를 나눴다. 말로는 앤드루 쿠크에 대한 증오심을 공언하면서도, 록산은 영국에서의 그의 삶과 현재의 미심쩍은 위치에 대해 대단히 궁금해했다. 게다가 그날 밤 앙리에타와 안나는 함께 잠을 자면서 서로에게 각자의 속내를 완전히 털어놓았던 게 분명하다. 다음 날 아침 에브니저는 놀랍게도 그들이 헨리 벌링검에 대해 거리낌 없이 대화하는 모습을 목격했기 때문이다. 아침 식사 때 세 명의 젊은이들은 무척 들뜬 분위기였다. 에브니저는 앙리에타와 휴디브라스 풍으로 말을 주고받는 과정에서 그녀가 풍자에 대단한 재능을 지니고 있음을 발견했다. 안나는 적어도 자기는 앞으로의 일에 대해 전혀 개의치 않겠다고 고백했다. 만약 몰든이나 아버지를 다시 보지 못한다 하더라도, 자신에겐 어머니나 다름없는 록산이 있으니 만족하겠다는 것이다. 한편 록산과 메리는 젊은이들이 이렇듯 화기애애하게 이야기 나누는 모습을 이따금 눈가를 훔치며 흐뭇하게 바라보았다.

러섹 모녀는 아침나절에 메키보이가 블러즈워스섬에서 돌아오는 대로 일단 쿠크 남매와 함께 앤아룬델 타운으로 가기로 결정했다. 그곳에서 록산과 앙리에타는 제분업자의 재산이 팔릴 때까지 체류하다가 재산을 다 치분한 뒤(앙리에타는 어쩌면 '그들 일행'에 메키보이도 포함될지 모른다고 수줍게 암시했다.) 영국을 향해, 그리고 새로운 삶을 향해 항해하기로 결심했다. 에브니저는 자신의 긴급한 전언을 니콜슨 총독에게 전달할 것이고, 만약 상황이 괜찮을 경우, 자신의 영지가 주의 복지를 파괴하는 활동을 위해 사용되고 있다는 근거를 들어 그것을 자신에게 반환해 달라고 총독에게 탄원할 계획이었다. 만약 그러한 탄원이 결실을 맺지 못하거나, 아버지가 자신을 영원히 용서하지 않는다면, 그 역시 안나와 함께 록산 가족의 일원으로서 메릴랜드를 떠나 런던에서 일자리를 구해 볼 생각이었다. 헨리 벌링검과 조안 토스트가 여전히 쌍둥이의 마음을 무겁게 짓누르고 있었지만, 쌍둥이는 일단 그들을 자신들의 계획으로부터 잠정적으로 제외시켰다. 전자의 행방과 후자의 태도가 아직 불확실했기 때문이다.

정오가 조금 지나 메키보이와 버트랜드가 무사히 돌아오자, 분위기는 한층 고양되었다. 메키보이는 케언 선장이 강변에 슬루프 선을 대기시켜 놓고 그들을 세계의 어느 곳에라도 실어다 줄 준비를 하고 있다고 전했다. 메키보이는 앙리에타에게 열정적으로 입을 맞추었고, 그녀의 어머니에게도 역시 입을 맞추었다. 그리고 버트랜드는 고마운 감정으로 충만해서는 주인을 말없이 포옹했다.

메키보이가 웃으며 말했다. "상상이 되나? 저 가련한 사람들은 우리가 자기들을 그곳에 그냥 버려 두고 떠났다 생각했어! 그들은 내가 거위의 부리와 함께 마차를 타고 오는 것을 보고는 내가 다시 붙잡힌 거라고 추측했지. 그리고 자네를 마구 욕하기 시작하더라고!" 그의 얼굴이 잠시 어두워졌다. 버트랜드가 '안나 아가씨'가 무사한 것을 본 것에 대해 기쁨을 표현하는 동안, 그는 에브니저에게 다음과 같은 사실을 털어놓았다. "우리가 용케 살아서 나올 수 있었던 것은 모두 딕 파커와 다른 사람들 덕분이었어. 우리의 친구 빌리 럼블리는 완전히 야만인이 되어 버려서, 우리를 그 자리에서 죽여야 한다고 주장했지!"

에브니저가 한숨을 쉬며 말했다. "바로 그렇게 될까 두려웠던 거야. 나는 그가 아하치후프를 더욱 자극할 거라고 생각해."

"그래." 메키보이는 에브니저의 목숨을 구했던 것과 같은 유형의 새로운 물고기 뼈 반지를 보여 주었다. "시카멕이 자신의 아들을 되찾게 해 준 데 대한 감사의 표시로 이것을 내게 주었어. 그리고 딕 파커는 또 다른 물고기 뼈 반지를 버트랜드에게 주었지. 하지만 막상 전쟁이 일어나면, 이것이 내 목숨을 보호해 줄 거라고는 눈곱만큼도 믿지 않네. 그리고 전쟁은 당장이라도 시작될 것 같아. 새로운 지도자 코훈코우프레츠의 지휘 아래서 말이야. 나는 내 짐을 찾는 대로 이 끔찍한 주를 떠날 작정일세. 그리고 납치를 해서라도 앙리에타를 데리고 갈 거야." 그는 얼굴을 붉혔다. 공교롭게도 다른 모든 사람들의 대화가 끊겼을 때 그가 이 마지막 말을 내뱉는 바람에 모두가 그 말을 들었기 때문이다.

에브니저가 웃으며 말했다. "자네가 그런 방법을 쓸 필요가 없길 바라네. 게다가 난 자네가 내 누이를 그렇게 비신사적으로 다루는 걸 허락하지도 않을 거고!" 그는 계속해서 자신과 앙리에타의 관계, 그리고 앞으로의 계획 등에 대한 소식을 들려주었고, 그의 친구는 어안이 벙벙해져 잠시 말을 잊고 말았다.

"정말이지 섬뜩하기까지 한걸!" 그는 새삼 놀란 얼굴로 앙리에타를 바라보았다. "아냐, 자네가 나까지 자네 형제로 둔갑시키기 전에 아무래도 빨리 그녀를 훔쳐 가야 할 것 같아!"

모든 인사치레가 끝나자, 러섹 부인은 버트랜드를 보내 케언 선장을 불러오자고 제안했다. 주변에 있을지도 모르는 해적으로부터 그를 보호하는 한편 점심 식사를 함께하기 위해서였다. 해적 이야기가 나오자 시종은 매우 겁을 먹었지만, 메키보이는 코웃음을 쳤다.

"만약 이 주변에 해적들이 있었다면, 우리는 벌써 그들에게 잡혔을걸요. 그런데 우리가 림보 해협에서 처치크릭으로 오는 동안 눈에 띄는 배라곤 우리 배가 유일했어요! 어쨌든 선장은 아마도 배에 없을 겁니다. 버트랜드나 저보다 배에 익숙한 선원을 모집하고 있을 거예요."

버트랜드와 러섹 부인을 제외하고는 모두가 해적의 위협 가능성은 거의 없다는 메키보이와 의견을 같이했다. 점심 식사를 하는 동안, 제분소를 폐쇄하는 일과 여인숙을 매각하는 일을 두루 살펴 주겠다고 메리가 제안하자(여인숙에 대해서는 그녀 자신이 다소 관심을 보였다.), 일행은 가능한 한 당일 오후에 앤아룬델 타운을 향해 출항하기로 결정했다.

앙리에타가 말했다. "난 가급적 빨리 처치크릭을 뜨고 싶어요." 메키보이 역시 사심이 없다고는 말할 수 없는 심정으로, 빌리 럼블리의 배신으로 인해 상황이 더욱 다급해졌으니 한시라도 빨리 니콜슨을 만나야 한다고 역설했다.

록산이 말했다. "그래도 난 해적들을 두려워하지 않을 수 없어요. 메리를 제외하고는, 이곳에 있는 사람들은 모두 한 번씩 그들에게 끔찍한 일을 겪은 뒤 간신히 탈출한 경험이 있죠. 아마도 우리는 두 번이나 그렇게 운이 좋지는 않을 거예요."

시인이 동의했다. "그래요. 하지만 그러한 재앙이 인생에서 두 번이나 일어나는 일도 별로 있을 법하지 않네요." 이어서 그는 부분적으로는 여자들의 주의를 두려움에서 딴 곳으로 돌리려 배려하는 마음에서 다음과 같은 역사의 다양한 이론들을 소개했다. 역사의 이론에는 단테와 헤시오도스가 주장하는 역행 이론, 히브리인들과 기독교 교부들이 주장하는 극적 이론, 베르길리우스가 주장하는 전진 이론, 플라톤과 구약 외전에서 주장하는 순환 이론 등이 있는데, 또한 헨리 벌링검에 의하면 크라이스트 대학의 한 음울한 신플라톤주의자가 파동 가설, 심지어 소용돌이 가설을 주장하기도 했다. 그런데 그 신플라톤주의자는 '위다'(벌링검은 그렇게 말했다.)라고 불리는 전설 속의 새가 갈수록 작아지는 원을 그리며 날아가다가 마침내는 그 자신의 원천 속으로 사라지듯, 역사의 순환 기간은 점점 더 짧아지고 있으며 이렇게 해서 미래의 어떤 예측 가능한 순간에 경직되고 폭발할 거라고 믿는다는 것이었다. 에브니저는 이를 바탕으로 다음과 같이 주장했다. "진정한 순환론자는 해적들에 의해 다시 잡히는 일을 두려워해서는 안 됩니다. 그의 이론대로라면 그는 이전과 마찬가지로 해적들의 마수에서 벗어날 테니까요. 만약 당신이 우리가 다시 잡혀서 죽게 될 것을 두려워한다면, 당신은 사물들의 행로가 일종의 하향 나선형이라고 믿고 있는 게 분명해요. 그것이 오른쪽으로 도는지 왼쪽으로 도는지는 좀 더 연구해 본 후에 결정할 문제지만 말입니다."

이와 같이 마음을 편하게 해 주는 궤변의 힘으로 러섹 부인은 간신히 마음을 진정시켰다. 점심 식사 후 여자들의 짐 가방과 상자들이 메리의 마차에 실렸고, 아프로디테에 이끌려 황량한 마을을 지나 케언 선장의 슬루프 선이 정박되어 있는 처치크릭의 선착장으로 옮겨졌다.

에브니저가 물었다. "어이, 선장은 어디 있지?"

메키보이가 대답했다. "그는 일꾼을 찾으러 갔어. 만약 일이 지연될 경우, 우리가 먼저 승선해서 자기를 기다려 달라더군.

내 생각엔 저쪽 마을에서라면 어느 누구라도 찾는 데 곤란을 겪을 것 같지만 말이야!"

그들이 가재도구를 마차에서 갑판으로 옮기고 난 후, 메리 멍고모리는 처치크릭에서의 용건이 허사로 돌아갔으므로 자기 역시 함께 일할 일꾼을 찾는 과제에 본격적으로 착수해야 겠다고 에브니저에게 한쪽 눈을 커다랗게 찡긋하며 말했다. 계속해서 그녀는 만약 자기가 '일꾼'을 찾는 데 성공한다면 자신의 평소 순회 일정으로 보아 지금부터 며칠 안에 쿠크포인트를 방문하게 될 테니, 그곳에서 조안 토스트에게 시인의 입장을 변호하고 헨리 벌링검의 행방에 대해 탐문한 뒤 혹 어떤 소식이라도 건지게 되면 앤아룬델 타운을 방문하여 전해 주겠다고 약속했다. 그녀는 그들뿐만 아니라 그녀 자신을 위해서 그들이 총독을 만나는 임무를 성공적으로 수행하기를 바랐다. 그리고 애정 어린 작별인사를 교환한 후에(특히 록산과 앙리에타, 에브니저와) 마을로 향하는 여정에 다시 올랐다.

에브니저는 낯익은 갑판을 둘러보았다. "하늘에 감사하게도 날씨가 좋군. 지난번 이 배 위에서의 항해는 정말 비참했었는데!" 그는 그날 내내 평소와 다르게 가라앉아 있던 버트랜드가 이제는 완전히 풀이 죽어 있는 것을 발견하고는, 그에게 은매화 덤불에서 무어인 보아브딜이라도 보았느냐고 놀리듯 물었다.

시종이 볼멘소리로 대꾸했다. "세상에, 주인님. 저는 메릴랜드를 여행 다니느니 차라리 톰 파운드와 함께하던 시절로 되돌아가는 게 낫겠어요."

"저런, 어째서 그렇지?"

버트랜드의 대답은 이랬다. 비록 자기는 다른 것들을 차치하고라도 블러즈워스섬에서 자신을 풀려나게 해 준 일에 대해선 주인에게 영원히 빚을 지고 있는 셈이지만, 그것은 사실상 프라이팬에서 빼내어 불구덩이 속에 던져 넣은 것과 마찬가지라는 것이었다. 왜냐하면 루시 양과 결혼한 사람이 계관시인이 아니라 시종이라는 사실이 밝혀지는 날엔, 로보담 대령이 분명 자기를 죽일 것이기 때문이었다.

에브니저가 인정했다 "너는 그녀에게 대단히 큰 잘못을 저질렀어. 하지만 나는 그 일로 널 책망할 생각은 없다. 그리고 대령 역시 그 문제에 관한 한 완전히 책임이 없다고는 말할 수 없지. 그런 사기 행위 아래서 이루어진 결혼이라면 심지어 동침으로 완성된 후라도 취소할 수 있을걸. 설사 루시가 몰든에 대해 권리를 주장한다 해도 나는 그리 걱정하진 않아. 헤픈 여자이긴 하지만, 어쨌든 배 속에 아이를 가진 여자가 두 번이나 사기를 당한 건 정말 안된 일이야. 이것은 물론 너의 일이고. 하지만 내가 바라는 게 있다면…… 맙소사!"

메키보이가 선장이 돌아오기를 기다리기 위해 숙녀들을 데리고 간 슬루프 선의 고물 쪽에서 비명과 울음소리, 그리고 욕설을 퍼붓는 소리가 떠들썩하게 들려왔다. 에브니저는 무슨 일인지 알아보기 위해 서둘러 고물 쪽으로 갔고, 마침 작은 선실 문을 나서는 한 남자와 정면으로 마주쳤다. 그 남자가 누구인지 확인한 에브니저는 자신도 모르게 무릎을 덜덜 떨었고, 버트랜드는 갑판 위에 납작 엎드리고 말았다. 턱수염에서 장화까지 온통 검은색으로 치장한 작고 뚱뚱한 그자는 한 손에는 권총을, 다른 한 손에는 흑단 같은 지팡이를 쥐고 있었다.

그가 놀라 외쳤다. "아니, 이게 웬일이야! 자네 누가 여기 있는지 좀 보겠나, 스커리 선장?"

그의 모습을 빼다박은 또 한 사람이 역시 지팡이에 몸을 의지한 채 권총을 휘두르며 선미 상판 위로 등장했다. "이런 젠장, 슬라이 선장. 여기 우리의 키잡이와 함께 갈 엄청난 동행이 있군그래!" 그는 가까이 다가와 에브니저를 향해 음흉하게 웃었다. "이봐, 슬라이 선장. 이놈은 바로 '바다의 왕'에서 바지를 더럽혔던 놈이잖아!"

슬라이가 말했다. "정말 그렇군. 그리고 저쪽에 있는 저 겁쟁이는 우리를 속이고 플리머스행 마차를 집어탄 우리의 친구 가짜 계관시인이고 말이야."

두 사람은 우연히 오래전 알게 된 세 명을 만난 것에 대해 상상할 수 있는 한 가장 불쾌한 태도로 기뻐했다. 그들은 메키보이가 지난번 항해에서 자신들을 그렇게 성가시게 했던 무임 도항자라는 것을 이미 알아본 뒤였다. 그들의 명령에 따라 케언 선장이 비탄에 잠긴 표정으로 갑판 위로 모습을 드러냈다. 그리고 일행은 배의 중앙 상갑판 위에 집합되었다.

선장이 에브니저에게 외쳤다. "신이 나를 용서하기를! 내가 선원을 구하러 갔을 때, 이 악당들이 나를 공격했소!"

스커리 선장이 주의를 주었다. "자, 자, 선원들에 대해서는 이야기할 것 없어. 우리의 친구 에이브리 선장이 저쪽 제임스섬의 후미진 곳에 있다고. 그는 마을을 따라 올라가며 뱃길을 안내해 줄 키잡이를 원해. 슬라이 선장과 나는 남쪽으로 가는 길이라서, 그에게 키잡이 하나를 찾아주겠다고 약속했어."

에브니저가 물었다. "우리를 어떻게 할 작정이오?"

슬라이가 되물었다. "어떻게 할 거냐구? 아, 글쎄, 너는 메릴랜드의 계관시인이니…… 아, 너는 네 친구 존 쿠드가 널 배반하지 않을 거라고 생각했겠지, 엉? 그가 사실은 존 쿠드가 아니라, 그저 쿠드의 부하들 가운데 한 명이었다면 뭐라고 하겠어? 너는 내가 내 아내의 아버지도 못 알아볼 거라고 생각하나? 저 녀석 벌벌 떠는 것 좀 봐! 당장이라도 바지를 더럽힐 것 같군! 이 재미있는 패거리를 어떻게 해야 하지, 스커리 선장?"

그의 동료는 킬킬 웃었다. "글쎄, 저녁 식사 삼아 산 채로 먹을 수도 있겠지, 슬라이 선장. 아니면 녀석들의 배 속에 총알 하나씩을 박아 줄 수도 있고……."

시인이 말했다. "여자들은 내려 주시오. 그들과는 아무런 원한도 없잖소."

스커리 선장은 자기는 지구상의 어떤 여자와도 원수 진 일이 없고, 또 그들에게 아무런 흥미도 느끼지 않는다는 사실을 인정했다. 그러나 자신의 개인적인 취향을 에이브리 선장이나 그의 승무원들에게까지 강요할 생각은 없으며, 그들은 긴 항해를 한 뒤라서 아마도 그렇게 맛 좋은 세 여자들의 시중을 거절하지는 않을 거라고 덧붙였다. 그는 우선 케언 선장을 제외한 전체 일행을 창고 안에 가둬 놓은 뒤 그들의 마지막 처분은 해적들에게 맡기자고 슬라이 선장에게 제안했다.

안나 쿠크는 사략선에 납치된 경험이 없었던 터라, 현재 벌어지고 있는 상황에 대해 단지 어리둥절한 것처럼 보였다. 그러나 록산과 앙리에타는 상대방을 부여잡고 각각 두 몫의 비탄에 잠겼다. 그들이 아무리 사정해도 납치자들에게서 돌아오는 것은 비웃음뿐이었다. 이윽고 포로들은 슬루프 선의 비좁고 빛 한 점 없이 어두운 창고 속으로 내려가야만 했다. 굴비린내가 코를 찔렀다. 메키보이는 앙리에타를 위로하기 위해 그녀를 포옹했고, 에브니저는 마찬가지로 안나를 껴안았다. 하지만 버트랜드와 러섹 부인은 각자의 공포심을 혼자서 감당해야 했다. 그리고 러섹 부인이 분명 단 한 번도 역사의 하향 나선형 이론에 대해 언급한 적이 없었다는 사실은 고뇌에 찬 시인의 양심에 무거운 부담이 되었다. 그들의 머리 위로 슬라이와 스커리가 마을 사람들이 포로들의 푸념을 듣지 않도록 슬루프 선을 처치크릭에서 피싱크릭으로 옮겨야겠지만, 우선 해가 질 때까지 기다리다가 완전히 어두워진 후 에이브리 선장과의 회합 장소를 향해 리틀찹탱크를 내려가기로 결정하는 소리가 들려왔다.

그들은 한동안 감옥처럼 어둡고 출구 없는 절망 속에서 괴로워했다. 얼마 후 슬루프 선이 움직이기 시작하자, 안나가 흐느껴 울기 시작했다. 그녀의 오빠가 감정이 북받쳐 말했다. "행복이란 얼마나 초라한 것인가! 나는 얼마나 그것을 경멸하는가! 과거 며칠간 우리의 행복과 같은 막간은…… 제기랄, 그것은 인생이라는 사막 위의 오아시스 같은 것이었어! 여행자는 자신의 운을 의심하고, 자신이 겪었던 고통에 충격을 받고, 아직 닥치지 않은 고통에 속이 울렁거리지. 그가 쉴 수 있는 건 오직 짧은 순간뿐이야. 대추야자 열매는 그의 위 속에서 자갈처럼 덜그럭거리고, 물은 혀에 닿는 순간 썩어 버리지. 이러는 동안 그의 상상력은 그 여행에 목적을 부여하는 거야. 그렇지만 이 길 위에서는, 순례자가 아닌 사람은 유랑자일 수밖에 없어. 슬프도다, 그리 운이 좋지 못한 우리들이여! 우리에게 그것은 이유 없는 수난이자 고행이기에, 우연이 우리에게 약간의 휴식을 허락할 때조차도 우리는 그녀에게 감시가 아닌 분노를 느끼게 되는 거야. 내게 어리석지도 잠들어 있지도 않은 행복한 남자를 보여 줘 봐!"

설사 그의 일행이 이러한 수사를 이해했다 하더라도, 그들은 그것에 응답하지 않았을 것이다. 안나는 다른 여자들에게 해적들로부터 집단으로 강간을 당하느니 차라리 일찌감치 스스로 목숨을 끊자고 제안했다. 그녀가 설명했다. "치욕스러운 일을 당하기 싫어 차라리 죽음을 택하자는 것이 아니에요. 처녀성은 내게 아무런 의미도 없어요. 하지만 그들은 그 후 분명 우리를 죽일 테니, 차라리 지금 죽어 끝장을 보는 게 낫다는 거죠. 만약 에벤이 내 목을 졸라 주지 않으면, 나는 그들이 우리를 갑판으로 끌어내는 순간 스스로 물 속에 뛰어들 작정이에요."

러섹 부인이 맞은편 어둠 속에서 조롱하듯 대꾸했다. "애야, 너의 예쁜 머리로부터 그런 생각일랑 몰아내려무나! 톰 파운드가 우리를 붙잡았을 때, 앙리에타와 내가 목숨을 끊었다고 가정해 보렴. 우리는 오늘 여기 있지도 못했을 거야!"

이 말의 의도되지 않은 아이러니에 사람들은 비록 불안하게나마 웃음을 터뜨렸다. 러섹 부인은 어떤 상황도(심지어 십년 동안 원양 항해를 하며 첩으로 산다 해도) 언젠가는 나아질 거라는 희망만 잃지 않는다면 견딜 수 있는 거라고 강조했다. 그녀가 말했다. "그들이 꼭 우리를 살해하리라는 법은 없어. 게다가 우리는 아직 강간당하지도 않았잖니!"

안나의 결심이 다소 꺾이는 것을 감지하고, 에브니저가 이야기를 계속했다. "우리가 헨리와 함께 에우리피데스를 읽고는 그 즉시 '트로이의 여인들'을 얼마나 경멸했었는지 기억나니? 우리는 헤카베를 자기 연민에 쌓인 지저분한 여자라고 욕했고, 안드로마케를 겁쟁이거나 위선자라고 비난했지. 우리는 '만약 헥토르를 그렇게 사랑한다면, 어째서 그녀는 순순히 비열한 피로스의 창녀가 되는 거지? 어째서 그녀는 자신의 목숨을 끊어서 가문의 명예를 지키지 않는 거야?' 하고 비웃곤 했어. 아이들의 도덕성은 얼마나 무자비한지! 하지만 안나, 나는 이제 그 여자를 경멸하지 않아. 우리는 순교자를 칭송해. 그들은 우리 자신을 부끄럽게 만드는 동시에 우리의 모범이 되는 사람들이야. 그러나 타락한 우리들 가운데 누가 그를 기꺼이 받아들일 수 있겠어? 게다가, 안드로마케의 이야기 속에는 고매한 교훈이 있어. 그녀의 눈물은 남자의 정욕이 유발하는 피비린내 나는 난교를 고발하고, 그녀의 한숨은 수많은 영웅들의 함성을 잠기게 하며, 그녀의 체념은 헬라스를 허영의 시장으로 바꾸어 버리는 거야."

스스로의 논리에 완전히 도취된 에브니저는 안나 역시 자신의 논리에 설득되기를 기대했다. 그는 비록 그 심정은 충분히 이해하고 동정하지만, 단순히 고통을 피하기 위해 자살을 감행하는 것을 비겁한 행위라고 여길 수밖에 없었다. 다른 한편 명예의 특징으로서의 자살은 순교가 그런 것처럼 그를 불편하게 만들었다. 눈먼 자연은 규범도 대의도 아닌 까닭에, 어떤 의미로 순교는 그에게 부자연스럽게 느껴졌다. 안드로마케가 구약 외전의 저자들처럼 더욱 세련된 도덕가로 보이는 것은 바로 이러한 관점에서였다. 그리고 모든 유형의 영웅들은 술고래나 광인으로 보였다. 그러나 영웅적 행위라는 일반적 경우 및 순교라는 특수한 경우의 바로 그 부자연스러움, 말하자면 그 오만이야말로 그것들을 가장 매력 있게 만드는 특징이었다. 벌링검이 종종 말했던 것처럼, 가령 지구가 '밤새도록 소용돌이치는 티끌'이라 하더라도, 이 티끌 위에서 가치에 대한 어떤 꿈을 위해 죽은 탑승객들에게는 뭔가 용감한 면, 뭔가 저항하는 인간의 면모가 있었다. 죽는 것, 죽음을 무릅쓰는 것, 심지어 어떤 대의를 위해 조금이라도 노력하는 것은 목적이라는 장식 띠로 그의 창에 기를 다는 것이며, 그것은 『돈키호테』 속의 풍차와 똑같은 정도의 광기를 지니는 것이라고 시인은 판단했다.

그의 말이 전적으로 진심에서 우러난 것이 아니었다 하더라도, 그의 목적은 진심이었다. 그리고 자신의 주장이 안나에게 다소나마 영향을 미쳤다는 것을 감지하자, 몇 시간 후 슬루프 선이 아마도 제임스섬으로 다시 항해를 시작했을 때 그는 자신의 주장으로 돌아갔다. "나는 네가 단 한 가지만 생각해 줬으면 좋겠어. 이성을 제외하고, 지구상에서 네가 소중히 여기는 것이 있니? 우리가 앤아룬델 타운에 안전하게 있다고 가정해 봐. 너는 무엇을 원하니?"

안나가 주저 없이 대답했다. "몇 년간의 평화를 원해. 재산도, 심지어 남편도 필요 없어. 왜냐하면······ 왜냐하면 헨리가 내 남편이 되는 것을 거부했으니까. 지금 이 상황에서 남편이나 재산이 무슨 소용이 있겠어? 조만간 어쩌면 새로운 목표들이 손짓해 부를지도 모르지. 하지만 바로 지금 나는 몇 년 동안이라도 완전히 평화롭게 살고 싶어."

에브니저가 감동하여 말했다. "내 심장이 그 소망에 얼마나 감응하는지! 하지만 잠깐, 내가 하고 싶은 말은 이거야. 만약 인생에 가치 있는 것이 하나라도 존재한다면, 우리는 그것을 끝까지 추구해야 해. 포기해선 안 돼."

안나가 몸을 부르르 떨었다. "이건 그런 대가를 치를 가치가 없는 일이야!"

"다른 어떤 것도 마찬가지야."

그녀는 그의 손을 눈물로 적셨다. "만약 이 일을 반드시 겪어야 한다면, 나는 내 소망을 수정하겠어. 나는 우리 둘이 지구상의 유일한 사람이었으면 좋겠어!"

"이브와 아담처럼?" 시인의 얼굴이 화끈거렸다. "그것도 좋겠지. 하지만 우리는 신 노릇도 해야 할 거야. 그리고 우리의 낙원을 담기 위한 우주도 지어야 하고."

안나가 그의 손을 꼭 쥐었다.

그가 말했다. "내 말은, 우리는 삶에 애착을 가지고 매 순간 여기서 탈출할 수 있는 기회를 엿보아야 한다는 거야."

안나가 고개를 저으며 대꾸했다. "그들은 곧 네게 달려들 거고, 널 물고기들에게 던져 줄 거야. 그리고 나는…… 아냐, 에벤! 지금 현재의 시간이 바로 우리의 미래야. 그리고 이 검은 동굴이 우리의 유일한 낙원이고. 그들은 곧 우리의 순결을 빼앗아 버릴걸."

그는 그녀의 시선을 느꼈다. "하느님 맙소사!"

바로 그때 위에서 누군가가 외치는 소리가 들려왔고, 멀리서 다른 누군가가 똑같이 화답하는 소리가 들려왔다. 회합이 이루어진 것이다.

안나가 외쳤다. "서둘러!"

시인이 신음하는 듯한 목소리로 말했다. "넌 날 용서해야 해."

안나가 비명을 질렀고, 무릎걸음으로 기어서 창고를 가로질러 도망쳤다. 몇 분 후, 승강구 뚜껑이 들어 올려지더니, 누군가가 랜턴 하나를 들고 사다리를 내려왔다. 에브니저는 안나가 러섹 부인의 팔 안에서 벌벌 떨고 있는 모습을 보았다.

랜턴을 든 사람이 말했다. "자, 자, 정말로 여러분의 흥을 깨뜨리고 싶진 않지만, 에이브리 선장이 갑판 위에서 너희들 여섯 명과 이야기하고 싶어 해. 만약 너희들이 신속하고 얌전하게 오지 않으면, 즉시 여자들을 괴롭히겠다고 말했어."

한순간의 머뭇거림 후에 앙리에타와 러섹 부인의 재촉으로 포로들은 명령에 따랐다. 이미 땅거미가 짙게 깔린 배 주위로, 강하고 차가운 바람이 서쪽에서부터 불어왔다. 머릿속은 복잡했지만, 에브니저는 슬루프 선이 정박한 것이 아니라 단지 해적선에서 얼마간의 거리를 둔 곳에서 '이물에 바람을 받고 꼼짝 못하는 상태'인 것을 관찰하고 놀랐다. 몇백 미터 앞으로 해적선의 불빛이 보였다. 포로들이 창고 안에 갇혀 있는 동안 슬라이와 스커리는 몇 사람을 슬루프 선에 더 태운 듯했다. 포로들은 배가 다시 움직이는 동안 배 복판에 단단히 서 있으라는 지시를 받았다. 시인의 가슴이 부풀어 올랐다. 그들이 다른 배로 이송되지 않을 수도 있는 것일까?

마침 근처를 지나가던 케언 선장이 그의 희망을 확인시켜 주었다. 그가 중얼거렸다. "나는 그들이 잡히지 않고 무사히 빠져나갈 수 있도록 그들의 선장에게 수로를 안내하도록 되어 있소." 그는 더 이상 말을 이을 수가 없었다. 해적들이 그를 고물로 보내 조종 밧줄을 점검하게 했기 때문이다. 슬라이 선장과 스커리 선장은 포로들에게 냉소적인 작별을 고한 뒤, 함재정을 타고 아마도 에이브리의 팬시호와 함께 섬의 후미진 곳에 있을 자신들의 배로 출발했다. 주변이 어두운 탓에 에브니저는 새로운 포획자를 볼 수가 없었다. 그는 슬루프 선의 키자루 옆에 서서 두 명의 부하들 가운데 한 명에게 이물의 삼각돛을 조심하라고 명령했고, 다른 한 명(해적이라기보다 시골뜨기로 보이는 여위고 금발의 턱수염을 기른 젊은이)에게는 죄수들을 감시하라고 명령했다. 에브니저가 안나의 어깨에 팔을 두르기 위해 움직이자, 그녀는 그가 마치 해적이라도 되는 양 몸을 뺐다.

감시인이 위협했다. "어이, 거기, 떨어져 있어. 그런 허드렛일은 우리에게 맡기라고."

여자들은 돛대의 가려진 곳에 함께 모여 있었다. 젊은 축에 드는 여자 둘은 코를 훌쩍이며 흐느꼈지만, 러섹 부인은 아직 시련이 닥치지 않은 만큼 그들 둘을 껴안고 위로할 수 있을 정도로 충분히 평정을 회복한 듯했다. 해적 선장이 무슨 생각을 하고 있든 간에, 명백히 잠시 전 스커리 선장이(포로들을 창고에서 불러낸 사람이 바로 그였다.) 호들갑을 떨었던 것만큼 그렇게 긴급한 용건이 있는 듯 보이진 않았다. 슬루프 선이 체서피크 상류 지역으로 올라가는 넓은 직선 유역을 기침없이 나아가는 동안, 세 명의 남자는 한 시간 이상을 감시자의 권총 앞에서 후들후들 떨며 조용히 서 있어야 했다. 바람은 강했고, 물결은 상당히 거칠었다. 달빛은 동쪽으로 날아가는 구름에 가려져 있었다. 마침내 키자루 쪽에서 목소리가 들려왔다. "아주 좋아, 새넌 군, 그 신사분들을 고물 쪽으로 데려오지."

앞으로 일어날 일을 두려워하며, 에브니저는 안나에게 마지막 입맞춤을 하고 싶었다. 하지만 그는 잠시 머뭇거리다가 결국 감시인의 성미를 돋구지 않기로 결심했다. 그러고는 고물에서 내내 마음속으로 자신의 소심함을 책망했다. 나침함의 작은 불빛이 키자루 옆에서 잔뜩 긴장한 채 서 있는 케언 선장의 모습을 비춰 주었고, 그 악명 높은 롱 벤 에이브리의 얼굴을 드러냈다. 그는 겉으로 보기에는 전혀 무시무시하지 않은 슬픈 눈과 사냥개의 얼굴을 가진 인물로, 갈색 턱수염과 곱슬곱슬한 콧수염을 적당히 기르고 있었다.

그가 나침반에서 눈을 떼지 않은 채 말했다. "안녕하시오,

여러분. 나는 여러분을 오래 잡아 두지 않을 생각이오. 배가 직각 방향으로 놓여 있는 건가, 케언 선장?"

선장이 낮은 목소리로 대답했다. "우현 이물에서 볼 때요. 이대로 직선 항로로 계속 가면 육지에 부딪히는 파도 소리를 들을 수 있을 거요."

"훌륭해." 해적 선장은 얼굴을 찌푸리며 파이프를 빨았다. "그래, 파도 소리가 들리는군. 자네는 보기 드물게 훌륭한 키잡이야, 케언 선장! 자, 여러분, 내가 물어보고 싶은 건 단 한 가지요……. 아, 이 빌어먹을 담배!" 그는 석탄이 노랗게 살아날 때까지 파이프 대를 빨아 당겼다. "자, 이건 여러분들이 단번에 대답할 수 있는 간단한 질문이오. 키 큰 친구부터 시작하지. 당신은 현재 유능한 선원이라고 할 수 있소? 아니면 과거에라도 선원 노릇을 한 적이 있소?"

섀넌이라고 불린 해적이 권총으로 에브니저를 찔렀다. 하지만 그렇게 재촉하지 않아도 시인은 기꺼이 대답을 했을 것이다. 그 해적 선장의 신사다운 분위기에 그의 심장은 이미 선장의 파이프처럼 희망으로 불타오르고 있었기 때문이다. "아닙니다. 저는 그저 불쌍한 시인일 뿐입니다. 시를 짓는 것 외엔 아무런 재주도 없고, 저쪽에 있는 소중한 누이 외에는 아무런 보물도 없는 자입니다. 그녀의 명예를 위해서라면 나는 목숨도 바칠 수 있소! 신사 대 신사로서, 저 숙녀들에게 어떤 해도 입히지 않겠다는 당신의 맹세를 부탁해도 될까요?"

"두 번째 신사에게 물어보게, 섀넌 군."

감시인이 버트랜드를 찔렀다.

"아뇨, 나리. 신 앞에 맹세하건대 저는 선원이 아닙니다. 저는 그저 자신이 세상에 태어난 날을 저주하는 시종에 불과하지요!"

에이브리 선장이 여전히 나침함을 주시하며 한숨을 쉬었다. "좋소. 그러면 당신은?"

메키보이가 즉시 대답했다. "내가 배 위에 오른 것은 이번이 세 번째요. 첫 번째는 런던에서 슬라이와 스커리에게 납치되어 무임 도항했을 때고, 오늘 아침 이 배의 승객으로 배에 오른 것이 두 번째요. 당신에게 맹세컨내, 나는 이물과 고물도 구분하지 못하오!"

에이브리 선장이 칭찬했다. "멋진 표현이야. 그렇다면 당신들을 내 배의 선원으로 쓸 수는 없을 것 같군. 섀넌 군, 이 유쾌한 신사들을 저기 고물 난간으로 호위해 주겠나?"

에브니저는 무언가에 얻어맞은 것처럼 뻣뻣하게 굳어 버렸고, 버트랜드는 쓰러지듯 무릎을 꿇었다. 케언 선장조차도 잠시 자기가 무슨 말을 들은 건지 깨닫지 못한 얼굴이었다. 감시인은 들고 있던 권총으로 고물의 난간 쪽을 가리켰다. 그리고 벌벌 떨고 있는 시종을 자신의 장화로 쿡 찔렀다.

에이브리 선장이 말했다. "바람 불어 가는 쪽에 작은 섬이 있소. 바다를 뒤로하고 헤엄쳐 가면 그 섬에 닿을 수도 있을 거요. 물론 약간의 행운이 따라야겠지. 섀넌 군, 다섯을 세게. 그리고 누구라도 머뭇거리면 쏴 버려."

섀넌 군이 수를 세기 시작했다. "하나, 둘."

메키보이는 큰 소리로 욕설을 퍼붓고는 장화를 차듯이 벗어던졌다. 그가 말했다. "잘 있게, 에벤. 잘 있어요, 앙리에타!" 그가 난간 너머로 뛰어내렸다. 고물 쪽 바다로 물보라가 일어났다.

"셋." 남아 있던 두 명이 장화를 벗어 던지는 동안 새년 군은 그들에게 미소를 지어 보였다. 무언가를 질문하는 여자의 목소리가 돛대 뒤에서 큰 소리로 들려왔지만, 그 질문은 바람 속에 묻히고 말았다. 버트랜드는 마지막으로 코를 훌쩍이고는 난간을 뛰어넘었다.

"넷."

에브니저는 서둘러 고물 난간으로 다가갔다. 그는 요행을 바라며 해적 선장의 등에 대고 외쳤다. "저 숙녀들의 안전에 대해 당신이 맹세한 걸로 생각해도 되겠소?"

롱 벤 에이브리가 대답했다. "당신의 유쾌한 숙녀들을 스프리트에서 고물보까지 재미 보겠다고 맹세하지. 그런 다음 내가 데리고 있는 모든 선원들에게 각자 원하는 몫을 나눠 주겠어. 그들이 일을 다 끝낸 다음엔 왼쪽 뱃전의 망꾼들을 위해 당신의 누이를 쇠고기처럼 잘라서 소금에 절일 거야. 쏴 버리게, 새년 군."

십 초만 더 있었어도 에브니저는 안나 곁에서 죽기 위해 앞으로 달려 나갔을지도 모른다. 그러나 그는 그 갑작스러운 명령에 자극을 받아 난간 너머로 미친 듯이 뛰어내렸고, 얼음같이 찬 물 속으로 얼굴을 부딪혀 들어갔다. 협박과 낙하와 냉기라는 삼중의 충격으로 인해 그는 거의 의식을 잃을 뻔했다. 심신의 고통으로 인해 욕지기가 난 그는 한바탕 심하게 기침을 하여 목구멍으로부터 짠물을 뱉어 냈고, 한동안 방향을 잃고 허둥지둥 물장구를 치다가 어둠 속으로 물러가는 슬루프 선의 빛을 찾아냈다. 파도가 그를 때리고 흔들었다. 가만히 있다간 예전에 그랬던 것처럼 곧 추위로 죽을 것만 같았다. 그는 슬루프 선과 파도의 진행방향을 기준으로 자신의 방위를 측정하면서, 동쪽에 있을 거라고 추정되는 섬을 향해 파도를 헤치며 거슬러 올라갔다.

그가 "어어이!" 하고 소리를 질렀다. 바람을 안은 대답소리가 들려오는 듯했다. 이때 만의 수온마큼이나 으슬으슬한 생각이 그의 머리에 떠올랐다. 만약 섬이 없다면 어떻게 하나? 만약 롱 벤 에이브리가 잔인하게도 그저 장난 삼아 그들에게 그러한 희망을 던져 준 것이라면 어떻게 하나? 어찌 되었든 만약 섬이 있다면, 그것은 가까이 있어야 할 것이다. 그렇지 않으면 그는 죽은목숨이다. 뒤따라오는 파도가 그를 오른쪽으로 미는 바람에 헤엄의 효과를 반으로 감소시켰다. 낮은 수온이 그에게서 호흡을 빼앗고 있었다.

그러나 일이 분 후 그는 앞쪽에서 희망적인 외침을 듣고 용기를 얻었다. "이쪽이야! 나는 바닥을 밟고 서 있어!"

그가 기뻐하며 소리쳤다. "메키보이인가?"

"그래! 계속해서 헤엄쳐! 포기하지 말게! 버트랜드는 어디 있나? 버트랜드!"

앞쪽과 시인의 약간 오른쪽에서 또 다른 반응이 왔다. 오래지 않아 세 명의 남자는 다 같이 어두운 자갈 해변에서 숨을 몰아쉬며 몸을 떨었다.

버트랜드가 외쳤다. "하느님, 감사합니다. 이건 기적이에요! 두 번이나 해적에 의해 물에 빠지고도 두 번 다 안전하게 섬으로 밀려오다니! 해변을 따라 걷다 보면 다시 한번 드레파카를 만날 수도 있을 것 같아요!"

하지만 메키보이와 에브니저는 여자들의 운명을 걱정하느라 자신들의 행운에 마냥 기뻐할 수가 없었다. 시인은 에이브리 선장의 마지막 위협에 대해서는 말하지 않는 게 낫겠다고 여겼다. 어차피 그들이 그것을 막을 수가 없는 일이니. 하지만 시인의 말이 아니었어도, 메키보이는 자신의 남은 생애를 그 해적을 추격하여 암살하는 데 바치겠다며 이를 갈았다.

젖은 옷을 입고 바람을 쐬니, 오히려 물 안에 있었을 때가 더 따뜻했던 것처럼 느껴졌다. 메키보이가 말했다. "우리는 바람을 피해서 불을 피워야 해."

에브니저가 나른한 어조로 대답했다. "불을 피울 방법이 없어." 자신이 안전해지고 보니, 안나에게 닥칠 일과 그들이 마지막으로 나눈 대화가 그의 마음을 온통 사로잡았다. 그는 차라리 물에 빠져 죽어 버릴걸, 하고 후회하기 시작했다.

메키보이가 말했다. "그러면 얼어 죽기 전에 은신처를 만들자고."

그들은 해변에서 좀 더 떨어진 곳으로 서둘러 올라갔다. 섬은 둘레가 몇십 미터밖에 되어 보이지 않았다. 그곳에는 미송과 은매화 덤불, 그리고 관목이 자라고 있었지만, 은신처로서는 그다지 좋아 보이지 않았고, 충분히 자라지도 않은 상태라 방풍림으로서도 부적격이었다. 섬의 바람 불어 가는 쪽 비탈은 그나마 좀 나았다. 하지만 그곳에서도 그들이 초속 60킬로미터의 겨울 바람 속에서 흠뻑 젖은 채 오랫동안 생존할 수 있는 확률은 희박해 보였다.

버트랜드가 추위로 몸을 떨며 외쳤다. "저저기, 나나리들, 저저쪽 조좀 보보세요!"

과연, 저 너머 동쪽으로 불빛 밝혀진 창문들로 보이는 것이 빛나고 있었다. 거리는 측정하기 어려웠지만, 그 구조물이 아주 작은 것이 아니라면, 메키보이가 판단하기에 그것은 5, 6킬로미터 정도 떨어진 곳에 있는 듯했다. 에브니저의 성급한 반대에 직면하자, 메키보이는 당장 불을 피워야 하며, 만약 필요하다면 섬 전체에 불을 놓아야 한다고 주장했다. 그래야만 사람들의 관심을 끌어 구조를 요청할 수 있으며, 그렇지 않으면 그들은 해 뜨기 전에 죽으리라는 것이었다.

그가 제안했다. "섬을 돌아다녀 보자구. 만약 더 나은 것을 발견하지 못한다면, 맨손으로라도 참호를 판 뒤 그 속에 들어가 위를 큰 나뭇가지들로 덮어야 할 거야. 일단 껑충껑충 뛰면서 팔을 이리저리 흔들어 열을 내야 할 것 같아."

그들은 가능한 한 빨리 무엇이건 이용할 수 있는 것을 함께 찾아보기로 결정했다. 한 사람은 해변으로, 한 사람은 잡목림 쪽으로, 마지막 한 사람은 좀 더 큰 나무들 쪽으로 나뉘어서, 바람이 닿지 않은 해안을 따라 북쪽으로 걸어 올라갔다. 그러나 탐색은 별로 성과가 없었다. 숲의 모든 나뭇가지들이 젖어 있는 데다가, 마른 장작은커녕 불을 피울 수단조차 찾을 수 없었던 것이다. 게다가 섬의 북쪽 끝에 접근할수록 나무나 풀

의 밀도는 줄어들었다. 섬의 북쪽 끝은 길이가 반 킬로미터 정
도로 보였다.

그 지점에서 그리 멀지 않은 잡목림을 따라 순찰하던 버트
랜드가 그들을 부르며 빨리 와서 또 다른 기적을 보라고 외쳤
다. "여기 좀 보세요. 제가 무엇 때문에 발가락을 부러뜨릴 뻔
했는지!"

그들은 그의 발치에 놓여 있는 기름한 검은 형체를 보았다.
가까이 다가가서 확인해 보니 그것은 좌초된 함재정이었다.

그것을 살펴보기 위해 내부를 쑤석여 보던 메키보이가 외
쳤다. "세상에, 여기에 노도 있어! 이 배는 폭풍으로 인해 여기
까지 밀려온 게 틀림없어!"

에브니저가 배 밑바닥의 만곡된 부분에 바닷물이 몇 인치
쯤 괴어 있는 것을 관찰하고 경고했다. "이 배가 항해를 견딜
수 있을지 의문이군. 하지만 피신처로 사용할 순 있겠어."

메키보이가 반대했다. "아냐, 이 배에는 빈틈이 없는 게 분
명해, 에벤. 그렇지 않으면 벌써 물이 새어 나가 버렸을 거라
고, 안 그래? 저쪽 불빛이 보이는 쪽으로 한번 가 보세! 하지
만 잠깐…… 노가 하나뿐이군!"

에브니저가 자신 없는 목소리로 제안했다. "작은 노로 젓는
방법이 있긴 하지만…… 제기랄, 존, 저 불규칙한 파도 소리
좀 들어 봐. 마치 대양 한가운데서 일어나는 파도 같아. 우리
는 오 분 안에 물에 빠져 버리고 말 거야!"

메키보이가 다시 한번 말했다. "하지만 만약 성공한다면, 우
리는 안전해질 수 있어. 여기 계속 머물러 있다간 해 뜨기 전

에 얼어 죽을걸. 설사 얼어 죽지는 않는다 해도, 우리가 아침에 구출될 거라는 장담도 할 수 없잖아."

그들은 이 두 가지 선택사항과, 그들 가운데 한 명을 보내서 다른 사람들을 데려오는 세 번째 방침에 대해 짧게 숙고했다.

버트랜드가 말했다. "노를 젓고 배에 괸 물을 퍼내려면 적어도 두 사람이 필요해요. 따로 죽는 것보다 차라리 함께 죽는게 낫잖아요, 안 그래요?"

메키보이가 말했다. "나도 얼어 죽느니 함께 물에 빠져 죽는길을 택하겠어. 에벤, 자네는 어떤가?"

시인은 깜짝 놀랐다. 그는 메키보이의 입가에 떠오른 불길한 미소를 보고 그가 일부러 그 질문을 던진 것이라는 걸 알아챘다. 순간 무시무시한 추위가 싹 가시는 기분이었다. 그는 로케츠의 테이블 앞에 앉아 있었다. 벤 올리버, 딕 메리웨더, 톰 트렌트, 그리고 조안 토스트의 시선과 그를 움직일 수 없게 만드는 메키보이의 시선이 모두 하나가 되어 그를 향하고 있었다. 그때처럼 다시, 그는 선택의 무게가 자신에게 지워지고, 그것이 자신을 무두질 공장의 가죽이라도 되는 양 모든 방향에서 말뚝 박는 것처럼 느껴졌다. 기묘한 순간이었다. 마치 자신이, 오래전에 떨어졌다가 겨우 목숨을 건진 적이 있는 험한 바위산으로 돌아간 노련한 등산가가 된 기분이었다. 그이후 그는 더욱 무시무시하고 험한 바위산들을 겁 없이 올라왔었다. 그러나 이번 것은 그의 피를 물로 바꿔 버렸다.

에브니저는 다소 애를 써서 그 기억을 벗어던졌다. "저 집을 향해 가 보자구. 바람과 파도는 우리 뒤에 있어. 그러니 일이 어떻게 되든 우리는 한 시간 안에 끝장을 보게 될 거야."

이 마지막 말은 그들을 오싹하게 만들었지만, 어쨌든 그들이 움직이도록 자극했다. 그들은 배를 뒤집어서 안에 괴어 있던 물을 비웠고, 그것을 물 쪽으로 끌어내린 뒤 물에 띄웠다. 메키보이의 추측이 옳았다. 배 밑바닥에 괴어 있던 물 덕분에 용골의 접합 부분이 빈틈없이 죄어져 있었다. 벌렁검으로부터 노 젓는 기술을 약간이나마 배운 적이 있는 에브니저의 제안으로 버트랜드와 메키보이는 해변에서 발견한 지붕 널을 각각 반씩 나눠 가졌다. 안으로 쓸려 들어온 물을 퍼내고, 작은 배가 연이은 파도로 인해 바람 녘으로 돌아가는 것을 막기 위해서였다.

시인은 정작 자신의 안전에 대해서는 별로 신경이 쓰이지 않았지만, 책임의 무게로 가슴이 무거웠다. 자신은 지금 이 일에 대해 너무나도 아는 게 없는데도, 메키보이와 버트랜드는 그가 마치 케언 선장이라도 되는 듯이 자신들의 목숨이 달려 있는 그의 제안을 실행에 옮기고 있는 것이다! 물론 버트랜드와 메키보이보다야 나았지만 말이다. 그리고 그의 부담이 얼마나 크든지 간에, 그것은 더 이상 낯선 일이 아니었다. 그는 마치 오래되고 익숙한 적과 씨름하듯이, 자신에게 부과된 부담과 조용히 씨름했다. 동시에 그는 마치 견습 석공들의 손이 상처에 의해 단단해지듯이, 자신의 감수성 역시 단단해진 것이 아닌가 하고 자문했다.

"내 생각엔 자네 둘이 앞쪽에 앉는 게 최선일 것 같아. 고물을 높게 유지해야 하니까 말이야. 만약 이 노가 아무런 도움도 안 된다면, 우리는 모두 야만인들의 방식으로 노를 저어야 할 거야."

새롭게 물에 젖은 그들은 맹렬히 떨면서 배 위로 기어올라 갔다. 에브니저는 일단 여울을 따라 90미터 정도를 막대기로 밀고 나간 뒤, 노를 고물보 놋좆 사이에 끼우고 노를 젓기 시작했다. 다행히 처음 1.6킬로미터 정도는 섬이 바람을 막아 주었고, 비교적 고요한 물결 덕분에 그는 노를 잃지 않고 노의 밑동 위치를 적절히 정하여 배를 나아가게 하는 요령을 터득할 수 있었다. 그러나 섬은 곧 뒤로 멀어졌고, 더 이상 그들을 보호해 주지 못했다. 성난 듯 거칠게 속삭이는 파도가 고물 쪽에서 넘실거렸다. 물마루와 골 사이에 길이가 각각 90, 120, 150센티미터는 되는 파도가 그들 위를 연달아 덮치는 바람에 배가 위태롭게 요동을 쳤고, 그런 다음엔 실제로 마치 수면 밑의 강한 역류에 의한 것처럼 뒤로 끌려가는 듯 느껴졌다. 그때마다 에브니저는 숨을 죽이면서, 그들을 완전히 박살 낼 파도가 고물에 부딪히는 순간을 기다리곤 했다! 그러나 마지막 순간에 고물이 높이 떠서, 배는 물마루 위를 전진하곤 했다. 그나마 남아 있던 건조한 부분이 이제는 아예 사라지고 없었다. 바닷물이 양쪽 뱃전으로 넘어 들어왔고, 버트랜드와 메키보이가 미친 듯이 물을 퍼냈다. 그러면 이내 다음 파도가 쇄도했고, 배는 뒤이어 오는 파도에 삼켜지는 듯 보이곤 했다. 매 파도마다 새로운 공포였다. 그들이 그것을 극복하고 살아남는다는 것은 도저히 있을 법하지 않은 일처럼 보였으며, 또한 그것을 가까스로 이겨 낸 후 그들이 단 일 초라도 휴식을 취한다는 것은 더욱 상상하기 어려웠다. 키잡이의 일은 특히 힘들고 까다로웠다. 비록 배의 순수한 움직임은 실제로 언제나 앞으로 진행되고 있었지만, 새롭게 파도가 밀려들어 올 때마다 조금씩 뒤로 밀리곤 했다. 에브니저는 뱃전이 바람 녘으로 돌려지는 것을 막기 위해 노를 젓는 대신 그것을 방향타로 사용해야만 했다. 게다가 물이 배보다 빠르게 움직이는 바람에, 뒤로 가게 해야 할 때도 있었다. 그는 오직 물마루에서만 한두 번 정도 노를 저을 수 있었다. 하지만 그 시간이 길지 않아야 했고, 그렇지 않으면 배는 다음 골에서 한쪽으로 흔들리곤 했다. 말할 수 없을 정도로 빠르게 사기가 저하되었다. 그들은 마치 홀린 듯 부지런히 몸을 움직였다. 빠르게 날아가는 구름을 뚫고 나온 달이 눈을 크게 뜬 채 자신들을 덮치려는 괴물을 응시하는 세 개의 겁먹은 얼굴들을 비추었다.

다시 섬으로 돌아가는 것은 불가능한 일이었다. 설사 어떤 신이 배의 방향을 바꿔 놓는다 하더라도, 그들은 바람 불어오는 쪽으로 전진하지 못했을 것이기 때문이었다. 그러나 광란의 노동과 털끝 차이의 탈출이 한 시간 정도 반복된 것처럼 느껴진 후에도(실제로는 이십 분을 넘지 않았을지도 모른다.) 앞쪽의 불빛이 이전보다 더 가까워진 것 같지는 않았다. 더욱 심각한 것은, 그것이 명백히 더욱 북쪽으로 움직인 것처럼 보인다는 것이었다. 이 비참한 사실을 처음 주목한 사람은 버트랜드였다. 그리고 그것은 이 몇 분 동안 처음으로 그의 입을 열게 만들었다.

"하느님 아버지! 만약 저것이 사실 건물이 아니라 배이고, 몇 킬로미터 안에는 뭍이 존재하지 않는다면 어떻게 되는 거죠?"

메키보이가 다른 가설을 제안했다. "아마 바람이 약간 북동쪽으로 불어 가는 것 같아. 우리는 뭍에 오른 뒤 몇 킬로미터를 걸어가야 할지도 몰라."

에브니저가 말했다. "더 행복한 가능성도 있어. 감히 바랄 수는 없지만…… 잠깐! 무슨 소리 안 들리나?"

그들은 귀를 기울이기 위해 잠시 작업을 중단했고, 그 바람에 다음 파도에 배가 거의 뒤집힐 뻔했다.

에브니저가 들뜬 목소리로 외쳤다. "맞아. 해안에 부딪히는 파도 소리야! 우리도 빛도 모두 행로를 바꾸지 않았어. 거의 다 온 것 같아!" 그가 설명하고자 했던 것은, 그들은 섬에서 빛을 향해 가능한 한 직선으로 항해했지만, 그들의 실제 항로는 그보다 약간 남쪽이었다는 것이었다. 6, 7킬로미터의 거리에서 볼 때, 그 정도의 착오는 알아차리기 힘들었다. 하지만 그들이 목표물에 가까이 다가갔을 때쯤엔 그들의 행로와 빛 사이의 각도가 거의 90도로 벌어져 있었다. 그러나 그가 자세히 설명하기 전에, 보통 때보다 큰 파도가 고물을 높이 좌현 쪽으로 쳐들었고, 또한 노를 놋좆에서 들어 올렸다.

그가 경고했다. "뱃전이 바람 녘으로 돌아간다!"

다른 두 명이 각자 들고 있던 지붕 널로 노를 저어 보았지만 소용이 없었다. 에브니저는 노를 쐐기 사이에 다시 세차게 밀어 넣었다. 그리고 '키 손잡이' 끝을 왼쪽 뱃전에 놓음으로써, 고물을 파도 속으로 끌고 들어가려 했다. 그는 후진에 익숙해져 있었기 때문이다. 그러나 그의 조치는 부적절했다. 물마루는 이미 지나가 버렸고, 배는 잠시 동안 골 속에서 갈피를 잡지 못한 채 떠다니는 신세가 되고 말았다. 놋좇에서 빠져나온 노를 젓는 것은 사실상 고물을 훨씬 더 반대방향으로 돌리는 효과를 낳았다. 다음에 밀어닥친 파도는 그들의 우현 쪽을 정통으로 때렸고, 그들을 바람 쪽으로 돌리더니, 배 안을 발목 깊이의 물로 채웠다. 1.5미터 높이의 하얀 물결이 잇따라 그들의 뱃전을 내리꽂듯 엄습했고, 다음 순간 그들은 다시 한 번 얼음같이 찬 체서피크의 물속에서 허우적거리고 있었다. 그러나 그들의 시련은 오래가지 않았다. 그들의 발은 곧 해초와 진흙에 부딪혔고, 그들은 자신들이 뭍으로부터 11미터도 안 되는 곳에 있다는 사실을 깨달았다. 그들은 재차 엉덩이 높이까지 부딪혀 오는 파도에 맞고 넘어지면서 민첩하게 기어 나아갔다. 그리고 마침내 완전히 기진맥진한 채로 해변에 다다랐다.

메키보이가 가쁜 숨을 몰아쉬며 말했다. "서둘러야 해! 이러다 얼어 죽을 수도 있어!"

그들은 넘어지고 헐떡이면서 할 수 있는 한 서둘러 예의 그 불빛을 향해 해안을 따라 이동했다. 이제는 그것이 상당한 규모의 저택에 난 창문을 통해 새어 나오는 불빛이라는 것을 알아볼 수 있었다. 그로부터 그리 멀지 않은 곳에, 즉 해변이 그 저택의 잔디와 만나는 곳에 미송 한 그루가 서 있었고, 그것의 발치에 길쭉하고 커다란 돌 같은 하얀 물체가 눈에 띄었다.

에브니저는 목털이 쭈뼛 서는 느낌이었다. 다음 순간 그는 "아신이여!"라는 외마디 소리를 남긴 채 마지막 남아 있던 힘을 짜내 그 무덤 앞으로 달려가서는 그것을 껴안았다. 희미한 달빛만으로도 그 비문에 새겨진 글은 똑똑히 읽을 수 있었다.

앤 보이어 쿠크
출 1645 몰 1666
여호와께서 여기까지 우리를 도우셨다.

다른 사람들이 뒤에 다가와 섰다. "그게 뭐지?"

에브니저는 고개를 돌리지 않고 울며 말했다. "내 여정은 끝났어. 한 바퀴를 돌아 제자리로 돌아온 거야. 저쪽이 몰든 일세. 가서 자네들의 목숨을 구하게."

그들은 놀라 비석에 새겨진 비문을 읽었고, 그들이 아무리 달래도 무덤에 엎드린 채 일어날 줄 모르는 에브니저를 힘으로 들어 올렸다. 일단 발을 딛고 서자 에브니저는 더 이상 저항하지 않았다. 그러나 그는 마치 넋이 빠진 사람처럼 보였다.

그가 말했다. "애초에 내가 태어나지 않았더라면, 저 여인은 오늘날 살아 있을 것이고, 내 누이는 그녀와 함께 있을 것이고, 내 아버지는 신사이자 연초 경작자였겠지. 그리고 그들 셋은 저기 저 집에서 행복하게 살았을 거야."

버트랜드는 뭔가 대꾸할 말이 생각났지만 거의 얼어 죽을 지경인 이 상황에서는 입이 떨어지지 않았다. 그러나 그와 마찬가지로 머리부터 발끝까지 추위로 벌벌 떨고 있던 메키보이는 시인의 팔을 잡아끌며 말했다. "이봐, 그것은 우리 모두의 머리 위에 드리워진 아버지 아담의 죄와 같은 거야. 우리는 한 번도 그것을 원한 적이 없어. 하지만 어쨌든 존재하지. 그리고 계속 살아가려면, 우리는 그것과 함께 살 수밖에 없다고."

에브니저는 해가 진 후에는 개탄할 만한 활동으로 부산스러운 몰든을 보는 데 익숙해져 있었다. 그러나 지금은 오직 거실에만 사람들이 있는 것 같았다. 정원과 딴채(그는 엄청난 수치심을 느끼며 보존처리 창고 방향을 응시했다.)는 물론이고 집의 나머지 부분은 어둡고 고요했다. 그들이 남서쪽으로 무덤과 그 너머 만을 면하고 있는 현관문을 향해 빈 잔디를 걸어 올라갈 때, 메키보이가 추위로 계속 이를 딱딱 부딪히며, 빛이 한 군데서만 새어 나오는 것은 좋은 징조라고 단언했다. 그것은 물어볼 것도 없이 앤드루 쿠크가 자신의 집을 정돈하고 며느리와 함께 돌아온 탕아를 기다리고 있다는 것을 의미하는 것으로, 앤드루는 그들을 보면 미칠 듯이 기뻐할 것이고, 그들은 따뜻한 옷과 음식을 제공받을 것이며, 롱 벤 에이브리를 추격하라는 비상경보가 즉시 앤아룬델 타운으로 발송되리라는 것이었다. 말을 계속함으로써 자신의 몸을 따뜻하게 하려는 의도도 있었지만, 그의 말은 에브니저를 위로하기 위한 것이었다.

그러나 에브니저는 고개를 저었다. "그만 하게. 진실을 뻔히 알고 있는 상황에서 그런 허황한 말을 듣는 것은 더 상처가 되니까."

메키보이가 화를 내며 그의 팔을 놓았다. "여전히 예전의 그 숫총각 양반이군. 자기 자신이 잃은 것에 대해 비통해하느라 다른 사람의 고통은 생각지도 않는! 저기 무덤으로 가서 죽어 버려!"

에브니저가 고개를 저었다. 그는 상처받은 친구에게 자기는 자신의 상실만으로 괴로운 것이 아니라, 메키보이의 상실과 안나의 상실, 그리고 앤드루, 심지어 버트랜드의 상실 때문에, 요컨대 자신의 책임이라고 여겨지는 일반적인 상황들 때문에 괴로워하는 것이며, 또한 상실의 고통이 아무리 대단하다 해도, 그것은 책임감으로 인한 괴로움에 비하면 아무것도 아니라고 설명하고 싶었다. 타락한 사람들은 아담의 타락으로 인해 고통을 겪는다고 설명하고 싶었다. 타락 자체가 그에게 허락한 그러한 앎(knowledge) 속에서 아담은 얼마나 많은 고통을 겪었겠는가! 그러나 그는 추위와 절망에 사로잡힌 나머지 그러한 논리를 피력할 수가 없었다.

그들은 집에 도착했다.

버트랜드가 말했다. "문을 두드리기 전에 창문을 통해 한번 살펴보는 게 좋겠어요. 제기랄, 당신을 보좌하라고 저를 보내신 앤드루 나리께서 뭐라고 말씀하실까요!"

그들은 불이 켜진 거실의 창문으로 다가갔다. 안에서부터 남자들이 웃고 떠드는 소리가 들려왔다.

제일 먼저 도착한 사람은 메키보이였다. 그가 설명했다. "남자들 몇 명이 카드놀이를 하고 있군." 그리고 다음 순간 그의 얼굴이 일그러졌다. "세상에! 저 여자는 바로 가엾은 조안 아닌가?"

버트랜드가 서둘러 다가가 그 옆에 섰다. "그래요. 그 돼지 치던 여자예요. 그리고 저쪽에 가발을 쓴 앤드루 나리가 있군요. 그런데……." 이번엔 그의 표정이 두려움으로 일그러졌다. "이런 세상에, 에벤 나리! 로보담 대령이에요!"

그러나 이때쯤엔 에브니저 역시 이미 창문턱에 다가와 있었고, 이보다 훨씬 더 놀라운 광경을 직접 목격하고 있었다. 육체적, 정신적 고통에 온통 치이고 시달린 조안 토스트가 문둥병에 걸린 미친 여자 같은 모습으로 맥주 주전자를 들고 거실 중앙의 녹색 테이블보가 씌워진 탁자를 향해 절름거리며 걷고 있었고, 다섯 명의 신사들이 거기에 빙 둘러앉아 카드놀이를 하고 있었다. 파이프 담배를 입에 문 변호사이자, 의사이자, 목사인 리처드 소터는 여러 명의 성인들을 불러내어 자신이 손에 쥔 형편없는 패를 목격하게 했다. 통 수선공이자 딜러인 윌리엄 스미스는 테이블에서 호기 있게 미소를 지었고, 자신의 파이프로 앤드루 쿠크의 잔을 가리키며 조안 토스트에게 그것을 채우라고 지시했다. 톨벗 카운티 출신의 풍채가 당당하고 혈색이 좋은 버트랜드의 장인 조지 로보담 대령은 랜털루[38]가 아닌 다른 무언가에 마음을 빼앗긴 듯 보였다. 에브니저가 지난번 본 이래로 더욱 여위고 나이 들어 보이는 앤드루 쿠크는 성한 왼손 안에 카드를 쥔 채, 마치 다른 사람들이 게임의 상대가 아니라 자신의 먹이라도 되는 양 늙은 독수리처럼 이전보다 더욱 날카로운 눈매로 그들을 쏘아보고 있었

---

38) 카드 게임의 일종.

다. 그리고 마지막으로 앤드루의 굽은 오른팔 옆에는, 마치 그 옛날 로케츠 시절로 돌아간 것처럼 즐겁게 자신의 카드 너머로 농담을 건네며, 여전히 톨벗의 니콜라스 로우라 불리는 인물의 모습으로 헨리 벌링검이 앉아 있었다! 그것은 가장 소름 끼치는 광경이었다.

네 사람이 하는 게임의 카드 패를 돌린 후에 통 수선공이 단언했다. "좋소, 여러분. 나는 소터 씨와 운명을 같이할 거요."

벌링검이 말했다. "생각을 바꾸는 게 어떻겠소. 그러면 우리가 법정으로 갔을 때, 기짓말보다 진실을 더 많이 들을 수 있을 텐데 말이오."

소터는 짐짓 절망한 척 고개를 저었다. "성 도미니쿠스의 참새에 맹세코, 여러분! 만약 우리의 논거가 이 실책(miscarriage)의 반만큼 미약하다 해도, 우리는 그것을 가지고 법원의 옥외 변소 이상은 나아가지 않을 거요!"

벌링검이 온화한 목소리로 빈정댔다. "우리는 모두 당신이 어떤 경우에든 그렇게 하지 않을 거라는 걸 알고 있소. 논쟁할 유일한 '진짜' 문제는 바로 당신이 받은 뇌물의 규모니까 말이오."

앤드루 쿠크가 끼어들었다. "자, 이봐, 젊은이들, 뇌물이니 유산[39]이니 하는 이야기는 대령을 놀라게 하잖아!" 그는 로보담 대령을 보며 조롱하듯 미소를 지었다. "내 아들의 지나친 진지함을 용서해 주시오, 조지. 그것은 이 아이의 유별난 결점

---

39) miscarriage는 유산(流産)이란 뜻도 가지고 있다.

이지. 아마 당신의 딸은 이미 알아차렸을 테지만 말이오."

창문 밖에서 버트랜드가 숨을 훅 들이쉬며 말했다. "저 말을 들었어요, 에벤 나리? 저 사람을 아들이라고 불렀어요! 완전한 남인데!"

메키보이가 동의했다. "뭔가 잘못되고 있어. 하지만 겉으로 보기엔 모두 평화로워 보이는군." 더 이상의 망설임 없이 그는 창유리를 톡톡 두드리기 시작했다. "이보시오! 이보시오! 우리를 들여보내 주시오. 사람이 다 죽게 생겼어요!"

버트랜드가 황급히 외쳤다. "안 돼요, 제기랄!" 하지만 이미 너무 늦은 상황이었다. 사람들이 놀라서 창문 쪽을 돌아보았기 때문이다.

"야누아리우스의 거품 같은 피!"

통 수선공이 조용히 명령했다. "가 보거라, 수잔." 그러자 조안 토스트가 들고 있던 주전자를 식기대 위에 놓았다.

앤드루 쿠크가 말했다. "얘야, 에브니저, 권총을 가져오너라." 벌링검이 카드를 테이블보 위에 엎어 놓고 지시받은 대로 하기 위해 갔다.

조안 토스트가 문을 열고 랜턴을 내밀며 무심한 어투로 물었다. "누구세요?"

버트랜드가 중얼거렸다. "달려요!" 그리고는 잔디를 가로질러 전속력으로 달아났다.

메키보이가 창문에서 물러나 아랫입술을 신경질적으로 깨물며 속삭였다. "어떻게 생각해, 에벤? 달아나는 게 낫지 않을까?"

그러나 시인은 움직이지도 대답하지도 않았다. 거실에서의 이 이상한 회합을 보고 넋이 나간 그는, 순결이라는 넓적다리 가리개와 계관시인의 신분이라는 동체 갑옷을 보호막처럼 입고 있던 옛날 청춘기의 취약한 상태로 되돌아갔던(혹은 어쩌면, 회복되었던) 것이다. 더욱이 그의 아버지가 벌링검을 '나의 아들'이니 '에브니저'니라고 부르는 믿을 수 없는 장면을 목격했을 때, 그는 서 있던 곳에서 그대로 얼어붙고 말았다. 만에서부터 불어오는 차가운 바람 때문이 아니라, 이전에도 세 번(막달레나 대학에서, 로케츠에서, 그리고 푸딩 레인의 하숙방에서)이나 심연에서부터 한숨 짓듯 불어와 그의 뼈를 얼려 버렸던 바로 그 검은 바람 때문에.

조안이 반복해서 물었다. "누구세요?"

메키보이가 거실 창문의 불빛이 자신의 얼굴을 비추도록 에브니저의 앞으로 성큼 나섰다.

그는 자신 없는 목소리로 말했다. "나야, 조안 토스트. 에벤 쿠크와 존 메키보이……."

조안은 외마디 소리를 지르며 문설주를 붙잡았다. 랜턴이 땅으로 굴러 떨어지더니 불이 꺼졌다. 남자의 목소리가 그녀 뒤의 현관 대기실에서 들려왔다. "아니, 이럴 수가!"

메키보이가 다급하게 말했다. "아무래도 달아나는 게 나을지도 모르겠어." 그러나 에브니저는 더 이상 몸을 떨지도 않고, 원래의 자세 그대로 못 박힌 듯 굳어 버리고 말았다.

19 시인이 지옥 같은 꿈에서 깨어나
산 채로 라다만투스의 심판을 받다

에브니저는 몇 세기처럼 느껴지는 시간 동안 루시퍼의 영역을 떠돌았고, 그곳에서 정욕과 오만의 죗값을 치르기 위해 두 가지 고문을 경험했다. 첫 번째는 영원히 불타오르는 화염 속에서 지옥 왕의 날갯짓에 얼어붙은 코키쿠스[40]의 얼음 속으로 짧은 간격을 두고 옮겨지는 것이었다. 두 번째는 빈도는 덜하지만 더욱 고통스러운 것으로, 그의 눈앞에서 조안 토스트의 얼굴과 누이 안나의 얼굴이 합쳐져 뒤섞이는 광경을 바라보는 일이었다. 조안은 런던에 있을 때처럼 상처 없고 생기 가득한 얼굴로 몸을 구부려 그의 상태를 살펴보곤 했다. 그녀의 옷은 깨끗했고, 온몸을 뒤덮었던 두창도 사라지고 없었다. 그녀의 눈은 빛났고, 부드러웠다. 아니, 그녀의 얼굴은 그녀의 얼굴이 아니라 사실상 안나 쿠크의 얼굴이었다! 그런데 그가 자기 누이의 얼굴을 바라보고 있다고 생각하는 순간, 그의 눈앞에서 그녀의 눈이 충혈되면서 탁해지더니, 잇몸은 썩어 문드러지고, 온몸이 곪아 터지는 게 아닌가. 그러더니 어느 순간 안나는 조안 토스트의 얼굴을 하고 있었으며, 마침내 그녀는 완전히 조안 토스트가 되었다. 그런 식의 반복은 몇 번씩 계속되었다. 그들이 서로의 모습으로 변신할 때마다, 그는 순간적으로 호흡을 빼앗기곤 했다. 그는 숨이 막혀 고함을 쳤고, 팔과

---

40) '탄식의 강'이라는 뜻으로 아세론 강의 지류.

다리를 불 속 혹은 얼음 구덩이 속에서 이리저리 마구 버둥거렸다. 그리고 하데스[41]의 "파페 사탄 알레페……"[42]처럼 이해하기 어려운 불경스러운 말들을 지껄이곤 했다. 그러므로 그가 마침내 눈을 떠 안나가 이전과 전혀 달라지지 않은 모습으로 자신의 침대 곁에 앉아 책을 읽고 있는 모습을 보았을 때, 얼마나 기뻤을지는 상상하기 어렵지 않다. 하지만 그가 느낀 안도감의 크기가 그것의 표현을 방해했다. 그는 곧 깊은 잠 속으로 빠져들었다.

두 번째로 깨어났을 때는 좀 더 정신이 맑아진 느낌이었다. 그는 얼마 동안(하루인지 한 달인지는 알 수 없지만) 자신이 정신을 못 차릴 정도로 앓아누웠었고, 이제 몸에서 열이 내렸다는 것을 깨달았다. 자신의 누이가 여전히 그의 침대 곁에서 시중들고 있는 모습을 보니 그렇게 기쁠 수가 없었다. 이제 그는 그녀에게 말을 걸 수 있을 정도로 회복되었던 것이다.

"소중한 안나! 나를 간호해 주다니 정말 자상하구나……."

그는 더 이상 말을 잇지 못했다. 누이가 기쁨에 겨워 울면서 의자에서 일어나 그를 껴안았기 때문이기도 했지만, 그녀가 무사히 그곳에 있다는 사실이 얼마나 믿을 수 없는 일인가를 갑자기 깨달았기 때문이다!

그가 속삭이듯 물었다. "이런, 내가 지금 어디 있는 거지? 어떻게 네가 여기 있는 거야?"

---

41) 그리스 신화에 등장하는 지옥의 왕.
42) Pape Satan aleppe. 의미 불명. 악마가 부르는 마어.

안나가 흐느끼며 대답했다. "너무나 엄청난 이야기야! 여긴 몰든이야, 에벤. 네가 살아 돌아와 줘서 신에게 얼마나 감사한지 몰라!" 그녀는 그를 놓지 않은 채 열린 문틈으로 소리쳤다. "록산! 빨리 와요! 에벤이 깨어났어요!"

"록산도?" 에브니저는 기력을 모으기 위해 눈을 감았다.

"넌 아직 완전히 회복된 게 아냐, 불쌍해라! 에이브리 선장이 무슨 짓을 했는지 알았을 때 내가 얼마나 울었는지, 내가 얼마나 너와 함께 죽기를 갈망했는지, 그리고 네가 여기 몰든에서 죽어 그 기적을 망칠까 봐 내가 얼마나 두려워했는지 네가 알까? 맙소사, 정말 말로 다 표현할 수 없을 정도야!"

러섹 부인과 앙리에타가 이전과 똑같이 아주 말짱한 모습으로 복도에서 들어왔다. 그리고 에브니저의 회복에 대한 기쁨이 가라앉은 후, 시인은 그들로부터 탈출 당시의 상황을 들을 수 있었다.

러섹 부인이 간단하게 정의를 내렸다. "그것은 신의 은총 그 이상도 그 이하도 아니었지. 달리 어떻게 설명할 수 있겠니? 롱 벤 에이브리는 오랫동안 소식이 끊겼던 내 첫 번째 연인인 처치크릭의 벤저민 롱이었단다!" 그녀의 이야기는 다음과 같이 이어졌다. 그 사략선의 선장은 세 명의 남자 죄수들을 재빨리 해치운 다음 고물에 있던 여자들을 끌어냈다. 앞서 시인에게 공언한 대로 재미를 보기 위해서였다. 그러나 결론부터 말하자면 그들이 당한 일은 그저 약간의 음탕하고 저속한 농담 몇 마디뿐이었다. 처음에 그녀의 세례명을 듣고, 그런 다음 더욱 자세한 질문과 대답을 통해 그녀의 처녀적 성을 알게 된

다음, 그의 태도가 완전히 바뀌었기 때문이다. 그는 남자들을 뱃전 너머로 던져 버린 일에 대해 사과했고, 그들이 안전하게 샤프섬에 도착하기를 바란다는 희망을 표현했다. 그러고는 위험을 무릅쓰고 세번강 입구로 항로를 변경하여 그곳에서 그들에게 작별을 고한 후 자신의 배로 돌아갔다. 게다가 그는 그들이 앤아룬델 타운으로 갈 수 있도록 케언 선장을 남겨 그들을 호송하게 했다는 것이다!

앙리에타가 말했다. "그가 벤저민 롱인지는 확신할 수 없어요. 그는 어머니의 질문에 대답하지 않았으니까. 하지만 그의 행동을 다른 식으로는 설명할 수 없어요."

러섹 부인이 말했다. "물론 그 사람은 나의 벤지였어. 그 착한 소년이 삼십 년 전에 바다로 달아나서 해적이 된 거야. 그것을 털어놓고 고백하지 않은 것은 순전히 부끄러움 때문이겠지." 그녀는 이 점에 관한 한 어떤 이견도 인정하지 않으려 했다. 에브니저 역시 그러한 우연의 경이적인 비현실성에도 불구하고 롱 벤 에이브리의 갑작스러운 자비심을 그보다 더 합리적으로 설명할 수 있는 방법이 없다는 것을 인정했다. 그는 일어나 앉아서 그들 모두를 한 번씩 포옹했고, 누이를 다시 한 차례 포옹했다. 그러고는 탈진해서 드러누웠다. 그는 자신이 지옥에서 체류한 기간이 실제로는 나흘간 지속되었고, 그동안 삶과 죽음 사이를 방황했다는 것을 알게 되었다. 메키보이와 버트랜드 역시 찬바람 속에서 추위에 떤 뒤라 비록 혼수상태까지 가지는 않았지만 심하게 앓아누워 있었다. 그 후 메키보이는 상당히 회복되었지만, 다음 날 아침까지 아무에게도 발견되지 못한 채 헛간에 숨어 있던 버트랜드는 여전히 심각한 상태였다.

에브니저가 외쳤다. "다들 살아 있구나! 정말 다행이야! 아버지와 헨리 벌링검, 그리고 통 수선공은 어떻게 되었지? 지금 아래층에서 들리는 소리가 그들의 목소리니?" 과연 아래층 방에서부터 논쟁을 하고 있는 듯한 남자들의 목소리가 똑똑히 들려왔다.

안나가 말했다. "그래, 사실 그들은 모두 우리의 재산 문제가 해결될 때까지 모두 가택연금 상태야! 니콜슨 총독은 반란과 아편 거래에 대해 듣고는 몹시 놀랐고, 네가 회복될 때까지 쿠크포인트에 일종의 계엄령을 내렸어. 그동안 모든 사람들은 서로 상대방을 고발하기만 할 뿐 누구의 권리가 법적으로 더욱 유효한지는 아무도 몰라." 그녀의 설명이 이어졌다. 케언 선장과 그들이 앤아룬델 타운에 도착했을 때는 매우 이른 시각이었지만, 그들은 곧장 총독 관저로 가서 침실에 있던 그를 깨웠고, 그들이 사략선에 납치되었던 일과 블러즈워스섬에서 진행되고 있는 음모, 그리고 몰든을 중심으로 이루어지고 있는 사악한 활동에 대해 최대한 논리적으로 보고했다. 존 스미스 문서에 대한 언급과 케언 선장이 세인트메리즈에서 건실한 시민으로 명성을 얻은 덕분에 니콜슨 총독은 그들의 보고를 액면 그대로 받아들여 주었다. 무장한 함재정 두 척이 에이브리 선장의 팬시호를 추격하기 위해 급파되었고, 총독으로부터 주의 안위와 관련된 모든 문제들에 관해 그의 대리인으로 행동할 수 있는 권한을 부여받은 의회 의장 토머스 로렌스 경이 동트기 전 숙녀들과 함께 쿠크포인트를 향해 출발했다.

앙리에타가 웃으며 말했다. "아, 정말이지, 그 이후로 우리가 얼마나 유쾌한 시간을 보냈는지!" 안나의 말에 따르면 앤드루 쿠크는 일련의 엄청나고도 모순적인 감정이 병존하는 충격을 받은 나머지, 사람들은 그의 정신이 온전한지 걱정할 정도였다. 우선, 에브니저의 생존 소식을 들은 데 대한 그의 기쁨은 즉시 분노와 적잖은 낭패감에 자리를 내주었다. 그가 당황한 것은 이미 그가 모든 사람들에게 '니콜라스 로우'가 '진짜' 에브니저 쿠크이며, 쿠크포인트를 양도했던 소위 메릴랜드의 계관시인은 야비한 사기꾼이라고 맹세한 후였기 때문이다. 사실 그가 니콜라스 로우와 친구가 된 것은 두 주 전의 일이었고, 에브니저의 사망 소식을 들은 것도 바로 그에게서였지만 말이다. 게다가 사람들에게 그렇게 공언한 지 이십사 시간도 지나지 않아 자신의 '아들'이 총독의 높은 신임을 받는 대리인이었고, 안나가 그 악명 높은 롱 벤 에이브리에게 붙잡혔다가 풀려났으며, 결정적으로 안나가 자신의 오래전 연인 록산 에두아르 및 자신의 사생아로 알려진 젊은 아가씨를 데려왔다는 것을 알게 되었을 때의 충격은 감당할 수 없을 정도였다!

앙리에타가 말했다. "이러한 놀라운 사건들에 비하면 블러즈워스의 반란 같은 하찮은 일들은 그에게 관심 밖의 일이었어! 정말이지, 에벤 오빠, 우리는 참 우스꽝스러운 사람을 아버지로 두었어!"

"앙리에타!" 러섹 부인이 나무라듯 딸의 이름을 불렀다. "서둘러 토머스 경에게 쿠크 씨가 정신이 돌아왔고, 곧 이야기를 나눌 수 있을 만큼 회복될 거라고 말해 주자." 그녀는 시인에게 어머니 같은 태도로 키스해 주었다. "다시 건강해졌으니 얼마나 다행이니!"

안나는 대단히 재미있어했다. 그리고 다시 단 둘이 남게 되자 에브니저에게 말했다. "앙리에타는 정말 아무도 못 말리는 장난꾸러기야. 록산은 그녀에게 우리를 오빠나 언니라고 부르거나 아버지를 '자기 아버지'라고 부르지 말라고 경고했어. 하지만 그녀는 아버지를 약올리려고 작정한 듯 계속 그렇게 부르고 있어." 이어서 그녀는 다음과 같이 설명했다. 록산의 고백에 의하면, 1670년에 그녀를 떠났을 때 앤드루는 그녀가 자신의 아이를 임신하고 있다는 사실을 알지 못한 상태였다. 그녀는 그가 자기와 마음에도 없는 결혼을 하겠다고 나설까 봐 일부러 그 사실을 말하지 않은 것이었다. 그래서 그가 그녀를 처치크릭에 있는 '삼촌'에게 돌려보냈을 때 그녀는 이중의 상처를 받았다. 안나가 단언했다. "하지만 아버지는 어쨌든 그녀를 사랑했던 모양이야. 그녀가 아버지 앞에 등장했을 때 아버지의 모습이 어땠는지 너도 봤어야 했는데! 그녀를 다시 만난 기쁨에 내게는 거의 눈길도 주지 않더라구. 하지만 그녀를 버리고 떠났던 것이 너무도 부끄러워…… 정말이지 아버진 수치심 때문에 완전히 굳어 버렸다니까! 아버지는 앙리에타가 자신의 딸이냐고는 단 한 번도 묻지 않았어. 하지만 요 며칠간 어느 순간에는 온 세상의 용서를 간청하다가는 다음 순간 우리 모두가 당신을 몰든에서 쫓아내기 위해 온 욕심쟁이에다 도둑놈들이라고 싸잡아 욕하는 지경에 이르렀지! 정말 딱

한 광경이야, 에벤. 우리는 아버질 용서해야 해."

안나는 최근의 경험들로 인해 어딘가 변한 것 같았다. 그녀의 얼굴은 이전과 마찬가지로 힘들고 지쳐 보였지만, 목소리와 태도에는 새로운 평정심과 받아들이기 어려운 것을 수용하려는 의지, 간단히 말해 더할 나위 없는 행복감이 배어 나왔다. 러섹 부인처럼, 그녀 역시 최근에 어떤 기적과 환상, 혹은 신비한 은총을 허락받은 사람의 분위기를 갖고 있었다. 케언 선장의 슬루프 선 창고 안에서 그들이 마지막으로 나눈 대화를 떠올리자, 그는 갑자기 얼굴이 화끈거렸다. 그는 부끄러움에 눈을 감고 그녀의 손을 꼭 쥐었다. 안나도 그의 생각을 그대로 읽은 듯 자신의 손에 전달되는 압력을 되돌려 주었다. 그리고 조용히 말을 이었다. 비록 록산이 참회하는 앤드루를 계속 냉정한 태도로 대하고 있고, 벤저민 롱, 즉 롱 벤 에이브리야말로 자신의 마음을 얻었던 유일한 남자라고 강조하고 있지만, 앙리에타와 자기는 그녀가 결코 그들의 아버지에 대한 애정을 잃지 않았다고 생각한다는 것이었다. 록산은 단지 지나치게 서둘러 용서하는 어리석음을 범하지 않을 뿐이었다.

에브니저가 미소를 지으며 고개를 저었다. 그는 너무나도 허약한 상태였다. 그러나 행운이라는 진통제가 자신이 기력을 회복시키는 데 마술 같은 힘을 발휘하고 있다는 것을 느낄 수 있었다.

그가 물었다. "너와 헨리는 어떻게 되는 거니, 안나?"

안나가 눈을 내리깔며 대답했다. "우린 대화를 했어……. 이렇게, 서로 시선을 피한 채로. 그는 내가 록산, 그리고 앙리에타와 함께 걸어 들어갔을 때, 아버지만큼 당황하더라! 그는 우리가 안전한 것을 보고 기뻐했고, 오빠를 몹시 보고 싶어 해. 나는 그에게 그의 아버지와 형제들에 대해 내가 알고 있는 사실을 은밀하게 알려 주었어. 그리고 네가 주의 안전을 위해 얼마나 걱정하고 있는지도. 당연히 그는 궁금해 죽을 지경이지. 그리고 당장이라도 블러즈워스섬으로 가고 싶어 해. 너도 헨리가 어떤 사람인지 잘 알잖아. 하지만 그는 너와 이야기를 나누기 전에는 가지 않을 거야. 우리는 그의 진짜 정체를 밝히지 않기로 약속했어. 토머스 경도 그를 '로우 씨'라고 불러. 그리고 아버지는 그를 이 주에서 가장 훌륭한 남자라고 생각해. 그는 네 친구 가운데 한 사람으로 되어 있거든. 네 실종을 슬퍼하고 아버지를 도와 몰든을 되찾는 걸 도와주기로 한 친구 말이야. 아마 우리 셋은 한동안 서로의 존재로 인해 상당히 불편할 거야. 우리의 상황은 그렇게 희망이 없어……." 그녀는 코를 훌쩍여 눈물을 삼키고는 좀 더 명랑한 목소리로 말했다. "다른 사람들은 서로에 대해 상당히 기뻐하고 있어. 적어도 체념하고 있다고나 할까. 앙리에타와 존, 록산과 아버지도 그렇고, 심지어 버트랜드와 로보담 부녀도 일종의 휴전 상태야. 대령은 여전히 추문을 두려워해서 버트랜드가 너라고 주장하며 몰든에 대한 권리를 고집하고 있지. 그리고 루시는, 불쌍한 여자 같으니……. 해산 날짜가 얼마 안 남았고 사생아를 낳을 생각에 불안해하고 있어. 그들은 자신들의 주장이 사기라는 것과 자기들도 그것에 대해 버트랜드만큼 책임이 있다는 것을 매우 잘 알고 있어. 하지만 지푸라기라도 잡고 싶은 심정일 거야. 버트랜드는 자백하려 하지 않을 거고. 자기가 거짓말이라도 하게 되면 대령이 자기를 죽일지도 모르니까 말이야. 정말 끝내주는 코미디야."

아래층에서 새롭게 떠들썩한 소리가 들려왔다. 에브니저가 회복되었다는 소식이 발표된 것이다.

그가 간청했다. "이제 내 아내에 대해 말해 줘." 그는 자신이 고의적으로 선택한 '아내'라는 용어에 안나가 충격을 감추려는 듯 헛되이 애쓰는 모습을 보았다.

"그녀는 오래 살지 못할 것 같아."

"안 돼!" 에브니저가 팔꿈치를 딛고 몸을 일으켰다. "그녀는 어디 있어, 안나?"

안나가 말했다. "너와 존 메키보이의 갑작스러운 등장이 그녀에겐 감당하기 힘든 충격이었던가 봐. 현관에서 기절해 버리는 바람에 사람들이 침대로 옮겼어. 너도 상상할 수 있겠지만, 아버지에겐 또 한 번 엄청난 충격의 순간이었어. 당신이 언젠가 6파운드를 지불했던 여자가 오빠의 아내이고, 더 나아가 그녀가 수잔 워렌이 아니라 오빠가 런던에서 알았던 바로 그 여자라는 걸 알게 되었으니까. 이 결혼은 무효라고 우기며 노발대발 난리도 아니었지. 하지만 그럼에도 불구하고 아버진 그녀를 박대하진 않았어. 왜냐하면 헨리가……."

에브니저가 고집했다. "상관없어!" 여러 사람들이 계단을 올라오는 발소리가 들려왔다. "제발, 빨리, 안나! 그녀의 상태는 어때?"

안나가 침착하게 대답했다. "그렇지 않아도 한계에 다다라 있었는데, 그렇게 기절하고 나서는 완전히 무너지고 말았어. 그녀의…… 그녀의 '사회 병'⁴³⁾도, 아편에 대한 지독한 욕구도, 창고에서 소진된 지 오래인 그녀의 전반적인 건강 상태도 나아진 게 없어. 소터 선생은 그녀가 이미 죽은목숨이라고 진단을 내렸어."

시인이 신음하듯 내뱉었다. "맙소사! 지금 당장 그녀를 만나 봐야겠어! 내가 그녀보다 먼저 죽을 거야!" 말리는 안나의 손을 뿌리치며 그는 침대에서 벗어나려고 애썼다. 그러나 일어나 앉자마자 현기증을 느끼며 베개 위로 다시 쓰러졌다. "불쌍한 사람! 성녀에다 순교자 같은 여자!"

이때 앙리에타 러섹이 이끌고 온 방문객들이 들이닥치는 바람에 그는 더 이상 비탄에 빠져 있을 겨를이 없었다. 맨 처음 들어온 사람들은 그의 아버지와 헨리 벌링검이었다.

헨리가 서둘러 다가와 그의 두 손을 잡으며 외쳤다. "소중한 에벤! 자네는 나를 버리고 가서 무슨 모험을 한 건가?" 그는 머리를 들어 침대의 다른 한쪽에 불안하게 서 있는 앤드루를 보았다. "아니, 솔직하게 말해 줘요, 쿠크 씨. 메릴랜드주를 구한 이 사람이 나쁜 아들입니까?"

에브니저는 그저 미소만 지을 뿐이었다. 가슴속에 가득 찬 너무도 강렬하고 다양한 감정들 때문에 아무런 대답도 할 수가 없었다. 그와 그의 아버지는 서로를 조용히 그리고 고통스럽게 바라보았다. 잠시 후 그가 입을 열었다. "정말 죄송해요,

---

43) 성병을 의미한다.

아버지." 그러나 목이 메어 목소리가 제대로 나오지 않았다.

앤드루는 왼손을 에브니저의 이마 위에 얹었다. 시인이 기억하기로는 그것이 아버지가 처음으로 보여 준 걱정 어린 관심의 표현인 듯싶었다. "에벤, 언젠가 세인트자일스에서 네게 말했었지. 용서를 구하는 것은 나쁜 아들의 특권이고 용서를 하는 것은 나쁜 아버지의 의무라고 말이다." 그런 다음 방 안의 누구에게라고 할 것 없이 큰 소리로 말했다. "이 아이에겐 아직 열이 있소. 용건만 간단히 말하시오, 토머스 경."

세 명의 다른 남자들이 방 안으로 들어왔다. 리처드 소디와 로보담 대령, 그리고 흰색 가발을 쓴 오십대의 기품 있는 신사였다. 그는 앤드루와 에브니저에게 차례로 고개를 숙여 인사했다.

그가 말했다. "총독 자문회의 토머스 로렌스요. 당신을 만나게 되어 대단히 영광이오! 당신이 당연히 누려야 하는 휴식과 회복의 시간을 이렇듯 빼앗는 데 대해 용서하길 바라오. 그러나 우리의 용건이 얼마나 심각하고 긴급한지 당신보다 더 잘아는 사람은 없으리라 믿소."

에브니저가 손을 흔들어 토머스 경의 사과를 물리쳤다. "내 누이가 내게 당신의 임무에 대해 알려 주었습니다. 그것에 대해 신과 니콜슨 총독께 감사합니다! 우리에게 닥칠 위험은 생각보다 훨씬 더 심각합니다. 그리고 한시라도 빨리 처리할수록 우리 모두에겐 더 나을 겁니다."

"훌륭하오. 오늘 오후에 니콜슨 총독과 내게 자세한 이야기를 해 줄 수 있을 만큼 당신의 건강 상태가 괜찮은지 물어도 되겠소?"

소터가 외쳤다. "니콜슨이라니! 성 사이먼의 톱에 맹세코!" 그리고 앤드루와 로보담 대령 역시 의장의 말에 불안한 기색을 보였다.

토머스 경이 고개를 끄덕였다. "여기 있는 로우 씨가 총독이 어제 옥스퍼드에 갔으며, 쿠크 씨의 구출에 대한 통보를 받고 오늘 몰든으로 건너올 계획이라고 내게 알려 주었소. 그는 조만간 이곳에 도착할 거요. 어떻게 생각하시오?"

에브니저가 말했다. "저는 그에게 보고할 준비가 되어 있을 뿐만 아니라 매우 열망하고 있습니다."

"아주 좋소. 주 정부는 당신에게 빚을 졌어요!"

"이보시오." 로보담 대령의 얼굴이 붉게 상기되었다. 그는 눈을 둥글게 뜨고 불안하게 에브니저에게서 앤드루로, 그리고 토머스 경 쪽으로 시선을 옮겼다. "나는 분명 이 젊은이를 영웅으로 생각하고 있고, 또한 총독과도 아주 긴요한 용건을 가지고 있소. 나는 내가 이기적인 이해관계에만 정신이 팔려 있는 것처럼 보이거나, 업무상 신분을 가장해야 하는 총독 각하의 비밀 요원들에게 배은망덕한 사람으로 보이고 싶은 마음은 없지만……"

앤드루가 거칠게 말을 잘랐다. "그만둬요, 조지! 잘은 모르지만 여기 있는 로우 씨는 총독의 요원일 수도, 윌리엄왕의 요원일 수도, 혹은 교황의 요원일 수도 있소. 하지만 이 젊은이는 분명 내 아들 에벤이고 그걸로 끝이오! 몰든을 되찾든 되찾지 못하든 간에 나는 로우 씨와 공모하여 당신들 모두를 속인 일에 대해서는 하늘의 용서를 구하고, 내 아들을 죽음의 문턱에서 다시 데려온 것에 대해서는 하늘에 감사하오!"

토머스 경이 명령했다. "충분하오, 대령. 다시 한번 말하건대, 주 정부는 이 영지에 대해 적잖은 관심을 가지고 있소. 애초에 내가 이리로 온 것도 그것을 조사하기 위해서요. 만약 총독께서 마음이 있으시다면, 우리는 그 문제에 대해 바로 오늘 청문회를 열 수도 있을 거요. 이제 쿠크 씨가 우리와 함께 있으니 말이오." 그는 더 나아가 일행 전체에게, 그리고 특히 리처드 소디에게, 그 문제가 처리될 때까지 어느 누구도 영지를 벗어나는 것이 금지되어 있다는 사실을 상기시켰다.

소터가 항의했다. "성 세실리아의 음부에 맹세코, 그것은 인신보호 영장 청구에 위배되는 일이오! 우리는 당신을 법정으로 끌어낼 거요!"

토머스 경이 대답했다. "그건 당신의 권리요. 하지만 그 동안은 쿠크포인트를 떠나지 마시오. 로우 씨가 트리페 소령과 이미 이야기를 끝냈으니까. 우리는 오늘 아침 부로 집 주변에 군대를 배치했소."

이 소식에 사람들이 모두 놀라움을 감추지 못했다. 로보담 대령은 자신의 턱수염을 힘껏 당겼다. 그리고 소터는 성 히기누스와 폴라카푸스에게 공무원의 고압적인 태도를 고발했다. 토머스 경은 오빠의 간호사 노릇을 하는 안나와, 핵심 증인의 침대 곁을 잠시라도 떠날 수 없다고 주장하는 '로우 씨'를 제외하고는 모두 그 방을 떠나 줄 것을 요청했다. 내켜 하지 않는 앤드루를 에브니저가 달랬다. "우리는 해야 할 말이 많아요. 그러자면 시간이 많이 걸릴 거고요. 지금 당장은 음식과 잠이 부족해서 죽을 지경이에요."

그의 아버지가 투덜거리듯 대꾸했다. "묽은 수프를 가져다 주마." 그리고는 방에서 나갔다.

에브니저가 한숨을 쉬며 말했다. "아버진 곧 당신이 누구인지 알게 될 거예요, 헨리. 나는 가장에 대해서는 아주 넌더리가 난다고요."

벌링검이 약속했다. "그에게도 곧 얘기할 거야. 이제는 내가 누구인지 알게 되었잖아. 정말이지 이건 기적 같은 일이야, 에벤! 나는 내 아버지의 책…… 그가 그것을 뭐라고 불렀더라? '영국인 악마들의 책'이라 했지! 아무튼 그 책을 보고 싶어 미칠 지경이야. 아하치후프족의 왕이라니! 기적 같은 일이야!" 그는 가정교사 시절의 버릇대로 손가락을 들어 올리며 미소를 지었다. "하지만 아직은 아냐, 에벤. 아직은 그가 알아서는 안 돼. 내 계획은 가능한 한 빨리 블러즈워스섬으로 가는 거야. 만약 여기서 오늘 내로 우리의 용건을 해결한다면, 아마 내일쯤. 그리고 내 아버지 시카멕과 형을 달래기 위해 내가 할 수 있는 일을 할 거야. 내 형 이름이 뭐라고?"

에브니저는 옛 가정교사 특유의 열의에 찬 모습에 자신도 모르게 미소를 지으며 대답했다. "코훈코우프레즈예요. '거위의 부리'라는 뜻이죠."

"코훈코우프레즈라! 훌륭한 이름이야! 아무튼 그런 다음 이곳으로 돌아와 자네 누이에게 청혼할 생각이야. 그리고 내 좋은 친구 앤드루에게 그녀를 달라고 간청해야지. 만약 그가 승낙하면 그에게 내가 누구인지 말한 후에 다시 부탁할 거야. 만약 승낙하지 않으면, 그냥 내 길을 갈 거고. 굳이 사실을 밝혀서 그를 화나게 할 필요는 없을 테니. 자, 너희 둘은 동의하나?"

에브니저는 대답을 구하는 듯 그의 누이를 바라보았다. 그는 벌링검과 그녀가 '영국인 악마들의 책'보다 더욱 내밀한 이야기들을 나눈 것이 분명하다고 느꼈다. 그는 헨리가 안나와 빌리 럼블리 사이뿐만 아니라 안나와 그 자신 사이에서 발생했던 일 모두를 알고 있다고 확신했다. 그녀는 숨을 주였고 시선을 침대 덮개 위에 둔 채 고개를 저었다.

"소용없어요, 헨리……. 그래서 무슨 결과를 기대할 수 있겠어요?"

"아니, 에벤이 나의 가계를 우연히 발견하는 기적을 보고도 그대는 자포자기하는 거야? 그가 거뜬히 일어설 수 있도록 간호나 잘하라고. 그러면 그는 날 위해 다른 수수께끼들을 풀어 줄 거야. 신성한 가지의 마술이든 무엇이든!" 이윽고 그는 장난스러운 말투를 버리고 진지하게 덧붙였다. "나는 얼마 전 에벤에게 우리 셋이서 펜실베이니아에 집 하나를 얻어 살자고 제안했었어. 나는 선천적으로 생식 능력이 없고, 너희들의 간청은 관습에 의해 거절당했으니, 함께 좌절한다고 나쁠 건 없지 않겠어? 우리들만의 작은 수녀원에서 자선회의 수녀들처럼 살자고. 그래, 나는 너희들을 우주 예찬론자로 개종시키겠어. 성적 능력이 좌절된 진실의 추구자들을 위한 나의 새로운 종교 말이야. 그리고 우리는 수많은 정신적인 운동들을 창안

하는 거야."

그의 계속되는 너스레에 에브니저와 안나는 결국 웃음을 터뜨리고 말았다. 그리고 그들 사이의 긴장은 잠시 사라졌다. 그러나 안나는 그의 제안에 대해 어떤 약속도 하지 않았다. "우선 첫 번째 것들에 주의하기로 해요. 블러즈워스섬에서 살아서 돌아오세요. 머리 가죽도 벗겨지지 않고, 그들의 종교로 개종하지도 않은 채로요. 우리들의 미래를 위해 무엇을 할지는 그 다음에 생각해 보기로 해요."

에브니저가 벌링검에게 물었다. "존 쿠드를 찾아갔던 일은 어떻게 되었어요?"

"아, 친구, 자네가 용서해 줘야 할 일이 많아! 자네를 그렇게 자주 속였던 일에 대해 내가 무슨 변명을 할 수 있겠나? 내가 순결에 대해선 아무런 믿음을 갖지 않는다는 걸 제외하고 말일세. 사실 이런 말은 자네를 더욱 화나게 할 테지만."

에브니저가 그를 안심시켰다. "더 이상은 아니에요. 요즘 나의 순결은 엄격하게 말해 기술적인 것에 불과하니까요! 자, 쿠드는 어떤가요? 당신이 생각했던 대로 구세주 같은 인물이던가요?"

벌링검이 한숨을 쉬며 대답했다. "나는 그를 찾지 못했어." 그의 의도는 우선 니콜라스 로우라는 신분을 이용하여 쿠드의 수하로 자리 잡은 다음, 니콜슨이 1691년 의회일지의 증거를 토대로 쿠드에 대한 소송을 제기하기 전에 쿠드가 흑인 노예들 및 정부에 불만이 많은 인디언들을 조직하여 또 다른 반란을 일으키려 하고 있다는 소문들의 진상을 좀 더 제대로 파악하는 것이었다. 그러나 에브니저를 블러즈워스섬으로 인도한 그 폭풍 치던 밤 다음 날 아침 세인트메리즈 시티에서, 벌링검은 아마도 미첼 선장의 집에서부터 동부 해안으로 건너왔을 앤드루 쿠크와 마주쳤다. 그가 조심스럽게 탐문해 본 결과, 앤드루는 미첼 선장의 집에서 우연히 로보담 대령을 만났고, 대령이 에브니저를 "세인트메리즈에 있는 나의 사위"라고 지칭하는 것을 듣고는 너무나 충격을 받아, 자신이 직접 조사를 하기 위해 서둘러 그곳으로 왔다는 것을 알게 되었다.

벌링검의 말은 계속되었다. "자, 친구, 나는 어떻게 해야 할지 알 수가 없었어. 나는 밤새도록 자네를 찾아다니다가, 마침내 케언 선장이란 사람이 어스름 무렵 메릴랜드의 계관시인 및 어떤 깡마르고 키 큰 친구와 함께 항해를 떠났는데 그들이 모두 폭풍 속에서 물에 빠져 죽었다는 소문만 듣게 되었지. 자네 아버지는 몰든의 상황을 알게 되었고, 자신의 상속자와 재산을 모두 잃었다는 사실 앞에 어찌할 바를 몰랐어." 에브니저가 죽거나 실종되었을 가능성이 높아 보이자, 벌링검은 자신을 앤드루에게 '계관시인의 충실한 친구인' 니콜라스 로우로 소개했고, 더 나아가 자신이 바로 친구의 탈출을 더욱 잘 엄호하기 위해 에브니저로 가장했던 사람이라고 귀띔했다. 이말을 듣자 앤드루는 더욱 노기 탱천해서 벌링검은 잠시 자신이 그 자리에서(반스베링겐 여인숙) 얻어맞는 게 아닌가 생각했을 정도였다. 앤드루의 분노를 누그러뜨리고 그의 슬픔을 얼마간 위로하는 동시에, 쌍둥이에 관한 소식을 듣고 자신의 복합적인 관심사를 추구하는 데 유리한 위치를 차지하기 위해,

벌링검은 영리한 제안을 했다. 자신이 앤드루의 아들로 가장해서 그들이 함께 쿠크포인트로 간 뒤, 몰든을 양도한 녀석과 루시 로보담과 결혼한 녀석은 사기꾼들이라고 주장함으로써 대령과 통 수선공의 주장을 모두 반박하자는 것이었다.

"그렇게 해서 우리는 최고의 파트너가 되어 이곳으로 나란히 오게 되었다네. 그 뒤로는 풍문으로 들려온 한 가지 소문을 추적하기 위해 처치크릭을 한 차례 방문했던 일을 제외하고는…… 자네 그 이야기를 알고 있나? 그건 정말 아이러니가 아닌가? 아무튼 성과는 없었지만 내가 그곳을 방문한 일을 제외하고는 우린 이날까지 자네나 안나로부터 소식을 기다리며 이곳에 눌러앉아 있었어. 영지에 관해서라면 앤드루와 나는 스미스와 소터를 협박하고, 그들은 또 반대로 우리를 협박하고 있는 상황이지. 그리고 최근에는 대령이 우리 모두를 협박하고 있고. 하지만 괜히 책잡히는 일이라도 생길까 봐 아무도 섣불리 법정으로 가려고는 하지 않아. 그만큼 상황이 복잡하니까 말일세. 게다가 잘못하면 창녀들이나 아편에 대한 책임을 지게 될지도 모르니까. 앤드루가 그들과 어떤 관계인지는, 설사 실제로 무슨 관계가 있다 해도, 나조차도 판단할 수가 없어."

안나가 반쯤 심각하게 물었다. "혹 당신이 바로 존 쿠드가 아닌가요?"

헨리가 어깨를 으쓱하며 대답했다. "나도 가끔은 존 쿠드였어. 그렇게 말하자면, 나는 반나절 동안 프랜시스 니콜슨인 적도 있었지. 그러나 맹세코 나는 이 시간까지 한 번도 볼티모어나 쿠드를 직접 본 적이 없어. 그런 유명한 사람들을 순전하고 완전한 허구 속의 인물이라고 생각하긴 힘들지만 말이야. 어쩌면 소문이 맞을 수도 있어. 어느 쪽이 어느 쪽이든 간에 그들은 악마와 반신(半神)일 수도 있고, 사실은 우리들과 마찬가지로 단순한 얼간이지만 어떤 정당한 이유 때문에 전설로 만들어졌을 수도 있지. 그것도 아니면 혹 그들은 그저 소문이자 이야기에 지나지 않을지도 몰라."

에브니저가 말했다. "설사 마지막 경우라 해도, 정말이지 그것은 충분히 설득력 있는 삶이에요! 그들의 무게와 힘을, 니 자신이라는 수도 없이 위장되고 박탈되어 왔던 한 자아의 초라한 그늘과 비교해 볼 때, 그 허구들은 나의 실체보다 열 배는 더 실체적이죠!"

벌링검이 수긍한다는 듯이 미소를 지었다. "내 제자가 그의 옛 스승보다 더 훌륭한 스승을 만났던 모양이군! 어쨌든 쿠드도 아니고 캘버트도 아닌 프랜시스 니콜슨은 분명 존재해. 그리고 그는 닉 로우를 자신이 아는 한 가장 유능한 첩자로 간주하고 있지. 나를 계속 다그치는 것은 경솔한 짓이야."

에브니저의 마음속엔 여전히 수많은 질문들이 아우성치고 있었다. 그러나 바로 그때 요리사(그는 그녀가 바로 자신의 결혼식에서 울음을 터뜨렸던 그 파리 출신의 매춘부라는 것을 알아보았다.)가 쇠고기 수프를 들고 올라왔다. 그리고 벌링검은 그것을 구실로 자리를 뜨려고 하였다.

"난 총독이 자네의 영지 안에서 살해당하지 않도록 잘 살펴야만 해." 그는 남편이 아내에게 하듯이 안나의 입술 위에 가볍게, 그리고 태연히 키스했다. 그런 다음 놀랍게도 시인에게도 역시 키스했다. 하지만 이번에는 좀 더 조심스럽게 그의 이마 위에 키스했다. 그것은 마치 아버지가 아들에게 하는 키스에 가까웠고, 보다 노골적인 범위에서는 형제가 형제에게 하는 듯한 키스였다. 그가 속삭이듯 말했다. "자네가 다시 살아나서 전능한 제우스에게 감사하네! 내가 언젠가 말하지 않았었나? 자네가 죽으면 커다란 동요가 있을 거라고 말일세."

에브니저는 미소를 지으며, 자신이 상하고 지친 것은 사실이지만, 아직까지는 공식적으로 죽은 사람들 사이에 있지 않고, 또한 그 패거리에 합류할 것 같지도 않다고 응수했다. 벌링검은 어깨를 으쓱하는 특유의 동작으로 대답을 대신하고 방을 나갔다.

안나가 한숨을 쉬며 말했다. "우리의 다른 문제들이 훨씬 더 심각하다는 것은 하늘만이 알 거야. 하지만 나는 저 남자에 대한 염려, 그리고 우리 셋에 대한 염려를 그만둘 수가 없어!"

그녀의 오빠가 물었다. "그와 결혼할 거니?"

안나 역시 어깨를 으쓱했다. "그게 무슨 소용 있겠어? 차라리 내가 언젠가 그의 형과 그랬던 것처럼 함께 도망가 버리는 게 나아. 그리고는 죄인으로 사는 거지." 그 상황에서 그 말은 너무도 엉뚱해서 쌍둥이는 모두 미소를 짓고 말았다. 하지만 안나는 이내 심각한 표정을 지으며 고개를 저었다. "내가 가장 두려워하는 것은 그가 블러즈워스섬에서 돌아오지 않는 거야."

이 말은 에브니저를 놀라게 했다. "빌리 럼블리가 질투 때문에 그를 어떻게 할 거라고 걱정하니? 나는 그런 생각은 한 번도 해 본 적이 없는데."

안나가 대답했다. "아니, 빌리가 아무리 대단해도 헨리의 상대는 못 돼. 그리고 바로 그 점이 위험한 거고."

에브니저는 그녀가 하고자 하는 말이 무엇인지 깨닫고 몸을 떨었다. 서구문명이라는 대의에 대한(영국 식민주의는 말할 것도 없고) 헨리의 유대감이 얼마나 미약하고 제한적이던가. 그의 정신과 관심거리는 훨씬 더 복잡해서 그것에 비하면 서구문명이라는 대의는 편협한 것처럼 보인다! 그는 이미 해적 노릇을 한 적이 있는 데다, 또한 하늘만이 알고 있을 모종의 사악한 음모를 위해 첩자 노릇을 했을지도 모르는 일 아니던가? 그는 모든 종류의 도착(倒錯)의 미덕을 찬양하지 않았던가? 그리고 폭력, 파괴, 약탈에 대한 인간의 끝없는 동경을 에브니저에게 지적하지 않았던가? 그의 현재 의도가 무엇이건 간에, 벌링검이 블러즈워스섬에 남아 드레파카 및 쿼사펠라의 수완에 자신의 수완을 보태지 않으리라는 보장은 없었다. 그리고 그렇듯 영리하고 강력한 세 명의 적들(존 쿠드 및 그 정체 모를 무슈 카스틴은 말할 것도 없고)이 존재한다면, 신이여, 아메리카에 있는 영국의 식민지들을 도우소서!

쇠고기 수프는 그의 건강에 기적을 가져왔다. 그는 그것을 다 먹은 후, 안나를 보내 조안 토스트에게 용서를 구하는 동시에 자신에게 면담을 허락해 달라고 간청했다.

안나가 일 분 후에 보고했다. "그녀가 거부하던걸. 그녀는 나와는 아무런 원한도 없지만 또다시 남자의 얼굴을 보는 일

없이 그냥 죽었으면 한대. 그녀는 소터 씨의 진료조차도 거부하고 있어."

그녀에 대한 소식을 들을 때마다 언제나 그랬던 것처럼, 에브니저는 부끄러움으로 심장이 따끔따끔 쑤시는 듯한 기분이 들었다. 그래도 그는 그것을 조안이 적어도 무감각한 상태로 빠져들지는 않았다는 좋은 징조로 받아들였다. 그는 안나에게, 투지가 머무는 곳에는 삶 역시 머무는 법이며, 아내가 살아 있는 동안 자신은 결코 희망을 포기하지 않겠다고 단언했다. 그것은 자신이 감히 바랄 수도 없는 그녀의 용서를 얻겠다는 희망이 아니라, 그녀를 버리고 나서 자신이 얼마나 비참했는지를 그녀 앞에서 증명할 수 있으리라는 희망이었다. 한편 그는 메키보이를 불렀다. 메키보이는 조안의 상태에 관해 그와 함께 슬퍼하고, 롱 벤 에이브리의 정체가 보여 주는 기적 같은 우연에 대해 고개를 젓고(그는 그것이 인생은 수치심을 모르는 극작가라는 에브니저의 비난을 상당히 실증한다고 말했다.), 여자들이 안전한 것에 대해 기쁨을 나눈 후, 시인을 부축하여 복도를 지나 버트랜드와 함께 쓰는 자신의 방으로 안내했다.

"자네 알고 있나? 그 불쌍한 녀석은 로보담 대령과 자네 아버지가 자기에게 달려들까 봐 도망쳤던 거야. 그런데 조안이 현관에서 기절해 넘어지고, 자네가 대리석처럼 얼어붙고, 뒤이어 온통 야단법석이 일어나는 바람에 사람들은 다음 날 아침이 되도록 그를 발견하지 못했지. 사람들에게 발견되었을 무렵엔 그는 이미 추위 속에서 거의 죽어 가고 있었고 말이야. 그런데도 그들은 그를 하인들 방에 넣으려고 했어. 하지만 로우 씨와 내가 그들을 설득해서 나와 함께 자도록 했지. 나는 그가 감기로 목숨을 잃을까 봐 걱정이야. 불쌍한 놈."

시종은 깨어 있었다. 하지만 그의 상태는 건강과는 거리가 멀어 보였다. 볼은 열이 올라 부자연스러울 정도로 붉게 상기되어 있었지만, 수척하고 일그러져 있었으며, 코는 이전보다 더욱 날카로워졌고, 셈족[44]처럼 콧마루에 각이 져 있었다. 늘 그렇듯 둥글고 툭 튀어나온 그의 눈은 병든 올빼미의 눈처럼 총기를 잃은 채 매부리코를 넘어 그들을 쳐다보고 있었다. 벌렁거이 에브니저의 침대 곁으로 서둘러 날려왔던 것처럼, 이번에는 시인이 시종의 침대 곁으로 서둘러 다가갔다.

"불쌍한 친구! 넌 우리를 결코 떠나지 말았어야 했어!"

버트랜드가 얼굴을 찡그리며 미소를 지었다. "저는 푸딩 레인을 떠나지 말았어야 했어요." 속삭이는 듯한 그의 목소리에서는 쉿소리가 났다. "당신의 시종은 무슨 재능을 타고났든 간에 계관시인이나 조언자 노릇을 하느니 차라리 랠프 버드솔에 맞서는 편이 나았다고요. 하지만 우리가 드레이크페커의 신이 되고 황금 도시를 발견했다고 생각했던 날은 정말 즐겁지 않았나요?"

에브니저는 왜 죽음을 앞둔 사람처럼 말하느냐고 시종을 나무라고 싶었다. 하지만 그는 그 비유가 예언으로 읽힐까 봐 말을 조심했다.

그가 동의했다. "정말이지, 그날은 멋진 날이었어. 그리고 우

---

44) 현대의 유대인, 아랍인 등.

리 앞에는 또 다른 멋진 날들이 펼쳐질 거야, 버트랜드." 그는 앤드루도 그의 건강에 대한 염려 외에는 다른 어떤 것도 생각하고 있지 않으며, 그들은 모두 그가 한시바삐 건강을 회복하기만을 기도하고 있다고 안심시켰다. "대령에 대해 말하자면, 그야, 그는 분노할 만도 하지. 그리고 루시의 경우는 동정할 만하고. 하지만 그들이 스스로 불행을 자초했다는 것은 하늘도 알고 있을 거야! 어쨌든, 그들은 너에게 손가락 하나도 까딱하지 못할 거야. 그러니 이봐, 건강을 회복하도록 해. 그리고 내게 조언을 해 줘. 그렇지 않으면 나는 널 배의 화물칸에 실어 베시 버드솔에게 다시 데려다 놓겠어!"

그러나 시종의 침울한 기분은 나아지지 않았다. 그는 한숨을 쉬었고, 고열로 인해 정신이 오락가락해서는 래터피어[45]니, 큰곰자리니, 여자들의 농간이니 하며 알아들을 수 없는 말을 지껄였다. 또한 자신의 남편을 거세함으로써 그를 구하려 했던 베시 버드솔의 계획을 알아채지 못했던 것이 원통하다고 똑똑한 어조로 표현했고, 다른 한편 행운의 섬 시볼라와 버스의 선켄 랜드에 대해 헛소리를 늘어놓았다.

그가 어느 순간 장난스럽게 말했다. "당신은 솔직하게 인정해야 해요. 제가 시인 노릇을 하는 데 어느 정도 요령을 지니고 있다는 걸……."

에브니저가 울며 대답했다. "맹세코 그건 요령이 아냐. 비범한 재능 그 자체지!"

---

45) 아몬드 열매로 맛을 낸 과실주.

버트랜드는 다시 한번 가벼운 착란 상태에 빠졌다. 그리고 안나의 제안에 따라 두 남자는 그를 그녀와 러섹 부인의 간호에 맡겨 두고 방을 나왔다. 에브니저는 자신의 방으로 돌아와 낮잠을 잤고, 얼마 후 일어나 처음보다 왕성한 식욕을 가지고 든든히 배를 채운 후에 자신은 필요하다면 신 본인에게도 보고할 준비가 되어 있다고 알렸다.

벌링검이 대답했다. "그렇다면 나는 니콜슨 총독에게 사람을 보내 올라오시라고 전하겠네. 그는 자네가 자고 있는 동안 도착했고, 자네와 이야기하기 전에는 영지에 대해 한 마디도 듣지 않겠다고 해서 모든 사람들을 우울하게 만들었어. 하지만 나는 자네가 식사를 마칠 때까지 그를 기다리게 하기로 결심했지."

총독을 만날 일이 걱정되면서도, 에브니저는 미소를 지을 수밖에 없었다. "내가 당신에게 말했나요? 당신의 형도 당신처럼 사람 미치게 만드는 버릇을 가지고 있다는 걸?"

"아니, 그건 신기한 일이군! 나는 이 지긋지긋한 용무를 어서 빨리 끝내고 그에게 달려가고 싶어 미칠 지경이야!"

이 애매한 말을 남기고 헨리는 아래층으로 내려갔다. 그리고 아주 잠시 후, 왕이 임명한 메릴랜드주의 총독 프랜시스 니콜슨의 뒤를 따라 다시 방에 들어왔다. 벌링검보다 열두 살 정도는 더 늙고 다소 배가 나온 모습이었지만, 총독은 벌링검처럼 작은 키에 건장한 체격을 지닌 사람이었다. 짙은 보라색 우단 바지와 커다란 프랑스식 가발, 세심하게 신경 써서 칠한 매니큐어, 그리고 어린아이와 같은 발그레한 얼굴의 멋쟁이었다.

그러나 그의 커다란 턱과 심술궂은 눈, 그리고 날카로운 목소리와 퉁명스러운 태도는 그 치장과 어울리지 않았다. 그는 허락도 구하지 않고 방 안으로 성큼 들어왔고, 은색 머리의 지팡이에 무겁게 기대어 안경 너머로 환자를 응시했다. 그는 에브니저를 마치 왕이 자신에게 포획할 권리를 준 좌초된 고래들 가운데 하나라도 되는 것처럼 열정과 호기심, 의심이 뒤섞인 표정으로 유심히 바라보면서, 과연 저 고래 기름이 짜낼 가치가 있는 것인지 가늠하는 듯한 표정을 지었다. 벌링검은 재미있다는 표정으로 옆에 서 있었다. 토머스 로렌스 경은 다른 사람들을 숨가쁘게 따라 들어와 문을 닫았다.

에브니저가 용기를 내어 말을 걸었다. "안녕하십니까, 각하. 저는 에브니저 쿠크입니다."

총독이 외쳤다. "제기랄, 그래야지!" 그의 태도는 퉁명스러웠지만 적대적이지는 않았다. 그는 다른 사람들과 함께 웃었다. "이 친구가 바로 그 명성이 자자한 찰스 캘버트의 계관시인이군!"

"아뇨, 각하, 그것은 결코 정당한 칭호였던 적이 없었습니다."

토머스 경이 끼어들었다. "총독께서는 농담을 한 것이오. 로우 씨가 이미 우리에게 당신이 위임장을 받던 상황에 대해 알려 주었소, 쿠크 씨. 그리고 그것으로 인해 당신이 겪어야 했던 여러 가지 음모와 시련 들에 대해서도 말이오."

니콜슨이 말했다. "내 장담하건대 볼티모어가 왕 노릇이나 한번 해 보자고 한 일이겠지만, 사실 그리 나쁜 생각은 아니었던 것 같아. 내게 아나폴리스(난 앤아룬델 타운을 이렇게 부른다네.)에 대학을 세울 만한 시간을 줘 보라지. 그저 일 년이면 돼. 그러면 이 인색하게 구는 얼간이가 원하든 원치 않든, 우린 이곳 메릴랜드에 책 한두 권 정도는 갖게 될 거야! 그래, 그리고 어쩌면 그때에는 시인이 노래할 만한 무언가를 발견할 수 있게 될지도 모르지, 그렇지, 닉?"

벌링검이 대답했다. "아마 그렇겠지요." 그는 총독의 계속된 질문에 대해 자신은 버지니아 인쇄업자와 대화를 텄고, 니콜슨의 지령에 따라 앤드로스 총독을 떠나 메릴랜드에 상점을 세울 친구를 고용하려 애쓰고 있다고 덧붙였다. 한동안 에브니저의 존재는 그들 사이에서 잊혀진 듯 보였다. 그러나 니콜슨은 중간 단계 없이 곧장 그를 향했다. 아니, 사실상 노려본다고 느껴질 만큼 그 남자의 표정은 무시무시했다. 그리고 더 이상 지체하지 않고 '노예들과 야만인들에 관한 그 황당한 이야기'를 자세히 듣고 싶어 했다. 언뜻 보기에 미심쩍어하는 듯한 그의 태도가 처음엔 시인의 의욕을 꺾었다. 하지만 그는 총독의 회의적인 태도는 단지 그의 독특한 버릇일 뿐이라는 것을 곧 알아차렸다. 니콜슨은 드레파카가 북부의 추장들과 연락하고 있다는 말을 듣고는 "말도 안 돼!" 하며 코웃음을 쳤지만, 그의 혈색 좋은 이마는 근심으로 곧 어두워졌다. 그가 벌링검의 진짜 이름과 가계에 관한 이야기를 "뻔뻔스러운 사기에다 개똥 같은 거짓말"이라고 평했을 때쯤에는, 에브니저는 그 욕설을 "내가 지금까지 들어 본 것 중 가장 엄청난 기적"이라고 정확하게 번역하여 이해할 수 있을 정도였다. 간단히 말해, 비록 그는 시인이 이야기를 멈출 때마다 도저히 믿지 못할 이야기라고 주장하곤 했지만, 에브니저는 벌링검과 마찬가지로 그가 자신의 말 한 마디 한 마디를 모두 받아들이고 있다고 확신했다. 니콜슨은 흑인과 인디언 들이 꾸미는 음모 및 불법적인 매춘과 마약거래가 야기하는 거대한 위험들뿐만 아니라, 슬라이와 스커리에 의해 자행되는 무임 도항자들의 불법 매매, 앤드로스의 '해안 경비대'인 토머스 파운드의 약탈행위(그는 이것에 관해 알게 된 후 자신의 경쟁자를 쩔쩔매게 할 수 있으리라는 즐거운 기대감에 손을 비볐다.), 그리고 포세이돈호의 미치 선장(역설적이게도, 니콜슨은 최근에 슬루프 선 스피드웰호를 타고 항해하는 불법 상인들을 단속하기 위해 그를 고용했다.)의 이중성 등과 같은 세부사항들에 대해서도 진지하게 경청했다.

에브니저의 말이 끝나자 그가 외쳤다. "하느님 맙소사! 내가 다스리는 이곳은 정말이지 늑대와 독사들의 소굴이군!" 그는 그의 수하들을 향해 돌아섰다. "어떻게 생각하나, 제군들. 우리는 바베이도스로 가 버리고 이 형편없는 주는 이교도들에게 내줄까? 그리고 자네, 이 비열한 작자 같으니!" 그는 지팡이로 벌링검을 겨누었다. "정통 톨벗 신사인 척하고 돌아다니는 자네가 정작은 피비린내 나는 야만인 왕자였다니! 이런 일이 있나! 이런 일이 있어!"

벌링검이 에브니저에게 한쪽 눈을 찡긋했다. 니콜슨 총독은 지팡이로 마룻바닥을 쿡쿡 찌르며 침실 안을 잠시 서성거렸다. 마침내 그가 걸음을 멈추고, 자신의 자문회 의장을 노려보았다.

"자, 빌어먹을, 톰, 우리는 이 쿠드를 기소할 수 있나, 없나?

그러면 상대해야 할 악당이 한 명 줄어들 거야. 그런 다음 군대를 무장하는 일을 살필 수 있겠지." 그는 에브니저가 들으라는 듯이 고백했다. "만약 그 사실이 알려진다면 우리가 빌어먹을 병기고에 가지고 있는 탄환 수보다 우리 바지 속에 가지고 있는 탄환 수가 더 많게 될걸."

토머스 경은 그 답을 벌링검에게서 구하려 했지만, '빨간 피부의 첩자'로부터 해답을 얻으려 한다며 그의 각하로부터 핀잔만 들었다.

벌링검이 단언했다. "그를 찾아낸다면 어느 때라도 기소할 수 있습니다. 하지만 판사를 신중하게 선택해야 합니다. 그는 그 상황에서도 가볍게 빠져나갈 기회를 찾겠지요." 그는 1691년 의회일지의 한 부분, 즉 쿠드와 '개신교 도당들'을 옭아맬 수 있는 치명적인 증거를 아직 회수하지 못했다고 설명했다. 그리고 비록 자신의 선조에 관한 이야기에 대한 그것의 관련성은 아마도 미약한 듯하지만(윌리엄 스미스는 그것이 포우하탄 황제로부터 영국인들이 탈출한 이야기를 다룬 헨리 벌링검 경의 「개인 일기」 일부분이라고 모호하게 증언했었다.), 증거로서 그것의 중요성은 사실 매우 클지도 모른다고 덧붙였다. 그리고 그는 다음과 같이 결론을 내렸다. "그것은 아래층에 있는 그 너저분한 통 수선공의 수중에 있습니다. 어떤 방법을 써도 그는 그것을 내놓으려 하지 않겠지만 그를 위협해서 그것을 내놓게 해 보겠습니다. 그리고 일단 제가 그것을 보면, 목사이자 장군인 쿠드를 찾을 수 있을 겁니다."

니콜슨이 중얼거렸다. "우리는 오늘 해가 지기 전에 그것을 손에 넣게 될 거야. 만약 내가 야만인들의 손에 죽어야 한다면, 그 전에 그 악당 쿠드가 먼저 지옥에 떨어지는 꼴을 보고 싶어."

벌링검이 말했다. "더욱 걱정스러운 문제가 있습니다. 각하께서도 잘 아시다시피, 만약 흑인들과 야만인들이 마음만 먹는다면, 봄이 오기 전에 아메리카에 있는 모든 백인들을 학살할 수 있어요. 그들에겐 세 명 혹은 네 명의 훌륭한 대장들이 있으니 그럴 가능성이 더욱 크죠." 그는 계속해서 자신이 여하간에 가능한 한 빨리 블러즈워스섬으로 가서 타약 시카멕과 코훈코우프레츠에게 자신을 소개하려 한다고 말했다. 물론 그들은 그의 정체를 의심할 수도 있다, 그는 그것에 대한 아무런 증거도 가지고 있지 않기 때문이다, 하지만 만약 기적이 일어나 그들이 자신을 믿는다면, 그는 자신의 형을 폐하고 쿼사펠라와 드레파카를 서로 반목하게 만들도록 애쓸 것이다, 그는 아메리카에서 영국인들의 입지가 더욱 강해지기 전까진, 야만인들 사이에 내분과 음모를 조장하는 것이 영국인들을 구할 수 있는 유일한 무기라고 확신했다.

니콜슨이 코웃음을 치며 대꾸했다. "자네는 계획을 실행에 옮기기도 전에 죽을 걸세. 그 짐승들은 우둔하지만, 자기들 사이로 한가로이 걸어 들어와 자신을 왕이라고 선언하는 아무 영국인에게나 머리를 숙일 만큼 그렇게 멍청하지는 않아."

"아, 맞습니다. 그것은 '아무' 영국인이나 다 할 수 있는 역할이 아니지요. 뭐, 그렇다고 제게 어떤 특별한 재능이 있다고 주장하는 건 아닙니다. 반대로 이 역할은 매우 특수한 결

점을 필요로 하지요. 그렇지 않은가, 에벤?" 그는 계속해서
자신은 조부인 헨리 벌링검 경으로부터 선천적으로 성적 결
함을 물려받았으며, 그것을 블러즈워스섬에서 자신의 신분
증명서로 이용할 생각이라고 솔직하게 설명했다. 총독은 처
음엔 놀라더니, 다음엔 동정했고, 마지막으로 저속한 농담
을 하며 즐거워했다. 하지만 그는 그렇다 해도 만약 그 인디
언들 가운데 단 한 명이라도 자존심 강한 회의론자가 있다면
그 전략은 분명 실패할 거라고 단언하며 물었다. "그 옛날 오
디세우스가 시논⁴⁶⁾을 거세하는 게 자신의 목적에 이로울 거
라 판단했다면, 그가 그 일을 하는 데 주저했을 거라고 생각
하나?" 그러나 적어도 현재로서는 그보다 더 나은 계획이 없
었다. 그는 이번만은 얼굴과 태도 모두에서 뚱한 기색을 지우
고 에브니저에게 물었다. "이보게, 뭐, 다른 할 말은 없나? 없
어? 자, 그럼, 신이 자네의 용기를 축복하고, 자네의 시련에 대
해 보상하기를 바라겠네. 만약 자네가 남자라는 사실의 반만
큼만 시인이라 하더라도, 자네는 메릴랜드의 계관시인보다 더
나은 계관시인이 될 자격이 있네."

   그는 이렇듯 갑작스럽게도 다정다감한 태도의 영역으로 진
출한 후, 시인이 감사의 표시를 하기도 전에 본래의 성격으로

---

46) 오디세우스의 외사촌 동생이며, 트로이인들에게 거짓으로 포로가 되어
목마를 트로이 성 안으로 들이는 데 결정적인 역할을 했다. 여기서 니콜슨
이 거세 운운하는 것은 헨리의 성기가 부실함을 빗대어 하는 말이다. 오디
세우스가 시논을 첩자로 보냈듯, 성공할 확신만 있다면 벌링검을 첩자로 보
내겠지만 확신이 없기 때문에 주저한다는 뜻이다.

퇴각했다. "자, 이제, 톰, 이 건물 안에 있는 모든 남자들과 매춘부들을 거실로 모이게 하게. 고열로 제정신이 아닌 불쌍한 녀석은 제외하고 말일세. 상황에 대한 장악력이 생겼을 때마다 찰리 캘버트가 그랬던 것처럼 우리는 지금 당장 여기서 훌륭한 장원 재판소를 열거야. 그리고 달이 뜨기 전에 이 영지의 특허권에 대한 판결을 내릴 걸세."

토머스 경이 대답했다. "좋습니다, 각하! 하지만 헤메이커 판사에게는 어떻게 설명을……."

총독이 외쳤다. "헤메이커에겐 내 엉덩이나 던져 주고, 그 안에서 잠자코 축배나 들라고 해!" 이 말에 에브니저는 버트랜드가 언젠가 들려준 추문을 떠올리지 않을 수 없었다. "자, 자, 움직이라고. 거기 자네, 니콜라스…… 아니, 이제 뭔가, 헨리? 빌어먹을, 아랫도리 부실한 마키아벨리[47]에게 잘 어울리는 이름이군! 교구민들을 불러 모아 판결을 받으라고 하게, 헨리 벌링검. 여기 있는 톰이 미노스[48] 역할을 할 것이고, 나는 라다만투스[49]가 될 거야!"

---

47) 니콜로 마키아벨리(Niccolò Machiavelli, 1469~1527년)16세기 이탈리아의 외교가이자 정치가. 여기서는 권모술수에 능한 사람을 가리킨다.
48) 크레타섬의 왕.
49) 그리스 신화에서 제우스와 에우로파 사이의 아들. 죽은 뒤 지옥의 세 재판관 가운데 한 명이 되었다.

20 시인의 하루가 법정에서 시작되다

몰든의 소유권 문제가 최근 며칠 동안 모든 사람들의 마음 속에서 최대 관심사가 되어 온 관계로, 니콜슨 총독이 거실에서 임시 법정을 개회하는 데는 그리 오랜 시간이 걸리지 않았다. 자신이 다른 어떤 곳에 있기를 바라는 듯한 사람 한 명을 포함한 모든 이해 당사자들이 출석했다. 도체스터 카운티 시민군의 기병 두 명이 그 집에서 멀리 떨어지지 않은 해변에서 윌리엄 스미스를 붙잡아 왔다는 소식이 전해졌다. 그의 얼굴에 떠오른 불안한 기색은, 자신은 단지 신선한 공기를 마시고 싶었을 뿐이라는 그의 해명이 거짓임을 드러냈다. 두 명의 판사들은 등을 벽난로 쪽으로 향한 채, 예의 그 초록색 테이블보가 씌워진 테이블 앞에 자리를 잡았고, 자신들 주위로 다른 사람들을 커다란 반원 모양으로 정렬시켰다. 헨리 벌링검은 종이와 깃펜을 갖추고 토머스 경의 반대편인 니콜슨의 왼쪽에 자리 잡았다. 그리고 그곳에서, 모여 있는 일행을 흥미로운 듯 둘러보았다.

그 행사를 위해 옷을 갖춰 입는 수고를 한 에브니저는 (판사의 위치에서 봤을 때) 반원의 맨 오른쪽에 있는 안나의 의자 팔걸이에 걸터앉았다. 그는 물론 쿠크포인트의 권한이 자신의 아버지에게 돌아가기를 바랐지만, 최근에 벌어진 사건들과 새롭게 밝혀진 뜻밖의 사실들이 그로부터 모든 과거의 걱정과 근심을 쓸어가 버린 상태였다. 그가 흥분한 것은 단순한 기대 때문이었다. 안나는 새롭게 평온을 얻었다는 사실을 증명하듯이 뜨개질 거리를 들고 나왔고, 거기에 완전히 몰두한 듯 보였다. 재산의 처분에 대해서는 전혀 무관심한 것이 아닌가 싶을 정도였다. 그녀의 오른쪽에 앤드루 쿠크가 앉았다. 그는 파이프를 너무도 맹렬하고 끊임없이 피워 대서, 소용돌이치며 올라가는 담배 연기가 그의 입이 아니라 온 모공을 통해 나오는 것처럼 보일 지경이었다. 때때로 그는 잔뜩 찌푸린 얼굴로 자신의 아이들을 바라보았다. 마치 그들이 자신의 눈앞에서 사라지거나 다른 누군가로 변해 버릴까 봐 두려워하는 사람처럼. 그 외의 시간에는 조바심을 치며 앞에 놓인 테이블을 응시하거나 니콜슨이 좌중에게 돌린 럼주 잔을 홀짝거렸다.

그는 자기 옆에 놓인 가죽 소파 쪽으로는 단 한 번도 시선을 돌리지 않았다. 그곳에는 록산 러섹과 앙리에타, 그리고 존 메키보이가 앉아 있었다. 안나가 에브니저에게 전한 바에 의하면, 그 늙은 연인들 사이에 화해가 이루어졌다는 소문이 있었다. 그들 누구도 그 문제에 관해서는 직접적으로 말하기를 꺼렸지만(록산은 자기는 영원히 벤저민 롱을 추억하며 살 거라고 주장했고, 앤드루는 앤 보이어 쿠크를 영원히 기억하며 살 거라고 주장했다.) 그 제분업자의 과부는 침착한 외양에도 불구하고 생기가 넘쳐 보였다. 그녀는 갈색 눈동자를 반짝이며, 계속해서 개인적인 농담을 즐기고 있는 듯 보였다. 안나가, 자신도 에브니저도 아버지의 재혼을 어머니의 추억에 대한 모욕으로 여기지 않을 거라고 안심시켰지만, 앤드루는 잔뜩 당황한 얼굴로 그의 약혼보다는 그녀 자신의 약혼에나 신경 쓰라고 충고했다. 에브니저는 자신의 아버지가 결국은 그렇게 가망 없는 노인네가 아니라 이제 겨우 오십 대 중반의 나이일 뿐이라는 것 (예를 들어 그와 벌렁검의 나이 차가 벌렁검과 쌍둥이들과의 나이 차보다 크지 않다는 것), 또한 하얗게 샌 턱수염과 곱은 팔, 그리고 최근에 나빠진 건강 상태에도 불구하고 여전히 꽤 남자다운 모습을 유지하고 있다는 것을 그때서야 비로소 깨달았다.

모임의 중앙에 위치한 록산의 옆에는 다시 만난 연인들인 앙리에타와 존 메키보이가 앉아 있었다. 그들의 관계는 더 이상 이러쿵저러쿵할 소문 거리가 아니었다. 그들은 서로에 대한 감정을 숨기지 않았고, 사람들은 조만간 그들의 약혼이 발표될 거라고 예상하고 있었다. 그들 오른쪽으로 다소 굽어진 부분에 리처드 소터, 윌리엄 스미스, 루시 로보담, 그리고 그녀의 아버지인 대령이 순서대로 앉아 있었다. 아니, 정확히 말하면 로보담 대령은 앉아 있지 않았다. 대령은 자신의 딸이 수치심으로 얼굴을 찌푸린 채 앉아 있는 의자 뒤에서 정신없이 몸이 달아 이쪽저쪽으로 돌아다니고 있었기 때문이다. 통 수선 공은 자신의 구두를 뚫어지게 노려보고 있었고, 소터가 때때로 그에게 무언가를 속삭이면 조급하게 고개를 끄덕이곤 했다. 그는 에브니저 쪽이나, 오 분 전 니콜슨에 의해 법정 수위로 진급된 스카치 복장의 민병이 머스킷 총으로 사격 준비 자세를 취하고 있는 쪽으로는 고개도 돌리지 않았다.

망치가 없는 관계로, 총독은 자신의 지팡이로 테이블의 가장자리를 두드렸다.

"아주 좋아, 빌어먹을, 이 장원 재판소는 개정되었소. 우리의 믿음직한 친구 닉 로우가 여러분의 진술을 받아 적기 위한 현명한 규정을 고안해 냈소. 그리고 그에 의거하여 그를 이 법정의 서기로 임명하오."

에브니저는 그 상황이 다방면으로 좋은 기회라고 여기고, 과감하게 말을 꺼냈다. "괜찮으시다면, 각하……."

니콜슨이 말을 잘랐다. "괜찮지 않아. 자네의 용건을 진술할 시간이 곧 충분히 주어질 거야."

에브니저가 고집스럽게 말을 이었다. "이것은 서기에 관한 일입니다. 신분의 문제가 대단한 중요성을 차지하는 당면한 용건의 특수한 복잡성을 고려할 때, 제 생각엔 처음부터 확고한 원칙을 세우는 것이 현명하다고 봅니다. 법정이 내린 판결들의 합법성에 의문을 제기할 수 없도록, 관련된 모든 사람들의 진짜 신분 아래서 행해진 것 외에는 본 법정이 어떤 행동도 인정하지 않을 것이며 어떤 증언도 듣지 않는다는 원칙 말입니다. 이를 위해 저는 각하께서 본 법정의 서기를 그의 진짜 이름으로 지명하고 선서시키도록 요청합니다."

당연하게도 안나는 이 제안에 몹시 놀랐고, 다른 사람들(특히 앤드루)도 역시 당황한 기색을 보였다. 하지만 니콜슨과 토머스 경은 자신의 입지에 유리한 전례를 세우려는 시인의 전략을 높이 평가했다. 벌링검도 살짝 고개를 끄덕임으로써 에브니저의 의견에 대한 동의를 표시했다.

니콜슨이 동의했다. "의문의 여지없이 가장 현명한 절차요." 그리고 방 안의 사람들에게 선포했다. "니콜라스 로우는 이 훌륭한 친구의 가명이라는 것, 그리고 우리는 여기서 그를 헨리 벌링검 3세라는 그의 진짜 이름하에 서기로 임명한다는 것을 알아 두시오. 내가 자네 이름을 맞게 말한 건가, 헨리?"

벌링검은 다시 한번 고개를 끄덕임으로써 니콜슨의 말을 인정했다. 쌍둥이와 마찬가지로 그의 시선은 앤드루 쿠크에게 가 있었다. 그의 얼굴은 벌링검의 이름이 언급되자마자 예상 대로 하얗게 질렸다.

메키보이만이 분위기를 파악하지 못한 채 웃으며 외쳤다. "이럴 수가! 정말 당신이야, 헨리? 요즘엔 정말 끝도 없이 기적 이 일어나는군! 당신 들었소, 앙리에타……."

앙리에타가 그의 입을 막았다. 앤드루가 뻣뻣이 굳은 채 벌 링검을 노려보면서 자리에서 일어섰다.

그가 입을 열었다. "신을 나의 증인으로!" 그리고는 감정을 억제하느라 몇 번씩 말을 멈추며 침을 꿀걱 삼켜야 했다. "나 는 너를 지옥에서 볼 거다, 헨리 벌링검……."

그가 테이블을 향해 한 발짝 앞으로 나섰다. 에브니저가 그 를 막고 그의 팔을 잡았다.

"앉으세요, 아버지. 아버진 헨리에게 원한을 품을 이유가 전 혀 없어요. 지금까지도 그랬고요. 아버지가 욕을 해야 할 사람 은 헨리나 안나가 아니라 저예요."

앤드루는 아들의 얼굴과 자신을 제지한 손을 믿을 수 없다 는 듯이 응시했다. 그러나 더 이상 앞으로 나아가려는 움직임 은 보이지 않았다.

러섹 부인이 말했다. "그래요, 그만둬요, 앤드루. 당신은 그 사건에 있어선 원고가 아니라 피고라고요. 그 문제에 관한 한, 사기꾼은 사기에 대해 불평할 입장이 못 돼요."

로보담 대령이 말했다. "맞는 말이오!" 하지만 그는 이내 벌링검으로부터 묘한 시선을 받고는 불안하게 헛기침을 했다.

니콜슨이 정숙을 요구하며 테이블을 두드린 후 단호하게 말했다. "당신은 당신의 사적인 이견들을 곧 해결할 수 있을 거요. 앉으시오, 쿠크 씨."

총독의 명령에 앤드루가 자리에 앉았다. 록산은 몸을 기울여 그의 귀에 무언가를 속삭였고, 안나는 대견하다는 듯 오빠의 손을 토닥였다. 에브니저의 맥박은 여전히 빠르게 뛰었다. 그러나 헨리 벌링검의 윙크가 그의 심장을 따뜻하게 적셔 주었다. 하지만 잠시 후, 이번에는 그가 평정을 잃을 차례였다. 주방에서 일하는 프랑스 여자가 문가에 와서 전언을 속삭였고, 그녀의 입장(入場)을 저지한 민병이 그녀의 전언을 총독에게 전달했다. 전언은 두 가지였다. 총독은 첫 번째 전언을 고개를 끄덕여 확인했고, 두 번째는 욕설과 함께 확인했다.

그가 발표했다. "러섹 부인은 좋겠소. 당신의 친구 에이브리 선장이 우리의 추격을 빠져나가 필라델피아로 가는 중이라는 군. 나는 그가 그곳에서 아늑한 은신처와 함께 일손도 넉넉히 찾을 거라 확신하오."

록산은 자신이 과거에 롱 벤 에이브리를 사랑했고, 최근 그의 은혜를 입은 것이 사실이지만, 자신은 해적 행위와 같은 그의 악행들을 결코 비호하지 않는다고 대답했다. 또한 에이브리의 행방을 보고했던 것은 바로 자신이었다는 사실을 상기시키며 존재하지도 않는 관계를 암시해서 자신을 난처하게 하지 말았으면 감사하겠다는 말도 덧붙였다.

앤드루가 말했다. "전적으로 동의하오." 에브니저와 안나는 놀라서 시선을 교환했다. 그리고 록산의 기백에 감동한 듯 총독이 고개를 끄덕여 사과했다.

"나는 또한 우리의 병자들 가운데 한 명이 이 자리에 함께하기를 요청한다는 말을 전해 들었소. 그리고 벌링검 씨는 그녀가 여러 가지 면에서 중요한 증인이 될 거라고 믿으므로, 나는 재판을 시작하기 전에 그에게 법정 수위를 도와 그녀를 데리고 내려오도록 요청할 것이오."

앤드루, 록산, 앙리에다, 손 메키노이 등은 모두 에브니저를 심각하게 바라보았다. 에브니저는 그 소식을 듣고 특유의 복잡한 표정을 짓고 있었다. 얼마 동안 그는 자신이 다시 고질적인 마비 상태에 빠질까 봐 두려웠다. 그러나 마치 기절한 채지하감옥에서 끌려나오는 비참한 죄수처럼, 호위자들의 팔에 기대어 이끌려 나오는 조안을 보자, 그는 의자의 팔걸이에서 벌떡 일어섰다.

"아, 신이여!"

남자들이 모두 한 마디씩 중얼거리며 일어섰다. 앤드루는 아들의 팔에 손을 얹고 용기를 북돋우기 위해 한두 번 헛기침을 했다. 그것은 정말이지 충격적인 광경이었다. 안나와 록산이 신경을 쓴 덕분에 조안의 얼굴과 의복은 먼지 하나 없이 깨끗했다. 그러나 그녀의 얼굴은 병으로 엉망이 되어 있었고, 치아는 비참한 상태였다. 로케츠에서 그렇듯 멋지게 반짝이던 갈색 눈동자는 광채를 잃고 핏발이 선 상태였다. 그녀의 나이는 앙리에타 러섹의 나이보다 많지 않았지만, 오랫동안 병을 앓은 데다 조잡한 모직 잠옷 및 엉킨 머리 장식 탓에 마녀나 미친 여자처럼 보였다. 그 모습을 본 메키보이는 신음하며 괴로워했고, 루시 로보담은 눈을 가렸다. 리처드 소터는 거북하게 코를 킁킁거렸고, 그의 의뢰인은 아예 눈길조차 주지 않았다. 앙리에타가 똑바로 앉아 있기도 버거워하는 조안을 위해 소파 위에 있던 담요로 그녀를 감싸 주었다. 그녀가 염려하는 모습으로 볼 때, 메키보이가 그녀에게 모든 것을 털어놓은 게 분명해 보였다.

소파에 자리를 잡고 나서야, 조안은 고뇌에 찬 표정을 짓고 있는 에브니저를 응시함으로써 자신이 그를 알아보았음을 알렸다. 시인은 "신께서 나를 도와주시고 용서하시기를!" 하고 외치며 그녀 앞에 무릎을 꿇었고, 그녀의 손을 입에 갖다 대고 그 위에 눈물을 흘렸다.

니콜슨이 명령했다. "정숙! 정숙! 원한다면 당신의 아내 옆에 앉아도 좋소, 쿠크 씨. 하지만 서둘러 재판을 시작하지 않는다면 우리는 이 용건을 결코 끝낼 수 없을 거요. 저 비열한 인간이 당신에게 어떤 악행을 저질렀든 간에, 쿠크 부인, 그가 참회하고 있는 것만은 분명하오. 그가 러섹 부인과 자리를 바꾸기를 원하오, 아니면 그가 당신 곁에서 떨어져 있기를 바라오?"

조안이 대답했다. "만약 소망이라는 것이 버터케이크 같은 것이라면, 거지들도 베어 물 수 있겠지요." 비록 속담의 내용은 신랄했지만, 그녀의 목소리는 약하고 쉬어 있었다. "만찬을 소망했을 때 나는 가장 불행해졌거든요."

총독이 말했다. "그렇다면 원하는 대로 하시오, 쿠크 씨. 하지만 서두르시오."

러섹 부인이 조안의 옆자리를 비우며 대신 에브니저를 그 자리에 앉혔다. 그리고 그녀는 심각한 표정으로 아들을 지켜보고 있던 앤드루 쿠크가 권한 의자에 앉았다. 그녀의 시선이 그들을 떠나자, 에브니저는 조안의 핏기 없는 손을 자신의 손으로 꼭 쥐었다. 그는 차마 다른 사람들의 얼굴을 볼 수가 없었다. 자신의 왼쪽에서 안나의 뜨개바늘이 바쁘게 딸깍거리는 소리가 들려왔다. 그 소리는 그의 심상에 놋처럼 박혔다.

니콜슨이 건조한 어조로 말했다. "자, 그러면, 이제 우리의 용건을 다루기 시작해도 될 거라고 믿소. 서기는 앤드루 쿠크에게 선서를 시키고 기록을 시작하시오."

앤드루가 말했다. "저 남자는 나를 선서하게 할 수 없소. 나는 차라리 악마에게 선서하겠소."

니콜슨이 위협적으로 선언했다. "앞으로 나서서 선서를 하지 않는 사람은, 지금 당장 그의 빌어먹을 재산에 대한 권리를 상실하게 될 거요."

앤드루가 마지못해 선서를 했다.

소터가 말했다. "이의 있습니다, 각하. 저 증인은 그의 오른손을 들지 않았습니다."

총독이 대답했다. "이의는 무슨 빌어먹을! 여기 있는 헨리가 자기 물건을 들어 올리지 못하는 것처럼, 그는 자신의 오른손을 들어 올릴 수 없소. 그건 악당이나 멍청이를 제외하곤 누구나 아는 사실이야. 이제 앉으시오, 쿠크 씨. 당신들 모두가 이 소송에 얼마간의 이해관계를 갖고 있는 상황이고, 현재로서는 그것을 청문할 어떤 정식 법정도 열리지 않은 만큼, 나는 여기서 이 거실 전체를 증언석으로 삼겠다고 선언하오. 당신들은 모두 자기 자리에서 대답해도 좋소."

소터가 항의했다. "하지만 성 로잘리의 무릎뼈에 맹세코, 각하, 누가 피고이고 누가 원고입니까?"

총독은 이 점에 관해 토머스 로렌스 경과 짧은 협의를 거친 다음, 각자의 요구와 주장들이 보기 드물게 복잡한 관계로, 변론은 심리(審理)의 형식으로 시작해서 사안들이 명백해지는 순간 그에 맞는 재판으로 변할 것이라고 발표했다.

그가 주장했다. "우리가 영주의 지배하에 있을 때에도 이런 건 관행처럼 이루어지던 일이오." 소터는 더 이상 이의를 제기하지 않았다. 심지어 니콜슨이 그를 시험하려는 듯 방에 있는 모든 사람들에게 성경책을 든 벌링검부터 시작하여 모두 손을 잡고, 일제히 낭독을 따라하는 식으로 동시에 선서를 시키는 별난 조치를 취했을 때조차도, 그는 입을 다물고 있었다.

"자, 이제, 앤드루 쿠크 씨……." 그가 앞의 테이블 위에 놓인 문서를 참조하며 물었다. "1662년 3월 5일에, 당신은 이 땅을 토머스 매닝이라는 사람과 그의 아내 그레이스로부터 합계 담배 7천 파운드의 금액으로 획득했고, 뒤이어 그 위에 이 집을 지었소. 사실이오?"

앤드루는 그 거래의 세부 내용을 인정했다.

"그리고 1670년부터 지난 9월까지 벤저민 스퍼던스라는 인물이 당신을 위해 이 영지를 관리했다는 것도 사실이오?"

"그렇습니다."

니콜슨이 벌링검에게 물었다. "스퍼딘스라는 사람은 어디 있나? 그자도 여기 있어야 하지 않나?"

헨리가 대답했다. "그를 찾으려고 애쓰는 중입니다만, 어디론가 자취를 감춘 것 같습니다."

다음에 이어진 총독의 질문들에 대한 답변으로 앤드루는 4월 1일에 자신의 명령으로 에브니저가 농장을 책임지기 위해 플리머스를 출항했으며, 편의상 자신이 아들에게 그와 관련된 모든 대행 권한을 주었다고 증언했다.

"그런데 그가 지난 9월 케임브리지 순회 재판에서 쿠크포인트를 윌리엄 스미스에게 거저 양도한 것이 사실이오?"

소터가 단호한 어조로 끼어들었다. "성 웬셀라우스에 맹세코, 그렇습니다. 각하께서는 그것을 증명하는 서류를 갖고 계십니다."

앤드루가 외쳤다. "그는 속은 거요! 그는 그것이 몰든이라는 것을 몰랐소. 게다가 그는 그 재산을 처분할 권한을 갖고 있지 않아요!"

소터가 반박했다. "어째서 그런지 모르겠군. 자신의 농장을 처분하는 일만큼 경작자의 업무와 관계 있는 것이 또 어디 있다고 그러시오?"

이 대목에서 로보담 대령이 전투에 합류했다. "이 질문 전체가 논점을 벗어난 겁니다, 각하! 쿠크 씨 자신이 인정했듯이, 쿠크포인트를 스미스에게 양도한 녀석은 순전한 사기꾼입니다! 그리고 내 딸의 권리 주장은 여하튼 우선권을 갖고 있어요. 진짜 에브니저 쿠크는 6월에 배 위의 내기에서 조지 터브만 목사에게 재산을 잃었소. 그리고 터브만은 그 권리를 내 딸에게 양도했소. 이 사기 행각이 벌어지기 전에 말이오!"

소터가 외쳤다. "새빨간 거짓말이오!" 앤드루도 이에 동의 했다.

니콜슨이 일어서서 지팡이로 바닥을 두드렸다. "그것으로 충분해, 빌어먹을! 심리는 끝났소!"

벌링검마저도 이 발표에 놀란 얼굴이었다.

앤드루가 항의했다. "아직 시작도 하지 않았는데! 그에 대해 아직 아무것도 듣지 못하지 않았습니까!"

총독이 말했다. "증언할 차례가 아니면 아무 말도 하지 마시오. 그렇지 않으면 이 법정에서 쫓겨날 거요. 우리는 처음부터 말했소. 분명한 피고를 발견하는 즉시 심리를 끝내고 재판을 시작하겠다고. 심리는 끝났소."

앤드루의 얼굴이 환해졌다. "그렇다면 당신은 내가 진정한 피고이고, 본 법정은 이들 도둑놈들이 그들의 거짓 주장을 증명하기 위한 것이라는 데 동의하는군요?"

니콜슨이 대답했다. "전혀 그렇지 않소. 피고는 바로 나요. 말하자면, 메릴랜드주가 피고요. 우리는 여기서 이 집과 대지를 모두 몰수하겠소, 빌어먹을. 그리고 본 법정은 내가 어째서 그 재산을 폐하의 이름으로 보유해서는 안 되는지를 당신들 모두가 증명하기 위한 것이오."

소터가 따지듯 물었다. "무슨 근거로요? 뭐 이런 우스꽝스러운 정의가 다 있습니까?"

그 조치에 만족스러워하는 것이 분명한 벌링검이 니콜슨에게 무슨 말인가를 속삭이기 전까지 그는 대답을 못하고 머뭇거렸다.

마침내 그가 말했다. "바로 메릴랜드주의 안위와, 아메리카에 있는 폐하의 농장의 안위를 위해서요. 이 집이 사악한 거래의 근거지라고 주장되고 있고, 그 거래는 주 정부에 반역을 꾀하는 분자들에 의해 관리되고 있다고 주장되고 있소. 반역자들과 반역자들로 의심되는 인물들에 대한 기소와 재판이 이루어지는 동안 그들의 재산을 몰수하는 것은 전적으로 총독인 나의 권리 안에 있소."

"성 시버의 무두질 공장에 맹세코! 어느 누구에 대한 어떤 혐의도 없습니다!"

총독이 동의했다. "그렇고말고. 그렇게 심각한 혐의를 심리도 없이 특별 법정에 들여오는 것은 부당한 일이지. 간단히 말해, 여러분들 모두는 심리가 이루어지는 동안 가택연금 상태가 될 거요. 그리고 우리가 이 영지에 대한 소유권을 결정하기 전엔 어떤 심리도 없을 거요!"

토머스도 상당히 감탄한 듯 보였다.

대령이 불평했다. "그건 전례가 없는 일입니다!"

니콜슨이 의기양양하게 말했다. "그 반대요. 이것이 바로 홀트 판사가 윌리엄왕을 위해 볼티모어로부터 메릴랜드의 특허장을 빼앗을 때 이용했던 책략이거든."

몰수는 신속하게 공식화되었다. 토머스 경의 지위는 판사에서 피고를 위한 변호사로 바뀌었다. 앤드루, 윌리엄 스미스, 그리고 루시 로보담은 연합 원고로 명명되었다. 그리고 쿠크 외여러 명 대(對) 메릴랜드주 소송사건의 개정이 선포되었다.

총독이 웃으며 말했다. "이런, 제기랄! 기억해 두어야 할 재판 규칙이 있소!" 그런 다음 그는 루시의 법률고문인 로보담 대령의 증언을 먼저 듣겠다고 말했다. 그의 권리 주장이 다른 사람들의 주장에 비해 시기적으로 앞선다는 이유에서였다. 대령은 몹시 불안한 기색으로 포세이돈호에서 벌어졌던 내기 도박, 계관시인의 납치에 앞서 이루어진 마지막 내기와 그 결과 쿠크포인트에 대한 소유권이 포트 토바코 교구의 조지 터브만 목사에게 넘어간 일, (곧 중혼으로 무효가 된) 터브만 목사와 루시의 결혼, 루시의 쿠크포인트 소유권 획득, 마지막으로 그녀와 계관시인 본인의 결혼 등에 대해 자세히 진술했다.

니콜슨이 거친 목소리로 말했다. "자, 이보시오, 로보담 대령. 당신은 한때 쿠드와 코플리 총독에게 봉사한 적이 있지만 어쨌든 책임감 있는 남자요. 내가 당신을 정의의 친구라고 생각하지 않았었다면, 나는 결코 당신을 해사고등법원의 판사로 세우지 않았을 거요. 당신은 정직한 남자고 공정한 사람이요. 이 형편없는 주의 면목을 그나마 세워 주는 인물이지."

대령이 중얼거렸다. "고맙습니다. 하늘은 알고 계실 거요. 내가 추구하는 것은 정의밖에 없다는 것을……."

"그렇다면 저쪽 소파에 앉아 있는 저 깡마른 친구를 보시오. 그리고 그가 나와 마찬가지로 당신 딸의 남편이 아니라는 것을 인정하시오. 또한 그는 조지 터브만과 내기를 했던 그 친구가 아니라는 것도!"

대령이 항의했다. "저는 한 번도 저 사람이라고 말한 적이 없습니다. 앤드루 쿠크 본인이 우리 모두에게 선언했죠."

니콜슨이 그의 말을 잘랐다. "우리는 모두 그가 거짓을 말했다는 걸 알고 있소. 그리고 당신도 우리와 마찬가지로 그가 어째서 여기 있는 헨리를 자신의 아들이라고 불렀는지도 알고 있소."

로보담 대령은 이 점을 순순히 인정했다. "그는 자신의 아들이 죽었다고 생각하고 사기꾼을 세워 우리를 속이려고 했습니다. 그러나 각하, 제 입장은, 자신의 죽은 아들과 의절하는 사람은 살아 있는 아들과도 기꺼이 의절할 것이고, 한 번 그랬듯이 두 번 혹은 세 번도 그러리라는 것입니다. 제 견해는, 각하, 그는 자신의 아들이 어떻게 해서 도박으로 재산을 날려버렸는지를 알고, 우리를 속이기 위해 로우 씨든 벌링검이든 아무튼 저 사람과 공모했다는 겁니다. 그리고 내 불쌍한 사위가 자신의 일행과 등장하는 바람에 벌링검 씨가 자기 정체를 밝힐 수밖에 없게 되자, 쿠크 씨는 뻔뻔하게도 저 비열한 시종 놈을 매수하여 자신의 아들 노릇을 하게 만들었다는 겁니다. 저는 제 딸의 남편을 에브니저 쿠크로, 그리고 저 돼먹지 못한 악당을 그의 시종으로 밝혀 줄 수많은 증인들을 세울 수도 있습니다. 그들은 모두 포세이돈호에서 두 사람을 목격한 사람들이지요. 그들은 제가 지금 여기서 맹세하듯이, 배 위에서도 종종 그가 주제넘게도 자기 주인의 지위를 넘보려 했다고 맹세할 겁니다."

총독이 고개를 저으며 말했다. "매우 유감이오만, 조지, 위

층의 시종이 바로 그 주제넘은 시종이오. 나는 그 일에 관한 추문을 매우 개탄하고 몸을 헤프게 굴리는 부담스러운 딸을 가진 당신을 동정하지만, 여기 있는 이 친구가 진짜 에벤 쿠크라는 것을 확신하오. 그의 아버지, 누이, 그리고 벌링검 씨의 증언과는 별도로, 나는 저쪽 방에 있는 남자인 버트랜드 버튼의 진술서를 여기 가지고 있소. 벌링검 씨가 선견지명을 발휘하여 그 불쌍한 녀석이 고열로 제정신을 잃기 전에 미리 그것을 받아 놓은 덕이지. 내가 그것을 크게 읽은 후, 여러분이 살펴볼 수 있도록 돌리겠소."

그는 계속해서 시종이 누차 에브니저를 사칭했던 것, 권한도 없이 터브만과 내기했던 일, 그리고 루시 로보담과의 사기 결혼 등에 관한 버트랜드의 서명 날인이 된 고백을 읽었다. 시종이 보여 준 이 속죄의 몸짓은 잔뜩 긴장해 있던 에브니저의 마음을 따뜻하게 채웠다.

대령이 이의를 제기했다. "그것은 그저 한발 더 나아간 사기일 뿐이오! 그들은 죽어 가는 남자의 정신착란 상태를 자기들의 목적을 위해 왜곡한 거요!"

니콜슨이 부드럽게 말했다. "아니오, 조지. 그는 정말로 버트랜드 버튼이라는 이름의 시종이오."

루시가 신음했다. "아, 저런!" 러섹 부인이 서둘러 다가가 그녀를 위로했다.

대령이 주먹을 움켜쥐고 씩씩거리며 말했다. "하지만, 빌어먹을! 내 딸을 보시오! 사기든 아니든, 그 결혼은 완성되었소!"

총독이 동의했다. "그에 관해선 아무도 의심할 수 없지. 내 생각엔 당신 딸이 무효소송을 내지 않는 한 어떤 메릴랜드 법정도 그 결합에 대해 이의를 제기하진 않을 거요. 혼인 무효 소송의 우선권은 명백히 그녀에게 있소. 그러나 그녀의 남편은 에벤 쿠크가 아니라 버트랜드 버튼이오. 그리고 본 법정은 이 영지의 어떤 부분에 대해서도 그녀의 권리 주장을 기각하는 바요. 결혼에 의해서든 혹은 터브만과 공모한 내기를 통해서든. 잘 받아 적었나, 벌링검?"

헨리가 고개를 끄덕였다. 앤드루와 리처드 소터는 로보덤의 패배에 노골적으로 웃음을 보였다. 에브니저 역시 한편으론 두 부녀를 매우 동정하면서도, 경쟁자들 가운데 하나를 경기장에서 몰아낸 것에 대해 내심 안도했다. 총독은 대령에게 떠나든 머물든 원하는 대로 하라고 말했다.

감정이 몹시 격해진 로보덤 대령이 거칠게 내뱉었다. "지금 즉시 떠나겠소. 그러지 않았다간 내가 저 2층에 있는 거짓말쟁이 호색한을 죽일지도 모르니까 말이오. 신이 그를 용서하기를!"

판결이 자신에게 유리하게 결정 나자 앤드루는 이제 손님 접대에 소홀함이 없는 신사가 되어 로보덤 부녀를 그들의 마차까지 전송하겠다고 제의했다. 하지만 대령은 그 호의를 거절했고, 눈물에 젖은 자신의 딸을 방에서 호위해 나갔다.

니콜슨이 콧방귀를 뀌며 말했다. "자, 이제 누가 에벤 쿠크이고 누가 아닌지에 관해서는 우리 모두 한마음이라고 가정해도 되겠소? 좋소. 그렇다면 내 생각엔 스미스 씨와 앤드루 쿠크 씨 사이의 시시비비는 세 가지의 주요한 질문에 달려 있는 것 같소. 법률의 문제, 사실의 문제, 다시 법률의 문제 순으로 말이오. 에벤 쿠크의 대행 권한이 그에게 이 영지를 처분할 권한을 주었는가? 만약 그렇다면, 그는 그것을 알고서 처분한 것인가, 아니면 모르고서 처분한 것인가? 만약 모르고서 처분했다면, 그 양도는 그럼에도 불구하고 법 앞에서 유효한가? 먼저 첫 번째 질문에 대해 본격적으로 대답하시오."

앤드루는 자리에서 일어나, 사실상 자신이 아들에게 준 위임장에는 특별히 그가 재산을 처분하는 것을 금지하는 조항은 없지만 제정신이 있는 사람이라면 누구라도 그것의 참뜻에 의문을 제기할 순 없을 거라고 변론했다. 만약 자신이 메릴랜드에 있는 토지를 처분할 작정이었다면 어째서 자신의 아들을 패건에게 도제로 보내 농장 무역에 관해 배우게 했겠는가 하면서 그는 다음과 같이 덧붙였다. 그래도 트집 잡기 좋아하는 누군가가 자신의 의도에 이의를 제기한다면, 자기는 1693년에 작성한 유언장 사본을 증거로 제출할 것이다, 그 유언장에는 자기가 쿠크포인트를 아이들에게 똑같이 나누어 증여한다는 내용이 적혀 있다, 그런데도 이 법정은 자기가 아들을 시켜 재산을 처분하게 했다고 여길 수 있겠는가, 하고 앤드루는 몹시 분개하여 상기된 얼굴로 결론을 맺었다. 그가 변론을 마치자, 록산은 고개를 끄덕여 그 주장의 정당성에 대한 믿음을 표현했고, 이마를 닦으라며 자신의 면 손수건을 그에게 빌려 주었다.

자기 차례가 된 소터가 말했다. "각하, 저의 고객은 앤드루 쿠크의 의도를 기꺼이 인정합니다. 우리는 저 젊은이가 쿠크 포인트를 처분하라는 지시를 받지는 않았을 거라는 것에 대해 여하간의 의심도 갖고 있지 않습니다. 하지만 성 애드번에 맹세코, 각하, 문제는 권한과 관계가 있는 것이지 지시와 관계 있는 것이 아닙니다. 저는 만약 젊은 쿠크 씨의 위임장이 그에게 법률적으로 그 재산을 처분할 수 있는 권한을 부여한다면, 아버지의 인가 여부는 중요하지 않다는 점을 말씀드리고자 합니다."

총독이 코를 문지르며 한숨을 쉬었다. "법정은 동의하오."

소터는 그런 다음 만약 영지의 관리에 있어서 에브니저가 세를 놓거나, 팔거나, 혹은 그것의 작은 부분을 양도해버리는 것이 상책이라고 판단한다면 그의 행위는 '그것에 관련되는 모든 문제들'이라는 문구에 의해 완전히 정당하다고 인정이 되리라는 것, 결국 농장은 연초를 판매하기 위해 존재하는 것이고, 그 연초는 바로 재산의 일부분이라는 점에 대해서도 법정의 동의를 이끌어 냈다. 이 점을 설득시키고 나자, 그는 부분에 적용되는 것은 전체에도 적용되며, 그 위임장의 자구(字句)에서 어떤 자의적인 한계를 추단하는 것은 분명 불합리하다고 단언했다.

소터가 결론을 내렸다. "만약 에벤 씨가 연초 한 잎을 팔 수 있는 권리를 가지고 있다면, 그는 영지 전체를 팔 수 있는 권리도 가지고 있는 셈입니다."

그에 대한 반론으로 앤드루는 '그것에 관련되는 모든 문제들'이라는 문구를 그렇게 광범위하게 해석하는 것은 사실상 그것을 부정하는 거나 마찬가지라고 주장했다. 만약 대리인이 영지 전체를 처분한다면, 그는 그로 인해 사실상 대리인으로서의 권한 역시 처분하는 것이기 때문이라는 이유에서였다.

소터가 웃으며 대꾸했다. "사실상 그는 대리인으로서의 권한도 처분했소! 우리도 그에 대해서는 이의가 없소!"

니콜슨은 벌링검 및 토머스 경과 상의한 후 선언했다. "대단히 유감스럽소만, 법정은 이 첫 번째 문제에서 소터 씨에게 유리한 판결을 내려야겠소. 예를 들어 대행 권한을 가진 감독관이 계약이 만료된 하인들에게 영지의 일부분을 양도하는 것은 일반적인 관례요. 내가 기억하기로, 스퍼딘스 씨가 케임브리지 법정에서 스미스 씨와 논쟁한 것도 바로 그러한 문제였소. 그리고 비록 어떤 커다란 거래를 하기 전에 소유주와 상의하는 것이 대리인들의 관행이지만, 어떤 반대되는 조항이 없는 상황에서 본 법정은 에벤 쿠크가 자신이 알아서 영지 전체를 처분할 수 있는 권한을 부여받았다고 판결할 수밖에 없소."

이것은 앤드루에게는 커다란 타격이었다. 에브니저는 아버지가 자신에게 분노가 아닌 고뇌의 시선을 던지는 것을 보고 감동했다.

니콜슨이 엄숙하게 계속 진행했다. "두 번째 문제에 관해서는, 어떤 의견 차이가 있는지 물어보겠소. 쿠크 씨, 저 젊은이가 자신의 유산을 아무것도 모른 채 스미스 씨에게 넘겨주었다는 것이 당신의 주장이오?"

앤드루가 말했다. "그렇습니다. 에벤 스스로가 그것을 맹세할 거요. 그리고 저기……." 벌링검의 이름을 발음하기 싫은 듯 그가 망설였다. "그리고 이 법정의 서기 및 스미스 씨의 강압으로 내 아들이 결혼한 여기 있는 이 불행한 젊은 여인도 맹세할 거요. 게다가, 각하께서는 지난 9월 회기의 순회 법정 기록을 참조하셔도 될 겁니다."

총독이 말했다. "그건 이미 봤소. 소터 씨, 이 사실 문제에 대해 이의를 제기하겠소, 아니면 그 양도인이 자신이 하는 양도의 본질을 모르고 있었다는 것을 인정하겠소?"

소터가 대답했다. "저희들은 그 사실에 이의를 제기할 생각이 없습니다. 그러나……."

"아니, 사, 일단은 당신의 '그러나'를 아껴 두시오. 계속 진행하겠소. 에브니저 쿠크는 앤드루 쿠크의 대리인으로서 쿠크포인트를 윌리엄 스미스에게 양도할 수 있는 권리를 충분히 가지고 있었소. 그러나 그가 양도하는 것이 자신의 재산이라는 것을 모른 채 그렇게 했다는 데 대해서는 모든 당사자들이 동의했소. 나는 이제 에브니저 쿠크에게 당시 양도의 상황에 대해 하나도 빠짐없이 진술할 것을 요청하오. 그런 다음 우리는 이 천박한 용건을 끝낼 거요."

시인은 조안의 손을 놓고 총독이 지시한 대로, 자신이 헨리 벌링검과 케임브리지로 여행한 일, 순수와 정의의 관계에 관해 그들의 논쟁했던 일, 헤메이커 판사의 법정에 대해 그가 분개했던 일, 스미스 대 스퍼딘스의 소송에 자신이 개입했던 일, 그리고 그 소송에 대해 자신이 판결한 여러 조항 등에 대해 기억할 수 있는 한 분명하게 개괄했다.

그가 결론을 내렸다. "저는 순진하게도(innocently) 정의에 대한 유린행위를 바로잡아 보려고 시도했었습니다. 그러나 일단 정확한 상황을 알고 난 후, 저는 제가 부당한 행위를 바로잡은 것이 아니라 오히려 그런 행위를 저질렀다는 것을 알게 되었습니다. 저는 제가 양도할 수 없는(제 말은, 그러니까 도덕적으로) 것을 양도했을 뿐만 아니라, 그렇게 함으로써 선량하고 충직한 남자인 벤 스퍼던스를 몰락시켰습니다. 그리고 간접적으로는 이 집을 윌리엄 스미스에게 넘겨주어 악의 소굴로 변하게 함으로써, 다른 많은 사람들 역시 타락시키고 말았습니다. 저는 그것에 대해 신의 용서를 구할 뿐입니다."

니콜슨이 건조하게 웃었다. "알겠네. 그렇다면 순수함(innocence)에 대한 자네의 평가가 그 일로 다소 수정되었다고 법정이 추론해도 되겠나?"

그 질문에 악의가 전혀 없다는 건 알았지만, 에브니저는 그 미소에 화답할 수가 없었다. 그가 조용히 그렇다고 답변했다. 그리고 다시 자리에 앉았다. 그토록 위험했던 많은 순간들을 뒤로하고, 자신의 순진함이 야기한 파멸을 성찰할 여유를 갖게 된 지금, 그는 자신이 그 어느 때보다 한심스럽게 여겨졌다. 이번에 '그의' 손을 잡은 사람은 조안이었지만 그는 이 사실을 거의 알아차리지 못했다. 그는 누이에게 죄의식 어린 시선을 슬쩍 보냈다. 그녀의 슬픔에 잠긴 눈은 그 몸짓이 그녀의 시선을 비껴가지 못했다는 것을 분명히 말하고 있었다.

니콜슨은 이어서 그 양도의 유효성 문제에 관해 앤드루 쿡 및 리처드 소터 두 사람의 예비 진술을 요청했다.

앤드루가 단언했다. "저의 주장은 세 가지입니다. 저는 우선 헤메이커 판사는 자신의 지위를 법률에 문외한인 제 아들에게 위임할 권한을 가지고 있지 않으며, 그러므로 스퍼던스에게 부과된 판결은 비합법적이라고 주장하는 바입니다. 둘째, 그 판결이 합법적이라고 쳐도, 양도는 그렇지 않습니다. 그것은 아무것도 모르는 상태에서 이루어진 것이기 때문입니다. 셋째, 아무것도 모르는 상태에서 이루어진 양도가 법적으로 구속력이 있다고 판결이 내려진다 해도, 내 아들의 양도 조건들은 이행되지 않았습니다. 말하자면, 스미스는 딸이라고 가정된 수잔 워렌이라는 여자를 위해 남편을 찾아 줄 것을 명령받았습니다. 하지만 저는 그녀와 내 아들의 결혼은 그것이 강제적으로 이루어진 결합이라는 점과 그녀의 이름이 수잔 워렌이 아니라 조안 토스트라는 이중의 근거를 들어 무효라고 주장하는 바입니다. 이렇게 해서 저들은 그 조항들을 만족시키지 못했으므로, 그 양도는 효력이 상실되어야 합니다"

에브니저는 아버지의 논거가 갖는 설득력에 깊은 인상을 받으면서도, 이 마지막 논거에 몹시 당황했다. 그는 다급한 목소리로 간청했다. "한 마디만요, 각하!"

니콜슨이 말했다. "아직은 아냐. 발언권은 소터 씨에게 있네."

그러자 소터가 자신은 우선 헤메이커 판사는 법률적인 선례에 따라 특수한 상황하에서는, 실제로 판사의 권한을 포기하지 않는 이상 판사의 법률적인 권한을 위임할 권리를 충분히 갖고 있다는 것을 보여 주려 한다고 말했다. 다른 말로 하자면, 헤메이커 판사가 했던 일은 에브니저에게 판결을 선고

하는 특권을 부여한 것이고, 그런 다음 그가 그 판결을 비준하여 그것을 합법적으로 만든 것이며, 그는 마찬가지로 그것을 쉽게 무시할 수도 있었다는 것이다. 판사가 어려운 민사소송에 대해 판결을 내리기 전 종종 전문가 및 현 소송에 이해관계가 없는 제3자의 자문을 구하듯이, 헤메이커는 사실상 에브니저의 자문을 구한 것에 지나지 않는다. (더군다나, 그는 앤드루가 들으라는 듯이 덧붙였다. 에브니저는 이해관계가 없는 제3자였다는 것이 인정되어야 한다. 그렇지 않았다면, 그 양도는 의도적으로 이루어진 것이고, 그러므로 그것에 아무런 이의를 제기할 수 없을 것이다.) 두 번째로 그는, 이치로 보나, 전례로 보나 불법행위에 익숙한 어떤 사람도 심각하게 의문을 제기하지 못할 것을 논증하고자 했다. 합법적으로 서명된 합법적인 계약서는 법적으로 구속력이 있다. 그것에 서명한 사람들은 그 계약서의 조항에 대해 숙지할 책임이 있기 때문이다. 게다가 벤 스퍼던스에 의해 저질러진 계약 위반이 쿠크 씨 부자에 의해 저질러진 계약 위반보다 더 책임이 있다고 주장하는 것은 정의를 우롱하는 행위가 될 것이다. 만약 순회 재판이 윌리엄 스미스가 그의 불만을 보상받기 위해선 1과 2분의 1에이커를 뺀 몰든 전체를 응당 받아야 한다고 판단한다면, 몰든의 소유자가 마침 불쌍한 스퍼던스가 아니라 향사 쿠크 씨였다 해도 그것은 마찬가지로 그가 받아야 할 몫이다. 법정은 스퍼던스 역시 대행 권한을 가지고 있었고, 그러므로 그가 통 수선공에게 정당한 보상을 주는 것을 거부했을 때 그는 그것을 앤드루를 대신하여 행위하고 있었다는 사실을 기억해야 한다. "결혼과 관련한 그 미약한 궤변에 대해 말하자면……."

그 순간 벌링검이 갑자기 끼어들었다. "죄송합니다만, 각하, 잉크가 다 떨어졌습니다." 그는 니콜슨에게 자신이 증언들을 받아 적고 있던 종이를 보여 주었다. "보세요. 소터 씨의 진술 내용을 반만 적고 남겨 둘 순 없지 않습니까? 각하께서는 제가 새 잉크병과 더 나은 깃펜을 징발할 수 있도록 허락해 주시기 바랍니다."

처음에는 총독 역시 소터와 앤드루 쿠크만큼이나 조급한 표정을 지었다. 그러나 벌링검의 얼굴에 떠오른 무언가가(에브니저도 그것을 주목했지만, 소터는 위치상 그것을 볼 수 없었다.) 그로 하여금 벌링검이 보여 준 지면을 검토하게 만들었다.

"아, 좋아, 귀찮은 일이지만 헨리. 어쩔 수 없잖아……. 게다가, 아마도 여기서 자연의 여신에 의해 호출을 받은 사람이 나 혼자만은 아닐 테고." 그는 테이블의 가장자리를 두드린 후 일어서며 선언했다. "본 법정은 약 반 시간 정도 휴정하겠소. 원한다면 여러분은 방을 떠나도 좋소. 하지만 집을 떠나서는 안 되오."

21 시인이 자신의 영지를 되찾다

법정이 휴회하자마자 리처드 소터와 윌리엄 스미스는 다른 방으로 갔다. 그러자 벌링검은 잉크를 찾으러 갈 생각은 하지 않고, 명랑한 어조로 자신의 잉크병이 반쯤 차 있다고 말했다.

그러나 남의 이목을 의식하여 잉크를 더 찾아오라며 민병을 보냈다.

앤드루가 다그쳤다. "어째서 네놈이 우리를 속인 거지? 난 무조건 반대야!"

벌링검이 어깨를 으쓱하며 장난스럽게 말했다. "안나의 지참금을 구하기 위해서죠. 나는 쿠크포인트 가운데 내 몫을 잃고 싶지 않거든요."

안나가 핀잔을 주었다. "아서요, 헨리. 그러지 말아요!"

앤드루가 위협하듯 말했다. "나는 네게도 좀 할 말이 있다, 얘야. 하지만 지금 당장은……."

니콜슨 총독이 끼어들었다. "지금 당장 우리에겐 위기가 닥쳐 있소. 게다가 따로 계획을 세울 시간도 별로 없소."

"위기요? 말도 안 돼! 당신은 내 주장을 들었지 않습니까?"

"그렇소. 그리고 소터의 반론도 들었지. 그것은 당신에게 오줌 눌 요강 단지도 남겨 주지 않더군. 비유를 사용하고 나니 볼일이 보고 싶었던 게 생각나는군." 그는 여자들에게 가볍게 인사하고 자리를 떴다.

벌링검이 다급하게 외쳤다. "안 됩니다, 각하. 각하도 들어야 합니다."

"아, 아……." 니콜슨이 손가락을 흔들었다. "자네가 잊어버린 것 같아서 말해 두는데 말이야, 여기는 법정이나 마찬가지야. 그리고 사람들은 일반적으로 판사가 공평무사해야 한다고 믿지."

앤드루가 엄격하게 덧붙였다. "마찬가지로 서기도 그래야 하고. 나는 자네의 도움 없이 이 소송에서 이길 걸세, 벌링검 씨."

헨리가 외쳤다. "당신의 소송일랑 빌어먹으라고 해요! 나는 에브니저나 당신의 딸과 마찬가지로 이 먼지만큼의 땅을 누가 소유하는지에 대해선 전혀 관심이 없으니까! 내가 염려하는 것은 주의 안위입니다."

"엉?" 총독이 문가에서 멈췄다. "어째서 그렇지, 헨리?"

벌링검은 남자들을 모두 테이블 주위로 모으고는 말을 시작했다.

"이것은 의회일지에 대한 것입니다. 쿠크 씨, 당신을 제외하고 여기 있는 모든 사람들은 그것의 성격과 중요성에 대해 알고 있소. 나는 그저 당신이 각하의 이 말을 받아들이기를 바랄 뿐입니다. 빌 스미스가 가지고 있는 그 문서가 없으면 이번보다 훨씬 더 중대한 소송에서 질지도 모를뿐더러, 어쩌면 메릴랜드주 전체를 덤으로 잃을 수도 있어요! 완전한 일지를 손에 넣는다 해도, 아직은 우리가 잡고자 하는 사람을 잡을 수는 없소. 그러나 적어도 기소를 할 수는 있겠죠."

니콜슨이 앤드루에게 확인시켜 주었다. "그건 맞는 말이오. 하지만 그것을 어떻게 손에 넣지, 헨리?"

벌링검이 미소를 지으며 말을 이었다. "우리는 쿠크 씨의 논거와 소터의 논거를 들었습니다. 그리고 각하께서는 저와 마찬가지로 알고 계실 겁니다. 현재로서는 쿠크 씨가 모든 점에서 불리하다는 것을요."

앤드루는 이 견해에 대해 격렬하게 항의했고, 니콜슨은 벌링검에게 소송절차가 종결되기도 전에 판사에게 언질을 달라고 요청하는 것은 재판 윤리에 어긋난다는 점을 상기시켰다. 그러나 그의 미소는, 적어도 에브니저에게는, 앤드루의 논거가 어쩌면 시인이 생각했던 것보다 결코 그렇게 견고하지 않다는 것을 암시하는 듯했다.

에브니저가 그의 아버지에게 말했다. "지금 아버지께 말씀드려야 할 것 같군요. 상황이 어찌 되었든 저는 제 결혼을 부인할 의도가 전혀 없습니다. 조안이 저렇게 된 건 제 책임이에요." 여기서 그는 메키보이의 항의를 손을 흔들어 물리쳤다. "아냐, 존. 그건 내 책임이야. 그리고 나는 천 개의 몰든을 준다 해도 조안을 포기하지 않겠어."

그의 아버지가 그녀는 병들어 죽어 가는 창녀라는 점을 지적했지만 소용이 없었다. 그가 분노에서 설득으로, 또 애원으로, 그리고 다시 격노로 돌아가도 결과는 마찬가지였다. 에브니저는 완강했다.

마침내 그의 아버지가 소리쳤다. "그렇다면 관둬라! 일단 이 소송에서 승소하고 난 후, 그 창녀와 다시 결혼하렴. 그리고 너희 둘이 나가 죽든지 말든지 맘대로 해! 내가 바라는 것이라곤 이것밖에 없다. 제발 널 위해 몰든을 구할 수 있게 해 다오!"

에브니저는 충돌하는 책임감들 사이에 자신이 끼여 있음을 깨달았다. 그들을 화해시킬 수 있는 길은 없었다. 고통스러운 순간이었다. 이때 벌링검이 그를 구제했다.

헨리가 말했다. "어쨌든 이것은 모두 논점에서 벗어난 겁니다, 여러분. 만약 소터가 그 못돼 먹은 머리에 뇌를 가지고 있다면 그 역시 이 결혼이 거짓이라는 데 동의할 겁니다. 날 용서하게, 에벤, 자네 아버지 역시 그 결합이 완성되지 않았다는 점을 알고 있어. 하지만 그것을 요구했던 그 조항 역시 같은 이유로 거짓입니다. 조안 토스트는 수잔 워렌이 아니며, 수잔 워렌은 빌 스미스의 딸이 아니지요. 그리고 그걸로 끝이에요! 다른 논거들은 이치에 맞지 않아요. 소터가 자신의 논거를 판례에 의거하는 것은 일도 아닐 겁니다. 동의하나요, 톰? 당신은 이제 판사도 아니삲아요."

토머스 로렌스 경은 앤드루의 논거에는 여기저기 허점이 있지만 소터의 논거는 상내적으로 견고한 듯한 인상을 준다는 점을 인정했다. 그리고 그는 또한 쿠크 씨가 공격에 있어 최상의 선을 간과했다고 덧붙였다. 그가 앤드루에게 말했다. "내가 만약 당신의 법률자문이었다면, 나는 순회 법정 판결의 비합법성이 아니라 과격성을 물고 늘어졌을 거요. 스퍼딘스가 잘못했다는 점은 일단 인정하지만, 손해배상이 더욱 가벼워지도록 변론하는 거지요. 말하자면, 스미스의 원래 계약 조건들에다 소송비용과 그의 정신적 피해를 위로해 주기 위한 선물을 더하는 거죠."

벌링검이 고개를 저었다. "당신은 핵심을 간과하고 있어요, 톰. 우리는 소터가 이기는 걸 원치 않아요. 하지만 그가 지도록 내버려 둘 수도 없어요!"

니콜슨이 다그쳤다. "어째서 그렇지?"

벌링검이 조용히 대답했다. "가장 중요한 이유는, 각하, 당

신과 저, 그리고 토머스 경 모두 이 법정이 합법성에 있어서
는 매음굴보다 더 나을 것이 없다는 것을 잘 알고 있기 때문
입니다."

에브니저는 깜짝 놀랐고, 앤드루는 벌링검이 발뺌하고 있다
고 드러내 놓고 비난했다. 그러나 토머스 경은 얼굴을 붉혔고,
총독은 언짢은 듯이 얼굴을 찌푸렸다.

"자, 자, 이보게, 헨리!" 그가 화가 난 듯 방 주변을 둘러봤
다. "그래, 솔직히 말해 이것은 총독이 일상적으로 하는 업무
는 아냐. 하지만 어쨌든 일은 벌어졌네, 빌어먹을! 만약 스미스
에게 유리하다고 판단되면, 나는 스미스에게 유리하게 판결하
겠어. 그리고 쿠크에게 유리하다고 판단되면 쿠크에게 유리하
게 판결할 거고. 논쟁이니 판례니 하는 것들은 다 빌어먹으라
고 해! 설마 소터가 판무관들에게 항소하기라도 하겠어?"

헨리가 동의했다. "저도 그가 그러진 않을 거라 확신해요.
하지만 헤메이커 판사가 당신이 어느 날 저녁에 이 거실에 자
리를 잡고는 자기가 순회 법정에서 내린 판결을 뒤집었다는
걸 알게 된다면, 틀림없이 런던에서 시끄럽게 떠들어 댈 겁니
다! 앤드로스가 그 소식을 들으면 무척 좋아하겠죠."

니콜슨이 거칠게 말을 잘랐다. "됐네! 무슨 말을 하는 건지
충분히 알겠어!" 그의 어조로 보아 앤드루의 전망은 결코 밝
아 보이지 않았다.

앤드루가 외쳤다. "이런, 빌어먹을! 판무관들에 대한 영향력
으로 말하자면 나도 헤메이커에 못지않다는 걸 기억해 두게!
만약 이 법정이 재판권을 갖지 못한다 해도, 자넨 내게 불리

한 판결을 내린 일로 더는 출세하지 못할걸!"

벌링검이 미소를 지으며 동의했다. "그렇고말고요. 저는 당신에게 길을 보여 주었으니까요. 게다가, 우리는 영지뿐만 아니라 「개인 일기」의 나머지 부분도 원합니다. 그 이상은 아니더라도요. 소터는 자기 의뢰인의 입장이 불확실하다는 것을 알고 있어요. 스미스가 달아나려 한 것도 그 때문이죠. 그러나 그는 또한 나와 쿠크가(家) 사이에 모종의 관계가 있다는 것도 알고 있어요. 그는 특히 우리가 하려고 하는 부정행위 및 바라 모의와 관련된 고발에 관한 한 자신의 입지에 대해 확신하지 못하고 있어요. 그리고 내 생각엔 그가 스미스의 권리 주장을 변호하는 유일한 동기는, 협상의 시간이 왔을 때 자신의 의뢰인에게 좀 더 유리한 위치를 마련해 주기 위한 거죠."

니콜슨이 잔뜩 약이 올라 지팡이를 신경질적으로 흔들었다. "자네는 법정을 열기 전에 이것을 말할 수도 있었어!"

벌링검이 단언했다. "그땐 시기상조였죠. 우리는 이미 대령을 제거했어요. 그리고 당신은 당신의 권리를 이용하여 쿠크 포인트를 일시적으로 압류했죠. 그건 정말 잘하신 일입니다."

"대단히 고맙군!"

"하지만 그러한 구실로는 이 영지를 오랫동안 압류할 수 없습니다. 그렇다고 법정 명령에 의해 그것을 어느 쪽에게도 섣불리 양도할 수도 없죠. 제가 당신께 휴정하라고 경고한 것은 바로 그 때문이에요."

니콜슨이 이마를 닦았다. "모든 변호사들과 법률 책들은 귀신들이 잡아가기를! 그들이 없다면 난 정말 괜찮은 주(州)를 가질 수 있을 텐데! 자, 이제 우린 무엇을 해야 하나?"

벌링검이 어깨를 으쓱했다. "제시할 논거가 없을 때 유능한 법정 변호사들은 무엇을 하죠? 우리는 재판이 아니라 타협을 해야 합니다!"

에브니저가 경고했다. "쉿! 그들이 왔어요."

리처드 소터와 윌리엄 스미스가 옆방에서 거실로 나왔다. 통 수선공은 과연 자신의 처지에 대해 확신하지 못하는 표정이었다. 그러나 그의 변호인은 언제나처럼 쾌활한 분위기였다.

"잉크는 마련했소, 서기 양반? 훌륭하오! 성 루트비히에 맹세코, 쿠크 씨의 달변이 기록되지 않은 채 사라진다는 것은 유감스러운 일이지요!"

테이블 주위에 모여 있던 사람들이 각자의 자리로 흩어졌다. 안나가 소파 쪽으로 이동하여 조안과 심각하게 대화를 나누고 있는 모습을 다소 놀란 얼굴로 바라보면서, 에브니저는 자신의 아버지와 함께 원래의 자리로 돌아왔다. 앤드루는 사건의 진행 상황에 너무도 낙심한 나머지, 에브니저가 그의 팔을 잡고 좌석으로 부드럽게 이끌었을 때도 아무런 저항을 하지 않았다.

소터가 물었다. "허락하신다면, 각하, 제가 변론을 계속해도 되겠습니까?"

에브니저는 벌링검이 귀엣말로 총독 및 토머스 로렌스 경과 의논하고 있는 모습을 주목하고 있었다. 그가 다시 똑바로 앉으며 에브니저에게 윙크했다. 걱정할 것 없다는 듯이!

니콜슨이 낮게 으르렁거렸다. "안 되겠소."

소터의 얼굴이 순간 어두워졌다. "각하?"

총독이 말했다. "법정은 당신 의뢰인의 권리 주장에 대해서는 다른 시간에 판결을 내릴 것이오. 하지만 지금 당장은 두 사람 모두 불법공모, 치안방해, 반역의 혐의로 앤아룬델 감옥으로 데려가야겠어. 그리고 여기 있는 팀 미첼이 내게 말해준 것을 고려할 때, 나는 올해가 가기 전에 당신들이 교수형당하는 모습을 볼 수 있을 거라 상당히 기대하는 바이오!"

총독의 마지막 말에 시종일관 뚱한 표정을 짓고 있던 통 수선공마저 깜짝 놀라 벌떡 일어섰다. "팀 미첼!"

"그렇소, 여러분." 벌링검이 미소를 지었다. "빌리 선장의 자부심이자 즐거움이었죠. 그의 진짜 아들이 오기 전까지이긴 하지만." 말을 하는 동안에도 그의 손은 바쁘게 움직이고 있었다. 그와 동시에 그의 외모는 마술처럼 변하기 시작했다. 분을 바른 법률가용 가발이 벗겨지고, 짧고 검은 남성용 가발이 그 자리를 대신했다. 그의 입에서 세 개의 인공 이빨이 적당한 위치에 달린 이상한 장치가 사라졌다. 가장 섬뜩했던 것은, 그가 자신의 의지에 따라 얼굴 근육의 배치를 변형시킬 수 있는 듯 보였다는 것이다. 볼의 곡선과 코의 벌어진 모양이 그들의 눈앞에서 변했다. 습관적으로 주름이 잡히던 이마는 매끈해졌고 전에 없던 눈가 주름이 나타났다. 마지막으로 목소리가 굵고 거칠어졌다. 또한 그가 몸을 움츠리자 적어도 5센티미터는 더 작아 보였다. 그의 눈이 교활하게 빛났다. 몇 초도 안 되는 기적 같은 시간에, 니콜라스 로우가 티모시 미첼이 된 것이다.

토머스 로렌스 경이 외쳤다. "세상에!" 그리고 총독 본인도 (비록 사람들은 그가 이전에도 틀림없이 자신의 요원이 그렇게 변신하는 모습을 목격했을 거라 짐작했지만) 감동해서 고개를 저었다.

에브니저가 감탄하여 외쳤다. "마치 오비드[50]의 한 장면을 보는 것 같아!" 너무 놀라 순간 말문이 막혀 버린 스미스와 소터를 제외한 다른 사람들도 비슷한 감정을 표현했다.

벌링검이 엄숙한 어조로 말했다. "자, 스미스 씨. 내가 당신들에게 불리하게 증언하면 당신이 어떤 곤경에 처하게 될지 잘 알리라 생각하오. 만약 당신이 모른다면, 나는 당신이 곧 경범죄로 당신의 감방 동료가 되어 줄 소터 씨와 상의할 수 있도록 허가해 주겠소."

통 수선공은 금방이라도 벌링검에게 달려들 기세였다. 그러나 소터는 체념한 듯 손을 흔들었다.

"우리가 당신에게 제대로 한방 먹였다는 데 전적으로 동의하는 거요? 훌륭하오! 그렇다면 내 말을 잘 들으시오. 불법적인 아편 거래와 매춘에 대해 폭로하여 당신들을 기소하자는 것이 내 의도요. 당신들은 그러한 불법거래에서 얻는 수익으로 존 쿠드나 어쩌면 볼티모어가 온갖 못된 짓을 할 때 재정적으로 도왔소. 누구든 그 안에 발을 들여 놓았던 사람은……." 그는 앤드루를 향해 미소를 지었다. "지위와 관계없이 책임을 추궁받게 될 거요."

---

50) 오비디우스가 지은 『변신 이야기(Metamorphoses)』를 가리킨다.

소터가 볼멘소리로 외쳤다. "성 루이스의 가발을 걸고, 이보시오! 우리를 감옥에 가두든지 말든지 마음대로 하시오. 하지만 그 잘난 척 으스대는 짓은 관두시지!"

헨리가 손가락을 들어 올리며 말했다. "진정하시오, 딕. 이것은 그저 흥정을 시작하기 위해 멍석을 까는 것일 뿐이오. 나의 선서 증언에 의지하여 각하께서는 토머스 경에게 존 쿠드, 빌 미첼, 그리고 그와 한패인 모든 반역자 포주들을 고발하라고 지시했소. 하지만 당신들이 제외될 수 있는 가능성은 남겨 두셨지."

벌링검이 왼쪽 면에 쿠드의 짧은 임기 동안에 이루어진 재산몰수와 고발의 기록들이 적혀 있다고 믿어지는 「개인 일기」를 언급하며 스미스가 자신이 가진 「개인 일기」의 부분을 내놓는다면 그들에 대한 고발을 철회하겠다고 제안했다. 스미스의 눈은 가늘어지고 소터의 표정은 계산적이 되었다. 통 수선공은 곧 그 교환에 동의했지만, 소터가 그를 제지했다.

그가 경고했다. "결과를 한번 생각해 보시오, 빌! 만약 존 쿠드가 당신이 그 문서를 내놓았다는 사실을 알게 된다면, 우리가 한 달을 넘겨 살 수 있을 거라 생각하시오? 게다가, 내 생각엔 각하가 우리에게 그러한 제안을 하는 걸 보니, 그것을 상당히 중시하고 있는 것이 틀림없소. 그리고 모르시오? '십일 펜스를 가져올 수 있는 것은 마찬가지로 1실링도 쉽게 가져올 수 있는 법'이라는 걸……"

니콜슨이 날카롭게 말을 잘랐다. "그들을 끌고 가게, 수위. 자네를 실망시켜서 유감이네만, 헨리, 나는 겨우 자네 조부의 일기 따위나 얻기 위해 반역자들과 이런 식으로 계속 흥정할 생각이 없네."

소터가 즉시 외쳤다. "잠깐만요! 당신에게 그 빌어먹을 문서를 가져오겠소! 대신 우리에게 문서로 된 약속을 하나 해 주시오."

니콜슨이 고개를 저었다. "나는 그렇게 바보가 아니오."

"아아! 그렇다면 적어도 이만큼만. 만약 존 쿠드가 우리를 죽인다면, 결국 우리가 이 흥정에서 얻는 건 아무것도 없어지는 셈이 됩니다. 우리에게 버지니아까지의 안전한 호송을 보장해 주시오. 그러면 당신은 그 문서를 손에 넣을 수 있어요."

다시 벌링검이 귀엣말로 총독 및 토머스 경과 상의했다.

헨리가 말했다. "각하께서 내게 당신들을 위해 안전한 탈출을 정식으로 허가하라고 하셨소. 그러나 그것은 우리의 첫 번째 합의 조건이 아니오. 만약 스미스가 이 영지에 대한 모든 권리 주장을 포기한다면, 우리는 내일 아침 당신들을 메릴랜드 밖까지 호송하겠소."

앤드루가 외쳤다. "이럴 수가!"

소터가 항의했다. "빌어먹을! 우리의 피를 완전히 말릴 작정이군!"

니콜슨이 히죽 웃었다. "그리고 우리가 당신들을 데려갈 곳역시 버지니아가 아니라 펜실베이니아요. 나는 버지니아에 적이 좀 많거든."

윌리엄 스미스가 외쳤다. "당신을 구교도라 부르는 사람들은 얼마나 거짓말쟁이들인가! 당신은 심지어 제대로 된 기독교인도 아냐!"

소터가 한숨을 쉬었다. "우리에겐 선택의 여지가 없소, 빌. 그 문서를 가져와요. 나는 양도증서를 작성하겠소."

나머지 일행은 그 소식에 환호성을 올렸다. 안나와 에브니저는 안도하며 서로를 껴안았다. 앤드루는 뻣뻣하게 벌링검에게 사과했고, 니콜슨, 토머스 경, 그리고 존 메키보이와 마찬가지로 그의 전략을 칭찬했다. 록산과 앙리에타는 만족스럽게 그 광경을 지켜보았다. 오직 조안 토스트만이 무감각한 상태를 유지했다. 그녀의 모습을 보자 에브니저의 들떴던 마음이 가라앉았다.

통 수선공이 호위를 받으며 방을 떠났다가 노란 종이뭉치를 들고 돌아왔고, 벌링검이 그것을 허겁지겁 받아 들었다. 그와 토머스 경은 그 원편을 대충 훑어보았고, 그것이 1691년 의회일지와 결합되었을 때 쿠드 및 그의 일당들에 대해 소송을 제기하기에 충분한 증거가 된다고 선언했다. 그런 다음 소터, 토머스 경, 그리고 총독이 몰든의 양도 건과 두 사람을 만을 거슬러 펜실베이니아로 이송하는 문제들에 관해 논의하는 동안, 벌링검은 에브니저를 한쪽 옆으로 데리고 갔다.

그가 흥분해서 물었다. "자네, 플리머스로 가는 도중 내가 자네에게 들려준 이야기 기억하나? 헨리 경과 존 선장이 어떻게 해서 포우하탄에게 붙잡히게 되었는지에 관한 이야기 말일세."

에브니저가 미소를 지으며 대답했다. "내가 기억하기로 그들은 왕의 딸을 두고 음탕한 흥정을 했죠. 하지만 우리는 그 결과를 알지 못했어요. 이것이 그 이야기의 나머지 부분인가요?"

"그래, 내 생각엔 우리의 이야기는 이제 완전해졌어. 톰과 총독이 저 악당들을 상대하는 동안 함께 읽어 보자고."

방 안을 가득 채운 흥분된 분위기에도 불구하고, 그들은 그 자리에서 곧바로 헨리 벌링검 경의 「개인 일기」 가운데 두 번째이자 마지막 부분을 함께 읽었다. 그것은(첫 번째 부분이 끝난 부분에서) 저자와 존 스미스 선장이 포우하탄 황제의 마을에서 감금된 채 새벽을 기다리는 장면에서 시작되고 있었다. 선장은 그들에게 그 마을의 가장 유능한 청년들이 결코 하지 못했던 일을 완수하는 일을 두고, 즉 포카혼타스의 처녀막을 찢어 없애는 것을 두고, 자기들의 목숨을 담보로 건 도박을 하기로 맹세했었다.

(헨리 경은 다음과 같이 썼다.) 두 명의 건장한 호위병이 우리에게 붙여졌다. 그 호위병들은 우리가 원하는 것은 무엇이든 제공해 주되, 만약 달아나려 하면 가차없이 죽이라는 명령을 받았다. 선장은 자기가 정복했던 수많은 외국 처녀들에 대한 음탕한 이야기를 끝도 없이 늘어놓았고, 너무나 지겨워진 나는 그냥 잠이 든 척해 버렸다. 그러나 사실은 밤새도록 그를 은밀하게 지켜보았다.

자정이 가까워지자, 선장은 내가 깊이 잠든 것으로 믿고 자신의 침상에서(내 침상과 마찬가지로 바닥 위에 깐 더러운 짚 요였다.) 일어나 호위병 한 명을 불러들였다. 호위병이 들어오자 그 자리에서 귓속말 대화가 이어졌는데, 듣지 못할 만큼 작은 목소리는 아니어서 내용을 대충 알아들을 수 있었다. 이따금씩 그는 내가 진짜로 잠들었는지 살피곤 했다. 그리고 아무것도 모르는 사람들에게도 나는 잠들어 있는 상태였다. 그러나 나는 여전히 한쪽 눈을 가늘게 뜨고 있었고, 두 귀는 활짝 열어 놓고 있었기 때문에 그들의 대화를 따라가는 건 대단히 쉬운 일이었다. 선장은 배가 고프다고 말했는데, 나는 이 말에 적잖이 놀랐다. 그는 황제의 연회에서 제임스타운 주민들 전체를 겨울 내내 먹일 수 있을 만큼의 음식을 먹어 대지 않았던가. 그는 즉시 음식을 가져다 달라고 요구했다. 내가 보기에 야만인은 별로 내켜 하지 않는 것 같았고, 선장이 자기가 원하는 음식을 말하기 시작하자 더욱 주저하는 듯 보였다. 선장이 요구한 것은 가지(어떤 사람들은 이 열매를 아우버진이라고 불렀다.)와 그것을 넣어 요리할 수 있는 옥수수 전분, 그리고 그것과 함께 마실 물…….

벌링검이 중얼거렸다. "가지라고!"

백인들은 가지라는 열매를 오직 이런 식으로만 조리한다고 그는 주장했다. 나는 그것이 거짓말이라는 걸 알고 있었다.

야만인은 선장을 단념시키기 위해 오랜 시간을 들여 설득했다. 그러나 선장이 계속해서 조르자(게다가 그의 사악한 주머니 속에서 어떤 신기한 물건을 꺼내 그에게 안기자), 그는 마침내 황제의 집 근처에 있는 상점에서 가지와 옥수수 가루를 훔쳐 오겠다고 했다. 그런 다음 그가 얼마 동안 자리를 비우자, 선장은 마치 산고 중인 아내를 둔 남편처럼 오두막 안을 서성거렸는데, 그러면서도 때때로 내가 깊이 잠들었는지 확인하는 것을 잊지 않았다.

두 개의 말린 가지와 접시 가득한 옥수수 가루, 그리고 흙을 구워 만든 물 주전자를 가지고 야만인이 돌아오자, 선장은 그에게 다시 유치한 장신구를 내밀었다. 그리고 백인들은(선장은 그렇게 주장했다.) 음식을 만들 때 항상 남의 시선을 피해 만드는 버릇이 있으니, 괜찮다면 밖에 나가 있어 달라고 주문했다. 야만인은 내심 새로 생긴 보물을 찬찬히 살펴보고 싶은 마음에 선선히 이를 승낙했다. 혼자 남겨진 선장은 곧장 가지를 가지고 지금까지 내가 보아 왔던 것들 가운데 가장 이상한 방식으로 조리를 하기 시작했다. 그때 내가 얼마나 놀랐던지, 그 후 몇 주가 지나 여기 제임스타운에서 그 이야기를 기록하기 시작한 지금까지도 그것이 실제 일어난 일이라는 것을 인정하기가 쉽지 않다. 내 눈으로 직접 목격하지 않았다면, 그것을 타락한 상상력이 만들어 낸 음탕한 거짓말이라고밖에는 도저히 생각할 수가 없었을 것이다. 비너스와 바쿠스를 순결한 미네르바보다 늘 우선시하며, 학자적 열의를 가지고 육체성의 모든 재주와 비밀스러운 세련됨을 연구하는 육체의 탐닉자들이자 호색한들의 악습과 더러운 비책들은 그야말로 끝이 없으며, 사려 깊고 정숙한 남자들의 이해 범위를 넘어서는 것이다. 아무리 일기라는 은밀한 공간이지만, 막상 그것을 종이에 옮기려니 얼굴이 화끈거린다. 나는 내가 살아 있는 동안 어느 누구도 이 기록을 보지 못하게 할 작정이다.

벌링검이 외쳤다. "이것 봐! 이 지면의 나머지 부분이 사라졌어. 그리고 그 다음도! 지금 우리가 가지고 있는 부분이 어떤 것인지 파악하겠나, 에벤?"

"타약 시카멕이 말했던 성스러운 가지에 관한 문제를 의미하는 건가요? 그것과 어떤 관련이 있을 것 같군요."

"관련이 있다는 것은 나도 알고 있어! 세상에, 이것이 무엇을 의미하겠어!"

그들은 계속 읽어 나갔다. 벌링검은 집착하다 못해 거의 고통스러운 열의에 친 표정으로, 그리고 에브니저는 다소 불안한 기색으로. 이야기는 다음 이야기로 건너뛰었다.

이러한 이유로, 몇 시간 후 정신이 들고 내가 원래 흉내만 내려 했던 일을 실제로 하고 말았다는 걸 깨달았을 때, 나는 대단히 원통한 기분이었다. 즉, 생각 없이 깊은 잠에 빠져 버리고 만 것이다…….

헨리가 외쳤다. "이런 빌어먹을!"

나는 야만인 호위병과 간수 때문에 잠에서 깨어났다. 놀라서 벌떡 일어나니, 날은 이미 밝아 있었다. 오두막 밖에서는 수많은 야만인의 함성이 들려왔다. 아마도 그들은 선장과 공주의 음탕한 실험을 보기 위해 모였을 터였다. 내가 선장을 쳐다보았을 때, 그는 이미 옷을 다 입고 있었다. 겉으로 봐서는 가지나 다른 것들의 징후는 전혀 드러나지 않았다. 내가 어젯밤 목격했던 장면은 단지 죽음에 임박한 사람들이 겪곤 하는 환상적인 꿈이 아니었나 하는 생각이 들었다⋯⋯.

에브니저가 말했다. "그렇다면 그가 보긴 본 거군요. 그게 뭐든 말이에요."
"하지만 그 부분은 사라졌어!"
일기는 계속되었다.

　우리가 야만인 호위병들의 감시 아래 오두막을 떠나 광장으로 끌려갔을 때, 선장은 걷는 데 다소 불편함을 느끼며, 다리를 한데 모으는 걸 꺼리는 듯 보였다. 그러나 이런 부자연스러움은 지난 밤의 이상한 행동에서 기인한다고 볼 수도 있지만, 두려움 때문이라고 볼 수도 있었다.(두려움이 인간에게서 스스로에 대한 통제력을 앗아 간다는 것은 잘 알려진 사실이다.) 우리 앞에 펼쳐진 광경은 낙관적인 것과는 전혀 거리가 멀었기 때문에, 두려움 때문일 거라는 짐작이 더욱 그럴듯해 보였다.
　광장 주변에 마을 사람들이 무시무시한 함성을 지르며 원을 이루어 서 있었고, 커다란 원 안에는 열 명에서 열두 명 정도의 황제의 보좌관들이 작은 원을 형성하고 있었다. 온몸을 끔찍한 모습으로 색칠하고 깃털로 장식한 거대한 몸집의 이 근육질 야만인들은 장식물 외에는 아무것도 걸치지 않은 채, 무시무시한 고함 소리와 더불어 도끼를 휘두르면서 펄쩍펄쩍 춤을 추고 있었다. 이 작은 원의 중앙의 한 단 높은 의자에 황제 포우하탄이 앉아 있었고, 그 앞 제단 양식의 돌 위에 포카혼타스가 이교적 의식을 위해 벌거벗기고 가죽끈으로 묶인 채 누워 있었다. 공주의 자세는 문란했지만 그녀는 전혀 개의치 않는 듯 보였고, 오히려 얼굴에 환한 미소를 띠우고 있었다. 약혼을 위해 처녀를 바치는 이 부도덕한 방식은 틀림없이 야만인 국가들 사이에서는 일반적으로 통용되는 것인 듯했다. 그들은 이런 이교적 죄악 속에서, 습관의 지배에 익숙해진 나머지, 결국엔 그것을 즐기는 지경까지 오게 된 것이리라. 그럼에도 불구하고 완전히 벌거벗은 채 펄쩍펄쩍 뛰고 있는 야만인들의 대단한 남성을 직접 목격하고 보니, 공포가 턱까지 치오르는 것은 어쩔 수가 없었다. 특히 선장의 밑천이 그리 대단치 않다는 게 생각났기 때문에 더더욱 그랬다.(그는 언제나 자신이 대단한 정력가라 큰소리치곤 했지만, 내가 은밀히 목격한 바에 의하면 그의 물건은 그저 생식 행위를 위해 상당히 잘 갖춰진 정도에 불과했다.) 저런 야만인들도 실패한 일을 과연 그가 성공할 수 있을까 의구심이 일었다. 물론 내가 그의 입장이었다면, 조그마한 결함의 기미만 보여도 도끼가 내 머리로 날아 올 이 두렵고 긴장된 상황에서 최소한의 남성도 불러낼 수 없었겠지만.

우리의 등장을 알아채고 야만인들은 더욱 소란스러워졌다. 커다란 원을 이루고 있던 사람들은 고함을 지르고 박수를 쳤다. 보좌관 야만인들은 펄쩍펄쩍 뛰었다. 심지어 포카혼타스도 제단 위에서 용케 몸을 이리저리 비틀었다. 그녀가 묶여 있는 방식을 생각해 볼 때, 그렇게 움직일 수 있다는 건 그녀의 사지가 보기 드물게 유연하며, 앞으로 겪을 일에 대해서도 충분히 준비가 되어 있음을 보여 주는 것이었다.

우리는 작은 원 안으로 끌려 들어갔다. 그리고 비너스의 제단(그것을 보니 얼굴이 뜨거워졌다.) 앞에 세워졌다. 야만인들은 선장을 잡더니 바지를 한 번에 아래로 끌어내렸다. 나는 마침 그의 뒤에 서 있었는데, 그 뒷모습만으로도 상당히 불쾌해졌다. 그런데 그의 앞에 있던 야만인들이 갑자기 숨을 헉 들이마시고는 쥐 죽은 듯이 조용해지는 것이 아닌가. 황제는 햇빛의 방해 없이 그를 더 잘 보기 위해 손 그림자를 만들었다. 그리고 포카혼타스는 가죽끈에 묶인 채(그것은 헤파이스토스가 바람 피우는 아내를 붙잡기 위해 만든 그물처럼 단단하게 그녀를 옥죄고 있었다.) 선장의 드러난 물건을 애써 보느라고 하마터면 목을 부러뜨릴 뻔했다. 그녀의 입 주위에 머물던 그 정숙지 못한 미소가 단번에 사라졌다.

선장은 내가 옆에 있는지 보기 위해 반쯤 돌아보았다. 나는 마침내 이 모든 놀라움의 원인과 지난밤 마술의 결과를 목격했다.(지난밤 마술에 관해서는, 나는 그것을 이야기하는 순간 모든 멋과 품위의 경계를 벗어나게 될 테지만, 그렇다고 그것을 가슴에만 묻어 둔다면, 분명 진실을 외면하고 다음에 벌어지는 일들을 수수께끼 속에 묻어 두는 셈이 될 것이다.) 그때쯤엔 마술이 완성되어, 선장의 아랫도리에 달린 물건은 완전히 꼿꼿하게 서 있었다. 이전에는 놀라움보다는 연민의 대상이던 것이 이제는 사실상 무시무시한 병기 그 자체가 되어 있었다. 그가 제조한 악마의 약물의 효험은 정말 엄청나서, 그가 처녀의 몸 속으로 돌진할 준비를 하며 그의 거대한 물건을 들어 올렸을 때 길이는 족히 28센티미터나 되었고 직경은 거의 8센티미터나 되었다. 그것은 신의 무기였다! 게다가 그것은 완전히 벌겋게 달아올라 있었고, 정향과 바닐라향을 내뿜었으며, 제물이 누워 있는 돌만큼이나 단단해 보였다. 부락민들로부터 엄청난 함성이 들려왔다. 공주의 이전 구애자들임이 분명한 그 보좌관들이 기도하듯 무릎을 꿇었다. 황제는 높이 솟은 의자에서 놀라 일어났고, 곧 딸에게 닥칠 운명에 얼굴이 새파랗게 질리고 말았다. 그리고 포카혼타스 본인은 사실상 기절해 버리고 말았다.

선장은 곧장 작업에 뛰어들었다. 나는 그에 관해 이것 외에는 아무 말도 할 수 없다. 신이시여, 자비로우신 신이시여, 신장이 이전에 아무도 해 본 적 없는 일을 하는 동안 이 이교도 처녀가 계속 기절해 있도록 하소서! 선장의 움직임이 격렬해지자, 황제는 자신의 딸이 이승을 떠나지 않도록 그녀의 시련을 이만 끝내 달라고 간청했다. 그는 선장이 승리를 거뒀다고 선언했고, 우리에게 드리워져 있던 죽음의 판결을 거두었으며, 모여 있던 사람들을 해산시켰다. 곧 포카혼타스는 집으로 옮겨져 그 후 삼 일 동안 그곳에서 사경을 헤맸다. 우리들을 위해 연회가 준비되었고, 거기서 포우하탄은 부족 안의 어떤 야만인도 선장의 남성에 미치지 못하므로 자신의 딸과 선장을 결혼시키고자 한다고 말했다. 선장은 거절했고, 황제는 격노했다. 만약 선장이 그에게 자신의 정력을 그렇게 증가시켰던 비법을 가르쳐 주겠다고 제의하지 않았다면, 그는 우리를 다시 오두막으로 돌려보냈을 것이다. 선장의 제의는 이미 오래전에 그런 허영심은 버렸어야 할 황제를 대단히 만족시켰다. 그리고 우리는 마침내 최상의 조건으로 제임스타운을 향해 출발할 수 있었다. 가는 도중 우리를 보조해 줄 일단의 야만인들과 함께.

아니나 다를까 선장은 여행 내내 거듭 공치사를 늘어놓으며 거들먹거렸다. 그는 자기 덕에 우리 두 사람이 목숨을 건졌으니, 내가 자기에게 목숨을 빚진 셈이라고 떠들었다. 더불어 그는 만약 내가 제임스타운에서 우리가 어떻게 해서 목숨을 건지게 되었는지에 관해 입이라도 벙긋하는 날엔 쥐도 새도 모르게 나를 없애 버리겠다고 협박했다. 그가 나의 목숨을 구한 건 사실이었으므로 나는 그에게 제대로 항의조차 할 수 없었다. 정말이지 입이 썼다. 그의 위협과 허풍에 불평 없이 굴복해야 했기 때문이다. 간단히 말해, 나는 오페칸카노우와 함께 억류되었고, 황제 앞으로 끌려간 사람은 선장 한 사람뿐이었다고 꾸며 말해야 했다. 게다가 그는 낯짝 두껍게도 포카혼타스가 자신을 구출한 이야기를 기록해서 보여 주었다. 그는 그것을 거짓말투성이의 『일반 역사』에 포함시킬 작정이었다. 이 각색본에는 그가 공주의 처녀막을 가장 야비하게 빼앗은 일에 관한 언급은 전혀 없었고, 단지 그녀가 자신의 남자다운 태도와 잘생긴 얼굴에 매료되었다고 암시되어 있을 뿐이다! 나는 바로 이런 우스꽝스러운 소극(笑劇)을 믿는 척해야 했던 것이다. 이런 연유로, 나는 고뇌에 찬 양심을 달랠 수 있을까 하는 희망에서 이 진짜 이야기를 내 일기책에 기록하게 된 것이다. 나는 신에게 기도한다. 선장의 그 음탕한 눈이 결코 이 일기책을 보지 않기를!

헨리 경의 「개인 일기」는 여기서 끝났다. 다만 그가 제임스타운으로 돌아온 지 몇 주 후이자, 체서피크로의 운명적인 여행이 시작되기 단지 몇 달 전의 날짜로, 다음과 같은 기록이 덧붙여져 있을 뿐이었다.

1608년 3월. 마침내 건강을 완전히 회복한 황제의 딸 포카혼타스는 수행원들과 함께 언제나 마을 어귀에서 선장의 안부를 묻는다. 그는 비록 그녀가 없을 때나 『일반 역사』 안에서는 그녀를 칭찬하기 위해 온갖 미사여구를 동원하지만, 정작 현실에서는 이런저런 핑계를 내며 그녀를 피했나. 사실 그는 자신의 음탕한 모험이 사람들에게 알려질까 두려워했다. 그리고 나는 그가 그녀와 결혼하는 것(그리고 이렇게 해서 그녀를 정숙한 여인으로 만드는 것)을 내켜하지 않으면서도, 한편으론 다시 한번 그녀를 통해 정욕을 채우고자 하는 욕구 사이에서 갈등하고 있다고 의심하고 있다. 왜냐하면 나는 그의 목소리만 들어도 구역질이 날 만큼 그를 싫어하지만, 그는 자신의 성생활과 관련된 위업을 도무지 마음속에 담아 두지 못하고, 항상 나를 찾아와 그녀는 자신이 꺾어 본 꽃 가운데 가장 신선한 꽃이었다는 둥하며 은밀히 자랑을 늘어놓곤 했기 때문이다.

그 공주에 대해 말하자면, 그녀는 여전히 문 앞에서 서성대고 있다. 그리고 아쉬운 듯 시종 편에 커다란 말린 가지들이 담긴 바구니를 들려 보낸다…….

읽기를 마친 벌링검이 큰 소리로 외쳤다. "세상에! 각하, 여기를 좀 보세요!"

니콜슨이 소터와 계약서를 작성하고 있던 녹색 테이블에서 미소를 지으며 돌아보았다. "쿠드에게 불리한 증거가 새로 나타났나?"

벌링검이 대답했다. "쿠드는 빌어먹으라고 하세요! 여기, 이 것을 읽어 보세요. 제가 이전에 말씀드렸었던 그 신비로운 가지에 대한 이야기예요! 세상에, 만약 거기에 그 조제법도 있다면! 이것은 무슨 불에 달구어 착색한 것이거나, 아니면 최음제일 거예요, 그렇게 생각하지 않나, 에벤? '불 같은 색깔'이라는 걸로 봐서 '열성 피부염' 증상과 비슷한 것 같은데……. 하지만 이런, 그 비법이 뭐지? 그것만 있으면 나는 이 비참한 주를 구할 수 있을 텐데!"

니콜슨이 에브니저를 제외한 다른 모든 사람들과 마찬가지로 어리둥절한 얼굴로 다그쳤다. "이봐, 좀 알아듣게 이야기해 봐!" 그러나 일지의 내용과 중요성에 대한 설명을 듣고 나자 그의 표정이 당장 심각해졌다. 그는 벌링검이 블러즈워스섬으로의 사절을 자청하자 확신 없는 어조로 말했다. "설사 그렇다 해도 그건 아슬아슬한 모험이나 다름없어. 하지만 그들을 동요시킬 수 있는 이 가지의 비법이 있다면……."

벌링검이 고집했다. "저는 할 수 있습니다. 만약 그 조제법만 손에 넣는다면, 저는 일주일도 안 되어 아하치후프의 왕이 되어 있을 겁니다! 스미스!" 그는 의아해하고 있는 통 수선공을 돌아보았다. "문서의 빠진 부분은 어디 있소? 내가 맹세컨대, 우리가 그것을 손에 넣기 전까지 당신은 이 주를 떠나지 못할 거요!"

스미스가 자신의 억울함을 주장하기도 전에, 놀랍게도 조안 토스트가 처음으로 말문을 열었다.

그녀가 말했다. "그를 위협해 봤자 소용없어요. 그는 당신이 무엇을 원하는지, 혹은 그것을 어디에서 찾을 수 있는지 아무것도 몰라요. 그 부분은 내가 훔쳤으니까요. 그리고 나는 그것을 계속 갖고 있을 생각이에요."

벌링검, 니콜슨, 그리고 토머스 경이 모두 그녀에게 그 빠진 부분을 넘겨 달라고, 혹은 적어도 존 스미스 선장이 그날 버지니아에서 목숨을 구하기 위해 이용했었던 비결을 밝혀 달라고 간청했다. 그들은 블러즈워스섬에서 진행되고 있는 상황의 심각성과 폭동이 일어나기 전에 미리 손을 쓰기 위한 헨리의 전략을 설명했다. 하지만 소용이 없었다.

여자가 비통한 목소리로 외쳤다. "나를 봐요! 이 정욕의 열매를 보라고요! 열두 살에 순결을 빼앗긴 후, 스무 살에 매독에 옮았고, 스물한 살에 죽어 가고 있어요! 유린되고, 짓밟히고, 강간당하고, 그리고 배신당했죠! 여자들의 운명은 잘해 봐야 가련한 정도예요. 우리들의 운명을 더욱 악화시킬 뿐인 그 잔인한 처방을 내가 넘길 거라고 생각해요?"

벌링검이 스미스의 처방을 결코 육체적인 목적을 위해 이용하지 않고, 단지 아하치후프 사람들에게 자신의 정체성을 증명하기 위해서만 사용하겠다고 맹세했지만 그녀는 막무가내였다.

조안이 쏘아붙였다. "악마도 아플 때는 승려 흉내를 내죠. 당신이 저기 있는 안나나 혹은 다른 누구에게서 아이를 원할 때가 올 거예요……. 나는 나 스스로도 당신을 위해서 그 부도덕한 약을 만들지는 않을 거예요!"

헨리가 외쳤다. "그렇다면 그는 모종의 약을 먹은 거로군! 아니면 고약 같은 건가?"

니콜슨이 지팡이로 바닥을 두드렸다. "이보게, 우리는 반드시 알아야 해! 어디 원하는 가격을 말해 보게!"

조안이 웃었다. "당신은 죽은 사람을 매수하려는 건가요? 아뇨, 각하, 톰의 커다란 거머리에겐 이미 충분히 아프게 물렸어요. 신은 알고 계시죠. 나는 더 이상은 물리지 않을 거예요! 하지만 잠깐만……." 그녀는 갑자기 소터처럼 약삭빠른 태도를 취했다. "원하는 가격을 말하라고요?"

총독이 말했다. "물론 합리적인 선 안에서라면. 자네가 요구하는 것은 반드시 우리가 줄 수 있는 것이라야 해."

조안이 말했다. "그렇다면, 좋아요. 내가 원하는 대가는 몰든이에요."

앤드루가 외쳤다. "안 돼!"

에브니저가 간청했다. "안 돼요, 제발!" 그는 안나와 마찬가지로 그때까지 그 논의를 거북하게 여기고 있었다.

벌링검이 그녀를 호기심 어린 눈으로 바라보며 말했다. "가격이 꽤 센데."

조안이 대답했다. "우리 여성에게 저지르는 그 엄청나고 모진 짓에 비하면 그렇게 센 가격도 아니지요."

이때 메키보이마저도 반대의 합창에 동참하여, 부드럽게 물었다. "이 영지로 도대체 무엇을 하려는 거지? 이제는 당신에게 아무런 소용도 없잖아. 만약 당신에게 부양하고 싶은 누군 가가 있다면, 그야, 총독께서 안배해 주실 수도 있을 거야."

조안이 그에게 얼굴을 돌렸다. 그녀의 결심은 누그러지지 않았지만, 표정은 부드러워졌다. "당신도 나와 마찬가지로 내 게 그럴 만한 사람이 아무도 없다는 걸 잘 알고 있어요, 존. 어 째서 당신은 묻는 거죠? 당신 혹시 매춘업자의 첫 번째 원칙 을 잊어버린 건가요?" 다른 사람들을 위해 그녀는 그것을 반 복했다. "'창녀에게 그녀의 몸값을 물을 수는 있지만, 이유를 물을 수는 없는 법이에요.' 내가 원하는 가석은 쿠크포인트에 대한 소유권이에요. 더 이상은 말하지 않겠어요. 이 조건을 받아들이든지 관두든지 마음대로 하세요."

니콜슨과 벌링검이 시선을 교환했다.

총독이 말했다. "좋소, 서류를 작성하게, 톰."

앤드루가 외쳤다. "맹세코, 안 됩니다! 이것은 불법이에요! 스미스가 자신의 권리 주장을 포기하면, 그 소유권은 내게로 귀속된단 말이오!"

벌링검이 말했다. "전혀 그렇지 않습니다. 그것은 주 재산으 로 귀속되지요."

"빌어먹을! 자네는 지금 누구 편을 드는 거야?"

헨리가 대답했다. "적어도 지금은, 주(州)의 편에 서 있습니 다. 그 기록은 몰든 두 개만큼의 가치가 있어요."

앤드루가 판무관들에게 항소하겠다고 위협했지만, 총독은 협박당할 사람이 아니었다.

그가 단언했다. "나는 이보다 더욱 확고한 기반에 선 적이 없어. 내가 주를 구하기 위해 움직일 때, 당신은 왕에게 직접 항소할 수도 있을 거요. 그리고 그로 인해 혹 뭔가 얻을 수 있을지도 모르지. 행운을 비오. 문서는 어디 있소, 쿠크 부인?"

에브니저는 그 익숙지 않은 호칭을 듣기 전까지는 조안의 의도에 대한 최소한의 암시도 깨닫지 못했다. 그런데 이제 갑자기, 비록 하나의 암시가 그가 가진 전부였지만, 그의 등뼈가 욱신거렸고, 심장이 활활 타올랐다.

그녀가 대답 대신 다그쳤다. "당신의 문서는 어디 있죠?" 그리고는 토머스 경이 쿠크포인트의 소유권을 그녀의 소유로 양도하기 전까지는 움직이려 하지 않았다. 계약서가 작성되고 나서야, 그녀는 조용히 웃옷 안으로 손을 집어넣더니 단단하게 접힌 종이를 꺼냈다. 그녀에게서 그것을 건네받은 벌링검은, 그것이 일지에서 없어진 부분이라는 것을 확인했다.

헨리가 외쳤다. "세상에, 에벤, 여기 좀 봐! 그가 봐도 되겠지, 조안?"

여자는 음울하게 말했다. "내겐 막을 권한이 없네요." 그리고는 이내 이전의 무감각한 상태로 되돌아가는 듯 보였다.

빠졌던 부분은 이렇게 시작되었다.

우선 그는 전분 접시에 상당한 양의 물을 부었고, 그것을 손가락으로 저어 걸쭉한 반죽을 만들었다. 그런 다음 용기에 남아 있던 물을 옆의 작은 불 위에 올려놓았다. 이 야만인들은 우리에게 추위를 쫓으라고 불을 피워 줄 만큼은 문명인다웠던 덕이다. 물이 끓기 시작하자, 그는 주머니에서(분명 엄청난 크기의 주머니였음에 틀림없다!) 다양한 재료들을 꺼내서는 반죽에 집어넣었다. 나는 잠든 척하고 있느라 그중 몇 개밖에 살펴보질 못했다. 그러나 나중에 그의 자랑을 통해 그것은 아프리카 흑인들 사이에서 모종의 목적을(이에 대해서는 아직 아는 바 없다.) 달성하는 데 효험이 있다고 알려진 처방이었고, 선장은 그들에게서 배웠다는 걸 알게 되었다. 그 재료들은 다음과 같다. 마전자나무 상당량(말하자면, 부루신과 스트리키닌이라는 약재를 추출할 수 있는 그 나무의 껍질), 두세 개의 작은 말린 피망(그 흑인들은 이것을 '조조'라고 부른다.), 후추 열매 얼누 개, 그리고 역시 정향 열두 개, 그리고 그것에 향기를 더해 줄 바닐라 콩 한두 개. 동시에 그는 무슨 목적에서인지 당아욱 기름 몇 방울을 섞은 물로 두 번째 탕약을 끓였다. 덧붙여 언급하자면, 선장은 지금도 이런 여러 가지 약초와 향신료들을 몸에 지니고 다닌다. 이런 목적을 위해서뿐 아니라 음식을 양념할 때 쓰기 위해서다. 그는 몇 년 동안 무어인들과 싸우면서, 음식에 매운맛을 내는 방법을 배웠다. 그리고 이런 이유로 그는 선박 주인들을 설득하여, 그들이 인도 제국에 입항할 때마다 앞서 언급한 향신료들을 가져오게 했다.

반죽이 완성되고 양쪽 용기에서 물이 팔팔 끓자, 선장은 서둘러 가지를 잘랐는데, 자르는 방식이 또 특이했다. 원래는 가로로 잘라서 얇고 둥글게 채를 써는 것이 보통인데, 선장은 허리춤에서 꺼낸 칼로 그 열매를 꼭대기에서 밑동까지 세로로 자르는 것이었다. 그런 다음엔 각 반쪽의 껍질 안쪽에 깊은 도랑을 내듯이 파내자, 그 두 개의 반쪽이 마치 철로 된 거푸집의 반쪽처럼 되어, 둘을 합치자 중앙에 대략 직경 8센티미터 정도에 깊이가 18~20센티미터 정도 되는 깊은 원통 모양의 움푹한 공간이 생겼다. 그것은 보기 드물게 커다란 가지였기 때문이다. 나는 잠든 척하는 것이 발각되지 않도록 주의하며, 점점 커지는 호기심 속에 이 모든 광경을 관찰했다.

그 이상한 탕약이 완성되자, 선장은 그것을 불에서 내려놓았다. 탕약은 어느 순간 요리되었고, 선장은 그때 그것을 불에서 치웠다. 그는 갖은 향신료를 담고 있던 첫 번째 탕약을 휘휘 젓고는 그것을 반죽과 혼합해서는 곧 고약 비슷한 모습으로 만들었다. 그런 다음 그는 옷을 벗었고, 나의 놀란 시선을 받으며 자신의 성기에 손을 댔다. 그러고는 이스라엘의 어린이들이 관례적으로 여호와에게 바치는 그 부분을 뒤로 잡아당겨 귀두를 노출시켰다. 그의 아랫도리가 막대기처럼 꼿꼿이 서자(시인들은 그것을 에덴 동상에서 어머니 이브를 유혹했던 뱀에 비유했었다.) 거기에다 앞서 만들어 놓은 고약을 붙였고, 그리고 그것을 반쪽의 가지 두 개를 위 아래로 뚜껑처럼 덮고는, 몇 분간 그대로 잡고 있었다. 고약 내의 향신료와 뜨거운 열기 때문에 분명 엄청 고통스러웠을 텐데 말이다. 마치 자신의 물건을 곧장 불속에 집어넣은 양 그의 얼굴은 고통으로 뒤틀리고 일그러졌다. 마침내 그가 가지를 제거하고, 역시 미리 준비해 두었던 당아욱 기름 탕약으로 성기에 붙은 고약을 씻어 냈을 때, 나는 그의 아랫도리가 정말로 벌겋게 타고 있는 것을 쉽게 관찰할 수 있었다! 그는 뒤따를 고통이 두려워 그 부분을 건드리지 않으려고 조심 또 조심하는 듯했다.

비록 이 광경은 도덕적 교화와는 거리가 멀지만, 그래도 나는 양심과 도덕성을 가지고 있는 사람에게 고백해야겠다. 자연스러운 호기심으로 인해, 또한 선장이 얼마만큼 타락했는지 가늠하기 위해서도, 나는 그것에 커다란 흥미를 느꼈다고. 왜냐하면 기독교인에게, 다른 사람들의 사악함을 겪어 보는 것은, (오만을 부리지 않고도) 그들의 사악함과 대조되는 자신의 정직함에 자족할 수 있다는 점에서 늘 즐거운 일이기 때문이다. 아우구스티누스와 다른 교부(敎父)들이 가르쳐 준 진실 또한 이를 뒷받침해 준다. 즉, 진정한 미덕은 순진함(innocence)에 있는 것이 아니라, 악마의 음흉한 술책에 대한 완전한 지식(knowledge)에 놓여 있는 것이다……

이 부분은 헨리 경을 그의 의도와는 달리 잠이 들게 만들고 또 거칠게 잠에서 깨는 것으로 끝이 났다.

벌링검이 중얼거렸다. "나는 할 수 있어! 이것만 있으면 돼!"

에브니저는 그 이야기뿐만 아니라 머릿속에 떠오르는 적나라한 영상에 비위가 상해 시선을 돌렸다. 일기를 읽지 않은 안나 역시 그 의미를 아는 듯 볼을 붉히며 눈을 내리깔았다.

총독이 자리에서 일어서면서 선언했다. "자, 이제, 나는 우리의 용건이 여기서 끝났다고 생각하네, 톰. 저 악당들을 데려가 아침에 내 배에 실은 뒤, 그들이 펜실베이니아로 이송되는 것을 지켜보게."

다른 사람들도 역시 움직였다.

소터가 방 맞은편에서 조롱했다. "어이, 계관시인 나리! 파티는 끝났군요. 그리고 당신은 여전히 세인트자일스에서와 마찬가지로 무일푼이군!"

앤드루가 욕을 퍼부었고, 니콜슨이 거북하게 얼굴을 찌푸렸다.

소파에서 조안의 목소리가 들려왔다. "잘못 알고 있어요, 소터!"

모든 사람들이 즉시 그녀를 돌아보았다.

그녀가 말했다. "내겐 살날이 얼마 안 남았어요. 그리고 아내가 죽으면 그녀의 재산은 남편에게로 넘어가죠."

앤드루가 숨을 훅 들이쉬었다. "맙소사! 저 말을 들었니, 에벤?"

소터와 스미스를 제외한 모든 사람들이 그녀의 밝혀진 의도에 기뻐했다. 에브니저가 달려가 그녀를 포옹했고, 앤드루는 기뻐서 울었다.

"훌륭한 여자야! 그녀는 성녀 그 자체야, 록산!"

그러나 조안은 얼굴을 돌리며 말했다. "하지만 아직 한 가지 문제가 남아 있어요. 오늘 지적되었듯이, 우리 결혼과 같은 거짓 결혼은 무효가 될 수 있어요. 그러면 내 유산을 두고 법정에서 소송이 일어날 수 있죠. 우리의 결합은 아직 완성되지 않았으니까요."

일동은 조용해졌다. 쌍둥이는 깜짝 놀라 뒷걸음질쳤다.

록산이 "하느님 맙소사!"라고 속삭이며 앤드루의 팔을 붙잡았다. 벌링검은 완전히 넋이 나간 표정이었다.

통 수선공이 귀에 거슬리는 목소리로 웃었다. "오, 세상에!

아! 아! 저 계집이 하는 말을 들었나, 소터? 그녀는 정말이지 바빌론의 창녀야. 그리고 쿠크가 재산을 얻으려면 그녀와 잠을 자야 하지! 오, 하! 나라면 연초 토막으로도 그녀를 건드리지 않을 거야!"

"얘야……." 앤드루가 그의 아들에게 어렵게 말을 걸었다. "그녀는 너도 알다시피…… 사회 병을 갖고 있단다. 나는 몰든을 내 목숨만큼이나 사랑하지만, 결코 널 원망하지 않을 거다. 설사……."

이때 벌링검이 끼어들었다. "삼선, 자네는 그녀의 누청에 옳을지도 몰라, 에벤. 하지만 그걸로 죽지는 않을 거야. 어쩌면 그것은 그저 지독한 임질이지 매독은 아닐지도 모르니까. 저런, 이봐, 몰든이 달려 있는 일이잖아."

에브니저가 고개를 저었다. "그것은 중요하지 않아요, 헨리. 그녀가 무엇을 가지고 있든, 그것은 나로 인한 거예요. 우리의 팔자 사나운 사랑 때문이죠. 나는 이제 내 유산에 대해서는 별로 관심 없어요. 내가 그것을 반드시 획득해야 한다는 것을 제외하고는요. 내가 원하는 것은 보상이에요. 저 여자와 내 아버지, 안나, 심지어 헨리 당신에게 내가 저지른 죄에 대한 보상이요."

안나가 그의 곁으로 오며 외쳤다. "무슨 죄? 지구상의 모든 남자들 가운데, 에벤, 죄에서 자유로운 사람은 오로지 너뿐이야! 나를 다른 남자들에겐 눈도 돌리지 않는 여자로 만들고 심지어 헨리조차도 거의 미치게 만들었던 너의 그 품성이 아니라면, 도대체 무엇이 조안에게 그 모든 끔찍스러운 일들을 겪으면서도 지구의 반 바퀴를 돌아오도록 만들었겠어, 안 그래?" 그녀는 순간 자신이 해서는 안 될 말을 했다는 사실을 깨닫고 얼굴을 붉혔다. 그녀가 조용히 말을 맺었다. "넌 순수 (innocence)의 정수야."

그녀의 오빠가 대답했다. "바로 그 때문에 나는 욕을 먹어야 하는 거야. 지식(knowledge)이 그 짐을 져야 하는 순진함 (innocence)이라는 죄 말이야. 우리의 영혼은 진정한 원죄 가운데 태어났어. 그런데 우리의 원죄는 사실 아담이 '알게 되었다'는 것이 아니라 그가 '알아야 했다'는 거야. 간단히 말해, 그가 순진했다는 것이지."

그는 소파의 가장자리에 앉아 조안의 손을 잡았다. "이전에 한 번, 이 여자는 그 죄에 대해 고백을 듣고 용서해 주었어. 그리고 나는 그녀를 버림으로써 그 죄를 배가시켰지. 어떤 결과가 생기든 간에, 나는 다시 사면을 받을 수 있는 이 두 번째 기회가 온 것이 기뻐."

메키보이가 말했다. "저런! 자넨 그걸 할 작정이야?"

"그래."

안나가 그의 목에 팔을 감고 울었다. "내가 얼마나 널 사랑하는지! 우리 네 명이 여기서 사는 거야. 그리고 만약 헨리가 블러즈워스섬에 머무르지 않는다면……." 그녀의 목소리는 더 이상 나오지 않았다. 벌링검이 그녀를 소파로부터 부드럽게 뒤로 끌어당겼다.

에브니저가 조안의 손에 입을 맞췄다. 그리고 마침내 그녀가 초점 잃은 눈을 그에게 돌렸다.

"당신은 지쳤어, 조안."

그녀는 눈을 감으며 중얼거렸다. "상상하는 것 이상으로 그래요."

그가 여전히 그녀의 손을 잡은 채 일어섰다. "내겐 아직 당신을 우리의 방으로 안고 올라갈 힘이 없어." 그가 어색하게 주위를 둘러보았다. 그의 표정이 춤을 추고 있었다. 모든 여자들은 눈물에 젖어 있었고, 남자들은 메키보이와 총독처럼 고개를 젓거나, 앤드루처럼 시선을 피하며 꽁무니를 빼거나, 혹은 스미스와 소디처럼 마지못해 감틴하는 듯 얼굴을 찌푸렸다.

벌링검이 외쳤다. "내가 그 영광을 요청하지!" 그리고 주문은 깨졌다. 모든 사람들이 거북한 상황에서 벗어나기 위해 몸을 움직였다. 앤드루와 존 메키보이는 여자들을 위로하느라 분주했고, 토머스 경과 총독은 서류를 정리하고 담배를 청했다. 스미스와 소터는 법정 수위의 호위하에 방을 떠났다.

벌링검이 조안을 자신의 팔로 안아 올리고는, 즐겁게 인사했다. "모두들 안녕히 주무시오. 앤드루, 요리사에게 말해 줘요. 우리는 내일 아침에 결혼 조찬을 먹을 거라고!" 그는 복도로 향했고, 웃으면서 덧붙였다. "타락한 자들이 자기들의 종족을 늘리기 위해 어디까지 가는지 보세요! 따라와요, 안나. 이심부름은 보호자를 필요로 한다오."

안나가 얼굴을 붉히며 에브니저의 팔을 잡았다. 그리고 쌍둥이는 킬킬 웃는 그들의 가정교사를 따라 계단을 올라갔다.

앤드루의 목소리가 거실에서부터 들려왔다 "자, 자, 우리에겐 마실 것이 많이 있소, 신사 숙녀 여러분!" 그리고 부엌에 있는 보이지 않는 하녀를 향해 외쳤다. "그레이스? 그레이스! 제기랄, 그레이스, 여기 술 좀 갖다 줘!"

4부

작가가 독자들에게 변명하고
계관시인이 자신의 묘비명을 짓다

일찍이 존 스미스 선장도 연대기 작가의 뮤즈인 클리오[51]를 뱃심 좋게 농락한 바 있지만, 이 긴 역사의 저자가 한층 더 그녀를 농락했다는 몇몇 편협한 구닥다리 고서 연구가들의 항의를 듣지 않기 위해, 저자는 여기서 미리 보증 삼아 세 개의 탁월한 답변들을 가장 적절한 것부터 차례대로 제시해 둔다. 우선, 벌링검이 지적한 대로, 우리는 모두 살아 가면서 변덕과 이해관계가 시키는 대로 우리의 과거를 어느 정도 조작한다는 사실을 기억하자. 과거에 일어났던 사건들은 원하든 원하지 않든 우리 모두가 지금 이 순간 빚어서 모양을 만들어야 하는 점토와 같다. 게다가 저자가 클리오를 발견했을 때, 그녀

51) 역사의 여신, 뮤즈 가운데 한 사람.

는 이미 이성(異性)의 손길을 타서 닳고 닳은 매춘부가 되어 있었다. 그녀와 같은 유형을 상대할 경우, 유혹하는 사람과 유혹당하는 사람을 구분하기 위해서는 정교하게 단련된 궤변가가 필요할 정도이다. 그런데도 만약 저자가 그 매춘부가 지니고 있다고 여겨지는 어떤 미미한 정조를 강제로 범했다는 죄로 공공법정에서 유죄판결을 받는다면, 그는 상상할 수 있는 가장 매력적인 벗들, 즉 시, 산문, 그리고 정치에서 가장 고귀한 사람들이 속한 그의 동료 간음자들과 기꺼이 한패가 될 것이다. 간단히 말해, 그러한 법정에서 그러한 죄목으로 유죄판결을 받는 것은, 예술가에게나 예술작품에나 똑같이 '신자들이 읽어서는 안 되는 금서 목록'이나 검열에 의한 발매 금지 목록 안에 선정된 것의 열 배 이상이나 명예로운 일이다.

여기까지가 사실과 상상의 대립적인 입장이고, 예술가는 니콜슨 총독처럼 아무 거리낌 없이 그런 주장들을 무시해 버릴 수도 있다. 그러나 소송 당사자들의 주장이 '실체적(substantial)'이라기보다 '형식적(formal)'일 때, 그것은 이야기꾼들이 피를 흘리지 않고는 탈출하기가 힘든 딜레마를 제시한다. 독자들이 판단할 수 있듯이, 현재 저자가 처해 있는 곤경은 바로 그러한 것이다.

에브니저 쿠크의 이야기는 끝났다. 드라마는 조안 토스트가 내건 조건에 대해 그가 동의하는 것 이상은 원하지 않고, 그 조건이 함축하는 의미는 명백하다. 나머지 국면은 모두 내리막길이다. 에브니저를 신혼 방으로 이끌고 올라간 계단은 그를 대단원의 가파른 경사면으로 데리고 내려온다. 다른 한편,

그 역사에는 훨씬 더 많은 것이 남아있고 그것은 모두 빈약한 사실과 충실한 상상력에 근거하고 있기 때문에, 그것을 계속 이어가기 위해 저자는 호된 비판을 무릅써야 하며, 형식을 희생해서라도 다소 호기심에 영합하는 것을 용인해 줄 만큼 독자들이 쌍둥이나 그들의 가정교사, 버트랜드 버튼, 슬라이와 스커리, 그리고 다른 사람들의 운명에 대해 흥미를 충분히 가지고 있다고 확신해야 한다.

태양이 서산에 넘어가면시 고봉의 니날은 완전히 끝났으며, 이제부터 자신의 가족은 더욱 복되고 고귀해진 주에서 행복하게 번창할 거라는 앤드루 쿠크의 확신은(그가 그날 밤 술을 마시면서, 그리고 다음 날 아침 결혼 피로연 도중에 강력한 어조로 셀 수 없이 자주 단언했던), 아! 그러나 역사에 의해 완전히 열매 맺지는 못했다. 통 수선공 윌리엄 스미스와 아편상인 미첼 선장(이들은 둘 다 그 후 오래지 않아 클리오의 무대에서 사라졌고, 오늘날까지 한 번도 소식이 들려오지 않는다.)을 예외로 둔다 쳐도, 우리의 등장인물들 가운데 어느 누구도 특별히 행복한 삶을 살았다고 말할 수는 없다. 그들 가운데 몇 명이 비교적 평탄한 삶을 산 건 사실이다. 그러나 다른 사람들은 다소 더 나쁜 쪽으로 심각하게 방향을 전환했고, 일부는 천수를 누리지 못한 채 삶을 마감하고 말았다.

예를 들어 계약 노동자 거래상인 뚱뚱이 톰 테일러는 메키보이를 고소하지 않겠다는 맹세와 함께 몰든에서 풀려났다. 사람들은 그가 자신의 경험을 통해 지난날을 반성하고 좀 더

떳떳한 직업을 선택하기를 희망했지만, 그는 노역 계약에서 풀려난 지 일주일도 안 돼 톨벗 카운티 전역에서 다시 무임 도항자들을 팔고 다녔다. 그리고 몇 년 후 자신의 투자 대상 가운데 한 명(메키보이와 마찬가지로 자유에 대한 열정은 가지고 있었지만 그와는 달리 수완은 전혀 없었던 거대한 몸집의 스코틀랜드인)에 의해 틸맨섬에서 목이 졸려 살해되었다. '더 이상 잃을 것이 없었던' 벤저민 스퍼던스의 운명도 그보다 나을 게 없었다. 앤드루는 아나폴리스 소재 감옥에서 사소한 절도죄로 복역 중이던 그를 발견했고, 그에게 쿠크포인트 연초 밭의 감독관이라는 예전 지위를 회복시켜 주었다. 그러나 방랑생활과 절망으로 인해 쇠약해질 대로 쇠약해진 그는 바로 그다음 해 겨울, 학질에 의해 그가 이전에 잃지 않았던 유일한 것을 영원히 빼앗겨 버리고 만 것이다.

1698년 4월에 비슷한 질병으로 쓰러진 로보담 대령의 삶도 오래 지속되지 못했다. 그러나 그의 여정이 망신이 아니라 낭패감 속에서 끝난 것을 누가 애석히 여기지 않겠는가? 1689년 혁명의 협력자이자 왕이 임명한 두 명의 메릴랜드 총독들 밑에서 의회 의원 노릇을 했던 그는 1696년에 니콜슨이 그의 이전 지도자[52]에 대한 기소를 시작하자, 그와 마찬가지로 시류에 편승하곤 했던 네 명의 정치가들과 함께 비겁하게 영국으로 달아났다. 이러한 굴욕에 덧붙여, 루시도 다시는 남편을 얻지 못했다. 그녀의 딸은 임신했을 때와 마찬가지로 사생아로

---

52) 존 쿠드를 가리킨다.

태어났고, 대령의 영지에서 그의 미망인의 손에 키워졌다. 루시 본인은 점점 더 불명예스런 처지로 떨어졌다. 그녀는 자신의 아이를 내팽개치고 포트 토바코에서 공공연하게 자신을 유혹했던 터브만 목사의 정부로 살았다. 그리고 그러한 삶은 1698년에 터브만이 그의 동료인 페리그린 코니 목사와 함께 음주와 도박, 그리고 중혼의 죄목으로 그들의 감독관에 의해 정직당할 때까지 계속되었다. 그 이후의 삶에 대해서는 어떤 긍정적인 소식도 전해지지 않는다. 그러나 사람들은 러섹의 여인숙(메리 벙고보리가 록산으로부디 그것을 매입해서 하비 러세과 공동으로 운영했다.)에서 일하는 젊은 창녀에 대한 이야기를 듣고 혀를 찬다. 그녀는 '엉덩이에 있는 곰'을 이유로 남부 도싯의 덫 사냥꾼들 사이에서 약간의 명성을 얻었는데, 그것이 혹 큰곰자리 모양의 점은 아니었을까?

적어도 대령은 자신의 딸을 위해 두 번이나 혼인 무효소송을 하는 귀찮은 일은 하지 않아도 됐다. 그녀가 아이를 낳기도 전에 과부가 되었기 때문이었다. 정신이 멀쩡한 상태로 에브니저와 마지막 대화를 나눈 후, 버트랜드는 처음에는 장기적인 착란 상태에 빠져들었고, 그 과정에서 '훌륭한 성인 드레이크페커'의 숭배를 받아들였으며, 브랜던섬의 계관시인으로 행세했고, 베시 버드솔이나 루시 로보담 같은 수많은 여자들을 범했다. 그런 다음 그는 혼수상태가 되어, 자신을 소생시키려는 벌링검과 의사의 노력에 응답하지 않고 사흘 후 몰든의 침대에서 죽었다. 에브니저는 그의 죽음을 대단히 슬퍼했다. 버트랜드의 죽음에 대해 얼마간 책임을 느꼈던 탓도 있지만, 함께 시련을 겪는 과정에서 자신의 '조언자'에 대해 진정한 애정을 갖게 되었기 때문이기도 했다. 그러나 때로는 우울증이 성홍열에 의해 치료되기도 하듯이, 버트랜드를 잃은 슬픔은 뒤따라 일어난 훨씬 더 쓰라린 상실에 묻혀 버렸다. 모든 사람들의 예상대로 조안 토스트는 그해가 끝나기 전, 정확히 말해, 1695년 11월 2일 밤에 세상을 떠났다. 그러나 그녀를 데려간 것은 아편이나 수두가 아니었다. 물론 아편이나 수두가 그녀를 쓰러뜨리고 무력화시킨 것은 사실이고, 그들이 없었다면 그녀는 살아남았을지도 모른다. 그러나 결정적 요인은(이보다 앞서 에브니저로 하여금 인생을 수치심 모르는 극작가라고 부르게 했던 그 엄청난 아이러니에 의해) 출산에서 비롯되었다! 그 이야기를 들어 보라.

에브니저에게 쿠크포인트를 되찾아 주었던(그리고 우리의 플롯이 끝났던) 그날 저녁 이후, 몰든에서는 대대적인 이동이 있었다. 니콜슨 총독과 토머스 로렌스 경, 윌리엄 스미스, 리처드 소터는 다음날 배를 타고 앤아룬델 타운으로 떠났고, 민병들은 각자 제 갈 길을 갔다. 벌링검은 버트랜드를 살리기 위해 할 수 있는 일을 다 할 때까지 머물렀다가, 봄에 돌아와 안나와 결혼하겠다는 약속을 남긴 채 사절의 임무를 띠고 혼자서 블러즈워스섬으로 출발했다. 이미 안나의 아버지로부터 결혼 승낙을 받은 뒤였다. 존 메키보이와 앙리에타 역시 앤드루의 축복을 받으며 몰든의 거실에서 결혼했으며(이번에도 부엌에서 일하는 파리 출신 여자는 울면서 기뻐했다.), 해리 경의 유언을 검인받자마자 배를 타고 영국으로 향했다. 게다가, 앤드루에 대한 옛사랑이 자신이 받은 부당한 취급에 대한 원망을 잊게 할 만큼 깊지는 않아서인지, 혹은 두 사람간의 관계를 그 이상 발전시키기에는 자신이 너무 늙었다고 여겨서인지, 아니면 그 짐승 같은 제분업자와 함께한 삶으로 인해 너무도 상처를 입어서인지, 혹은 알려지지 않은 또 다른 이유에서인지는 모르지만, 일반적인 기대와 달리 록산도 그들과 함께 떠났다. 앤드루는 몰든을 자신의 아들과 벤 스퍼든스에게 맡기고 그들의 뒤를 따라갔다. 쌍둥이들은 록산이 결국은 자신들의 아버지와 결혼을 할 테지만, 그것은 그에게 충분히 앙갚음을 하고 난 후의 일일 것이라고 예상하며 즐거워했다. 앤드루는 오랜 시간을 들여 그녀를 얻으려 했을지 모르지만 그 희망은 결국 실현되지 않았다. 그녀는 자신의 영지에서 얻는 수입으로 딸 부부와 함께 유럽을 여행했다. 메키보이는 베니스에서 로티로부터 음악을 배우는 시늉을 하기는 했지만, 이미 작곡에 대한 흥미를 잃은 것이 분명해 보였다. 그와 앙리에타는 자식 없는 느긋한 삶을 살았다. 그들은 1715년 9월 록산 및 다른 50명의 사람들과 함께 덜둔호를 타고 피레에프스에서 카디즈를 향해 출항했고, 이후 다시는 소식이 들려오지 않았다.

봄이 되었을 무렵에는 쌍둥이와 조안 토스트를 제외한 모든 사람들이 떠났고, 몰든의 일상은 고요하게 안정되었다. 에브니저는 아내의 병에 감염되었다. 사실상 치유가 불가능한 병이었지만, 그래도 벌링검이 그에게 준 모종의 약초와 다른 약들로 그럭저럭 미리 제어할 수 있었다. 덕분에 그는 당분간 그저 가벼운 불편만을 겪었을 뿐이다. 첫 번째 두 주 이후부터는 조안의 허약한 건강 상태로 인해 그들이 부부관계를 갖는 것이 불가능해졌다. 세 명은 대부분의 시간을 독서나 음악, 그리고 다른 점잖은 취미생활을 하며 보냈다. 쌍둥이의 관계는 세인트자일스에서 지내던 시절만큼이나 친밀해졌다. 단지 자신들의 유대를 입 밖으로 표현할 수 없었다는 것이 다를 뿐이었다. 그들은 최근에 자신들을 몹시 긴장시켰던 그들 사이의 애정에 존재하는 그 어둡고 비관습적인 측면들을 아예 처음부터 없었던 것처럼 무시했다. 그들의 현재 삶을 단순히 옆에서 지켜보는 사람이라면 정말로 그 모든 일이 벌링검의 상상력이 빚어 낸 일일 뿐이라고 추론했을 법하다. 그러나 좀 더 세심한, 혹은 냉소적인 관찰자라면, 에브니저가 지난날 헨리의 의도에 대한 자신의 의심들을 즐겁게 고백할 때, 그리고 그가 이제 "벌링검은 친구 이상이야. 심지어 미래의 처남 이상이지. 그는 나의 형제야, 안나. 그래, 처음부터 그랬어!"라고 열정적으로 단언할 때, '과연 그럴까?'라는 듯이 눈썹을 치켜올릴 것이다. 그리고 바로 이 냉소주의자라면, 안나가 매일 아침 다소 어색해하면서도 헌신적으로 병약한 조안이 씻고 옷 입는 것을 도와주는 모습을 보면서 입꼬리를 치켜올리며 미소를 짓지 않겠는가?

춘분이 지나갔다. 4월이 되자 약속한 대로 벌링검이 다시 몰든에 나타났다. 옷이나 머리 모양에서나 그는 아하치후프가 다 되어 있었고, 가지 마술의 눈부신 효과 덕분에(계절 탓에 그는 그것을 인디언 호리병박으로 대체했다.) 자신의 원정이 상당한 정도의 성공을 거뒀다고 공언했다. 그는 새로 찾은 자신의 가족에게 완전히 매료되었고, 퀴사펠라와 유능한 드레파카에 대해 대단히 깊은 인상을 받았다. 그는 자신이 의도했던 대로 퀴사펠라와 드레파카의 관계가 악화되었다고 덧붙였다. 하지만 자기가 그들을 이길 수 있을 거라고 확신하는 만큼, 자신의 형에 대해서는 확신하지 못했다. 피에 목마른 코훈코우프레츠는 구릿빛 피부라는 장점을 가지고 있었고, 그의 지위를 찬탈하는 문제는 벌링검이 그를 너무 사랑하게 된 관계로 다소 복잡해진 것이다. 헨리는 그곳에서의 일이 아직 끝나지 않았다고 결론을 내렸다. 자기가 이미 그곳에 내분의 씨를 심었지만, 안나와 결혼한 후 그 섬에 돌아가 그곳에서 여름 동안 그 씨앗들을 적절히 경작해야 한다는 것이었다.

그가 등장하면서 몰든의 평온한 일상은 붕괴되었다. 안나는 봄이 다가올수록 안절부절못했고, 이내 거의 신경질적으로 변한 듯했다. 그녀는 가만히 앉아 있거나 혹은 한순간이라도 대화가 중단되는 것을 견디지 못했다. 그녀의 기분은 체서피크의 표면처럼 변화무쌍했고, 그리고 점점 더 예상치 못한 방향으로 튀곤 했다. 뭔가 의미심장한 말들, 예를 들어 영지 안에 있는 스퍼딘스의 오두막에서 말린 인디언 호리병박을 보았다는 에브니저의 한 마디 같은 것은 그녀를 방에서 울며 달려 나가게 만들기에 충분했다. 그러나 때때로 그녀는 자신의 오빠가 감염된 것에 대해 무척 잔인한 농담을 하곤 했고, 또한 가지로 만든 고약이 그 병에 효과가 있지 않을까 하고 추측하는 고약한 취미를 발휘하기도 했다.

그가 마침내 물었다. "당신은 정말로 나와 결혼하길 원하는 거요, 안나?"

그녀가 고집스럽게 대답했다. "물론이에요! 하지만 솔직히 말해 난 차라리 당신이 그 야만인들과의 일을 완전히 끝내는 가을까지 기다리는 게 낫다고 생각해요."

헨리가 에브니저를 향해 미소를 지으며 말했다. "당신이 원하는 대로 하지, 내 사랑. 그렇다면 내일 떠나는 게 좋겠군. 사람들이 흔히 말하듯이, 빨리 떠날수록 더 빨리 돌아올 수 있을 테니까."

아침 식사를 하면서 이러한 대화를 나눈 지 이십사 시간후 벌링검의 출발 사이의 막간에 일어났던 일을 에브니저는 좀처럼 잊을 수 없을 것이다. 자신의 마음으로부터 그 생각을 몰아내려는 그 단호한 결의야말로(그것을 결국 오히려 매번 그러한 생각을 더욱 생생하게 떠오르게 만들지만) 그 가능성에 대해 그가 자각하고 있었다는 사실을 반증한다. 그가 갑자기 오후에 스퍼던스가 씨 뿌리기 감독하는 것을 도와야겠다고 생각한 것은 그 전망에 대해 그가 동의했음을 입증한다. 그리고 그가 그날 밤 면솜으로 귀를 막고 얼굴 위에 베개를 올려놓고도 잠을 이루지 못한 것은 그가 그 사실을 눈치챘다는 것을 나타낸다. 안나는 다음 날 아침 자신의 방에 틀어박혀 나오지 않았고, 시인은 두 사람을 대표하여 친구에게 작별을 고해야 했다.

그는 마지막으로 이렇게 말했다. "가을이 끔찍스럽게 멀게 느껴지네요."

헨리는 미소를 지었고 어깨를 으쓱하며 대답했다. "타락한

자에게는 그렇지 않아. 안녕히, 내 친구. 내 생각엔 교황 클레멘트의 예언이 성취될 것 같군."

이것이 그가 시인에게 마지막으로 남긴 말이었다. 그날뿐만 아니라 영원히. 후에 안나는 벌링검이 평생 동안 아하치후프와 지낼 것만 같다는 두려움을 토로했다. 그리고 훨씬 더 세월이 흐른 1724년에 그녀는 실질적으로 그리고 독점적으로 자신의 오빠를 시중 들기 위해 자기 스스로 그를 보내 버렸다고 고백했다. 어쨌든 나중에 에브니저가 상상한 것이 사실이 아니라면, 그들은 그들의 친구를 다시는 보지도, 그로부터 어떤 소식을 듣지도 못했다. 그의 노력 때문이든 아니든, 대규모의 반란은 실현되지 않았다. 비록 1696년까지는 그것이 너무도 임박한 듯 보여서 니콜슨이 거의 매달 치안 방해에 대한 형벌 수위를 높였지만 말이다. 심지어 1634년의 첫 번째 이주자들을 먹여 살렸던 충성스러운 피스카타웨이족조차도 너무도 위기감을 느낀 나머지(어떤 사람들은 버지니아의 앤드로스 총독 때문이라고도 말한다.) 남부 메릴랜드에 있던 자신들의 마을을 버리고 황제 오초토마콰스와 함께 서부 산악지방으로 옮겨 갔다. 사냥꾼들이라기보다 농부였던 그들은 그곳에서 굶어 죽거나 북부 부족들에 흡수되었다. 커다란 다섯 개의 부족들은 무슈 카스틴과 프롱트나크 장군, 그리고 아마도 드레파카의 노력으로 영국인들로부터 프랑스인들에게로 완전히 넘어가고 말았다. 그리고 만약 블러즈워스섬의 위대한 공모자들이 분열되지 않았다면 스케넥터디와 올버니의 학살은 분명히 영국이 지배하는 주 전역으로 확산되었을 것이다. 니콜슨이 그 섬을 공격하기 위해 군사력을 모으지 않았다는 사실은 그가 헨리 벌링검과 연락을 주고받았으며 그를 대단히 신임했음을 암시한다. 17세기 말엽이 되면, 그곳은 사람이 살지 않는 습지가 된다. 어떤 사람들은 아하치후프 족이 누구의 지도에 의해서든 북쪽으로 이주하여 낸티코크족처럼 펜실베이니아로 들어갔고, 얼마 후 다섯 부족에 포섭되었다고 추측한다. 그러나 쿼사펠라, 드레파카, 코훈코우프레츠, 그리고 벌링검의 궁극적인 운명에 대해 역사는 침묵하고 있다.

쌍둥이의 별난 친구는 떠났지만, 몰든의 일상은 이전의 평온함을 회복하지 못했다. 안나의 신경질적인 상태는 지속되었고, 5월이 되자 조안 토스트가 삼 개월 전의 짧은 동거 기간 동안 남편의 아이를 임신했음이 확실해졌다. 여기에 정말로 심각한 문제가 있었다. 만약 그녀가 산달까지 태아를 배 속에 지니고 있다 해도, 산고 때문에 그녀가 살아남지 못할 것은 분명했고, 어쨌든 그 아이는 병에 걸린 채로 태어날 운명이었다. 이런 이유로, 에브니저는 스스로도 두려워질 만큼 아버지 노릇에 대한 갑작스럽고 열정적인 욕망에도 불구하고 임신 초기에 자연유산이 되기를 기도해야 했다. 그러나 그의 기도는 응답받지 못했을 뿐만 아니라, 마치 그가 그러한 기도를 했다는 것에 벌을 내리기라도 하듯이 여름이 한창일 무렵 안나가 자기 역시 임신을 했다고 고백했다. 그리고 자살하겠다는 그녀를 말리기 위해 시인은 지니고 있던 온갖 수사법을 동원해야 했다.

그녀는 마치 '타락한'이라는 용어에 매혹이라도 된 듯이 한

탄하곤 했다. "나는…… 나는 '타락한' 여자야! 완전히 더럽혀졌어!"

에브니저는 맞장구를 치곤 했다. "완전히! 메릴랜드에 오는 순간부터 내가 그랬던 것처럼! 너는 너의 부끄러움을 나의 부끄러움과 결합시켜야 해. 아니면 내가 널 따라 무덤 속에 들어가는 걸 보든가!"

그렇게 해서 안나는 하인들과 이웃 경작자들 사이에 매우 수치스러운 소문이 도는 동안 몰든에서 은둔에 가까운 삶을 살았다. 어느 날 에브니저가 케임브리지에서 얼굴이 잿빛이 되어 돌아와 말했다. "사람들이 너희 둘에게 아이를 임신시킨 사람이 바로 나라고 말하고 있어!"

안나가 대답했다. "그럼 뭘 기대했어? 그들은 헨리에 대해 아무것도 몰라. 내가 스퍼던스 씨를 연인으로 삼았을 리도 없고."

에브니저가 외쳤다. "하지만 어째서 나야? 사람들이 원래부터 그렇게 심보가 나쁜 걸까? 아니면 우리를 수치스럽게 만들기 위해 신이 벌을 내린 걸까? 마치 우리가 정말로……."

안나는 심란해하는 그의 모습을 보며 어둡게 미소를 지었다. "우리가 언제 얼굴을 붉힐 만한 꿈이라도 꾼 적이 있던가? 어쩌면 그럴지도 몰라, 에벤. 하지만 만약 그렇다면 신이 그런 식으로 판결을 내린 전례는 수없이 많아. 야만인이나 촌사람들은 일반적으로 서로 성별이 다른 쌍둥이가 자궁 안에 함께 있으면서 죄를 짓지 않았을까 하고 의심하곤 해. 그런 사람들이 지금이라고 해서 우리가 죄를 짓지 않는다고 생각할 것 같아?"

그러나 명예가 아무리 끔찍스럽게 더럽혀진다 해도 사람들은 언젠가는 그것과 함께 살아가는 방법을 터득하기 마련인가 보다. 아무도 몰든을 방문하지 않았고, 에브니저가 집안의 고용인들 및 농장의 일꾼들을 대하는 태도도 차가워지고 형식적이 되었다. 그러나 그도 안나도 다시는 자살이란 말을 입밖에 내지 않았다. 벌링검이 돌아오지 않을 거라는 것이 분명해졌을 때도 마찬가지였다. 11월에 조안 토스트가 죽었고, 그녀의 어린 딸 역시 죽었다. 훨씬 더 건강한 여자라도 죽음으로 몰고 갔을 역산(逆産)으로 인한 비극이었다. 에브니저는 슬픔에 빠져 그들을 아래쪽 해안가의 어머니 곁에 묻었다. 다음 1월은 안나의 산달이었다. 그녀의 짧은 산고는 밤 늦게 시작되었다. 그녀는 전문가의 도움도 받지 못한 상태에서 (산파 노릇에 약간의 경험을 가지고 있던) 요리사 그레이스와 시인의 도움을 받아 건강한 남자 아이를 출산했다. 앤드루 쿠크가 언젠가 메릴랜드로 돌아오거나, 혹은 제3자로부터 그 추문을 들을 가능성은 거의 없었기 때문에, 에브니저는 괜히 진실을 말해서 아버지의 노년을 어둡게 하지 않는 것이 낫겠다고 생각했다. 그래서 그는 편지에 비록 조안은 아이를 낳다가 죽었지만, 그들의 아기(앤드루 3세라는 이름으로 세례를 받은 아들)는 살아남았고, 안나가 그 아이를 돌보고 있다고 썼다. 노인은 말할 필요도 없이 뛸 듯이 기뻐했다.

이 허구는, 일단 성립이 되자, 에브니저와 그의 누이에게 두드러진 효과를 가져왔다. 수치심을 느끼면서도 안나는 육체적으로나 정신적으로나 어머니 노릇을 탁월하게 해냈다. 그녀는 임신 기간 동안 환하게 피어났고 출산은 순조로웠다. 그녀의 가슴엔 젖이 풍부했고, 자신의 행동을 깊이 후회하면서도 아기를 통해 무한한 기쁨을 느꼈다. 그리고 육아를 통해 살이 오르고 혈색이 좋아졌다. 그들은 정말로 그 아기를 앤드루라고 이름 지었다. 그리고 적당한 시기가 오자 '아기를 위해서' 몰든을 완전히 떠나는 것까지 고려하기 시작했다.

여기까지 말하게 되면 우리는 역사의 거의 끝에 다다른 셈이 된다. 하지만 만약 우리가 최고 악당 손 쿠드와 그를 기소했던 안하무인의 총독, 그리고 윌리엄왕에 의해 몰수당한 메릴랜드에 대한 특허장을 회복하기 위해 볼티모어가 시작한 거대한 성전(聖戰)의 운명에 대해 알고자 한다면, 그 끝에 도달하기 전에 잠시 본 줄기에서 벗어날 필요가 있다.

그렇다면 니콜슨이 "정부의 입장에서 본다면 작은 퍼거슨(Ferguson)이고, 종교의 입장에서 본다면 홉스주의자"라고 부르곤 했던 쿠드에 대해 알아보자. 1694년 11월 에브니저가 몰든에서 병마와 싸우는 동안에도, 총독은 이미 쿠드에게 공공 세입의 지출에 대한 설명을 요구했었고, 다른 경범죄들 가운데에서도 혁명을 재정적으로 지원하기 위해 하원으로부터 담배 4000파운드의 불법자금을 취득한 일, 1691년에 열릴 예정이었던 그의 형사 법정의 기록을 훔친 일, 개신교 조합원의 수장으로서 532파운드 2실링 9펜스의 금액을 공채로부터 횡령한 일(포토맥강의 세입 징수 장관으로서 400파운드 이상, 또한 위코미코강의 세금 징수원으로서 환어음 700파운드를 횡령한 일은 말할 것도 없고), 가톨릭 신부와 성공회 목사로 사칭한 일, 총독과 왕 모두에 대항하여 음모를 꾸민 일, 성부, 성자, 성령에 대해 신성모독을 저지른 일 등을 들어 그를 기소했었다. 그리고 1696년 7월, 니콜슨은 새롭게 얻은 증거를 가지고 쿠드에 대한 소송을 제기했고, 몇 가지 혐의에 대해 여러 명의 공무원들과 시민들로부터 증언을 얻었다. 그런 까닭으로 그의 사냥감은 앤드로스의 보호를 받기 위해 버지니아로 달아났고, 그곳에서(그렇게 소문이 전해진다. 왜냐하면 그를 자기 눈으로 직접 본 적이 있다고 주장하는 사람은 없기 때문이다.) 그는 비밀리에 자신의 첩자들, 특히 제라드 슬라이와 샘 스커리에게 연락을 취했다. 쿠드는 이들 가운데 슬라이를 부추겨 런던에 있는 대법관들에게 니콜슨에 대한 '고소장'을 제출하게 했다. 그는 그 고소장에서 가톨릭을 신봉하는 것과 괴이한 성적 습관, 그리고 의회의 서기이자 '그의 잘못에 대한 실질적인 증인' 헨리 덴튼이라는 사람을 살해한 일 등에 이르는 여러 가지 죄목으로 니콜슨을 고발했다. 그러나 니콜슨은 만에서 설쳐 대는 사략선들, 국경의 프랑스인들, 주 전역의 인디언들, 그리고 온갖 역병과 전염병 등의 문제들에도 흔들리지 않고 자신의 임기 동안 용케 앤아룬델 타운에(그것의 이름은 아나폴리스가 되었다.) 대학을 건립했고, 슬라이의 고발에 대항하여 자신을 방어했으며, 마침내 1698년 여름에 두 척의 슬루프 선에 100명의 부하들을 나눠 태우고 포토맥강에서 쿠드와 슬라이를 체포하라는 명령을 내렸다. 슬라이는 체포되어 법정에 섰고, 그곳에서 그는 상관의 강압이라는 이유를 내세워 자신을 변호했다.

그러나 정작 쿠드 본인은 덫을 빠져나갔다.

이 지점에서 문제들이 그 용맹스러운 총독의 손에서 벗어났다는 것을 알면 마음이 언짢을 것이다. 폐하께서는 단 한 수로 수많은 문제들을 해결할 심산으로 니콜슨을 그의 옛 경쟁자인 버지니아의 에드먼드 앤드로스 경의 자리에 앉혔다. 앤드로스는 윌리엄과 메리 대학의 블레어 박사를 비난한 일로 왕의 총애에서 밀려나 서인도제도의 하급 지사로 강등되었다. 1699년(옛 달력으로는 1698년) 1월에 그 직위 이동이 실행되었고, 쿠드는 그와 거의 때를 맞추어 의기양양하게 세인트메리즈 카운티로 돌아온 것으로 알려졌다. 니콜슨의 후임자이자 쿠드 본인의 처남의 조카인 나다니엘 블래키스톤을 그로 착각한 것이라 말하는 사람들도 있었다. 블래키스톤이 실제로 같은 해 5월에 그를 체포했기 때문이다. 하지만 다른 사람들은 그러한 순진함은 그와 같은 빈틈없는 음모가에게서는 생각할 수도 없는 일이라고 입을 모았고, 그러므로 그것은 단순한 공모에 불과하다고 주장했다. 그들의 회의적인 태도는 이듬해 7월에 쿠드가 사면되고 스스로의 요청에 의해 방면된 후 1708년 무렵에는 실제로 세인트메리즈 법정에서 변호사업을 할 수 있는 면허를 받았다는 사실을 누군가 알게 되었을 때 정당화되는 듯 보였다! 그러나 보다 덜 냉소적이면서도 좀 더 치밀한 관점도 존재하는데, 그것은 그 당시 에브니저가 그의 누이에게 제시한 의견이었다. 에브니저는 슬라이 선장에 대한 재판 이후, 스커리 선장에 대한 어떤 흔적이 발견되거나 언급된 적이 없었던 점을 지적했다. 그렇다면 곧 전적으로 블래키스톤과의 공모나 혹은 다른 방식으로 쿠드의 이름으로 체포되었다가 사면된 그 남자가 바로 이 스커리일 수도 있다는 얘기가 되지 않는가? 에브니저는 바로 그렇게 된 것이라고 생각했고, 이를 근거로 더욱 근본적인 질문으로 돌아갔다. '진짜' 존 쿠드는 애초에 그를 가장한 여러 사람들과 독립하여 존재하기는 했던 것인가? 아니면 그는 그의 협력자들이라고 생각되던 사람들이, 마치 사업가들이 자신들의 위험 부담을 줄이기 위해 유한책임회사들을 합병하듯이, 단순히 자신들의 책임을 벗으려는 목적으로 창조한 허구적인 존재에 불과한 것은 아닌가?

어쨌든 존 쿠드라는 인물이 획책했다고 여겨진 거대한 목표들은 성취되지 못했으며, 도덕성에서 그의 다른 극단에 있는 인물, 즉 볼티모어 경으로 추정되는 그 그림자 같은 인물 역시 적어도 그의 생전에는 자신의 목표를 성취하지 못했음이 분명하다. 찰스 캘버트의 수단과 동기가 아무리 모호하다 하더라도, 만약 그가 존재한 것이 사실이라면(그리고 만약 벌링검이 그의 의도를 전적으로 부정확하게 대변한 것이 아니었다면) 적어도 메릴랜드에 대한 자기 가문의 소유권을 되찾기 위해 노심초사했을 것이며, 이 가정이 맞다면, 1715년에 그는 분명 이중의 좌절감을 안고 죽음을 맞았을 것이다. 당시 메릴랜드는 제6대 왕령 총독의 통치하에 있었을 뿐만 아니라, 그의 아들이자 상속자인 베네딕트 레오나르드 캘버트는 그보다 이 년 전에 450파운드라는 연금을 희생하면서까지 가톨릭을 포기하고 성공회에 입교했기 때문이다. 그 가문의 운수에서 빠르고

극적인 변화를 진행시킨 것은 바로 이러한 변절이었다. 찰스 캘버트가 2월 20일에 사망하자, 가문의 배신자인 베네딕트 레오나르드가 제4대 볼티모어 경이 되었다. 그러나 그는 두 달도 안 돼 사망했고, 그 칭호는 역시 찰스라는 이름을 가진 그의 열여섯 살 먹은 아들이 물려받았다. 그런데 이 5대 볼티모어 경은 자신의 아버지처럼 개신교도일 뿐만 아니라, 잘생기고 바람기 많은 궁정신사였다. 또한 왕가에서 포주 노릇과 술책에 관한 능력으로 대단히 인정을 받아 곧 영국 황태자의 기방(妓房) 친구가 되었다. 그리고 그는 이러한 일련의 유리한 자격들을 가지고 자신의 조부가 이십오 년을 걸려서도 해내지 못한 일을 정확히 한 달 내에 성취할 수 있었다. 1715년 5월, 조지 1세가 그에게 군주의 원래 특권들을 고스란히 보유하고 있는 메릴랜드의 특허장을 회복시켜 주었던 것이다.

이러한 경이로운 일들만으로도, 저자는 시인이 언젠가 말했듯이 클리오 양에게 수치심을 모른다는 죄목으로 유죄를 선고하기에 충분한 증거가 된다고 여긴다. 그렇다면 바로 이 젊은 볼티모어가 1728년에 에브니저 쿠크에게 진짜 메릴랜드 계관시인의 위임장을 제의한 것에 대해 당신은 어떻게 말하겠는가? 우리의 시인이 종종 외치곤 했듯이 "이런 일이 있나!"라고 말하겠는가, 아니면 그의 혼성 비유 방식에 따라 "우리 이 뮤즈의 소극이 어디까지 가는지 살펴본 후에 벨을 울려 막을 내립시다!"라고 말하겠는가?

우선, 독자들은 다음과 같은 사실을 알아야 한다. 1694년 겨울 몰든에서 건강을 추스르는 동안, 한바탕 분출한 영감에 기대어 애초 의도했던 「메릴랜디아드」가 아니라 자신이 겪었던 불운들을 휴디브라스풍으로 폭로하는 시를 창작한 이후, 에브니저는 삼십사 년 동안 단 한 줄의 시도 짓지 못했다. 이 휴작(休作)이 순결의 상실에서 비롯된 것인지, 자신의 재능에 대한 불만족에서 비롯된 것인지, 영감의 부재에서 비롯된 것인지, 그의 성격 변화에서 비롯된 것인지, 아니면 좀 더 포착하기 어려운 원인에서 비롯된 것인지를 꼬집어 말하는 것은 무의미한 억측에 지나지 않을 것이다. 하지만 정확히 이 몇십 년 동안 시인으로서 그의 명성이 매년 커졌다는 것을 알고 나서는 (독자들도 그렇겠지만) 에브니저 스스로도 놀라워했다! 메릴랜드를 공격한 그의 원고는 에브니저가 몰든에서 비겁하게 도망치면서 몸에 지니고 나왔고, 벌링검을 통해 바크 선 필그림호의 선장에게 맡겨졌다는 사실을 여러분도 기억할 것이다. 당시 에브니저는 그것의 안전에 대해 걱정했었고, 벌링검은 그 선장이 반드시 그것을 런던의 인쇄업자에게 전달할 거라고 그에게 보장했었다. 그러나 그 이후 일련의 사건들이 닥치는 와중에, 그는 그 시에 대해 까맣게 잊고 있었다. 그리고 앤드루 3세의 세례 후 자신의 목을 조르는 삶의 손아귀 힘이 약해지자, 그저 그것이 어떻게 되었을까, 하고 이따금씩 궁금해했을 뿐이다.

그의 대단치 않은 호기심은 1709년에 그의 아버지가 그에게 페이터노스터 거리 '까마귀의 흔적'의 벤저민 브래그라는 간기(刊記)가 적힌 『연초 도매상』의 사본을 보내 주었을 때 충족되었다! 그리고 앤드루는 함께 동봉한 편지에서 그것의 출판 경위를 다음과 같이 설명했다. 필그림호의 선장이 그 원고를 다른 인쇄업자에게 전달했고, 그는 출판해 봤자 아무런 이익이 없을 거라 판단하여 그것을 그저 하나의 진기한 글 정도로 돌려 보았다. 그것은 곧 에브니저의 친구들이었던 올리버와 트렌트, 메리웨더의 손에 들어갔고, 그들이 그것을 자신들의 친구가 쓴 작품이라는 것을 알아보고는 하도 법석을 떨며 사람들의 관심을 불러 모은 덕에 그 인쇄업자는 위험을 무릅쓰고 그것을 출판하기로 결심했다. 그러나 이 지점에서 그에 관한 풍문을 들은 벤저민 브래그가 그 시의 저자가 그것이 쓰여 있는 종이에 대해 여전히 자신에게 빚을 지고 있다는 근거를 들어 그것에 대한 우선권을 주장했다. 뒤이어 가벼운 위협이 오갔고, 마침내 브래그가 그의 경쟁자를 위협하여 그 원고를 포기하게 만들었으며, 그것의 여섯 번째 판을 내놓게 되었다는 것이다. 앤드루에 의하면, 그 첫 번째 결과 3대 볼티모어 경은 자신은 어떤 식으로든 (자기는 생판 모르는 사람인) 에브니저 쿠크를 메릴랜드의 계관시인으로든 무엇으로든 임명한 적이 없다고 강력하게 부인했고, 그 시의 내용 전체에 대해 부인했다고 한다. 심지어 왕으로부터 그 주를 반환받는 때가 오면 영주가 시인에 대해 명예훼손 소송을 제기할 거라는 소문도 돌았다. 그러나 곧 소문들은 잠잠해졌다. 같은 해 그 시에 대한 몇몇 호의적인 반응들이 나타났기 때문이다. 앤드루는 자신의 편지에 그중 하나를 옮겨 놓았는데, 그 일부분을 발췌하면 다음과 같다. "식민지에 대한 일반적인 거짓된 찬양의 글로부터의 신선한 변화…… 훌륭한 휴디브라스풍의 풍

자…… 신랄한 재치…… 캘버트 경이 잃음으로써 시는 얻었
다…….”

안나가 그것을 읽고 기뻐하며 말했다. “대단한 자랑거리야!
아니, 정말이지 이건 그야말로 명예 그 자체야, 에벤!”

그러나 그녀의 오빠는 자신의 갑작스러운 명성에 놀라기는
했지만, 별로 감동하지는 않았다. 사실 그는 그 비평을 보고
기쁘기보다는 오히려 불쾌했다.

그가 외쳤다. “천박한 얼뜨기 같으니라구! 어디에서도 그 시
가 진실이라는 것을 인정하지 않았군. 내가 그것을 쓴 것은
내 명성을 드높이기 위해서가 아니라, 메릴랜드의 명성을 떨
어뜨리기 위해서였다고!”

그럼에도 그 후 『연초 도매상』은 그 저자가 바랐던 방식으
로는 아니지만 런던의 식자층 사이에서 꾸준한 인기를 누렸
다. 비평가들은 그것을 현재 유행하는 풍자적이고 독특한 이
야기의 훌륭한 사례라고 말했고, 그 압운과 기지를 칭찬했으
며, 인물의 성격화와 익살맞은 행동들에 찬사를 보냈다. 그리
고 그들 중 어느 누구도 그 시의 내용을 심각하게 여기지 않
았다! 사실상 어느 작가는 볼티모어 경의 분노에 대해 논평하
며 다음과 같이 진술했다.

우리에게 자신의 이전 영토의 고상함을 입증하려고 그렇게
노심초사하는 볼티모어가 그 영토가 배출한 첫 번째 시인을 그
렇게 부당하게 대우하는 것은 이상한 일이다. 그가 경멸하는
그 시가 바로 메릴랜드의 세련됨을 우리에게 보여 주는 첫 번

째 증거인데 말이다. 정말로 쿠크 씨와 같은 그러한 유쾌한 재주꾼을 낳다니, 그곳은 정말로 꽤 훌륭한 영지다…….

그러한 칭찬은 그들의 말을 단 한 마디도 인정하지 않는 시인을 원통하게 만드는 한편 현명하게 만들었다. 1711년에 앤드루가 죽자 에브니저가 아버지의 유언장을 검인하기 위해 런던으로 갔을 때, 그는 브래그 및 그 인쇄소에서 브래그의 동업자가 되어 있던 벤 올리버의 식사 초대를 굳이 거절하지는 않았지만, 그 시의 속편으로 '모피와 가죽 도매상' 혹은 '연초 도매상의 복수'를 써 달라는 그들의 간청에 대해서는 조금도 귀를 기울이지 않았다.(그들은 그에게 다음과 같은 소식들을 전해 주었다. 톰 트렌트는 시와 영국 국교회를 포기하고 예수회 교도가 되었다. 딕 메리웨더는 100여 편의 출간되지 않은 오드[53]와 소네트에서 줄곧 죽음에게 구애했고, 마침내 그 어둠의 숙녀를 정복한 결과 타고 있던 말이 그를 자갈 위에 내동댕이치는 바람에 그저 희롱만 하고 말 작정이었던 그녀를 영원히 포옹하고 말았다.)

사실을 말하자면, 그에겐 더 이상 시로 쓸 소재가 없었다. 물론 영지 여기저기에서 일을 하는 동안 때때로 시구 몇 줄이 떠오르는 적이 없었던 것은 아니다. 그러나 그가 지내 온 격동의 날들과 평온한 세월이 그의 시적인 재능을 무디게 만들었든지, 아니면 그의 비평적인 안목을 더욱 예리하게 만들었든지, 그는 『연초 도매상』 자체를 꼴사나운 원한과 모호한 암시

---

53) 특수한 주제로 특정한 사람이나 사물을 기리는 서정시.

들, 그리고 장황하거나 단지 겉멋 든 변덕으로 가득 찬 볼품없는 작품으로 여기게 되었다. 그리고 이후에 떠오른 착상들 어느 것도 그에게 펜을 놀릴 만한 가치가 있는 것으로 여겨지지 않았다. 1717년에, 그는 자신의 아버지에게 진 빚이 무엇이건 간에 충분히 갚았다고 생각하고 자신의 몫인 쿠크포인트의 반을 에드워드 쿠크라는 사람(에브니저가 언젠가 미첼 선장에게 자신의 진짜 정체를 들키지 않기 위해 사칭한 적이 있던 바로 그 바람난 아내를 둔 불쌍한 남편)에게 팔았고, 안나는 그녀의 몫을 도싯 민병대의 헨리 트리페 선장에게 팔았다. '그들의' 아들 앤드루 3세는 이 무렵 스물한 살의 청년으로, 이미 자신의 출생에 관한 추문에 상처를 입을 만큼 어린 나이는 아니었지만, 그들은 우선 켄트로 이사를 갔다가 나중에는 프린스 조지스 카운티로 옮겨 갔다. 이제 오십 대 초반이 된 에브니저는 생계를 위해 그 주의 재산 관리인인 헨리 로우와 베네트 로우의 대리인으로서 여러 잡다한 서기 일을 수행했다. 시인이 그들과 교제를 하게 된 것은(말하기 매우 유감스럽지만) 그들의 형 니콜라스가 사실은 헨리 벌링검이라고 확신했기 때문이다. 안나는 오빠가 그런 생각을 갖는 것을 묵인하기는 했지만 결코 이러한 오해를 공유하지는 않았다. 그러나 에브니저의 확신은 날이 갈수록 더욱 확고해졌다. 니콜라스 로우는 벌링검이 과거에 가장했던 그의 모습, 혹은 전임 가정교사가 이전에 가장했던 다른 어느 모습들과도 전혀 닮은 모습이 아니었으니, 그것은 정말로 착각에 불과한 일이었을지도 모른다. 그러나 그는 벌링검의 연배에다 그 정도의 키였고, 재기발랄하고 박학다식

한 인물이었으며, 심지어 이따금 '우주 예찬론자'라고밖에 부를 수 없는 경향을 드러내곤 했다. 게다가 에브니저가 이따금 떠보듯 질문을 하거나 암시를 줄 때마다 그는 장난스러운 미소나 어깨를 으쓱하는 것으로 대답을 대신하곤 했다…… . 그러나 아니다! 우리는 안나와 마찬가지로 에브니저와 똑같은 착각에 빠져들고 싶은 유혹에 저항해야 한다. 우리의 주인공이 다른 많은 사람들처럼 나이가 들어 어리석어진 것이다. 그뿐이다!

1728년에 우리의 역사에 포함될 만한 두 가지 사건이 일어났다. 그 무렵 옛 찰스 캘버트는 무덤 속에서 심삼 년 동안 누워 있느라, 우리의 시인이 그의 예순두 번째 해에 맛보았던 『연초 도매상』과 관련된 마지막 아이러니를 즐길 수 없었다. 그것의 순수한 효과는 정확히 볼티모어가 「메릴랜디아드」를 통해 얻고자 희망했던 바로 그것이었다. 메릴랜드는, 부분적으로는 이 유명한 시 덕분에, 18세기 초에 버지니아의 명성에 비교될 만한 품위와 세련됨이라는 명성을 얻었다. 그리고 수많은 훌륭한 가문들이 그곳에 정착하는 계기가 되었다. 이 사실을 인정하여, (앞서 언급된 그 유명한 젊은 탕아이자 예술 애호가인) 제5대 볼티모어 경이 늙어 가는 시인에게 편지를 썼다. 다음의 발췌문 정도면 그 내용을 충분히 알 수 있을 것이다.

나의 조부는, 이의를 제기할 수 없을 만큼 많은 미덕을 지니고 있었지만, 예술에 대해서만큼은 정통하지 못했다. 그리고 그대를 계관시인으로 부르려 했던 그의 원래의 목적을 이루지 못

4부

했다.(그는 나중에 그것을 부인하긴 했지만, 나는 그가 그런 의도를 가지고 있었다고 확신한다.) 그는 그대가 메릴랜드에게 준 선물의 가치를 인지하지 못했다. 하지만 한 세대가 그대 작품의 미덕을 증명해 왔으므로, 비록 늦은 감은 있지만 나는 그대가 오랫동안 그 임무를 수행해 왔던 메릴랜드주의 계관시인이라는 직위와 칭호를 이제는 실제로 받아들이는 것이 적합하다고 여기는 바이다.

에브니저는 그러한 초대에 단지 미소만 지을 뿐이었고, 그것을 받아들여야 한다는 누이의 제안에도 고개를 저었다.

"아냐, 안나. 메릴랜드의 풍토는 시인에게 맞지 않아. 그리고 내 재능도 그 안에서 살 만큼 강건하지 않고. 볼티모어가 그 칭호를 그것을 받을 자격이 있는 문재(文才)를 지닌 사람에게 주게 하자고. 내 생각엔 나는 더 이상 뮤즈의 영감을 받지 못할 것 같아!"

그러나 같은 해 니콜라스 로우가 죽자, 시인은 (그의 착각 때문에) 너무나도 상심한 나머지 자신의 맹세와 오랜 침묵을 깨고 《메릴랜드 관보》에 그 신사를 향한 자신의 모순적인 감정들에 대한 잡다한 인유를 담은 「존경하는 향사 니콜라스 로우의 죽음에 대한 비가」를 발표했다. 그 이후, 그가 자신의 재능이 성숙했다고 느꼈던 때문인지, 아니면 그저 맹세를 깨는 것은 마치 순결을 잃는 것처럼 돌이킬 수 없는 사건이었기 때문인지는 분명하지 않지만(어느 쪽인지는 독자가 판단해야 할 것이다.), 그는 자신의 펜을 아끼지 않았다. 1730년에 그는 사람들이 오랫동안 기다렸던 속편 「되살아난 연초, 혹은 경작자의 겨울」을 발표했다. 그러나 아쉽게도 그것은 원작만큼 성공을 거두지는 못했다. 다음 해 그는 버지니아에서 베이컨[54]이 일으킨 반란을 다룬 또 다른 풍자적인 이야기와 『연초 도매상』의 개정판(이자 순화본)을 출간했다. 그가 1732년 봄 예순여섯의 나이에 일종의 편도선염에 걸려 죽은 뒤, 그의 누이가(그녀 역시 그 후 오래지 않아 그의 뒤를 따랐다.) 그의 유품을 정리하다가 기록물들 가운데서 묘비명 하나를 발견했다. 날짜가 적혀 있지는 않았지만, 저자는 그것이 그의 최후 작품이라고 믿는다. 그리고 관심 있는 학자들을 위해 다음과 같이 첨부한다.

여기 흙을 덮다. 거짓되게 칭송받았던
젠체하고 멋 부리는 배우,
『연초 도매상』의 저자 위에. 명심하라,
이 묘비명을 보는 사람은. 예수를 본받으라!
속세의 명예를 위해 애쓰지 말라.
명성은 변덕스럽고 지조 없는 매춘부이니,
그대 상상력의 순결한 소파로부터 그녀를 몰아내라.
그녀와 관계를 갖기 위해 애쓰는 사람은 바보일지니.

메릴랜드의 계관시인,

---

54) 1676년에 나다니엘 베이컨(Nathaniel Bacon)은 동부의 영국인 거주민들과 함께 버지니아 인디언들을 소멸시키기 위해 인디언 부락을 공격했다. 이것은 영국인들이 인디언들을 신사회 건설의 걸림돌로 여겼음을 극명하게 드러내는 사건이었다.

향사 에브니저 쿠크

유감스럽게도 그의 후손들은 자신들의 선조를 이러한 묘비
명으로 기리는 것이 적절하지 않다고 판단했고, 대신 그의 묘
석에 평범한 헛소리를 새겼다. 그러나 그의 경고에 대한 소문
이 퍼졌든, 혹은 메릴랜드의 공기가(어쨌든 도체스터의 공기는)
예민한 성격의 뮤즈를 잘 부양하지 못한다는 그의 불평이 정
확했든 간에, 저자가 아는 한 메릴랜드의 습지는 그 주의 계관
시인이었던 신사 에브니저 쿠크 이후 단 한 명의 시인도 배출
하지 못했다.

『연초 도매상』, 가공된 역사 읽기

실재 사람과 사건들을 도입하는 메타픽션 텍스트들은
그럴듯한 쓰기의 환상뿐만 아니라,
역사적인 쓰기 자체의 환상 또한 폭로한다.[1]

「셰익스피어 인 러브(Shakespeare in Love)」라는 영화가 있다. 1999년에 개봉된 이 영화는 젊은 극작가 셰익스피어가 부유한 상인의 딸 바이올라를 만나 이룰 수 없는 사랑을 하고, 또한 이러한 경험을 바탕으로 『로미오와 줄리엣』을 완성하는 과정을 그린 작품이다. 사랑에서 영감을 구하는 작가와 관습을 거부하고 솔직하게 자신을 표현하는 한 여성의 사랑 이야기라는 것만으로도 흥미로웠지만, 이 작품이 1593년 엘리자베스 1세 치하 영국이라는 구체적인 역사적 배경을 갖고 있다는 점, 그리고 주인공 셰익스피어를 비롯하여 엘리자베스 1세, 극작가 크리스토퍼 말로, 당시 현역 배우였던 에드워드 알레인(네드) 등

---

1) 퍼트리샤 워, 김상구 옮김, 『메타픽션』(열음사, 1989), 141쪽.

역사상 실존 인물들이 등장한다는 점에서 더욱 눈길을 끌었다. 물론 실재 사건과 인물이 등장하는 작품은 많이 존재해 왔지만, 이 작품이 흥미로웠던 이유는 셰익스피어와 가상 인물인 바이올라의 허구적인 사랑 이야기와 『로미오와 줄리엣』이라는 작품의 창작 과정을 실재 인물들 및 배경을 통하여 치밀하게 접목시켰고, 연극의 내용과 두 사람의 연애 장면을 교차시켜 (시간적으로 앞선) 희곡 속 장면들이 마치 (시간적으로 뒤처지는) 영화 속 사랑 이야기에서 비롯된 것 같은 환상을 불러일으켰기 때문이다.

미국의 대표적인 포스트모더니즘 소설가 존 바스의 세 번째 소설 『연초 도매상』은 메릴랜드의 계관시인 에브니저 쿠크가 실제로 1708년에 출간한 시를 다시 쓰는 모양새를 취하고 있다. 장르는 다르지만 이 소설은 여러 면에서 「셰익스피어 인 러브」와 닮아 있다.(정확히 말하면 이 영화가 사십 년이나 앞선 바스의 소설을 닮아 있다고 해야 할 것이지만.) 주인공이 역사상 실존 인물이라는 것, 그가 작가라는 것, 그의 시작(詩作) 과정이 미국의 식민사와 접목된다는 점, 시의 내용이 주인공이 경험하는 실재 사건들로 재가공된다는 점, 그리고 사건이 진행되면서 주인공의 창작물이 처음과는 다른 내용이 된다는 점이 그러하다. 영화의 경우 『로미오와 줄리엣』은 원래 '로미오와 해적의 딸 에델'이라는 제목의 희곡으로 완성되었는데, 사랑에 빠진 주인공에 의해 행복한 결말의 사랑 이야기로 구상되었다가 그가 이별을 겪으면서 가장 비극적인 사랑 이야기로 바뀌게 된다. 『연초 도매상』의 주인공 역시 처음엔 메릴랜드에 대한 찬양의 서사시를 쓰기 시작하지만, 온갖 불쾌한 경험을 한 뒤 원한에 찬 풍자시를 남긴다.

「셰익스피어 인 러브」가 사랑 이야기라면 『연초 도매상』은 17세기 후반 영국과 식민지 아메리카를 배경으로 계관시인이라 자처하는 에브니저 쿠크가 펼치는 파란만장한 모험기라고 할 수 있을 것이다. 시인이자 숫총각이기를 맹세한 에브니저는 전혀 어울리지 않은 상황에서도 자신의 정체성을 보존하기 위해 고군분투하느라 의도와는 달리 끊임없이 우스꽝스러운 장면을 연출한다. 그는 몰든이라는 최종 목적지에 도달하기까지 해적에게 납치되고 사기를 당해 빈털터리가 되며 백인들에 대한 적의로 가득 찬 인디언들의 손에 떨어지는 등, 여러 가지 위험과 곤란한 상황에 직면한다. 여기에 무협지에나 나올 법한 역용술(易容術)을 사용하여 변신에 변신을 거듭하는 벌링검의 존재가 더해져, 영화로 만들어진다면 아마도 코믹 모험 액션 블록버스터쯤이 탄생할 것이다.

하지만 존 바스의 소설들은 영화화가 거의 불가능한 것으로 정평이 나 있다.(오직 『여로의 끝』만이 장편 특작 영화 형식으로 시도된 바 있다.) 그것은 아마도 그의 소설이 어떤 하나의 일관된 이야기보다는 '이야기하기' 자체를 다루기 때문일 것인데, 사실 이야기와 이야기하는 행위가 우리의 삶에 어떤 영향을 미치는가 하는 것이 포스트모더니즘 소설의 (그리고 특히 바스 소설의) 중요한 주제이다. '이야기하기'는 허구성을 담보한다. 이야기를 한다고 곧 거짓말을 하는 것은 아니겠지만 진실이 밝혀질 때까지는 그 진위를 알 수 없다. 기준이 될 만한 절대적인 '진실'이 존재하지 않는다면, 오직 상대적이고 주관적인 진실만이 있을 뿐이다.

『연초 도매상』은 다수의 이야기들로 성기게 구성되어 있다. 이 소설에는 무려 스무 개에 가까운 이야기가 삽입되어 있는데, 등장인물 대부분이 모두 이야기꾼이라고 해도 과언이 아닐 정도이다. 그들의 이야기는 언뜻 보기엔 서로 관련이 없어 보이나, 사실은 모두 직, 간접적으로 연결이 되어 있다. 그들은 모두 각자의 이해관계에 따라 사건을 생략하거나 왜곡하기 때문에 이야기 각각을 마치 퍼즐을 맞추듯이 맞추고 비교해야만 소설 속 진실에 조금이나마 다가갈 수 있다. 그들 각각은 오직 진실의 파편만을 보여 줄 뿐이기 때문이다. 예를 들어 앤드루는 아들인 에브니저에게 록산과의 만남에 관해 이야기해 주면서 그녀와 연인 관계였다는 사실을 의도적으로 생략하지만 이후 록산의 이야기를 통해 그들이 연인 관계였음이 드러나며, 인디언 왕자 코훈코우프레츠가 영국 신사 럼블리로 변신하는 과정과 그가 나중에 안나로 밝혀진 영국인 아내를 맞이하게 되는 과정도 멍고모리와 하비 러섹의 이야기를 거쳐 럼블리와 안나 본인의 이야기를 통해서야 비로소 그 전말이 밝혀진다. 또한 에브니저는 애초에 볼티모어 경(찰스 캘버트)을 만나 메릴랜드의 역사를 듣고 볼티모어가 선이요, 존 쿠드가 악이라는 가치관을 형성하지만, 에브니저가 만난 볼티모어가 사실은 그를 가장한 벌링검이요, 더군다나 그야말로 오히려 교황과 사악한 거래를 한 악당일지도 모른다는 말을 들으면서 엄청난 혼란에 빠진다. 찰스 캘버트와 존 쿠드는 사람들의 이야기와 소문을 통해 무수히 언급될 뿐 단 한 번도 실제로 등장하지는 않지만 소설 속에서 어느 누구보다 커다란 영향력을 행사한다.

바스는 리얼리티의 충실한 재현보다는 리얼리티가 언어적으로 어떻게 구성되는가, 리얼리티가 어떻게 모방되고 위조되는가에 관심을 갖는다. 실존 시인 에브니저 쿠크의 시 창작 과정과 메릴랜드의 식민 역사가 패러디되는 『연초 도매상』에서는 문학적인 글쓰기와 더불어 역사적인 글쓰기가 중심적인 관심사이다. 바스에게, 시를 쓰든 역사를 쓰든 글쓰기는 그것이 언어적인 구성물이라는 점에서 이야기하기와 다르지 않다. 『연초 도매상』에는 세 명의 '작가'가 등장하는데, 주인공인 시인 에브니저 쿠크와 『버지니아 통사(The General History of Virginia, New England, and the Summer Isles)』의 저자 존 스미스, 그리고 이들의 '역사'를 기록하는 바스 본인이다. 바스는 에브니저 쿠크의 시 창작 과정을 통해 문학적인 글쓰기의 허구성을, 존 스미스의 글에 등장하는 포카혼타스 일화를 패러디함으로써 역사적인 글쓰기의 허구성을 폭로한다. 그리고 바스는 이들을 패러디하는 자신의 소설의 허구성 또한 적극적으로 인정한다.

『연초 도매상』은 어떤 면에서 시인 쿠크의 생애와 그의 시 「연초 도매상」의 개연성 있는 탄생비화를 중심 내용으로 하는 의사(擬似) 전기이자 주석서라고 할 수 있다. 에브니저 쿠크에 대해서는 별로 알려져 있지 않고, 그의 시 또한 20세기에 들어서기 전까지는 독자들에게 비교적 생소했던 작품이다. 이

시는 처음에는 주로 식민지 시기 메릴랜드의 습속을 비판하는 풍자시로 이해되었다. 이후 노련하고 약삭빠른 식민지 거주민들과 대비하여 화자 자신의 어리석음과 순진함을 비판하는 것으로 비평의 초점이 이동했고, 이어서 식민지 풍토에 육체적으로 적응하지 못하는 화자를 아메리카의 식민지적 활력을 흡수하는 데 실패한 식민 모국인 영국의 상징으로 보는 주장을 비롯해, 식민지 남부 상류사회에 대한 영국인들의 전형적인 부정적 견해라든지 미국인들의 소송하기 좋아하는 성격 등 당시의 역사적, 사회적 상황을 고려하여 다각도로 접근하는 해석들이 등장했다. 쿠크의 「연초 도매상」은 당시에 흔치 않았던 식민지 삶에 관한 풍자시였고, 놀랍도록 풍부하고 다양한 부류의 인물들을 등장시켜 적절한 교육을 받은 자부심 강한 한 영국인이 식민지 삶의 활력을 이해하고 그것에 적응하는 데 겪는 어려움을 잘 그려낸 것으로 평가받는다.[2]

쿠크의 시 「연초 도매상」은 빚에 쫓겨 식민지 메릴랜드로 건너간 한 영국인이 갖가지 문화 충격과 불운을 겪은 후 메릴랜드에 대한 저주를 뒤로 한 채 귀향하는 과정을 기술한다. 메릴랜드에 대해 좋은 인상만을 가지고 있던 화자가 해적과 인디언, 독 오른 모기떼, 주정뱅이, 사기꾼, 풍토병, 부패한 판사, 영악한 창녀 등 갖가지 사건과 인물들을 맞닥뜨리면서

2) 위의 내용은 2002년 5월 16일 토스카나에서 열린 Ibero/Anglo Early American Conference를 위해 준비된 Jeffrey H. Richards의 발표문 「영국인의 미국 식민지에 대한 풍자시로서의 『연초 도매상』(Cook's "Sot-Weed Factor" as British American Colonial Satire)」에서 참조.

환멸을 느끼게 되는데, 바스는 시 속 화자가 겪는 이러한 고난들을 시인이 직접 체험하는 전기적인 사실들로 재가공한다. 원래 의도했던 것은 「메릴랜디아드」라는 영웅 서사시였으나, 우여곡절 끝에 재산마저 사기 당한 절망적인 상황에서 결국 신랄한 풍자시를 창작하게 된다는 것이다.(본문에는 「메릴랜디아드」의 일부로 구상된 몇몇 시 구절이 등장하는데, 물론 이것은 순전히 바스의 창작이다.) 이때 에브니저는 '출판에 적절하지 않다'는 이유를 들어 자신이 강간을 당할 뻔한 일이나 해적들의 강간 장면 등 자신의 모험 중에 벌어진 다른 '낯 뜨거운 기억들'은 과감하게 생략하기로 결정한다.

이 작품을 허구로 만들어야겠어! 이를테면 나는 상인이 되는 거야. 아니 메릴랜드에 사업차 온 도매상이 낫겠군. 그는 이곳에 대한 온통 좋은 의견만 갖고 있다가 곧 사기를 당해 자신의 상품과 재산을 모두 잃게 되지. 내가 겪은 모든 시련들을 플롯에 맞도록 다시 구상하고, 인쇄업자에게 넘길 수 있을 만큼만 바꾸는 거야!

바스는 에브니저가 자신의 경험을 시로 형상화하는 과정을 통해 문학 속 리얼리티란 결국 가공된 것임을 보여 준다. 또한 바스는 작품 말미에서 "우리는 모두 (……) 변덕과 이해관계가 시키는 대로 과거를 어느 정도 조작한다는 사실을 기억하자. 과거에 일어났던 사건들은 원하든 원하지 않든 우리 모두가 지금 이 순간 빚어서 모양을 만들어야 하는 점토와 같다"는 말로 자신이 가공한 '역사', 즉 『연초 도매상』을 변호한다.

『연초 도매상』에는 에브너저 쿠크라는 실존 시인의 개인사와 더불어 메릴랜드의 식민사가 약술되어 있다. 볼티모어를 비롯해 안드로스, 니콜슨 등 본문에서 언급되는 인물들은 대부분 실존 인물이며, 정체불명에다 신출귀몰한 인물로 그려져 있는 존 쿠드 역시 실제로 영주(領主) 정부를 반대한 개신교도로서 가톨릭 교도인 볼티모어가 메릴랜드에 대한 권리를 상실하게 만드는 데 결정적인 역할을 했던 인물이다. 역사적인 배경이 안정적인 서술 영역에서 기술되는 일반적인 역사소설에서와는 달리, 『연초 도매상』에서는 등장인물의 이야기 형태로 전달된다. 화자 본인을 완전히 신뢰할 수 없다면, 그의 이야기도 완전히 신뢰할 수는 없다. 볼티모어 경의 이야기가 절대적인 진실이라는 믿음을 갖고 여행을 시작했던 에브너저는 그 믿음에 대한 자신감을 상실한 후, 본문에 등장하는 별을 보고 경도를 계산하던 스웨덴인 해양 탐험가처럼 좌표를 잃고 마는 것이다. 메키보이의 말처럼, 에브너저는 처음부터 끝까지 단 한 번도 완벽하게 세계를 이해한 적이 없는 셈이다.

가공된 역사의 대표적인 예로 이 소설에서 등장하는 것이 존 스미스와 포카혼타스의 일화이다. 존 스미스의 『버지니아 통사』에 기록되어 있는 이 일화는 월트 디즈니의 영화에서 백인 남성과 인디언 여성의 낭만적인 사랑 이야기로 가공되어 전 세계에 보급되었다. 그것은 어떤 면에서 백인들의 인디언들에 대한 죄의식을 감추기 위해 날조된 신화이다. 포카혼타스는 존 스미스와 열애를 나눈 적도 없을 뿐 아니라 그녀의 생애는 인디언의 평화가 아닌 비극적 멸망사를 예고했다. 그녀는 인디언들과의 협상 시 유리한 카드로 쓰기 위한 볼모로 납치되어 제임스타운에 억류되었다가 존 롤프라는 백인 남성을 만나 결혼하며, 그 후 영국으로 건너가지만 천연두로 숨진다. 천연두는 결핵과 함께 유럽인이 옮겨온 질병이었으며, 면역력이 없었던 수백만의 인디언들을 죽음으로 몰고 간, 말 그대로 재앙이었다.[3] 벌링검 경의 「개인 일기」에서 스미스가 지니고 있던 음란한 장난감을 탐하다 포우하탄에게 채찍을 맞는 것으로 그려지는 오페칸카노우는, 실제로는 포우하탄의 뒤를 이어 추장이 되는 인물이다. 유럽인들이 가지고 온 질병으로 인해 인디언들이 순식간에 몰살되어 가는 것을 지켜보다 못한 그는 부족을 이끌고 백인 부락을 습격하여 백인 주민의 3분의 1 정도를 살해했고, 그 보복으로 영국인들은 몇 차례의 인디언 대량 살육 전쟁을 감행했다고 한다.[4]

역사의 여신 클리오를 '뱃심 좋게 농락한' 존 스미스를 문학적 선배로 여기는 바스에게 역사 쓰기란 기본적으로 '빈약한 사실과 충실한 상상력'에 바탕을 둔 작업이다. 교회사를 연구하는 스미스 신부가 몇 가지 사실과 소문에 상상력을 덧붙여 피츠모리스 신부의 순교에 관한 하나의 완벽한 이야기를 만들어 내는 장면은 이러한 역사 쓰기의 실례를 보여 주는 부분이기도 하다. 바스는 또한 상상력만으로 역사를 만들어 내

---

3) 이영재, 『세계사의 9가지 오해와 편견』(웅진출판, 1998), 96~100쪽.
4) 미국사연구회 엮고 옮김, 『미국 역사의 기본 사료』(소나무, 1992), 76쪽.

기도 하는데, 벌링검이 자신의 가계를 추적하는 과정에서 발견하는 『비밀 역사』와 「개인 일기」는 모두 바스가 지어낸 가짜 문서이다. 원수 같은 사이인 두 사람이 쓴 것으로 설정되어 있는 이 두 문서는 서로 상대방을 깎아 내리는 내용으로 가득차 있음에도, 오히려 그 때문에 서로가 서로의 존재를 증명해 주어 마치 그 문서들이 실존하고 있는 듯한 착각을 불러일으킨다. 진짜 역사처럼 여겨지는 것이 가공된 것임을 주장하는 역사를 실제로 가공해 냄으로써, 바스는 역사라는 소위 거대 서사 역시 가공의 가능성에서 벗어날 수 없음을 보여 준다. 특히 스미스가 포카혼타스에 의해 목숨을 건지게 된 경위를 현장에서 직접 목격했다고 주장하는 벌링검 경을 내세워, 바스는 미국사의 신화가 된 스미스-포카혼타스 일화를 성적인 농담이 가득 찬 희한한 이야기로 바꿔 버린다.

성적인 것은 『연초 도매상』에서 중요한 부분을 차지하는 요소이다. 사실 『연초 도매상』은 강간이나 매춘 등 성적인 것으로 넘쳐 난다고 해도 과언이 아니다.(바스는 무려 여섯 페이지에 걸쳐 '매춘부'의 의미를 갖는 단어들을 나열한다.) 『연초 도매상』에 등장하는 성적인 묘사는 대부분 과장되고 희화화되어 우스꽝스러운 분위기를 연출하는데, 특히 가짜 문서들 속의 성적인 묘사는 그것이 너무 지나쳐 가공된 것이라는 느낌을 줄 정도이다. 또한 이 책에는 '순결을 잃는' 갖가지 이야기들이 등장한다. 바스는 많은 지면을 할애하여 조안 토스트와 멍고모리, 그녀의 어머니가 순결을 잃게 된 이야기를 들려준다. 숫총각이기를 맹세했던 에브니저는 스스로 강간하는 데 실패하고 선원들에게 강간을 당할 뻔한 위기를 넘기면서(책에서 암시된 바로는 이미 강간을 당한 듯 보이지만) 겨우 지킨 명목뿐인 순결을 결국 자신으로 하여금 순결을 맹세하게 만든 장본인인 매춘부 조안 토스트에게 바친다. 에브니저와는 반대로 이 세상 모든 것에 욕망을 느끼는 벌링검은 사실 부실한 성기로 인해 성행위 자체가 불가능한 인물이었지만, 그 덕분에 자신의 가족을 찾으며 순결을 잃는 데도 성공한다. 또한 대단히 헐거운 성기를 갖고 있는 바람에 순결을 잃는 데 실패를 거듭하던 포카혼타스가 가지의 비법으로 무장한 스미스에 의해 마침내 순결을 잃기도 한다. 이렇듯 희한하고 우스꽝스러운 '순결 상실'의 이야기들은 한편으로 미국 문학 속 순결(순수) 신화를 풍자한 것이기도 하다. 미국인들은 언제나 죄 없는 아이임을 자처했고 20세기 중반까지 미국 문학은 그 같은 순수의 신화를 고수했기 때문이다. 미국 문학에서는 성년식을 거쳐 어른이 되는 과정을 장황하게 묘사하는 작품이 수도 없이 많은데, 성적인 순결함의 상실이든 일반적인 순수함의 상실이든, 이런 작품들의 중심에는 바로 순수의 상실이 자리 잡고 있다. 그 같은 신화로부터 거리를 두기 시작한 것은 포스트모더니즘이 등장하면서부터다.[5] 『연초 도매상』에서 에브니저는 성적인 면에서든 일반적인 면에서는 줄곧 '순수하다'는 말로 묘사된다. 그러나 그의 순수함은 곧 순진함이자 어리석음임이 밝혀지

5) 한스 디터 겔페르트, 이미옥 옮김, 『전형적인 미국인』(에코리브르, 2003), 42쪽.

며, 그 스스로도 자신의 순수함이 죄 없는 순수함이 아니라 본인은 물론 다른 사람들에게도 해악을 끼치는 것임을 깨닫게 된다.

『연초 도매상』은 바스에 의해 독창적으로 가공된 역사이다. 바스는 18세기 피카레스크 소설 양식을 좇아 거대하고 복잡하고 미로 같은 이야기들을 직조해 낸다. 그의 소설은 한편으론 포스트모던적 자기 반영과 말장난, 다른 한편으로는 보다 전통적인 이야기 방식의 특징인 공감 가는 인물 형상화와 숨 막힐 듯이 재미있는 플롯 구성 사이에서 아슬아슬한 균형을 유지하고 있다. 독자는 바스가 펼치는 미로 같은 이야기들의 향연에서 정신없이 취하고 길을 잃으며 어리둥절해하다가는 결국 한바탕 크게 웃으며 빠져나오게 된다. 그것을 돈키호테같이 현실 감각이 결여된 인물의 '순결과 예술의 기사적 편력'으로 읽든, 풋내기 시인의 문학적 성장 소설로 읽든, 진지한 역사소설로 읽든, 모든 역사소설에 대한 풍자로 읽든 결국 독자의 몫이다. 하지만 그것이 아무리 가공되고 희화화된 것이라 해도 『연초 도매상』에는 미국의 역사를 한 번쯤 되돌아보게 만드는 요소가 있다. 개정판 서문에서, 바스는 "『연초 도매상』에는 뭔가 해롭고 수상한, 혹은 잠재적으로 위협적인 어떤 요소가 있는 것처럼 느껴진다."고 말한 바 있다. 담배는 중독성이 강하다는 의미에서 마약을 연상시킨다. 하지만 그 외에도 담배는 미국의 폭력적인 식민 역사와 함께 한 작물이기도 하다. 『연초 도매상』을 보면 과거 존 스미스 일행과 현재 에브니저 일행이 모두 체서피크를 따라 항해하게 되는데, 존 스미스가 만난 인디언들이 백인에게 비교적 우호적이라면 에브니저가 만난 인디언들은 백인들에 대한 원한으로 가득 차 있는 것을 알 수 있다. 인디언들의 태도가 변한 이유는 담배 경작의 성공으로 수많은 영국인들이 체서피크만 지역에 이주하기 시작하면서 삶에 위협을 느꼈기 때문이다. 백인들은 대규모 농장을 확보하기 위해 인디언들의 땅을 빼앗았고, 노동력을 안정적으로 공급하기 위해 흑인 노예를 실어 왔다. 『연초 도매상』에도 담배 경작자들에게 땅을 잃고 쫓겨난 아나코스틴왕 퀴사펠라와 백인들에 의해 노예선에 태워져 참혹한 대우를 받은 흑인들의 왕 드레파카가 등장한다. 에브니저는 이들에게 동정적이며 백인들의 처사에 분노한다. 백인 경작자들이 천박한 사기꾼으로 묘사되는 반면 드레파카가 카리스마 넘치는 고귀한 인물로 그려지는 것은 어떤 면에서 보상으로 보이기까지 한다. 하지만 바스는 이들의 이야기를 심각하게 다루지는 않는다. 백인 학살을 계획하는 세 집단 가운데 가장 극렬분자인 아하치후프의 백인들에 대한 적의가 황당하게도 벌링검 1세의 존 스미스에 대한 원한에서 비롯된다거나, 아하치후프의 타약 시카멕이 놀랍게도 벌링검의 아버지로 밝혀지고 럼블리가 그의 형으로 밝혀지는 등, 인디언 봉기의 일화는 오히려 수수께끼에 싸인 벌링검의 가계를 밝혀 내는 도구로 사용된 느낌이다. 또한 사해동포주의를 순진하게 부르짖던 에브니저가 정작 인디언들의 봉기가 임박하자 이이제이(以夷制夷)라는 전법을 구사하여 그들의 분열을 획책하며, '문명의 확장'이라는 제국주의 이데올로기로 럼블리를 설득하는 장면은 '순진한' 백인 에브니저가 결코 순진하지만은 않음을 보여 준다.

『연초 도매상』은 여러 면에서 역자를 괴롭힌 책이다. 숨이 턱 막히는 분량도 분량이려니와, 언어유희를 즐기는 작가 덕분에 머리를 쥐어뜯으며 고민을 한 적이 한두 번이 아니다. 그럼에도 이 소설은 대단히 발칙하고 유쾌한 소설임에 틀림없다. 부디 독자들도 이 책의 두께에 지레 겁먹지 말기를 바란다. 한번 이 이야기의 바다에 빠지면 즐겁게 헤엄을 치느라 시간 가는 줄 모를 테니까.

우리말 번역을 위해 사용한 텍스트는 『The Sot-Weed Factor』(New York: Anchor Books, 1987)임을 밝혀 둔다.

이운경

작가 연보

1930년   5월 27일 존 시몬즈 바스 2세(John Simons Barth, Jr.)
미국 메릴랜드주의 케임브리지에서 쌍둥이로 태어났
다. 후에 바스는 학계로, 쌍둥이 누이인 질(Jill)은 사업
계로 진출한다. 케임브리지는 이후 바스가 쓴 여러 소
설의 배경이 된다.

1947년   케임브리지 고등학교를 졸업하고 뉴욕에 있는 명문 줄
리아드 음악학교에서 재즈와 관현악을 공부하려 했으
나 학비 부담으로 포기하고 만다. 그해 가을, 볼티모어
에 있는 존스홉킨스 대학에서 장학금 혜택을 받고 입
학한다. 존스홉킨스 대학 시절 동양과 중세 이야기에
관심을 갖게 되었고, 이것은 이후 그가 작가로서 글을
쓰는 데 많은 영향을 주었다.

1950년   1월 11일. 앤 스트릭랜드(Harriette Anne Strickland)와
        결혼했다.

1951년   존스홉킨스 대학의 문학사 학위(창작 전공)를 받았다.
        장녀 크리스틴(Christine) 출생. 존스홉킨스 대학 대학
        원에 진학했다.

1952년   대학원 재학 시절 「네서스의 셔츠(Shirt of Nessus)」라
        는 소설을 썼지만 출판되지 않았다. 문학 석사 학위를
        받고, 박사 과정에 등록하지만 경제적인 이유로 중도에
        그만두었다. 장남 존(John)이 태어났다.

1953년   펜실베이니아 주립 대학에서 시간강사로 창작 수업을
        담당했다. 바스는 이 대학에서 조교수가 되며, 1965년
        뉴욕 주립 대학으로 옮길 때까지 12년간 근무한다.

1954년   차남 대니얼(Daniel)이 태어났다.

1956년   『선상 악극단(The Floating Opera)』을 출간했다. 이 소
        설은 변호사인 주인공 토드 앤드루스가 살아갈 절대적
        인 이유가 없다면 마찬가지로 스스로를 파괴할 필요도
        없다는 근거로 자살을 하지 않기로 결심하는 과정을
        회상하는 내용이며, 바스의 특징적인 메타픽션적 글쓰
        기가 잘 나타나 있다.

1958년   『여로의 끝(The End of the Road)』이 더블데이
        (Doubleday)에서 출판되었다. 이 소설은 주인공 제이
        콥 호너가 수많은 선택 가능성을 앞에 두고 선택 행위
        를 포기하면서 마비 상태에 빠진다는 내용인데, 당시
        낙태를 공개적으로 다뤘다는 점에서 논란을 일으켰다.

바스가 이 책에 붙인 원제목은 '의사가 올 때까지 뭘 하지?(What to Do Until the Doctor Comes?)'였다.

1960년 『연초 도매상(The Sot-Weed Factor)』이 더블데이에서 출판되었다.

1965년 버팔로 소재 뉴욕 주립 대학으로 자리를 옮겼다.

1966년 『염소 소년 자일즈(The Giles, the Goat-Boy)』가 더블데이에서 출판되었다. 『연초 도매상』과 마찬가지로 이 소설 역시 800여 쪽이나 되는 거작이다. 『연초 도매상』이 미국의 식민 역사를 우스꽝스럽게 비틀었다면, 이 소설은 인류 역사에 대한 패러디라고 할 수 있다. 이 소설에는 냉전 세계의 축소판인 대학 캠퍼스를 배경으로 염소 떼에 의해 길러진 반인반수의 영웅이 주인공으로 등장한다. 이 작품으로 바스는 '미국예술원상'을 수상한다.

1967년 『선상 악극단』과 『여로의 끝』의 개정판이 나왔다. 이 해 8월, 전통적인 소설의 기법과 형식으로는 새로운 시대의 변화와 시대정신에 적합한 소설을 더 이상 독자들에게 제시하기 어렵다고 주장한 논문 「고갈의 문학(The Literature of Exhaustion)」이 《애틀랜틱 먼슬리(The Atlantic Monthly)》지 제220호에 게재되었다. '고갈'을 어떠한 가능성, 특히 리얼리즘적 전통에서의 가능성이 탕진된 상태로 정의하면서, 포스트모더니즘 작가란 "지적인 궁지에 직면하여 새로운 인간적인 작업을 성취하기 위해 그것을 역으로 사용하는 사람"이라고 했다.

1968년   『도깨비 집에서 길을 잃고(Lost in the Funhouse:
         Fiction for Print, Tape, Live Voice)』가 더블데이에서 출
         판되었다. 소설 문학의 한계를 새롭게 실험한 이 단편
         소설집에는 작가 자신의 육성 녹음도 내러티브 기법의
         일부로 제시되고 있다. 비관습적인 글쓰기에도 불구하
         고, 이 책은 하드커버로 이만 부나 팔렸으며 '전미도서
         상(National Book Award)' 후보에 올랐다.

1969년   첫 부인과 이혼했다. 메릴랜드 대학이 수여하는 명예
         문학박사 학위를 받았다.

1970년   셸리 로젠버그(Shelley Rosenberg)와 재혼했다.

1972년   『키메라(Chimera)』가 랜덤 하우스(Random House)에
         서 출판되었다. 이 책은 바스 자신이 선호하는 신화에
         대한 재해석으로, 세 개의 중편소설로 구성되어 있는
         데, 그리스 신화에 등장하는 페르세우스와 벨레로폰,
         『천일야화』에 등장하는 세헤라자드의 이야기를 새로운
         실험 기법으로 표현하고 있다. 이 책으로 '전미도서상'
         을 수상했다.

1973년   모교 존스홉킨스 대학의 창작과 교수가 되면서 볼티모
         어로 거처를 옮겼다.

1974년   예술원과 미국예술아카데미의 회원으로 선임되었다.

1979년   『편지(Letters: a Novel)』가 퍼트넘(Putnam)에서 출판되
         었다. 이 소설은 대표적인 자아 반영 소설로, 이전에 출
         판된 작품 속의 등장인물들과 소설 속의 작가로 등장
         한 바스가 편지를 교환하는 형식으로 되어 있다.

1980년　1월, 「소생의 문학(The Literature of Replenishment)」을 《애틀랜틱 먼슬리》에 발표했다. 이 논문은 '포스트모더 니즘이란 무엇인가?'를 대변하는 바스의 문학성을 집 약한 것이라고 볼 수 있다. 그가 추구하는 포스트모더 니즘은 '전통적인 현대성'을 어떻게 유지할 것인가를 강조한다.

1983년　『안식년(Sabbatical: A Romance)』을 발표했다. 로맨스라 는 타이틀이 함께 표현되어 있지만 이 소설은 로맨스 와는 거리가 먼 정치 사회적인 문제들을 다루고 있다.

1984년　비평적 에세이 및 논픽션 모음집 『금요일의 책(The Friday Book: Essays and Other Nonfiction)』을 출간했다.

1987년　『타이드워터 이야기(Tidewater Tales: a Novel)』를 발표 했다. 이 소설은 피터 캐더린이 'Story'라는 보트를 타 고 체서피크만을 항해하는 소설이지만 이중 화자, 패 스티시, 미니멀리즘, 뫼비우스의 띠, 독자와 저자의 새 로운 역할 등 모더니즘 소설과는 전혀 다른 독특한 내 러티브 기법을 보여 주고 있다.

1991년　『선원 아무개의 마지막 항해(The Last Voyage of Somebody the Sailor)』를 발표했다. 『여로의 끝』이 출판 된 이래로 가장 많은 독자층을 확보한 이 작품은, 『천 일야화』를 기억과 실재, 그리고 이야기 기술에 대한 포스트모던적이고 반영적인 주석으로서 재해석하고 있다.

1994년　『옛날 옛날에(Once upon a Time)』를 발표했다.

1996년   『이야기와 함께 가다(On With the Story)』를 발표했다.

2001년   『개봉 박두!!!(Coming Soon!!!)』를 발표했다.

2004년   『십일야화(The Book of Ten Nights and a Night)』를 발
         표했다.

2005년   『세 갈래 길이 만나는 곳(Where Three Roads Meet)』을
         발표했다.

세계문학전집 141

연초 도매상 3

1판 1쇄 펴냄 2007년 3월 20일
1판 19쇄 펴냄 2023년 12월 11일

지은이 존 바스
옮긴이 이운경
발행인 박근섭, 박상준
펴낸곳 (주)민음사

출판등록 1966. 5. 19. (제 16-490호)
서울특별시 강남구 도산대로1길 62(신사동) 강남출판문화센터 5층 (우편번호 06027)
대표전화 02-515-2000 팩시밀리 02-515-2007
www.minumsa.com

ISBN 978-89-374-6141-5 04800
ISBN 978-89-374-6000-5 (세트)

* 잘못 만들어진 책은 구입처에서 교환해 드립니다.

세계문학전집 목록

세계문학전집은 계속 간행됩니다.